a obsessão

Nora Roberts

Romances

A Pousada do Fim do Rio
O Testamento
Traições Legítimas
Três Destinos
Lua de Sangue
Doce Vingança
Segredos
O Amuleto
Santuário
A Villa
Tesouro Secreto
Pecados Sagrados
Virtude Indecente
Bellíssima
Mentiras Genuínas
Riquezas Ocultas
Escândalos Privados
Ilusões Honestas
A Testemunha
A Casa da Praia
A Mentira
O Colecionador
A Obsessão
Ao Pôr do Sol
O Abrigo
Uma Sombra do Passado
O Lado Oculto
Refúgio

Saga da Gratidão

Arrebatado pelo Mar
Movido pela Maré
Protegido pelo Porto
Resgatado pelo Amor

Trilogia do Sonho

Um Sonho de Amor
Um Sonho de Vida
Um Sonho de Esperança

Trilogia do Coração

Diamantes do Sol
Lágrimas da Lua
Coração do Mar

Trilogia da Magia

Dançando no Ar
Entre o Céu e a Terra
Enfrentando o Fogo

Trilogia da Fraternidade

Laços de Fogo
Laços de Gelo
Laços de Pecado

Trilogia do Círculo

A Cruz de Morrigan
O Baile dos Deuses
O Vale do Silêncio

Trilogia das Flores

Dália Azul
Rosa Negra
Lírio Vermelho

Nora Roberts

a obsessão

Tradução
Carolina Simmer

2ª edição

Rio de Janeiro | 2021

Copyright © 2016 *by* Nora Roberts

Título original: *The Obsession*

Texto revisado segundo o novo
Acordo Ortográfico da Língua Portuguesa

2021
Impresso no Brasil
Printed in Brazil

Proibida a exportação para Portugal, Angola e Moçambique.

CIP-BRASIL. CATALOGAÇÃO NA PUBLICAÇÃO
SINDICATO NACIONAL DOS EDITORES DE LIVROS, RJ

Roberts, Nora, 1950-

R549o   A obsessão / Nora Roberts; tradução de Carolina Simmer. – 2ª ed. –
2ª ed.   Rio de Janeiro: Bertrand Brasil, 2021.
23 cm.

Tradução de: The obsession
ISBN 978-85-286-2228-7

1. Romance americano. I. Simmer, Carolina. II. Título.

CDD: 813
17-43543   CDU: 821.111(73)-3

Todos os direitos reservados pela:
EDITORA BERTRAND BRASIL LTDA.
Rua Argentina, 171 – 2º andar – São Cristóvão
20921-380 – Rio de Janeiro – RJ
Tel.: (21) 2585-2000 – Fax: (21) 2585-2084

Não é permitida a reprodução total ou parcial desta obra, por
quaisquer meios, sem a prévia autorização por escrito da Editora.

Atendimento e venda direta ao leitor:
sac@record.com.br

Para:
Elaine, Jeanette, JoAnne, Kat, Laura, Mary,
Mary Kay, Nicole, Pat e Sarah.

E àquela única semana fabulosa por ano
em que todas nós estamos juntas.

Exposição

Agora, pois, vemos apenas um reflexo obscuro.

Coríntios 13:12

Capítulo 1

29 de agosto de 1998

◆ ◆ ◆ ◆

Ela NÃO SABIA o que a acordara e, independentemente de quantas vezes revivia aquela noite ou de onde estava quando os pesadelos a perseguiam, nunca conseguia se lembrar.

Fazia tanto calor naquele verão que a menina tinha a sensação de estar dentro de uma panela, cozinhando em um guisado borbulhante que cheirava a suor e grama encharcada. O ventilador, zumbindo sobre a cômoda, agia como uma colher que revirava tudo, mas parecia sumir dentro do vapor que escapava da tampa.

Mesmo assim, ela já estava acostumada ao clima, a dormir sobre os lençóis úmidos e com as janelas escancaradas para receber o coral incessante de cigarras — e na fraca esperança de que uma brisa qualquer penetrasse o ar abafado.

Não foi acordada pelo calor nem pelo leve resmungo do trovão vindo de uma tempestade que começava ao longe. Naomi saiu do sono profundo para o alerta total em um instante, como se alguém lhe tivesse dado uma bela sacolejada ou gritado seu nome bem no seu ouvido.

Sentou-se empertigada na cama, piscando no escuro, sem ouvir nada além do zumbido do ventilador, do canto alto das cigarras e do preguiçoso e repetitivo *huuu* de uma coruja. Eram apenas sons do verão no campo, os quais conhecia tão bem quanto a própria voz, e nada disso lhe causaria aquele estranho aperto na garganta.

Mas, acordada, sentia bem aquele calor, como se uma gaze embebida em água quente estivesse enrolada em cada centímetro do seu corpo. Desejou que o dia já tivesse amanhecido para que pudesse escapulir da casa antes de alguém acordar e ir se refrescar no riacho.

As tarefas vinham primeiro, essa era a regra. Mas estava tão *quente* que lhe parecia que precisaria afastar o ar, como se fosse uma cortina, para conseguir dar um passo adiante. E era sábado (ou ao menos seria pela manhã), e, às vezes, aos sábados, mamãe era um pouco mais frouxa com as regras — se papai estivesse de bom humor.

Então Naomi ouviu aquele som de trovão. Maravilhada, apressou-se em sair da cama e chegar à janela. Adorava tempestades, a forma como rodopiavam e se enrolavam nas árvores, a forma como o céu se tornava assustador, a forma como relâmpagos brilhavam e cortavam o firmamento.

Talvez aquela tempestade trouxesse chuva e vento e um ar mais fresco. Talvez.

Ajoelhou-se no chão, os braços cruzados sobre o peitoril da janela e os olhos no pedaço exposto da lua em meio a nuvens e calor.

Talvez.

Naomi desejou que fosse assim — completaria 12 anos dali a dois dias, e ainda acreditava em desejos. Uma grande tempestade, pensou, com relâmpagos e trovões que soassem como tiros de canhão.

E muita, muita chuva.

Fechou os olhos, voltou o rosto para cima e tentou cheirar o ar. Então, em sua camisa com estampa de *Sabrina, aprendiz de feiticeira*, apoiou a cabeça nos braços e observou as sombras.

Mais uma vez, desejou que o dia já tivesse amanhecido e, como desejar não custava nada, desejou também que fosse a manhã do seu aniversário. Queria *tanto* uma bicicleta nova... dera várias dicas disso.

Naomi continuou ajoelhada. Era uma menina alta e desajeitada, que — apesar de verificar todos os dias — ainda não tinha seios. O calor fazia seus cabelos grudarem atrás do pescoço. Irritada com isso, levantou-os e os afastou, deixando que caíssem por cima de um ombro. Queria cortá-los bem curtos, como a fada no livro que os avós lhe deram antes de serem proibidos de a visitarem.

Mas papai dizia que meninas deviam ter cabelos longos e meninos, curtos. Então seu irmãozinho cortava os cabelos na barbearia do Vick, na cidade, raspando as laterais e deixando o topo maior, enquanto tudo que ela podia fazer era prender as madeixas quase louras em um rabo de cavalo.

E Mason, na opinião dela, também era extremamente mimado só por ser o *menino*. De aniversário, ganhara uma cesta de basquete *e* uma tabela, com uma bola oficial da Wilson. Também podia fazer escolinha de beisebol — algo que, de acordo com as regras de papai, era apenas para garotos (coisa que Mason nunca a deixava esquecer) — e, sendo 23 meses mais novo (coisa que *Naomi* nunca *o* deixava esquecer), não tinha tantas tarefas.

Não era justo, e expressar essa opinião só fazia com que recebesse mais tarefas, arriscando-se a ser proibida de assistir à televisão.

Além do mais, não se importaria com nada daquilo se ganhasse uma bicicleta nova.

Naomi viu um lampejo de luz fraca — apenas um brilho baixo no céu. Ela viria, disse a si mesma. A tempestade desejada viria e traria frescor e água. Se chovesse e chovesse e chovesse, não precisaria tirar as ervas daninhas da horta.

A ideia a deixou tão animada que quase não viu o próximo lampejo de luz.

Dessa vez, no entanto, não era um relâmpago, mas o brilho de uma lanterna.

Seu primeiro pensamento foi que havia uma pessoa perambulando pelo terreno, tentando invadir a propriedade. Começou a se levantar para correr atrás do pai.

Então viu que *era* o pai. Afastando-se da casa, ele seguia na direção das árvores, rápido e decidido, guiando-se pela luz.

Talvez estivesse indo se refrescar no riacho. Se ela o imitasse, como ele poderia se irritar? Se estivesse de bom humor, até acharia graça.

Naomi não pensou duas vezes; pegou os chinelos, guardou a pequena lanterna no bolso e saiu apressada do quarto, o mais silenciosa possível.

Sabia quais degraus da escada rangiam — todos sabiam — e os evitou por hábito. Papai não gostava quando ela ou Mason desciam para beber água depois da hora de dormir.

Só calçou os chinelos quando chegou à porta dos fundos, e a abriu apenas o suficiente — antes que fizesse barulho — para se esgueirar para fora da casa.

Por um instante, pensou ter perdido a luz da lanterna, mas a encontrou novamente e a seguiu. Ficaria para trás até conseguir analisar o humor do pai.

Ele, no entanto, afastou-se das curvas rasas do riacho, aprofundando-se na floresta que cercava o pedacinho de terra da família.

Aonde estaria indo? A curiosidade a impulsionou para a frente, com uma empolgação quase inebriante de estar se embrenhando na floresta no meio da noite. Os trovões e os lampejos de luz apenas aumentavam a aventura.

Ela não temia nada, mesmo nunca tendo entrado tanto na floresta — aquilo era proibido. A mãe lhe daria uma coça se descobrisse, então ninguém poderia ficar sabendo.

Como caminhava de forma rápida e com uma postura segura, Naomi supôs que o pai sabia para onde estava indo. A garota ouvia suas botas esmagando velhas folhas secas pela trilha apertada e se manteve afastada. Não seria bom que a ouvisse se aproximando.

Algo guinchou, levando-a a dar um pulo. Precisou colocar uma mão sobre a boca para abafar o riso. Era apenas uma coruja velha caçando.

As nuvens se moveram, cobriram a luz. Ela quase caiu ao dar uma topada em uma pedra com o dedão descalço e, mais uma vez, precisou cobrir a boca para abafar, agora, um gemido de dor.

O pai parou, fazendo com que o coração da menina começasse a martelar no peito. Ela ficou imóvel como uma estátua, quase sem respirar. Pela primeira vez, perguntou-se o que faria caso ele se virasse e voltasse em sua direção. Talvez saísse um pouco da trilha, escondendo-se atrás de um arbusto. E torceria para que cobras não estivessem dormindo ali.

Quando ele seguiu em frente, Naomi continuou parada, dizendo a si mesma para voltar antes de se enfiar em uma encrenca de verdade. A iluminação da lanterna, no entanto, parecia um ímã que a atraía.

A luz balançou e tremeu por um instante. Ela ouviu algo chacoalhar e raspar, algo ranger como a porta dos fundos.

A iluminação da lanterna desapareceu.

Ficou parada ali, embrenhada na floresta escura, com a respiração acelerada e calafrios passando por sua pele, apesar do ar quente e pesado. Deu um passo para trás, depois dois, enquanto o instinto de sair correndo a tomava.

A garganta voltou a apertar, tanto que mal conseguia engolir. E a escuridão, toda aquela escuridão, parecia envolvê-la — parecia apertá-la com força.

Volte correndo para casa, volte. Vá para a sua cama e feche os olhos. A voz em sua cabeça parecia tão aguda e alta quanto as cigarras.

— Medrosa — sussurrou ela, apertando os próprios braços para ganhar coragem. — Não seja medrosa.

Naomi seguiu lentamente para a frente, agora quase tateando o caminho. As nuvens se moveram mais uma vez e, através do fino raio de luz da lua, ela viu a silhueta de uma construção arruinada.

Parecia uma cabana antiga que pegara fogo, e apenas a base e uma velha chaminé restavam.

O medo estranho deu lugar à fascinação com os formatos, os tons acinzentados, a maneira como a luz da lua brincava com os tijolos chamuscados e com a madeira enegrecida.

Novamente, desejou que o dia tivesse amanhecido para que pudesse explorar. Se conseguisse escapar até lá durante a manhã, aquele poderia ser o *seu* lugar. Um lugar onde leria seus livros sem ser perturbada pelo irmão. Onde sentaria e desenharia, ou simplesmente aonde iria para sonhar.

Alguém vivera ali um dia, então talvez houvesse fantasmas. E essa ideia era emocionante. Adoraria conhecer um fantasma.

Mas para onde o pai fora?

Pensou novamente no chacoalhar e no rangido. Talvez aquele lugar fosse como uma dimensão paralela, e ele abrira a porta e entrara.

O pai tinha seus segredos — Naomi presumia que todos os adultos tivessem. Segredos que escondiam de todos, segredos que tornavam seus olhos raivosos se você fizesse as perguntas erradas. Talvez fosse um explorador, do tipo que atravessava uma porta mágica para outros mundos.

Ele não gostava que a filha ficasse pensando nessas coisas, porque outros mundos, assim como fantasmas e bruxas adolescentes, não estavam na Bíblia. Mas *talvez* não gostasse que ela pensasse nessas coisas porque eram *verdade*.

Naomi arriscou dar mais uns passos à frente, os ouvidos atentos a qualquer som. Mas só conseguiu escutar os trovões, cada vez mais próximos.

Dessa vez, quando deu outra topada com o dedão, um grito rápido de dor lhe escapou, e ficou pulando em um pé só até a agonia diminuir. *Pedra idiota*, pensou, e olhou para baixo.

Naquela pálida luz da lua, não encontrou uma pedra, mas uma porta. Uma porta no chão! Uma porta que rangia ao ser aberta. Quem sabe uma porta mágica!

Ficou acocorada, passando as mãos pela madeira — ganhou uma farpa como recompensa.

Portas mágicas não tinham farpas. Era apenas um velho porão, ou um abrigo subterrâneo contra tempestades. No entanto, apesar de a decepção diminuir seu ânimo enquanto chupava o dedo dolorido, ainda era uma porta no chão, no meio da floresta, ao lado de uma cabana queimada.

E seu pai estava lá embaixo.

A bicicleta! Talvez tivesse escondido a bicicleta lá embaixo, e agora a estava montando. Disposta a arriscar outra farpa, Naomi encostou a orelha na madeira velha, fechando bem os olhos para conseguir ouvir melhor.

Pensou que o escutava se mover. E ele soltava uns grunhidos. Imaginou o pai montando a bicicleta — tão brilhante e nova e vermelha —, as mãos grandes segurando as ferramentas certas enquanto ele assobiava entredentes, como fazia quando montava alguma coisa.

Ele estava lá embaixo, fazendo algo especial apenas para ela. Prometeu a si mesma que passaria um mês inteiro sem reclamar sobre suas tarefas (pelo menos mentalmente).

Quanto tempo demorava montar uma bicicleta? Ela devia voltar correndo para casa, para que o pai não soubesse que o seguira. Mas queria muito, muito, *muito* vê-la. Só uma espiadinha.

Afastou-se da porta e caminhou lentamente até a cabana queimada, agachando-se atrás da velha chaminé. Ele não demoraria muito — era bom com ferramentas. Poderia ter tido a própria oficina se quisesse, e só trabalhava para a empresa de TV a cabo em Morgantown para dar estabilidade à família.

Era o que sempre dizia.

Ela olhou para cima quando o relâmpago cortou o céu — o primeiro realmente forçado —, e o relampejar que o seguiu foi mais um estrondo do que um resmungo. Devia ter voltado para sua casa, essa era a verdade, mas não podia mais fazer isso. Se o pai saísse a qualquer instante, com certeza a veria na trilha.

Não haveria bicicleta vermelha e brilhante de aniversário se ela fosse encontrada ali.

Caso a tempestade caísse, simplesmente se molharia, apenas isso. Ficaria refrescada.

Naomi disse a si mesma que o pai só levaria mais cinco minutos, e então, quando esse tempo passou, resolveu que seriam mais cinco. E aí precisou fazer xixi. Tentou segurar, apertar, mas, no fim das contas, acabou desistindo e se afastou ainda mais da porta, indo na direção das árvores.

Revirou os olhos, abaixou o short e se agachou, mantendo os pés bem separados para evitar a cascata. Então se balançou e balançou, até estar tão seca quanto seria possível. No momento em que começou a puxar o short para cima, a porta se abriu com um rangido.

Ela congelou, o short ao redor dos joelhos, a bunda nua a centímetros do chão, os lábios apertados para prender a respiração.

Quando o viu no próximo lampejo de relâmpago, o pai lhe parecia selvagem — os cabelos cortados rentes à cabeça estavam quase brancos à luz da tempestade; os olhos, muito escuros; os dentes, expostos em um sorriso feroz.

Ao vê-lo, quase esperando que jogasse a cabeça para trás e uivasse como um lobo, o coração de Naomi disparou, e, pela primeira vez, a menina sentiu medo de verdade.

Quando o pai se esfregou, lá embaixo, as bochechas da menina pareciam pegar fogo. Mas então ele fechou a porta, o som rápido da batida ecoando. Prendeu o ferrolho — um som seco e arranhado que a fez estremecer. Suas pernas tremiam pela posição incômoda enquanto o pai jogava camadas de folhas secas sobre a madeira.

Ficou parado ali por um instante — os relâmpagos, agora, chiavam — e jogou a luz da lanterna sobre a porta, fazendo com que seu rosto caísse em semiescuridão. Naomi só via os contornos do pai; os cabelos escassos, cortados rentes à cabeça, faziam com que parecesse uma caveira, com olhos fundos, escuros e desalmados.

O pai olhou ao redor, e, por um terrível instante, Naomi temeu que olhasse na direção dela. A garota sabia, no fundo da sua alma, que aquele homem a machucaria, que ele usaria mãos e punhos contra seu corpo da forma como o pai que trabalhava para dar estabilidade à família jamais fizera.

Com um choramingo desamparado preso na garganta, ela pensou: *Por favor, papai. Por favor.*

Ele, porém, virou-se para o outro lado e, com passos longos e seguros, seguiu de volta pelo mesmo caminho por onde viera.

Naomi não moveu um único músculo trêmulo até todos os sons além da canção noturna e dos primeiros sinais do vento desaparecerem. A tempestade estava chegando, mas seu pai fora embora.

Não havia luz da lua agora, e todo senso de aventura se transformara em um pavor terrível.

Seus olhos, no entanto, se haviam ajustado o suficiente para que conseguisse voltar até a porta coberta por folhas. Só a encontrou porque sabia que estava ali.

Conseguia ouvir a própria respiração, saindo ofegante no redemoinho do vento. O ar estava frio, mas ela queria calor. Seus ossos pareciam gelados, gelados como o inverno, e as mãos tremiam quando se abaixou para afastar as folhas.

Encarou o ferrolho, grosso e enferrujado, trancando a velha porta. Passou os dedos por ele, mas sem abri-lo. Queria estar de volta na sua cama, segura. Não queria ter aquela imagem do pai, aquela imagem selvagem.

Seus dedos, porém, puxaram o ferrolho. Quando ele resistiu, ela usou as duas mãos. Cerrou os dentes quando o abriu, arranhando a madeira.

Era sua bicicleta, afirmou para si mesma enquanto aquele peso horrível se acomodava em seu peito. Sua bicicleta vermelha e brilhante de aniversário. Era isso que encontraria.

Lentamente, Naomi ergueu a porta e olhou para a escuridão abaixo.

Engoliu em seco, tirou uma pequena lanterna do bolso e, guiando-se pelo fino facho de luz, desceu pela escada.

Sentiu um medo súbito de que o rosto do pai aparecesse na abertura, com aquele olhar selvagem e terrível. E de que aquela porta se fechasse, trancando-a ali. Quase retornou, mas, então, ouviu um gemido.

E congelou na escada.

Havia um animal ali embaixo. Por que o pai deixaria um animal ali... Um cachorrinho? Seria essa a sua surpresa de aniversário? O cachorrinho que sempre quisera, mas não tinha permissão de ter? Nem mesmo Mason conseguira arrancar um cachorrinho dos pais.

Lágrimas arderam em seus olhos enquanto descia até o chão de terra batida. Rezaria por perdão pelos pensamentos terríveis que tivera sobre o pai — pensamentos podiam ser tão pecaminosos quanto atos.

Apontou a luz ao redor, o coração cheio de fascinação e alegria — a última vez que se sentiria assim em muito tempo. No entanto, no local onde Naomi esperara encontrar um cachorrinho ganindo em sua gaiola, havia uma mulher.

Seus olhos estavam arregalados e brilhavam como vidro enquanto lágrimas escorriam deles. Ela emitia sons terríveis contra a fita adesiva grudada na sua boca. Arranhões e hematomas lhe marcavam o rosto e a garganta.

Não vestia roupa alguma, nadica de nada, mas não tentou se cobrir.

Não poderia, não poderia se cobrir. As mãos estavam presas com uma corda — e ensanguentadas pelos ferimentos abertos nos pulsos —, uma corda presa em uma barra de metal atrás do colchão no qual estava deitada. As pernas também estavam amarradas na altura dos tornozelos, afastadas uma da outra.

Aqueles sons terríveis continuavam, esmurrando-lhe os ouvidos, revirando-lhe o estômago.

Como se em um sonho, Naomi andou para a frente. Seus ouvidos ecoavam agora, como se tivesse passado tempo demais embaixo da água e não conseguisse voltar para a superfície. Sua boca estava seca, e palavras arranharam sua garganta.

— Não grite. Você não pode gritar, está bem? Ele pode ouvir e voltar. Tudo bem?

A mulher assentiu, os olhos inchados implorando.

Naomi enfiou as unhas sob a ponta da fita adesiva.

— Você precisa ficar quieta — disse ela, sussurrando enquanto seus dedos tremiam. — Por favor, fique quieta. — E puxou a fita.

O som que se seguiu foi horrível, e uma marca vermelha e inflamada surgiu no rosto da mulher, mas ela não gritou.

— Por favor. — Sua voz parecia uma dobradiça enferrujada. — Por favor, me ajude. Por favor, não me deixe aqui.

— Você precisa fugir. Precisa correr. — Naomi olhou para a porta do porão. E se ele voltasse? Ah, Deus, e se aquele homem selvagem que se parecia com seu pai voltasse?

Tentou desamarrar a corda, mas os nós estavam apertados demais. Esfregou os dedos esfolados, frustrada, e se virou para o outro lado, usando a luz da pequena lanterna.

Encontrou uma garrafa de bebida alcoólica — algo proibido em sua casa pelas leis do pai — e mais cordas, enroladas e esperando para serem usadas. Um lençol velho, uma lanterna. Revistas com mulheres sem roupa nas capas, uma câmera fotográfica, e ah, não, não, não, fotos de mulheres coladas na parede. Como aquela que se encontrava ali, todas nuas e amarradas e ensanguentadas e com medo.

Além de mulheres que encaravam o nada com seus olhos mortos.

Uma cadeira velha, latas e potes de comida em uma prateleira pregada à parede. Uma pilha de trapos — não, de roupas, roupas rasgadas — manchados de sangue.

Sentia o cheiro do sangue.

E havia facas. Tantas facas.

Forçando a mente a ignorar tudo que via, todo o restante, Naomi pegou uma das facas, começou a cortar o nó.

— Você precisa ficar quieta, quietinha.

A faca cortou a pele da mulher, mas ela não gritou.

— Depressa, por favor, depressa. Por favor, por favor. — E engoliu um gemido quando seus braços foram soltos. Eles tremiam quando tentou baixá-los. — Está doendo. Ah, Deus, meu Deus, como está doendo.

— Não pense nisso, não pense nisso. A dor piora se você pensar. — Sim, era doloroso pensar. Então não pensaria no sangue, nas fotografias e na terrível pilha de roupas rasgadas.

Naomi passou para as cordas ao redor dos tornozelos.

— Qual é o seu nome?

— Eu... Ashley. Meu nome é Ashley. Quem é ele? Onde ele está?

Não podia dizer. Não diria. Não pensaria nisso.

— Está em casa agora. A tempestade chegou. Consegue ouvir?

Ela também estava em casa, disse para si mesma enquanto cortava a outra corda. Em casa, na cama, e tudo aquilo era um sonho ruim. Não havia nenhum porão velho que cheirava a mofo, xixi e coisas piores, não havia nenhuma mulher e nenhum homem selvagem. Acordaria na própria cama, e a tempestade teria resfriado tudo.

Tudo estaria limpo e fresco quando acordasse.

— Você precisa levantar e sair. Você precisa fugir.

Fuja, fuja, fuja para a escuridão, fuja para longe. Então, isso nunca terá acontecido.

Com suor escorrendo pelo rosto castigado, Ashley tentou se levantar, mas as pernas não a sustentavam. A mulher caiu no chão de terra batida com a respiração ofegante.

— Não consigo andar... Minhas pernas. Desculpe, desculpe. Você precisa me ajudar. Por favor, me ajude a sair daqui.

— Suas pernas estão dormentes, só isso. — Naomi pegou o lençol, colocou-o ao redor dos ombros de Ashley. — Você precisa tentar ficar de pé.

Trabalhando juntas, conseguiram levantá-la.

— Se apoie em mim. Vou empurrar você escada acima, mas precisa tentar subir. Precisa tentar.

— Eu consigo. Eu consigo.

A chuva as molhava durante a lenta e cansativa escalada, e Ashley quase escorregou duas vezes enquanto realizavam a curta jornada. Os músculos de Naomi doíam pelo esforço de segurar aquele peso e de empurrar, mas, com um último grunhido soluçante, Ashley se arrastou para fora do buraco, deitando ofegante no chão.

— Você precisa fugir.

— Não sei onde estou. Desculpe. Não sei quanto tempo passei lá embaixo. Um dia, dois. Não como nem bebo água desde que ele... Estou machucada. — As lágrimas escorriam, mas ela não esboçou reação, apenas encarou Naomi enquanto chorava. — Ele... ele me estuprou, sufocou, cortou e bateu. Meu tornozelo. Está doendo. Não consigo andar. Pode me ajudar a sair daqui? Pode me levar até uma delegacia?

A chuva caía, e relâmpagos iluminavam o céu como se já fosse manhã.

No entanto, Naomi não acordou.

— Espere aqui.

— Não volte lá para baixo!

— Só espere.

Ela desceu a escada, voltando para aquele lugar horrível, e pegou a faca. Havia sangue que não era fresco ali, que não era dos cortes acidentais. Não, era velho e seco, de ferimentos maiores.

E, apesar de o ato provocar nela vontade de vomitar, Naomi revirou a pilha de roupas e encontrou uma camisa esfarrapada e um short rasgado.

Levou tudo ao voltar para a floresta. Ao ver os itens, Ashley assentiu.

— Certo. Você é esperta.

— Não encontrei sapatos, mas vai ser mais fácil com o short e a camisa. Estão rasgados, mas...

— Não importa. — Ashley mordeu a boca com força enquanto a menina a ajudava a vestir o short e levantava cuidadosamente seus braços para passar as mangas da camisa.

Naomi fez uma pausa quando notou que o movimento fizera cortes finos se abrirem pelo corpo da mulher, e viu o sangue vermelho escorrendo.

— Você precisa se apoiar em mim.

Como Ashley tremia, Naomi jogou o lençol por cima dos ombros da mulher novamente.

Apenas aja, disse a si mesma. *Não pense, apenas aja.*

— Precisa andar, mesmo que sinta dor. Vamos procurar por algo para servir de bengala, mas precisamos ir. Não sei que horas são, mas virão atrás de mim quando amanhecer. Precisamos chegar à estrada. Depois disso, são quase dois quilômetros até a cidade. Você precisa andar.

— Se não tiver outro jeito, vou até me arrastando.

Ela se ajoelhou e conseguiu se levantar com a ajuda de Naomi. Foi um processo lento, e, pela respiração pesada de Ashley, doloroso, a menina percebeu. Encontraram um galho caído, e isso ajudou um pouco, mas só um pouco, enquanto a trilha se tornava cada vez mais enlameada por causa da tempestade.

Cruzaram o riacho — que corria rápido agora, devido à chuva — e seguiram em frente.

— Desculpe. Desculpe, não sei o seu nome.

— Naomi.

— Que nome bonito! Naomi, preciso parar um pouco.

— Tudo bem, mas só um pouco.

Ashley se encostou em uma árvore, ofegante, apoiando-se com força no galho quebrado enquanto suor e chuva escorriam pelo seu rosto.

— Isso é um cachorro? Ouvi um cachorro latindo.

— Deve ser o Rei. A casa dos Hardy fica bem naquela direção.

— Por que não vamos para lá? Podemos chamar a polícia, pedir ajuda.

— É perto demais. — O Sr. Hardy era diácono na igreja com o pai dela. Ligaria para ele antes de telefonar para a polícia.

— Perto demais? Sinto como se tivéssemos andado por quilômetros.

— Não andamos nem um.

— Certo. — Ashley fechou os olhos por um instante e mordeu o lábio. — Certo. Você conhece o homem? O que me sequestrou, o que me machucou?

— Sim.

— Sabe o nome dele, onde podem encontrá-lo?

— Sim. Precisamos ir agora. Precisamos ir.

— Quero saber o nome dele. — Fazendo uma careta, Ashley se afastou da árvore, recomeçando a caminhada bamba. — Será um incentivo para eu seguir em frente.

— O nome é Thomas Bowes. Thomas David Bowes.

— Thomas David Bowes. Quantos anos você tem?

— Tenho 11 anos. Vou fazer 12 na segunda.

— Feliz aniversário. Você é muito esperta, forte e corajosa. Salvou minha vida, Naomi. Salvou a vida de uma pessoa antes de fazer 12 anos. Não se esqueça disso.

— Não vou. Não vou esquecer. A tempestade está passando.

Elas seguiram pela floresta. Demorou mais do que se tivessem ido pela estrada, mas Naomi sabia como era sentir medo agora, e permaneceu na floresta até chegar aos limites da cidadezinha de Pine Meadows.

Sua escola ficava ali, assim como a igreja, e a mãe fazia compras no mercado local. Nunca entrara na delegacia, mas sabia onde ficava.

Enquanto o nascer do sol começava a iluminar o céu no leste e as primeiras luzes do dia brilhavam nas poças, passou pela igreja, atravessando a ponte estreita que arqueava sobre o riacho fino. Seus chinelos emitiam um som ensopado pela rua, e Ashley mancava, o galho batendo no chão, a respiração se tornando mais pesada a cada passo.

— Que cidade é esta?

— Pine Meadows.

— Onde fica? Eu estava em Morgantown. Faço faculdade na WVU.

— Isso fica a cerca de vinte quilômetros daqui.

— Estava treinando. Correndo. Corro maratonas de longa distância, por incrível que pareça. E estava treinando, como faço todas as manhãs. Ele estava com o carro parado no acostamento da estrada, com o capô levantado, como se estivesse enguiçado. Precisei diminuir a velocidade, e ele me agarrou. Bateu em mim com alguma coisa. Acordei naquele lugar. Preciso parar de novo.

Não, não, nada de parar. Nada de pensar. Só agir.

— Estamos quase chegando. Viu, bem ali no fim da rua, aquela casa branca. Viu a placa na frente?

— Delegacia de Pine Meadows. Ah, graças a Deus. Graças a Deus.

Ashley, então, começou a chorar, soltando soluços tão fortes que faziam as duas tremerem enquanto Naomi apertava o braço na cintura dela, apoiando mais peso enquanto as arrastava pelo restante do caminho.

Quando Ashley desmoronou diante da porta da frente, Naomi enrolou ainda mais o lençol em torno dela, e então bateu forte na porta.

— Será que vai ter alguém aí? Não pensei nisso. Está muito cedo.

— Não sei. — Mas Naomi bateu de novo.

Quando a porta se abriu, a menina reconheceu vagamente o rosto jovem e os cabelos despenteados.

— Que barulheira é essa? — começou ele, mas seus olhos sonolentos passaram por Naomi e viram Ashley. — Jesus Cristo. — O rapaz escancarou a porta e, em um pulo, estava agachado ao lado dela. — Vou ajudá-la a entrar.

— Ajuda. Precisamos de ajuda.

— Vocês estão bem. Vão ficar bem.

Ele parecia magricelo aos olhos de Naomi, mas levantou Ashley como se ela não pesasse nada — e corou um pouco quando o lençol escorregou e a camisa rasgada expôs grande parte do seu seio esquerdo.

— Meu bem — disse para Naomi —, segure a porta aberta. Vocês sofreram um acidente?

— Não — respondeu ela. Enquanto segurava a porta, teve um segundo para considerar se deveria fugir dali, simplesmente fugir, ou entrar na delegacia. Entrou.

— Vou colocar você aqui. Tudo bem? — Os olhos do rapaz analisaram os hematomas na garganta de Ashley, e ele pareceu entender. — Querida, está vendo aquele bebedouro? Pode pegar... Qual é o seu nome?

— Ashley. Ashley McLean.

— Pode pegar um pouco de água para Ashley? — Ele se virou enquanto falava, e viu a faca que Naomi segurava. Com o mesmo tom calmo, perguntou: — Não quer me dar isso aí? Muito bem.

O policial pegou a faca da mão de Naomi, que não resistiu, e a colocou em uma prateleira, fora de alcance.

— Preciso dar uns telefonemas e chamar um médico para examinar você. Mas vamos precisar tirar umas fotos. Você entende?

— Sim.

— Vou chamar o xerife, e ele fará perguntas. Está disposta a responder?

— Sim.

— Tudo bem. Beba um pouco da água. Boa garota — disse ele para Naomi, gentilmente passando uma mão pelos seus cabelos molhados enquanto a menina levava um copo para Ashley.

Pegou um telefone na mesa e apertou alguns botões.

— Xerife, aqui é Wayne. Sim, eu sei que horas são. Temos uma mulher machucada. Não, senhor, não foi um acidente. Ela foi atacada, e vai precisar do exame de corpo de delito. — O policial se virou, falou baixinho, mas Naomi ouviu a palavra *estupro*. — Uma menina a trouxe. Acho que é a filha de Tom e Sue Bowes.

Ashley baixou o copo e olhou dentro dos olhos de Naomi.

— Bowes.

— Sim. Sou Naomi Bowes. Você precisa beber a água.

— Você também, meu amor. — Ashley, no entanto, deixou o copo de lado e a puxou para perto. — Você também.

Quando Naomi desmoronou, quando tudo dentro dela finalmente pareceu desabar, a menina apoiou a cabeça no ombro de Ashley e desatou a chorar.

A mulher encontrou os olhos de Wayne por sobre a cabeça da criança.

— Foi o pai dela quem fez isto comigo. Foi Thomas David Bowes quem fez isto. E foi Naomi quem me salvou.

Wayne respirou fundo.

— Xerife, é melhor o senhor vir logo para cá.

Capítulo 2

♦ ♦ ♦ ♦

Quando o xerife chegou, Wayne levou Naomi para outra sala, deu-lhe um chocolate e uma lata de Coca-Cola. Ela nunca recebia permissão para tais indulgências, mas não discutiu. Ele pegou um kit de primeiros socorros e começou a cuidar dos cortes e arranhões que ela nem sequer percebera ter sofrido durante a longa caminhada pela floresta.

Ele cheirava a chiclete Juicy Fruit — Naomi viu um pacote amarelo saindo do bolso da sua camiseta.

E ela para sempre associaria, depois daquela manhã, Juicy Fruit a simples atos de bondade.

— Querida, você tem uma professora favorita?

— Hum. Não sei. Acho que a Srta. Blachard, talvez.

— Se quiser, posso ligar para ela e pedir que venha ficar com você.

— Não. Não, está tudo bem. Ela vai ficar sabendo. Todo mundo vai ficar sabendo. — A ideia fazia seu peito doer, então Naomi olhou para o outro lado. — Mas eu não quero estar lá quando isso acontecer.

— Tudo bem. Uma enfermeira está vindo para ficar com Ashley, para levá-la até o hospital. Quer alguém assim? Talvez uma pessoa que não a conheça.

— Não quero ninguém. O que vai acontecer?

— Bem, o xerife está conversando com Ashley agora, e então ela será encaminhada para o hospital em Morgantown.

— Ela machucou o tornozelo.

— Vão cuidar disso, não se preocupe. Quer um chocolate diferente?

Naomi olhou para a barra de Snickers que não abrira.

— Não, senhor. É que nunca comi doces no café da manhã.

— Nem na Páscoa? — Sorrindo, ele colocou um Band-aid em um arranhão pequeno, mas profundo.

— É um dia sagrado. Foi feito para rezarmos, não para coelhos que dão doces.

Mesmo enquanto ecoava as palavras do pai, viu a pena estampada nos olhos do policial. Ele, no entanto, apenas deu um tapinha nas suas pernas.

— Muito bem. Vamos arrumar um café da manhã decente para você assim que puder. Se incomoda de ficar aqui por um instante?

— Vou ser presa?

O olhar policial não parecia mais esboçar pena, mas voltara a assumir aquele ar de bondade-chiclete ao tocar a face de Naomi com uma mão gentil.

— Pelo quê, querida?

— Não sei. Vocês vão prender o papai.

— Não se preocupe com isso agora.

— Eu o vi. Eu o vi quando saiu daquele porão na floresta, e ele parecia errado. Fiquei com medo.

— Não precisa mais sentir medo.

— E a mamãe, e o meu irmão?

— Eles vão ficar bem.

Wayne olhou na direção da porta quando ela abriu. Naomi conhecia a dona Lettie — ela frequentava sua igreja. Mas tinha se esquecido de que trabalhava na delegacia.

Lettie Harbough entrou carregando uma bolsa vermelha e um sorriso triste no rosto rechonchudo.

— Olá, Naomi. Trouxe umas roupas secas para você. São da minha filha, e ela não é tão alta nem tão magra, mas estão limpas e secas.

— Obrigada, dona Lettie.

— Não foi problema algum. Wayne, o xerife quer falar com você. Eu e Naomi ficaremos bem aqui. Você pode trocar de roupa no banheiro, tudo bem?

— Sim, senhora.

As roupas eram largas demais, mas havia um cinto para apertar a calça.

Quando saiu, Lettie estava sentada na mesinha, bebericando café em uma grande caneca azul.

— Tenho uma escova. Posso pentear seus cabelos? Estão embaraçados.

— Obrigada.

Naomi se obrigou a se sentar, apesar de não ter certeza de que gostaria de ser tocada. Mesmo assim, depois de algumas escovadas, sentiu-se relaxar.

— Que cabelos bonitos!

— São da cor de água suja.

— Nada disso. São como pelos de um cervo, todos esses tons de louro misturados, e agora estão queimados pelo sol do verão. E os fios são brilhantes e grossos. Vou perguntar algumas coisas que talvez sejam difíceis, querida. Mas são coisas importantes.

— Onde está Ashley?

— Vão levá-la para o hospital agora. Ela perguntou por você, queria que a levássemos para vê-la. Quer ir?

— Sim, senhora. Por favor, eu quero.

— Tudo bem. Mas, agora, preciso perguntar se o seu pai já machucou você. Sei que é uma coisa difícil de responder.

— Ele nunca tocou em mim ou em Mason. É mamãe quem nos dá coça quando precisamos apanhar, mas nunca dói. Ela não tem coragem de nos dar uma coça de verdade, então fingimos, nós três. Porque papai diz que "quem se nega a castigar o filho não o ama".

— Nunca gostei muito desse provérbio. A coisa mais difícil que preciso perguntar é se ele já tocou você de um jeito ruim.

Naomi olhou para a frente enquanto Lettie passava a escova pelos seus cabelos.

— Você quer dizer como ele fez com Ashley. Ele a estuprou. Sei o que é um estupro, dona Lettie. Estupraram as mulheres sabinas na Bíblia. Meu pai nunca fez nada assim comigo. Nunca me tocou de um jeito ruim.

— Tudo bem, então. Já machucou sua mãe?

— Acho que não. Às vezes...

— Está tudo bem. — Em um gesto experiente, Lettie usou um pequeno elástico para prender os cabelos de Naomi em um rabo de cavalo. — Você só precisa me contar a verdade.

— Às vezes, parecia que ele queria machucá-la, mas não o fazia. Se ficasse muito irritado, passava um ou dois dias fora. Mamãe dizia que ele ia esfriar a cabeça. Homens precisam passar um tempo sozinhos para esfriar a cabeça.

Ela não sabia, dona Lettie. Mamãe não sabia que ele machucava as pessoas, ou teria ficado com medo. Com mais medo ainda.

— Pessoas?

Quando Lettie deu a volta e tornou a se sentar, Naomi continuou olhando para a frente.

— Ashley disse que achava que estava lá embaixo há um dia ou dois. Tinha mais corda no porão, e fotos. Na parede, havia fotos de outras mulheres, amarradas como ela. Piores do que ela. Acho que algumas estavam mortas. Acho que estavam mortas. Vou vomitar.

Lettie a ajudou, segurando seus cabelos para trás enquanto a menina abraçava o vaso sanitário, umedecendo seu rosto com uma toalha molhada depois que acabou.

Ela deu a Naomi um líquido mentolado para bochechar e beijou sua testa.

— Seu dia foi muito difícil. Talvez queira descansar um pouco.

— Não posso ir para casa, posso?

— Agora não, sinto muito, querida. Mas posso levar você para a minha casa, e pode ficar na cama de hóspedes, tentar dormir.

— Posso ficar aqui até mamãe e Mason chegarem?

— Se você preferir. Que tal eu lhe trazer uma torrada, vermos se isso cai bem? Pode guardar essa barra de Snickers para mais tarde.

— Obrigada.

Lettie se levantou.

— Aquilo que você fez, Naomi, foi a coisa certa. E, mais do que isso, foi um ato bastante corajoso. Estou muito orgulhosa de você. Só vou demorar um minuto. Que tal tomar chá com mel junto com a torrada?

— Seria bom, obrigada.

Sozinha, Naomi apoiou a cabeça na mesa, mas não descansou. Bebericou a Coca, mas era doce demais. Queria água — apenas algo gelado e sem gosto. Pensou no bebedouro e se levantou.

Saiu da salinha, fez menção de chamar alguém e perguntar se havia problema em sair.

E viu o policial guiando seu pai pela sala, na direção de uma grande porta de metal. Suas mãos estavam algemadas nas costas; um hematoma virulento brilhava em sua bochecha direita.

Ele não parecia selvagem agora, nem irritado ou arrependido. Exibia um sorriso desdenhoso no rosto — o mesmo de quando alguém lhe sugeria que talvez estivesse errado a respeito de alguma coisa.

E então a viu — ela se preparou para receber sua fúria, seu ódio e sua cólera.

Tudo que ganhou foi um instante de indiferença antes de ele seguir até a porta de metal e atravessá-la. E ir embora.

A sala estava lotada de pessoas, de barulho, de algo que permeava sombriamente o ar. Naomi sentiu como se flutuasse, como se suas pernas tivessem sumido e seu corpo continuasse ali, suspenso.

Ouviu palavras desconexas, baixinhas ao ouvido.

FBI, serial killer, legistas, vítimas.

Nada fazia sentido.

Ninguém notou que ela estava ali, uma menina desajeitada com olhos grandes demais, brilhantes demais, em um rosto branco como o de um fantasma, afundada em roupas enormes e em estado choque.

Ninguém olhou em sua direção, e Naomi se perguntou se, caso o fizessem, seus olhos simplesmente passariam por ela — atravessando-a — assim como acontecera com os do pai.

Talvez nada daquilo fosse real. Talvez *ela* não fosse real.

A pressão em seu peito, no entanto, parecia real. Era como se tivesse caído do galho alto do velho carvalho nos fundos da casa, e perdido o fôlego. Tanto que não conseguia fazê-lo voltar ao normal.

A sala começou a girar lentamente, de um jeito enjoativo, e a luz escureceu. Como uma nuvem sobre a lua.

Com Bowes preso, Wayne saiu bem a tempo de ver os olhos de Naomi se revirando. Ele gritou e correu na direção da menina. Agiu rápido, mas não o suficiente para alcançá-la antes de ela cair no chão.

— Preciso de água! Onde está a porcaria do médico? Que diabos ela está fazendo aqui?

Tirou Naomi do chão, pegando-a no colo. Gentilmente lhe deu tapinhas nas bochechas tão pálidas a ponto de parecer que suas mãos as atravessariam.

— Desculpe. Ah, Deus misericordioso. Ela precisava comer. Saí para pegar comida. — Lettie se agachou com um copo de água.

— Ela o viu? Ela viu quando eu levei aquele babaca para a cela?

Lettie apenas balançou a cabeça.

— Não fazia nem três minutos que eu havia saído. Ela está acordando. Muito bem, meu amor. Naomi, querida, respire devagar. Você acabou de desmaiar. Quero que tome um gole de água.

— Fiquei doente?

— Você está bem agora. Tome um gole.

Os acontecimentos voltaram, cada um deles. Seus olhos — que a mãe dizia serem verdes da cor de uma garrafa de remédio — fecharam.

— Por que ele não está bravo comigo? Por que não se importa?

Os dois adultos forçaram-na a beber a água. Wayne a carregou de volta para os fundos. Trouxeram comida de doente — chá e torrada. Naomi comeu o que conseguiu, e descobriu que a sensação de estar flutuando havia passado.

O restante ocorreu em um borrão de imagens. O Dr. Hollin veio e a examinou. Nunca a deixaram sozinha — e Wayne surrupiou mais uma Coca-Cola para ela.

O xerife Joe Franks veio. Naomi o conhecia porque estudava com Joe Júnior. Ele tinha ombros largos e corpo robusto, além de um rosto implacável sobre um pescoço grosso. Ela sempre se lembrava de um buldogue quando o via.

Ele se sentou diante dela.

— Como você está, Naomi?

Sua voz parecia uma estrada de cascalhos.

— Não sei. Hum. Bem, senhor.

— Sei que passou por uma noite difícil, e está tendo um dia difícil também. Sabe o que está acontecendo?

— Sim, senhor. Papai machucou Ashley. Ele a deixou amarrada naquele porão no meio da floresta, perto de uma cabana queimada. Ele a machucou bastante, e machucou outras pessoas também. Vi fotos delas lá embaixo. Não sei por que ele fez essas coisas. Não sei por que alguém faria o que ele fez.

— Você já tinha ido àquele porão antes?

— Nem sabia que existia. Não temos permissão para entrar tanto assim na floresta. Só podemos ir até o riacho e, mesmo assim, quando deixam.

— O que a fez segui-lo ontem?

— Eu... Eu acordei, e estava muito quente. Sentei na janela e vi o papai sair. Pensei que talvez ele fosse se refrescar no riacho, e também quis ir. Peguei minha lanterna e meus chinelos, e saí. Não tenho permissão para fazer isso.

— Não tem problema. Então você o seguiu.

— Achei que ele talvez achasse graça. Daria pra perceber seu humor antes de contar que eu estava lá. Mas ele não foi para o riacho, e eu fiquei curiosa para saber aonde ia. Então, quando vi a cabana velha e o porão, pensei que talvez estivesse montando uma bicicleta para o meu aniversário.

— Hoje é seu aniversário, querida?

— Só na segunda, e eu pedi uma bicicleta. Então esperei, pois queria dar uma olhada. Eu me escondi e esperei até que ele saísse, mas...

— O quê?

Por um instante, Naomi pensou que seria mais fácil se começasse a flutuar de novo, e continuasse assim. Mas o xerife tinha olhos bons, pacientes. Não desgrudaria daqueles olhos bons, mesmo que saísse flutuando.

E precisava contar a alguém.

— Papai estava estranho, xerife. Senhor. Estava estranho quando saiu, e isso me assustou. Esperei até que fosse embora, só queria ver o que havia lá embaixo.

— Quanto tempo esperou?

— Não sei. Pareceu muito tempo. — Naomi corou um pouco. Não contaria que fizera xixi na floresta. Algumas coisas eram particulares. — Tinha um ferrolho na porta, e precisei fazer força para empurrá-lo, e, quando consegui abrir, ouvi um gemido. Achei que talvez fosse um cachorrinho. Não temos permissão para ter um cachorro, mas pensei que podia ser. E aí encontrei Ashley.

— O que mais você viu, querida? É difícil, mas, se puder me dar todos os detalhes, vai ajudar bastante.

Então, Naomi contou, com todos os detalhes, e bebericou a Coca mesmo com seu estômago se revirando durante o depoimento.

O xerife fez mais perguntas, e ela se esforçou para responder. Quando acabou, ele deu um tapinha em sua mão.

— Você se saiu muito bem. Vou trazer sua mãe aqui.

— Ela está na delegacia?

— Está.

— E Mason?

— Foi para a casa dos Huffman. A Sra. Huffman está tomando conta do seu irmão enquanto ele brinca com Jerry.

— Que bom! Eles gostam de brincar juntos. Xerife Franks, mamãe está bem?

Algo passou por seus olhos.

— Ela também teve um dia difícil. — O xerife ficou em silêncio por um momento. — Você é uma menina durona, Naomi.

— Não me sinto muito durona. Vomitei e desmaiei.

— Confie em mim, querida, eu sou um agente da lei. — Ele sorriu um pouco. — Você é uma menina durona. Então vou lhe dizer que outras pessoas virão fazer perguntas. O FBI... Sabe o que é isso?

— Sim, senhor. Mais ou menos.

— Eles farão perguntas. E também haverá jornalistas querendo conversar com você. Precisa falar com o FBI, mas não tem que dizer nada para os jornalistas.

O xerife levantou um lado do quadril e tirou um cartão do bolso.

— Este aqui é o meu telefone. O número daqui e o de casa, que eu anotei no verso. Pode me ligar a qualquer momento, não importa a hora. Se precisar falar comigo, ligue. Entendeu?

— Sim, senhor.

— Guarde isto num lugar seguro. Vou buscar a sua mãe.

— Xerife Franks?

Ele parou na porta, virando-se para ela.

— Sim, querida?

— Papai vai para a cadeia?

— Sim, querida, ele vai.

— Ele sabe disso?

— Imagino que sim.

Ela olhou para a Coca e assentiu.

— Tudo bem.

Papai iria para a cadeia. Como ela poderia voltar à escola, ou à igreja, ou ao mercado com a mãe? Aquilo era pior do que quando o pai de Carrie Potter passara dois meses preso por ter se envolvido em uma briga na sinuca. Pior do que quando o tio de Buster Kravitt fora preso por vender drogas.

Ela começaria a sétima série na próxima semana, e todo mundo saberia o que aconteceu. O que o papai fez. O que ela fez. Não sabia como poderia...

E então a porta abriu, e lá estava sua mãe.

Ela parecia doente, como se estivesse doente há dias, tão doente que seu corpo se esvaía. Parecia mais magra do que quando Naomi fora dormir na noite anterior. E seus olhos estavam vermelhos, inchados, ainda cheios de lágrimas. Os cabelos se espalhavam para todos os lados, como se não os tivesse penteado, e usava o vestido cor-de-rosa largo e desbotado que geralmente colocava para cuidar do jardim.

Naomi se levantou, trêmula, naquele momento querendo nada além de pressionar o rosto contra o corpo da mãe, ser consolada e receber promessas nas quais fingiria acreditar.

Mas as lágrimas continuavam a cair do rosto da mãe, impulsionadas por soluços guturais. Ela afundou no chão, cobrindo o rosto com as mãos.

Então, a criança foi até a mulher adulta, abraçou-a, acariciou-a e a acalmou.

— Vai ficar tudo bem, mamãe. Nós vamos ficar bem.

— Naomi, Naomi. Estão falando coisas horríveis sobre o seu pai. Estão falando que você as disse.

— Nós vamos ficar bem.

— Não pode ser verdade. Isso não pode ser verdade. — Susan se afastou, segurou o rosto de Naomi nas mãos, falou com agitação: — Você imaginou. Você teve um pesadelo.

— Mamãe. Eu vi.

— Não, não viu. Precisa dizer a eles que cometeu um erro.

— Não cometi um erro. Ashley, a garota que ele pegou, está no hospital.

— Ela está mentindo. Só pode estar mentindo. Naomi, ele é seu pai, seu *sangue*. É o meu marido. A polícia está revirando nossa casa. Colocaram algemas no seu pai e o levaram embora.

— Eu mesma tirei as cordas dela.

— Não, você não fez nada disso. Precisa parar de contar mentiras *agora*, e falar que inventou essa história.

Uma dor latejante encheu a cabeça de Naomi, e sua voz soou fria e vazia:

— Eu tirei a fita da boca de Ashley. Eu a ajudei a sair do porão. Ela mal conseguia andar. Estava pelada.

— Não.

— Ele a estuprou.

— Não diga uma coisa dessas. — Com a voz aguda, Susan sacudiu a filha. — Não ouse.

— Havia fotos na parede. Muitas fotos, de outras garotas, mamãe. Havia facas com sangue seco nelas, e cordas, e...

— Não quero ouvir isso. — Susan tampou os ouvidos com as mãos. — Como pode falar essas coisas? Como eu poderia acreditar nisso? Ele é meu marido. Vivi com ele por 14 anos. Tivemos dois filhos. Dormimos na mesma cama, noite após noite. — A agitação pareceu se estraçalhar, como vidro. Susan deixou a cabeça cair no ombro de Naomi novamente. — Ah, o que vamos fazer? O que será de nós?

— Nós vamos ficar bem — repetiu Naomi, desamparada. — Vamos ficar bem, mamãe.

$\mathcal{N}$ÃO PODIAM VOLTAR para casa. Não até a polícia e, agora, o FBI liberarem. Mas Lettie foi até lá e pegou roupas, escovas de dente e coisas assim para eles, e lhes ofereceu seu quarto de hóspedes — para ela e a mãe — enquanto Mason dormia com seu filho.

O médico deu à mãe um remédio para dormir, o que foi bom. Naomi tomou banho, vestiu as próprias roupas e prendeu os cabelos, sentindo-se mais como ela mesma.

Quando saiu do banheiro e atravessou o corredor, abrindo uma fresta da porta para ver como a mãe estava, encontrou o irmãozinho sentado na cama.

— Não a acorde! — sussurrou, e então se sentiu mal pela ordem irritada quando Mason virou em sua direção.

Ele também estivera chorando, e seu rosto estava inchado, com os olhos vermelhos por fora e perdidos por dentro.

— Só estou olhando para ela.

— Saia daí, Mason. Se mamãe acordar, vai começar a chorar de novo.

Ele obedeceu à irmã sem discutir — algo raro — e então seguiu direto para ela, dando-lhe um abraço apertado.

Havia muito tempo que os dois não se abraçavam, mas era bom ter alguém em quem se apoiar, então Naomi o abraçou de volta.

— Eles entraram direto na casa, ainda estávamos dormindo. Escutei papai gritando, e outras pessoas também, então eu saí correndo do quarto. Vi papai brigando com o policial, e o empurraram contra a parede. Mamãe gritava e chorava. Algemaram papai, que nem fazem na televisão. Ele roubou um banco? Ninguém quer me contar.

Se eles descessem para o andar de baixo, encontrariam a dona Lettie, então Naomi preferiu se sentar no chão com o irmão.

— Ele machucou pessoas, Mason. Moças.

— Por quê?

— Não sei, mas foi o que ele fez.

— Talvez tenha sido culpa delas.

— Não, não foi. Ele as levava para um lugar na floresta, trancava-as lá e as machucava.

— Que lugar?

— Um lugar ruim. Vão colocá-lo na cadeia por causa disso.

— Não quero que papai vá para a cadeia. — As lágrimas recomeçaram. Tudo que ela podia fazer era passar um braço pelos ombros do irmão.

— Ele fez coisas ruins com algumas pessoas, Mason. Precisa ser preso.

— A mamãe vai ser presa?

— Não, ela não machucou ninguém. Não sabia que ele fazia isso com os outros. Não a perturbe com isso. E também não se meta em brigas. As pessoas dirão coisas sobre o papai, e você vai querer brigar, mas não pode fazer isso. Porque as coisas que vão dizer serão a verdade.

A expressão dele se tornou brigona.

— Como você sabe o que é verdade?

— Porque eu vi, porque eu sei. Não quero mais falar sobre isso. Já falei muito hoje. Queria que tudo já estivesse resolvido. Queria que estivéssemos em outro lugar.

— Eu quero ir para casa.

Naomi não queria. Nunca mais queria voltar para aquela casa, sabendo o que havia nas profundezas da floresta. Sabendo o que vivera ali, o que comera na mesma mesa que eles.

— A dona Lettie disse que tem um Nintendo na sala de estar.

O ar brigão deu lugar a um misto de esperança e hesitação.

— Podemos jogar?

— Ela disse que sim.

— Tem Donkey Kong?

— Podemos descobrir.

Embora não tivessem videogames em casa — nem computador —, tinham amigos suficientes para saber como se jogava. E Naomi tinha plena consciência de que Mason era doido por videogames. Foi fácil deixá-lo à vontade na sala de estar com a ajuda de dona Lettie — ainda mais quando ela lançou um olhar para o filho adolescente, ordenando que jogasse com o menino.

— Vou fazer uma limonada. Pode vir comigo até a cozinha, Naomi, e me ajudar?

A casa era muito bonita. Limpa e arrumada, cheia de cores nas paredes e nos móveis. Ela sabia que o Sr. Harbough dava aula de inglês e literatura na escola de ensino médio, e a dona Lettie trabalhava na delegacia. Mas, para Naomi, a casa tinha cara de *riqueza*.

A cozinha tinha uma lava-louça — que era seu apelido em casa — e uma bancada branca como a neve no centro, com uma segunda pia.

— A sua casa é muito bonita, dona Lettie.

— Ora, muito obrigada. Isso me deixa feliz. Quero que se sinta confortável enquanto estiver aqui.

— Quanto tempo acha que vamos ficar?

— Só um dia ou dois. — Lettie colocou açúcar e água para ferver em uma panela. — Já fez limonada antes?

— Não, senhora.

— É uma delícia. Dá trabalho, mas vale a pena.

Lettie começou os preparativos. Naomi notou que ela não usava avental: simplesmente enfiara um pano de prato na borda da calça. Papai não gostava que mamãe usasse calça. Mulheres deviam usar saias e vestidos.

Pensar nisso, no pai, ouvir a voz dele em sua mente, fez seu estômago voltar a doer. Então, obrigou-se a pensar em outra coisa.

— Dona Lettie, o que a senhora faz na delegacia?

— Ora, querida, eu sou a primeira mulher policial em Pine Meadows e, depois de seis anos de serviço, continuo a ser a única.

— Como o policial Wayne.

— Isso mesmo.

— Então a senhora sabe o que vai acontecer agora. Pode me contar?

— Não posso dar certéza, já que o FBI tomou conta do caso. Nós só ajudamos. Mas vão juntar provas, colher depoimentos, e seu pai terá um advogado. Grande parte do que acontecerá agora depende das provas e dos depoimentos, e do que seu pai falar e fizer. Eu sei que é difícil, mas seria melhor que você não se preocupasse com nada disso por enquanto.

— Não posso me preocupar com papai. — Já tinha entendido isso. Mas...

— Preciso tomar conta da mamãe e de Mason.

— Ah, meu amor. — Lettie suspirou, e, depois de mexer o líquido da panela com uma colher, deu a volta na bancada. — Alguém precisa tomar conta de você também.

— Mamãe não vai saber o que fazer sem papai mandando nela o tempo todo. E Mason não entende o que ele fez. Não sabe o que é estupro.

Com outro suspiro, Lettie abraçou Naomi.

— Não cabe a você tomar conta de todos. Onde o irmão da sua mãe mora agora? Onde mora seu tio Seth?

— Em Washington, D.C. Mas não podemos falar com ele, porque ele é homossexual. Papai diz que é uma abominação.

— Eu conheci seu tio Seth. Estava algumas séries atrás de mim na escola. Não me parecia uma abominação.

— A Bíblia diz... — O que a Bíblia dizia, ou pelo menos o que seu pai dizia que a Bíblia dizia, fez sua cabeça e seu coração doerem. Não, ela não podia se preocupar com isso agora. — Ele sempre foi muito legal com a gente. Lembro que tinha uma risada gostosa. Mas papai disse que ele não podia mais vir nos visitar, e que mamãe não devia conversar com ele pelo telefone.

— Você quer que ele venha?

Só ouvir aquilo, ouvir aquelas palavras, provocou um aperto tão forte na garganta de Naomi que a única coisa que ela conseguiu fazer foi assentir.

— Então está decidido. Quando eu tirar a calda do fogo para esfriar, vou tentar entrar em contato com ele. Então lhe mostrarei como espremer limões. Essa é a parte mais divertida.

Naomi aprendeu a fazer limonada e comeu um queijo quente — uma combinação que se tornaria para sempre sua comida preferida para os momentos tristes.

Enquanto o dia passava e a mãe dormia, Naomi, pela primeira vez na vida, implorou para receber tarefas. Lettie deixou que ela tirasse as ervas daninhas do jardim de flores e da horta no quintal dos fundos, e que colocasse alpiste nos comedouros de passarinho.

Quando acabou, a menina se deixou levar pelo cansaço, deitou-se em uma sombra na grama e adormeceu.

Acordou de repente, assim como naquela noite. Algo estava acontecendo ali.

Em um instante, estava sentada, com o coração martelando no peito, quase esperando encontrar o pai parado acima dela com as cordas em uma mão e uma faca na outra.

No entanto, o homem sentado ao seu lado na sombra, numa cadeira de praia, não era o pai. Ele usava calça cáqui e mocassins sem meia, e, ao erguer os olhos, Naomi deparou com uma camisa azul-vivo, com um homenzinho em um cavalo no local em que deveria haver um bolso.

Tinha os olhos iguais aos dela, verde cor de garrafa de remédio, e um rosto tão delicado e belo como o de um astro de cinema, terminando com cabelos castanhos ondulados sob um chapéu-panamá.

— Caí no sono.

— Não há nada melhor do que um cochilo na sombra numa tarde de verão. Você se lembra de mim, Naomi?

— Tio Seth. — Seu coração doeu, mas não era o tipo de dor ruim. Ficou com medo de desmaiar de novo, apesar de a sensação ser diferente daquela que sentira antes, mas tudo lhe parecia mais leve e brilhante. — Você veio. Você veio — repetiu ela, e então subiu no colo dele, chorando e segurando--o. — Não vá embora. Por favor, não vá embora, tio Seth. Por favor, por favor.

— Não vou, não vou embora, meu amor. Prometo. Pode parar de se preocupar agora. Eu estou aqui e vou cuidar de vocês.

— Você me deu um vestido de festa cor-de-rosa.

Seth riu, e o som fez a dor no coração de Naomi diminuir enquanto ele tirava um lenço branco como a neve do bolso da calça e secava as lágrimas da sobrinha.

— Você se lembra disso? Devia ter uns 6 anos, no máximo.

— Ele era tão bonito, tão chique e elegante. Mamãe está dormindo. Ela não para de dormir.

— É disso que ela precisa agora. Veja só quanto você cresceu! Que pernas compridas. Está cheia de arranhões.

— Estava escuro na floresta.

Os braços de Seth se apertaram ao redor dela. Ele cheirava tão bem, como sorvete de limão.

— Não está escuro agora, e eu estou aqui. Assim que possível, levarei vocês para a minha casa. Você, Mason e sua mãe.

— Vamos ficar em Washington com você?

— Isso mesmo. Comigo e com meu amigo Harry. Você vai gostar de Harry. Ele está jogando Donkey Kong com Mason, e os dois estão se conhecendo melhor.

— Ele é homossexual?

Algo resmungou no peito de Seth.

— É, sim.

— Mas é legal, como você?

— Acho que sim, mas você vai avaliar isso por conta própria.

— Minhas aulas vão começar logo. As de Mason também.

— Vocês podem estudar em Washington. O que acha?

O alívio que Naomi sentiu quase a fez desmaiar de novo, mas apenas assentiu.

— Não quero mais ficar aqui. A dona Lettie é muito legal. E o policial Wayne. E o xerife também. Ele me deu o telefone dele para eu ligar se precisasse. Só que não quero mais ficar aqui.

— Assim que pudermos, vamos embora.

— Não quero ver papai. Não quero vê-lo. Sei que isso é ruim, mas...

Seth a afastou.

— Isso não é ruim, e nunca mais pense ao contrário. Você não precisa vê-lo se não quiser.

— Pode falar isso para a mamãe? Ela vai querer que eu faça isso, que eu e Mason façamos. Não quero vê-lo. Ele não me viu. Podemos ir para Washington agora?

Ele a abraçou novamente.

— Estou cuidando disso.

LEVOU MAIS DE uma semana, apesar de eles não terem passado nem uma noite na casa da dona Lettie. Os jornalistas vieram — o xerife tivera razão quanto a isso. E vieram em hordas e matilhas, em vans enormes e com câmeras de filmagem. Gritavam perguntas e se aglomeravam ao redor de qualquer um que botasse o pé na rua.

Ninguém se lembrou do aniversário dela, mas Naomi não se importou com isso. Também queria esquecer.

Foram para uma casa nos limites de Morgantown que não era tão bonita quanto a da dona Lettie. O pessoal do FBI também ficou lá, por causa dos jornalistas, e porque a família recebera algumas ameaças.

Ela ouvia coisas demais, porque prestava atenção.

Como, por exemplo, mamãe brigando com o tio Seth sobre ir para Washington, sobre não levar as crianças para ver o pai. Mas o tio cumpriu sua promessa. Quando a mãe foi visitar o marido, apenas a moça do FBI a acompanhou.

Na segunda vez que o visitou, chegou em casa e tomou remédios. E dormiu por mais de 12 horas.

Naomi ouviu o tio conversando com Harry sobre como poderiam mudar as coisas para abrigar mais três pessoas em sua casa em Georgetown. Ela gostava mesmo de Harry — Harrison (como Indiana Jones) Dobbs. Apesar de ter ficado surpresa e confusa com o fato de ele não ser branco. Não era exatamente negro também. Tinha a cor do caramelo que ela gostava tanto de pôr no sorvete quando fazia por merecer uma guloseima especial.

Harry era bem alto e tinha olhos azuis, que pareciam especiais em contraste com o caramelo. Era chef de cozinha, e explicara a ela, com uma piscadela, que isso significava ser um cozinheiro chique. Apesar de Naomi nunca ter conhecido um homem que sabia se virar na cozinha, era ele quem fazia o jantar todas as noites. Comidas das quais ela nunca ouvira falar e que, até então, nem sequer provara.

Mais uma vez se sentia como em um filme, com comidas tão bonitas.

Eles compraram um Nintendo para Mason, e roupas novas para ela e mamãe. Naomi achava que não seria tão ruim ficar na casa menos bonita se Harry e Seth continuassem ali também.

Porém, tarde da noite, em um dia em que a mãe fora visitar papai, Naomi ouviu outra briga. Odiava quando a mãe e o tio brigavam, porque isso atiçava seu medo de que ele pudesse ir embora de novo.

— Não posso simplesmente fazer as malas e ir embora, levar as crianças daqui. Tom é pai delas.

— Ele nunca vai sair da prisão, Susie. Vai arrastar essas crianças para os dias de visita? Vai obrigá-las a passar por isso?

— Ele é o pai delas.

— Ele é uma merda de um monstro.

— Não use esses termos.

— Ele é uma merda de um monstro, aceite isso. As crianças precisam de você, Susie, então cuide delas. Aquele homem não merece sequer um minuto do seu tempo.

— Eu fiz votos. Amar, honrar, respeitar.

— Tom também, e os quebrou. Jesus Cristo, ele estuprou, torturou e matou mais de vinte mulheres. Confessou ter feito essas coisas. Pelo amor de Deus, ele se vangloriou disso. Mais de vinte meninas. E ia para a sua cama quando acabava com elas.

— Pare! Pare! Quer que eu diga que ele fez essas coisas? Que fez essas coisas horríveis? Como posso viver sabendo disso, Seth? Como?

— Porque tem duas crianças que precisam de você. E eu vou ajudá-la, Susie. Vamos para bem longe daqui, para um lugar onde se sintam seguros. Você e as crianças farão terapia. Elas vão estudar em boas escolas. Não me obrigue a lhe dar ordens, como ele fazia. Por enquanto, farei isso, se for necessário, para proteger você e as crianças. Mas estou pedindo que se lembre da pessoa que costumava ser antes de Tom. Você tinha coragem e planos, e era uma pessoa radiante.

— Você não entende? — Aquele tom terrível de súplica na voz da mãe, aquela fragilidade horrível, como um corte que não consegue ser curado. — Se eu for, estou admitindo que tudo aquilo aconteceu.

— Mas aconteceu. Ele admitiu.

— Elas o *obrigaram*.

— Pare. Pare com isso. Sua própria filha, seu bebê, viu o que ele fez.

— Ela imaginou...

— Pare. Susie, pare.

— Não posso simplesmente... Como é possível que eu não soubesse? Como é possível que tenha vivido quase metade da minha vida com ele sem saber disso? Os jornalistas gritam isso para mim.

— Os jornalistas que se fodam! Vamos embora amanhã. Meu Deus, onde está a sua raiva, Susie? Onde está a raiva pelo que ele fez, pelo que ele é, pelo que causou a você e aos seus filhos? Pelo que causou a Naomi? Espero, de verdade, que você a encontre, mas, até isso acontecer, terá que confiar em mim. Essa é a melhor coisa a ser feita. Podemos ir embora amanhã, e você pode começar a construir uma vida nova com seus filhos.

— Não sei por onde começar.

— Faça as malas. Daremos um passo de cada vez.

Naomi ouviu a mãe chorando depois que Seth saiu do cômodo. E, após alguns minutos, ouviu gavetas abrindo e fechando.

Sons de uma pessoa que fazia as malas, pensou ela.

Iriam embora pela manhã. Deixariam aquilo tudo para trás.

Ao fechar os olhos, Naomi rezou, agradecendo pelo tio. Sabia que salvara a vida de Ashley. Agora, achava que tio Seth salvava a sua.

Capítulo 3

◆ ◆ ◆ ◆

NAOMI MOROU em Washington, D.C., por cinco meses, duas semanas e cinco dias. Aquele breve período trouxe muitos altos e baixos, tantos choques e momentos de alegria que ela perdeu a conta.

Adorava a casa em Georgetown, com pé-direito alto e cores fortes e marcantes, com o pátio bonito nos fundos e a pequena fonte com a própria piscina minúscula.

Nunca vivera em uma cidade antes, e era capaz de passar horas sentada à janela do quarto, observando os carros, táxis e as pessoas passando. Seu quarto era muito bonito. A velha cômoda de cerejeira — uma antiguidade, não um móvel de segunda mão, porque havia diferença entre essas coisas — tinha um grande espelho oval emoldurado pela mesma madeira, com pequenos arabescos. Sua cama era de casal, um luxo que a fazia rolar de um lado para o outro e esticar os braços o máximo possível no colchão, simplesmente porque podia. Seus lençóis eram tão macios e lisos que ela acariciava o travesseiro enquanto tentava dormir.

As paredes, douradas como o pôr do sol, exibiam imagens de flores agrupadas no seu próprio jardinzinho.

Ela gostava mais do seu quarto do que do da mãe, que era mais chique, com um dossel verde-claro sobre a enorme cama e uma cadeira com pássaros estranhos e lindos voando.

Mason dormia em um sofá-cama no que o tio chamava de saleta do segundo andar, mas, na maioria das noites das primeiras semanas, ele acabava indo para a cama dela ou se enroscando no seu tapete como um cachorrinho.

Harry os levou ao seu restaurante, que tinha toalhas de mesa, e velas e flores, e lhes mostrou a cozinha enorme e cheia de barulho, correria e calor.

O primeiro dia na escola foi motivo de nervosismo e animação. Uma escola nova, um lugar novo, onde ninguém a conhecia. Isso era, ao mesmo tempo, assustador e maravilhoso. Ela também recebeu um nome novo. Ali, era Naomi Carson — a menina nova —, e alguns colegas zombavam do seu sotaque. Nenhuma das outras crianças, no entanto, sabia que seu pai estava na prisão.

Ela não gostava muito de ir à terapia. A Dra. Osgood era legal — jovem e bonita e sempre com um cheiro bom, mas lhe parecia errado, pelo menos a princípio, conversar com uma desconhecida sobre os pais e o irmão, e, acima de tudo, sobre o que acontecera naquela noite na floresta.

Mason se consultava com outro médico, um homem, e gostava muito de ir porque seu terapeuta o deixava falar sobre videogames e basquete. Pelo menos era o que Mason dizia, e, depois de algumas semanas conversando sobre essas coisas, ele deixou de dormir na cama de Naomi.

A mãe — quando ia — consultava uma médica completamente diferente. Muitas vezes dizia que não estava com vontade, e preferia se deitar, alegando estar com mais uma enxaqueca.

Uma vez por semana, no dia de visita, ela pegava o carro do tio Seth emprestado e dirigia até a prisão — a penitenciária federal Hazelton. Levava quase oito horas no percurso de ida e volta, apenas para ter um tempinho de conversa através de um vidro. E sempre chegava em casa parecendo acabada e sentindo dor de cabeça.

Mas não deixava de ir.

A vida entrou em uma rotina, com Naomi e Mason indo à escola; Harry, ao restaurante; Seth, ao escritório no qual investia o dinheiro de outras pessoas, e a mãe trabalhando como garçonete em meio período.

Então, em uma noite, Seth chegou com um tabloide na mão, e foi o inferno na Terra.

Naomi se encolheu de medo. Nunca vira o tio com raiva, nunca o escutara levantar a voz. Agora, não sabia como agir. Estava fazendo frango e arroz no grande fogão a gás como Harry lhe ensinara, enquanto Mason enrolava para fazer o dever de casa, sentado à bancada, e mamãe encarava o nada e fingia ajudar.

Ela ficou de pé em um pulo quando Seth jogou o jornal na bancada. Naomi viu que a capa mostrava uma foto do pai e, ah, meu Deus, uma dela, tirada no dia de fotografias da escola em Pine Meadows.

— Como pôde fazer isso? Como pôde fazer isso com seus filhos, consigo mesma?

Susan agarrou a pequena cruz de ouro que carregava no pescoço.

— Não grite comigo. Não falei quase nada.

— Você falou o suficiente. Deu a eles a foto de Naomi? Contou que estava morando aqui em Washington?

Agora seus ombros pareciam murchar, da mesma forma, pensou Naomi, que acontecia quando papai lhe lançava um olhar maldoso.

— Eles me pagaram cinco mil dólares. Preciso ganhar a vida, não é?

— Dessa forma? Vendendo a foto da sua filha para um tabloide?

— Ele poderia ter conseguido a foto sem a minha ajuda, você sabe, e faz semanas que escrevem sobre o que aconteceu. Parece que não vai acabar nunca.

— Ninguém tinha uma foto dela, Susan. — Como se estivesse cansado, Seth puxou o nó da gravata vermelha para soltá-la. — Ninguém sabia que vocês estão morando aqui.

Quando o telefone tocou, ele levantou uma mão para interromper Naomi.

— Não atenda. Deixe cair na secretária. Já recebi seis ligações no meu trabalho. Não levariam muito tempo para descobrir um número que não está na lista telefônica. E que não está na lista, Suze, para proteger você e as crianças do que vai acontecer agora.

— Eles estão sempre na prisão, me atormentando. — Com os ombros ainda caídos, Susan apertou os lábios. Naomi notou que havia rugas ao redor da sua boca. Rugas que não estavam lá antes daquela noite quente de verão. — E Tom disse que podíamos ganhar uma bolada. Ele próprio não pode falar nada, mas...

— Você pode fazer as perguntas chegarem a ele.

Susan ficou muito corada, como acontecia quando estava profundamente envergonhada ou irritada.

— Tenho que ajudar meu marido, Seth. Eles o jogaram numa cela, e ainda por cima no que chamam de área especial. Tom disse que precisa do dinheiro para pagar um advogado para dar um jeito de fazê-lo voltar às celas comuns.

— Ah, meu Deus, Suze, isso é um monte de merda. Não consegue entender quando está sendo enrolada?

— Não use esses termos.

— Os meus termos incomodam você, mas isto aqui não? — Ele bateu no jornal com uma mão enquanto o telefone voltava a tocar. — Você leu o que escreveram?

— Não, não, não li. Não quero ler. Os jornalistas... os jornalistas ficavam me perturbando, e Tom disse que ele seria mais respeitado se contasse a sua versão, e eu poderia ajudar.

— Ninguém respeita tabloides. Até mesmo ele saberia... — Seth se interrompeu, e Naomi deu uma olhada no tio, só que ele parecia mais enojado do que irritado agora. — Quem mais perturbou você? Com quem mais falou?

— Conversei com Simon Vance.

— O escritor. Que escreve sobre crimes baseados em fatos reais.

— Ele é respeitado. A editora vai me pagar 25 mil dólares. É o que diz no contrato.

— Você assinou um contrato.

— Foi tudo bem profissional. — Com os olhos vítreos, os lábios tremendo, Susan jogou os braços para a frente, como se quisesse impedir um ataque. — E eu vou receber mais quando venderem os direitos para o cinema. Foi o que ele disse.

— Susan. — Naomi sabia como era sentir desespero agora, e ouviu o sentimento na voz do tio. — O que você fez?

— Não posso passar a vida como garçonete. E a médica com quem você me obriga a me consultar disse que preciso aumentar minha autoconfiança. Preciso morar em um lugar mais perto da prisão, para não ter que pegar seu carro emprestado e dirigir por tanto tempo. Tom quer que eu e as crianças moremos mais perto.

— Eu não vou para lá.

Susan se voltou para Naomi ao ouvir a voz dela, e o calor da raiva atravessou suas lágrimas.

— Não seja desaforada.

— Não estou sendo desaforada, só estou dizendo. Não vou. Se você me levar, eu fujo.

— Você vai obedecer a mim e ao seu pai. — A histeria, coisa que Naomi reconhecia por tê-la ouvido o suficiente nos últimos quatro meses, surgiu na voz de Susan. — Não podemos ficar aqui.

— E por que não, Susan? — perguntou Seth, calmo. — Por que não podem ficar aqui?

— Você vive com um homem, Seth. Você vive em pecado com um homem. Um homem negro.

— Naomi, querida. — A voz de Seth continuava tranquila, mas seus olhos, cheios de agitação, permaneceram fixos no rosto de Susan. — Pode subir com Mason por um instante?

— Estou fazendo o jantar.

— E o cheiro está ótimo. Apenas tire a panela do fogo por um tempo, está bem? Subam, ajude Mason a terminar o dever de casa.

Mason escorregou para fora do banco alto e passou os braços ao redor de Seth.

— Não nos mande embora. Não deixe que ela nos leve embora. Por favor, quero ficar com vocês.

— Não se preocupe com isso. Suba com sua irmã.

— Venha, Mason. Não vamos a lugar algum além de lá pra cima. — Naomi olhou para trás enquanto juntava os livros e os papéis do irmão. — Harry não é pecado, mas acho que é pecado você dizer que ele é.

— Você não entende — começou Susan.

— Entendo, sim. Comecei a entender naquela noite na floresta. É você que não entende, mamãe. Venha, Mason.

Seth permaneceu em silêncio enquanto Susan começava a chorar. Ele simplesmente abriu a adega refrigerada e escolheu uma garrafa de vinho. Deixou a irmã ali parada, as mãos cobrindo o rosto, enquanto a abria, servindo-se de uma taça.

Desligou o som do telefone, que não parava de tocar.

Enquanto Susan chorava, tomou dois goles lentos.

— Você sabe que sou gay desde que eu tinha 14 anos. Provavelmente desde antes disso, mas foi nessa idade que tomei coragem para te contar. Demorou um pouco mais pra eu me assumir para mamãe e papai, e eles aceitaram bem as coisas, considerando tudo. Mas, primeiro, eu contei para a minha irmã mais velha. Você se lembra do que me disse? Depois de me perguntar se eu tinha certeza? — Como ela continuou chorando, Seth tomou outro gole do vinho. — Você disse: bem, não invente de dar em cima de nenhum namorado meu. Onde foi parar aquela garota, Suze, aquela que soube dizer exatamente a coisa certa quando eu estava tão assustado que meus joelhos pareciam geleia? A garota que me fez rir quando eu tentava não chorar. Aquela que me aceitou como eu sou.

— Desculpe. Desculpe.

— Não tem problema, Susan. Mas eu vou dizer uma coisa, e é melhor que me escute. Escute bem, Susan. Nunca mais fale dessa maneira sobre o homem que eu amo. Você me entendeu?

— Desculpe. Desculpe. Harry tem sido tão bom e gentil comigo e com as crianças. E eu sei o quanto ele te faz bem. Desculpe. Mas...

— Mesmo assim, somos uma abominação? É isso que você realmente acha? É isso que seu coração diz?

Ela voltou a se sentar.

— Não sei. Não sei. Não *sei*! Foram 14 anos. Tom não era tão rígido no começo. Foi uma coisa tão gradual que nem percebi. Ele queria que eu parasse de trabalhar e, como eu estava grávida de Naomi, pensei que não teria problema. Poderia ter um lar de verdade, ficar em casa com minha bebê. Depois ele não queria mais visitar a mamãe e o papai, sempre tinha uma desculpa. E então não queria mais que eu fosse. Éramos uma família, ele era o chefe da casa. E aí não queria mais que eles viessem nos ver. Talvez nas festas de fim de ano, pelo menos no início.

— Ele a isolou de todos que a amavam.

— Ele dizia que ninguém além de nós era importante. Precisávamos ter nossa própria vida, e aí Mason chegou, e Tom passou a ser muito rígido sobre como as coisas deveriam ser. Mas ele trabalhava duro, pagava as contas. Nunca tocou em um fio de cabelo meu, juro. Nem no das crianças. A forma como ele pensava, as coisas que ele queria, que dizia, simplesmente se entranharam em mim. Sentia falta de mamãe e papai. Sentia tanta falta de você, mas...

Seth pegou mais uma taça, serviu o vinho, e colocou a bebida diante dela.

— Não bebo nada além de vinho da igreja desde que estava grávida de Naomi. Eu costumava ser como ela, não é? Forte, corajosa, um pouco impetuosa.

— Você era, sim.

— Perdi isso, Seth. Perdi tudo isso.

— Mas você pode recuperar.

Susan negou com a cabeça.

— Estou tão cansada. Queria poder dormir, só dormir, até tudo passar. Naomi estava falando sério. Ela não iria comigo. Ou, se eu a obrigasse, fugiria, levando Mason junto. Ela não o abandonaria. Não como eu fiz com você. Ela me forçaria a escolher entre meus filhos e meu marido.

— Você já o escolheu antes.

— Uma mulher é unida ao marido. — Suspirando, ela pegou a taça e bebeu. — Ah, que gostoso! Tinha esquecido como era. Fiz votos, Seth. Sei que ele os quebrou, sei que fez coisas indescritíveis... Pelo menos sei disso em alguns momentos. Mas, para mim, é difícil quebrar essas promessas, aceitar que a pessoa que as fez é o homem que agora está na cadeia. Eu me sinto tão cansada. O tempo todo. Se pudesse, dormiria pelo resto da minha vida.

— Isso é depressão, querida. Precisa dar tempo para a terapia e os remédios fazerem efeito. Precisa se dar tempo.

— Parece que já se passaram anos. Seth, toda vez que vou até Hazelton, digo a mim mesma que nunca mais voltarei. Não quero ver aqueles muros, passar por aqueles guardas. Ficar lá sentada, falar com ele através do vidro. Ser cercada por aqueles jornalistas e outras pessoas que esperam para tentar falar comigo. Elas gritam coisas. Você não sabe como é.

— Então pare de ser o alvo deles.

Ela apenas balançou a cabeça.

— Mas aí... Tom sempre dá um jeito de virar minha cabeça, de me fazer duvidar de mim mesma. E eu acabo fazendo o que ele quer. Sabia que falar com os jornalistas era errado. Sabia que assinar o contrato era errado. Mas não sou forte, corajosa e impetuosa, então obedeci ao que ele mandou. Tom disse para eu pegar o dinheiro e assinar os papéis. Para depositar uma grana na conta da prisão e arrumar uma casa ali perto. Devo continuar com as visitas toda semana, e levar as crianças uma vez por mês, para começar.

— Eu tentaria impedi-la. Poderia até perder, mas tentaria impedi-la de levar as crianças daqui.

— Ela tentaria me impedir. Minha menina. — Dando um meio-soluço, Susan secou uma lágrima nova com as juntas dos dedos. — Naomi não iria, e lutaria como uma leoa para manter Mason longe. Preciso cuidar melhor deles. Eu sei disso.

— Não volte. — Seth colocou uma mão sobre a dela, e sentiu a de Susan ficar tensa. — Dê um tempo a si mesma, para se tornar mais forte. Espere algumas semanas, veja como vai se sentir. Converse com a terapeuta sobre isso.

— Vou tentar. Juro. Sou tão grata a você e a Harry. Sinto tanto por ter obedecido ao Tom, depois de tudo que você fez por nós.

— Vamos superar isso.

— Vou subir, conversar um pouco com as crianças. E volto para terminar o jantar.

— É um bom começo. Amo você, Suze.

— Deve me amar mesmo. — Ela se levantou, abraçando-o. — Amo você. Não desista de mim.

— Nunca.

Susan lhe deu um apertão antes de sair da cozinha e subir a escada. Os passos mais difíceis de sua vida, pensou ela. Mais difíceis até do que os passos horríveis que dava pela prisão até a área dos visitantes.

Chegou à porta de Naomi e observou os filhos, sentados no chão, com Mason franzindo a testa sobre o lápis e o dever de casa.

Ele estivera chorando, e isso lhe partiu o coração, pois sabia que era ela a causa daquelas lágrimas.

Mas Naomi não. Seus olhos estavam secos e determinados quando os ergueu, encontrando os da mãe.

— Primeiro, quero admitir que estava errada. Sobre o que disse a respeito do seu tio e de Harry. O que falei foi algo errado e horrível. Espero que me perdoem. E quero dizer que vocês estavam certos. Os dois. Não vamos nos afastar deles. Cometi um erro ao conversar com aquelas pessoas. Com o jornal, com a revista, com o escritor. Não posso voltar e desfazer o que fiz, mas isso nunca mais vai se repetir. Desculpe, Naomi, de verdade, por entregar sua foto a eles. Não sei o que posso fazer para compensar isso, mas vou tentar ser melhor. Prometo que vou tentar. É fácil dizer as palavras. Preciso mostrar que sou capaz. Precisam me dar uma chance de mostrar que serei melhor.

— Vou lhe dar uma chance, mamãe. — Mason levantou de um salto, correndo para os braços dela.

— Eu amo tanto você, meu homenzinho. — Susan lhe beijou o topo da cabeça, então olhou para a filha. — Entendo que talvez você precise de mais tempo.

Naomi apenas negou com a cabeça e correu para a mãe.

ELA MELHOROU, apesar de alguns escorregões, alguns bem graves. Ao dar entrevistas e vender as fotos, Susan abrira uma porta que o irmão tentava fechar.

Isso gerou mais burburinho, com algumas histórias paralelas sobre o cunhado gay do serial killer, e jornalistas o perseguiam pelo caminho de ida e de volta até o trabalho. Paparazzi tiraram fotos de Naomi saindo da escola, de Mason brincando no parquinho.

Programas de auditório na televisão jogavam lenha na fogueira, conversando com "especialistas", e os tabloides mostravam-se insaciáveis.

Surgiram boatos de que Simon Vance, autor vencedor do Pulitzer, fizera um acordo com Thomas David Bowes e sua esposa para escrever um livro, e o circo da mídia recomeçou.

No começo do novo ano, todos estavam sentados na sala de estar, com a lareira crepitando e uma árvore de Natal radiante brilhando como esperança à janela.

Harry fizera chocolate quente, e Mason se acomodara no chão com seu desejo mais profundo: um cachorrinho, que o havia acordado na manhã de Natal. Ele o batizara de Kong, em homenagem ao seu jogo predileto.

Aquilo tudo devia fazer com que ela se sentisse bem, pensou Naomi. O cachorrinho, o chocolate quente, a árvore que Harry dissera que poderiam manter até o Dia de Reis.

Mas algo estava errado, e ela sentia isso lá no fundo. Então seu chocolate foi abandonado, esfriando na caneca comprida.

— Harry e eu temos uma novidade — começou Seth, e Naomi sentiu o estômago embrulhar.

Eles seriam mandados embora. Causavam problemas demais, com todos os jornalistas e as pessoas que ficavam passando pela vizinhança para espiar.

No Dia das Bruxas, jogaram ovos na casa e, pior, escreveram no carro de Seth:

VIADO PARENTE DE ASSASSINO

Mamãe perdera o emprego na lanchonete porque os jornalistas descobriram onde ela trabalhava, e o gerente a demitira.

— É uma grande novidade — continuou ele, pegando a mão de Harry.

Naomi não conseguia olhar para cima, não seria capaz de encarar o rosto do tio quando ele dissesse que precisavam morar em outro lugar.

— Vamos abrir um restaurante.

Ela olhou para cima, chocada. Sentiu o embrulho começar a se dissipar.

— Encontramos um lugar ótimo, e chegamos à conclusão de que está na hora de termos nosso próprio negócio. — Harry piscou. — Já até decidimos o nome. O Point.

— Point era um bom nome de cachorro — disse Mason, e se digladiou com o filhotinho extremamente contente.

— Acho que não. Escolhemos O Point porque será exatamente isso. *O point aonde todo mundo quer ir.*

— Onde fica? — Tão contente quanto o cão, Naomi pegou seu chocolate quente. — Podemos ir lá ver?

— Pode apostar que sim. Mas fica em Nova York.

— Vocês vão embora.

— Todos nós vamos. Para Nova York. No West Village. Um novo lugar, uma nova casa, um novo começo.

Naomi olhou para a mãe, que continuava sentada ali, com os dedos entrelaçados.

— Mas vocês têm esta casa. Esta é a sua casa.

— A casa de Nova York será nossa. De todos nós. — Ainda sorrindo, Seth deu um tapinha na perna de Harry. — Esperem só até vê-la.

— Estão se mudando por nossa causa. Por causa das pessoas que não nos deixam em paz.

Antes de Seth conseguir responder, Harry negou com a cabeça.

— Você não está completamente errada, mas também não está completamente certa. Já faz muito tempo que eu quero ter meu próprio restaurante, e agora parece ser o momento certo, o lugar certo. Mas é verdade que temos enfrentado dificuldades para trabalhar com todo esse aborrecimento, e achamos que a casa está cercada por todos os lados.

— Conversamos sobre isso, eu, Harry e sua mãe. Será melhor para todos. Se vocês não acharem ruim, vamos mudar seu nome legalmente para Carson. Já dei meu aviso prévio no trabalho, assim como Harry. Não estou fingindo quando digo que estou bem animado com tudo isso. Sei que vocês vão precisar trocar de escola de novo...

— Não tem problema. — Naomi lançou um olhar para Mason, como se quisesse alertá-lo a não discordar dela.

— E de terapeutas — continuou Seth —, mas recebemos boas recomendações de lá.

— Não preciso mais ir à terapia. Não preciso — insistiu Naomi. — Eu diria se precisasse. Se vamos para um lugar novo e tudo mais, também posso ser nova. Quero cortar os cabelos.

— Ah, Naomi — disse Susan.

— Eu quero. Não quero me parecer com a garota de quem andam tirando fotos. Eu mesma posso cortá-los.

— Ah, não, de jeito nenhum! — Seth soltou uma gargalhada. — Nesse ponto, tenho que discordar. Vamos levar você ao cabeleireiro, fazer as coisas do jeito certo. Ela já vai fazer 13 anos, Suze. Deveria poder decidir o que quer.

— Eles ainda poderão nos encontrar. Mas talvez seja mais difícil se eu estiver diferente. Mason já mudou, porque cresceu e está com os cabelos mais compridos. E mais escuros. Não me importo com qual seja meu nome, contanto que não seja Bowes. Desculpe se isso a deixa triste, mamãe.

Susan permaneceu em silêncio, apenas continuou encarando as próprias mãos, com os dedos se contorcendo no colo.

— Kong também pode ir para Nova York? Não posso deixá-lo aqui.

— Mason, meu camarada. — Harry pegou o cachorrinho, que balançava o rabo. — Está óbvio que este cara será um cachorro urbano. É claro que ele vai também.

— Eu sei que isso mudará a vida de todo mundo, e a culpa é minha.

— Não, Susie. Acho que eles teriam nos encontrado mais cedo ou mais tarde. Não fomos cuidadosos o suficiente. Agora, será diferente. Um novo lugar, um novo começo. — Seth sorriu para a sobrinha. — Um novo look.

— Quando? — perguntou Naomi.

— A casa será anunciada amanhã, e o corretor quer vender logo. De um jeito ou de outro, vamos na primavera. É uma casa de quatro quartos, então, Mason, você terá um só para você. O que acha?

— Para mim e para Kong!

— Para você e para Kong.

— Podemos ter beliches?

— Claro. Naomi? Gostou da ideia?

— Gostei. Vocês vão poder convidar seus amigos para visitá-los de novo. Vão precisar fazer novos, mas podem dar festas novamente. Não puderam dar a festa anual de Natal nem sair no Ano-Novo, como sempre fazem.

Harry entregou o cachorrinho contente para Seth.

— Você escuta tudo?

— Na maioria das vezes. E mamãe não vai poder ir à prisão se estivermos em Nova York. Sei que só esteve lá poucas vezes depois de... depois de ter assinado aqueles papéis, mas, quando fez isso, voltou triste. Nova York é mais distante. Quanto mais longe estivermos, melhor.

— Estou tentando, Naomi.

— Mamãe, você está bem melhor. Como disse que aconteceria. — Por amor, e por se sentir na obrigação, a menina se levantou e se apertou na cadeira com a mãe, abraçando-a. — Agora será melhor ainda. Eu sei.

— Nova York, aí vamos nós? — perguntou Seth.

— Nova York, aí vamos nós! — Mason balançou os punhos no ar. — Podemos ver um jogo dos Knicks? Podemos?

— Quem é Nick? — perguntou Seth, o que fez Mason cair na gargalhada.

A CASA FOI VENDIDA após duas semanas, e por dez mil acima do preço ofertado. Eles se ocuparam fazendo as malas. Naomi ouviu que Seth pagara uma taxa extra para a transportadora fazer a mudança durante a noite, levando coisas em caminhões pequenos, aos poucos.

Em março, quando a primavera chegou com ventanias e um pouco de neve fraca, a família partiu de Georgetown no meio da madrugada, como se estivesse fugindo.

Naomi observou a casa se afastar pela janela, sentindo o coração apertado. Mas encarou a estrada à frente e passou os dedos pelos cabelos, agora em um corte que Seth apelidara de "Naomi: Curta e Atrevida".

Um novo look, pensou ela, um novo lugar, um novo começo.

Não olharia para trás.

Capítulo 4

Nova York, 2002

◆ ◆ ◆ ◆

AOS 16 ANOS, Naomi Carson levava uma vida com a qual Naomi Bowes jamais poderia ter sonhado. Tinha um quarto bonito em uma bela casa de tijolinhos, em uma cidade cheia de cor e movimento. Seth e Harry a mimavam com uma mesada generosa, passeios ao shopping, ingressos para shows e, principalmente, com uma confiança que lhe rendia liberdade.

Ela se esforçara para conquistar esses prêmios. Estudava bastante, tinha notas excepcionais — centrada em conseguir uma vaga na Faculdade Providence em Rhode Island, para estudar fotografia.

Eles lhe deram uma pequena câmera no primeiro Natal que passaram em Nova York e, com isso, começara seu caso de amor. Seu interesse por fotografia aumentara, sua habilidade se tornara mais refinada, o que fizera com que ganhasse uma Nikon profissional no aniversário de 16 anos.

Com ela, Naomi passara a participar da criação do anuário e do jornal da escola como fotógrafa oficial, acumulando experiência e um portfólio impressionante, que esperava usar para entrar na faculdade escolhida.

Esforçara-se bastante para perder o sotaque, desejando, mais do que tudo, ser igual às outras meninas e não ter mais nada daqueles primeiros 12 anos. Em algumas ocasiões, ainda dava escorregadas, mas, desde que entrara para o ensino médio, isso era cada vez mais raro.

Naomi tinha amigos, saía com meninos de vez em quando, mas, ao contrário da maioria das garotas da sua idade, não queria um namorado sério. Drama demais, pelo que observara.

E, apesar de gostar de beijar — se o menino fosse bom nisso —, não se sentia pronta para ser tocada. Achava que, talvez, nunca se sentiria.

Havia deixado Mark Ryder tocar seus seios — finalmente os desenvolvera, mas já aceitara que eles nunca seriam grande coisa. Queria saber como era a sensação, mas, em vez de excitada, só se sentira nervosa e desconfortável.

Mark não ficara muito feliz quando descobriu que isso seria tudo que ela permitiria que fizesse — e por pouco tempo. Naomi chegou à conclusão de que não queria isso, e o ignorou quando ele a acusou de ser vadia, frígida e esquisita.

Aos 16 anos, tinha 1,78m — boa parte disso eram suas pernas —, era magra como um palito e bonita o suficiente para que os meninos quisessem lhe tocar os seios. Deixara os cabelos crescerem até os ombros, principalmente para que pudesse prendê-los para trás enquanto tirava fotos.

Quando ganhou uma competição de fotografia, Seth a presenteou com uma ida ao cabeleireiro para fazer luzes nos cabelos louro-escuros.

Mason dera uma crescida aos 12 anos, e agora era titular do time de basquete da escola.

Às vezes, Naomi se irritava por saber que o irmão mais novo era mais inteligente que ela. Outras vezes, sentia-se orgulhosa. De toda forma, ele era extremamente esperto, bonito e afável. Então aproveitava a atenção e a admiração das garotas que estavam sempre ao seu redor, e tinha um grupo de meninos do qual era bastante amigo.

Dias se passavam sem que pensasse em Pine Meadows e em tudo que acontecera lá. Dias em que era apenas uma adolescente normal, que se preocupava com notas e roupas, ouvia música e encontrava com os amigos para comer pizza.

Mantinha contato com Ashley, principalmente por e-mail. Esta nunca voltara para Morgantown, e perdera um ano inteiro de estudos antes de se transferir para a Universidade Estadual da Pensilvânia.

Quando se formara, Naomi enviara um cartão e uma foto emoldurada que havia tirado de uma cerejeira cheia de flores e expectativas.

No seu aniversário de 21 anos, na primeira primavera do novo século, Ashley dera um presente a si mesma. Entrara em um trem para Nova York e passara um dia inteiro com a amiga.

Sempre que pensava naquele dia, Naomi se lembrava de como estava ansiosa — perguntando-se o que vestir e o que dizer — e de como ficara feliz ao ver Ashley esperando, conforme prometido, na plataforma de observação do Empire State Building.

Tão bonita, pensara Naomi, com os cabelos louros tão, tão compridos dançando no vento louco da primavera. Todo o nervosismo e todo o súbito ataque de timidez desapareceram no instante em que Ashley a vira e saíra correndo em sua direção, com os braços abertos.

— Você está tão alta! Maior do que eu. Quase todo mundo é maior do que eu, mas... Naomi. — Ela a apertara com força, balançando de um lado para o outro. — Você veio. É seu aniversário mais especial, e você veio para cá.

— Estou fazendo meu aniversário mais especial por sua causa. Queria passá-lo com você. Queria encontrá-la aqui, apesar de ser meio brega, porque queria dizer que só consigo ver isso tudo por sua causa. E queria lhe dar isto.

Ashley tirara uma pequena embalagem da bolsa.

— Mas é *seu* aniversário. Eu tenho um presente para você.

— Vamos guardar o meu para mais tarde. Talvez durante o almoço. Realmente quero que você o abra aqui, agora, bem no alto do céu. Você me tirou da terra, Naomi, e agora estamos no alto do céu. Abra.

Emocionada, Naomi abrira a embalagem e encarara o pingente. Três correntes finas de prata prendiam uma bolinha oval, com uma íris roxa suspensa no centro.

— É lindo. É tão lindo.

— Tenho que dizer que a ideia foi da minha mãe. Ela disse que flores têm significados. Esta aqui, a íris, tem alguns. Um deles é valentia, e o outro é amizade. Você tem ambas. Espero que tenha gostado.

— Gostei. Adorei. Ashley...

— Não vamos chorar. Também quero chorar, mas não vamos fazer isso hoje. Vamos colocar o cordão no seu pescoço, e então você pode me mostrar um pouco da cidade. Nunca estive em Nova York.

— Tudo bem. Tudo bem. — Naomi descobrira que era tão difícil segurar as lágrimas de alegria quanto as de tristeza. — Aonde quer ir primeiro? É o seu dia especial.

— Sou uma garota. Quero fazer compras! — Ashley rira enquanto ajudava Naomi a prender o cordão. — E quero ir a algum lugar onde possa tomar uma taça de champanhe no almoço. Posso beber legalmente agora!

— Eu amo você — soltara Naomi, e então corara. — Isso foi estranho, eu...

— Não, não foi. Nós temos algo que ninguém mais tem. Somos as únicas que realmente entendem o que tivemos que fazer para chegar aqui, agora. Também amo você. Vamos ser amigas para sempre.

A terapeuta — Naomi voltara a fazer terapia por quase um ano depois que sua mãe dera um daqueles escorregões feios — perguntara como ela se sentia quando via Ashley; Naomi respondera que isso a fazia se lembrar da luz.

A mãe trabalhava como garçonete no restaurante de Harry. Estava indo bem — exceto quando não estava. Susan às vezes caía na escuridão, esquecia--se de lembrar que havia luz; mas tinha um emprego e, quando sofria suas crises, Harry esperava que ela voltasse delas.

Seu médico chamava isso de depressão, mas Naomi sabia que, por mais que depressão fosse algo ruim, aqueles tempos de escuridão eram piores.

Nessas fases, a mãe tomava remédios demais. Certa vez, tomara tantos que precisara ir para o hospital. Isso acontecera quando o livro de Simon Vance fora lançado, e a cidade ficara lotada de cartazes enormes.

Ele o chamara de *Sangue na terra: o legado de Thomas David Bowes*, e todas as livrarias exibiam pôsteres enormes. Vance, um homem sério, elegante e acadêmico, fizera a ronda por todos os talk shows, dera longas entrevistas para revistas e jornais. Nelas, nos programas de televisão, o nome de Naomi era mencionado com tanta frequência quanto o do pai.

Aquela conexão, aquela ligação tanto de sangue como sangrenta, trouxera de volta seus pesadelos.

Sempre que Naomi via aqueles cartazes, aqueles pôsteres, sabia que uma parte horrível da sua vida ainda existia dentro de si.

Isso a deixava com medo, deixava-a envergonhada.

Então compreendia o temor e a humilhação da mãe, e pisava em ovos com ela.

Mas, quando Susan se lembrava da luz, a vida deles era boa, até mesmo simples. Sua foto favorita era uma que tirara da mãe dançando com o tio, em uma festa no verão. A luz estava boa, por dentro e por fora, e ela estava tão bonita, gargalhando para o irmão. Naomi a dera para Susan, junto com outra que tirara com um timer da mãe, do irmão e dela mesma, sentados no pátio da casa, durante a primavera.

Quando a escuridão vinha, e a mãe precisava ficar na cama, com as cortinas cerradas, Naomi levava comida em uma bandeja para ela. Se aquelas fotos estivessem viradas para baixo, ela sabia que a escuridão era profunda, como se a mãe fosse incapaz de ver a própria felicidade.

Mesmo assim, passavam-se semanas — às vezes até meses — em que tudo era tão normal quanto possível. Quando a vida se resumia a estudar ou se preocupar com uma prova; a brigar com Mason, que podia ser um pé no saco; ou a se preocupar com o que deveria vestir para ir ao cinema com um garoto.

Ela estava no cinema — não com um garoto, mas com um grande grupo de amigos (e Mason com o próprio grupo) —, preparando-se para ver *Homem-Aranha*. Já comprara sua pipoca e um copo de refrigerante de laranja, e, quando as luzes diminuíram, acomodou-se para ver os trailers.

Jamie, sua amiga, imediatamente começou a se atracar com o namorado atual, mas Naomi os ignorou — assim como o barulho de beijos que o grupo de Mason fazia na fileira atrás.

Ela adorava assistir a filmes e, verdade seja dita, preferia coisas como *Homem-Aranha* ou *Senhor dos anéis* às histórias românticas que faziam as amigas suspirarem.

Preferia filmes em que as pessoas *faziam* algo, superavam um obstáculo. Mesmo que o obstáculo fosse ser mordido por uma aranha radioativa.

A tela foi preenchida com o ponto de vista de alguém que dirigia um caminhão. Naomi sabia tudo sobre pontos de vista por estudar fotografia. Era o ponto de vista de um homem, notou ela — um homem que usava aliança.

Gostava de observar os detalhes.

Mas então começou a prestar atenção em outras coisas — e sua garganta pareceu fechar.

Conhecia aquelas estradas. Conhecia aquele caminhão. Quando entrou em uma floresta, chacoalhando sobre uma estrada de terra, Naomi sentiu como se um peso absurdo esmagasse seu peito.

Cenas surgiram em um flash — o porão, as fotos, uma mulher presa a um colchão, os olhos cheios de terror.

Ela não conseguia respirar.

A cena mudou para uma casa nas margens da floresta. E era *mesmo* a casa deles. Meu Deus, meu Deus, a casa deles. Uma menina de pernas compridas, magra e com cabelos longos olhava pela janela em uma noite quente de verão, com uma tempestade no horizonte.

A imagem fora trocada por uma da família na igreja — pai, mãe, garota magricela, menino pequeno. E então a garota aparecia abrindo uma porta de madeira no chão.

Não conseguia assistir àquilo. A pipoca caiu das suas mãos, espalhando-se por todo lado; o refrigerante caiu com um baque molhado quando se levantou. Seus amigos gritaram:

Ei, preste atenção!

Mas que droga, Naomi!

Ela, no entanto, já corria na direção das portas.

Ouviu o narrador falando atrás de si.

Uma história de depravação. Uma história de coragem. Filha do mal. *Estreia em novembro.*

Seus joelhos desabaram quando saiu esbaforida pelo saguão. Caiu de quatro no chão; a sala girava e seu peito queimava.

Ouviu a voz de Mason, a quilômetros de distância, enquanto ele a balançava.

— Levante. Vamos, Naomi, você precisa levantar.

Ele a puxou para cima, meio a arrastando e meio a carregando para o ar quente e denso do verão, para as luzes brilhantes demais da Times Square.

— Olhe para mim. Olhe para mim.

Mason era quase tão alto quanto ela, e tinha os olhos do pai. Um castanho-dourado escuro. Eles expressavam preocupação e choque.

— Não consigo respirar.

— Consegue, sim. Está respirando. Só tente diminuir o ritmo.

— Aquilo era...

— Não diga. Não diga isso aqui. Se alguém perguntar, você passou mal. Você se sentiu enjoada, e fomos para casa. Vamos andando. Venha.

Ela conseguiu dar dois passos trêmulos antes de precisar parar, apoiar as mãos nos joelhos e se inclinar para a frente, com vontade de vomitar. Mas o enjoo passou e a tontura diminuiu.

— Você sabia? Sabia?

Mason segurou a mão da irmã com firmeza, e a puxou para longe da Broadway.

— Sabia que estavam fazendo o filme. Não sabia que tinham terminado nem que mostrariam a droga do trailer antes de *Homem-Aranha*.

— Aquela era a nossa casa.

— Muita coisa foi filmada na cidade.

— Como você sabe?

— Às vezes, procuro coisas na internet. Achei que levaria mais tempo para o filme ser lançado, mas ele já está recebendo, bem, elogios de críticos e de sites.

— Por que não me *contou*?

Ele parou, lançando-lhe um olhar desdenhoso e frio que só um irmão saberia dar.

— Porque você não quer saber disso. Ninguém fala do assunto, ninguém me conta nada. Então tento descobrir essas merdas do meu jeito. Li o livro de Simon Vance.

Agora, Naomi voltara a se sentir quente e enjoada.

— Precisamos deixar essas coisas para trás. Já faz quatro anos.

— Você fez isso? Deixou essas coisas para trás?

— Sim. Na maior parte do tempo. Em grande parte do tempo.

— Mamãe não deixou nada pra trás. Lembra quando ela disse que ia passar o fim de semana com aquela amiga? Que iam para um spa? Não foi o que aconteceu. Ela pegou um ônibus e foi para a prisão, visitá-lo.

— Como você sabe disso?

Ele deu de ombros, puxou-a para dentro de uma cafeteria e foi-se embrenhando pelo interior, até achar uma mesa livre.

— Já fez isso antes. Quando fomos passar uma semana em Hilton Head, mas ela disse que estava com uma virose? Também foi à prisão. Encontrei a passagem do ônibus na bolsa dela nessas duas vezes, e em uma outra.

— Você mexeu na bolsa da mamãe?

— Mexi. — Mason nem piscou. — Duas Cocas, por favor — pediu ele com uma tranquilidade incrível para a garçonete. — E também mexo no quarto dela. É por isso que sei que escreve para ele. Recebe as respostas por meio de uma caixa postal.

— Você não pode invadir a privacidade dos outros — começou Naomi, e então cobriu o rosto com as mãos. — Por que ela faz essas coisas?

— Porque é submissa e dependente, e ele sempre a dominou. É como abuso e violência emocional.

— De onde tirou isso?

— Já disse, eu dou meu jeito de descobrir essas merdas. Pelo amor de Deus, ele é um psicopata, Nom. Você deveria saber disso. E é narcisista. É por isso que, a cada ano que passa, dá mais um nome e um local para a polícia. Isso o mantém na mídia, faz com que continue recebendo atenção. É um mentiroso, e manipula a mamãe. Só faz questão de virá-la do avesso porque pode. Você se lembra de quando ela sofreu overdose?

— Não fale assim, Mason.

— Mas foi isso que aconteceu. Obrigado. — O garoto lançou um sorriso rápido para a garçonete quando a mulher serviu as bebidas. — Ele havia convencido mamãe de dar mais entrevistas para Vance, o escritor. Não sei como conseguiu entrar em contato com ela tão rápido, mas a convenceu a fazer isso, e, quando o livro foi lançado, ela não aguentou a barra.

— Ele sabe onde estamos.

— Não sei, mas com certeza sabe que moramos em Nova York. — E então Mason deu de ombros. — Não se importa com a gente, nunca se importou. Seu alvo sempre foi a mamãe.

— Ele se importava com você.

— Não acredito nisso. Você acha que eu queria cortar meus cabelos daquele jeito todo mês? Quando ele ia aos meus jogos de beisebol, dava para *sentir* seus olhos em mim quando eu pegava o bastão. Eu sabia que, se errasse, se jogasse mal, ele me daria aquele sorriso de desdém, aquele que dizia *meu filho é um viadinho*.

— Mas...

— Ele me observava para ver se eu dava sinal de ter o "sangue dos Carson". Era assim que dizia. Quando fiz 8 anos, ele me disse que, se algum dia eu desse qualquer pinta de ser bicha, iria me bater até dar um jeito em mim.

Chocada, Naomi segurou a mão do irmão.

— Você nunca me contou isso.

— Tem merdas que você não conta para sua irmã. Pelo menos quando se tem 8 anos de idade. Eu morria de medo dele. E você também. A gente simplesmente se acostumou a ter medo, como se isso fosse normal.

— Sim. — Ela soltou um suspiro trêmulo. — Sim, como ele está se sentindo hoje? Será que está de bom humor? Tudo girava ao redor dele. Falei um pouco sobre isso na terapia, mas não sabia que você também se sentia assim.

— Mesma casa, mesmo pai.

— Eu achei... achei que fosse diferente para você, porque ele queria um filho. Era tão óbvio que ele queria ter um filho mais do que uma filha. Mais do que eu.

— Ele queria ter um filho igual a ele, e eu não era assim.

— Desculpe — murmurou Naomi.

— Pelo quê?

— Eu sentia inveja, porque achava que ele amava mais você. E é horrível pensar assim, se sentir assim, porque ele é...

— Um psicopata, um maníaco sexual, um serial killer.

Cada termo, dito quase casualmente, fez Naomi se retorcer.

— Ele é tudo isso, Nom. Mas continua sendo nosso pai. É um fato. Então, deixe essas coisas pra lá. Acho que eu também sentia inveja, porque ele a deixava mais em paz. Você era problema da mamãe; eu era dele. Enfim. Mamãe também conversou com o pessoal do filme. Ele a convenceu. Insistiu, fazia parecer como se fosse o melhor para nós, para mim e para você.

Os dois continuavam de mãos dadas, inclinados um na direção do outro sobre a mesa.

— Por que ele faria algo assim?

— Pela atenção, pela fama. Ele está no mesmo nível de Bundy, Dahmer, Ramirez. Serial killers, Naomi. Preste atenção.

— Não quero prestar atenção. Por que fizeram um filme sobre ele? Por que as pessoas querem ver esse tipo de coisa?

— Acho que também se trata de você. Talvez isso seja ainda mais importante do que ele. — Mason virou a mão para cima, agarrou a da irmã com força. — Você está no título, não nosso pai. Quantas crianças de 11 anos conseguem vencer um serial killer?

— Não quero...

— Verdade ou mentira? Ele teria matado Ashley se você não a tivesse tirado dali.

Sem dizer uma palavra, Naomi segurou o pingente que Ashley lhe dera no topo do mundo. Assentiu.

— E, quando tivesse terminado com ela, passaria para a próxima. Quem sabe quantas outras teria matado? Eu me pareço um pouco com ele.

— Não parece, não! Vocês têm olhos da mesma cor. Só isso.

— Eu me pareço um pouco com ele.

— Você não é como ele.

— Não, não sou como ele. — E a determinação, a inteligência que irradiava daqueles olhos, continham tanta verdade quanto suas palavras. — E eu nunca serei como ele. Não seja como mamãe. Não deixe que ele a vire do avesso. Ele tentou fazer isso com a gente nossa vida toda, da mesma forma que ainda faz com ela. É morder e soprar. É assim que a obrigam a fazer o que querem, é assim que treinam você.

Naomi entendia o que o irmão queria dizer, ou pelo menos uma parte. Mas havia um porém.

— Ele nunca bateu na gente.

— Ele tirava coisas de nós. Prometia alguma coisa, mas, se não fizéssemos algo exatamente da maneira como ele queria, dizia que não poderíamos mais ir, que não poderíamos mais ganhar aquela coisa. Então aparecia com presentes, lembra? Prendeu o aro de basquete para mim, trouxe aquela boneca cara para você. Eu ganhei aquela luva de beisebol novinha em folha, você, aquele medalhão em forma de coração. Coisas assim. E aí, se saíssemos um dedinho fora da linha, ele tirava tudo de nós. Não podíamos ir a uma festa que queríamos, ou ao cinema.

— Ele disse que nos levaria ao parque de diversões, e ficamos muito animados. Como não terminei de arrumar todo o meu quarto, então ele falou que não podíamos ir porque eu não dava valor ao que tinha. Você ficou bastante irritado comigo.

— Eu tinha 7 anos. Não sabia que a culpa não era sua. Ele não queria que eu entendesse que a culpa não era sua. Talvez déssemos um pouco de trabalho para mamãe quando ele não estava por perto, porque sabíamos que ela não contaria, mas nunca o desafiávamos. Nunca. Vivíamos de acordo com os seus humores, como você disse, e era assim que ele queria que as coisas fossem.

Naomi lembrava que nunca mais deixara sequer um par de meias fora do lugar depois daquilo. Sim, ele a treinara.

— Que tipo de coisas você anda lendo para saber disso tudo?

— Um monte de livros sobre psicologia e psiquiatria na biblioteca. E muita coisa na internet também. Vou estudar para ser psiquiatra.

Do alto da vantagem de seus 23 meses, Naomi abriu um pequeno sorriso.

— Achei que fosse virar jogador de basquete profissional.

— Isso é o que Seth, Harry e mamãe precisam ouvir agora. E eu gosto de basquete. Se isso me ajudar a entrar em Harvard, vou jogar até minhas mãos caírem.

— Harvard? Está falando sério?

— Eles não dão bolsas de estudos, mas têm programas de incentivo. Vou entrar em Harvard, estudar medicina e conquistar meu diploma. Talvez consiga entrar para o FBI, trabalhar com análise do comportamento.

— Meu Deus, Mason, você tem 14 anos.

— Você tinha três anos a menos quando salvou uma vida. — O garoto se inclinou para a frente, os olhos castanho-dourados cheios de intensidade. — Nunca serei como ele. Serei alguém que prende pessoas assim, que estuda para compreender o jeito delas. Você o venceu, Naomi. Mas ele não é o único.

— Se fizer isso, nunca vai deixar essas coisas para trás.

— Quando você deixa as coisas para trás, Nom, passa a ser observado pelas costas. Prefiro manter as coisas à minha frente, onde posso ver para onde estão indo.

𝒯UDO QUE MASON lhe dissera, a lógica fria e racional por trás daquilo, deixara Naomi assustada. Ele era o seu irmãozinho, em geral um pé no saco, com frequência um palhaço, viciado em quadrinhos da Marvel.

E ele não apenas tinha aspirações, como também elas eram grandiosas, discutidas como se já fossem realidade.

Ele espionara a mãe. Naomi também costumava prestar muita atenção em tudo que ela fazia. Viver com Susan era como carregar algo delicado por aí. Você se mantinha atenta a cada passo para não tropeçar, para não deixar o objeto cair e quebrar em pedacinhos.

Naomi admitia para si mesma, e agora para Mason, quanto se sentia desapontada com a mãe. Junto ao esforço sincero de construir algum tipo de vida, havia também mentiras e fingimentos. Tudo por um homem que tirara vidas e arruinara outras pessoas.

Seria amor o que a impelia a agir assim?, perguntou-se Naomi.

Se fosse, jamais queria se sentir dessa forma.

Tentaria fazer sexo, porque, independentemente do que os livros, as músicas e os filmes diziam, ela sabia que uma coisa não tinha necessariamente nada a ver com a outra. Pensou em como seria a melhor forma de agir, pois não havia a menor possibilidade de falar com a mãe sobre métodos contraceptivos e, por mais que amasse Seth e Harry, uma conversa assim seria mortificante.

Então, da próxima vez que fosse ao médico, perguntaria. Desse modo, quando decidisse transar, estaria preparada.

Talvez Mason estivesse certo e, se ela deixasse, ou tentasse deixar, tudo para trás, isso significaria que toda aquela situação horrorosa poderia pegá-la de surpresa quando menos esperasse.

Como acontecera com o filme.

À medida que o outono chegava a Nova York, Naomi foi deixando o assunto de lado. Não gostava da ideia de encarar o problema — não acabaria tropeçando nele? E deixá-lo de lado parecia um bom meio-termo.

Por enquanto, a mãe se levantava da cama todos os dias, vestia-se e ia trabalhar. Naomi se ocupava com a escola, o anuário e os deveres de casa, considerando com qual dos meninos faria mais sentido transar quando chegasse a hora.

Mas fez questão de conversar com o tio sobre o filme.

— Vai ser lançado em algumas semanas.

— Querida, eu sei. Harry e eu estávamos planejando conversar com você e Mason.

— Mas não com a mamãe?

— Eu vou falar com ela. Odeio ter que fazer isso. Ela está tão bem agora. Mas o filme não muda nada. Agora, a vida de vocês é aqui. Essa parte da história acabou.

— Não para ela. Você precisa conversar com Mason.

— Por quê?

— Você precisa conversar com ele. É ele quem tem que contar.

Naomi não soube o que o tio falou para a mãe, mas, após alguns dias de escuridão, Susan reapareceu.

Ela levou Naomi para comprar um vestido novo para o baile da escola e insistiu em tirar o dia para isso. Algo raro.

— Tudo fica bem em você, querida, é tão alta e magra, mas não prefere algo um pouco mais colorido?

Naomi deu uma voltinha no provador, olhou a frente e as costas do vestido preto curto com cintura marcada e decote quadrado.

— Vou passar mais tempo tirando fotos do que dançando. O preto é melhor para isso do que o cor-de-rosa.

— Você devia ter um acompanhante — insistiu Susan. — Por que parou de sair com aquele rapaz bonzinho? Mark.

— Ah. — Naomi apenas deu de ombros. Mãe não é o tipo de pessoa a quem se conta que um menino não ficara satisfeito apenas em tocar seus seios. — Ele é legal, mas eu não quero ir ao baile com ninguém.

— Bem, quando eu tinha a sua idade, ir ao baile com um rapaz era a coisa mais importante do mundo. Então talvez você seja mais esperta do que eu era. Adorei o cor-de-rosa, com esse brilho na saia.

— Não sei se sou o tipo de garota que usa esse tom.

— Toda garota merece um pouco desse cor-de-rosa. Se preferir o preto, não tem problema. Meu Deus, fico admirada com quanto você cresceu. Mas vamos levar o outro também.

— Mamãe, você não pode comprar os dois.

— Posso, sim. Você usa o preto no baile, já que vai tirar fotos, e guardamos o cor-de-rosa para algo especial. Não tenho proporcionado muitos momentos especiais para você e Mason.

— Claro que tem.

— Não o suficiente, mas isso vai mudar. Vamos comprar os vestidos e almoçar num lugar chique. Então, vamos atrás dos acessórios perfeitos.

Naomi riu, feliz ao ver o brilho — não no vestido cor-de-rosa, mas nos olhos da mãe.

— A câmera é o meu acessório.

— Não dessa vez. Seth e Harry provavelmente seriam mais confiáveis para isso do que eu, mas vamos encontrar as coisas certas. Sapatos, uma bolsa e brincos. Sei que queria fazer compras com suas amigas hoje, mas...

— Mamãe, adoro fazer compras com você.

— Tudo passou tão rápido. Percebo isso agora. Pareceu tão devagar, e alguns dias e noites duraram uma eternidade. Mas, agora, olhando para você, vejo como cresceu, e como o tempo passou rápido. E eu não estava lá.

Não, não, o brilho estava sumindo.

— Você sempre esteve lá.

— Não. — Susan tocou a face da filha. — Não estava. Juro que vou tentar mudar isso. Eu... sinto muito pelo filme.

— Não importa. Não se preocupe com isso.

— Amo tanto você.

— Eu também amo você.

— Vou levar o vestido cor-de-rosa para a vendedora, pedir para ela embalar tudo. Depois que você trocar de roupa, vamos almoçar.

Elas levaram os dois vestidos, sapatos e uma bolsa cheia de brilhos que fez a mãe sorrir novamente. Depois de Naomi insistir, Susan comprou para si mesma um suéter vermelho e botas de camurça. Voltaram para casa agitadas e exaustas, e provaram tudo de novo.

Quando Naomi caiu na cama aquela noite, pensou que tivera o melhor dia da sua vida.

Outubro deixou o tempo mais frio, e a luz preferida dela brilhava dourada sobre as árvores dilapidadas nos parques.

Para agradar à mãe, ela escolheu o vestido cor-de-rosa para ir ao baile e, apesar de não ser um encontro romântico, pediu a Anson Chaffins, um amigo — e editor do jornal da escola — que a buscasse.

Viu, nos olhos de Susan, o brilho de lágrimas de alegria enquanto ela e Anson cumpriam seu papel e posavam para fotos antes de conseguirem escapulir da casa.

No Dia das Bruxas, a mãe se fantasiou de melindrosa, coordenada por Seth e Harry em seus ternos antiquados com cintura alta, e entregou doces a fantasmas, duendes, princesas e cavaleiros Jedi. Como era a primeira vez que Susan se fantasiava para a festa, Naomi convenceu Mason a passar parte da noite em casa, em vez de sair com os amigos para fazer sabe-se Deus lá o quê.

— É como se ela tivesse virado a página e decidido seguir em frente de verdade agora.

Mason, que se vestira de vampiro despojado, deu de ombros.

— Espero que você tenha razão.

Naomi lhe deu uma cotovelada na costela.

— Tente ficar feliz, porque eu estou.

Mas não estava.

Na terceira semana de janeiro, em meio a uma ventania gelada que soprava uma cortina leve de neve, Naomi correu para casa na hora do almoço. Anson foi junto.

— Você não precisava ter vindo — disse ela enquanto pegava as chaves.

— Ah, qualquer desculpa é válida para sair da escola por meia hora.

Anson Chaffins estava no último ano, era desajeitado e meio nerd, mas, na opinião de Naomi, era um bom editor e um ótimo escritor. Além disso, fizera um favor a ela no baile da escola.

Tentara dar em cima de Naomi naquela noite, de um jeito que ela acreditava ter sido improvisado e desconfortável, mas não insistira.

Os dois acabaram se dando muito bem.

Ela o deixou entrar, virando-se para o teclado do alarme para digitar o código.

— Vou subir e pegar minha câmera. Eu a teria levado para a escola se você tivesse me dito que queria fotos do ensaio da peça.

— Talvez eu tenha esquecido para que pudéssemos fugir por meia hora. — Anson sorriu para ela, empurrando os óculos de armação escura para cima. Ele fazia isso constantemente, como se seu nariz curvado servisse de escorregador para as lentes.

Atrás delas, seus olhos eram de um azul-claro tranquilo.

Ele olhou ao redor.

— Você tem Coca ou algo assim? Não faz sentido vir aqui e não tomar nada.

— Claro, sempre temos Coca. Você se lembra de onde fica a cozinha?

— Lembro. Esta casa é muito legal. Também quer uma Coca?

— Pode pegar duas. — Naomi tirou as luvas e guardou-as no bolso do casaco.

Anson abriu seu sorriso meio sabichão, aquele que se curvava em um canto da sua boca.

— Tem umas batatinhas?

Ela revirou os olhos e tirou o gorro.

— Provavelmente. Pegue o que quiser. Já volto.

— Não precisa correr. Temos 25 minutos para gastar. Ei! Foi você que tirou esta foto?

Ele se aproximou de uma foto em preto e branco de um homem idoso dormindo em um banco de parque, com um vira-lata orelhudo enroscado ao seu lado.

— É. Foi meu presente de aniversário para Harry algumas semanas atrás. E ele a pendurou bem no hall de entrada.

— Que trabalho *excelente*, Carson!

— Obrigada, Chaffins.

Achando graça — ele chamava todo mundo pelo sobrenome, e insistia que todos usassem o dele —, Naomi começou a subir a escada.

Surpreendeu-se ao ver Kong sentado diante da porta da mãe. Ele normalmente ficava esperando no quarto de Mason ou, quando o tempo estava bom, de barriga para cima, sob o sol do pátio — e fazia o que precisava fazer no canto designado para isso.

— Olá, garoto. — Naomi lhe deu uma afagada rápida enquanto passava. Olhou para trás quando ele choramingou. — Não tenho tempo. É uma visita rápida.

Mas Kong chorou de novo e arranhou a porta da mãe. Naomi sentiu algo flutuar e depois pesar em seu estômago.

— Mamãe está em casa? — Será que a fase boa havia acabado?

Ela deveria estar no trabalho, com Harry e Seth. Naomi sabia que havia uma reserva para 22 pessoas hoje, um almoço de comemoração de aposentadoria, então precisavam de toda ajuda possível.

A garota abriu a porta devagar, notando que as cortinas estavam cerradas — um péssimo sinal. Viu, sob a luz fraca, a mãe deitada na cama.

— Mamãe.

Ela vestia o suéter vermelho que haviam comprado juntas, e não a blusa branca de trabalho com o colete preto.

Kong pulou na cama — coisa que só tinha permissão de fazer no quarto de Mason —, lambeu a mão de Susan e chorou.

A mãe estava imóvel demais.

— Mamãe — repetiu Naomi, acendendo o abajur sobre o criado-mudo. Imóvel demais, pálida demais. Seus olhos nem sequer estavam exatamente fechados.

— Mamãe. Mamãe. — Naomi agarrou os ombros de Susan e os sacudiu. Segurou sua mão, descobriu que estava fria. — Mamãe! Acorde. Acorde!

Os comprimidos estavam bem ali, ao lado do abajur. Não, não os comprimidos, mas o frasco em que ficavam. O frasco vazio.

— Acorde! — Segurando as mãos da mãe, ela a puxou. A cabeça de Susan balançou e caiu para a frente. — Pare com isso. Pare com isso. — Naomi tentou passar os braços ao redor dela, tirá-la da cama.

Deixá-la de pé e forçá-la a andar.

— Ei, Carson, por que diabos está gritando tanto? Precisa ser mais cal... O quê...

— Chame uma ambulância. Ligue para a emergência. Depressa, depressa.

Ele congelou por um instante, encarando enquanto o corpo inerte de Susan caía de volta na cama, as pálpebras se abrindo como cortinas para mostrar os olhos vítreos que até então escondiam.

— Nossa! É a sua mãe?

— Ligue para a emergência. — Naomi colocou o ouvido sobre o coração da mãe. Em seguida, começou a pressioná-lo. — Ela não está respirando. Diga para virem logo. Diga que ela tomou Elavil. Teve uma overdose de Elavil.

Ainda encarando, Anson se atrapalhou com o telefone, discando o número da emergência com uma mão enquanto empurrava os óculos para cima com a outra. Naomi tentava ressuscitar a mãe, soprando ar em sua boca enquanto batia no seu peito.

— Sim, sim, precisamos de uma ambulância. Ela teve uma overdose de Eldervil.

— Elavil!

— Desculpe, Elavil. Droga, Carson, eu não sei o endereço.

Naomi gritou as orientações enquanto lágrimas e suor escorriam pelo seu rosto.

— Mamãe, mamãe, por favor!

— Não, ela está inconsciente, sem se mexer. A filha está tentando ressuscitá-la. Eu... eu... eu não sei. Acho que 40 anos.

— Ela tem 37 — gritou Naomi. — Venham logo!

— Estão vindo. — Anson desabou ao seu lado, hesitou, e deu um tapinha no ombro de Naomi. — Ela, a atendente, disse que estão vindo. Estão a caminho.

Engoliu em seco e umedeceu os lábios. Depois, tocou a mão de Susan.

Ela estava... macia e fria. Macia, como se ele pudesse atravessá-la com os dedos. Fria, como se estivesse deitada na neve lá fora.

— Hum, ah, minha nossa, Carson. Ah, droga, olhe só, veja bem. — Anson manteve uma mão sobre a de Susan, e colocou a outra mais uma vez sobre o ombro de Naomi. — Ela está fria. Acho... Acho que morreu.

— Não, não, não, não. — Naomi colocou a boca sobre a da mãe. Soprou ar, desejando com todas as forças que ela voltasse a respirar.

Mas não havia nada ali. Assim como as fotos das mulheres no porão do pai, não restava nada em seus olhos além de morte.

A garota se afastou. Não se entregou ao choro, ainda não, mas alisou os cabelos de Susan. Não havia peso sobre seu coração, nada se revirando no estômago. Havia, assim como nos olhos da mãe, um vazio.

Ela se lembrava dessa sensação — a mesma que sentira quando voara pela delegacia naquela manhã quente de verão.

Em estado de choque, pensou. Encontrava-se em estado de choque. E sua mãe estava morta.

Naomi ouviu a campainha, levantou-se lentamente.

— Vou abrir a porta para eles. Não a deixe sozinha.

— Tudo bem. Eu vou, hum... Tudo bem.

Saiu do quarto — aos olhos de Anson, parecia uma sonâmbula. Ele voltou a fitar a mulher morta.

Não voltariam para a escola em meia hora.

Capítulo 5

◆ ◆ ◆ ◆

Ela usou o vestido preto para o funeral da mãe. Nunca tinha ido a um funeral antes, e o evento foi mais simbólico do que qualquer coisa, já que não haveria enterro.

Seth conversara com ela e Mason antes de tomar aquela decisão. Queriam levar a mãe de volta para Pine Meadows para enterrá-la?

Não, não, não.

Queriam escolher um cemitério em Nova York?

Naomi se surpreendera com quanto Mason fora firme. Nada de cemitério ali também. Se ela tivesse sido feliz em Nova York, ainda estaria viva.

Então decidiram cremá-la e, na primavera, alugariam um barco para jogar as cinzas no ar e no mar.

Houvera lágrimas, é claro. Para Naomi, elas foram tanto de raiva quanto de sofrimento.

Ela precisara conversar com a polícia. Pela segunda vez em sua vida, a polícia fora até a sua casa, revistara seu lar e fizera perguntas.

— Eu sou a detetive Rossini. Sinto muito por sua perda. Sei que este é um momento difícil, mas preciso fazer algumas perguntas. Posso entrar, conversar com você?

Naomi sabia que havia detetives na televisão e nos filmes que eram mulheres e bonitas, mas imaginava que isso não passasse de invenção. Rossini, no entanto, poderia muito bem interpretar uma policial na ficção.

— Tudo bem.

A garota tinha ido para o quarto, pois não sabia mais para onde ir, não com todos aqueles policiais ali, e Seth e Harry conversando com eles.

Rossini entrara e se sentara na lateral da cama, encarando Naomi, que se acomodara na cadeira da escrivaninha, com o queixo encostado nos joelhos dobrados.

— Pode me contar por que voltou para casa hoje, por que você e seu amigo não estavam na escola?

— Recebemos permissão para vir aqui pegar minha câmera. Trabalhamos no jornal da escola. Tenho que tirar fotos do ensaio, do ensaio da peça. Ele ainda está aqui? Chaffins, Anson, está aqui?

— Meu parceiro já conversou com ele. Anson voltou para a escola.

— Ele vai contar para todo mundo. — Naomi pressionara o rosto nos joelhos. — Vai contar para todo mundo sobre a minha mãe.

— Sinto muito, Naomi. Pode me contar o que aconteceu depois que vocês chegaram aqui?

— Chaffins queria uma Coca, então eu lhe disse para pegar duas enquanto eu vinha buscar a câmera aqui em cima. E Kong, nosso cachorro, estava parado na porta da minha mãe. Estava chorando. Ele geralmente fica no quarto de Mason ou no pátio quando vamos para a escola, mas... A porta dela estava fechada, então eu a abri. Pensei... Pensei que estivesse dormindo ou passando mal. Não consegui acordá-la, e aí vi os comprimidos. Quero dizer, o frasco vazio. Chaffins subiu, e eu disse a ele para ligar para a emergência. Tentei ressuscitá-la. Tivemos uma aula de primeiros socorros, então eu sabia como agir. Tentei, mas não consegui fazer com que voltasse a respirar.

— Ela estava na cama quando você entrou no quarto.

— Tentei levantá-la, acordá-la o suficiente para ser capaz de caminhar. Se ela tivesse tomado só alguns comprimidos a mais, poderia levantá-la e levá-la para o hospital.

— Ela já tinha feito isso antes? Tomado mais comprimidos que o recomendado?

Naomi apenas assentira, com o rosto pressionado contra os joelhos.

— Quando foi a última vez que a viu, antes de voltar da escola?

— Hoje de manhã. Harry fez café, mas ela não desceu para comer. Eu subi, e ela havia acabado de acordar. Parecia bem. Disse que tinha algumas coisas para fazer antes de ir para o trabalho, e que tomaria café mais tarde. Disse: "Tenha um bom dia na escola".

Fora então que Naomi voltara a olhar para cima.

— Meu irmão. Meu irmão, Mason.

— Seu tio foi buscá-lo. Não se preocupe.

— Você sabe quem é meu pai?

— Sim, Naomi, eu sei. E sei que esta é a segunda vez na sua vida que está passando por algo que ninguém jamais deveria enfrentar.

— As pessoas vão descobrir? Apesar de termos mudado de nome, as pessoas vão descobrir?

— Faremos o máximo possível para manter as informações fora da imprensa. — Rossini ficara em silêncio por um instante. — Você sabe com que frequência seus pais se comunicavam?

— Ela escrevia para ele, chegou a visitá-lo algumas vezes desde que viemos para Nova York. Mason descobriu e me contou. Ela fingia que não fazia nada disso, mas fazia. Não contamos para o tio Seth nem para Harry. O filme... Ela conversou com as pessoas do filme porque ele pediu. Mason também descobriu isso. Mas ela estava tentando melhorar e, já faz uns dois meses, talvez mais, que estava indo muito bem. Estava feliz. Mais feliz. Acho que não devia se sentir feliz de verdade desde a noite em que eu descobri...

— Tudo bem. Seu tio disse que vai ligar para os seus avós, e o Sr. Dobbs está lá embaixo. Quer que eu peça para ele subir para ficar com você?

— Não, agora não. Detetive? Você perguntou se meus pais se comunicavam. Mamãe falou com ele hoje? Esta manhã?

— Não creio que tenham conversado hoje.

— Mas alguma coisa aconteceu. Ele escreveu para ela, não foi? Disse algo que a fez voltar para casa, quando estava indo tão bem, e tomar todos aqueles comprimidos.

— Estamos fazendo perguntas para poder lhe dar respostas — respondeu Rossini, já se levantando.

— Mas você já tem algumas. Não vi nenhum bilhete no quarto dela. Não procurei. Estava tentando... Não vi nenhum bilhete, mas ela escreveu um. Ela precisava se despedir. — Um soluço atravessara seu peito. — Por mais triste que mamãe fosse, ela nos amava. De verdade. Ela se despediria de nós.

— Tenho certeza de que amava. Ela deixou um bilhete, endereçado a todos vocês. Estava no quarto do seu tio. Em cima da cômoda dele.

— Eu quero ler o bilhete. Tenho direito de ler. Ele foi endereçado a mim. Quero ler o que ela escreveu antes de tomar todos aqueles comprimidos e nos deixar.

— Seu tio disse que você iria querer. Espere aqui.

O que ele tinha feito?, perguntara-se Naomi, e a raiva começara a se enraizar. O que ele tinha feito para deixar sua mãe tão triste, tão rápido? De forma tão fatal?

Ela se levantara quando Rossini voltara para o quarto. Não ficaria encolhida em uma cadeira enquanto lia a última coisa que a mãe escrevera, ela o faria de pé.

— O bilhete já foi embalado como prova. Vai precisar ler através do plástico, ainda precisamos analisá-lo.

— Não tem problema. — Naomi pegou a embalagem, foi até a janela e usou a fraca luz de inverno para ler.

Eu sinto tanto. Cometi tantos erros, fiz tantas escolhas erradas, contei tantas mentiras. Contei mentiras para as pessoas que mereciam que eu dissesse a verdade. E o fiz porque ele disse que eu deveria. Não importa quantas vezes tentei me libertar, simplesmente fui incapaz. E agora ele fez isso comigo, depois de todos os erros que cometi, de toda a mágoa que causei porque Tom disse que era o que precisava ser feito. Ele vai se divorciar de mim para tentar se casar com outra mulher. Que tem lhe escrito e visitado por mais de dois anos. Ele me mandou a papelada do divórcio por um advogado, além de uma carta que dizia coisas horríveis e cruéis. Algumas dessas coisas são verdadeiras. Sou fraca e burra. Sou inútil. Não protegi meus filhos quando tive a oportunidade. Seth, você fez isso. Você fez isso, Harry. Vocês nos deram um lar, e sei que vão cuidar de Naomi e Mason, vão ser bons para eles de uma forma que nunca fui. Mason, você é tão inteligente, e não há um segundo em que eu não me orgulhe de você. Espero que um dia compreenda por que a mamãe teve que partir. Naomi, não sou forte e corajosa como você. É tão difícil tentar ser assim. Estou tão cansada, querida. Só quero dormir. Você vai cuidar de Mason, e vocês dois vão obedecer a Seth e Harry. Suas vidas serão melhores agora. Um dia, vão perceber que isso é verdade. Um dia, vão me perdoar.

— Por que eu deveria lhe perdoar? Ela nos deixou porque ele não a queria mais? Ela voltou para casa e tomou aqueles comprimidos todos porque estava *cansada*?

— Naomi...

— Não, não! Não dê desculpas. Você é policial. Você não a conhecia, não me conhece e não conhece nenhum de nós. Mas sabe o que é isto? — Perguntou, jogando a carta na cama, fechando as mãos em punhos como se fosse lutar contra alguma coisa. — É a atitude de uma pessoa covarde. Ele a matou. Ele a matou, do mesmo jeito que matou todas aquelas outras mulheres. Mas as outras não tiveram escolha. Ela teve. E deixou que isso acontecesse. Deixou que ele a matasse enquanto todos nós estávamos aqui.

— Você tem razão. Acho que tem razão. Só que existem outras torturas além da física. Não posso dizer como você deveria se sentir, mas posso dizer que acho que tem razão de estar com raiva. Tem razão de estar fula da vida. Mas, quando a raiva passar, vai querer conversar com alguém.

— Mais terapia. Chega disso. Chega. Não adiantou de nada para ela.

— Você não é igual à sua mãe. Mas, se não quiser conversar com um terapeuta, então com um amigo, com um padre, com o seu tio. — E tirou um cartão do bolso. — Comigo.

— É a segunda vez que escuto isso e recebo um cartão de um policial.

— Você conversou com o outro policial?

— Nós nos mudamos.

— Certo. — Rossini deixou o cartão sobre a cômoda de Naomi, depois atravessou o quarto e pegou o bilhete de volta. — Policiais são bons ouvintes. Detetive Angela Rossini. A qualquer hora que precisar.

$\mathcal{E}$NTÃO, TRÊS DIAS DEPOIS, Naomi colocou o vestido preto e usou o babyliss, porque a mãe adorava seus cabelos soltos e ondulados. Não repetiu nenhuma das palavras raivosas para Seth — ele parecia doente e abalado. Também não as disse para Mason, não com aquele olhar perdido em seus olhos. Nem para Harry, que parecia sentir necessidade de cuidar de todos eles ao mesmo tempo.

Guardou-as dentro de si, onde rastejavam como formigas irritadas, e foi para o restaurante.

O lugar estava fechado naquele dia, para o funeral. Harry cuidara da maioria dos detalhes — insistira em fazer isso. Colocara flores e fotos, escolhera músicas e preparara a comida.

Os avós vieram. Depois que se mudaram de Pine Meadows, ela e Mason os viam com mais frequência, várias vezes por ano, e não levara muito tempo para que compreendessem que tudo que o pai falava sobre os sogros era mais mentira.

Eles eram bons e amorosos — perdoavam com facilidade, acreditava Naomi. Perdoaram a filha, que os excluíra de sua vida e os afastara dos únicos netos que tinham. Eles pagaram por todo o tratamento de terapia que os irmãos fizeram e nunca — pelo menos nunca que ela tivesse ouvido — disseram uma palavra rancorosa sobre a filha.

Nunca falavam sobre Thomas David Bowes.

Todos os funcionários do restaurante estavam lá, assim como muitos amigos de Seth e Harry. Alguns dos professores de Naomi e de Mason foram. Amigos apareceram acompanhados dos pais para prestar condolências.

E a detetive Rossini também.

— Não sabia que a polícia comparecia a funerais desse tipo.

— Eu queria oferecer minhas condolências. E ver como você está.

— Estou bem. Acho que é mais difícil para o meu tio. E mais ainda para os meus avós. Meu tio pensou que poderia salvá-la. Pensou que tinha conseguido fazer isso. Ele tentava tanto, todos os dias. Harry também. Mas, agora, sua preocupação maior é com o seu Seth. Ele também se preocupa comigo e com Mason, mas está mais focado em Seth. Harry se esforçou muito para organizar tudo isso, para deixar tudo bonito, tentar criar aquela tal comemoração da vida de que as pessoas tanto falam. Mas ela não tinha muita vida para comemorar.

— Acho que está errada. Sua mãe tinha você e Mason, e isso é motivo para comemorar.

— É legal da sua parte dizer isso.

— É a verdade. Foi você quem tirou aquela foto?

Naomi olhou para a foto da mãe dançando com Seth.

— Como soube?

— Sou policial. — Rossini abriu um pequeno sorriso. — Era um momento alegre, e você soube capturá-lo. Mas esta é a minha favorita.

A detetive pegou a foto que Naomi tirara com o timer. A mãe cercada pelos filhos. Harry a colocara diante de um grande vaso com flores cor-de-rosa, porque essa era a cor favorita de Susan.

— Dá para ver que ela sentia orgulho de você e de seu irmão.

— É isso que você vê?

— Sim. Policiais são bons ouvintes e são treinados para observar. Ela sentia orgulho de vocês. Lembre-se disso. Preciso voltar para o trabalho.

— Obrigada por vir — agradeceu Naomi, da mesma forma que agradecera a todos.

Surpresa, ela permaneceu onde estava quando viu Mark Ryder avançando em sua direção.

— Oi — disse ele.

— Oi.

Ele era alto, bonito, com grandes olhos castanhos e cabelos brilhantes que encaracolavam de um jeito perfeito nas pontas.

— Sinto muito pelo que aconteceu com a sua mãe e tal.

— Obrigada. Que bom que você veio! Que bom!

— Sinto muito, sabe como é? Minha mãe morreu quando eu era bebê.

— Mas... eu conheci sua mãe.

— Meu pai casou de novo quando eu tinha uns 3 anos. Ela é ótima. Tipo, é a minha mãe, mas, sabe como é, a minha *mãe* morreu.

— Não sabia. Sinto muito, Mark.

— É, bem, é complicado, sabe como é, e eu queria dizer que sinto muito.

Emocionada, Naomi chegou mais perto e o abraçou. Percebeu que cometera um erro quando Mark devolveu o abraço — e deslizou uma mão até sua bunda.

Ela se afastou.

— Estamos no funeral da minha mãe.

— Sim, sim, desculpe. Só achei... — Ele deu de ombros, soltando uma risada rápida. — Que seja!

— Obrigada por vir — disse Naomi. — Estamos servindo refrigerantes no bar, se você quiser.

— É, talvez. A gente se vê.

Sozinha, Naomi se virou na direção contrária. Poderia se esconder na despensa, ter uns minutos de solidão e silêncio antes que alguém percebesse que havia sumido.

Mas deu de cara com Anson Chaffins.

— Hum. Oi. — Ele empurrou os óculos, depois enfiou as mãos nos bolsos. — Sei que é esquisito, mas eu estava, tipo, você sabe, lá, então achei que deveria vir e dizer... alguma coisa.

— Vamos sentar ali. As pessoas não virão me encher o saco se eu estiver sentada com alguém.

— Eu vi um pessoal da escola aqui. Mas meio que me escondi até todo mundo ir embora. É esquisito, como já disse. As pessoas querem saber, sabe, como foi, e não querem perguntar a você. Bem, além do mais, você não voltou para a escola. Vai voltar?

— Sim, na semana que vem.

— Vai ser esquisito.

Naomi soltou uma meia-risada — Anson escrevia melhor do que falava, pensou ela.

— Preciso manter minhas notas, e Mason também. Temos que nos preocupar em entrar em uma faculdade.

— Vou para Columbia no outono.

— Você passou?

— Parece que sim. Existem algumas alternativas, mas acho que tenho chance. Quero estudar jornalismo.

— Vai se dar bem no curso.

— É. — Ele se mexeu, desconfortável. — Então. Ouvi alguns policiais conversando. Você sabe que eles precisaram ouvir meu depoimento e tal? Escutei alguns deles falando sobre Bowes. Sobre sua mãe ser casada com ele. Thomas David Bowes.

Naomi apertou as mãos com força sobre o colo, sem dizer nada.

— Reconheci o nome por causa do filme. E também li o livro. Você é aquela Naomi.

— Todo mundo já sabe?

— Como eu disse, escutei os policiais conversando, e sabia do que eles estavam falando, e li o livro. Pesquisei um pouco... Pesquisei mais, quero dizer. Você é Naomi Bowes.

— Carson. Esse é meu nome legal.

— Sim, eu entendi essa parte. Veja bem, não falei sobre nada disso com ninguém.

— Não fale. Só quero terminar a escola. Mason precisa terminar a escola.

— Não contei a ninguém, mas, veja, outras pessoas também podem começar a pesquisar, ainda mais agora que o filme é um sucesso. Ora, até mesmo as pessoas que não leem vão ao cinema. O que você vai fazer?

— Vou terminar a escola. E vou para a faculdade.

— Não vou contar para ninguém, tudo bem? — Anson empurrou os óculos nariz acima. — Isso vai ficar só entre nós dois, tá certo? Quero que me conte sua história. Espere um pouco.

Ele levantou uma mão e chegou mais perto, inclinando-se tanto para a frente que seus óculos começaram a deslizar novamente. Então os removeu.

— Quero o seu ponto de vista, a *sua* história, Carson. Podemos excluir a parte sobre onde você mora e tudo mais. Não vou contar a ninguém. E isso é uma grande promessa, sabe, considerando que quero ser jornalista e essa é uma história que faria muito sucesso. Mas vou omitir alguns detalhes.

Ele pegou os óculos e os colocou de volta.

— Não preciso fazer nada disso.

— Minha mãe acabou de morrer.

— Pois é. Se isso não tivesse acontecido, eu não teria juntado os pontos. Você me conta tudo, em primeira pessoa, e eu não falo a verdade para ninguém. Podemos sair algumas vezes, para um lugar tranquilo, e eu gravo sua história. Seria um grande furo e, se eu fizer tudo do jeito certo, posso conseguir um estágio no *Times*. Você nunca conversou com ninguém, nem com Simon Vance, nem com o roteirista, nem com o diretor ou os atores. Seu pai conversou. Sua mãe também, mas você não. Eu pesquisei.

Os dois eram amigos — Naomi pensara que eram amigos. Anson estava com ela quando encontrou a mãe. Ele ligara para a ambulância. E agora...

— Simon Vance e o roteirista chegaram na frente, Chaffins. Ninguém vai se importar.

— Está de sacanagem? Todo mundo vai se importar. Olhe só, vamos nos encontrar. Você pode ir à minha casa à tarde, depois da escola. Meus pais vão estar no trabalho, e ninguém precisa ficar sabendo. Eu preciso ir. Mando uma mensagem com o endereço e a hora.

Quando ele saiu apressado, Naomi permaneceu sentada por um momento, um pouco chocada, um pouco enojada. Por que estava surpresa?, perguntou-

-se. Porque pensara que ele era, pelo menos em parte, um amigo? Será que deveria se sentir grata por Anson ainda não ter publicado o que sabia no jornal da escola?

Dane-se, pensou ela. Dane-se essa merda toda.

Levantou-se — antes que alguém resolvesse se sentar ao seu lado para tentar consolá-la — e foi para a cozinha. Ainda podia se esconder na despensa quando queria um tempo sozinha.

Mas Harry a seguiu.

Ele apontou para um banquinho.

— Sente-se. — E se acomodou sobre uma pilha de caixas. — Agora me conte o que aquele garoto disse para deixá-la chateada.

— Não foi nada.

— Não minta para mim.

Naomi se retraiu. Ele nunca usara aquele tom irritado e impaciente antes.

— Harry.

— Vamos parar de mentir um para o outro. Eu sabia que sua mãe mentia sobre visitar a prisão e sobre manter contato. Eu sabia, mas escondi isso de Seth. Não contei porque sabia que ele ficaria preocupado. E foi igual a mentir. Omitir é mentir.

— Você sabia?

— E, talvez, se eu tivesse contado... — Ele esfregou os olhos cansados. — É melhor não fazermos suposições.

— Nós sabíamos. Mason descobriu e me contou. Também não dissemos nada.

— Então, que bem isso fez, querida? Veja onde estamos agora. Não vamos mais mentir, não vamos mais omitir. — Harry se inclinou para a frente, pegou as mãos dela. Seus olhos, tão azuis em contraste com o caramelo, exibiam aquela bondade inata que ele demonstrava todos os dias. — Quando Seth me pediu para acolhermos você, seu irmão e sua mãe em nossa casa em D.C., eu aceitei, é claro. Mas pensei que não duraria muito tempo. É óbvio que temos que ajudar, que Seth precisa ajudar a família, mas eles vão se recuperar e ir para uma casa nova em, ah, talvez seis meses ou um ano. Eu poderia abrir nossa casa por um ano. E foi o que eu fiz, porque amo Seth.

— Eu sei que ama.

— Mas não imaginei que amaria você. Que amaria Mason. Que amaria a sua mãe. E foi isso o que aconteceu. Quando conversamos sobre vender a casa e nos mudarmos para Nova York, não concordei com isso só por causa de Seth. Concordei por causa de todos nós. Porque nos tornamos uma família. Você é a minha menina, Naomi. Não importa se não temos o mesmo sangue. Estou falando sério.

— Amo você, Harry. Amo mesmo, muito. — As lágrimas vieram então, quentes, mas sinceras. — Sei quanto você fez por nós, tudo que nos deu.

— Esqueça isso. Eu poderia lhe contar tudo que vocês fizeram por mim, tudo que me deram. Aposto que estamos quites. O que eu quero, e o que preciso, o que acho que todos nós queremos e precisamos de agora em diante, minha querida, é a verdade. Começando por agora. O que Anson lhe disse para deixá-la com essa cara?

— Ele sabe quem somos. Escutou alguns policiais conversando e ligou os pontos. Chaffins quer ser jornalista e quer ouvir a história. A minha versão.

— Vou conversar com ele.

— Nada disso. Não, Harry. Que diferença faz? Chaffins sabe, e você não pode mudar isso. Ele disse que não vai contar onde eu... onde nós estamos, que vai deixar alguns detalhes de fora, mas...

— Você não confia nele. E por que deveria?

Naomi pensou na mão de Mark descendo para sua bunda, na ambição desmedida de Chaffins.

— Não confio em ninguém além de você, Seth e Mason.

— Podemos colocar você e Mason em uma escola particular.

— As coisas simplesmente vão ficar se repetindo. Podemos nos mudar de novo, e será tudo igual. A mamãe se foi, e era ela quem sofria mais. Não podíamos protegê-la de si mesma ou dele.

— Ninguém vai machucar minha garotinha.

— Achei que ele fosse meu amigo. Mas ninguém permanece amigo quando a verdade vem à tona.

— Se é isso que acontece, essas pessoas não merecem a sua amizade.

— Mas como você sabe quem merece? — Naomi se lembrou do cartão que a policial que parecia uma atriz lhe entregara, e o tirou da bolsa. — A detetive Rossini.

— O que tem ela?

— Acho que, talvez, ela seja uma amiga. Ele fuma maconha. Chaffins. E também vende um pouco.

Harry suspirou.

— Naomi, entendo tudo sobre a pressão que os amigos fazem e a vontade de ter experiências novas, mas agora não é o momento de...

— Não uso drogas. Nem Mason. — Ela franziu a testa para o cartão enquanto falava. — Ele quer estudar em Harvard e trabalhar para o FBI. Mason não arriscaria seus planos. Chaffins quer ir para Columbia e trabalhar para o *New York Times*. Não ficaria bem para ele ser preso por posse de drogas, talvez suspenso da escola.

As sobrancelhas de Harry se levantaram.

— Chantagem?

— É o que ele está fazendo comigo. Eu o deduraria para a polícia, e não me orgulho por ter pensado nisso. Mas acho que a detetive Rossini conversaria com ele, e poderia dar certo, pelo menos por tempo suficiente para eu escrever a história.

— O quê? Que história?

— Não escrevo tão bem quanto Chaffins, mas sou capaz de fazer isso. — O plano surgiu em sua mente como um relâmpago em uma noite quente de verão. — Se eu escrever a história, assinando como Naomi Bowes, e vendê-la, quem sabe até mesmo para o *Times*, ele ficará sem nada. Só preciso de tempo, e a detetive Rossini pode me dar isso. Escrevo a história, como Chaffins disse, do meu ponto de vista. E aí ele perde. Depois disso, ninguém vai se importar com o que um idiota qualquer escrever sobre mim. Mason? Ele não vai ligar.

— Querida, tem certeza?

— Ninguém vai fazer isso comigo, com a gente. Tenho certeza.

— Converse com a detetive. Se decidir que realmente quer seguir em frente com isso, vamos apoiá-la.

$\mathcal{N}$AOMI VOLTOU PARA a escola, forçou-se a continuar no comitê do anuário e no jornal. Ignorava os olhares raivosos que Chaffins lhe enviava — e completava as tarefas idiotas que lhe eram designadas. Porque as coisas que Rossini dissera a ele, seja lá o que foram, fizeram com que o garoto ficasse de boca fechada, e ela podia se consolar com o fato de que ele se formaria em quatro meses e estaria fora da sua vida.

Depois da cerimônia do Oscar, quando o roteirista de *Filha do mal* ganhou o prêmio e a atriz de agora 15 anos que interpretara Naomi desfilou pelo tapete vermelho em um Alexander McQueen, depois que a edição do livro com a capa do filme passou 16 semanas na lista de best-sellers e o *New York Times* publicou um artigo de três partes em domingos consecutivos, Naomi não se surpreendeu ao receber um e-mail raivoso de Anson Chaffins.

Primeiro você manda aquela policial atrás de mim, agora isso! Você é uma vaca mentirosa, e eu vou contar para todo mundo quem e o que você é, onde você mora. Eu te dei a ideia. Você roubou a minha história.

Ela respondeu apenas uma vez.

Minha vida, minha história, e eu nunca concordei com o seu *plano*. Conte a quem quiser.

Ele, no entanto, não contou a ninguém. Por conta própria, Naomi enviou flores para a detetive Rossini, em agradecimento. Trocou de e-mail, de número de telefone, e se enterrou nos estudos, no mundo da fotografia e na vida com a família.

Disse a si mesma que colocara o passado no passado, onde ele deveria ficar. E que agora realmente poderia começar sua vida como Naomi Carson.

Profundidade de campo

Términos e começos — nada disso existe.
Temos apenas os interlúdios.

ROBERT FROST

Capítulo 6

Sunrise Cove, Washington, 2016

◆ ◆ ◆ ◆

NÃO FORA UM IMPULSO. Naomi repetia isso para si mesma enquanto perambulava pela velha casa sobre o penhasco. Um pouco radical, talvez. Arriscado, com certeza. Mas já assumira tantos riscos, então que diferença faria mais um?

Mas, caramba, comprara uma casa. Uma casa mais velha que ela — cerca de quatro vezes mais velha. Uma casa tão distante da sua família que ficava no lado oposto do país. Uma casa, admitia Naomi, que precisava de obras. E de móveis.

E de uma bela limpeza.

Era um investimento, disse a si mesma, fazendo careta ao observar a cozinha encardida com os eletrodomésticos velhos — com certeza mais velhos do que ela — e o piso de linóleo cheio de rachaduras.

Então teria de limpar, consertar, pintar. Aí poderia vendê-la ou alugá-la. Não precisava morar ali. Teria de tomar uma decisão — outra coisa que também já fizera bastante.

Seria um projeto. Algo para mantê-la ocupada enquanto não estava trabalhando. Uma base, considerou Naomi, e tentou abrir a torneira da pia de porcelana lascada.

Ela engasgou e produziu um estrondo antes de espirrar jatos de água.

Uma base com encanamento ruim.

Precisava fazer uma lista. Teria sido mais inteligente criar a lista antes de comprar a casa, provavelmente, mas ela faria isso agora. *Encanador* seria o primeiro item.

Com cuidado, abriu o armário sob a pia. Havia um leve cheiro de mofo ali, estava sujo, e a garrafa caquética de desentupidor líquido não inspirava muita confiança.

Definitivamente, teria de encontrar um encanador.

Respirou fundo, tirou o telefone do bolso da sua calça cargo e abriu um aplicativo.

Contratar encanador foi a primeira anotação.

Adicionou mais itens enquanto refazia seus passos pela casa, passando por uma sala de jantar com uma lareira maravilhosa, feita de madeira negra entalhada. Um limpador de chaminé. Será que ainda havia limpadores de chaminé? Alguém devia inspecionar e limpar chaminés e, como havia cinco na velha casa, *limpador de chaminé* com certeza precisava entrar na lista.

Por que ela comprara uma casa com cinco chaminés? E dez quartos? E seis banheiros e meio?

Não podia pensar nisso agora. Primeiro, precisava bolar um plano para resolver aqueles problemas.

O piso estava bom. Precisava de sinteco, mas o corretor de imóveis elogiara bastante as tábuas largas de pinus ponderosa. Naomi poderia pesquisar um pouco, descobrir se seria capaz de fazer o trabalho sozinha. Caso contrário, *moço do piso.*

E isso a levou ao *moço dos azulejos* — será que poderia ser a mesma pessoa?

O que precisava, pensou enquanto subia a escada barulhenta, era de um empreiteiro. E de um orçamento. E de um bom plano.

O que ela precisava, corrigiu-se ao chegar ao segundo andar e observar o corredor que seguia para a esquerda e para a direita, era de um médico para examinar seu cérebro. Como diabos conseguiria cuidar de uma casa daquele tamanho, naquele estado?

Por que cargas d'água resolvera prender-se àquele pedaço de terra no fim do mundo do estado de Washington? Naomi gostava de viajar — de lugares novos, de vistas novas, de ideias novas. Apenas ela e seu equipamento. Livre para ir aonde quisesse. E agora tinha aquela âncora em forma de casa caindo aos pedaços para prendê-la.

Não, não fora um impulso. Fora loucura.

Passou por paredes encardidas e, tudo bem, por portas antigas maravilhosas, por quartos demais para uma única mulher solitária, e sentiu aquela velha e familiar pressão no peito.

Não teria um ataque de pânico por agir como uma idiota.

Respirando devagar, controladamente, virou-se para o que o corretor de imóveis chamara de suíte máster.

O cômodo era grande e bem-iluminado, e, sim, o piso precisava de uma reforma, e as paredes eram de um tom azul-pálido terrível que parecia água suja de piscina, e a velha porta de correr de vidro tinha de ser jogada no lixo.

Naomi, no entanto, empurrou-a e a forçou a abrir, correndo por roldanas enferrujadas, saindo para a varanda larga e firme.

E aquele fora o motivo, pensou, enquanto toda a pressão que sentia se transformava em felicidade plena. Aquele fora o motivo.

A enseada, de um azul profundo e brilhante, curvava-se e se alargava, dividida por pontos de terra verde que exibia os primeiros sinais da primavera. O litoral subia, emoldurado por árvores, enquanto a água seguia por um canal apertado até tons mais escuros de azul. Ao longe, a oeste, as montanhas formavam ondas contra o céu, cheias de uma floresta fechada com sombras verdes.

E lá na frente, depois da enseada, do canal, dos pontos e montes de terra, espalhava-se o azul ainda mais profundo do estreito.

Seu penhasco não era dos mais altos, mas lhe garantia uma visão pura e livre da água, do céu e da terra, e, para Naomi, isso dava uma indescritível sensação de paz.

Sua casa. Apoiou-se no balaústre por um instante, respirou fundo. Soubera que chegara ao seu lugar no momento em que pisara ali, naquela tarde cheia de vento em fevereiro.

Daria um jeito de fazer tudo que fosse necessário para tornar a casa habitável. Mas ninguém poderia lhe tirar aquela vista, aquela sensação de *pertencimento*.

Como deixara seu equipamento no andar de baixo, Naomi pegou o telefone e abriu a câmera. Enquadrou a imagem, verificou e tirou mais uma foto. Enviou-a para Mason, Seth e Harry — listados nos contatos como *Meus Garotos* — com uma mensagem simples.

Este é o motivo.

Guardou o telefone e desistiu das listas. Ia até a cidade comprar suprimentos. O tempo a ajudaria a encontrar as soluções para qualquer coisa.

A cidadezinha sobrevivia principalmente à custa do mar, com sua marina, a loja de produtos de mergulho, aluguéis de caiaques e canoas e a peixaria. Na rua do Mar — obviamente — havia lojas de lembrancinhas, cafeterias, restaurantes e o Hotel Sunrise, que ficava diante da curva da marina com seus barcos oscilantes.

Naomi passara duas noites no hotel quando seguira sua intuição e viera visitar Sunrise Cove. Queria adicionar fotos ao seu portfólio do banco de imagens, incrementar seu portfólio de fotografia artística, e encontrara várias oportunidades para as duas coisas.

Vira a casa — apenas um pedacinho — pela janela do hotel, e achara graça, intrigando-a a forma como estava voltada para longe da cidade, dos seus habitantes, na direção da água e da floresta.

Decidira tirar fotos do local e pedira orientações sobre como chegar lá. Quando se dera conta, estava seguindo na direção do que os habitantes locais chamavam de Ponta do Penhasco com John James Mooney, o corretor de imóveis.

Agora, a casa pertencia a ela, pensou Naomi, dentro do carro estacionado diante do mercado.

Algumas centenas de dólares mais tarde, ela carregava o porta-malas do veículo com comida, produtos de limpeza, utensílios descartáveis, lâmpadas, detergente para a lava-louça — o que era bobagem, já que nem sabia se a velha lava-louça funcionava —, além de um conjunto básico de panelas, uma cafeteira e um aspirador de pó que comprara na loja de eletrodomésticos vizinha ao mercado.

Também conseguira o nome de um empreiteiro nos dois lugares — o mesmo nome, então o sujeito era obviamente popular. Decidindo que seria melhor não enrolar, ligou para ele do estacionamento e combinou de encontrá-lo em uma hora para lhe mostrar o lugar.

Fez o caminho de volta e ficou satisfeita ao constatar que a travessia pelas ruas sinuosas até chegar à sua casa levava exatamente dez minutos. Longe suficiente para ter privacidade, perto suficiente para ser prático.

Então, abriu a mala do seu 4Runner, olhou para as compras e jurou para si mesma que faria uma lista na próxima viagem.

Lista essa, percebeu Naomi quando começou a pegar as sacolas, que deveria ter incluído limpar a geladeira *antes* de comprar a comida que seria guardada nela.

Quando finalmente terminou de limpar tudo e a abasteceu, estava saindo para pegar a próxima leva quando viu a caminhonete preta subindo a estrada em sua direção.

Ela colocou a mão no bolso, fechando-a sobre o canivete. Apenas uma precaução.

A caminhonete estacionou. Um homem de boné e óculos escuros se inclinou para fora da janela. Um grande cachorro preto usando uma bandana de bolinhas apareceu na outra.

— Srta. Carson?

— Eu mesma.

— Kevin Banner. — Ele disse algo para o cão que o fez recolher a cabeça da janela antes de o dono sair da caminhonete.

Naomi julgou que o homem deveria ter uns 30 e poucos anos, e seus cabelos louro-escuros encaracolavam sob o boné. Tinha um belo maxilar largo, e um porte atarracado. Ele estendeu a mão.

— É um prazer conhecê-la.

Era a mão de um homem trabalhador, pensou ela, e relaxou.

— Obrigada por vir.

— Fiquei sabendo que alguém do Leste tinha comprado a casa. Ela é impressionante, não é?

— É mesmo.

Ele sorriu, mexendo-se.

— Já faz dez anos que está vazia, desde que o Sr. Parkerson faleceu e a Sra. Parkerson precisou abrir mão dela. Imagino que o Sr. Mooney tenha contado a história. A casa foi uma pousada por mais de vinte anos. Mas a Sra. Parkerson não conseguia cuidar de tudo sozinha, e acabou indo morar com a filha em Seattle. Tentou alugar o local para uma pessoa ou outra, mas...

— É uma casa grande e precisa de muita manutenção.

— Isso mesmo. Tentei comprá-la um tempo atrás, por causa de toda a história e daquela vista, mas minha esposa ameaçou pedir o divórcio. Então, quem sabe agora eu consiga me divertir com ela e continuar casado?

— Vamos dar uma olhada. Não tem problema deixar o cachorro no carro?

— Ela ficará bem.

A cadela descansou a cabeça no painel, lançando um olhar tristonho para Naomi.

— Gosto de cachorros. Pode deixá-la vir se quiser.

— Obrigado. Ela é boazinha, está acostumada a ir trabalhar comigo. Venha, Molly!

Molly pulou direto da janela, aterrissando no chão com a facilidade de uma ginasta, e então se aproximou para cheirar as botas de Naomi.

— Que pulo bonito, menina! — Quando Naomi lhe acariciou a cabeça, todo o corpo da cadela se balançou.

— Talvez você possa me dar uma ideia do que quer fazer.

— Quero trazer a casa de volta para o século XXI. Não quero dizer a aparência — adicionou ela. — Mas o encanamento, a parte elétrica, a cozinha e os banheiros. Estou torcendo para a maioria dos problemas ser apenas estética — disse enquanto os três seguiam para dentro da casa. — Posso pintar e fazer reformas pequenas, mas acontece um monte de tremeliques e barulhos quando uso a água. Não sei se é seguro usar as lareiras. Pensei em cuidar do piso por conta própria, passar sinteco, mas já cheguei à conclusão de que isso provavelmente levaria uns dois ou três anos.

— E as janelas?

— Qual o problema delas?

— Pode substituí-las por janelas de vidro duplo isolante, que será bom para gastar menos energia. Apesar de ser um custo alto agora, ajudaria você a economizar na conta de luz. O inverno é frio por estas bandas.

— É algo a se pôr na lista. Vamos ver.

— Quero dar uma olhada na fiação, só para garantir que está segura e dentro da lei. Podemos ver as chaminés, verificar se estão funcionando. Vai querer queimar madeira nelas?

— Não pensei nisso.

A cadela passeava pelos cômodos, cheirando e explorando. Naomi se deu conta de que Kevin agia quase da mesma forma.

— Você tem lareiras lá em cima, não é? Se não quiser subir com a madeira, talvez seja bom adaptá-las para gás no segundo andar.

— Boa ideia. Deixaria as coisas mais limpas.

— Está pensando em abrir uma pousada?

— Não, não estou. Pelo menos não por enquanto.

Ele assentiu e fez anotações, murmurando um pouco para si mesmo enquanto analisavam o primeiro andar. Quando entraram na cozinha, Kevin tirou o boné, coçou a cabeça, devolveu-o ao lugar.

— Vou ser bem sincero com você. Esta cozinha precisa de uma reforma completa.

— Se você me dissesse qualquer coisa diferente disso, ia começar a me perguntar por que todo mundo o recomenda.

— Tudo bem. E aposto que o piso de madeira continua por baixo deste linóleo horroroso.

— Sério? Acha mesmo? — A ideia tornou menos pior o fato de que precisaria substituir um zilhão de janelas. — Dá para verificar?

— Se você não se importar de eu estragar um canto.

— É impossível tornar algo horroroso ainda mais feio.

Kevin escolheu um canto, puxou a borda com o próprio canivete.

— Isso mesmo, aí está seu piso de pinus ponderosa.

— Nossa! Então é só tirar esta porcaria toda, lixar, consertar e passar sinteco, certo?

— É o que eu faria.

— É o que eu quero.

— Tudo bem. — Com os óculos escuros presos no bolso da camisa, Kevin correu os olhos castanhos pelo espaço. — Posso fazer alguns projetos para você.

— Eu mesma posso tentar. Nunca projetei uma cozinha, mas já tirei fotos de muitas. Sou fotógrafa — explicou Naomi. — Para catálogos, sites, bancos de imagem.

Com as mãos na cintura, ela caminhou pelo cômodo e imaginou como ficaria com as paredes e o piso descobertos.

— Ela é bem espaçosa, o que é bom. Acho que quero uma ilha, em um tamanho bom, que dê para cozinhar e comer. Nada muito moderno, mas também não muito interiorano. Um rústico contemporâneo. Armários escuros, com portas de vidro, bancadas mais claras, um revestimento de parede interessante, e podemos inventar moda com a iluminação. Tem espaço para um forno duplo ali. Não sei o que eu faria com um forno duplo, mas meu tio jura que eles são a melhor coisa. Um cooktop a gás e uma coifa estilosa, para ser o ponto de foco. Uma pia grande embaixo da janela de lá. Aquele banheiro é bem esquisito. Vamos transformá-lo em uma despensa. E é melhor se livrar dessa portinha apertada dos fundos e abrir a entrada para a varanda, para essa vista. Portas duplas enormes, só de vidro, sem moldura.

Kevin estivera anotando os planos, assentindo, mas, agora, olhava para ela.

— Srta. Carson?

— Naomi.

— Naomi. Eu amo minha esposa.

Ela lhe lançou um sorriso cuidadoso ao se virar para ele.

— Que bom!

— Eu me apaixonei por ela quanto tinha 16 anos, mas só criei coragem de chamá-la para sair depois de quase um ano. Se ela não tivesse tomado a dianteira, por assim dizer, era capaz de eu estar pensando até hoje sobre qual seria o melhor momento de beijá-la. Casamos quando eu tinha 23 anos. Ela também cuidou disso; caso contrário, eu ainda estaria bolando um jeito de pedi-la em casamento. Temos dois filhos.

— Parabéns.

— Só estou dizendo que amo minha esposa, e tendo a ser lerdo em alguns aspectos. Mas, se nos conhecêssemos há mais tempo, eu lhe daria um beijo na boca.

— Devo me preparar para você fazer isso no futuro?

Kevin sorriu de novo.

— Pode acontecer se você continuar realizando todos os meus sonhos e esperanças. Tirar a portinha foi o auge. A casa precisa daquela vista. Por que ter uma vista assim e mantê-la do lado de fora? Se deixar que eu tire aquela parede ali, posso fazer uma sala de jantar aberta. Seria mais um espaço para conversar. A sala de estar fica do outro lado da casa, mas teria uma área aqui para as pessoas se reunirem enquanto você cozinha.

— Mais uma coisa para a lista.

Seguiram em frente, de cima a baixo. Kevin saiu para pegar a fita métrica e percorreu a casa toda de novo.

Quando finalmente terminou, Naomi guardara todas as compras, e servia Coca-Cola para os dois. Eles a beberam na varanda da frente, observando o sol descer queimando até as árvores.

— Vou fazer um orçamento. Talvez seja melhor estar sentada quando for lê-lo.

— Dá para imaginar.

— Depois disso, podemos conversar sobre prioridades, o que você quer fazer logo, o que talvez possa esperar um pouco. Posso lhe passar o nome de um bom paisagista enquanto pensa nisso.

— Vou aceitar, mas acho que quero cuidar eu mesma da maior parte do jardim.

— Tudo bem. Obrigado pela Coca. — Ele devolveu o copo vazio. — E agradeço a oportunidade de dar uma olhada na casa. Se me passar a obra, farei um bom trabalho.

— Acredito que sim.

— Entro em contato. Vamos, Molly.

Naomi o observou ir embora pela estrada, sentindo o silêncio cair da mesma forma que o sol fizera por trás das árvores.

Ela também faria um bom trabalho ali, pensou. Entrou na casa para montar um quarto e um escritório temporários.

Naomi passava as manhãs tirando fotos: nasceres do sol — todas aquelas cores sagradas se misturando —, a água, as árvores, os passarinhos. Durante a tarde, caçava lojas de segunda mão e mercados de pulga. Comprou uma escrivaninha e uma cadeira, algumas luminárias e, a cereja do bolo, um velho banco de ferro com uma cadeira combinando.

Durante as noites, fazia um sanduíche com ovos mexidos, servia-se de uma taça de vinho e tratava as fotos que tirara pela manhã.

Ela podia e de fato vendia algumas fotografias artísticas por meio do seu site e em uma galeria em Nova York, mas seu sustento real vinha dos direitos autorais das fotos em bancos de imagem.

Descobrira que poderia trabalhar em qualquer lugar   no carro, em um camping, em um quarto de hotel. Mas aquilo — realizar seu trabalho na própria casa, com o silêncio tomando conta do ambiente e a luz brincando com a água — parecia um presente, um presente que só fora possível graças aos avós e ao dinheiro que os dois separaram para ela e Mason.

Agradecida, Naomi lhes enviava e-mails regulares com fotos. Desde a época da faculdade, ligava toda semana para eles, independentemente de onde estivesse ou do que estivesse fazendo.

Os dois haviam perdido a filha — duas vezes, na opinião de Naomi. E ela se certificara de que jamais perderiam a neta.

Tirou fotos de como o banco e a cadeira estavam agora, brincando com a textura da ferrugem, a tinta descascando e o formato quadrado — além do brilho de cor do balde de amores-perfeitos roxos que plantara e colocara na varanda ao lado deles. Também tiraria fotos de como ficariam depois da reforma, e enviaria as duas para a família; mas trataria as primeiras fotos no computador e as colocaria para venda no site.

Kevin levou quase uma semana para trazer o orçamento. Quando voltou, estava com o filho de 6 anos, Tyler, além de Molly. O menino era uma versão em miniatura do pai, tão fofo que Naomi desejou ter biscoitos para lhe dar.

— Resolvemos comprar uma pizza e decidimos parar aqui para lhe entregar isto. Talvez queira tomar alguma coisa forte antes de se sentar e dar uma olhada.

— Ih.

— Pois é. Bem. Como eu disse, você pode pensar nas prioridades. Coloquei umas ideias aí no papel. E, se quiser fazer algumas coisas por conta própria, pode economizar uma grana. Leve o tempo que precisar, pense com calma. Mas me avise. Indiquei o nome de uma empresa também, para o caso de você querer outro orçamento. Sei que fazem um bom trabalho. Ela fica em Hoodsport.

— Obrigada.

— Vamos embora, galera. — O garotinho saiu correndo na direção da caminhonete com o cachorro. — Não se esqueça da bebida.

Naomi bateu o envelope pardo na palma da mão e entrou na cozinha. Uma taça de vinho não faria mal, pensou, e se serviu. Como a cadeira da escrivaninha era a única outra opção, ela seguiu para a varanda e se sentou no banco lixado pela metade.

Ficou ali por um instante, bebericando o vinho, observando a água e o caiaque vermelho que deslizava na direção da costa.

Colocou a taça sobre a capa protetora do banco e abriu o envelope.

— Puta merda! Ah, olá, número de seis dígitos. — Desejou ter bebido algo mais forte do que vinho. Talvez algumas doses de tequila. Ainda não comprara tequila, mas corrigiria esse erro.

Naomi tomou outro longo gole, respirou fundo e leu o orçamento.

Tinha tanto trabalho a ser feito. Para a cozinha, ela já esperava aquele valor. Na verdade, Kevin cobrara um pouco menos do que ela acreditava ser o valor justo. A casa era repleta de janelas, e substituí-las aumentava bastante o preço. Pesquisara um pouco sobre aquilo, e, mais uma vez, o preço era um pouco menor do que calculara.

Kevin conseguia o material com desconto, avaliou. E passava isso adiante, o que era justo.

Naomi se levantou, andou para cima e para baixo da varanda, sentou-se. Continuou lendo.

O encanamento, a fiação elétrica, o isolamento do sótão. Nada interessante ali, só o necessário. Meu Deus, o piso. Tantos metros quadrados. Por que comprara uma casa tão grande?

Para responder à própria pergunta, olhou para a vista. O sol estava baixo, brilhando sobre o azul. Um pássaro, branco e grande, sobrevoava a cena.

Naomi releu o orçamento. Ela mesma poderia pintar alguns cômodos. Não tinha medo de pegar no pesado. Com certeza haveria algo mais que conseguiria fazer. E algumas coisas poderiam ter soluções temporárias.

Ela, no entanto, não queria soluções temporárias.

Recostou-se na cadeira, balançando levemente. Poderia conseguir muitas fotos boas da demolição e da reforma. Fotos das pessoas trabalhando, de azulejos quebrados, de ferramentas e escombros. Se soubesse aproveitar a oportunidade, poderia ganhar dinheiro ao mesmo tempo que arcava com as despesas.

Também havia suas economias, lembrou a si mesma. Vivia de forma modesta, não precisava de muito. Suas maiores compras além da casa haviam sido sua câmera Hasselblad e o 4Runner. Poderia fazer isso.

Voltou o olhar mais uma vez para a água. Precisava fazer isso. Já estivera em todos os estados, a trabalho. Fora à Europa duas vezes, também a trabalho.

E nenhum lugar a atraíra tanto quanto aquele espaço, aquele lugar.

Pegou o telefone e ligou para Kevin.

— Você precisa de uma ambulância?

O comentário a fez rir. Naomi não fazia amigos com facilidade, mas ele a fez rir.

— Desejei ter tomado umas doses de tequila, mas aguentei o tranco. Quando você pode começar?

— O quê? Desculpe, o quê?

— Vamos em frente. Quando você pode começar?

— Talvez eu precise da ambulância. Uau. Uau. Escute, eu sei que não devia perguntar isso, mas você não quer fazer aquele outro orçamento antes?

— Comprei esta casa porque foi como se ela me chamasse, dissesse as palavras que eu precisava ouvir. Você entendeu isso. Vou tentar fazer algumas coisas, tipo a pintura. Talvez consiga ajudar com a demolição ou algo assim, para diminuir um pouco os custos. Mas eu quero a reforma. Quando você pode começar?

— Na segunda. Vou fazer um contrato e coloco nele que você vai cuidar da pintura. Se isso não der certo, podemos achar alguém que faça o trabalho. Desenhei o projeto da cozinha que você queria, mas...

— É, eu vi. Vamos usá-lo, e você pode me dizer onde posso comprar os armários, as bancadas e tudo mais, para eu escolher o que quero.

— Você terá bastante coisa para escolher.

— Pois é, então é melhor começarmos logo.

— Naomi, talvez eu tenha que lhe dar um beijo na boca. Minha esposa vai entender.

Ela torceu para que sua esposa fosse tão adorável, por assim dizer, quanto ele.

— Vamos deixar isso para depois.

— Levo o contrato amanhã.

— E eu te entrego um cheque para o valor do material, como diz aqui.

— Obrigado. Você tem alguma cor favorita?

— Claro. Todas.

— Ótimo. Nos vemos amanhã. E obrigado, Naomi.

Ela entrou na casa, encheu a taça novamente. E fez um brinde a si mesma na cozinha que em breve seria destruída.

Kevin trouxe o contrato, junto com a esposa — a bela Jenny —, Tyler e Maddy, de 4 anos, uma versão fofa e loura do pai.

E lhe entregou um vaso de tulipas coloridas.

— Você disse todas. A sua cor favorita.

— São lindas.

Então Kevin a pegou pelos ombros e a beijou. Tyler cobriu os olhos; Maddy riu. Jenny apenas abriu um sorriso radiante.

— Nem lembro quando foi que ele começou a ter ideias sobre o que fazer com este lugar. E Kevin disse que as suas são parecidas. Ele é o melhor que existe. Vai deixar sua casa maravilhosa.

— Jenny é um pouco parcial. — Kevin passou um braço pelos ombros da esposa. — Mas sincera. Já pedi que trouxessem uma caçamba de lixo para cá na segunda-feira de manhã. A equipe vai chegar às sete e meia. Vamos fazer bastante barulho.

— Não tem problema.

— Então, até segunda.

A família entrou na minivan, e, assim como a cadela, Kevin colocou a cabeça para fora da janela.

— Vamos botar pra quebrar!

Naomi transferiu a cafeteira para o quarto, deixando-a sobre a escrivaninha. Encheu um cooler com refrigerantes, frios e algumas frutas. Poderia colocar seu fogareiro na varanda. Já montara refeições em ambientes bem menos confortáveis.

Na segunda-feira, deu a si mesma um dia de folga e participou da destruição da cozinha e do banheiro adjacente. Golpeou com uma marreta, manejou um pé de cabra, ajudou a tirar bancadas e armários velhos.

Exausta e dolorida, desmaiou de sono antes de a floresta engolir o sol.

Toda manhã, as marteladas vinham. Naomi pegava uma xícara de café, uma barra de cereal e sua câmera. A equipe se acostumou com ela e parou de fazer poses.

Ela fotografava mãos calejadas e mãos sangrando perto das juntas. Corpos suados e botas de trabalho com pontas de metal.

Durante as noites, naquele silêncio abençoado, Naomi comia sanduíches e trabalhava. Fez um ensaio com o piso da cozinha, o linóleo serrado em contraste com a madeira exposta. Brincava com filtros, considerava outras composições, passava tempo atualizando o site e fazendo marketing.

Escolhia quais ensaios deveriam ir para o site, quais deviam ser exclusivos da galeria e quais poderiam ir para o banco de imagens.

Eram dezenas de decisões a serem tomadas, e Naomi podia jurar que os dias daquela semana tinham menos horas do que os da anterior.

Reservou um tempo para escolher pedras de granito e acabou passando mais de uma hora fotografando — aquelas bordas desiguais, a granulação, as manchas e as cores. Cansada de refeições frias ou de sopa feita no fogareiro, fez uma parada a caminho de casa e comprou uma pizza.

O plano era sentar-se em seu belo banco azul-acinzentado, aproveitar o silêncio e comer na varanda do quarto. Depois, ela se permitiria assistir a um filme no notebook. Já trabalhara sua cota do dia. Ainda bem que entregariam na manhã seguinte o colchão king que ela encomendara. Aquela seria sua última noite no colchão inflável.

O crepúsculo brilhava no oeste enquanto Naomi seguia a estrada serpenteante.

O cervo surgiu das árvores. Teve tempo apenas para ver que o animal era enorme antes de virar o volante e evitar a colisão. Ao pisar nos freios, derrapou.

Sentiu mais do que ouviu o pneu furar, e xingou enquanto tentava controlar o volante.

Acabou em uma vala rasa na beira da estrada, com o coração disparado nos ouvidos.

O cervo simplesmente virou a cabeça, lançou-lhe um olhar régio e seguiu pulando para as sombras.

— Droga, droga, droga. Tudo bem, tudo bem. Ninguém se machucou, nem mesmo a porcaria do Bambi. — Ela abriu a porta com força para avaliar os danos.

O pneu estava furado, mas ela não achava que a roda fora danificada. Poderia trocar um pneu idiota, mas isso seria complicado por causa da posição em que caíra na vala. Estava escurecendo, e o carro estava no meio de uma das curvas da rodovia.

Abriu o porta-malas, pegou o kit de emergência e acendeu um sinalizador, deixando-o a alguns metros de distância atrás do carro. Colocou outro a alguns metros de distância à frente. Voltou para o carro e ligou o pisca-alerta.

Aceitando o trabalho que teria, pegou o macaco.

Viu as luzes de um farol, e se preocupou por estarem se aproximando rápido demais. Mas a caminhonete — pelo menos parecia uma — reduziu a velocidade, estacionando suavemente no espaço entre o carro e o sinalizador.

Naomi soltou o macaco e segurou com firmeza a espátula de pneu.

— Algum problema por aí?

— Só um pneu furado. Está tudo bem, obrigada.

O homem, no entanto, seguiu em frente; a silhueta iluminada pelos faróis brilhantes às suas costas.

— Você tem um estepe?

Uma voz grave, extremamente masculina. Era alto, com pernas e braços compridos.

— Claro que tenho.

— Ótimo. Eu troco para você.

— Obrigada. — A mão de Naomi apertou ainda mais a espátula. — Mas não precisa.

Ele simplesmente se agachou para olhar mais de perto. Ela conseguia vê-lo com mais clareza agora — cabelos espessos e escuros bagunçados pelo vento, um perfil anguloso sob uma barba por fazer. Jaqueta de couro gasta, mãos grandes sobre os joelhos em pernas longas.

— O ângulo está ruim para colocar o macaco, mas dá pra trocar. Tenho luzes de emergência na caminhonete.

O homem se virou para ela agora. Tinha um rosto bonito e sisudo, um rosto de homem durão com barba por fazer. Cabelos grossos e despenteados, e uma boca firme, carnuda e séria.

Naomi não conseguia ver a cor dos seus olhos, mas não detectou nenhuma maldade neles. Mesmo assim...

— Já troquei pneus antes.

— Ah, eu também. Na verdade, dá para ganhar a vida fazendo isso. Xander Keaton. Da Garagem e Oficina do Keaton. O nome está na lateral da caminhonete. Sou mecânico.

— Não chamei um mecânico.

— Mas que sorte a sua eu estar passando pela estrada! E ficaria muito grato se me fizesse o favor de não me bater com essa espátula. — Xander se aproximou em um passo largo, pegou o macaco e começou a trabalhar. — O pneu está acabado. Vai precisar de um novo. Posso encomendar um. — Pegou a chave de roda. — O que aconteceu? Ele não parece muito gasto.

— Foi um cervo. Ele pulou bem na minha frente. Exagerei.

— Acontece. Estava indo para casa? Só quero puxar papo — esclareceu Xander quando ela permaneceu em silêncio. — Estou sentindo cheiro de pizza. Você vinha da cidade, então não está hospedada lá. Nunca a vi por aqui e, considerando que você é uma gata, eu me lembraria.

— Sim, eu estava indo para casa.

— Então é nova por aqui, porque conheço todo mundo, e estava indo para casa por esta estrada. Loura bonita. Você é Naomi?

Ela deu um passo para trás.

— Calma — disse tranquilamente Xander, enquanto se levantava para pegar o estepe. — Kevin Banner. Ele está reformando a velha casa dos Parkerson na Ponta do Penhasco para você. Somos melhores amigos a vida toda. Bem, ainda não vivi minha vida toda, a menos que você resolva me matar com essa espátula, mas nos conhecemos quando nem sabíamos andar. Se isso fizer você parar de agarrar esse negócio, pode ligar para ele e perguntar se estou falando a verdade.

— Kevin nunca falou de você. — Mas o aperto na espátula enfraqueceu um pouco.

— Ah, isso me deixa triste. Ele me ajudava a chegar nas garotas, fui seu padrinho de casamento. Sou padrinho de Tyler. Mark, o primo de Kevin, está cuidando do encanamento da sua casa, e Macie Adams, por quem eu fui loucamente apaixonado por seis semanas quando tinha uns 16 anos, é uma das suas carpinteiras. Isso me torna menos ameaçador?

— Vou saber quando perguntar a Kevin amanhã.

— Você é bem cínica e desconfiada. Não tem como não gostar disso. — Xander apertou as porcas no estepe e o girou para testá-lo. — Está bom. — Enquanto abaixava o macaco, voltou a olhar para Naomi. — Qual é a sua altura?

— Tenho 1,78m. E meio.

— Esse tamanho todo fica bem em você. — Ele se levantou. Guardou o macaco e as outras ferramentas na mala. — Quer que eu leve o pneu e encomende outro?

— Eu... Sim, na verdade, isso seria ótimo. Obrigada.

— Sem problema. Espere um pouco. — Xander levou o pneu para a caminhonete, tirou um balde de areia da caçamba e recolheu o sinalizador.

— Pode pegar o outro?

— Você veio preparado.

— Faz parte do trabalho. — Comentou, apagando os sinalizadores na areia, e negando com a cabeça quando Naomi começou a remexer os bolsos.

— Você quer me pagar? Pode me dar uma fatia de pizza.

— O quê? Está falando sério?

— É do Rinaldo's. Tenho um fraco por ela.

— Você quer uma fatia de pizza?

— Não me parece que seja pedir muito depois de eu ter arriscado receber uma concussão e possíveis danos cerebrais só por trocar seu pneu.

Naomi abriu a porta e pegou a caixa.

— Não tenho onde colocar a fatia.

Xander esticou a mão.

— Que tal aqui?

Dando de ombros, Naomi depositou o pedaço de pizza na palma da mão enorme.

— Obrigada pela ajuda.

— Obrigado pela pizza. Tome cuidado na estrada.

Ela entrou no carro, colocou o cinto de segurança, observou-o enquanto seguia gingando para o carro — e foi isso mesmo que ele fez. Gingou. Ela saiu da vala, voltando com o carro para a estrada com um solavanco.

Xander deu uma buzinada amigável enquanto Naomi ia embora.

Ele ficou ali por um momento, dando algumas mordidas na pizza para conseguir equilibrá-la com apenas uma mão e dirigir com a outra. Achou que estava, como sempre, deliciosa.

Mas não tanto quanto a loura de pernas compridas e olhar desconfiado.

Capítulo 7

◆ ◆ ◆ ◆

ELA SE MUDARA para lá no intuito de ter paz, silêncio e solidão. E acabara em uma casa cheia de pessoas e barulho. Havia dias em que nem mesmo a vista era capaz de fazer aquilo valer a pena.

Quando perguntava a si mesma por que não se conformara em ter apenas as coisas básicas — como um encanamento que funcionasse e uma geladeira decente —, não conseguia se lembrar exatamente da resposta.

A casa estava toda destruída e cheia de poeira — com a maior caçamba já vista pelo homem enfeitando o quintal da frente. Depois de três dias inteiros de uma chuva que não a encorajava a fotografar, Naomi estava pronta para jogar todas as coisas dentro do carro e fugir dali.

Em vez disso, porém, foi comprar tinta.

Na primeira manhã de chuva, limpara e preparara as paredes da suíte máster. Na primeira noite de chuva, analisara amostras de tinta, criando palhetas e combinações no computador. No segundo dia, convencera-se de que era só tinta e que, se não gostasse da cor na parede, poderia pintar de novo.

Comprou a quantidade que Kevin recomendara, além de um branco semibrilho para o rodapé — assim como rolos, pincéis, bacias. Esquecera-se da escada — ficaria para a próxima —, então pegou uma emprestada com o pessoal da obra.

Usando moletom, jeans e um boné dos Yankees já manchado de tinta, colocou a mão na massa. Como não poderia acabar com o som das furadeiras, das marteladas e do rock pesado que fazia tremer o chão do primeiro andar, colocou fones de ouvido e pintou ouvindo sua própria playlist.

XANDER DIRIGIA até a velha casa pensando que ela parecia se agigantar sobre o penhasco nos dias de chuva. A manhã molhada estava escura, e luzes acesas brilhavam em algumas janelas, aumentando o clima melancólico.

Talvez a caçamba gigante no quintal amenizasse um pouco aquela atmosfera, mas ele imaginava que Kevin e sua equipe estavam bem ocupados enchendo-a de entulho.

Saiu do carro, encolheu-se na chuva e caminhou até a casa.

Lá dentro, o barulho era surpreendente, mas isso sempre acontecia em obras. O lugar cheirava a serragem, café e cachorro molhado — o que significava que Molly estava correndo por ali. Panos de chão e pedaços de caixas de papelão cobriam o piso.

O interior, até onde Xander conseguia ver, parecia bem triste. Escuro, encardido, abandonado. O pé-direito alto podia até tornar o ambiente mais glamoroso, assim como a lareira o tornava mais pitoresco, mas tudo o que ele via era muito espaço a ser consertado e preenchido.

Pensou na loura alta e comprida com o corte de cabelo repicado e sensual, cheia de marra. Não conseguia associar a pessoa àquela casa. Tudo nela indicava ser uma mulher da cidade. Da cidade grande.

E isso só a tornava, assim como a sua escolha de moradia, ainda mais interessante.

Xander foi em direção aos fundos, seguindo o barulho. Viu pilhas de madeira, ferramentas, cordas e rolos de cabos elétricos.

Ficou se perguntando o que as pessoas faziam com tantos cômodos. O que a loura bonita planejava fazer com eles.

Quando chegou à cozinha, descobriu parte da resposta. Ali, pelo menos, o plano era recomeçar do zero.

O lugar havia sido destruído, totalmente quebrado, e agora estava sendo refeito. O vento da chuva balançava uma lona azul que cobria um buraco enorme na parede dos fundos. Xander sabia o suficiente sobre encanamentos para entender o que dizia o posicionamento da tubulação e ter noção de onde as coisas ficariam. Assim como percebia que o canto esquerdo do cômodo um dia fora ocupado por um banheiro.

— E aí, Kev, será que a grana que vai ganhar neste lugar paga a faculdade dos seus dois filhos?

Kevin, agachado ao lado do encanador, olhou para trás.

— Vai ajudar — gritou ele por cima do barulho. Em seguida, levantou-se e cruzou o piso coberto de lona. — O que veio fazer aqui?

— Vim trazer um pneu novo para o 4Runner.

— Sei. Você podia ter me dado, não precisava ter vindo.

— Não tem problema. De qualquer forma, eu queria ver o lugar.

Com o rosto cheio de satisfação, Kevin olhou ao redor.

— As coisas estão indo bem.

Da mesma altura do amigo, Xander analisou a cena.

— Bem?

— Você precisa ter mais imaginação, cara. Precisa ter mais imaginação. — Ele gesticulou com o dedo para que Xander o seguisse. Foi até a área da sala de jantar, onde havia uma placa de madeira compensada apoiada em dois cavaletes. — Vai ficar assim.

Com as mãos nos bolsos, Xander analisou a planta do projeto da cozinha.

— Então é para isso que serve o buraco. O que havia ali antes?

— Uma porta normal. Um desperdício. Eu soube que Naomi era visionária quando disse que devíamos abrir tudo.

— Visionária e rica.

— O que foi ótimo para ambos os lados. E para a casa. Ela tem um bom olho para essas coisas. Sabe como é, por ser fotógrafa e tudo mais. Entende o clima, a personalidade do lugar. Não está querendo deixar tudo modernoso e brilhante. A cozinha e o banheiro da suíte máster são projetos maiores. Além disso, trocaremos todas as janelas, que chegarão amanhã, passaremos sinteco no piso, vamos trocar o encanamento e a fiação elétrica, fazer acabamentos, pintar e instalar as coisas. Ela quer sancas aqui e ali, e uma parte dos acabamentos originais precisa ser restaurada. O trabalho é mais estético, mas, mesmo assim, é bastante coisa.

— Quantos cômodos tem a casa?

— Dezoito, além de cinco banheiros e meio, agora que tiramos aquele que ficava aqui. Sem contar o porão mais velho do mundo, que nunca foi acabado.

— Ela é solteira, não é? Mora sozinha?

— Algumas pessoas gostam de espaço, outras preferem morar em um apartamento de três cômodos em cima da oficina.

— Algumas pessoas gostam de ter uma minivan.

Kevin lhe deu um soco leve.

— Vai ver como é quando tiver filhos.

— É, acho que isso vai levar um tempo. E onde ela está?

— Na suíte máster, até onde sei, pintando.

— Pintando... Um quadro ou paredes?

— Paredes. Ela ajeitou tudo lá em cima, mas imagino que vamos ter que chamar Jimmy e Rene para cuidar do restante da casa.

Xander podia entregar a conta para Kevin, colocar o pneu no carro e ir embora. Mas, como já estava ali...

— Então vou subir.

— Use a escada dos fundos. — Kevin apontou para trás com um dedão. — É o quarto do canto, de frente para a enseada.

— Vamos tomar uma cerveja depois que você acabar?

— Não é uma ideia ruim. Sim, passo na sua casa.

Xander seguiu para os fundos — e, depois de ter passado a vida inteira sendo amigo de Kevin, foi capaz de reconhecer como a nova escada era bem-feita, o corrimão, firme. A iluminação parecia saída de uma cabana nos anos 1950, mas isso era fácil de consertar.

Chegou ao segundo andar e ficou ali parado, encarando o corredor. Era como uma cena de *O iluminado*. Quase esperou que um garotinho aparecesse sobre um velocípede. Ou que um corpo em decomposição vazasse de uma porta.

Perguntou-se como Naomi conseguia dormir ali.

Bateu à porta do quarto do canto, pensou em opções quando ninguém respondeu. Escolheu a mais fácil e a abriu.

Ela estava em cima de uma escada, vestindo roupas respingadas de tinta e um All Star decrépito de cano alto, pintando cuidadosamente as bordas da parede, na altura do teto. Ele notou que já havia quase terminado, e fazia um trabalho impecável.

No mesmo instante em que Xander ia bater à porta aberta, Naomi começou a entoar o refrão de "Shake It Off" enquanto molhava o pincel.

— *'Cause the players gonna play, play, play, play, play.*

Bela voz, pensou ele, notando os fones de ouvido.

Quando chegou à parte do *"Baby, I'm just gonna shake, shake, shake"*, ele já tinha atravessado o quarto e lhe cutucava o ombro.

Naomi virou tão rápido, segurando o pincel na frente, que Xander mal teve tempo de desviar para não ganhar uma pincelada na cara. Soltou um "opa", e, vendo que ela perdia o equilíbrio, firmou a mão em sua bunda para mantê-la na escada.

Isso o fez abrir um sorriso — um sorriso convencido e masculino.

— Que beleza!

— Me solta!

— Só queria impedir que você e o balde de tinta caíssem no chão — comentou, abaixando a mão. — Eu bati, mas você e Taylor estavam ocupadas demais se remexendo.

Lentamente, Naomi soltou o pincel.

— Quando você bate à porta e ninguém atende, a coisa mais lógica e educada a fazer é ir embora.

— Nem todo mundo faria isso, não é? — Os olhos dela eram verdes. Xander não conseguira ver na escuridão do acostamento, mas seus olhos eram bem verdes. E o fitavam, irritados. — Muitas pessoas abririam a porta e dariam uma olhada.

— O que você quer?

— Também é um prazer revê-la. Vim trazer o pneu, o novo.

— Ah. Obrigada.

— Sem problema. — Ele tirou uma nota fiscal dobrada do bolso de trás da calça, ofereceu-a. — Custou mais do que um pedaço de pizza.

— Aposto que sim. Você aceita cheques?

— Claro. Dinheiro, cheque, cartão de crédito. — Xander tirou uma máquina do bolso da jaqueta. — Pode escolher.

— Então vou usar cartão. Isso não é tecnológico demais para uma oficina?

— Eu gosto de tecnologia, e é mais prático para quando as pessoas precisam de atendimento na estrada. Posso consertar o carro, passar o cartão e depois todos seguem seu caminho.

Naomi assentiu, tirou uma carteira fina do bolso de trás da calça. Xander levantou uma sobrancelha enquanto ela pegava o cartão. Todas as mulheres que conhecia carregavam bolsas do tamanho de um pônei, cheias de coisas misteriosas.

— Obrigada por trazer o pneu até aqui.

— Não é tão longe. Vou deixá-lo no espaço do estepe no porta-malas quando for embora. Kevin está botando a casa abaixo.

— Sim, está.

— Tem um buraco enorme na parede.

— No fim do dia, será uma porta. Pelo menos eu espero.

Xander passou o cartão.

— É uma cor bonita. A da tinta.

— É. Também achei. — Ela fez uma cara preocupada enquanto assinava seu nome. — Acha que é aconchegante?

Ele devolveu o cartão, analisando o azul suave e aquoso com seriedade.

— Acho. Aconchegante e calmo, não? Você está usando tons de água, bem cedo no dia, antes de escurecer.

— Isso mesmo. Pensei em usar um tom um pouco mais cinza. Como a parede de um spa. Talvez fosse melhor... Mas é só tinta.

— São paredes — corrigiu ele. — Você terá que viver com elas.

— Droga.

— Se era isso que queria, você conseguiu captar um clima aconchegante e calmo. Vai acabar se acostumando com o resultado. Posso lhe enviar o recibo por e-mail.

— Não, não preciso de recibo.

Era mais provável que não quisesse que ele soubesse seu e-mail. Xander guardou a máquina e o telefone.

— Você tem muita parede para pintar. É melhor abrir aquela porta para arejar o lugar.

— Está chovendo. Mas você tem razão. — Naomi cruzou o quarto e lutou com a porta até ela abrir um centímetro. — Esta porcaria feia e teimosa vai pro lixo.

Xander colocou uma mão sobre a dela e deu um empurrão forte na porta. Os dois olharam para fora.

— Paredes não fazem diferença alguma quando se tem uma vista dessas.

— Estou tentando me convencer disso.

Na chuva, o mundo lá fora parecia um sonho, com a escuridão adicionando um clima exótico, com toques de névoa flutuando como passarinhos planando.

— Faz você esquecer que o segundo andar parece parte do Hotel Overlook.

— Ah, muito obrigada. Agora vou ficar imaginando *Redrum* escrito em sangue naquele papel de parede horroroso.

Ele sorriu.

— Ganhou pontos por entender a referência. Preciso ir. Boa sorte com a pintura.

— Obrigada.

Naomi continuou ali enquanto Xander saía, observando a chuva gelada de verão.

Ele a assustara, isso era fácil de admitir. Aquele cutucão rápido e firme em seu braço enquanto sua mente estava na pintura e na música. A mão igualmente rápida e firme na sua bunda.

Ela teria conseguido se reequilibrar sozinha. Provavelmente.

E ele se afastara sem pestanejar quando ela pedira, mostrando-se inofensivo.

Mas não era. Apesar da conversa mole sobre tintas e papéis de parede, Xander não era inofensivo. Tinha olhos azuis determinados, diretos — e algo por trás deles dizia que aquele não era um homem com quem se podia brincar.

E ela não tinha intenção alguma de brincar com Xander Keaton.

Ele podia até ter o corpo atlético, mas havia aquele ar durão. Naomi, se precisasse, sabia identificar uma companhia fácil para passar uma noite ou duas.

Não havia dúvida de que o homem era atraente, de um jeito abrutalhado e sensual, e, apesar de ter aprendido a não se importar com isso, gostava do fato de ele ser uns dez centímetros mais alto do que ela. Não podia negar que sentia um frio na barriga, mas, se e quando sentisse necessidade, ficaria bem longe de Keaton.

Mantenha a vida simples, pensou enquanto subia novamente na escada. Porque a vida, a sua natureza, sempre seriam complicadas.

E seu instinto dizia que Xander Keaton não seria nada simples.

QUANDO O AGUACEIRO finalmente passou e o sol voltou a brilhar, Naomi teve o prazer de abrir as portas camarão da cozinha. Depois de serem instaladas e o pessoal da obra ter ido embora, abrira-as e fechara meia dúzia de vezes simplesmente porque podia.

Com a mudança do clima, calçou botas, um casaco leve e pegou a câmera. Fotos de plantas para o banco de imagens sempre eram lucrativas, e os bulbos e as flores silvestres que brotavam eram um tesouro. Podia vagar pela floresta observando a beleza de um tronco, de árvores caídas, o charme de um riacho correndo cheio pela água derretida da neve. A surpresa de uma pequena cachoeira correndo ainda mais rápida até a pilha de pedras abaixo.

Conseguiu uma foto inesperada de um urso quando os dois se encontraram no silêncio prateado da aurora.

Depois de dez dias de trabalho, pintura tediosa e tomadas de decisão estressantes sobre acabamentos de armários e eletrodomésticos, sentou-se no novo colchão king com o laptop.

Diretamente do Canteiro de Obra, olá, amores da minha vida!

Eu consegui. Pintei o quarto, cada centímetro quadrado de parede, teto e rodapé. Tenho portas maravilhosas que abrem para a varanda, e pretendo sentar lá — na cadeira que eu lixei e repintei — amanhã de manhã, saboreando meu café e aproveitando minha vista. Vou ter que saborear rápido, porque o pessoal da obra chega cedo, e barulhos indescritíveis vêm junto. Mas já consigo visualizar a cozinha pronta. Lembro quando vocês reformaram a cozinha uns seis anos atrás. Passei umas duas semanas em casa, e tudo estava um caos. Esse é bem parecido, só que multiplicado pelo infinito.

Mas eu acho que gosto desse processo todo.

Vi um urso hoje cedo. Não se preocupem, eu estava mais interessada nele do que ele em mim. A foto está anexa. Não consegui tirar uma da baleia — tenho certeza de que era uma baleia — que cantava ao longe. Na hora que peguei a câmera e dei zoom, ela já tinha ido embora.

Estou feliz aqui. As pessoas da cidade já me conhecem — apenas o suficiente para dizer oi quando estou no mercado ou na loja de material de construção, meus dois lugares favoritos no momento. Kevin diz que realmente preciso escolher os azulejos da cozinha e do banheiro da suíte. Duas decisões que me apavoram. Vou me preocupar com isso depois.

Mandem logo uma resposta — e isso também vale para você, Mason — com alguma coisa além de "está tudo bem, como vai você?". Vou começar a escolher as cores e os projetos para os quartos que separei para vocês quando vierem me visitar.

As fotos de antes da reforma também estão anexas.

Amo vocês, estou com saudades.

Naomi

Depois de enviar o e-mail, obrigou-se a trabalhar. Precisava atualizar a página do Facebook, o Tumblr, o Pinterest, e escrever alguma coisa no blog. Tarefas que adiaria pelo resto da vida se não fizessem parte do trabalho.

Uma hora depois, levou o laptop de volta para a escrivaninha a fim de recarregar a bateria. E viu a lua brilhando sobre a água.

Naomi pegou a câmera, filtros, uma segunda lente, e saiu para a varanda no frio da noite.

Enquadrou a lua e seu reflexo na água. *Lua espelhada*, pensou ela, já imaginando a composição enquanto batia mais fotos, mudando os filtros e os ângulos. Poderia fazer uma série — em cartões, que sempre vendiam bem no site. Se as imagens fizessem tanto sucesso quanto esperava, poderia imprimi-las, emoldurá-las e enviá-las para a galeria.

Guardaria uma para si mesma. Levantou-se, absorvendo o silêncio, a luz e a sensação maravilhosa de estar sozinha.

Penduraria a melhor das melhores fotos na parede que ela mesma pintara. Sua lua sobre a enseada.

A vida não podia ficar melhor do que era.

TRÊS SEMANAS DEPOIS do início da obra, Kevin ficou até tarde para terminar de instalar os acabamentos nos armários da cozinha. Sentindo-se abismada, Naomi foi ajudá-lo enquanto Molly dormia perto das portas.

— Nem acredito em como ela ficou.

— Está indo bem.

— Indo bem? Kevin, a cozinha está maravilhosa. Não cometi um erro trocando os armários de cerejeira escura por esses verde-sálvia?

— Eles são bonitos, têm personalidade e não parecem recém-saídos de uma loja de móveis. Mas de um jeito bom. E junto com o mármore cinza, com essas veias verdes? Você tem um olho bom para essas coisas, Naomi. O vidro chanfrado na frente dá o toque final.

— Acho que sim. Provavelmente vou precisar de algo melhor do que copos e pratos de papel para guardar neles. Nunca comprei um conjunto de louça na vida.

— Você não tinha um apartamento ou algo assim antes?

— Ah, às vezes, mas, no geral, estava sempre viajando. Quando se tem uma câmera, você viaja. Tudo era de papel, de plástico ou de segunda mão. Nunca pretendi ficar em um lugar só. — Estava abismada de verdade, pensou ela, olhando para os armários vazios acima. — Mas parece que é o que vou fazer agora, então é melhor começar a pensar em conjuntos de louça e copos. Só não sei como vou achar lugar para isso na minha cabeça, porque ela já está cheia de torneiras, bocais de luz e azulejos.

— Você devia conversar com Jenny. Aquela mulher adora um prato novo.

— Talvez seja melhor comprar tudo branco, aí não vou perder muito tempo pensando nisso.

— Fale com Jenny. Quer saber? — Kevin passou a aba do seu boné para a frente. — Você devia sair com a gente hoje, tomar alguma coisa no Loo's.

— É o bar perto da rua do Mar, não é?

— Isso, mas é um lugar bem bacana. A comida é boa, o ambiente é amigável. E tem música ao vivo hoje. Jenny e eu arrumamos uma babá, então ficaremos lá por um tempo. Por que não encontra a gente lá?

— Parece que vocês tiraram a noite para ficar sozinhos, Kevin.

— É, mais ou menos. Mas o negócio é que Jenny anda me pentelhando para convidá-la para jantar lá em casa... Mas imagino que, no fim do dia, você já esteja de saco cheio de todos nós.

Ele tinha bons instintos, pensou Naomi, porque aquilo era a mais completa verdade.

— Ir hoje à noite para tomar alguma coisa e conversar com ela sobre pratos é melhor que nada. E me parece que você também merece uma noite de folga, fora daqui.

— Quem sabe?

Kevin não insistiu, então eles voltaram a um silêncio confortável enquanto trabalhavam. Quando terminaram, cumprimentaram-se batendo os punhos.

— Te vejo no Loo's se você conseguir ir — disse ele. Naomi apenas acenou em despedida.

Não tinha intenção alguma de abandonar sua maravilhosa e quase pronta cozinha, com seus armários vazios e paredes em cinza-claro (meio esverdeado). Tinha dezenas de coisas com que se ocupar, incluindo a leitura dos manuais dos novos eletrodomésticos.

Precisava se enturmar, lembrou a si mesma. Se realmente queria viver ali, independentemente de seu instinto antissocial, precisava ser amigável de vez em quando, mesmo que só um pouco.

Caso contrário, acabaria virando aquela mulher esquisita que mora na Ponta do Penhasco. O tipo de coisa que encorajava falatório e atenções indesejadas. Pessoas normais saíam para beber com os amigos. Ela podia não conhecer Jenny muito bem, mas com certeza considerava Kevin um amigo.

Harry teria gostado do casal.

Então, por que não? Poderia vestir alguma coisa decente, passar um pouco de maquiagem e ir de carro até a cidade. Tomaria alguma coisa no bar local, conversaria com a esposa do amigo sobre utensílios de mesa. Ficaria até o primeiro set da música ao vivo acabar e poderia considerar toda e qualquer obrigação social cumprida por pelo menos um mês.

Parecia um bom negócio.

Escolheu uma calça jeans preta e, como as noites eram frias ali, um suéter. Nada preto, ordenou a si mesma, dado que essa seria sua primeira opção. Escolheu o que Seth e Harry lhe deram de Natal — e que ela usara apenas uma vez —, com uma cor quase igual à dos seus armários na cozinha. Pensou em trocar os habituais brincos de prata por algo mais divertido e alegre, mas chegou à conclusão de que se preocupar com brincos era exagero para uma simples saída com um amigo e sua esposa.

Levou mais tempo aplicando a maquiagem apenas porque algumas necessidades poderiam aparecer — e talvez houvesse algum cara local capaz de satisfazê-las em determinado momento.

Não havia motivo para assustá-lo, independentemente de quem pudesse ser.

A noite já havia caído quando saiu, então deixou a luz da varanda acesa — a luminária nova ainda estava por vir — e trancou a porta. Precisava urgentemente de um sistema de alarme, pensou.

Ao olhar para a casa atrás de si, quase voltou lá para dentro. O lugar estava bastante convidativo e silencioso. Só uma bebida, ordenou a si mesma, e se obrigou a dirigir para longe da tranquilidade.

Nunca estivera na cidade tão tarde — não havia motivo para isso — e notou que a noite de sexta era um pouco animada. Imaginou que as pessoas passeando pelo calçadão fossem turistas, mas estes provavelmente estavam misturados com os locais, olhando as lojas abertas até mais tarde, sentando-se do lado de fora com aquecedores nas mesas.

Naomi sabia que o Loo's ficava a um quarteirão da rua do Mar, entre um restaurante de frutos do mar e uma lanchonete. Identificou a caminhonete de Kevin e encontrou uma vaga a meio quarteirão de distância do carro dele.

Precisaria voltar à noite ali com a câmera para tirar fotos da marina, das velhas casas pitorescas, da porta vermelha chamativa e do neon azul do *LOO'S* curvilíneo sobre ela.

A música vibrava contra a porta quando Naomi a abriu.

Imaginara um bar pequeno, mas o lugar era grande — tinha até mesmo uma pequena pista de dança, agora lotada enquanto as pessoas se divertiam ao som de um rock. Sentia o cheiro de cerveja e fritura, perfume, suor. O bar em si dominava uma parede de madeira escura e envelhecida, e havia mais de uma dúzia de torneiras. Ao ouvir o som de um liquidificador, imediatamente se decidiu por uma margarita espumante. Enquanto analisava o lugar, Kevin acenou de uma mesa perto da pista de dança.

Ela abriu caminho até lá, logo se vendo com uma mão agarrada pela de Jenny.

— Que bom que veio! Kevin achava que não fosse aparecer.

— Não consegui resistir.

— Sente, sente. Kevin, pegue uma bebida para Naomi.

— O que vai querer?

— Acho que tem uma margarita me chamando. Com sal.

— Vou lá buscar. O pessoal daqui demora até chegar às mesas. Jenny?

— Ainda não acabei a minha.

Enquanto Kevin se afastava, Jenny girou em sua cadeira.

— Meu Deus, como você é bonita!

— Eu...

— Estou na minha segunda taça de vinho. Fico alegre com facilidade. É que sempre quis ser alta, e olhe no que deu.

— Eu sempre quis ser baixa. Paciência.

— Dei uma olhada no seu site, nas suas fotos. Elas são maravilhosas, de verdade. Sabe a de uma vitória-régia, apenas uma vitória-régia, com a água ondulando ao redor? Eu me senti de férias só de olhar para aquela foto. E tem outra de um túmulo antigo em um cemitério, e dá para ver a sombra da igreja. As datas? A mulher tinha 102 anos quando morreu e, mesmo assim, me fez chorar. Não consigo me lembrar do nome dela.

— Mary Margaret Allen.

— Isso mesmo. — Os olhos de Jenny, quase do mesmo castanho-claro de seus cabelos, pareciam sorrir. — O que quero dizer é que tiro boas fotos. Cenas da vida cotidiana, das crianças e tudo mais. E é importante registrar essas coisas, essas memórias. Mas o que você faz simplesmente traz à tona um monte de emoções.

— Esse foi o melhor elogio que já ouvi.

— Estou falando a verdade. Kevin disse que você precisa comprar pratos, copos e coisas assim.

— Preciso. Estava pensando em pratos brancos, copos de vidro transparente, e pronto.

— Bem, se fizer isso, vai poder deixar a mesa mais enfeitada com guardanapos e tal. Mas eu acho... Ele tirou umas fotos da cozinha com o celular e me mostrou. Adorei o verde-claro dos armários, o prateado dos puxadores e o cinza das paredes. É como se você captasse as cores da paisagem do lado de fora e as colocasse dentro da casa.

— Não consegui me controlar.

Jenny deu um gole no vinho, puxando os cabelos longos e soltos para trás.

— Se faz alguma diferença, eu gostei muito. E acho que, se escolhesse um azul bem escuro para os pratos, como azul-cobalto, a cor chamaria atenção atrás dos vidros dos armários e, ainda assim, combinaria com o restante das coisas.

— Azul-cobalto. Acho que ficaria ótimo.

— Também acho, e você pode comprar copos coloridos, num tom mais claro, uma mistura de verdes e azuis, para arrematar tudo. Posso passar alguns sites, e tenho uma montanha de catálogos. E, antes de Kevin voltar, porque isso o envergonharia, quero pedir que me convide para ver a casa, o trabalho dele e as coisas que você anda fazendo. Ele me disse que você reformou uma cadeira e um banco antigos. Adoro esse tipo de coisa, encontrar algo que alguém jogou no lixo e torná-lo novo.

— É claro que pode ir lá dar uma olhada.

— Juro que não vou encher o saco nem me aproveitar da situação. — Jenny lançou um sorriso radiante para Kevin quando ele voltou com uma margarita gigante. — Não consigo parar de falar. Me faça calar a boca.

Ele colocou a bebida sobre a mesa, sentou-se e deu um beijo na face da esposa.

— Cale a boca, Jenny.

— Pode deixar. Além do mais, adoro o que eles fizeram com essa música.

— Eu queria uma banheira cheia disso — comentou Naomi, e deu um gole. — Mas vou me contentar com um copo.

Virou-se para a banda quando reconheceu o clássico de Springsteen — e a voz parecia tornar a letra sugestiva de "I'm on Fire" ainda mais quente.

Ele vestia preto — jeans e camiseta —, com botas de motoqueiro. Estava lá, com a guitarra pendurada baixa, os dedos movimentando a palheta e as cordas enquanto aquela voz trazia à tona toda a sensualidade das palavras.

Devia ter imaginado.

— Xander e a banda tocam aqui de vez em quando — explicou Kevin. — Eles são "Os Destruidores".

— Ah — retrucou Naomi.

Lá no fundo, quando aqueles olhos azuis atrevidos se encontraram com os seus, enquanto aquela voz a atraía e emitia sinais de perigo, algo dentro dela disse: *Mas que droga!*

Precisaria de cada gota daquela margarita para se acalmar.

Capítulo 8

◆ ◆ ◆ ◆ ◆

No intervalo, Xander foi até a mesa com uma garrafa de água e aquele gingado despreocupado. Jenny apontou um dedo para ele.

— Você sabe o que aquela música faz comigo.

— Pode me agradecer mais tarde — disse ele para Kevin, e se sentou jogado na cadeira, esticando as pernas compridas. — Então. — Lançou um sorriso preguiçoso na direção de Naomi. — Como vai você?

— Bem. Estou bem. — Naomi sentia como se alguém tivesse começado um incêndio sob sua pele. — E você mandou bem. Meus tios adoram Springsteen. Teriam aprovado a sua versão.

— Quantos tios?

— Só dois. Eles levaram a mim e ao meu irmão para assistir ao reencontro da E Street Band no Madison Square. Já o viu tocar ao vivo?

— Em Tacoma, no mesmo show. Foi genial.

Naomi relaxou o suficiente para sorrir.

— É, foi sim.

Uma loura usando uma saia cor-de-rosa apertada se aproximou do grupo, abraçando o pescoço de Xander por trás.

— Vocês vão tocar "Something from Nothing"?

— No final.

— Que tal passar lá na nossa mesa e tomar uma cerveja? Patti e eu estamos bem ali.

— Estou trabalhando, Marla. — Ele deu um gole na garrafa de água.

Na opinião de Naomi, o biquinho sedutor que a mulher fez foi um desperdício, considerando que, com o queixo dela apoiado na cabeça dele, seria impossível Xander vê-lo.

— Mesmo assim, você podia passar lá. Oi, Jenny. Oi, Kevin. — O olhar dela seguiu para Naomi. — Quem é a sua amiga?

— Naomi — apresentou Kevin —, Marla.

— Está visitando a cidade? — perguntou a mulher.

— Não, eu moro aqui. — E dizer isso não soava estranho, percebeu Naomi. Ela morava ali.

— Nunca a vi antes. Você deve... Ah, foi você quem comprou a casa velha no penhasco? Está reformando o lugar, não é, Kevin?

— Isso mesmo.

— Você deve ser rica ou louca.

— Não sou rica — retrucou Naomi, adicionando um meio-sorriso, já que o comentário da loura amuada parecia ter sido feito mais por perplexidade do que por provocação.

— Sabe que aquela casa é mal-assombrada, não sabe? Alguém deve ter contado.

— Não me lembro de ninguém ter mencionado isso.

— Eu morreria de medo de ficar lá sozinha. Você é fotógrafa, não é? Patti acha que você vai abrir um estúdio de fotografia.

— Não. Não tiro esse tipo de foto.

— Existem outros tipos?

— Mais do que eu teria tempo de explicar.

— O quê?

— Passo na sua mesa no próximo intervalo. — Xander deu um tapinha na mão que acariciava sua clavícula.

— Tudo bem. E aí, talvez... — Marla chegou mais perto, colocando a boca próxima ao ouvido dele e sussurrando algo que fez os lábios de Xander se curvarem.

— Uma oferta tentadora, Marla, mas não quero que Chip depois venha atrás de mim com um martelo.

Ela repetiu o beicinho.

— Nós nos separamos.

— Mesmo assim.

— Bem, pense no assunto.

— Difícil não pensar — murmurou ele enquanto Marla rebolava para sua própria mesa.

— Qual foi a proposta? — quis saber Kevin.

— Conto mais tarde.

— Ela simplesmente não consegue se controlar. — Jenny olhou para Naomi, pedindo desculpas com o olhar. — Não faz por mal. Só é um pouco sem noção.

— E que mal ela fez? — perguntou Xander.

— Eu não me importei. — Naomi pegou a margarita e tomou um gole. — Mas, por outro lado, ela não me fez nenhuma proposta.

— Rá! Marla só quer que Kevin conte a Chip que ela...

— O que eu não faria.

— Não, mas é o que ela quer que você faça. Quer que isso irrite Chip o bastante para que ele vá à casa dela tirar satisfação. Os dois brigariam, fariam sexo raivoso e ela o expulsaria de novo logo depois.

— É isso mesmo — concordou Kevin. — Aqueles dois têm um relacionamento estranho. E ele não iria atrás de você com um martelo, porque o conhece e sabe que você é um cara legal.

— Além do mais, Chip é tão bonzinho — argumentou Jenny. — Sei que já bateu em alguns caras por causa de Marla, mas só fez isso porque ela forçou a barra. O homem é um doce.

— Mas ela acha que não quer um cara bonzinho. E está errada — acrescentou Xander. — Mas isso é problema deles. Querem mais uma rodada? Eu aviso a Loo.

— Vou ficar fora de mim se tomar mais uma taça de vinho. Mas e daí? — decidiu Jenny. — Hoje é sexta, e nós temos uma babá.

— Vou acompanhar — disse Kevin.

— Eu, não. Vim de carro, e já está na minha hora.

— Fique mais um pouco. — Xander lhe lançou um olhar demorado. — Peça uma música. Alguma coisa que você goste de ouvir. Vamos lá, desafie a banda.

Naomi pensou.

— "Hard to Explain". — Uma escolha feita, talvez, porque fora a música que tocara em seu ouvido logo depois de ele ter ido embora do seu quarto no outro dia.

Xander sorriu, apontou um dedo para ela e se afastou.

— Não conheço essa — comentou Jenny. — Mas aposto que Xander conhece.

Ele mandou outra rodada para a mesa; água para Naomi.

Acabou que a música não foi um desafio para a banda, que tocou o velho clássico dos Strokes como se o tivessem ensaiado naquela manhã. Naomi acompanhou boa parte do segundo set, até perceber que, se não fosse embora logo, ficaria até o final do show.

— Tenho mesmo que ir. Obrigada pela bebida e por terem me convidado.

— Disponha. Até segunda.

— Passo lá qualquer dia desses — disse Jenny. — Se estiver ocupada, Kevin me mostra a casa.

Saiu enquanto um cover lento e fervilhante de "Layla", de Clapton, a seguia até a noite lá fora.

No dia seguinte, decidiu que fora inevitável sonhar que transava com Xander ao som de um baixo pulsando e riffs insanos de guitarra enquanto a casa queimava ao redor de ambos.

Talvez isso a tenha deixado um pouco nervosa, mas ela tinha muito com o que se ocupar, e foi fácil dispersar os primeiros sinais de frustração sexual. Não estava pronta para se sentir assim, e menos ainda para resolver esse problema.

Um fim de semana cheio de tranquilidade, trabalho, sol e leve chuva noturna diminuiu seu nervosismo. Como prometido, tomou café da manhã na varanda — tinha *mesmo* que comprar uma cafeteira melhor — e absorveu o silêncio e a solidão.

Quando ligou para Nova York pelo FaceTime no domingo, estava de bom humor e despreocupada.

— Aí está ela! — Seth, ainda com o cavanhaque bem-aparado que decidira cair-lhe bem ao completar 45 anos, lançou-lhe um sorriso radiante na tela do iPad.

— Olá, bonitão!

— Está falando comigo? — Harry apareceu em cena, passando um braço pelos ombros de Seth. As alianças que trocaram em Boston, no verão de 2004, brilhavam no dedo de ambos.

— Dois bonitões.

— Na verdade, somos três. Adivinhe quem veio para o jantar de domingo?

Mason apareceu na tela, logo atrás deles, e sorriu para a irmã.

— Ora, ora, se não é o Dr. Carson. — Olhe só para ele, pensou Naomi. Tão alto e, sim, agora eram três bonitões. E, o melhor de tudo, o irmão parecia feliz. Estava no caminho de fazer e se tornar tudo que planejara. — Como vai o FBI?

— Isso é assunto confidencial.

— Ele acabou de chegar do norte do estado — contou Seth. — Ajudou a solucionar um sequestro, a trazer uma menina de 12 anos de volta para casa.

— É o meu emprego. Como vai essa casa doida que você comprou?

— Doida? Dê só uma olhada. — Naomi virou o tablet, dando uma volta lenta pela cozinha. — Quem é doida?

— Naomi, está maravilhosa. Olhe só aquela coifa, Seth! Você comprou uma Wolf.

— Escuto os seus conselhos.

— Esqueça a coifa — disse Seth. — Esses armários são fabulosos. Por que estão vazios? Harry, precisamos mandar alguns pratos para essa menina.

— Não, não, já estou resolvendo isso. Vou mandar o link do que quero comprar. Vamos lá para cima. Quero que vejam as paredes da suíte máster. Eu mesma pintei.

— Você? — Mason soltou uma risada irônica.

— Cada centímetro delas. Acho que nunca mais na vida quero pegar em um rolo de tinta. Mas pintei cada centímetro deste quarto.

— E a casa tem quantos quartos mesmo?

— Não enche, Mason. Agora, falem a verdade. A cor ficou boa?

Lá em cima, ela fez outro giro devagar.

— É bonita e traz uma sensação de calma — declarou Seth. — Mas por que você não tem uma cama de verdade?

— Está na minha lista. — Era uma lista bem longa. — Sério, acabei de pintar o quarto e finalmente montei um espaço de trabalho temporário. Estou tratando e imprimindo um monte de coisas.

— Você trabalha demais — reclamou Seth.

— Vocês se preocupam demais. Saí com uns amigos na sexta à noite, tomei uma margarita e assisti ao show de uma banda local.

— Foi um encontro? — quis saber Harry e, atrás dele, Mason revirou os olhos e gesticulou com a boca, *antes você do que eu*.

— Encontro várias pessoas. O pessoal da obra passa oito horas por dia aqui, cinco dias da semana.

— E tem algum homem bonito e solteiro nessa obra?

— Está procurando por um?

Harry riu.

— Não preciso de mais nenhum.

— Nem eu, por enquanto. Quero saber de vocês. Como vai o restaurante? O que vão comer no jantar? A Sra. Koblowki ainda está recebendo visitas de rapazes aí do lado?

Naomi não os distraiu do assunto — conhecia-os bem o suficiente para saber disso —, mas os tios pararam de insistir e, pelos próximos quinze minutos, os quatro conversaram sobre assuntos tranquilos, engraçados e familiares.

Quando se despediu e desligou o tablet, sentia tanta falta deles que chegava a doer.

Passou uma hora trabalhando, tentando se concentrar no notebook. Mas a conversa com a família a deixara inquieta e melancólica.

Hora de sair, pensou. Ela ainda não tirara fotos de verdade da cidade, não fizera ensaios da marina. Não havia jeito melhor de passar uma tarde de domingo. Então poderia voltar para casa e cozinhar algo além de ovos mexidos ou queijo quente em sua nova e linda cozinha.

Satisfeita com o plano, foi de carro até a cidade, estacionou e vagou pelas ruas. Não tinha pendências para resolver ou problemas para consertar. Podia simplesmente passear, analisar e enquadrar fotos.

Como a do veleiro *Maggie Mae*, branco como um vestido de noiva e com as velas baixas, brilhando ao sol; o barco a motor ancorado, cheio de balões para uma festa; a canoa de pesca pintada em um tom de cinza que a fez pensar em um burro de carga.

Todos os mastros expostos e balançando contra o céu azul, seus reflexos embaçados na água.

E, mais ao longe, um casal correndo pela água em jet skis, a velocidade como um contraste perfeito à espera sonhadora dos barcos ancorados.

Naomi bebeu uma Fanta laranja — lembrança da sua adolescência — e voltou para o carro, planejando passar a noite trabalhando nas imagens.

Fez uma curva. Pisou no freio.

Dessa vez não era um cervo, mas um cão. E não estava no meio da estrada, mas mancando no acostamento. Naomi pensou em passar direto — o cachorro não era seu, não tinha nada a ver com aquilo —, mas o animal deu apenas mais alguns passos antes de simplesmente se deitar, como se estivesse machucado ou doente.

— Mas que droga!

Ela não podia ir embora. Parou o carro ao mesmo tempo que se perguntava o que diabos faria.

Talvez ele estivesse com raiva, fosse agressivo ou...

O cachorro levantou a cabeça quando Naomi se aproximou e lhe lançou um olhar exausto e esperançoso.

— Vamos lá. Tudo bem, oi, garoto. Bom menino. Pelo menos espero que seja.

Porque ele era bem grande, notou Naomi. Porém magro — quase dava para contar suas costelas. Grande, magro e imundo. Um cachorro marrom, com surpreendentes olhos azuis, que pareciam cheios de dor e tristeza.

E, droga, o azul em contraste com o marrom a fez se lembrar de Harry.

Naomi não viu coleira alguma, então não havia placa de identificação. Talvez ele tivesse um chip. Talvez ela pudesse entrar em contato com o veterinário ou o abrigo de animais — seria fácil encontrar os telefones em uma rápida busca pelo celular.

No entanto, o cão ganiu, arrastando a barriga na direção dela. Naomi não teria coragem de deixá-lo ali. Chegou mais perto, agachou-se e, cautelosamente, esticou a mão.

Ele a lambeu, arrastando novamente a barriga, tentando se aproximar.

— Você se machucou? — Com certeza estava imundo. Naomi lhe acariciou a cabeça gentilmente. — Está perdido? Meu Deus, você parece prestes a morrer de fome. Não tenho nada que possa comer. Que tal eu chamar alguém para ajudá-lo?

O cachorro acomodou a cabeça, com as orelhas caídas e toda aquela sujeira, na perna dela, soltando um ganido que mais parecia um gemido.

Naomi pegou o telefone, mas ouviu um barulho de motor — de moto — subindo a estrada, saindo da cidade.

Levantou a cabeça do cachorro, delicadamente a depositando no acostamento, e levantou-se para sinalizar ao motorista que parasse.

No mesmo instante em que o viu — pernas compridas em uma calça jeans, tronco definido sob couro preto —, ela pensou: é claro, tinha de ser. Mesmo através do visor fosco do capacete, seria impossível não reconhecer Xander Keaton.

Ele desligou o motor, passando uma perna por cima da moto.

— Você o atropelou?

— Não. Ele estava mancando no acostamento, e simplesmente se deitou aqui. E eu...

Naomi parou de falar. Xander já se encontrava abaixado ao lado do animal, passando aquelas mãos grandes de guitarrista pelo cachorro com o mesmo carinho com que uma mãe acariciaria seu bebê.

— Tudo bem, garoto, fique calmo. Não estou vendo sangue nem machucados. Também não sinto nenhum osso quebrado. Creio que não tenha sido atropelado.

— Ele está tão magro, e...

— Eu tenho um pouco de água na bolsa da moto. Pode pegar? Você está com sede? Aposto que está com sede. E com fome. Faz tempo que está na estrada, não é? Viajando.

Enquanto Xander conversava com o cachorro, acariciando-lhe os pelos, Naomi remexeu a sua bolsa e encontrou a garrafa de água.

— Vamos ver o que podemos fazer. — Ele segurou a garrafa, gesticulando para Naomi. — Faça uma concha com as mãos.

— Eu...

— Vamos, vamos. Isso não vai matar você.

Ela obedeceu, unindo as mãos diante do focinho do cachorro. Ele bebeu a água que Xander servia, arfou, bebeu, e baixou a cabeça de novo.

— Precisamos tirá-lo da estrada. Vou colocá-lo no banco de trás do seu carro.

— E para onde eu o levo?

— Para casa.

— Não posso levá-lo para casa. — Naomi se levantou enquanto Xander passava as mãos por baixo do cachorro e o erguia. Notou que o animal era macho. E não tinha sido castrado. — Ele deve ter dono.

Com o cachorro magricelo, cansado e imundo nos braços, Xander se levantou, as botas firmes no chão; seus olhos azuis lhe lançaram um olhar demorado.

— Este cachorro parece ter dono? Abra a porta.

— Talvez tenha se perdido. Alguém pode estar procurando por ele.

— Vamos perguntar por aí, mas não soube de ninguém que tenha perdido um cachorro. Ele é adulto. Vira-lata. Talvez seja parte husky siberiano ou pastor-australiano, por causa dos olhos. Alice vai saber. É a veterinária da cidade. Se alguém perdeu um cachorro, ela vai saber. Mas a clínica não abre aos domingos.

— Deve haver um telefone de emergência.

— A única emergência que estou vendo é um cachorro que precisa de comida, banho e um lugar para descansar.

— Então leve-o para a sua casa.

— Como? — Xander indicou a moto com a cabeça.

— Fico aqui esperando.

— Você que o encontrou.

— Você o teria encontrado dois minutos depois.

— Mesmo assim. Olhe só, leve o cachorro para casa e, enquanto isso, eu pego algumas coisas para ele. Vá à clínica amanhã, eu divido a conta. Não pode levá-lo para um abrigo. Se não encontrarem os donos, e tenho quase certeza de que eles não existem, provavelmente vão sacrificá-lo.

— Ah, não fale isso. — Dando um giro de frustração, Naomi colocou as mãos nos cabelos. — Assim vou me sentir culpada e obrigada a levá-lo comigo. Espere, espere. Ele está imundo, e tem um cheiro inacreditável.

Naomi pegou um lençol velho que deixava no porta-malas do carro e o usou para cobrir o banco de trás.

— Prontinho. Você ficará bem. Vou voltar para a cidade e pegar as coisas. Encontro vocês na sua casa.

Encurralada, enquanto Xander voltava para a moto, subia nela e dava partida com o pé, indo embora com um estrondo, ela olhou para o cachorro.

— É melhor você não ficar enjoado no caminho.

Dirigiu devagar, os olhos sempre se voltando para o espelho retrovisor, mas não escutou nenhum som indicativo de que o cachorro estivesse vomitando.

Quando parou diante da casa, perguntou-se se todo o trabalho excelente que realizara naquela tarde era recompensa suficiente por agora ter de passar a noite cuidando de um cachorro abandonado e faminto.

Naomi saiu do carro e deu a volta para abrir a porta de trás.

— Sim, esse cheiro horrível vai levar semanas para desaparecer. A culpa não é só sua, verdade, mas você está muito fedido. Será que não consegue pular sozinho daí?

Ele arrastou a barriga um pouquinho para a frente e tentou alcançar a mão de Naomi com a língua.

— Deixa pra lá. Está tão magro que eu provavelmente seria capaz de carregá-lo por quase um quilômetro sem nem mesmo cansar. Mas está sujo e fedido demais para isso. Vamos esperar por Xander. Fique aí. Não saia do lugar.

Naomi correu para dentro da casa, encheu um copo de plástico com água e pegou algumas torradas. Não tinha nada melhor do que aquilo.

Quando voltou para o quintal, o cachorro chorava e cheirava a borda do carro.

— Não, não, espere um pouco. É só um lanchinho. Aqui, coma um pouco.

Ele praticamente inalou a torrada, comendo outras seis antes de atacar a água no copo.

— Agora está melhor, não é? Ele não vai demorar. É melhor que não demore, porque cada minuto que você passa aí dentro é mais uma semana para o cheiro ir embora.

Dessa vez, quando se agachou para acariciar o cachorro, ele virou a cabeça, passando o focinho em sua mão.

— É, eu acho que você está se sentindo melhor.

Ela entrou no carro para pegar a garrafa de Fanta laranja, e, em um impulso, pegou a câmera.

— Podemos fazer alguns folhetos para a veterinária, o abrigo ou sei lá mais o quê.

Tirou várias fotos enquanto ele a encarava com aqueles estranhos olhos azuis, um tom tão chamativo em contraste com o marrom encardido — e sentiu um alívio absurdo ao ouvir o som de um motor se aproximando.

Xander, agora na caminhonete, estacionou atrás dela.

O rabo do cachorro se agitou.

— Torradas?

— Eu não tinha ração.

— Trouxe um pouco. É melhor que ele coma aqui fora, para o caso de ficar enjoado.

— Boa ideia.

Xander, obviamente sem se incomodar com a sujeira e o cheiro, levantou o cachorro e o tirou do carro. Ele ficou em pé dessa vez, apesar de parecer um pouco bambo, enquanto Xander tirava um saco já aberto de vinte quilos de ração da caminhonete.

— Acha que tem comida suficiente aí?

Ele apenas resmungou e serviu um pouco em uma grande vasilha de plástico azul.

— Aqui. — Naomi pegou a tigela vermelha que ele jogou pelo ar. — Para a água.

Ela foi até a lateral da casa, onde havia uma mangueira para molhar o jardim ainda imaginário.

Quando voltou, o cachorro havia devorado cada grão de ração e parecia capaz de repetir a dose.

O rabo balançava com mais energia.

— Primeiro, vamos beber água, garotão. — Xander pegou a tigela e a colocou no chão. O cachorro bebeu como um camelo.

— Não me interessa se você me acha desalmada, mas esse cão não vai entrar na minha casa se não resolvermos o problema do cheiro antes.

— Sim, sim, eu entendo. Ele deve ter rolado em cima de algo morto no meio do caminho. Eles adoram fazer isso. Podemos lhe dar um banho. Mais de um, provavelmente. Você tem uma mangueira?

— Sim. E detergente lá dentro.

— Não precisa. — Xander voltou para a caminhonete e reapareceu com uma coleira preta e xampu para cachorro.

— Você veio preparado mesmo.

— Você terá que segurá-lo. Posso lavar, ensaboar e enxaguar, mas ele não vai gostar.

— Se ele me morder, eu vou machucar você.

— Ele não morde. Não tem maldade alguma nesses olhos. Segure firme, magrela.

— Pode deixar.

O cachorro era mais forte do que parecia — e ela também. Quando Xander começou a jogar água, ele tentou fugir, debateu-se, latiu e puxou.

Mas não atacou, rosnou nem mordeu.

Xander tirou um biscoito enorme do bolso, e o cachorro se sentou, encarando-o fixamente.

— É, eu sei que quer isto aqui. Segure a mangueira — disse ele para Naomi, e então partiu o biscoito ao meio. — Metade agora, metade quando terminarmos. Certo?

Deu metade do biscoito para o cachorro, despejou o xampu verde nas mãos. Era visível que o cachorro gostava de ser esfregado e ensaboado, e ficou quieto enquanto Xander o limpava.

Mas não gostou de ser enxaguado, apesar da segunda rodada de xampu fazer com que semicerrasse os olhos de felicidade. No final, sentou-se, tranquilo — talvez, pensou Naomi, estivesse tão feliz quanto ela por não cheirar mais a gambá morto.

— É melhor soltá-lo e se afastar.

— Soltá-lo? E se ele fugir?

— Ele não vai fugir. Se afaste, ou ficará ainda mais molhada do que já está.

Naomi largou a coleira, e andou para trás, saindo do alcance da tempestade causada pelo balançar enérgico do cão.

— Ele não é tão feio quanto eu pensava.

— Depois que engordar um pouco, ficará bonito. Talvez seja parte labrador, pelo formato da cabeça. Provavelmente é mistura de muita coisa. Vira-latas são os melhores cães.

— Agora que ele está limpo e não parece mais que vai ter um treco, e você está com a caminhonete, pode levá-lo para sua casa.

— Não posso.

— Você conhece a veterinária. E...

— Não posso. Veja bem... — Xander se virou, voltando à caminhonete para pegar uma toalha velha, e começou a esfregar o cão. — Precisei sacrificar meu cachorro no mês passado. Passamos quase a metade da minha vida juntos. Não posso levar este para casa. Ainda não estou pronto.

O saco aberto de ração, o xampu, as tigelas, a coleira. Ela devia ter ligado os pontos.

— Tudo bem. Sei como é. Tínhamos um cachorro. Era do meu irmão, na verdade. Foi presente de aniversário dos nossos tios quando ele tinha 10 anos. Kong era tão bonzinho, tão gentil, que não precisamos sacrificá-lo. Morreu enquanto dormia aos 14 anos. Choramos como bebês.

O cachorro cheirou o bolso de Xander.

— Este aqui não é bobo. — Ele pegou a segunda metade do biscoito, e a ofereceu. Dessa vez, a oferta foi recebida com mais educação. — É um bom garoto. Dá para perceber.

— Talvez.

— Leve-o para se consultar com Alice amanhã. Eu divido a conta com você. Vou espalhar a notícia por aí.

— Tudo bem.

— Tenho uma guia e uma caminha. Estão um pouco gastas, mas ele não vai se importar. Tenho alguns ossos também. Vou pegar tudo.

Naomi olhou para o cachorro, para Xander e para o enorme saco de ração.

— Quer uma cerveja? Acho que fez por merecer.

— Espere um pouco. — Ele pegou o telefone e digitou um número. — Oi. É, é, mandei uma mensagem avisando. Agora vou chegar ainda mais atrasado.

— Ah, se você tem um encontro, não...

Xander se virou para ela — aqueles olhos azuis de um tom mais escuro, mais ousado, que o do cachorro sem nome.

— Kevin e Jenny. Jantar de domingo. Naomi encontrou um cachorro, estou ajudando a limpá-lo. Não sei. Deve ter uns 2 anos, tem o pelo caramelo agora que tiramos a crosta de sujeira. É vira-lata.

— Tirei algumas fotos. Posso mandá-las para eles, para o caso de o reconhecerem.

— Sua chefe vai mandar uma foto do saco de pulgas. Não, não precisa esperar. É, até mais tarde. — Ele guardou o telefone, levantou o saco de ração e o apoiou no ombro. — Uma cerveja cairia bem.

Seguiram em direção à casa de Naomi com o cachorro entre eles.

— Ele ainda está mancando.

— Acho que já estava na estrada há algum tempo. As patas estão arranhadas e machucadas.

Depois de destrancar a porta e segurá-la para os outros dois passarem, Naomi observou o cachorro entrar e começar a explorar.

— Acha que não vamos encontrar os donos?

— Eu apostaria dinheiro que não. Quer que coloque isto na cozinha?

— Sim.

O cão poderia passar a noite ali, talvez até mesmo alguns dias, enquanto tentavam encontrar os donos ou alguém que quisesse adotá-lo. Ela pegou uma cerveja, uma garrafa de vinho, entregou a lata para Xander e serviu o vinho em um copo de plástico.

— Obrigado. — Enquanto bebia, Xander vagou pela cozinha. — A cozinha ficou bonita. Bem bonita. Achei que Kevin não fosse dar conta, mas ele sempre vira o jogo.

— Eu adorei. Ainda não tem lugar para sentar. Preciso comprar bancos. E uma mesa e cadeiras e, de acordo com meus tios, um divã ou uma namoradeira para aquele espaço ali, junto com uma mesa rústica de cecídio para dar uma quebrada.

— Quem são esses tios misteriosos que a levam a shows de Springsteen, lhe dão um cachorro e aconselham você a comprar divãs? E por que usam a palavra divã em vez de sofá?

— Acho que ser um divã ou um sofá é uma questão de tamanho ou formato. Talvez seja pelo lugar em que fica na casa. Eles são o irmão mais novo da minha mãe e o marido dele. Eu e meu irmão meio que fomos criados pelos dois.

— Você foi criada pelos tios gays?

— Sim, isso é um problema?

— Não. É interessante. Estamos falando de Nova York, não é? — Xander apoiou as costas na bancada, aparentemente tão à vontade quanto o cachorro, que agora estava esparramado no chão e dormia um sono limpo, feliz e seguro.

— Sim, estamos falando de Nova York.

— Nunca fui lá. O que eles fazem? Seus tios.

— Eles têm um restaurante. Harry é chef de cozinha. Seth cuida da parte financeira e administra tudo. Então dá certo. Meu irmão trabalha para o FBI.

— Você está de sacanagem.

— É formado em psiquiatria, psicologia e criminologia. Quer entrar para a Unidade de Análise do Comportamento.

— Para traçar o perfil psicológico dos criminosos?

— Sim. Ele é genial.

— Sua família parece próxima. Mas você veio parar do outro lado do país.

— Não estava planejando fazer isso. É só que... — Naomi deu de ombros.

— Sua família mora aqui?

— Meus pais se mudaram para Sedona alguns anos atrás. Minha irmã mora em Seattle; meu irmão, em Los Angeles. Não somos muito próximos, mas nos damos bem quando precisamos.

— Você cresceu aqui. Com Kevin.

— Desde a barriga das nossas mães.

— E você tem uma garagem, uma oficina, uma banda e é dono de metade do bar. Jenny mencionou.

— A banda não é minha. Mas ser dono de metade do bar significa que podemos tocar lá. — Ele deixou a lata de lado. — Vou pegar a cama do cachorro. Deixo aqui embaixo ou lá em cima?

Naomi olhou para o cachorro novamente e suspirou.

— Acho que é melhor deixar no quarto. Tomara que ele tenha sido treinado a fazer xixi fora de casa.

— Parece que sim.

Xander levou a cama de cotelê marrom escadaria acima, deixando-a diante da lareira, e jogou uma bola de tênis amarela por cima.

— A cor ficou boa — comentou ele.

— Eu gostei bastante.

— Então... Acho melhor não dar mais comida para ele esta noite. Talvez um petisco, quem sabe um osso para mastigar.

— Espero que o osso seja a única coisa que ele mastigue. — Ela observou o cachorro, que os seguira para fora da casa, para dentro de novo, pela escada, e agora carregava a bola amarela na boca.

— É melhor eu ir. Caso contrário, Jenny vai se recusar a me dar comida. Então, seu tio é chef?

— Um chef maravilhoso.

— Você cozinha?

— Aprendi com um mestre.

— É uma boa habilidade para se ter.

Xander se aproximou. Naomi devia ter previsto aquilo. Ela sempre, sempre prestava atenção em estados de espírito e movimentos. Mas Xander se aproximou, puxou-a para perto antes mesmo de ela ter entendido o que acontecia.

Ele não foi devagar, não agiu com calma. Era como uma explosão brilhante e quente, seguida por uma escuridão estremecedora. Sua boca cobria e conquistava enquanto as mãos subiam pelo corpo de Naomi, como se tivessem todo o direito de fazer aquilo. Então desciam de novo.

Ela poderia ter interrompido. Ele era maior, com certeza mais forte, mas ela sabia como se defender. No entanto, não quis — só mais um pouco, só mais um pouquinho. Não quis se defender.

Agarrou as laterais da cintura dele, os dedos o apertando. E se deixou pegar fogo.

Foi Xander que se afastou até que ela pudesse encarar aqueles olhos azuis perigosos.

— Exatamente como eu imaginava.

— O quê?

— Potente — respondeu ele. — Foi como levar uma porrada.

Naomi previu o movimento dessa vez e colocou uma mão firme sobre o peito dele.

— O sentimento foi mútuo, mas chega de porradas por hoje.

— Que pena!

— Sabe que, neste exato momento, até concordo com você? Porém...

— Porém. — Ele assentiu, dando um passo para trás. — Entro em contato. Para saber do cachorro.

— Para saber do cachorro.

Quando Xander saiu, o cachorro o procurou. Olhou para Naomi e ganiu.

— Vai ter que ficar comigo por enquanto. — Com as pernas bambas, sentou-se no pé da cama. Se é que se podia chamar assim. — Ele é completamente errado para mim. Tenho certeza absoluta disso.

O cachorro se aproximou, colocando uma pata sobre o joelho dela.

— Não pense que vai me conquistar. Não vou me envolver com Xander, e não vou ficar com você. Tudo isso é temporário.

Uma noite ou duas para o cachorro, prometeu Naomi a si mesma. E nenhuma para Xander Keaton.

Capítulo 9

◆ ◆ ◆ ◆

O CACHORRO NÃO GOSTOU da guia na coleira. Imediatamente depois de Naomi colocá-la, ele puxou, deu arrancadas, tentou dar a volta e morder a corda. Ela acabou o arrastando para fora da casa usando um petisco como suborno.

Ele também não gostou da clínica veterinária. Assim que Naomi conseguiu convencê-lo a entrar na recepção, o cachorro estremeceu, balançou-se todo e tentou voltar para a porta. Um homem idoso e grisalho ocupava uma das cadeiras de plástico com um vira-lata também idoso e grisalho aos seus pés. A boca do animal mais velho se retorceu como que para demonstrar desdém. Um gato em uma caixa de transporte os encarava com agressivos olhos verdes.

Era difícil culpar o cachorro por se deitar no chão e se recusar a sair dali. Ele não parou de tremer enquanto Naomi preenchia a ficha, nem depois que o homem idoso saiu da sala com o outro cão, que o seguiu obedientemente, apesar de lançar um olhar para trás — mais uma vez esboçando desdém — ao se direcionarem para os fundos.

Enquanto esperavam — e Naomi tinha de agradecer aos céus por ter conseguido um encaixe —, uma mulher entrou com uma bola fofa de pelos avermelhados. A bolinha parou imediatamente ao ver o vira-lata de Naomi, e se lançou em uma série de latidos agudos pontuados por rosnadinhos guturais.

O cachorro tentou subir no colo da nova dona.

— Desculpe! Consuela é muito nervosinha.

A mulher pegou Consuela no colo e se dedicou a silenciá-la e acalmá-la, enquanto Naomi tentava manter o focinho do cachorro longe da sua virilha.

Quando chamaram seu nome, o alívio foi tanto que ela nem se incomodou em ter que meio arrastar, meio carregar seu pupilo até o consultório.

Ele não parou de tremer, e a fitou com tanto terror nos olhos que ela se agachou para abraçá-lo.

— Vamos lá, você precisa se controlar.

O cachorro ganiu e lambeu, depois apoiou a cabeça no ombro dela.

— Tem alguém apaixonado. Meu nome é Alice Patton.

A veterinária tinha cerca de 1,60m, um corpo forte e compacto, cabelos castanhos com alguns fios brancos, presos em um rabo de cavalo curto, e usava óculos pretos de armação quadrada sobre serenos olhos castanhos. Ela entrou abruptamente na sala, usando um jaleco branco curto sobre jeans e camiseta, e se agachou.

— Naomi Carson.

— É um prazer conhecê-la. E este aqui é o bonitão que você achou na beira da estrada.

— Eu fiz uns folhetos para ajudar a encontrar o dono. Sua recepcionista ficou com alguns.

— Vamos pendurá-los por aqui, mas nunca o vi antes. É melhor pesá-lo primeiro, e depois veremos o que precisa ser feito.

O cachorro não gostou muito da ideia, mas subiu na balança, que marcou 32 quilos.

— Ele deveria pesar uns dez quilos a mais. Com certeza está malnutrido. Mas está limpo.

— Não estava antes. Nós lhe demos um banho. Dois banhos.

— Xander ajudou você com ele, não foi? — E, para surpresa de Naomi, Alice levantou 32 quilos de cachorro trêmulo até a mesa de exame.

— Sim, ele apareceu logo depois de eu encontrar o cachorro.

— Estou vendo que doou a coleira de Milo.

— Milo? Era o nome do cachorro dele?

— Aham. — Assim como seus olhos, a voz da veterinária soava tranquila enquanto passava as mãos pelo paciente. — Milo era um ótimo cachorro. O câncer apareceu do nada e foi avassalador. Fizemos tudo que pudemos, mas... Ele viveu bem e feliz por 15 anos, e isso é o que conta. Este aqui tem cerca de 2, e, pelo estado das patas, está na estrada faz um tempo. — Alice pegou uma lanterna pequena e lhe deu um petisco antes de examinar as orelhas. — Vai precisar de um remédio para isto aqui.

— Remédio?

— O ouvido da esquerda está inflamado. E terá que ser vermifugado.

— Vermifugado?

— Por causa da amostra de fezes que você trouxe. Está com vermes, mas o remédio vai cuidar disso rapidinho. Terá que fazer o exame de vermes no coração, e quero tirar sangue para ver se tomou todas as vacinas. Como estava abandonado, vou dar um desconto para tudo isso.

— Obrigada. Mas ele deve ter um dono, não é?

— Não foi castrado. — Alice se afastou, pegando uma seringa. — Como é vira-lata, não me parece provável que seja porque alguém queria cruzá-lo. E está bem abaixo do peso. Faça carinho na cabeça dele e o distraia um pouco. Ele tem vermes — continuou a veterinária enquanto tirava sangue. — Todas as quatro patas estão feridas. O resultado sai em vinte minutos, e já vamos saber se ele tomou vacina contra raiva e cinomose, e se tem vermes no coração. Mas está com um pouco de sarna, e tinha carrapatos e pulgas.

— Pulgas?

— Morreram depois do banho. Sou a única veterinária da cidade, e ele nunca veio aqui antes. Não seria a primeira vez que alguém abandona um cachorro que não quer mais.

— Ah. — Naomi olhou para o cachorro, que, apesar de todas as injeções e testes, encarava-a com olhos confiantes.

— Posso ligar para os veterinários da região. Vou pendurar os folhetos e entrar em contato com abrigos. Pode ser que ele tenha se perdido e esteja sendo procurado.

Naomi se agarrou a essa possibilidade.

Os dois foram liberados depois de uma hora e uma rodada infeliz de vacinas, apesar de o cachorro ter encarado o processo apenas com um olhar confuso. Ela saiu de lá com um saco cheio de comprimidos, remédios em gotas, panfletos, instruções por escrito e um rombo absurdo no cartão de crédito.

Atordoada, foi caçar a oficina de Xander.

Era maior do que imaginara. Carros e caminhões se espalhavam pelo terreno, alguns — como a perua com a frente amassada — obviamente aguardando reparos.

Uma construção parecida com um galpão com o teto abobadado abrigava o escritório. Outra se alongava em um L ao contrário, com as grandes portas duplas escancaradas. O cachorro continuava sem gostar da coleira, mas Naomi já se havia acostumado com os movimentos dele, e encurtou o espaço da guia entre os dois.

Pretendia tentar o escritório, mas o cachorro puxou e a forçou na direção das portas abertas e do barulho.

Ouviu o *vruuum* de um compressor de ar, batidas contínuas e uma música do Walk the Moon que aconselhava todos a calarem a boca e dançarem.

Naomi passara muito tempo na estrada, então já tivera sua cota de oficinas. Os sons, os cheiros (graxa, gasolina), os elementos (ferramentas, máquinas, entranhas de carros) eram os mesmos de sempre. Pareciam, no entanto, fascinar o cachorro, que a arrastou pela guia até entrarem no galpão.

Então seu rabo começou a balançar como uma bandeira ao vento.

Ele obviamente conseguira sentir o cheiro de Xander sobre os odores de óleo de motor, gasolina, lubrificante e graxa, e soltou um latido feliz e amigável.

Xander estava embaixo de um sedã erguido por um elevador automotivo, fazendo, pelo que Naomi podia ver, o que quer que mecânicos faziam. Usava botas de motoqueiro arranhadas, jeans gastos com um furo no joelho e um pano vermelho sujo pendurado no bolso traseiro. Ela não conseguia entender como o homem era capaz de fazer aquele look parecer sexy.

— E aí, garotão? — Ele guardou a ferramenta que estava usando no outro bolso e se agachou para cumprimentar o todo contente cachorro. — Você está mais bonito hoje. — Ele olhou para Naomi. — Você sempre está bonita.

— Acabamos de sair da veterinária.

— Como foi?

— Ele tentou subir em mim na sala de espera porque ficou morrendo de medo de um spitz alemão. Um spitz nervosinho. Está com o ouvido inflamado e vermes, e eu ganhei uma sacola cheia de remédios e instruções. Precisou fazer um milhão de exames e depois tomou vacinas, porque alguma coisa estava baixa e isso significa que ele provavelmente não as tinha tomado antes. Mas não tem vermes no coração. Uhu! E precisa ganhar peso. Francamente, comprei até vitaminas para cachorro.

— E o que mais?

Naomi revirou a bolsa, pegou a conta da veterinária e a ofereceu.

— Eita! — exclamou Xander.

— E isso foi com o desconto de bom samaritano.

— Bem, foi a primeira visita dele. Não tinha jeito. Eu pago a metade.

— O problema não é o dinheiro, apesar de ter sido mesmo uma facada. Mas é que tive a impressão de que, na opinião de Alice, ninguém está procurando por ele. O que vou fazer com um cachorro?

— Parece que já está fazendo.

Um homem de macacão e boné cinza com o logotipo da oficina chegou perto de onde estavam e colocou moedas na máquina de bebidas encostada na parede.

— O Chevette está parecendo novinho em folha, chefe. Melhor do que novinho em folha.

— Vai ficar pronto até as quatro?

— Com certeza.

— Vou avisar a Syl.

O cachorro puxou e, como a mão de Naomi havia relaxado na guia, ele conseguiu escapar, correndo e balançando o rabo para o novo amigo.

— Oi, garoto. Seu cachorro é bonito, dona.

— Ele não é meu. Ele não é meu — repetiu ela em um tom quase desesperado para Xander, que apenas deu de ombros.

— Quer mais um cachorro, Pete?

— Você sabe que sim, mas Carol ia me esfolar vivo. Bom menino — acrescentou ele, e então se afastou enquanto o cachorro passeava pelos arredores, cheirando tudo.

— Como ele dormiu?

— O quê? O cachorro? Bem. Eu acordei às cinco, porque ele estava parado do lado da cama, me encarando. Quase tive um treco.

— Então ele aprendeu a não fazer xixi dentro de casa.

— Acho que sim. Por enquanto está dando certo, mas...

— Você mora fora da cidade — continuou Xander. — Um cachorro traz mais segurança.

— Vou instalar um sistema de alarme.

— Um cachorro lhe faria companhia — argumentou ele.

— Gosto de ficar sozinha.

— Você é bem cabeça-dura, Naomi.

O cachorro voltou, balançando o rabo, com um pano pendurado na boca e olhos alegres enquanto entregava o presente para a nova dona.

— Ele ama você.

— Porque ele me trouxe um pano sujo que encontrou no chão.

— É. Você vai se acostumar. Enquanto isso, divido a conta da veterinária e tento encontrar o dono ou alguém interessado em ficar com ele.

Naomi revirou a bolsa novamente e pegou o folheto que imprimira.

— Pendure isto em algum lugar.

Xander analisou o papel.

— Bela foto dele.

— Preciso trabalhar. Passei a manhã toda resolvendo coisas de cachorro.

— Você podia me convidar para jantar.

— Por que faria isso?

— Porque aí você teria feito outra coisa além de cuidar do cachorro, e eu posso dar os remédios dele à noite. Você disse que sabia cozinhar.

Ela lhe lançou um olhar demorado e frio.

— Não é uma refeição que você quer.

— Preciso comer.

— Não tenho pratos nem cadeiras ou mesa. Não vou dormir com você e *não* vou ficar com o cachorro. — Irritada com ele, com ela mesma, Naomi pegou a guia e começou a puxar o cão para longe.

— Gosta de fazer apostas, Naomi?

Ela olhou por cima do ombro, ainda arrastando o cachorro.

— Não.

— Que pena, porque eu apostaria que tudo que você acabou de dizer vai mudar.

É ruim, hein, disse para si mesma.

Só quando chegou em casa que Naomi percebeu que o cachorro ainda carregava o pano imundo. Quando tentou pegá-lo, ele decidiu que queria brincar de cabo de guerra. No fim das contas, ela desistiu e se sentou no degrau mais alto da varanda da frente, com o cachorro e o pano nojento ao lado e o som de serras e marteladas atrás.

— O que eu fiz? Por que não resolvi passar a vida acampando no meio do mato? Por que tenho uma casa enorme cheia de gente? Por que tenho um cachorro que precisa tomar remédios?

Com amor, ele depositou o pano molhado e cheio de graxa no colo dela.

— Perfeito. Simplesmente perfeito.

ELE A SEGUIU enquanto Naomi subia a trilha íngreme e fechada até a costa. Estivera certa de que o cachorro ficaria para trás, com o pessoal da obra, mas ele insistira em ir junto. Da próxima vez, sairia escondida.

Mesmo assim, descobriu que o animal não entrava em seu caminho enquanto enquadrava as fotos. Até mesmo a da estrela-do-mar roxa brilhando em uma piscina deixada para trás pela maré. Na verdade, depois de explorar um pouco, ele pareceu satisfeito em se deitar ao sol, contanto que Naomi não saísse da sua linha de visão.

Assim como pareceu feliz em se enroscar em um canto próximo enquanto ela trabalhava na escrivaninha ou imprimia fotos.

Se fosse para o andar de baixo, ele também descia. Se subisse, ele a acompanhava.

Quando a casa voltou ao silêncio, Naomi se perguntou se cachorros sofriam trauma por abandono.

Ele não gostou do remédio no ouvido, e pingá-lo foi uma batalha — que Naomi ganhou. Kong lhe ensinara a melhor forma de dar remédios a um cão, então ela escondeu os comprimidos em pedaços de queijo.

Enquanto se sentava na varanda e comia o jantar de queijo quente, o cachorro comeu o dele — e não devorou tudo como da primeira vez, parecendo morto de fome.

Quando Naomi foi para a cama com o notebook, a fim de passar a última hora do seu dia à procura de torneiras e chuveiros, o cachorro se enroscou na cama dele como se tivesse passado a vida inteira fazendo isso.

Xander mandou sua metade da conta por Kevin, junto com o recado de que também dividiria a próxima.

Dois dias depois, ele apareceu com outro saco de ração, outro osso e a maior caixa de biscoitos que Naomi já vira.

Perguntou-se se ele se programara para chegar minutos depois de o pessoal da obra ir embora ou se teria sido apenas coincidência. Mas o cachorro ficou feliz, e eles passaram um tempo brincando.

— Ele está ficando mais animado. — Xander jogou uma bola de tênis longe, para que o cachorro pudesse persegui-la como se fosse ouro.

— Ninguém respondeu aos folhetos. E eu não tive notícia alguma dos veterinários nem dos abrigos.

— Chegou a hora de encarar a realidade, magrela. Você arrumou um cachorro. Qual o nome dele?

— Não vou dar um nome a ele. — Se fizesse isso, não teria mais jeito.

— Como você o chama?

— O cachorro.

Xander jogou a bola mais uma vez quando o cão a trouxe de volta.

— Tenha dó.

— Ter dó foi o que me colocou nesta furada. Se ele ficar aqui por muito mais tempo, vai ter que ser castrado.

Xander lançou um olhar compadecido para o cachorro.

— Pois é. Sinto muito, amigão. Você deveria tentar alguns nomes.

— Não vou... — Naomi se interrompeu. De que adiantava ser do contra? — Alice disse que o seu cachorro se chamava Milo. De onde tirou esse nome?

— Milo Minderbinder.

— *Ardil-22*? O que diz que todo mundo vai sair ganhando?

— Isso aí. Eu tinha acabado de ler os livros, e o cachorrinho parecia esperto. Nomes precisam combinar com a personalidade. Vai me convidar para entrar?

— Não. Nada mudou.

— Ainda há tempo — comentou ele, e os dois se viraram ao ouvir o som de um veículo se aproximando. — Está esperando visitas?

— Não.

O cachorro latiu e correu para ficar ao lado de Naomi.

— Você tem um cão de guarda.

— Eu sei cuidar de mim mesma. — A mão dela foi para dentro do bolso, fechando-se sobre o canivete.

O caminhão subiu pela colina — a placa era de Nova York.

O motorista, jovem e de olhos atentos, inclinou-se para fora da janela.

— Naomi Carson?

— Sim.

— Desculpe chegarmos tão tarde. Nós nos perdemos um pouco.

— Não pedi nada de Nova York. Vocês atravessaram o país de caminhão?

— Sim, senhora. Eu e Chuck fizemos o caminho todo em 55 horas e 26 minutos. — Pulou para fora do caminhão e afagou a cabeça do cachorro enquanto seu colega saía do outro lado.

— Por quê? — quis saber Naomi.

— Como?

— Não entendo o que estão fazendo aqui.

— Viemos entregar a sua cama.

— Não comprei uma cama.

— Droga. Viemos até aqui e esquecemos. Não, não foi a senhora quem comprou. É um presente, enviado por Seth Carson e Harry Dobbs. Nossas instruções foram trazer a cama aqui, colocá-la onde a senhora quiser e montá--la. Pagaram pelo serviço completo.

— Quando?

— Há pouco mais de 55 horas e 26 minutos atrás, imagino. — O homem sorriu novamente. — E também trouxemos alguns pacotes. Estão bem--embalados. É uma senhora cama.

Chuck lhe entregou uma prancheta com o pedido de entrega. Ela reconheceu o nome da loja de móveis preferida dos tios.

— Vamos ver.

— Vocês precisam de ajuda? — perguntou Xander.

O motorista girou os ombros e lançou um olhar de gratidão pura para Xander.

— Ela é gigantesca, então toda ajuda é válida.

Como tudo estava embalado para a entrega, Naomi não era capaz de dizer se era uma senhora cama ou não, exceto pelo tamanho. Pegou os pacotes, um por vez, enquanto os homens faziam o trabalho mais pesado de levar a cama para dentro da casa e para o segundo andar.

Como o cachorro seguiu os outros, ela pegou um estilete e abriu a primeira caixa. Quatro travesseiros enormes — menos um item na lista. Na segunda, mais travesseiros, uma colcha linda e simples, alguns tons mais escuros do que o azul das paredes do quarto, com fronhas combinando. Na terceira, dois conjuntos de lençóis brancos de algodão egípcio, e um bilhete escrito à mão.

Nossa menina precisa de uma cama que lhe dê bons sonhos. Achamos que esta era a sua cara. Amamos você. Seth e Harry.

— Meus garotos — disse, com um suspiro, e levou a primeira caixa para o andar de cima.

Como seu quarto estava um caos e cheio de outros garotos e de um cachorro, Naomi desceu novamente, pegou refrigerantes na geladeira e os levou até eles.

— Obrigado. Vamos levar os restos da embalagem conosco. Recebemos instruções bem específicas. Vai levar um tempo até montarmos tudo.

— Sem problema.

— A senhora quer que ela fique onde está o colchão, não é?

— Eu... Sim. Ali ficaria ótimo. Preciso dar um telefonema.

Naomi os deixou no quarto, ligou para casa e passou os vinte minutos seguintes conversando com Seth, pois Harry estava no restaurante. A alegria dele era palpável.

Ela não contou que já havia selecionado algumas camas e que tinha planejado uma viagem a Seattle para dar uma olhada nas opções. A que os tios escolheram seria perfeita apenas por ser um presente.

Ao voltar para o quarto, Naomi parou de supetão. Eles haviam colocado o colchão na base e montavam a cabeceira e os pés.

— Ah, meu Deus!

— É bonita, não acha?

Ela olhou para o motorista — não sabia o nome do homem — e depois voltou a encarar a cama.

— É linda. É maravilhosa. É perfeita.

— Espere só até colocarmos o dossel.

Mogno, pensou Naomi, com acabamentos de madeira lustrada. Estilo Chippendale — ela fora criada por Seth e Harry, afinal de contas. Os tons da madeira, escuros e bonitos, destacavam a cor suave das paredes. Pés entrelaçados, dossel alto e ornamentado.

Se uma mulher não tivesse bons sonhos em uma cama daquelas, precisaria de terapia.

— A senhora está bem?

Ela assentiu.

— Desculpe, não sei seu nome.

— Josh. Josh e Chuck.

— Josh. Estou bem. Você tinha razão. É uma senhora cama.

Quando acabaram, Naomi lhes deu uma gorjeta generosa — era o mínimo que podia fazer — e lhes entregou mais refrigerante para levarem na estrada.

Eles foram embora, e ela ficou encarando a cama, observando a forma como a luz do fim de tarde iluminava a madeira e os detalhes.

— Esses seus tios são bons mesmo — comentou Xander.

— Os melhores.

— Quer chorar de alegria?

Naomi negou com a cabeça, pressionando os olhos com os dedos.

— Não. Odeio chorar. É tão inútil. Falei com eles no domingo. E logo depois os dois compraram a cama e a mandaram para cá. Junto com roupa de cama e travesseiros. E ela é perfeita, simplesmente perfeita. Para mim, para o quarto, para a casa. — Naomi se forçou a ignorar a vontade de se debulhar em lágrimas. — Não vou chorar. Vou cozinhar. Não tenho pratos nem uma mesa. Mas você pode comer num prato de papel, na varanda. Será sua gorjeta pela ajuda.

— Aceito. O que vamos comer?

— Ainda não sei. Mas eu vou beber vinho. Estou me sentindo sentimental e com saudade de casa.

— Tem cerveja?

— Acho que sim.

— Se tiver, aceito uma.

— Tudo bem. — Ela se dirigiu à porta do quarto e olhou para Xander. — Não vou dormir com você.

— Por enquanto. — O sorriso dele era despreocupado. E perigoso. — Um jantar e uma cerveja são um bom começo.

Um bom final, pensou, enquanto o cachorro os seguia para o andar de baixo.

XANDER A OBSERVAVA cozinhar. Nunca vira alguém cozinhando daquele jeito, pegando coisas aleatórias, jogando parte na panela, parte na frigideira. Picando ali e mexendo acolá.

O cachorro também a observava e não foi sutil ao lamber o focinho quando os aromas começaram a subir.

— O que está fazendo?

— Vamos chamar de macarrão ao molho apressado.

Naomi colocou azeitonas — azeitonas gordas — sobre a tábua de cortar, bateu nelas com as costas da faca que usava e tirou os caroços. Outra coisa que ele jamais vira alguém fazer.

— Não é mais fácil comprar as sem caroço?

— Estas aqui são azeitonas kalamatas, meu amigo, e fazem o esforço valer a pena. Se eu colocar alguma coisa que você não gosta, é só tirar depois.

— Não sou fresco com comida.

— Ótimo.

Ela pegou um pedaço de queijo e o ralou até que desaparecesse. Xander teria perguntado por que não comprar o que já vinha ralado, mas já conseguia imaginar a resposta.

Naomi jogou tomatinhos na frigideira, adicionou algumas ervas e mexeu — ao mesmo tempo que murmurava que o mercado local deveria vender manjericão fresco.

— Preciso arrumar panelas boas antes que Harry resolva comprá-las para mim também.

— Qual o problema dessas aí? Parecem funcionar bem.

— São vagabundas. Ele ficaria horrorizado. Na verdade, até eu estou. E realmente preciso de facas boas. Outra coisa para colocar na lista.

Ele gostava de observá-la — os movimentos rápidos, precisos. Gostava de ouvir Naomi falar com aquela voz sensual na medida certa.

— O que mais tem na lista?

— Pintar os quartos de hóspedes que separei para meu irmão e meus tios. O dos meus avós. Depois disso, acho que vou aposentar o pincel. Não gosto de pintar.

— Contrate pintores.

— Preciso comprar panelas e facas boas. Posso pintar mais dois quartos desta casa ridiculamente grande. Agora ainda preciso arrumar móveis dignos daquela cama e tudo mais.

Ela escorreu o macarrão penne e o jogou na frigideira, junto com as azeitonas e o queijo. Misturou tudo jogando a comida no ar.

— Naquele armário ali estão os pratos, por assim dizer, os guardanapos e uma caixa de talheres de plástico.

— Vou pegar.

Ela misturou a comida mais duas vezes, depois a serviu nos pratos de papel, adicionando fatias de pão italiano torrado coberto de manteiga e salpicado de ervas.

— Está com uma cara ótima.

— Ficaria ainda melhor nos pratos que comprei, mas assim dá para o gasto. — Naomi entregou um prato para Xander, pegou um para si mesma e seguiu para fora da casa. Deu o seu para ele segurar. — Segure isto enquanto dou comida para o cachorro.

O cão olhou para a ração que era despejada na tigela, depois se voltou para os dois pratos cheirosos de macarrão. O rabo dele baixou, e Xander podia jurar que o animal suspirou de decepção.

Naomi se sentou, encarando o cachorro, que a encarava de volta.

— Este é meu, esse é seu. É assim que a banda toca.

— Você é durona.

— Talvez.

Xander se sentou e provou a comida que ficara pronta em vinte mágicos e meio maníacos minutos.

— Isto está delicioso. De verdade.

— Não ficou ruim. Estaria melhor com temperos frescos. Acho que vou precisar cultivar uma horta.

Estar ali, sentada com ele, jantando enquanto o cachorro — que já limpara a tigela — os encarava meio triste, não era tão ruim quanto ela imaginara.

Talvez fosse a vista, aqueles tons suaves do pôr do sol brilhando arroxeados sobre a água e a floresta; talvez fosse o vinho. De toda forma, precisava dar um limite para aquela situação.

— Quer saber por que não vamos dormir juntos?

— Por enquanto — adicionou ele. — Também tem uma lista de motivos?

— Pode-se dizer que sim. Você mora aqui e, por enquanto, eu também.

— Por enquanto? Você já tem panelas e frigideiras, mas colocou as duas coisas na sua lista porque precisa comprar melhores. Tenho a impressão de que seus planos são de longo prazo.

— Talvez. Desde que saí de Nova York, nunca passei mais do que poucos meses morando em algum lugar. Não sei se este aqui vai dar certo. Talvez — repetiu ela — seja porque me parece certo ficar nesta casa. Por enquanto. De toda forma, você mora aqui e é amigo de Kevin e Jenny. Amigo de verdade, de anos. Se tivermos alguma coisa, porque nem quero ter nada com ninguém, e não der certo, seu amigo, o cara que está reformando a minha casa, ficará bem no meio.

— Que bobagem — disse Xander, voltando-se para o macarrão.

— Não do meu ponto de vista, no meio do canteiro de obras. Além do mais, você é dono da única oficina da área, e eu posso precisar de um mecânico.

Pensando no assunto, ele deu uma mordida no pão.

— Se estivéssemos transando, eu provavelmente faria o trabalho mais rápido.

Naomi riu, balançando a cabeça.

— Mas não seria assim se parássemos de transar e você ficasse irritado comigo. Estou cheia de trabalho para fazer, principalmente para conseguir pagar esta casa e tudo dentro dela. Não tenho tempo para sexo.

— Sempre há tempo para sexo. Da próxima vez, trago pizza e a gente transa no tempo que você gastou fazendo o jantar.

Pensando no assunto, Naomi comeu o macarrão.

— Isso não é muito lisonjeiro para a sua... durabilidade.

— Só estou tentando me encaixar na sua agenda.

— Que gentil da sua parte! Mas completamente desnecessário, considerando que o jantar de hoje foi uma exceção. Não conheço você.

— Essa foi a única coisa que você disse até agora que fez sentido. Mas podemos voltar à sua lista para eu lembrar que sou amigo de verdade, de anos, de Kev e Jenny. Eles a avisariam se eu fosse um psicopata.

Naomi continuou olhando para a vista.

— Nem sempre as pessoas conhecem de verdade aquelas de quem são próximas.

Algo acontecera com ela, pensou Xander. Isso era palpável em suas palavras. Em vez de insistir no assunto, mudou o rumo da conversa.

Inclinou-se para a frente e segurou o rosto dela. Suas bocas se encontraram. Com força, intensidade e quase com selvageria.

Sabia quando uma mulher queria — e Naomi queria. Sabia pela forma como a boca reagia. Escutava o desejo no ronronar da sua garganta, sentia-o no seu leve e sensual tremor.

Com qualquer outra? Todo aquele fogo e toda a vontade mútua os levariam direto para a nova e fantástica cama.

Mas ela se afastou. Ainda assim, manteve os olhos, aquele verde fascinante e profundo, nos dele.

— Esse foi um argumento excelente — observou Naomi. — E não dá para discutir com ele, mas... — E olhou dentro dos olhos de Xander. — Foi como eu disse para o cachorro. É assim que a banda toca.

— Hoje à noite.

Por enquanto, ele se contentava com a comida, a vista e os mistérios da mulher ao seu lado. Encontrara um quebra-cabeça, pensou, e só precisava solucioná-lo. Mais cedo ou mais tarde, entenderia como ela funcionava.

Capítulo 10

◆ ◆ ◆ ◆

NAOMI VOLTOU ao trabalho. Como a necessidade de ganhar dinheiro era um item importante na sua lista de motivos para não dormir com Xander, precisava fazer valer o próprio argumento.

Quando saiu para tirar fotos na manhã seguinte, o cachorro foi junto. Por alguns dias, ela se embrenhou na floresta e caminhou pela costa com a guia da coleira presa ao cinto. Os dois se sentiam extremamente insatisfeitos com aquela solução.

Depois desses primeiros dias, Naomi percebeu que o cachorro não iria a lugar algum e passou a soltá-lo com mais frequência. Ele explorava os arredores, perseguia esquilos, latia para pássaros e cheirava pegadas e fezes de alces enquanto ela criava estudos de flores silvestres, árvores e longos riachos brilhando ao sol ou se escondendo nas sombras.

Além de uma série completa de fotos de cachorro.

Ele dormia diante da lareira — já adaptada para gás e fantástica para dias frios e úmidos — e a observava trabalhando ao computador. Às vezes, descia e passava algum tempo com o pessoal da obra ou com Molly, se ela estivesse visitando, mas sempre retornava ao quarto e lançava um olhar demorado para Naomi, como se quisesse saber se o trabalho já estava perto do fim. Caso contrário, voltava a se aconchegar, geralmente com algum objeto na boca.

Às vezes, o objeto era uma luva de obra perdida; em uma ocasião, foi um martelo.

O foco no trabalho regrado estava rendendo frutos. Naomi recebeu um cheque generoso da galeria em Nova York, e sua conta do PayPal tornava-se mais recheada a cada dia.

Parecia que as pessoas realmente gostavam de fotos de cachorro.

Jenny foi visitá-la e, como prometido, fez um tour pela casa. Quando chegaram à suíte máster, a mulher soltou um suspiro.

— Não sei o que é mais impressionante: a vista ou a cama.

— Gosto de observar a vista da cama.

— Deve ser maravilhoso acordar todos os dias e ter essa visão. Xander disse que seus tios pagaram a entrega para atravessar o país.

— Sim. E, se eu não encontrar alguns móveis para colocar aqui, eles encontrarão por mim e começarão a enviá-los também.

— Venha fazer compras comigo! — Dando pulinhos de alegria, Jenny bateu palmas. — Vamos!

— O quê? Agora?

— É meu dia de folga, e as crianças estão na escola. Eu tenho... — Ela pegou o telefone para dar uma olhada na hora. — Cinco horas antes de buscar Maddy, e depois Ty. Sei que é um dia de trabalho para você, mas esta casa precisa de móveis, e eu conheço alguns lugares que devem ter peças que combinam com a cama. Especialmente se você não tiver medo de reformá-las ou mandar para a reforma.

— Eu realmente... — Naomi pensou no dinheiro que acabara de receber e ignorou a recusa na ponta da língua. — Deveria fazer isso.

— Sim! Talvez consigamos encontrar seus pratos.

— Já comprei pela internet. Espere um pouco. Vou te mostrar.

As duas analisaram a tela do computador quando o site abriu.

— São de vidro reciclado, o que achei interessante, e comprei algumas tigelas brancas para colocar em cima. Acho...

— Adorei. São perfeitos. Ah, acho que vão ficar maravilhosos naquela cozinha. E em cima da mesa, quando você comprar uma.

— A mesa pode esperar um pouco. Não estou planejando oferecer jantares. Mas preciso de bancos. Bancos e uma cômoda. Seria bom ter um lugar para guardar minhas roupas além de caixas de papelão.

— Vamos encontrar uma.

O cachorro foi junto. Naomi não planejava levá-lo, mas ele as seguiu, pulando no carro e se acomodando no banco de trás, a língua para fora em sinal de animação.

— Ele é um fofo. É bom ter um cachorro quando se mora tão afastada da cidade e sozinha. É bom ter um cachorro fofo em qualquer lugar. Kevin disse que ele e Molly se dão muito bem. Que nome lhe deu?

— Nenhum.

— Ah, Naomi, você precisa dar um nome a ele.

— Os donos ainda podem...

— Quanto tempo faz desde que o trouxe para casa?

— Esta é a terceira semana. — Naomi suspirou, esfregando a parte de trás do pescoço. — Ele será castrado amanhã. Se quiser um cachorro...

— Já temos uma, obrigada. Estamos pensando em pegar um filhote, um amigo para Molly. Queremos que as crianças vivam essa experiência. E tem mais, Naomi. O cachorro é seu.

Ela olhou pelo espelho retrovisor; o cachorro lhe lançou um sorriso inegável.

— Ele só está morando comigo por um tempo.

— Sei.

Naomi estreitou os olhos, colocando os óculos escuros.

— Para onde vamos?

— Siga para a cidade e, de lá, eu explico.

Ela não conseguia se lembrar da última vez que fizera compras com uma amiga — ou da última vez que se permitira ter uma amiga. Na maior parte do tempo, suas compras consistiam em apenas catar o que precisava, pagar e voltar com o prêmio para casa, deixando seus tios perplexos e desapontados.

Além do mais, podia procurar e comprar a maioria das coisas que precisava pela internet.

Porém, como já tinha saído de casa, aproveitaria para comprar tinta para o quarto de Mason — um verde-musgo aconchegante — na volta.

Além disso, gostava de Jenny. Parecia impossível não gostar daquela mulher alegre, engraçada e que não fazia perguntas invasivas.

Decidiu que realmente gostava de Jenny quando esta a direcionou para um celeiro enorme alguns quilômetros afastado da cidade.

— Eu devia ter trazido minha câmera.

E abriu o compartimento entre os bancos para pegar um estojo.

— O que é isso?

— Lentes e filtros para a câmera do celular.

— Jura? Nem sabia que esse tipo de coisa existia.

— É melhor do que nada. E esse celeiro... A textura da madeira, a pintura vermelha com detalhes brancos, aquela velha macieira, a luz. É ótimo.

— Não quer ver o que há dentro dele?

— Claro. Não vou demorar muito.

A ideia era deixar o cachorro no carro. Mas ele tinha outros planos, então, indo contra seus impulsos, Naomi pegou a guia extra que guardara no porta-luvas.

— Se quiser sair, terá que usar isto.

Ele tentou convencê-la a mudar de ideia com um olhar. Não foi bem-sucedido.

— Posso segurá-lo enquanto você tira as fotos.

— Obrigada. Ele odeia a guia.

— Você também não odiaria? Está tudo bem, querido. Pode me levar para passear.

De maneira perversa, o cachorro foi muito bem com Jenny, andando feliz ao seu lado, cheirando o caminho até encontrar um bom lugar para levantar a perna, enquanto Naomi tirava fotos, adicionava lentes e ajustava filtros.

Voltaria com o equipamento certo, prometeu a si mesma. Ficaria ótimo em um dia nublado, com aquele celeiro sob um céu escuro.

Lá dentro, descobriu mais cenas para fotografar. O lugar parecia não ter fim, apinhado de coisas.

Objetos de vidro e de metal, objetos decorativos, espelhos, cadeiras, escrivaninhas.

Na verdade, Naomi parou diante de uma das escrivaninhas. Decidira que sua mesa de trabalho permanente seria nova — algo que combinasse com a cama, mas tivesse alguns toques modernos. Bandeja para teclado, tomadas, gavetas grandes.

Entretanto...

Aquela estava quase preta devido a anos — provavelmente décadas — de verniz, e as gavetas grudavam. Precisava de puxadores novos. Era o exato oposto do que pretendia comprar.

E era perfeita.

— O formato é maravilhoso — comentou Jenny ao seu lado. — Curvas delicadas nos cantos. Um monte de gavetas. Precisa de um trato. — Com os lábios apertados, verificou a etiqueta com o preço. — E uma barganha.

— É uma mesa firme, grande. De mogno. Precisa ser lixada até tirar todo esse verniz. Não era o que eu queria. Mas fiquei louca por ela.

— Não diga isso a Cecil. Ele é o dono. Faça cara de dúvida quando conversarem. Você precisa de uma boa cadeira, nova, ergonômica, com apoio para a lombar. Kevin diz que você passa bastante tempo sentada.

— É verdade. O computador é a sala escura moderna. Apesar de ainda querer montar uma. Gosto de tirar fotos com filme de vez em quando. Aquilo ali é uma luminária de sereia?

— Acho que sim.

— Uma luminária de chão de bronze, de sereia. — Impressionada, Naomi pegou o telefone de novo. — Preciso disso no meu portfólio.

— Eu e o sem-nome vamos dar uma volta.

— Já, já, encontro vocês.

Naomi se apaixonou pela luminária, e disse a si mesma que aquilo era uma besteira. Não precisava de uma luminária de chão, que dirá de uma com uma sereia de olhos sedutores e seios protuberantes. Mas ela a queria.

— Não comente isso com Cecil — lembrou a si mesma, e foi buscar Jenny e o cachorro em meio a um labirinto de coisas fascinantes.

A amiga a encontrou.

— Não me odeie.

— Alguém consegue odiá-la?

— A ex-namorada de Kevin da época da escola.

— Porque ela é uma vagabunda.

Jenny abriu um sorriso radiante.

— Não sabia que você conhecia Candy.

— Candy? Isso definitivamente é nome de vagabunda. Uma vagabunda que gosta de vestir cor-de-rosa.

— Na verdade, eu tenho uma prima chamada Candy, e ela não é nada disso. É uma pessoa ótima. Mas, voltando ao assunto, não me odeie, mas acho que encontrei a sua cômoda.

— Por que eu a odiaria por isso?

— Porque ela é cara, mas realmente acho que é perfeita, e talvez a gente consiga barganhar um desconto, ainda mais se você também levar a escrivaninha.

— E a luminária de sereia.

— Jura? — Jenny jogou a cabeça para trás e soltou uma gargalhada. — Adorei! Achei que você a tivesse achado engraçada, só para fotos, mas ela ficaria linda na sua casa.

— Concordo. Vamos dar uma olhada na cômoda. Se eu ficar com ódio de você, pode voltar para casa andando.

Havia pontos positivos, descobriu Naomi, em fazer compras com uma amiga — uma amiga esperta, criativa e com bom gosto. O móvel era mais um armário pequeno do que uma cômoda — o que realmente lhe agradou. Embora não fosse muito feminino, era bonito e elegante, sem muita pompa. Estava em boas condições, o que a surpreendeu, e a madeira brilhava em um belo tom de ouro-avermelhado. Precisaria trocar os puxadores — o latão cheio de detalhes iria para o lixo —, e uma longa rachadura diagonal atravessava uma das gavetas. De resto, estava perfeito.

O preço a fez soltar um chiado e estremecer.

— Vamos conseguir um desconto. Você vai ver. — Jenny lhe deu um tapinha encorajador.

Cecil podia até ser um homem magrelo de macacão jeans, chapéu de palha e barba grisalha — e seu aniversário de 80 anos já passava longe —, mas tinha um olhar cortante e era duro de roer nos negócios.

Naomi descobriu que o mesmo poderia ser dito da doce e divertida Jenny.

Ela deu palpite uma vez ou outra, só para constar, mas foi a amiga que cuidou da maior parte das negociações e, com tenacidade e persistência, livrou-se de vinte por cento do preço da cômoda, enquanto Naomi achava que conseguiriam apenas dez.

Os três conseguiram colocar o móvel no 4Runner — Cecil era idoso, mas se mostrou forte como um touro.

— Kevin vem pegar as outras coisas — disse Jenny a Cecil.

— Ah, é? — indagou Naomi.

— Claro. Ele pode passar aqui depois do trabalho ou amanhã de manhã. E, Cecil, não se esqueça de que Naomi precisa mobiliar aquela casa enorme, então voltaremos. E queremos preços camaradas.

O cachorro parecia satisfeito ao se deitar do lado da cômoda, e Jenny se acomodou no banco do passageiro.

— Foi divertido.

— Estou chocada com seu método de barganha árabe. Obrigada, de verdade. Posso voltar e pegar o restante dos móveis. Kevin não precisa vir até aqui.

— Não tem problema. Além do mais, se me contratar para reformar aquela escrivaninha, é mais fácil ele levá-la direto para o meu ateliê em casa.

— Você tem um ateliê?

— Reformo e reconstruo móveis e peças decorativas no meu tempo livre. Não quis dizer nada antes para você não se sentir desconfortável ou na obrigação de me dar trabalho. Mas, meu Deus, como eu quero aquela escrivaninha! Juro que sei o que estou fazendo. Ela ficará linda.

— Aposto que vai. — E Naomi poderia usar o tempo que gastaria com a escrivaninha em outras coisas. — Está contratada.

— Sério? Eba! Se for jantar com a gente no domingo, pode ver o ateliê. Kevin disse para eu não perturbar você com isso, mas estava morrendo de vontade de convidá-la. Estou trabalhando num banco que ficaria perfeito na varanda do seu quarto. É um velho banco de jardim de metal com um encosto largo e curvado. E pode levar o cachorro. As crianças adorarão brincar com ele.

Naomi, por reflexo, começou a inventar uma desculpa. Mas sua curiosidade venceu.

— Eu adoraria conhecer o ateliê. Você não precisa me oferecer um jantar.

— Venha, sim. Na maioria dos domingos, comemos cedo. Vá depois das quatro. É tempo suficiente para você ver o ateliê e as crianças brincarem com os cachorros.

— Tudo bem, então. Levo a sobremesa.

De manhã cedinho, Naomi tirou uma blusa de manga comprida e leggings de uma das caixas; recusava-se a usar a cômoda antes de Kevin consertar a gaveta e ela substituir os puxadores.

Seguiu tranquilamente até o carro, o cachorro a seguindo e pulando para dentro, lançando-lhe um sorriso canino feliz.

Mal sabia ele o que o aguardava.

No entanto, a situação ficou mais clara quando Naomi estacionou atrás da clínica veterinária.

Ele tremeu, balançou-se e tentou grudar as patas recém-curadas no piso de madeira.

— Desta vez, você está certo de ter medo, mas ainda não sabe disso. Vamos, seja corajoso.

Naomi puxou, arrastou, subornou — com uma bola de tênis, pois ele só podia comer depois da cirurgia.

— Você não vai sentir falta de nada — explicou-lhe, e então balançou a cabeça. — E como eu saberia de uma coisa dessas? Tenho certeza absoluta de que eu sentiria falta de uma parte do meu corpo. Mas tem que ser assim, está bem? Não tem jeito.

Conseguiu fazê-lo atravessar a sala de espera — vazia, afinal marcara o primeiro horário disponível do dia.

— Olá, garoto! — Alice o cumprimentou com uma bela esfregada, deixando-o relaxado, inclinando-se na direção dela. — Vamos cuidar dele a partir daqui. É um procedimento de rotina. Talvez seja um pouco difícil para um cachorro mais velho. Vamos mantê-lo aqui por algumas horas, só para garantir que está tudo bem.

— Certo. Venho buscá-lo quando você ligar. — Naomi deu um tapinha na cabeça do cachorro. — Boa sorte.

Quando se virou para ir embora, ele ganiu — um uivo longo e triste, como fizera das primeiras vezes em que ouvira uma sirene. Naomi se virou, viu os olhos azuis cheios de tristeza e medo.

— Merda. Mas que merda!

— Apenas deixe claro que vai voltar — aconselhou Alice. — Você é o alfa dele.

— Merda — repetiu Naomi, e foi até o cachorro, agachando-se diante dele. — Venho buscar você, entendeu? — Ela segurou a cabeça dele e se sentiu atordoada pelo amor naquele olhar. — Tudo bem, está certo. Venho buscá-lo, levá-lo de volta para casa. Você só precisa fazer isso antes. Posso até lhe comprar uns presentes para comemorar sua retirada das bolas.

O cachorro lambeu a bochecha dela, apoiando a cabeça em seu ombro.

— Se pudesse, ele a abraçaria — comentou Alice.

Derrotada, foi Naomi quem o abraçou.

— Eu volto.

O cachorro choramingou quando ela se levantou e ganiu quando ela se dirigiu à porta.

— Ele ficará bem — garantiu Alice atrás dela.

E o coração que Naomi não queria oferecer se partiu um pouquinho enquanto o ouvia chorar.

Ela comprou um gatinho de pelúcia, uma bola que fazia barulho — e disse a si mesma que se arrependeria de ambas as compras. Adicionou um pedaço de corda e uma escova de cachorro.

Depois se obrigou a ir para casa trabalhar. Mas, quando percebeu que não conseguia se concentrar por mais de dez minutos seguidos, vestiu as roupas manchadas de tinta. Não precisava ser criativa para pintar um quarto.

Enquanto preparava as paredes, imaginou como decoraria o ambiente. Talvez uma cama com encosto alto, quem sabe cinza-escuro? Mason gostaria disso quando a visitasse. Ou talvez uma antiga e de ferro — mais uma vez, cinza. Cinza ficaria bem com o verde da tinta.

Por que Alice não ligava?

Irritada consigo mesma, quebrou suas regras sobre não fuxicar a obra a menos que fosse para tirar fotos, e seguiu para o andar de baixo.

A sala estava pintada de branco — principalmente porque ela não conseguia decidir a cor que queria ali. A cornija da lareira precisava de uma reforma, o que a fez pensar em Jenny. Se a amiga realizasse um bom trabalho com a escrivaninha, poderia cuidar daquilo.

Naomi vagou pelo espaço e olhou a vista pela janela. Não estava pronta para jogar a toalha e contratar um paisagista, mas só poderia cuidar do quintal depois que grande parte do trabalho na casa estivesse pronta e o terreno não se encontrasse sempre cheio de gente zanzando por ele.

Seguiu em frente, parou no quartinho apertado onde decidira que ficaria uma pequena biblioteca. Talvez não conseguisse ler livros de verdade com tanta frequência, mas se imaginou fazendo isso ali, em um dia chuvoso — ou no meio do inverno, com o fogo aceso.

Agora, Kevin e a robusta Macie botavam a primeira das prateleiras que cercariam a lareira.

— Ah, Kevin.

Ele olhou para trás e sorriu enquanto levantava a aba do boné.

— Pode dizer. Você estava certa, e eu, errado.

— Não sabia que você já tinha terminado as prateleiras.

— Queríamos que fosse uma surpresa. Você tinha razão. Não consegui ver o potencial de uma salinha tão pequena. Disse que seria melhor tirar a parede e ampliar o espaço. Mas você insistiu, e deu certo. O lugar ficou aconchegante, bem-iluminado, e... O que acha, Macie?

— Charmoso. Vai ficar charmoso, especialmente depois de colocarmos as sancas.

— A madeira é linda, de cerejeira. Ficou ótimo.

— É assim que gostamos de trabalhar, não é, Macie?

— Isso aí.

— E você também tinha razão sobre colocá-las do chão ao teto, sem moldura. Assim, o ambiente parece mais amplo.

— Vou pedir que mandem meus livros para cá. Geralmente leio no tablet, mas tenho algumas caixas de livros de verdade em casa.

— Se precisar de mais, pode pedir a Xander.

— Por quê?

— Ele tem livros pela casa toda — respondeu Macie.

— É mesmo. — Kevin tirou uma pequena niveladora do cinto de ferramentas e a usou na prateleira. — De vez em quando, ele doa alguns para a caridade, mas geralmente os acumula. Se precisar ocupar algumas dessas prateleiras, fale com ele.

— Vou ver o que... — Ela deu um pulo quando o telefone tocou, e o tirou do bolso no mesmo instante. — É a veterinária. Sim, aqui é Naomi. Certo. Certo. É mesmo? — À medida que o alívio percorria seu corpo, ela esfregou o rosto. — Que ótimo! Vou buscá-lo agora. Não, chego aí daqui a pouco. Obrigada.

Respirando fundo, Naomi guardou novamente o telefone.

— O cachorro. Ele recebeu alta ou coisa assim. Está pronto para vir para casa. Eu já volto.

— Ah, caso a gente não se encontre mais... Você apareceu no jornal.

— No quê? — Naomi ficou imóvel.

— No jornal — repetiu Kevin. — Deixei o meu na cozinha.

Ela manteve a voz despreocupada.

— O que aconteceu?

— O *Diário de Cove*. Sai uma vez por mês. São só algumas páginas de notícias locais e coisas assim. É uma história legal sobre a casa e a reforma.

— Ah.

Um jornalzinho local. Nada com que se preocupar. Só o pessoal da cidade o leria.

— Vou deixar o meu aqui. Jenny tem mais cópias em casa, pois eu também apareci.

— Leio quando voltar. Obrigada. Preciso buscar o cachorro.

Ela evitara a jornalista, editora e dona do jornal — achava que a mulher que pedira uma entrevista ocupava os três cargos. Mas não fizera diferença. Tomara todas as precauções para manter seu nome e seu paradeiro fora das notícias.

Ninguém além dos habitantes de Sunrise Cove ou, com certeza, de fora da região leria a matéria. E ninguém identificaria sua ligação com Thomas David Bowes.

Havia coisas mais importantes com que se preocupar no momento.

Naomi correu para a clínica, murmurando um agradecimento quando a recepcionista a direcionou para os fundos. Encontrou Alice colocando um colar no cachorro.

Ele parecia um pouco atordoado e confuso, mas soltou um latido curto e feliz, e começou a balançar o rabo loucamente assim que viu Naomi.

— Ele está bem?

— Foi um ótimo paciente. Receitei alguns remédios. O colar evitará que ele mexa no local, nos pontos. Provavelmente vai passar muito tempo dormindo. Talvez fique um pouco dolorido e não queira passear por uns dois dias.

— Tudo bem. Que bom! — Naomi se agachou e acariciou as orelhas dentro do colar. — Você está bem.

Pegou os remédios, as receitas, pagou a conta e o ajudou a entrar no carro.

Ele não dormiu. Cheirou tudo no quintal da frente — apesar de andar um pouco duro. Cheirou e cumprimentou o pessoal da obra. Ele e Molly se cheiraram e balançaram o rabo um para o outro.

E bateu em tudo. Nas paredes, nas ferramentas, nela.

Naomi o ajudou a subir a escada e lhe deu o gato de pelúcia — um erro, percebeu, considerando que o colar ficava no caminho.

Alguém gritou uma pergunta do andar de baixo. Naomi desceu e, nos quinze minutos em que esteve fora, o cachorro deu um jeito de tirar o colar, e agora lambia o local onde suas bolas um dia estiveram.

— Como você tirou aquilo?

Satisfeito, ele balançou o rabo.

— Você não pode mais fazer isso. Seus dias de se lamber acabaram.

Ela colocou o colar de volta — um desafio, pois o objeto parecia ser mais digno de ódio do que a guia da coleira.

Naomi venceu a batalha, deu-lhe um osso e considerou o assunto encerrado.

Ledo engano.

XANDER DECIDIU que havia esperado tempo suficiente — e tinha a desculpa de dividir a conta da castração. Talvez, se agisse da forma certa, poderia descolar outro jantar. Com isso, talvez conseguisse chegar mais perto daquela cama enorme e maravilhosa.

Valia a pena ir lá conferir.

Estacionou a moto e viu o cachorro latindo e balançando o rabo. O cão teria corrido para dizer oi, mas Naomi estava sentada na escada da varanda, mantendo-o imóvel.

Ela o segurava enquanto... Meu Deus.

Muito chocado, Xander tirou o capacete.

— Que diabos você está fazendo?

— Que diabos parece que estou fazendo?

— Parece que está vestindo uma calça no cachorro.

— Então é o que eu estou fazendo.

Ela puxou a peça — um short vermelho com uma listra branca nas laterais — até o lugar certo e soltou o cachorro.

Naomi se apoiou nos degraus enquanto o cão — parecendo um idiota — corria até Xander para ser afagado.

— Que tipo de pessoa coloca calça no cachorro?

— O tipo que não vai ficar lutando para ele não tirar o colar. Kevin colou aquela porcaria com silver tape e, mesmo assim, ele conseguiu escapar no momento em que olhei para o outro lado. Quando o colar está no lugar, ele bate em tudo. Até em mim. Juro que está fazendo isso de propósito. Odiou aquela porcaria.

— O Colar do Castigo?

— É, a droga do Colar do Castigo. Então, agora, ele vai usar a Calça da Humilhação. Mas esse cachorro idiota parece gostar dela.

— A Calça da Humilhação. — Xander precisava sorrir. — E você fez um buraco para o rabo.

— Estava na caminhonete de Kevin. Era um short velho que ele usava pra correr. Exercitei minha criatividade.

— Talvez. Mas como ele vai fazer as necessidades agora?

— Por que diabos você acha que eu estava colocando o short de volta? — Ela balançou os braços para o alto, fez uma careta e esfregou o bíceps direito. — Eu o trouxe aqui fora, tirei o short, deixei que fizesse o que precisava fazer. E o coloquei de volta, então o lugar da incisão está protegido. Na verdade, vestido, parece até que ele se esqueceu da cirurgia.

— Talvez fosse melhor comprar uma roupa de cachorro. — Impressionado com a criatividade dela, Xander se sentou ao seu lado, acariciando o cachorro. — Trouxe a minha metade da conta. Alice disse que foi tudo bem.

— Sim, sim. Ele está bem. Eu é que estou exausta.

— Posso pedir uma pizza.

— Não, obrigada, eu... Droga, mas que droga! Sim. Por favor, peça. A parte de trás das minhas pernas está toda roxa por causa do colar. Meus braços doem de pintar as paredes e brigar com o cachorro. Que está fazendo um ótimo trabalho em engordar, aliás.

O cão entregou a Xander a bola que ele guardara do lado de fora, possivelmente para ficar mais fácil de pegar.

— Não jogue de volta. Ele ainda não pode correr muito.

Xander se levantou.

— Tem alguma coisa que você não queira na pizza?

— Nada de anchovas nem abacaxi. De resto, tanto faz.

O cachorro jogou a bola aos pés de Naomi e, quando ela não respondeu, deitou a cabeça em seu joelho.

— Qual o nome dele?

Ela suspirou.

— Sombra.

— Mas o pelo dele não é escuro.

— Não. É porque ele vive atrás de mim.

— Sombra. — O cachorro ainda não reconhecia o nome, mas, pelo visto, reconhecia o humor da situação ao olhar para Xander e lhe lançar um sorriso canino. — Combina com ele.

Panorama

O mundo visível é meramente o reflexo do invisível; sendo assim, como em um retrato, as coisas não são vistas como realmente são, mas em formatos equivocados.

SIR THOMAS BROWNE

Capítulo 11

◆ ◆ ◆ ◆

UMA VEZ POR SEMANA, Xander e Kevin tomavam uma cerveja depois do trabalho. Às vezes, combinavam com antecedência e se encontravam no Loo's, mas, na maioria das ocasiões, as coisas simplesmente aconteciam.

E aconteceu de Kevin passar na oficina de Xander depois de algumas viagens até a marcenaria e o distribuidor de azulejos — e de passar meia hora conversando com o eletricista.

Ele era capaz de fazer vários trabalhos ao mesmo tempo. Naomi era a prioridade, mas ainda havia outros clientes, o que significava perder muito tempo indo de um lugar para o outro.

Naquele momento, o que mais queria era uma cerveja.

As portas da oficina fechadas e trancadas não eram sinal suficiente de que o amigo tinha ido embora. Assim como a caminhonete no estacionamento não significava com certeza que ele ainda estivesse ali. Pagando para ver, Kevin saiu do carro e foi para os fundos do terreno, onde um caminho em ziguezague levava até o apartamento de Xander.

Ele ouviu a música; um clássico dos Rolling Stones. Seguiu o som até a baia dos fundos — a baia pessoal de Xander — e encontrou o amigo cuidando do amor da sua vida.

Um GTO conversível de 1967.

Ou o Carro da Pegação, como Kevin o chamava.

— Quem é a sortuda? — perguntou ele, falando alto para ser ouvido acima da voz de Mick.

Xander parou de polir os acabamentos cromados do carro e olhou para o amigo.

— Ela própria. Estava precisando de uns retoques. Já estou acabando.

A oficina tinha uma equipe excelente, mas ninguém mais, absolutamente ninguém além de Xander, tocava no GTO. Ele amava cada detalhe da caranga cor de Coca-Cola, da grade aos oito faróis traseiros.

Levantou-se e analisou o próprio trabalho.

O carro brilhava, a superfície cromada reluzente contra o corpo vermelho. A cor era de fábrica — a mesma que estampava o veículo quando o avô saíra com ele da loja.

— Vai dar uma volta com ela? Quero ir junto.

— Hoje, não. Tenho ensaio em... — Xander deu uma olhada no relógio de parede antigo. — Uma hora, mais ou menos. Vamos tocar em um casamento em Port Townsend no sábado. Da prima de Lelo.

— Sei, sei. Eu lembro. Tem tempo para uma cerveja?

— Eu crio tempo. — Xander lançou um último olhar para o amor da sua vida e se afastou. — A noite está agradável. Vamos beber na varanda?

Kevin sorriu.

— Tudo bem.

Eles subiram a escada até o apartamento. O espaço principal era ocupado pela sala de estar, cozinha e — com a mesa de carteado e as cadeiras dobráveis — a sala de jantar.

Estantes abarrotadas de livros iam até o teto e ocupavam uma parede inteira. Kevin as construíra — assim como a do quarto de Xander e as que ficavam no quartinho estreito usado como escritório — quando o amigo comprara a propriedade e a oficina.

Xander abriu a velha geladeira, uma relíquia dourada de segunda mão que fizera sucesso nos anos 1970, pegou duas garrafas de St. Pauli Girl, retirou as tampas com um abridor preso à parede — uma mulher cor de ferrugem com os braços para cima — e as jogou no lixo.

Passaram pelo quarto e foram para a varanda, sentando-se em cadeiras dobráveis que faziam parte do conjunto da mesa de carteado.

E acharam tudo ótimo.

— É um casamento cheio de firulas?

— É. Ficarei feliz quando me livrar dele. A noiva anda me enchendo de mensagens, mudando as músicas. Enfim. É só trabalho.

— Vai quebrar sua regra de nunca tocar músicas bregas?

— Nunca. É uma questão de honra. — Xander esticou as pernas. Posicionara as cadeiras de forma que pudesse se esticar sem os pés saírem da varanda. Funcionava. — Eu vi as prateleiras que você montou lá na casa. Na biblioteca. E os azulejos do lavabo. Está ficando bom.

Kevin também esticou as pernas e deu o primeiro gole em sua cerveja pós-trabalho.

— Você foi lá?

— Fui. O cachorro estava usando seu short, cara. Ficou melhor nele, na verdade.

— Tenho pernas lindas e masculinas.

— Peludas como as de um urso.

— Serve para deixar a mim e a minha mulher aquecidos no inverno. Uma solução inteligente. Não sei como aquele cachorro ficava soltando o colar, mas, depois que Naomi pensou no short, e conseguimos vesti-lo, ele parou de mexer nas partes capadas. — Kevin deu outro gole na cerveja. — Você ainda vai investir?

— No cachorro? — Quando Kevin soltou uma risada irônica, Xander deu de ombros. — Vou investir. Só preciso de tempo.

— Nunca vi você precisar de tempo.

— Ela é arisca. — Pelo menos era essa a palavra que lhe vinha à mente. — Não parece estranho? Naomi não age exatamente como uma pessoa desconfiada, não parece ser assim, mas, no fundo, é. Estou curioso o suficiente para me dedicar por um tempo. Se fosse apenas uma questão de beleza, eu não me daria ao trabalho. E ela é bonita, mas não é só isso. De toda forma, ou as coisas vão rolar, ou não. Gosto do fato de ela ser esperta. Gosto dos contrastes.

— Contrastes?

— Arisca, mas corajosa o bastante para comprar aquela casa velha e morar lá sozinha. Naomi sabe se cuidar. A impressão que passa é que já precisou fazer isso antes. Gosto de como está reformando a casa, e de que está te pagando para fazer isso.

— Ela é cheia de ideias.

— Pois é. E é ótima no que faz. Como não admirar uma pessoa talentosa que sabe o que está fazendo? Além disso... — Sorrindo, Xander deu um longo gole. — Ela deu um nome para o cachorro.

— É um bom cachorro. Ama Naomi tanto quanto você ama o GTO. Roubou o martelo de Jerry no outro dia.

— Um martelo?

— Naomi o devolveu depois, junto com uma lixa, duas luvas de obra e um pedaço de cano. Ele gosta de levar presentes para ela.

Os dois permaneceram sentados em um silêncio confortável, observando a estrada pela qual poucos carros passavam, as casas espalhadas ao longe e o campo no qual ambos participaram de jogos da escolinha de beisebol no que parecia ter sido um milhão de anos atrás.

— Tyler vai jogar no sábado.

— Pena que não vou poder ir. Provavelmente será mais divertido do que o casamento.

— Lembro quando a gente jogava naquele campo. Eu, você e Lelo. Lembra?

— Vagamente, mas lembro.

— E agora assisto aos jogos do meu filho. É engraçado pensar nessas coisas.

Xander pensou, com nostalgia, em Lelo, que era dentuço e magro como um espeto. Com o passar dos anos, ele permanecera magro, mas os dentes se tornaram menos proeminentes.

— Cara, éramos péssimos no beisebol. A escolinha era uma piada.

— A maioria das crianças é péssima no beisebol, faz parte da graça. No próximo ano letivo, Maddy vai para o jardim de infância.

Xander virou a cabeça, lançou um longo olhar para Kevin.

— Vocês estão pensando em ter mais um.

— Já tocamos no assunto algumas vezes.

— Bem, vocês fazem um bom trabalho nessa área.

— É, fazemos mesmo. Sempre dissemos que queríamos dois, e acabamos tendo um de cada, o que é ótimo. Mas, agora que Ty está jogando beisebol e Maddy vai para a escola, estamos considerando a ideia de começar de novo.

— Três é o número ideal. Pode perguntar por aí — adicionou Xander quando o amigo apenas o encarou.

— Parece que vamos tentar chegar ao número ideal.

— Divirtam-se.

— Essa é a maior vantagem. O processo todo é bem divertido. O que você quer com Naomi não é sexo.

— Ficou doido?

— Quero dizer que não é só sexo.

Xander contemplou a cerveja.

— Por que os caras casados sempre acham que os solteiros só querem saber de sexo?

— Porque eles já foram solteiros um dia, e têm memória. Um bom exemplo disso foi aquela garota... como era o nome dela? Merda. Ah, Ari, Alli, Annie. A ruiva peituda e dentuça? Trabalhava no Singler's no verão passado?

— Bonnie.

— Bonnie? De onde foi que tirei esse monte de nome com A? Aquilo foi só sexo. Ela era gostosa, uma grande vantagem. Mas só se importava com o corpo, não com o cérebro.

— Foram os dentes. — Mesmo agora, Xander ainda era capaz de suspirar por eles. — Sempre tive uma queda por dentuças.

— Naomi não é dentuça.

— Estou disposto a ignorar esse defeito. Às vezes é só sexo, como Bonnie e sua memória. Mas, às vezes, como você bem sabe, é bom ter alguém com quem conversar e jantar antes de comer a sobremesa. Com Bonnie, a sobremesa era boa, mas eu soube que não seria suficiente, nem mesmo pelo verão todo, quando ela pegou a cópia de *A leste do Éden* na minha mesa de cabeceira e disse que não sabia que eu era religioso.

— Religioso?

— Pensou que, como havia Éden no título, devia ser uma história religiosa. Nem sabia quem era Steinbeck. — Ele balançou a cabeça. — Há coisas que dentes grandes não compensam.

— É bom ter parâmetros.

— Ah, eu tenho parâmetros. Por enquanto, Naomi se encaixa em quase todos eles, então vou me dedicar por um tempo.

— E se ela for ruim de cama?

— Isso seria surpreendente e decepcionante, mas, se for o caso, ainda podemos conversar. Ela fala sobre a família com você?

— Do irmão e dos tios. Uma coisa ou outra. Mas, pensando bem, nunca desenvolveu muito o assunto.

— Exatamente. É interessante pensar nas coisas que ela não diz. É interessante.

XANDER PENSOU nisso tarde da noite, bem depois de o ensaio acabar e ele e os colegas de banda terem devorado sanduíches como jantar.

No geral, gostava mais da companhia de homens do que da de mulheres. Compreendia o que os homens não diziam, não sentiam necessidade ou não queriam expressar em palavras, expressões ou tons de voz específicos. Na sua cabeça, mulheres davam trabalho. Geralmente valia a pena, e ele nunca se importara em ter de se esforçar um pouco.

No entanto, o tempo que passava com as mulheres, quando não antes, durante ou depois do sexo, era completamente diferente do que passava com homens, socialmente ou a trabalho.

No geral, preferia que a dança do acasalamento fosse rápida e direta, considerando quaisquer obstáculos e firulas uma perda de tempo para ambos.

Ou você estava a fim, ou não estava; ou havia atração, ou não havia.

Mas, por algum motivo, Xander se via disposto a enfrentar esses obstáculos por Naomi. Não se importava muito com eles; na verdade, até se divertia com todas aquelas idas e vindas, e as interrupções no meio do caminho.

E, de acordo com sua própria experiência, depois que a dança do acasalamento terminava e a excitação inicial do sexo passava, o interesse ia embora.

Ele gostava de estar interessado.

Ligou a televisão do quarto, deixando o som baixo apenas para acabar com o silêncio, de modo que não sentisse tanta falta dos roncos de Milo. Pegou o livro da mesa de cabeceira — uma edição antiga de *O senhor das moscas*.

Nunca deixava um livro que ainda não lera na mesa de cabeceira, não se realmente quisesse cair no sono, então se acomodou com o volume já conhecido e fascinante.

Mas não conseguiu tirar Naomi da cabeça.

No PENHASCO, Naomi apagou as luzes. Seu cérebro estava cansado demais para continuar trabalhando, cansado demais para fingir ler um livro ou até mesmo assistir a um filme. O cachorro já havia deitado, e era hora de ela fazer o mesmo.

Como sua mente exausta não queria desligar, devaneou sobre torneiras, bocais de luz, sobre a possibilidade de realizar um estudo sobre as coníferas que fotografara pela manhã e sobre o verde sobrenatural atravessando a leve névoa. Seria uma bela capa para um livro de terror.

Ficou pensando nos detalhes, analisando como poderia usar as sombras até se desligar e cair no sono.

Enquanto caminhava pela paisagem verde e sinistra, o vento batia no topo das árvores, gerando um *vruuu* e um som lamurioso que lhe causavam calafrios. Continuou na trilha. Queria chegar à água, ao azul, ao calor. Seus passos eram abafados pela grossa camada de pinhas, e as sombras verde-escuras criavam formas. E tinham olhos.

Acelerou o ritmo, escutou sua respiração se tornar mais pesada. Não por cansaço, mas por um medo pregresso. Algo estava por vir.

Um trovão gemeu lá em cima, soando através do vento constante e barulhento. O lampejo de uma luz lhe causou um instante de alívio, para depois provocar um nó apreensivo em seu estômago.

Ela precisava correr, precisava novamente encontrar a luz. Então a sombra saiu da escuridão, com uma faca em uma mão e uma corda na outra.

Seu tempo acabou, disse a forma com a voz do seu pai.

Naomi tentou gritar, acordou com o som preso na garganta, um peso esmagando o peito.

Estava sem ar, e agarrou a própria garganta, como se tentasse lutar contra as mãos que a agarravam.

O coração martelava com pontadas agudas e doloridas que ecoavam nos seus ouvidos. Pontos vermelhos flutuavam diante de seus olhos.

Em algum lugar sob o peso e o pavor, Naomi gritou para si mesma que devia respirar. Devia *parar* e respirar. Mas lhe faltava o ar, que passava apertado pela traqueia, apenas queimando os pulmões ávidos.

Algo molhado passou pelo seu rosto. Ela viu, sentiu, como se fosse o próprio sangue. Morreria ali, em uma floresta criada por si mesma, com medo de um homem que não via há 17 anos.

Mas então o cachorro latiu, decidido e corajoso, espantando as sombras como se elas fossem coelhos. E Naomi ficou ali, arfando — respirando, respirando, com aquele peso terrível sendo aliviado enquanto Sombra lhe lambia o rosto.

Ele apoiava as patas dianteiras na cama. Naomi conseguia ver seus olhos agora, brilhando no escuro, e ouvia a respiração pesada dos dois. Lutando para se acalmar, levantou uma mão trêmula, e afagou a cabeça do companheiro.

— Tudo bem. — Naomi girou na direção dele, reconfortada, fechou os olhos e se concentrou em respirar fundo, lentamente. — Está tudo bem. Estamos bem. Foi só um sonho. Um sonho ruim. Memórias ruins. Estamos bem agora.

Mesmo assim, acendeu a luz — precisava fazer isso — e dobrou os joelhos, encostando a testa suada neles.

— Fazia tempo que não tinha um sonho tão ruim. Estou trabalhando demais, só isso. Trabalhando e pensando demais.

Como Sombra continuava debruçado sobre a cama, Naomi envolveu os braços ao redor do pescoço dele, pressionando o rosto nos seus pelos até a tremedeira passar.

— Achei que não quisesse um cachorro. E acredito, pelo tempo que passou andando por aí, que você achava que não queria um humano. — Ela se afastou, afagando as orelhas dele. — E cá estamos nós.

Naomi pegou a garrafa de água que sempre deixava na mesa de cabeceira e bebeu metade do conteúdo antes de se levantar e ir ao banheiro jogar água fria no rosto.

Notou que ainda não eram nem cinco da manhã — cedo demais para os dois —, mas não podia se arriscar a cair no sono de novo. Não agora.

Então pegou a lanterna, também à mão na mesa de cabeceira, e foi para o andar de baixo. Criara o hábito de deixar Sombra sair sozinho pelas manhãs, mas, dessa vez, alegrou-o ao segui-lo até lá fora. Por um tempo, apenas andaram ao redor da casa, em silêncio.

O cachorro encontrou uma das suas bolas e a levou com ele, feliz. Quando Naomi voltou para o interior, ele observou a dona fazer café, soltou a bola quando ela encheu sua tigela de comida, depois a pegou novamente.

— Vamos comer lá em cima.

Ele subiu disparado até a metade da escada, parou, olhou para trás a fim de se certificar de que Naomi o seguia, então terminou de subir correndo.

Com o cachorro e com o café, acomodou-se, mais uma vez calma e contente, e esperou o sol nascer sobre seu mundo.

QUANDO DOMINGO CHEGOU, pensou em uma dúzia de motivos pelos quais não deveria ir à casa de Jenny e em todas as desculpas que poderia dar.

Por que gastar um dos dois dias de calma e solidão que tinha na semana na *companhia* de pessoas? Eram pessoas legais, com certeza, mas, ainda assim, eram pessoas que queriam conversar e interagir.

Ela poderia ir sozinha até o parque estadual, fazer uma trilha. Talvez cuidar do quintal ou terminar de pintar o primeiro quarto de hóspedes.

Poderia ser preguiçosa e não fazer nada o dia inteiro.

Na verdade, concordara com o jantar em um momento de fraqueza, empolgada com luminárias de sereia e bons negócios. Devia ter...

Já havia concordado em ir, lembrou a si mesma. Que diferença fariam algumas horas? Se ia morar ali, precisava ser minimamente sociável. Pessoas solitárias e reclusas sempre atraem fofoca e especulações.

E prometera levar a sobremesa; tinha inclusive comprado os ingredientes para a torta de morango. Era primavera, afinal de contas — uma primavera insistentemente fria, com frequência chuvosa, mas, ainda assim, primavera.

Optou pela tentativa. Primeiro faria a torta, depois veria como se sentiria.

Sombra lançou olhares desconfiados para a batedeira nova, assim como fazia com o aspirador de pó. Naomi, no entanto, adorava o apetrecho novo, e fizera até uma dancinha quando o pacote fora entregue dois dias antes.

Cozinhar era algo que a acalmava e lhe dava um pretexto para passar algum tempo na cozinha, com os belos pratos azuis atrás das portas de vidro dos armários e as facas maravilhosas dispostas na barra magnética na parede.

O cachorro mudou de ideia quanto à batedeira no momento em que Naomi passou um dedo na massa que sobrara na tigela e lhe ofereceu.

— Isso mesmo, está gostoso.

Colocou a assadeira no forno e foi cuidar dos morangos.

Primeiro, colocou-os em uma das tigelas azuis, encontrou o lugar certo e a luz certa. Morangos vermelhos e maduros em uma tigela azul — ótima foto para o banco de imagens. Pensando no resultado final, adicionou mais elementos — as taças de vinho novas —, arrumando tudo sobre a travessa de bambu que comprara e depositou a obra no banco. Tirou outra foto enquadrando o vaso de amores-perfeitos.

Desejou ter posto uma almofada também — ainda não comprara nenhuma. Talvez pudesse recriar a foto com uma almofada colorida no canto do...

Não, seria melhor com uma camisola sensual ou um roupão feminino de seda branca pendurado no braço do banco.

Também não tinha nenhuma dessas coisas, e um roupão de seda e uma camisola sensual não lhe serviriam de nada, mas...

O timer do forno apitou.

— Droga. Ainda não preparei os morangos.

Voltou para a cozinha, montando outras fotografias na mente.

No fim das contas, a torta ficou tão bonita, e o processo de fazê-la foi tão agradável, que ela se convenceu de que seria bom passar duas horas com pessoas de quem realmente gostava.

— Como vou levá-la para lá? Não pensei nisso.

Ela não tinha uma boleira, nem um porta-bolo, nem um porta-nada. Acabou forrando uma caixa com papel-alumínio, cobrindo a torta com um prato branco, e colocou-a com cuidado na caixa. Pensando em Sombra, fechou a tampa.

Guardou tudo na geladeira e subiu para trocar de roupa.

Próximo problema, concluiu ela. O que as pessoas vestiam para ir jantar no domingo?

Em Nova York, domingos eram reservados para o brunch. Seth e Harry organizavam eventos elaborados. As pessoas geralmente iam com roupas casuais, coloridas, e se vestiam como queriam.

Naomi odiava pensar em roupas, então não tinha muitas com que se preocupar. Eventualmente precisaria pedir que lhe mandassem as coisas que ainda estavam em Nova York — os vestidos de festa, os terninhos elegantes e as roupas pretas artísticas. Enquanto isso, usaria apenas o que tinha.

O bom e velho jeans preto e uma camiseta branca. Depois de refletir um pouco, optou pelo All Star de cano alto.

Ninguém se importaria.

Adicionou um cinto vermelho para mostrar que passara um tempo pensando no visual, e se lembrou de se maquiar.

Haviam marcado depois das 16 horas, e agora já eram 16h30, então era melhor ir. Só duas horas — três, no máximo — e estaria de volta em casa, de pijama, mexendo no computador.

Naomi colocou a caixa da torta no chão do lado do passageiro e deixou o cachorro se sentar no banco de trás.

— Nem pense nisso — alertou ela quando o viu admirando a caixa.

Seguindo as orientações que Kevin lhe dera, pôs o pé na estrada.

Fez algumas curvas, virou em uma estrada que ainda não explorara e descobriu um bairro pequeno, que crescera ao redor de uma modesta enseada.

Várias docas com barcos ancorados se espalhavam por ela. Veleiros, chalupas e lanchas. Viu uma menina com uns 12 anos remando um caiaque amarelo--ovo com tanta destreza que parecia ter nascido dentro de um.

Estacionou atrás da caminhonete de Kevin e encarou a moto de Xander. Devia ter imaginado.

Achou a casa uma graça, e chegou à conclusão de que também devia ter imaginado que seria assim, considerando os moradores do local. O telhado de cedro envelhecido em contraste com os acabamentos pintados de azul, as janelas grandes com vista para a enseada. Eram dois andares, com águas-furtadas e uma varanda charmosa que cercava todo o piso superior.

Naomi imediatamente quis uma varanda igual.

Arbustos floridos, árvores e canteiros de plantas dançavam em uma pro-fusão alegre, fazendo-a pensar no próprio quintal, tão feio e negligenciado.

Daria um jeito nele.

Obrigou-se a ser sociável, saiu do carro e deu a volta para pegar a torta e soltar o cachorro. Sombra praticamente grudou na dona enquanto os dois desciam o caminho pavimentado até a varanda da frente.

— Pode ficar calmo, não estamos indo ao veterinário.

Antes de conseguir bater, Jenny abriu a porta — e, ao ver a anfitriã, o rabo de Sombra começou a balançar de alívio e alegria.

— Eu vi o seu carro. — Jenny imediatamente a envolveu em um abraço apertado. — Estou tão feliz por vocês terem vindo! O pessoal está correndo por aí. Hoje quase parece um dia de verão.

— Não sabia que vocês moravam perto da praia. E adorei a varanda do segundo andar. Estou com inveja.

— Foi Kevin quem a construiu. Bem, ele fez mais da metade da casa. Vou guardar isto. — Jenny pegou a caixa enquanto elas entravam em um vestíbulo que tinha um banco embutido de maneira inteligente, com gavetas embaixo e armários em cima.

— Desculpe pela apresentação. A sobremesa está aí dentro.

— Você que fez? Achei que fosse comprar algo na padaria. Está sempre tão ocupada.

— Precisava testar minha batedeira nova. Adorei a casa. É a sua cara.

Colorida, alegre, com acabamentos azuis externos refletidos no grande sofá aconchegante lotado de almofadas estampadas. Que, por sua vez, refletiam-se nas cadeiras com estofados chamativos.

As coisas se refletiam, pensou Naomi, mas eram diferentes. E tudo se complementava.

— Gosto de bagunça.

— Não é bagunçado. É bonito e alegre.

— Adoro você! Vamos para a cozinha. Estou morrendo de curiosidade para ver o que tem nesta caixa.

A cozinha era uma mistura da habilidade de Kevin e do estilo de Jenny. Era uma continuação de uma área de lazer e descanso, com assentos confortáveis e uma televisão gigantesca grudada na parede.

Jenny depositou a caixa sobre uma ilha de granito larga e comprida, e rasgou a fita adesiva.

Naomi olhou para a mesa de jantar, pintada de azul, misturada com cadeiras verdes e almofadas floridas.

— Adorei a sala de jantar. Você mesma pintou os móveis?

— Sim. Queria algo colorido e fácil de cuidar.

— De novo, é bem alegre. Gostei muito do lustre.

Tiras de ferro envergadas formavam uma esfera grande, abrigando lâmpadas claras e redondas.

— Também é obra minha, obrigada. Kevin o encontrou em uma obra. Fazia parte de algum enfeite de decoração. Fiz alguns ajustes, e ele cuidou da parte elétrica.

— Que casal prendado! Estou tendo várias ideias.

— Já vou pegar uma taça de vinho para você — prometeu Jenny —, mas... Ah, meu Deus, você *fez* isto?

— Não sei fazer um lustre, mas sou boa com tortas de morango.

Quase que com reverência, Jenny tirou a sobremesa da caixa.

— Parece algo que Martha Stewart faria. Eu pediria a receita, mas já sei que esta torta está além das minhas capacidades. Vai fazer minha lasanha passar vergonha.

— Eu adoro lasanha.

— Geralmente, com dois filhos e um emprego de meio expediente, faço qualquer coisa para comermos. Então, aos domingos, tento cozinhar pratos melhores, me dedico um pouco mais. Você gosta de Shiraz?

— Sim, acho ótimo. Quase me convenci a não vir.

Jenny desviou o olhar da torta que ajeitara no centro da bancada — como um enfeite de mesa.

— Por quê?

— Acho que funciono melhor sozinha do que no meio de outras pessoas. Mas estou feliz por ter vindo; já valeu a pena só por conhecer a sua casa.

Emitindo um som de quem concorda, Jenny serviu uma taça de vinho para Naomi, e pegou uma para si própria.

— É melhor avisar que decidi que seremos grandes amigas. E eu sou muito insistente.

— Faz tempo que não tenho uma grande amiga. Estou enferrujada.

— Ah, não tem problema. — Jenny afastou o comentário com um aceno de mão. — Sou boa nisso. Quer ver o meu ateliê? Já lixei sua escrivaninha.

Elas passaram pela lavanderia e entraram em um cômodo cheio de mesas, cadeiras, prateleiras e bancadas de trabalho. Apesar de as duas janelas estarem abertas, Naomi sentiu cheiro de solvente, óleo de linhaça e lustra-móveis.

— Não consigo parar de pegar coisas — explicou Jenny. — É uma doença. Então as conserto e convenço minha chefe na Enfeites e Encantos a colocá-las na loja. Se as peças não forem vendidas, levo para um brechó em Shelton. Caso ninguém se interesse por elas de novo, eu as trago de volta. Consigo alguns trabalhos com pessoas que querem reformar ou consertar os móveis, mas, na maioria das vezes, pesco as coisas do lixo.

Naomi gesticulou na direção de uma velha mesa redonda de três andares.

— Isso aí não saiu de uma lixeira.

— Veio de outra obra. A dona vendeu para Kevin por dez dólares. Estava quebrada, a parte de cima tinha caído. Então ele a consertou. Nem dá para ver o remendo. E vou...

— Eu quero. Quando você terminá-la, eu compro.

Surpresa com o ritmo da conversa, Jenny piscou.

— Você pensa rápido.

— É o tipo de coisa que eu quero. Estou pensando em misturar vários móveis antigos, com personalidade, pela casa. A mesa é perfeita.

— Vou convidá-la mais vezes para jantar. Quer fazer uma troca?

— Mas eu trouxe a sobremesa.

— Quis dizer que podemos trocar uma foto sua pela mesa e a escrivaninha. Tem uma no seu site que ficaria perfeita em cima da lareira na sala de estar. Com uma moldura branca, mas envelhecida. É de um pôr do sol e, ah, o céu está tão vermelho e dourado, se arroxeando, e as árvores refletem na água. E tem um barquinho branco, um veleiro, no canal. Essa é minha ideia de paraíso. Velejar num barco branco, indo na direção do céu vermelho e dourado.

— Eu sei que foto é essa, mas não acho justo trocar duas peças por uma.

— Sei quanto o seu trabalho vale. E sei quanto o meu vale. Estou fazendo um bom negócio.

— Depende do seu ponto de vista. Então está combinado. Mas eu emolduro a foto. É só me dizer o tamanho.

Jenny apontou para uma moldura branca, mas envelhecida.

— Mais ou menos 60 por 45. Vou levá-la comigo.

— Puxa vida! O que eu queria mesmo era que você visse aquele banco. Achei perfeito para a varanda do seu quarto.

Seguindo na direção apontada, Naomi se desviou de alguns trabalhos em progresso e deparou com um banco de ferro com encosto alto, formado por fios verde-escuros retorcidos.

— Sem pressão — disse Jenny rapidamente. — Se não gostar...

— Gostei. E ficaria bom lá. Mas, se algum dia eu conseguir arrumar tempo para ajeitar o quintal, ficaria ótimo como um banco de jardim, não acha?

— Em um cantinho isolado — imaginou Jenny. — Ou sob o sol, perto de uma cerejeira frondosa.

— Com certeza. E, enquanto isso, ficará lindo na varanda do quarto. Vendido.

— Quer trocar pela foto da vitória-régia?

— Você torna as coisas tão fáceis — comentou Naomi.

— Tenho uma moldura prateada. Já até consigo visualizá-la com a foto, na parede do meu quarto. É divertida essa ajuda mútua com a decoração da casa.

— Vamos dar uma olhada nessa moldura.

— Ah, ela está... bem ali.

Indo atrás de Jenny, Naomi seguiu na direção apontada, mas parou de supetão.

— Ah! A minha escrivaninha.

Ao ouvir seu tom de voz, Sombra parou de explorar o cômodo e foi até ela. Naomi estava radiante ao passar a mão pela madeira lisa.

— Sei que só está lixada e sem verniz, mas já está linda. Olhe essa cor, as marcas da madeira. É como se alguém tivesse vestido uma mulher linda com um casaco preto gigantesco, e você o tivesse tirado. Acho que nós duas fizemos ótimos negócios.

— É isso que grandes amigas fazem. — Feliz, Jenny passou um braço pela cintura de Naomi. — Vou adorar ver meu trabalho no seu espaço, e o seu no meu. É melhor sairmos por aqui e darmos uma volta lá fora. Aposto que Sombra quer ver Molly. Eles também são amigos.

— Ele decidiu que ela não vai pular na sua garganta. Agora, leva seu pedaço de corda pra Molly sempre que a vê. É bonitinho.

As duas saíram para o quintal.

— Que silêncio! — comentou Jenny enquanto se virava para fechar a porta. — A falta de barulho me preocupa.

Assim que acabou de falar, Naomi levou um tiro de água gelada — bem no coração.

Xander saiu do esconderijo na quina, carregando uma enorme pistola de água. Ela esticou os braços para o lado, baixou o olhar para a camisa molhada e, depois, para cima.

— Sério?

— Ah, foi mal. Achei que fosse o Kevin.

— Eu me *pareço* com o Kevin?

— Realmente não, mas achei que ele fosse dar a volta por aqui. As crianças quebraram o tratado, e os três se juntaram contra mim. Você foi uma vítima da guerra.

— Não fui vítima coisíssima nenhuma.

— Foi, sim. Acertei você bem no meio dos... — Ele parou de falar ao tomar uma série de tiros nas costas.

— Xander morreu! — Tyler fez uma dancinha de guerra. — Xander morreu! — Ele remexia a bunda e balançava a pistola de água para cima.

— Traidores. Você vive com traidores que atiram pelas costas — disse Xander a Jenny.

— Você matou uma mulher indefesa. Vou te emprestar uma blusa seca, Naomi.

— Obrigada. E obrigada por matá-lo — agradeceu Naomi a Tyler. — Ele armou uma emboscada contra uma civil.

— De nada.

— Você tem uma mira ótima. Posso... — Ela pegou a arma e atirou bem na cara de Xander. — Pronto. Podemos dizer que foi o tiro de misericórdia.

Maddy riu e então começou a tentar escalar a perna do pai.

— Xander é feio.

— É mesmo. — Ela devolveu a arma a Tyler, e apertou os olhos ao ver o brilho nos de Xander. — Nem pense nisso — disse antes de ir atrás de Jenny.

Naomi jantou usando uma das camisas da anfitriã, e se divertiu mais do que imaginava ser possível. Boa comida e boas companhias, duas coisas que raramente se permitia ter ou se dava ao trabalho de aproveitar, acabaram sendo os elementos perfeitos para o fim do dia — até mesmo quando foi praticamente obrigada a jogar Xbox.

— Você é cheia dos truques — comentou Xander depois de Naomi derrotar todos no jogo *The LEGO movie*. Duas vezes.

— O segredo é ter um irmão maníaco por videogame. E, para me manter invicta... — Ela fez cócegas em Tyler. — É melhor eu ir.

— Jogue mais uma!

— Treine mais um pouco — aconselhou ela —, e faremos uma revanche da próxima vez. Mas Sombra e eu precisamos ir. Tudo estava ótimo, Jenny, obrigada por me convidar. Posso levar as molduras comigo se quiser.

— Quero muito! — Do seu jeito despreocupado, Jenny se aproximou e lhe deu um abraço. — Pode vir sempre que quiser para os jantares de domingo. Estou falando sério.

— Obrigada. E obrigada, Kevin. Até amanhã.

— Vou pegar as molduras. Encontro você lá na frente — disse Xander a ela.

Naomi não tivera a intenção de ficar até tão tarde. O pôr do sol pintava o céu a oeste, e o ar esfriara o suficiente para precisar de um casaco.

Mesmo assim, pensou enquanto seguia para o carro com o cachorro, ainda poderia trabalhar um pouco, planejar o cronograma para a semana e separar algum tempo para ler antes de dormir.

Naomi abriu a porta de trás; Sombra entrou com um salto ágil. Ela se acomodou no banco com ele, encarando a água, e tirou fotos do pôr do sol sobre a enseada, das docas vazias e do silêncio tremeluzente.

— Você nunca tira uma folga? — perguntou Xander, carregando as molduras pelo gramado.

— Na minha casa, consigo fotos maravilhosas do nascer do sol, mas essa pocinha de água está voltada para o oeste, e o anoitecer aqui é fenomenal.

— Minha casa não fica perto do mar, mas o pôr do sol lá é bem digno, descendo pelas árvores. Talvez queira dar uma olhada.

— Quem sabe?

Ele colocou as molduras na mala, agradou o cachorro e se virou de um jeito que a deixava encurralada.

— Ainda está cedo.

— Depende do seu ponto de vista. Maddy estava desmaiando de sono.

— Maddy tem 4 anos de idade. Podemos ir ao Loo's. Eu te pago uma bebida.

— Já tomei várias taças de vinho.

— No decorrer de quatro horas. Caminhe em linha reta.

Naomi riu, negando com a cabeça.

— Consigo andar em linha reta, e, como quero continuar assim, vou ter que dizer não para o bar. Você tem amigos fantásticos, Xander.

— Parece que, agora, eles também são seus amigos.

— É difícil dizer não para Jenny.

— Por que dizer não?

Ela deu de ombros, voltando a olhar para o pôr do sol. O céu agora estava dourado, pensou. Um dourado suave e brilhante.

— Por hábito.

— Assim fica difícil não fazer perguntas.

— Obrigada por não fazer. Realmente preciso ir.

Xander tocou-lhe o braço, mas deu um passo para trás. Não a beijou, percebeu Naomi, porque era isso que ela esperava.

Ele também era cheio dos truques.

No entanto, deu a volta e abriu a porta para ela.

— Gosta de berinjela à parmegiana?

— Gosto.

— Vá jantar lá em casa na quarta. Podemos comer berinjela à parmegiana.

Naomi levantou as sobrancelhas.

— Você vai cozinhar?

— Claro que não. Vou encomendar no Rinaldo's. A que eles fazem lá é ótima.

— Dois eventos sociais em uma semana? Não sei se aguento.

— Faça um esforço. Leve o cachorro.

Ela respirou fundo enquanto Sombra enfiava a cara na porta e empurrava o focinho na mão grande e calejada de Xander.

— Será só um jantar.

— Eu consigo ouvir um não.

— Melhor ir se preparando. A que horas ?

— Umas 19 horas. Moro em cima da oficina. Dê a volta e suba a escada.

— Tudo bem. Quarta. Provavelmente.

Ainda deixando o cachorro se esfregar em sua mão, Xander sorriu.

— Você não gosta de dar respostas definitivas.

— Nunca. Boa noite.

E por que era assim?, perguntou-se enquanto Naomi se afastava. Por que ela precisava estar sempre pronta para fugir?

Sim, era difícil não fazer perguntas.

Capítulo 12

◆ ◆ ◆ ◆

CRIATIVAMENTE FALANDO, a semana foi uma droga. Naomi precisou mudar a mesa de trabalho do seu quarto para um dos de hóspedes — pelo menos ponderou como o espaço se saía como um escritório em potencial —, já que começaram a reformar seu banheiro. E, como estavam fazendo isso, Kevin resolveu que seria uma boa ideia reformar todos os banheiros do segundo andar, à exceção de um.

O barulho, mesmo com os fones de ouvido e a música ensurdecedora, era horrendo.

Ela considerou a hipótese de se mudar para o andar de baixo, mas os pintores ocupavam a sala de estar, e a biblioteca era a próxima da lista. Acabaria em uma dança das cadeiras inútil, então decidiu permanecer em um lugar só.

No meio da semana, desistiu e foi de carro até o parque nacional, planejando fazer trilhas com a câmera e o cachorro.

Ar fresco, um dia seco e ensolarado e a agradável iluminação esverdeada espantaram o desânimo. Desejou ter levado o notebook, pois poderia se sentar em um pedaço de tronco e atualizar seu site na tranquilidade da floresta.

Caminhou — a guia presa no cinto, pois Sombra agora tolerava isso — por entre grupos de árvores que pareciam existir desde o início dos tempos. Eram colunas gigantescas e cheias de galhos que se agigantavam para receber o vento e enviar salpicos e raios de sol para o chão da floresta.

Flores silvestres dançavam por leques de jovens samambaias ao redor de pedras cobertas de musgo. Lírios-do-bosque se assemelhavam a fadas, e orquídeas cor-de-rosa formavam seus sapatos coloridos.

Pensou em tirar alguns dias de folga, acampar. O que o cachorro acharia dessa ideia, agora que precisava levá-lo em consideração? Dois ou três dias, sozinha novamente, longe do barulho que causara a si mesma.

Talvez.

Não havia dúvida de que Sombra gostava da floresta, enfrentando esquilos ameaçadores ou caminhando junto a ela. O cachorro inclusive ficava sentado, pacientemente aguardando enquanto Naomi tirava fotos, não importando quanto tempo levasse.

— Pode ser divertido. Só nós dois e tudo isso.

Enquanto se embrenhavam pela mata, começou a pensar que ter um cachorro — por escolha própria ou não — tinha sido uma boa ideia no fim das contas.

Duas pessoas vieram na sua direção, guiadas por um beagle bonitinho. Antes de Naomi conseguir acenar com a cabeça em forma de cumprimento, Sombra soltou um uivo aterrorizado e literalmente pulou em seus braços, fazendo-a cair de bunda no chão.

Os dois homens — ambos de Portland, que visitavam a área por alguns dias — correram para ajudá-la. Mas a proximidade do beagle, amigável e inofensivo, só fez Sombra se remexer ainda mais em cima de Naomi, como se quisesse atravessá-la e se esconder embaixo dela, onde ficaria seguro.

Como a câmera estava acomodada entre ela e o cachorro, nada de muito trágico havia acontecido. Mas Naomi via estrelas — e sentia pontadas na bunda.

— Você é uma vergonha — disse ao cão enquanto andava, sem jeito, de volta para o carro. — Realmente seria difícil acampar. Um poodle toy pode aparecer e estraçalhar você em pedacinhos.

Sombra foi, abatido, para o banco de trás, onde baixou a cabeça e não se manifestou.

No trajeto de volta, como sua bunda doía, Naomi testou o aquecedor de assento e viu que o calor amenizava consideravelmente a dor. E foi com alívio que encontrou apenas a caminhonete de Kevin diante da casa.

— Oi! Acabei de escrever um bilhete para você. Fizemos bastante progresso hoje. Como foi a trilha?

Naomi observou Sombra cumprimentando Molly como se os dois não se vissem há séculos.

— Ele se dá bem com ela.

— Claro. Mas, no veterinário, se houver um gato, um spitz alemão ou um pequinês, Sombra treme tanto que parece estar entrando no sétimo círculo do inferno. Ele ataca esquilos, ou pelo menos late, mas cruzamos com dois caras e uma porcaria de um beagle, e ele enlouqueceu. Pulou em cima de mim e me derrubou de bunda no chão.

— Você está bem?

Naomi automaticamente esfregou o traseiro dolorido.

— Tomei um susto, de verdade, e ele parecia querer se esconder dentro de mim, fugindo do beagle assustador, que deu uma lambida na minha mão para me dar apoio moral.

Para sua surpresa, Kevin se aproximou e começou a passar as mãos em sua cabeça.

— Você tem um galo. Posso levá-la até o hospital.

— Não foi nada de mais. Só estou irritada.

Kevin levantou o queixo de Naomi, olhou em seus olhos, e fez algo que ela acreditava ser impossível no momento. Ele a fez sorrir.

— Nada de mais, Dr. Banner.

— Dor de cabeça?

— Não. Dor de bunda.

— Saco de gelo, banho quente, dois anti-inflamatórios. A consulta foi duzentos dólares.

— Pode colocar na minha conta, porque vou seguir suas orientações à risca.

— Um belo jantar na casa de Xander deve melhorar a situação.

— Eu... Hoje é quarta.

— Foi durante o dia todo e metade da tarde. Melhoras — acrescentou ele, dando-lhe uma cutucada gentil. — E eu sei que a casa está uma bagunça, mas juro que fizemos progresso. Diga a Xander que nos vemos amanhã no Loo's.

— Certo. — Merda, merda, merda. Naomi seguiu para a casa enquanto Kevin entrava na caminhonete.

Tinha a desculpa perfeita — o *motivo* perfeito, corrigiu-se ela — para cancelar o jantar com Xander. Estava dolorida, mal-humorada e abalada — tudo isso por um bom *motivo*, pensou, enquanto ia atrás da bolsa de gelo.

Então deu meia-volta e encarou a sala de estar.

A pintura não havia sido terminada — a escada e o forro no piso eram testemunhas disso —, e dava para ver onde seriam necessários retoques.

Mas, ah, ia ficar lindo.

Naomi hesitara, enrolara para tomar uma decisão sobre a cor, preocupada com o cinza-amarronzado ficar chato e sem graça.

Não era o caso.

Aconchegante, pensou ela. Por algum motivo, a cor lhe transmitia *aconchego*.

— Penso se cometi um erro com este lugar. — Com um suspiro, colocou a mão na cabeça de Sombra quando ele se encostou na sua perna. — Mas aí vejo o próximo passo, a próxima etapa, e tenho certeza de que agi certo.

Olhou para baixo e sorriu. E então semicerrou os olhos.

— Ainda estou irritada com você — lembrou a eles dois, e então foi buscar a bolsa de gelo.

Argumentou consigo mesma enquanto deixava a bunda dolorida de molho na horrível banheira azul do único banheiro restante do segundo andar. Poderia cancelar o jantar sem problema. Ela sofrera um acidente.

Mas cancelar hoje à noite, na verdade, era o mesmo que adiar.

Seria melhor ir — acabar logo com isso — e dar um jeito de transformar o que quer que tivesse com Xander no tipo de amizade que tinha com Kevin.

O tipo em que ser tocada causava um sorriso, não tensão.

E isso, admitiu ela, nunca aconteceria.

Havia fogo demais entre eles.

Naomi saiu da banheira, satisfeita ao notar que a dor diminuíra — e irritada ao ver que surgira um hematoma gigantesco no traseiro.

Escolheu um par de leggings — um tecido mais macio — e um casaco com capuz cinza-claro. Considerou a hipótese de ignorar a maquiagem, mas concluiu que seria óbvio demais, então decidiu passar só um pouco.

Eram 18h40 quando saiu de casa — apesar de achar que Sombra não merecia outro passeio. Voltou para pegar uma garrafa de vinho.

Não era uma torta de morango, mas Naomi era educada demais para visitar alguém e não levar nada.

Dirigiu sem problemas até a oficina e, ao chegar, soltou o cachorro, mantendo a postura fria com ele. Como instruído, subiu a escada e bateu à porta.

— Está aberta! Pode entrar.

Ela obedeceu. Encontrou Xander no cantinho que formava a cozinha, abrindo uma garrafa de vinho.

Jeans, camisa de botão com as mangas dobradas até os cotovelos, pelo menos um dia de barba por fazer naquele belo rosto durão.

Acabaria não resistindo, pensou ela, e pediria a ele que posasse para umas fotos.

— Eu poderia ser uma assassina de aluguel com um cão de caça feroz.

— Uma porta trancada não seria obstáculo para uma assassina de aluguel e seu cão feroz.

Ele tinha razão. Sombra foi entrando e balançando o rabo para o anfitrião.

Naomi encarou, surpresa e feliz, a parede da sala de estar repleta de livros.

— Uau, os boatos sobre seu amor por livros eram verdadeiros. É uma bela coleção.

— É só uma parte.

— Uma parte? Você é um homem sério, Xander.

— Sobre livros, pelo menos.

Ela olhou ao redor.

— É um espaço muito eficiente, e nunca vi alguém aproveitar tão bem uma parede. A cor, a textura, o tamanho.

— Isso sem mencionar as palavras.

Xander foi até ela, ofereceu-lhe uma taça de vinho, e pegou a garrafa.

— É, as palavras. Gosto bastante de ler. Mas você me deixou de boca aberta.

— Essa é a ideia.

Naomi riu, dispensando-o com um aceno de mão enquanto andava de um lado para o outro da parede.

— Mas isto é arte. Você é esperto o suficiente para saber que seus móveis são uma porcaria. Não liga para isso. Mas organizou o espaço de modo eficiente, destacando sua paixão. E, ao fazer isso, criou arte. Quero fotografar.

— Claro, fique à vontade. Não me importo.

— Não agora, não com meu telefone. Quero tirar fotos de verdade. Voltar com a câmera. E a boa e velha Hasselblad.

— A boa e velha quem?

Naomi riu, mas continuou analisando a parede de livros.

— É uma câmera analógica. Tamanho médio. Eu também poderia fazer um panorama legal, e...

— Traga a câmera quando quiser. Por que não vamos lá fora beber o vinho?

— Você vai beber vinho?

— Eu gosto de vez em quando. Você está cheirosa.

Xander segurou o queixo dela, não da mesma forma como Kevin fizera, e tomou sua boca.

Não, pensou Naomi, não, aquilo não parecia em nada com o que Kevin fizera. Nem um pouco.

— Sais de banho. Foi medicinal.

— É, fiquei sabendo. Fobia de cachorros pequenos.

— O quê?

Ele pegou sua mão e a puxou na direção do quarto, sentindo certa resistência por parte dela.

— A porta da varanda fica aqui.

E lá também havia mais livros, notou Naomi. Uma televisão gigantesca, móveis horrorosos e mais livros.

Ele abriu a porta da pequena varanda quadrada, que abrigava uma mesa meio enferrujada e duas cadeiras de dobrar.

— Posso pegar uma almofada para você sentar.

— Você falou com Kevin.

— Ele mandou que eu ficasse de olho em você, o que já era meu plano.

— Estou bem. — Naomi sentou-se, com cuidado. — No geral. Mas, voltando ao assunto, não existe fobia de cachorros pequenos.

— Microcinofobia.

Soltando uma risada, ela provou o vinho.

— Você inventou isso.

— Cinofobia é o medo de cães. É só adicionar o micro. Pode procurar.

Apesar de ter suas dúvidas, levando em consideração a coleção de livros do homem, era melhor não discutir.

— Por que ele, no auge dos seus agora quarenta quilos e cheio de músculos, como eu bem sei, teria microcinofobia?

— Sei lá. Talvez tenha sido traumatizado por um chihuahua na infância.

Xander esticou a mão e tocou a parte de trás da cabeça de Naomi, testando.

— Ai.

— Foi o que eu disse depois que o ar voltou aos meus pulmões. Mas minha bunda bateu com mais força do que a cabeça.

— Quer que eu dê uma olhada?

— Já cuidei disso, obrigada. — Ela analisou a vista. — Você consegue assistir aos jogos de beisebol daqui.

— Consigo, se estiver com preguiça demais para ir até lá.

— São jogos da escolinha?

— De crianças mais velhas, mais novas e alguns times adultos. A oficina patrocinou os Whales por um tempo. Atualmente, estão tentando voltar à ativa.

— Você joga?

— Não muito hoje em dia. Não tenho tempo. E você?

— Não, nunca joguei nada.

— Que tipo de feminista você é?

— O tipo que não pratica esportes. Meu irmão jogou por um tempo, mas ele gostava de basquete.

— É mesmo?

— Jogou no time de Harvard.

— Hum. No Crimson. Em que posição?

— Armador. Eu vi que você tem uma quadra e um cesto nos fundos.

— Basquete é bom para desanuviar os pensamentos. Eu costumava jogar no time da escola. Hoje em dia, fico só nas partidas improvisadas.

— Que posição?

— A mesma que o seu irmão. Podemos jogar se ele vier visitar você.

— Ele virá. — Toda a sua família viria, pensou ela, inclusive os avós, para que vissem quanto a ajudaram. Talvez pudesse convidá-los para uma visita no outono.

— Você é bom? Porque posso garantir que ele é.

— Eu sei me virar.

Naomi suspeitava de que isso fosse verdade, em muitos sentidos.

E ele estava certo sobre o pôr do sol através das árvores, descendo para o horizonte.

— Aqui é um bom lugar para uma oficina. É rápido e fácil de chegar da estrada, perto da cidade, do lado da rodovia. Por isso o escolheu?

— A oficina já estava aqui. Era de um homem chamado Hobart. Ele queria vender. Estava ficando velho e a esposa adoeceu. Chegamos a um acordo, e os dois se mudaram para Walla Walla. A filha deles mora lá.

— Você queria ter o próprio negócio ou só gostava de mecânica?

— Os dois. Gosto de carros. Se quisesse um, e eu queria, tinha que aprender como cuidar dele. Acho legal descobrir como as coisas funcionam. Não me importava de trabalhar para Hobart. Ele era um sujeito legal. Mas prefiro ser meu próprio chefe. Você também deve se sentir assim.

Era verdade, pensou Naomi — mas trabalhar sozinha era tão bom quanto ser a própria chefe.

Mesmo assim...

— Quando estava na faculdade, trabalhei como assistente de um fotógrafo por uns 14 meses. Pensava naquilo como um treino. Ele não era um sujeito legal, em hipótese alguma. Era arrogante, maldoso, exigente, e gostava de fazer escândalo como uma criança mimada. Mas era, e continua sendo, brilhante.

— Às vezes, pessoas brilhantes acham que têm o direito de dar escândalo.

— Infelizmente, isso é verdade, mas eu fui criada por um chef de cozinha igualmente brilhante, mas que sempre considerou inteligência e talento como dons, e não desculpas para ser arrogante e mesquinho.

— Nada de espátulas ou frigideiras voando pelos ares?

A ideia a fez sorrir.

— Não na cozinha de Harry. Em casa ou no restaurante. De toda forma, meu plano era passar dois anos com Julian. O fotógrafo. Mas só aguentei 14 meses. Um dos dias mais felizes da minha vida foi quando lhe dei um soco na cara e fui embora bem no meio de uma sessão de fotos.

Xander olhou para a mão dela — fina e delicada.

— Que jeito interessante de dar um aviso prévio!

— Aviso prévio, uma pinoia.

Naomi se virou na direção dele — Xander se perguntou se ela percebia que esfregava o pé nas costas de Sombra, mantendo o cão em um contentamento silencioso.

— Era uma sessão importante. Propaganda de xampu.

— Xampu é importante?

— Amigo, xampu dá muito dinheiro no mundo da fotografia. A modelo tinha quilômetros de lindos cabelos vermelho-flamejante. Era ótima de fotografar. E o cara era perfeccionista, coisa que eu não acho ruim. Mas também era um babaca maldoso. Nessa época, eu já estava acostumada com os ataques verbais. Recebia a culpa por coisas que não tinha feito e ouvia sermões. O sujeito até jogava coisas pela sala. E ele ofereceu o pacote completo naquele dia. Em determinado momento, fez a maquiadora chorar. Então resolveu dizer que eu tinha entregado a câmera a ele com a lente errada, e eu atingi o meu limite. Respondi que tinha entregado a câmera que ele pedira. E o cara me deu um tapa.

Todo sinal de divertimento sumiu.

— Ele bateu em você?

— Foi um tabefe leve. Então eu devolvi com um soco, do jeito que Seth, meu tio, tinha me ensinado. Nunca me senti tão bem na vida. Acho que até cheguei a dizer isso enquanto ele berrava como uma criança e os assistentes corriam de um lado para o outro. A modelo veio até mim e me deu os parabéns. Ele ficou segurando o nariz ensanguentado.

— Você quebrou o nariz dele?

— Se você vai dar um soco na cara de alguém, não tem sentido fazer corpo mole.

— Essa é a minha filosofia.

— Quebrei o nariz do sujeito. Ele ficou berrando que ia mandar me prender por agressão. Eu disse para chamar a polícia, pois havia um estúdio cheio de testemunhas para provar que ele tinha me agredido primeiro. Quando saí de lá, jurei a mim mesma que nunca mais trabalharia para um babaquinha nojento de novo.

— Outra filosofia de vida excelente.

Ele a achava interessante? Não, não interessante, corrigiu a si mesmo. Fascinante.

— Então você quebrou o nariz de um cara e começou o próprio negócio.

— Mais ou menos. Seth e Harry eram amigos do dono de uma galeria no SoHo, e o convenceram a exibir algumas das minhas fotos. Os dois me deram todo apoio, e de todas as formas possíveis, enquanto eu tentava sobreviver com fotografias artísticas. Sabia que era boa tirando fotos para bancos de imagem e arrumei trabalhos em capas de livros e discos. Já tirava fotos de comida para o restaurante. E também fazia um pouco de arte gráfica, que pode ser uma coisa divertida e criativa, e gera renda. Só precisava sair de Nova York, então fui à luta. Com meu carro, minha câmera e meu computador. — Naomi parou, franzindo a testa para sua taça de vinho. — Falei demais.

— Um microcosmo de informações — rebateu Xander, feliz por ela ter esquecido sua hesitação e desconfiança, seja lá o que fosse, por tempo suficiente para compartilhar sua história. — Isso mostra que você é corajosa, mas eu já sabia disso. Você faz capas de disco?

— Já fiz algumas. Nada muito importante. A menos que você já tenha ouvido falar de Rocket Science.

— Eles seguem o estilo *retro-funk*.

— Sempre me surpreendendo.

— Você ainda não viu nada. A banda está trabalhando num CD novo.

— Novo?

— Lançamos um há alguns anos. É mais para turistas, ou quando tocamos num casamento. Coisas assim. O que acha?

— Vocês estão procurando um fotógrafo?

— Um amigo do primo de Jenny fez a última. Não ficou ruim. Mas eu acho que você faria melhor.

— Talvez. Avise quando estiverem prontos e veremos. Há quanto tempo você toca?

— Com a banda ou desde antes?

— Os dois.

— Com esses caras, faz uns quatro anos. No geral, desde que eu tinha uns 12 anos. Kevin e eu tínhamos uma banda. Lelo tocava baixo, como continua fazendo.

Obviamente surpresa, Naomi baixou a taça de vinho.

— Kevin?

— Não peça a ele para tocar seu tributo a Pearl Jam. Confie em mim.

— Ele toca guitarra?

— Não sei bem se "tocar" é a palavra certa.

— Que maldade! — disse Naomi, rindo.

— É a verdade. Vamos comer. — Xander pegou novamente a mão dela, dessa vez a guiando para dentro. — Nós tocávamos pela cidade. Em eventos da escola e festas. Depois que nos formamos, nosso baterista virou fuzileiro naval, Kevin foi para a faculdade e Lelo continuou chapado.

— E você?

Ele tirou a comida do forno, onde a mantivera aquecida.

— Eu fui para a escola técnica, trabalhava aqui e fazia uns shows às vezes. Lelo passou a vir também depois que percebeu que, quando estava chapado, não arrumava nenhuma garota e tocava mal à beça.

Naomi pensou na parede de livros, voltou a olhar para ela.

— Nada de faculdade?

— Odiava estudar. Com a escola técnica, foi outra história. Mas o colégio era um saco. Eles diziam o que aprender e o que ler, então eu caí fora e aprendi com Hobart, com a escola técnica e fiz uns cursos de administração.

— Cursos de administração.

— Se você vai ter o próprio negócio, precisa saber administrá-lo.

Xander dividiu a salada que estava na geladeira em duas tigelas, transferindo a berinjela para os pratos, e adicionou os renomados pãezinhos da pizzaria.

— Isso está com uma cara ótima. — Naomi sentou-se, sorrindo quando Xander tirou um osso do armário. — Boa ideia.

— Pelo menos ele se mantém ocupado. Qual foi a sua primeira foto? Deve ter tido uma primeira.

— Estávamos passando um feriado nos Hampton. Na casa dos amigos dos meus tios. Eu nunca tinha visto o mar e, meu Deus, como era bonito! Simplesmente maravilhoso. Seth me emprestou a Canon dele, e eu acabei com vários filmes. E assim tudo começou. Qual foi a primeira música que aprendeu a tocar? Deve ter tido uma primeira.

— É vergonhoso. "I'm a Believer." The Monkees — acrescentou ele.

— Ah, sei. Jura? Ela fica na sua cabeça, mas não parece muito seu estilo.

— Eu gostava do riff, sabe... — Ele dedilhou. — Queria descobrir como tocar. A mãe de Kevin costumava ouvir discos antigos o tempo todo, e adorava essa música. O pai dele tinha um violão velho, e eu treinei até aprender mais ou menos a tocar. Economizei uma grana e comprei uma Gibson usada.

— Aquela que está no quarto?

— É, gosto de mantê-la por perto. Quando eu tinha 15 anos, cheguei à conclusão de que, se você tem uma guitarra e consegue fingir que sabe tocar, as garotas caem em cima. Como está a berinjela?

— Você tinha razão. É bem gostosa. Então você vivia cercado de garotas, já que faz bem mais do que fingir tocar, mas não deu certo com nenhuma delas?

— Talvez tivesse dado com Jenny.

— Jenny? — Naomi baixou o garfo. — A Jenny?

— Era Jenny Walker na época, e eu a vi primeiro. A novata da escola, tinha acabado de se mudar de Olympia, linda de morrer. Eu a convidei para sair antes de Kevin. E também a beijei primeiro.

— Jura?

— É uma história famosa. Fiquei meio apaixonado, mas ele já estava de quatro por ela.

— E eu achava que as pessoas sempre devem colocar a amizade em primeiro lugar.

Sorrindo, Xander pegou um pãozinho.

— Isso é você que está dizendo. Acabei virando o Cyrano do Cristiano de Jenny, finalmente o convenci a convidá-la para sair. E assim foi. Ainda sou meio apaixonado por ela.

— Também sou. E pelo pacote completo. Eles parecem uma família de comercial de margarina, tão bonitos e perfeitos, até a cadela. Se estiver esperando por outra Jenny, acho que não terá sorte. Ela é única.

— Estou de olho numa loura alta e complicada.

Naomi já sabia disso, mas desejou que aquelas palavras não lhe causassem um frio na barriga.

— Não é inteligente ir atrás das complicadas.

— Geralmente as coisas só são simples na aparência, e isso cansa. Aí as complicações viram aborrecimentos, em vez de atrativos. Você despertou meu interesse, Naomi.

— Eu sei. — Ela o observou enquanto comia. — De nove entre dez vezes, prefiro ficar sozinha a estar na companhia de alguém.

— Mas está aqui agora.

— Tenho 29 anos e sempre dei um jeito de evitar, fugir e escapar de qualquer tipo de relacionamento sério.

— Eu também. Só que sou três anos mais velho.

— Desde que saí de Nova York, seis anos atrás, nunca passei mais de três meses no mesmo lugar.

— Nesse ponto você me venceu. Eu passei a vida toda aqui. Mas vou ter que me repetir. Você está aqui agora.

— E, agora, aqui parece ser o meu lugar. Mas, se começarmos alguma coisa, e eu ferrar tudo, isso muda a situação.

— Não sei como você consegue ser tão alegre e otimista.

Naomi sorriu.

— É um desafio.

Ciente dos riscos, Xander decidiu ser mais intrometido.

— Geralmente, eu imaginaria que você teve um relacionamento ou um casamento bem ruim no passado. Mas não foi isso. Sua família é estável, e essa é uma boa base.

Ela afastou o prato.

— É só o meu jeito.

— Não. Eu sou bom em entender as pessoas. Você tem autoconfiança e autoestima suficientes para dar um soco na cara de um idiota e ir atrás do que quer. Você é complicada, Naomi, e é interessante. Mas não há nada de errado com você.

Ela se levantou e levou os pratos dos dois para a pia.

— Quando eu tinha 20 anos, um garoto se apaixonou por mim. Ou pelo menos era o que ele pensava, como a gente faz quando tem essa idade. Eu dormia com ele, estudava com ele e trabalhava com ele. Quando ele disse que me amava e me pediu para irmos morar juntos, terminei tudo. Na mesma hora. O restante do tempo que passamos na faculdade foi difícil para os dois. Para mim, foi menos, sem dúvida, porque eu não sentia a mesma coisa por ele. Então era mais fácil me afastar.

— Mas você ainda se lembra dele.

— Eu o magoei. Não precisava ter feito isso.

Talvez, pensou Xander, mas ele duvidava muito de que alguém conseguisse passar a vida inteira sem magoar outra pessoa, propositalmente ou não.

— Então você está achando que eu vou me apaixonar e pedir que venha morar comigo.

— Só estou dando um exemplo do que acontece quando relacionamentos dão errado e as pessoas vivem e trabalham perto uma da outra.

— Talvez você se apaixone por mim e me convide para ir morar naquele casarão no penhasco.

— Não me apaixono, e gosto de morar sozinha.

Xander olhou para Sombra e decidiu não mencionar que ela se apaixonara pelo vira-lata e agora morava com ele.

— Então posso me envolver já sabendo o que esperar. Ao contrário do cara da faculdade. Eu cuido da louça. Sei como a banda toca. Quer mais vinho?

Naomi se afastou da pia.

— É melhor não. Como vou ter que dirigir, prefiro água.

— A noite está bonita. Podemos dar uma volta depois que eu terminar de limpar tudo, para digerir o jantar. O cachorro vai gostar de um passeio.

— Seria bom para ele. — Ela aceitou a água que Xander oferecia e voltou para a parede de livros. — Realmente quero tirar fotos disso. Tem algum horário que seja melhor para você?

— Pode vir na sexta. A qualquer hora. Se eu estiver trabalhando lá embaixo, a porta fica aberta. Mas, caso queira vir mais tarde, podemos ir ao Loo's depois. A gente janta antes de eu tocar.

— Você vai tocar na sexta?

— Das nove à meia-noite. Mais ou menos. Posso chamar Kevin e Jenny também, se quiser.

Não seria um encontro romântico, mas uma reunião de amigos, com comida e música. E ela gostava das músicas. Além disso, queria voltar ali com a câmera e...

O mundo ao redor pareceu se apagar e esfriar quando os olhos de Naomi bateram no título de um volume na parede de livros.

Sangue na terra: o legado de Thomas David Bowes, de Simon Vance.

O nome havia sido modificado para o filme — o nome e o foco —, pois os produtores queriam que a história fosse centrada na menina que descobrira o segredo do pai, salvara a vida de uma mulher e detivera um assassino.

Depois da morte da mãe, quando Naomi acreditou que poderia aguentar a barra, lera entrevistas com o diretor e o roteirista, então sabia por que haviam transformado o livro em *Filha do mal*. Mas fora ali que tudo começara, nas folhas que relatavam todos os anos terríveis e frios dos segredos assassinos de um homem.

— Naomi? — Xander jogou o pano de prato de lado e foi em sua direção. — O que houve?

— O quê? — Ela se virou, agitada e tão pálida que os olhos brilhavam, escuros. — Nada. Nada. Eu... Estou com dor de cabeça. Acho que não devia ter bebido vinho depois de bater a cabeça. — Desviou-se dele, falando rápido demais. — Hoje foi ótimo, Xander, mas é melhor eu ir e tomar mais uns analgésicos, dormir cedo.

Antes de Naomi alcançar a porta, ele segurou seu braço, sentindo-a estremecer.

— Você está tremendo.

— É só uma dor de cabeça. Realmente preciso ir. — Temendo que a tremedeira se transformasse em um ataque de pânico, colocou uma mão sobre a dele. — Por favor. Vou tentar voltar na sexta. Obrigada por tudo.

Naomi saiu em disparada, mal dando tempo de o cachorro segui-la.

Xander virou para trás, fitando os livros. Estava doido?, perguntou-se. Ou alguma coisa ali a deixara morta de medo?

Foi até a parede e analisou os títulos. Ajustou-se, imaginando a direção em que Naomi olhara. Estimando sua posição e sua altura.

Estarrecido, Xander balançou a cabeça. Eram apenas livros, pensou. Palavras e mundos dentro de páginas. Puxou um volume aleatoriamente, colocou-o de volta; pegou outro. Ela estava olhando bem ali quando ele se virara para trás, quando presenciara Naomi congelar, como se tivessem apontado uma arma contra sua cabeça.

Franziu a testa, pegando o livro de não ficção sobre um serial killer no leste do país. Quando adolescente, a história o fascinara ao estampar todos os jornais. Então comprara o livro assim que ele fora lançado.

Acontecera na Virgínia Ocidental, lembrava ele, encarando a foto granulada do assassino na capa.

Não poderia ter sido isso. Ela era de Nova York.

Começou a devolver o livro para a estante, mas, como geralmente fazia com qualquer livro em suas mãos, abriu o volume para ler a orelha.

— Isso mesmo, Virgínia Ocidental, uma cidadezinha no meio do nada. Thomas David Bowes, instalador de TVs a cabo, um homem de família. Tinha esposa e dois filhos. Era diácono na igreja. Quantas mulheres ele matara mesmo?

Curioso o suficiente, Xander continuou folheando as páginas.

— Noite quente de agosto, tempestade de verão, floresta escura, blá-blá-blá. Filha de 11 anos encontra o quarto das vítimas, e... Naomi Bowes. Naomi.

Xander encarou o livro, revendo na memória o rosto lívido e chocado dela.

— Puta merda.

Capítulo 13

◆ ◆ ◆ ◆

Depois de um longo debate interno, Naomi se forçou a sair de casa na sexta à noite. Era um meio-termo, pensou ela, já que seria incapaz de voltar à casa de Xander. Pelo menos por enquanto.

Sombra não gostou nem um pouco do fato de a dona sair de casa, apesar de deixá-lo com o gato de pelúcia, um osso e a promessa de que voltaria.

Não poderia levar o cachorro para o bar.

Em qualquer outro dia, poderia usá-lo como desculpa, pelo menos para si mesma, mas sair de casa era algo normal, e normalidade, depois do final desastroso da noite de quarta-feira, era seu objetivo atual.

Só um drinque, prometeu a si mesma. Um drinque, um set de músicas, uma conversa tranquila com Jenny e Kevin — e, se Xander aparecesse no intervalo, uma com ele também.

Normal.

Talvez essa ideia de normalidade lhe parecesse exaustiva, mas precisava tentar.

Jenny falava pelos cotovelos, então Naomi simplesmente deixaria a amiga tomar conta da conversa até dar a hora de voltar para casa.

Manter o clima leve ajudaria a consertar a situação com Xander. Ela escolhera aquela casa — ou a casa a escolhera — e aquela cidade pequena. Isso significava que evitar Xander seria muito chato. Então devia ajustar o relacionamento deles para uma amizade casual. Seria essa a solução.

Como podia ter se esquecido, se permitido esquecer, das suas origens, de como o cotidiano era frágil?

Um livro em uma prateleira, pensava agora. Isso era tudo de que precisava para lembrar.

Assim como da outra vez, Naomi cronometrou o tempo para que a banda já estivesse tocando no pequeno palco. Dirigiu-se até Jenny e Kevin, sentados juntos. A amiga imediatamente pegou sua mão.

— Você apareceu na hora certa. A babá se atrasou, então chegamos agora. Eles estão ótimos hoje. Kevin vai pegar nossas bebidas, depois vai dançar comigo.

— Eu pago esta rodada — insistiu Naomi. — Sam Adams, vinho tinto?

— Isso mesmo, obrigada. Venha, Kevin.

— Acho melhor nós...

Mas Jenny o arrastou para a pista de dança enquanto Naomi abria caminho até o bar.

Sentiu que Xander a observava e sentiu um frio na barriga. Precisava cumprimentá-lo, e o faria. Certamente faria.

Bolou seu plano enquanto caminhava.

Chegaria ao bar, pediria as bebidas, se apoiaria na bancada e então lhe lançaria um sorriso.

As duas atendentes corriam de um lado para o outro, então Naomi imaginou que teria de esperar um tempo. Mas a morena bonita — rebolativa, com... sim, eram mechas de cabelo cor-de-rosa entremeadas com o castanho — olhou para ela.

A garota tinha um rosto tão anguloso, com as maçãs do rosto tão proeminentes, que parecia ter sido esculpida.

— Loura alta, cabelos curtos, franja longa, cara de poucos amigos. Você é a fotógrafa.

— Eu... Sim.

A morena a analisou sob a pouca luz com olhos que pareciam mais cinzentos do que azuis.

— Tudo bem — disse ela, assentindo levemente. — Está com Jenny e Kev?

— Sim.

— Sam Adams, uma taça de Merlot... O que você vai tomar?

— A taça de Merlot parece uma boa opção.

— Dá para o gasto.

A mulher usava grandes brincos de argola, e três pedras vermelhas ornavam o lóbulo esquerdo, combinando com a blusa justa e decotada.

— Fui casada com o cara que fingia cuidar do quintal da velha casa dos Parkerson.

— Ah. Fingia?

— Ele gostava mais de fumar maconha do que de trabalhar. Eu o despedi do cargo de marido na mesma época em que o despediram como caseiro. O sujeito não era flor que se cheirasse. Quer abrir uma conta?

— Ah, não. Obrigada.

Naomi pagou as bebidas, caçando as notas na carteira que guardara no bolso.

— Posso levar tudo até a mesa — ofereceu a mulher.

— Não precisa. — Com competência, Naomi usou uma mão para segurar as duas taças, e a outra para a cerveja.

— Pelo visto você já foi garçonete.

— Sim, já fui. Obrigada.

A banda havia diminuído o ritmo e passara para Rolling Stones e "Wild Horses". Enquanto Naomi retornava à mesa, viu Kevin e Jenny, ainda na pista de dança, abraçados e balançando de um lado para o outro.

A doçura daquele momento foi como um golpe em seu coração.

O amor podia ser duradouro, pensou ela. Testemunhara isso com Seth e Harry. Para alguns, o amor podia ser duradouro.

Colocou as bebidas na mesa, sentou-se e, como a atendente do bar a distraíra do seu plano, pegou a taça e olhou para o palco, com o sorriso pronto.

O olhar de Xander se prendeu ao dela. Ele cantava como se estivesse falando sério. Como se cavalos selvagens realmente não pudessem afastá-lo. Apenas uma questão de talento e performance, disse Naomi a si mesma. Ela não estava atrás de amor, promessas ou devoção.

Mesmo assim, o coração já golpeado por Jenny e Kevin sofreu um aperto. Forte o suficiente para deixá-lo dolorido.

Naomi queria que aquela sensação fosse embora, que simplesmente desaparecesse. Queria se esvaziar de tudo que aquele homem a fazia sentir e ansiar. Xander fora um erro, sabia bem disso. Fora um erro desde o momento em que se abaixara para trocar seu pneu no acostamento escuro da estrada.

Obrigou-se a mudar o foco, a observar as pessoas dançando. Seu olhar passou pela mulher que sussurrara no ouvido de Xander em sua última visita ao bar. E que agora a encarava de uma forma emburrada e desgostosa.

Ótimo. Agora atraíra a atenção de uma groupie ciumenta.

Teria sido melhor ficar em casa com o cachorro.

O aperto no peito continuou quando a banda mudou para uma música mais animada e Kevin puxou Jenny de volta para a mesa.

— Duas danças seguidas. — Com os olhos brilhantes, Jenny levantou os punhos no ar. — Deve ter sido um recorde.

— Você não gosta de dançar, Kevin?

— Não viu como eu levo jeito para a coisa?

Naomi riu, respondendo com sinceridade:

— Achei fofos vocês dois.

$\mathcal{X}$ANDER PERCEBERA o momento exato em que ela entrara no bar — não porque a vira, pensou, deixando Lelo assumir a dianteira, mas porque sentira uma mudança no ar. Do mesmo jeito que acontecia antes de uma tempestade.

Naomi tinha isso dentro dela, aquela tempestade. Agora ele sabia o motivo, mas essa não era a história completa. E Xander queria a história tanto quanto queria a mulher.

Será que deveria contar que sabia? Fizera essa pergunta a si mesmo mil vezes desde que tirara aquele livro da estante. Isso a ajudaria a relaxar ou a faria sair correndo? Ela permanecia misteriosa demais para que ele adivinhasse a resposta.

Se Naomi confiasse nele... Mas não confiava.

Ela não queria estar ali. Escondia isso bem — ele imaginava que estivesse acostumada a esconder os próprios sentimentos —, mas, mesmo na pouca luz do bar, ele notou que seu sorriso não alcançava os olhos e permanecia lá.

Ela, no entanto, viera. Talvez para provar algo a si mesma e a ele. A ambos.

E, se a deixasse em paz, se simplesmente a esquecesse? Xander suspeitava que Naomi ficaria satisfeita com isso. O que também parecia algo que fazia com frequência – transformava o lugar em que estava e o que fazia em algo bom o suficiente para o momento.

Já se acostumara a ser assim.

E ele estava determinado a lhe dar algo inesperado.

Dane-se o que era suficiente.

A banda seguiu para Eric Clapton, e Xander forçou-se a se concentrar. Até mesmo enquanto observava Naomi e Jenny se levantando e indo para a pista de dança.

$\mathcal{E}$LA NÃO CONSEGUIA se lembrar da última vez que dançara, mas, como Jenny havia implorado, Naomi achou que isso a afastaria um pouco da agitação e da tensão.

Era bom se mover, se soltar com a música, deixar o quadril se mover com a batida.

Nem piscou quando alguém lhe deu um encontrão forte nas costas. Fazia parte. Mas, quando aconteceu uma segunda vez, Naomi olhou ao redor.

— Estou no seu caminho? — perguntou à loura emburrada.

— Com certeza. — A mulher lhe deu um empurrãozinho irritado. — E é melhor sair da minha frente.

— Pare com isso, Marla — avisou Jenny. — Você bebeu demais.

— Não estou falando com você. Estou falando com essa vaca no meu caminho. Você não pode simplesmente aparecer aqui e tentar tomar o que é meu.

— Não peguei nada seu.

Várias pessoas haviam parado de dançar ou diminuído o ritmo e assistiam à cena. A atenção dava arrepios em Naomi. Para evitar prolongar o escândalo, levantou as mãos.

— Mas, se quer a pista só para você, fique à vontade.

Começou a se afastar, mas a mulher a empurrou de novo e bateu na amiga que chamava seu nome, puxando o braço de Naomi.

— É você que vai ficar na pista se continuar se jogando em cima de Xander. — Com os olhos brilhando pelo excesso de cerveja e de frustração, a mulher empurrou Naomi.

Evitar atenções indesejadas e fugir de confrontos — ambos hábitos adquiridos da forma mais difícil. Mas defender a si mesma, e não baixar a cabeça, isso lhe era inato.

— É melhor não encostar mais em mim.

— O que vai fazer se eu encostar?

Sorrindo, cheia de uma confiança bêbada, Marla colocou a mão no peito de Naomi e começou a empurrar. Esta, por sua vez, agarrou o pulso da mulher, girou e a fez berrar ao cair de joelhos.

— Não encoste mais em mim — repetiu ela, soltando-a e indo embora.

— Naomi, Naomi! Espere. — Jenny a alcançou. — Sinto muito. Sinto muito. Ela está bêbada e falando bobagens.

— Não tem problema.

Mas tinha, é claro que tinha. Ouvia o som dos murmúrios e sentia os olhos que a seguiam. Viu Kevin abrindo caminho pela multidão, vindo na direção delas, parecendo irritado e preocupado.

— É melhor eu voltar para casa. Não quero confusão.

— Ah, querida. Vamos lá fora, podemos dar uma volta. Você não devia...

— Estou bem. — Naomi apertou a mão da amiga. — Ela está bêbada o suficiente para tentar de novo e, de toda forma, o cachorro está me esperando. Nos falamos outro dia.

Ela não correu. Era o que queria fazer, mas correr atribuía importância ao ocorrido. Porém, quando finalmente chegou ao carro, parecia ter participado de uma maratona. A tremedeira dava sinais de vida, então apenas se apoiou na porta até se acalmar o bastante para dirigir.

Quando ouviu alguém se aproximando, entretanto, empertigou-se rapidamente e pegou as chaves.

Xander fechou uma mão sobre a dela antes que Naomi apertasse o botão da tranca.

— Espere.

— Eu tenho que ir.

— Você precisa esperar até parar de tremer para conseguir dirigir sem tirar o carro da estrada. — Ele soltou a mão dela, mas colocou as duas nos ombros de Naomi, virando-a em sua direção. — Quer que eu peça desculpas?

— Você não fez nada.

— Não, não fiz, a menos que conte que transei com Marla duas vezes. Quando eu tinha 17 anos. Isso ocorreu há quase uma década e meia, então não acho que faça diferença. Mas sinto muito por ela ter aborrecido você e agido como uma idiota.

— Ela está bêbada.

— Sabe, isso é como aquela história do fotógrafo brilhante. Acho que certas coisas não lhe dão o direito de ser babaca.

Naomi soltou uma risada curta.

— Também acho, mas ela estar bêbada é um fato. E obcecada por você, Xander.

— Faz 14 anos que não dou motivo para isso. — Sinais de frustração escaparam, mas ele manteve o olhar calmo e fixo no dela. — Além do mais, Marla passou metade desses anos casada com um cara que eu considero meu amigo. Não estou interessado.

— Talvez devesse dizer isso a ela.

Já tinha feito isso, tantas vezes que nem lembrava mais quantas. No entanto, dadas as circunstâncias atuais, aceitara que teria de se repetir — e magoar alguém de quem gostava.

Não, era impossível passar a vida sem fazer isso.

— Não gosto de escândalos — declarou Naomi.

— Bem, eles acontecem. Quando se toca em bares e em casamentos o suficiente, você testemunha todo tipo de barraco possível e mais ou menos se acostuma. E você se virou bem, o que é o máximo que se pode fazer nesses casos.

Naomi assentiu, abrindo as trancas das portas.

Ele a virou novamente, pressionando-a contra o carro.

Não era justo, nem certo, pensou ela, que ele a beijasse daquela maneira, quando seus sentimentos estavam tão à flor da pele, tão abalados.

Não foi gentil, não foi tranquilizador, pareceu botar lenha na fogueira. E a boca dele, apenas a boca dele tomando a dela, alastrava o incêndio.

Xander parou e segurou o rosto de Naomi — e também não havia nada gentil em seu toque. Era como se estivesse tentando se controlar.

— Você entrou no bar e o ar mudou. Não ia contar isso. É o tipo de coisa que te dá vantagem, e você já é um desafio grande o suficiente.

— Não estou tentando ser um desafio.

— É isso que a torna um. Eu quero você. Quero você embaixo de mim, em cima de mim, ao meu redor. E você também quer. Sou bom em ler as pessoas, e isso está estampado na sua cara. Quando acabarmos o show, vou até a sua casa.

— Eu não...

Xander tomou sua boca de novo, simplesmente a tomou.

— Se a luz estiver acesa — continuou ele —, eu bato à porta. Caso contrário, dou meia-volta e vou para casa. Você tem duas horas para decidir o que prefere. Avise a Jenny quando chegar. Ela está preocupada.

Xander abriu a porta, mantendo-a aberta enquanto ela prendia o cinto.

— Deixe a luz acesa, Naomi — disse ele, e fechou o carro.

Ela havia deixado uma luz acesa para si mesma, e a desligou, deliberadamente, enquanto o cachorro dançava ao seu redor, dando-lhe boas-vindas em uma alegria desesperada.

Determinada a não remoer o desastre que fora a noite — por mais de um motivo —, foi para a cozinha. Queria fazer um chá, tomar algo para a dor de cabeça que o estresse causara. E, antes de trancar a casa e ir dormir, deixaria o cachorro sair para o último passeio do dia.

— O sono é a melhor válvula de escape — disse a Sombra, que absorvia cada palavra e cada movimento.

Como ele a queria por perto, e ela queria ar, foram para o lado de fora. Naomi sentou-se para observar a lua brilhando sobre a água e bebericou o chá com calma enquanto o cachorro passeava.

Ela não gostava de escândalos. Nem de complicações. Tudo que queria estava ali, bem ali. O silêncio, a paz do luar sobre o mar.

Eram coisas que a acalmavam, acabavam com o nervosismo que o embate com a mulher bêbada e ciumenta causara. Seria melhor se distanciar do Loo's, de Xander e de todo mundo por um tempo.

Estava cheia de trabalho para fazer, e precisava ir até Seattle. Talvez passasse dois ou três dias lá.

Sombra voltou, sentando-se ao seu lado.

Precisaria arrumar um hotel que aceitasse cachorros, percebeu, acariciando a cabeça dele.

Naomi lembrou que também achara que não o queria. E agora... Agora, se fosse viajar, precisava de um hotel que aceitasse cachorros.

— Por que não me importo com isso? Eu deveria me importar.

Ficaram ali, fazendo companhia um para o outro, por mais de uma hora.

Ele se levantou quando ela se levantou, entrou na casa quando ela entrou, e a seguiu enquanto ela verificava se as portas estavam trancadas. Acompanhou-

-a para o segundo andar, pegou seu gato de pelúcia e, apesar de se acomodar em um canto com o brinquedo, continuou observando Naomi enquanto ela verificava os e-mails.

Ela olhou para trás enquanto trabalhava, percebendo que ele continuava a observando. Será que sentia sua inquietação?

Levantou para acender a lareira, torcendo para que o calor os acalmasse.

No entanto, quando isso não aconteceu, Sombra desceu a escada junto dela, esperando-a acender novamente a luz.

— É um erro terrível, idiota e impulsivo.

Ainda havia tempo para mudar de ideia, pensou. Mas não o faria. Não, não mudaria de ideia. Voltou para a cozinha e, dessa vez, serviu-se de uma taça de vinho.

Junto com o cachorro, retornou à sala, esperando Xander bater à porta.

𝒳ANDER VIU o minúsculo brilho de luz a distância, e tudo dentro dele pareceu relaxar. Dissera a si mesmo que aceitaria a escuridão — a escolha sempre seria dela —, mas aquele brilho foi como uma tocha iluminando o seu interior.

Naomi deixara a luz acesa — apenas uma, mas isso bastava.

Parou a moto ao lado do carro dela, desmontando com o case da guitarra ainda nas costas. Não queria deixá-la ali fora a noite toda — e, sem dúvida, pretendia dormir ali.

Ouvira o cachorro latir, achou que isso era bom. Nada como um cão agindo como um sistema de alarme adiantado. Sua batida à porta provocou mais latidos.

Quando abriu a porta, Sombra saiu para cumprimentá-lo e lambê-lo, sempre balançando o rabo. Xander, no entanto, manteve os olhos em Naomi, a casa escura no fundo.

— Vou entrar.

— Sim. — Ela se afastou. — Você vai entrar.

Quando ele o fez, Naomi fechou e trancou a porta.

— Pensei no que dizer caso a luz estivesse acesa.

— Teria voltado para a casa se estivesse apagada?

— Eu quero isso, e você também quer. Mas eu não entraria se você não desse abertura. Antes — corrigiu-se ele. — Antes de você dar abertura.

Naomi acreditava nisso, percebeu que poderia confiar nisso. Ele podia ser insistente, mas nunca a forçaria a nada.

— Isso é questão de você ser confiante ou paciente?

— Talvez as duas coisas.

— Posso ficar repetindo para mim mesma que não sou impulsiva. Mas comprei esta casa, fiquei com o cachorro e deixei a luz acesa quando jurei que não faria isso.

— Você não é impulsiva. — Xander tirou o case da guitarra das costas e o apoiou na parede ao lado da porta. — Simplesmente sabe tomar decisões.

— Talvez. Tudo bem, aqui vai minha decisão. É só sexo.

Ele não sorriu, apenas manteve os olhos — pacientes e confiantes — nos dela.

— Não, não é. E você sabe disso. Mas não tem problema nenhum começarmos assim. Diga o que quer.

— Hoje, quero você, mas se isso não...

Naomi parou de falar quando Xander puxou o corpo dela junto ao seu.

— Vou lhe dar o que você quer.

Ela se deixou possuir. Se aquilo fosse um erro, teria liberdade para se arrepender depois. Agora, iria usufruir, *devorar* e fartar-se do que lhe era oferecido.

Necessitada, agarrou a jaqueta dele, atacando-a enquanto o cheiro de couro a cercava. Quando a peça caiu no chão, Xander a guiou na direção da escada, tirando o suéter por cima da cabeça com tamanhas rapidez e facilidade que a peça poderia ter sido feita de ar.

O rabo de Sombra bateu nas pernas dela.

— Ele acha que estamos brincando — observou Naomi, com esforço.

— Vai se acostumar. — Xander pressionou as costas dela na parede da escada, transformando seu sangue em lava, em magma. — Isto é meu — disse para o cachorro. — Vá embora.

Botando as mãos nas costas dela, abriu o sutiã, e desceu as tiras pelos seus ombros.

— Você realmente precisa ficar pelada.

— Meio caminho está andado.

As mãos grandes e ásperas tomaram seus seios, os dedões calejados acariciaram seus mamilos, deixando-a sem ar enquanto a boca dele a escravizava.

Ele a queria exatamente assim: desesperada e estremecendo contra a parede. Mas seria rápido demais, acabaria rápido demais, alertou a si mesmo; por isso, puxou-a escadaria acima.

O mundo girava, explosões de luz atravessando a escuridão — trovões de emoção. Naomi emitia sons atordoados que mal reconhecia. Rasgou a camisa de Xander — ele estava coberto demais, e ela precisava de pele. Ao encontrar o que queria, praticamente o abocanhou.

Caíram na cama riscada por raios da luz da lua, acompanhados pelo sussurro sobrenatural do vento soando sobre a água.

Ele cheirava a couro e suor — e a brisa de mar. Naomi sentia os músculos rígidos, as mãos calejadas, e foi pressionada por seu peso.

O pânico quis dar as caras, mas não venceu a necessidade. Desesperada para saciá-la, encontrou o cinto de Xander, lutando contra a fivela. A boca dele, tão brusca quanto as mãos, tomou o seio de Naomi.

Ela arqueou as costas, surpresa pelo choque de prazer e pela intensidade de tudo. Antes de conseguir recuperar o fôlego, a mão dele pressionou entre as suas pernas.

Quando ela chegou ao clímax, foi como se mergulhasse em uma piscina de água quente. Não conseguia subir até a borda, alcançar o frescor e o ar. Ele apenas a levava cada vez mais fundo, tirando sua calça jeans e passando as mãos pelo seu corpo.

Quente e molhada, escorregadia e macia. Tudo naquela mulher o enlouquecia. Suas unhas furaram a carne dele enquanto ela jogava o corpo para cima. Na escuridão, os olhos estavam cegos e vidrados. O coração de ambos martelava enquanto Xander lutava para se libertar.

Ele não teria parado nem se o mundo acabasse.

Quando por fim a penetrou, pensou que fosse exatamente isso que tinha acontecido.

Por um instante, a vida parou — sons, respiração, movimentos.

Então, tudo voltou, rápido como uma onda que bate e carrega o que estiver em seu caminho, sem avisar sobre a sua chegada.

Xander se perdeu naquilo, em Naomi, e se deixou levar.

Quando a onda se quebrou nele, quebrou nela também.

Ela ficou ali deitada, mole e imóvel, com o coração ainda acelerado. Seu corpo parecia usado e devastado, mas muito relaxado. Como não conseguia formar nem um pensamento coerente, desistiu de tentar.

Se simplesmente continuasse assim, com os olhos fechados, não precisaria refletir sobre o que fazer agora.

Então Xander se moveu, saindo de cima dela. Ela sentiu o colchão afundar com o seu peso. Sentiu movimento e mais uma agitação.

— Sai daí, cara — murmurou ele.

— O que está fazendo?

— Tirando minhas botas. Ninguém fica bem com as calças nos tornozelos e botas. O cachorro está com o seu sutiã, caso o queira de volta.

— O quê?

Naomi abriu os olhos. Através da luz da lua, viu Xander na beira da cama, e o cachorro ali, balançando o rabo, com algo na boca.

— Isso é o meu sutiã?

— Sim. Quer de volta?

— Sim, eu o quero de volta.

Ela girou, esticando a mão. Sombra baixou a cabeça e empinou a bunda. Balançou o rabo.

— Ele acha que você quer brincar. — Para resolver o problema, Xander, alto, forte e pelado, levantou-se e pegou o gato de pelúcia da cama do cachorro. — Quer trocar?

Sombra largou o sutiã. Xander o pegou e o jogou na cama.

— Aquilo é uma sereia pelada?

Naomi olhou para a luminária.

— Sim. Mas não vai ficar aqui.

— Por que não? — E fez o que qualquer homem faria: passou a mão pelo seio de bronze.

— Vou colocá-la no quarto dos meus tios. Eles vão adorar.

Tudo muito casual, pensou Naomi. Isso era bom. Nada de conversas intensas pós-coito.

Mas Xander se virou e olhou para ela. Era ridículo se sentir exposta agora, pensou, depois do que haviam feito, mas precisou controlar a ânsia de se cobrir.

— Vamos chamar essa primeira vez de velozes e furiosos.

— De quê?

— Parece que você não tem visto muitos filmes. — Ele se aproximou, obviamente sem se incomodar com a própria nudez, e se sentou na cama. — Mesmo assim, teria sido mais rápido e furioso sem o cachorro. Como estava concentrado no objetivo final, teria ido direto aos finalmentes na escada, mas ele ficaria em cima da gente. Quando se faz algo com pressa, os detalhes se perdem. Como você agora, sob a luz da lua.

— Não estou reclamando.

— Que bom! — Xander passou um dedo pela pequena tatuagem no lado esquerdo do quadril dela. — Gostei do desenho. É uma flor de lótus, não é?

— É.

Um símbolo de esperança, pensou ele, e resistência, já que era uma beleza que crescia da lama.

— Que tipo de roqueiro é você? — perguntou Naomi. — Nem sinal de tatuagem.

— Ainda não encontrei nada que queira que seja permanente.

Ele segurou a nuca dela, inclinando-se para beijá-la — suavemente, uma surpresa.

— Vamos mais devagar agora.

— É mesmo?

Xander sorriu, fazendo-a se deitar novamente.

— Com certeza. Não quero perder os detalhes dessa vez.

Mais tarde, Naomi diria que ele não havia perdido nem mesmo um.

Capítulo 14

◆ ◆ ◆ ◆

Xander acordou com o cachorro ao lado da cama o encarando — praticamente encostando o focinho no seu nariz. O cérebro confuso registrou Milo antes de lembrar que seu companheiro de anos se fora. Mesmo assim, lidou com a interrupção de sono da mesma forma como fazia com o outro cachorro.

— Vá embora — murmurou ele.

Em vez de baixar a cabeça, à la Milo, e voltar emburrado para a cama, Sombra balançou o rabo e empurrou o focinho molhado e frio no rosto de Xander.

— Droga. — Para mostrar que falava sério, ele afastou o cachorro. Sombra encarou a ação como encorajamento.

A bola de tênis molhada e esfarrapada caiu na cama a dois centímetros do rosto de Xander.

Até mesmo sua mente confusa de sono entendeu a situação. Se jogasse a bola para o chão, o cachorro entenderia aquilo como uma brincadeira, e começaria tudo de novo. Então fechou os olhos e ignorou tanto o brinquedo como o animal.

Querendo ajudar, Sombra empurrou a bola mais para perto, de modo que o objeto molhado batesse contra o peito de Xander.

Ao seu lado, Naomi se espreguiçou, lembrando a ele que poderia participar de brincadeiras muito mais interessantes naquela manhã.

— Ele não vai parar — murmurou ela, sentando-se antes que Xander pudesse agir. E, ao lado da cama, Sombra dançava de alegria. — É seu ritual matinal.

— Ainda não é manhã.

— Cinco horas, exato como um relógio. Na verdade, está dez minutos atrasado.

— Aonde você vai?

— Vou levantar, o que faz parte do ritual. E me vestir, o que também faz parte.

Para a grande decepção de Xander, Naomi se afastou na escuridão, mexendo em coisas pelo quarto. Ele viu a silhueta dela vestir uma calça.

— Vocês acordam às cinco todo dia?

— Sim, acordamos.

— Até mesmo nos fins de semana? Estamos nos Estados Unidos.

— Sim, até nos fins de semana, nos Estados Unidos. Pelo menos esse é um ponto em que eu e o cachorro concordamos. — Naomi atravessou o cômodo e abriu as portas da varanda. Sombra saiu correndo, feliz. — Volte a dormir.

— Por que você não volta para a cama para começarmos um novo ritual matinal?

— É uma ideia tentadora, mas ele vai voltar em dez minutos, enchendo o saco para tomar café.

Xander pensou nisso.

— Dez minutos são suficientes.

Ele gostava da risada dela, o som rouco matinal.

— Volte a dormir. Preciso de café antes de Sombra voltar.

Já que não conseguiria sexo, talvez...

— O cachorro é o único que ganha café da manhã?

Naomi continuava apenas uma sombra — uma sombra alta e magra —, que já se direcionava para a porta.

— Não necessariamente.

Xander ficou deitado por mais um momento depois que ela saiu. Geralmente, dormiria por mais uma hora — talvez uns setenta minutos, porque era sábado. Mas, se fizesse isso, não tomaria um café da manhã quentinho.

Pegou a bola de tênis, calculou a distância até a cama do cachorro e a jogou pelo ar.

Então Naomi gostava de acordar cedo, pensou enquanto saía da cama. E não gostava de dormir abraçada — o que era uma grande vantagem, na sua opinião.

Xander não se importava em ficar agarradinho depois do sexo, mas, quando se tratava de dormir, ele queria seu espaço. Pelo visto, ela também.

Não apenas a mulher era fantástica na cama, como também não esperava que ele ficasse grudado nela por horas. Uma enorme vantagem.

E sabia cozinhar.

Ele encontrou a própria calça, vestiu-a, e, quando não conseguiu encontrar a blusa, acendeu a luminária de sereia. Isso o fez sorrir. Uma mulher que comprava uma luminária de sereia pelada — outra vantagem.

O quarto tinha o cheiro dela, percebeu Xander. Como era possível? Naomi cheirava a verão. A tempestades e a tempo abafado.

Ele achou a camisa e a colocou.

Algumas das roupas dela ainda estavam em caixas. Curioso, foi até lá e deu uma olhada. Tudo estava organizado — ele gostava de um pouco de organização. Pelo menos aos seus olhos, não havia muito o que arrumar ali.

Analisou o espaço, atualmente vazio e em construção, que seria um closet.

Meu Deus, ele tinha mais roupas que ela.

O que era tanto estranho como fascinante.

Xander também encontrou uma escova de dente fechada no que parecia ser a caixa de produtos de banheiro, e concluiu que todos ficariam mais felizes se ele a usasse.

Atravessou o quarto para usar o banheiro, mas, quando acendeu a luz, descobriu que o lugar estava destruído. O encanamento indicava onde as coisas ficariam — e tudo indicava que Naomi teria um chuveiro fenomenal.

Um banho cairia bem.

Xander saiu e encontrou outro banheiro destruído, um quarto pintado pela metade — bela cor — e um terceiro banheiro destruído. Quando já estava aceitando a ideia de imitar o cachorro e usar a natureza para as suas necessidades, encontrou um que funcionava, decorado em azul-bebê. Feio, mas dava para o gasto.

Se o chuveiro mínimo sobre a banheira azul funcionasse, iria usá-lo depois. Naquele momento, porém, realmente queria um café.

Desceu, reconhecendo traços do trabalho de Kevin. O lugar ficaria maravilhoso. Nada muito moderno ou cheio de detalhes — e outras pessoas teriam desejado desse jeito —, mas bem-feito e bonito, respeitando a história, o local e o estilo.

Xander parou na sala de estar. Mais uma vez, a cor combinava, e, apesar de a lareira a gás fazer sentido no quarto, gostou do fato de ela ter mantido a original a lenha ali.

Naomi precisava de ajuda com o quintal, para limpar o mato, cortar arbustos e remover as ervas daninhas. No momento, a vista da frente da casa era bem deprimente.

Dirigiu-se para os fundos, perguntando-se o que apenas uma pessoa faria com tanto espaço — e parou na porta da biblioteca. Pela primeira vez, sentiu genuína e intensa inveja.

Vira o estágio inicial da construção das estantes na marcenaria de Kevin em algumas visitas, mas o produto final era de tirar o fôlego. O tom natural da cerejeira teria um brilho dourado-avermelhado na luz, e ficaria quente como fogo nas noites. Todo aquele espaço — as coisas que ele não faria com tantas prateleiras.

Arrumaria uma grande poltrona de couro, posicionando-a de forma que ficasse diante da lareira e pegasse a vista da janela.

Se trocasse a poltrona por um sofá, poderia morar ali.

Mas todas aquelas estantes vazias causaram dor em seu coração apaixonado por livros. Elas precisavam ser ocupadas.

Deu mais um passo em direção à cozinha e sentiu o cheiro de café.

Tudo que Naomi fazia parecia contar a seu favor.

Ele a encontrou sentada em um dos quatro bancos novos; bebia café e lia algo no tablet.

— Fique à vontade — disse ela.

Xander escolheu uma caneca branca, em vez das delicadas xícaras azuis, e serviu-se de café.

Apesar de o tempo estar fresco, Naomi abrira as portas para o quintal. Ele ouvia o cachorro mastigando na varanda, na escuridão que começava a clarear.

— Encontrei uma escova de dente em uma das caixas e a usei.

— Tudo bem.

— Aquele banheiro azul. Está na fila para ser reformado, não é?

Foi então que ela olhou para cima — foi como lhe dar um soco no estômago com aqueles olhos verde-escuros intensos.

— Não gosta do banheiro boxeador?

— Boxeador...? Ah, porque é da cor de um hematoma. Que engraçado!

— Fiquei na dúvida de como chamar o banheiro rosa, mas, agora, ele se foi. Junto com seu papel de parede florido.

Naomi bebericou o café enquanto analisava Xander. Ele parecia desgrenhado e cansado, a calça jeans com o zíper fechado, mas o botão aberto, a camisa cinza-azulada destacando a cor de seus olhos, os cabelos bagunçados, a barba por fazer no rosto estreito. Descalço.

O que diabos aquele homem estava fazendo na sua cozinha, tomando café antes do nascer do sol, fazendo-a se arrepender de não ter aceitado a oferta de voltar para a cama?

Ele a observava com a mesma intensidade.

Naomi depositou a xícara sobre a mesa.

— Então. Estou tentando decidir se você merece cereal, que é minha opção de café da manhã mais tradicional. Ou se quero testar minha nova omeleteira.

— Posso opinar?

— Acho que já dá para imaginar o que você prefere. Para sua sorte, realmente quero testar a frigideira.

— Você cozinha, eu lavo.

— Parece justo.

Naomi se levantou, foi até a geladeira e começou a pegar várias coisas, colocando-as na bancada. Ovos, queijo, bacon, um pimentão verde, tomatinhos.

Aquilo parecia sério.

Ela picou, cortou, partiu algumas folhas que pegou em um vaso na janela e mexeu, tudo isso enquanto tomava o café.

— O que faz uma frigideira ser uma omeleteira?

— Ela é rasa, com a borda inclinada.

Naomi despejou os ovos sobre os tomates e o pimentão que tinha refogado, esfarelou o bacon por cima, então ralou queijo por cima de tudo. E lhe lançou um olhar enquanto passava a espátula pelas laterais da mistura que cozinhava.

— Vamos ver se ainda levo jeito.

— Pelo que estou vendo, parece que sim.

— Veremos. — Mantendo os olhos nele, ela inclinou a panela e deu-lhe uma leve sacudida. — Aposto que dará certo.

Diante dos olhos surpresos de Xander, ela balançou a panela de modo que o ovo voasse e virasse do outro lado. Pegou-o com a panela, sorrindo de satisfação.

— Ainda levo jeito.

— Impressionante.

— Podia ter sido um desastre. Faz anos que não cozinho uma omelete de verdade. — Usou a espátula para dobrá-lo. — Tem pão naquela gaveta. Coloque umas fatias na torradeira.

Naomi fez a omelete deslizar para um prato, guardou-o no forno que havia ligado, e fez tudo de novo. Incluindo a virada.

— Estou apaixonada por esta frigideira.

— Também gostei bastante dela.

Ela salpicou um pouco de páprica sobre a comida, adicionou as torradas.

— Ainda não tenho uma mesa.

— O sol já deve estar nascendo.

— Foi o que pensei. Leve os pratos, vou pegar o café.

Os dois se sentaram no banco, o cachorro esperançoso estirado aos seus pés, e comeram enquanto as estrelas sumiam e o sol começava sua travessia dourada sobre a água.

— Achei que a biblioteca fosse a única parte da casa de que eu teria inveja. Mas isso... — Vermelho, rosa e azul-claro se uniam ao dourado. — É mais uma coisa.

— Você nunca se acostuma. Já tirei dezenas de fotos do sol nascendo aqui, e cada uma é especial. Se esta casa fosse uma cabana de palha, eu a teria comprado mesmo assim, só por isso.

— E é aqui que você come o seu cereal.

— Ou qualquer outra coisa. Provavelmente vou continuar fazendo isso depois que comprar a mesa. Preciso procurar uma para colocar aqui, além de cadeiras.

— Você precisa de livros. Aquela biblioteca precisa de livros. Não vi nenhum por aqui.

— Eu uso meu e-reader quando estou viajando. — Ela levantou uma sobrancelha. — Tem algo contra isso?

— Não. Você tem algo contra livros de verdade?

— Não. Vou pedir para entregarem os meus. Não chego nem perto de ter tantos quanto você, mas tenho livros. E agora tenho espaço para colecionar mais.

Isso fez Xander pensar no livro na sua estante, aquele que lhe dizia coisas que ela preferia manter em segredo.

— Você ainda quer tirar fotos dos meus?

Ele percebeu sua hesitação, apesar de breve e bem-disfarçada.

— Quero, sim. É uma cena marcante.

— O que vai fazer com elas?

— Depende de como vão ficar, se ficarão como eu imagino. Provavelmente irão para a galeria. E talvez eu faça fichas de anotação para vender no site.

— Você faz fichas de anotação?

— Sempre fico surpresa com quanto elas vendem bem. As pessoas ainda as usam. E várias pessoas apaixonadas por livros as comprariam. Tiraria fotos da parede, de alguns ângulos dela. Talvez de uma pilha de livros ao lado de uma luminária. Um aberto, sendo lido. Eu poderia usar suas mãos para isso.

— Minhas mãos?

— Elas são grandes, de homem, grossas e calejadas. É o tipo de coisa que rende boas fotos — murmurou ela, já imaginando. — Mãos ásperas segurando um livro aberto. Eu poderia separar, quem sabe, seis imagens para cartões. E uma grande, artística, para a galeria.

— Está ocupada amanhã?

— Por quê?

Sempre com o pé atrás, pensou ele.

— Pode tirar as fotos amanhã e, como já estaria com o equipamento, no clima de trabalho, talvez eu consiga convencer os caras da banda a aparecerem. Para fazer a capa do CD.

— Não sei como você quer a foto.

— Só precisamos de algo que venda CDs. É você quem manda.

— Quero ver a que vocês usaram antes.

Ele levantou um lado do quadril e tirou o telefone do bolso. Notou que tinha meia dúzia de mensagens, mas deixou-as de lado para procurar a foto do CD.

Os cinco homens com seus instrumentos, no palco do bar. Feita em um preto e branco melancólico.

— É boa — disse ela.

— Não me pareceu entusiasmada.

— Não, é boa. Mas não é muito interessante nem criativa. Nada que os diferencie.

— Como você faria?

— Ainda não sei. Onde vocês ensaiam?

— Na oficina, numa baia nos fundos.

— Bem, eu começaria por lá.

Xander queria, queria de verdade, saber por onde ela começaria e onde terminaria. O que faria.

— Amanhã fica muito em cima?

— Não, acho que não. Pelo menos posso ter uma ideia do lugar. As camisas pretas são boas, mas peça para os outros levarem mais opções, coisas mais coloridas.

— Tudo bem. A omelete estava ótima. Vou lavar a louça.

Não tinha muita coisa, logo o serviço foi rápido. Então ele ainda tinha tempo para...

— O chuveiro funciona?

Naomi balançou a mão.

— Com muita má vontade.

— Posso tomar um banho antes de ir para o trabalho?

— Você trabalha hoje?

— Das oito às quatro, de segunda a sábado. E o reboque e consertos de emergência na estrada estão sempre disponíveis.

— Certo. Claro, pode tomar banho.

— Ótimo. — Ele a agarrou, pressionando-a contra a geladeira, usando a boca ávida e as mãos grandes e calejadas. — Vamos fazer isso então.

Naomi planejara sair cedo e explorar o caminho até o celeiro de Cecil — tiraria fotos e talvez comprasse uma mesa.

Mas as mãos de Xander estavam sob a camisa dela, e os dedões...

— Um banho cairia bem.

ELA CULPAVA o atordoamento sexual no chuveiro por ter concordado em comer pizza com Xander depois do trabalho.

Não era um encontro, assegurou a si mesma, e decidiu ser rebelde e usar leggings metálicas em vez das pretas tradicionais. Eles já estavam transando, então sair em encontros era algo desnecessário.

Se não estivesse atordoada, teria inventado uma desculpa, ou pelo menos sugerido que ele comprasse a pizza para comerem ali.

No seu território. Apesar de não fazer muito tempo que se mudara, a casa era dela.

— Aí vou na casa dele amanhã — disse Naomi ao cachorro. — É para trabalhar, sim, mas ainda são três dias seguidos.

Ela combinou as leggings com uma túnica cor de pêssego de que gostava, e colocou um cinto para não parecer que vestia um saco.

Pegou o necessário — carteira e chaves — e desceu com o cachorro em seu encalço.

Parou.

— Você não pode ir. Terá que ficar aqui.

Até aquele momento, nunca imaginara que um cachorro seria capaz de parecer chocado.

— Sinto muito, mas você ficaria sentado no carro o tempo todo, e isso não seria justo, seria? Além do mais, você é minha desculpa para voltar caso Xander sugira, sei lá, ir ao cinema ou à casa dele. É minha carta na manga. Será apenas por uma ou duas horas. Duas no máximo. Depois eu volto. Você precisa ficar aqui.

Ele voltou se arrastando para o andar de cima — arrastando-se de verdade, pensou Naomi, enquanto lhe lançava olhares desamparados por cima do ombro.

— Se alguém visse essa cena, pensaria que eu o tranquei em um armário e saí pra dançar — murmurou ela. E se sentiu culpada por todo o caminho até a cidade.

*E*NQUANTO VESTIA UMA camisa limpa, Xander concluiu que chegaria bem na hora. Convidá-la para comer pizza fora uma ideia inspirada — especialmente porque, quando fizera a proposta, ela estava quente, molhada e mole do banho.

Também concluíra que já estava mais do que na hora de os dois terem um encontro de verdade. Pizza sempre era um bom começo. Ele estava de plantão, mas poderia atender às ligações — se houvesse alguma — no celular. Se tivesse sorte, estaria na casa dela, na cama, antes de receber qualquer chamada para rebocar alguém.

Xander abriu a porta, mas parou de supetão. Chip estava do outro lado, a mão grande, com as juntas esfoladas, posicionada para bater. Ou socar.

— Oi, Chip.

— Oi, Xander. Você está de saída?

— Estou, mas tenho um tempo. Quer entrar?

— Não precisa, vou andando com você.

Chip começou a descer os degraus com suas pernas ligeiramente curvadas. Era um cara grande — estrela do time de futebol americano da escola — e tendia a se mover desajeitadamente, a menos que estivesse no convés de um navio, coisa que fazia diariamente para os negócios da família. Lá, Xander sabia, o homem se movia com a elegância de um Baryshnikov, e sua personalidade tímida e humilde funcionava bem com os turistas que queriam pescar ou velejar.

Desde que Xander o conhecia, sempre fora louco por Marla, e finalmente a conquistara quando ela voltara para Cove depois de dois anos de faculdade.

E o fizera ao bater no cara com quem ela se engraçara, e que, por sua vez, gostava de bater nela.

Aquele não fora o primeiro nem o último sujeito em quem Chip batera por conta de Marla. Xander não tinha vontade alguma de ser o próximo.

Mas o amigo não parecia esboçar raiva, não tinha um olhar irritado enquanto eles se aproximavam do fim da escada.

— Sabe como é, queria dizer que sinto pela forma como Marla agiu ontem à noite. Fiquei sabendo do que aconteceu.

— Não tem problema.

— Ela ainda tem uma queda por você.

Xander ficou atento para o caso de o ar irritado dar as caras.

— Chip, você sabe que nada aconteceu e nem acontece desde a época da escola.

— Eu sei. E queria dizer que sei, só para deixar claro. Patti fica enchendo meus ouvidos, insinuando que não é bem assim, mas eu não sou bobo. Ela não engana ninguém.

— Então tá. Estamos bem?

— Claro. Queria pedir desculpas para a moça. A moça nova. Naomi, não é? Mas ela não me conhece, e não queria aparecer por lá e assustá-la ou algo assim.

— Não se preocupe, Chip. Você não precisa se desculpar por ninguém.

— Eu me sinto mal pelo que aconteceu, por tudo. Enfim. — Ele colocou aquelas mãos monstruosas no bolso, olhando para o nada. — Você não sabe onde ela está, sabe?

— Naomi?

— Não, não ela, não Naomi. Marla.

— Sinto muito, não.

— Ela não está em casa, na casa em que mora agora, e não atende ao telefone. Patti disse que Marla brigou com ela ontem à noite, porque estava com vergonha e tal. E simplesmente foi embora. Estava bebendo.

— Foi de carro?

— Parece que Patti dirigiu até o bar, mas a casa onde ela mora agora não fica longe dali. E também não foi trabalhar no mercado hoje. O pessoal de lá está fulo da vida.

Devia estar de ressaca, morrendo de vergonha, irritada, provavelmente na cama, escondida sob os lençóis.

— Que droga!

— Se você a vir, talvez possa me ligar, só para eu saber que ela está bem e tendo uma de suas crises.

— Pode deixar.

— Não vou mais prender você. Se encontrar com a moça, Naomi... Se a encontrar, diga que sinto muito pelo aborrecimento.

— Digo, sim. Fique tranquilo.

— É a melhor coisa a se fazer. — Chip abriu um pequeno sorriso e entrou em sua caminhonete.

Como era perto, e ele agora estava um pouco atrasado, Xander pegou a própria caminhonete e foi até o Rinaldo's.

Naomi já estava lá, sentada a uma mesa, analisando o cardápio. Ele se sentou bem à sua frente.

— Desculpe. Tive que resolver uma coisa antes de vir.

— Não tem problema. Estava tentando decidir se tenho espaço para essas lulas empanadas de entrada.

— Se dividirmos, deve dar.

— Então está decidido. — E deixou o cardápio de lado. — Aqui fica cheio nas noites de sábado.

— Sempre foi assim. Você está bonita.

— Melhor do que algumas horas atrás?

— Você sempre está bonita. Oi, Maxie.

A garçonete, jovem e bonita, com olhos grandes e cabelos louros com mechas em um belo tom de lavanda, pegou um bloquinho.

— Oi, Xander. Oi — disse ela para Naomi. — O que vão querer beber?

— Uma taça de Chianti, obrigada, e água com gelo.

— Certo. Xan?

— Yuengling. Como vai o carro?

— Ele me leva aonde eu quero e de volta para casa, graças a você. Já trago as bebidas.

— Imagino que ajude muitas pessoas a chegarem aonde querem e voltarem para casa.

— É o meu trabalho. Escute, se um cara grande, meio sem jeito, aparecer na sua casa...

— O quê? Que cara?

Xander balançou a mão.

— Um cara inofensivo. Chip. É o ex de Marla. Ele passou lá em casa quando eu estava saindo.

Enquanto Naomi se empertigava, suas omoplatas pareceram enrijecer-se como ferro.

— Se ele estiver irritado sobre o que aconteceu ontem à noite, deveria ir falar com a pessoa que começou a briga.

— Não é isso. Ele é um cara legal. Em geral, legal até demais. Queria pedir desculpas por ela. Disse que também queria falar com você, mas ficou com medo de te assustar ao aparecer na sua casa sem avisar.

— Ah. A culpa não foi dele. O que um cara legal que pede perdão por algo que não foi sua culpa está fazendo com uma mulher como aquela?

— É impossível amar e ser sábio ao mesmo tempo.

— Quem disse isso?

— Francis Bacon. De toda forma, eu disse a ele que daria o recado.

Maxie voltou com as bebidas e anotou o pedido da comida.

Talvez sair de casa não fosse tão ruim assim, pensou Naomi. O restaurante era barulhento, mas de um jeito bom, feliz. Harry teria aprovado as lulas empanadas.

— Fiquei sabendo que você conheceu Loo.

— Conheci?

— Ontem à noite, no bar. A atendente.

— Aquela é a Loo? — A morena com rosto esculpido e mechas cor-de-rosa bonitas. — Imaginava que ela fosse mais velha, com um ar meio executivo, e que cuidasse da contabilidade em um escritório escondido.

— Loo prefere pôr a mão na massa. Ela gostou de você.

Naomi ouviu uma gargalhada alegre e notou a morena gordinha atrás do balcão rindo mais uma vez enquanto sinalizava para a garçonete pegar um pedido pronto.

— Que legal da parte dela, ainda mais considerando que só conversamos por uns dois minutos.

— Ela diz que tem bons instintos.

— Loo mencionou que o ex-marido dela era caseiro da minha casa na época em que o lugar funcionava como uma pousada.

— É verdade, o maconheiro. Já faz tempo. Mas lembrei agora que posso ajudá-la com o trabalho mais pesado no quintal. Kevin disse que você não quer contratar um paisagista, pelo menos não por enquanto, mas, se mudar de ideia, talvez seja bom falar com Lelo.

— Da banda?

— A família dele é dona do horto da cidade. Na verdade, o cara tem muito jeito com plantas e mato.

— E é uma tradição local contratar jardineiros chapados?

Depois de gesticular com a cerveja, Xander deu um gole.

— No caso de Lelo, ex-chapado. Você pode ver o que acha dele amanhã.

— Pode ser. — Na verdade, talvez não tivesse outra opção. — Queria dar um jeito no quintal por conta própria, mas, por enquanto, só conseguira dar uma geral e plantar alguns vasos e uns temperos.

— Nova York não é o melhor lugar para se fazer jardinagem?

— Não nessa proporção. Temos um jardim bonito nos fundos da casa, simples e fácil de cuidar. Mas Seth é quem faz a maior parte do trabalho. Então, talvez seja bom eu arrumar alguém para me ajudar.

— Podemos negociar, trocar um pouco de trabalho pela sessão de fotos.

— Hum. Vamos ver o que acontece amanhã. Talvez essa ideia funcione.

— Você não quer ir lá em casa dar uma olhada na garagem?

— Preciso voltar para o cachorro. — A carta na manga, lembrou Naomi a si mesma.

— Dez minutos não farão diferença. Eu moro no meio do caminho. Você pode dar uma olhada hoje e pensar no que quer fazer.

Isso ajudaria, refletiu ela. O cachorro continuava a ser sua melhor desculpa. Não importava quanto se sentisse tentada, não acabaria na cama de Xander — não com um cachorro a esperando em casa.

— Tudo bem. Vamos lá.

É claro que a noite já havia caído, então ela não teria como avaliar a iluminação do lugar, mas poderia ter noção do espaço, saber o que usaria caso os fotografasse onde ensaiavam.

Refletores se acenderam quando estacionou o carro atrás do de Xander.

Naomi viu que as portas estavam trancadas com cadeados, além de terem teclados para digitar a senha do alarme e sensores de movimento.

— Nunca pensei no tipo de sistema de segurança de que você precisaria.

— Aqui tem um monte de ferramentas, carros, peças, às vezes equipamentos da banda.

Ele abriu a porta da baia e acendeu a luz.

Era um bom espaço, avaliou Naomi, entrando. O lugar cheirava a gasolina, que manchava o piso de concreto, e abrigava um elevador automotivo, laranja-vivo. Analisou os equipamentos: compressores, pistolas de graxa, macacos hidráulicos, carrinhos, duas caixas de ferramenta enormes — uma preta, outra vermelha.

Sim, ali seria um bom lugar.

— Como vocês se organizam?

— Mais ou menos do mesmo jeito que no palco. Se o clima estiver bom e começarmos cedo o suficiente, ficamos lá fora. É divertido.

Talvez fosse, mas ela preferia que ficassem na baia, com aquelas cores destoantes e as ferramentas grandes e brutas.

— Quero sua moto aqui dentro.

— Para a foto?

— Sim, talvez. Quero ver como fica.

— E peças de carro também. Um motor antigo seria ótimo, talvez um para-brisa quebrado — todo rachado. Um volante. Pneus.

— Sim, poderia ficar bom.

— E quero algumas opções de roupas, coisas em que vocês se sintam bem, mas, como eu disse, nada de preto. Uns bonés, bandanas. Um chapéu de caubói, talvez um casaco. Couro. Couro não pode faltar.

— Tudo bem.

Ela ouviu o tom de dúvida na voz de Xander, e sorriu.

— Confie em mim. Vocês vão gostar da ideia.

Além disso, a garagem era grande, e talvez houvesse outras possibilidades.

— O que tem na baia do lado?

— O amor da minha vida.

— É mesmo?

— É. Você quer conhecê-la?

— Claro.

Xander saiu, deixou a primeira baia aberta para o caso de Naomi ainda não ter terminado, e abriu a do lado. Acendeu a luz.

Já a ouvira arfar daquela forma, percebeu ele. Quando estava dentro dela.

— Esse carro é seu?

— Agora, é.

— Você tem um GTO conversível de 1967, vermelho de fábrica.

Xander passou dez segundos em um silêncio reverente.

— Acho que vamos ter que casar agora. Você é a única mulher além de Loo que a viu e soube o que era. Tenho quase certeza de que estamos noivos.

— Ele é lindo. — Naomi se aproximou, passando os dedos levemente sobre o capô. — Totalmente impecável. Você o restaurou?

— Fiz a *manutenção*. Meu avô o comprou novinho em folha, cuidava dele como um bebê. O gene da mecânica pulou meu pai, então vovô me mostrou como as coisas funcionavam e, quando fiz 21 anos, me deu de presente.

Ela foi na direção da porta, parando para olhar para Xander.

— Posso?

— Claro.

Naomi abriu o carro, passando a mão pelo banco.

— Ainda tem cheiro de novo. E os acabamentos são ótimos. Ah, o rádio é de botão!

— Meu pai queria botar um toca-fitas na época dele. Meu avô quase o deserdou.

— Bem, seria uma blasfêmia, não? Seu avô ficaria feliz com a forma como você cuida do carro.

— Ele fica.

— Ah, ele está vivo?

— E bem, morando com minha avó na Flórida. Na ilha de Sanibel. Na verdade, ela não é minha avó de verdade, mas os dois estão casados há quase quarenta anos.

— Um lugar fantástico.

— Como sabe tanto sobre carros clássicos?

— Só conheço alguns. Fiz uma sessão de fotos, uma das primeiras por conta própria, para um amigo de Harry e Seth.

Naomi deu a volta no carro enquanto falava. Ele estava mesmo perfeito. E, se Xander fazia manutenção, presumia que também funcionasse maravilhosamente bem.

— Ele tinha carros clássicos e queria que alguém os fotografasse — continuou ela. — O interior e o exterior. Fiquei tão nervosa, ainda mais porque não entendia nada de carros comuns, que dirá dos clássicos. Peguei uma lista dos que iria fotografar e estudei tudo sobre eles. Até pedi para Mason tomar a matéria de mim. E um deles era um GTO de 1967, vermelho de fábrica, como este, mas não conversível. Lindo.

— Quer dar uma volta nele?

— Ah. Eu queria. — Naomi suspirou. — Queria mesmo, mas tenho que voltar para o cachorro.

Xander viu o desejo dela, sabia como usá-lo em vantagem própria.

— Que tal fazermos assim? Vamos até a sua casa. Você deixa seu carro aqui e eu durmo lá. Amanhã, trazemos seu equipamento, e você tira as fotos.

Ela não devia. Não devia. Não devia dormir com ele por duas noites seguidas. Aquilo seria quase criar um compromisso.

E o carro brilhava sob as luzes da garagem, chamando-a.

Xander estava ali, apoiado na parede e tão sensual, terminando de convencê-la.

— Tudo bem, mas só se você baixar o teto.

— Sem problema.

Capítulo 15

◆ ◆ ◆ ◆

Houvera uma época em que Xander era mais adepto a ir para a cama às cinco da manhã do que sair dela a essa hora. Realmente esperava que essa época não tivesse acabado por completo.

Mas, quando parte da recompensa por acordar cedo equivalia a panquecas — e não aquelas de massa pronta que a mãe fazia —, entendia as vantagens disso.

A maior de todas se sentava ao seu lado no velho banco, cheirando a verão enquanto as estrelas desapareciam.

— Então essas são as cadeiras e a mesa da varanda.

— No futuro.

Xander analisou as velhas cadeiras de metal. Mesmo no escuro, era fácil ver a ferrugem.

— Por quê?

— Estou tentando seguir um tema, e elas foram uma pechincha. Tenho uma ideia. Também deixei uma cômoda e uma mesinha de centro na casa de Jenny. E Cecil reservou umas peças para ela dar uma olhada.

— Ele deve estar apaixonado por você, magrela.

— As fotos que tirei lá ontem vão pagar pelos móveis da varanda, e mais. Consegui uma ótima do celeiro. A luz estava perfeita, e as nuvens... Eram apenas um rastro cinza. Eu o convenci a posar na frente das portas abertas, com aquele macacão. Está apoiado numa forquilha. Ele reclamou um pouco, mas gostou. E assinou o contrato de liberação de imagem em troca de uma cópia. Foi um ótimo negócio. Então eu... Espere aí!

Naomi se levantou de um salto, correndo para dentro da casa. Xander trocou um olhar com o cachorro e deu de ombros, voltando-se para as panquecas enquanto a primeira luz do dia subia pelo horizonte.

Ela voltou correndo, com a câmera e uma bolsa.

— Fique perto da balaustrada — mandou ela.

— O quê? Não. Estou comendo. De toda forma, está escuro demais para tirar fotos.

— Fico dando pitaco na forma como você conserta motores? Ande logo, seja bonzinho. Fique perto da balaustrada. Com sua caneca. Vamos, vamos, não quero perder a luz.

— Não tem luz nenhuma — murmurou ele, mas se levantou e andou até a balaustrada.

— Chame o cachorro.

Como Sombra poderia começar a se interessar demais pelo prato de panquecas deixado sobre o banco, Xander o chamou.

— Apenas beba seu café e olhe para o nascer do sol. Não preste atenção em mim. Olhe para fora. Não, vire mais um pouco para a sua direita. E pare de fazer cara feia. Acabou de amanhecer, você tem café e um cachorro. Acabou de sair da cama depois de passar a noite com uma mulher linda.

— Bem, tudo isso é verdade.

— Você só precisa parecer que está sentindo essas coisas. E veja o sol nascer.

Ele podia fazer isso. Era meio estranho com Naomi ao seu redor com a câmera. Mas o cachorro, aparentemente acostumado com tudo aquilo, apoiou-se em sua perna e ficou observando o mar.

Era um espetáculo e tanto, com aqueles primeiros raios de luz, a promessa de que outros viriam, a subida lenta dos tons de rosa que batiam na água. Então o brilho dourado que se elevava, que cercava as nuvens.

Além do mais, Naomi fazia um café de matar naquela cafeteira chique.

Ele simplesmente aproveitaria o momento e ignoraria a forma como a fotógrafa murmurava para si mesma, vasculhando a bolsa em busca de algo.

$\mathcal{A}$H, ESTAVA PERFEITO. Ele era perfeito. Pouco mais do que uma silhueta, o homem alto, sonolento, descalço e sensual, com um cachorro leal ao seu lado, observando uma nova manhã avançar sobre a água.

Pernas longas, braços longos, caneca branca de café, barba por fazer em um perfil anguloso ao raiar do dia.

— Ótimo. Ótimo. Obrigada. Acabei.

Xander olhou para trás — e ela não resistiu a tirar mais uma.

— Agora acabei.

— Tudo bem. — Ele voltou para o banco e as panquecas, e, quando Naomi o seguiu, ignorando o próprio prato para ver as imagens, Xander esticou a mão. — Vamos ver.

Ela não lhe entregou a câmera, mas chegou mais perto. Virou a tela e foi passando as fotos.

Xander não sabia como Naomi conseguira aproveitar tanto a luz — ou a falta dela —, nem como o transformara em parte do cenário, fazendo-o parecer mal-humorado e contente ao mesmo tempo. Ou como conseguira captar todos os tons do nascer do sol.

— Você é boa.

— Sim, eu sou. Vou enviar um comunicado para todos saberem.

— O que vai fazer com as fotos?

Ainda passando as imagens, parou em uma e mexeu em algo para ampliar o perfil dele.

— Preciso avaliá-las no computador, escolher a que acho que mais combina com a cena sensual e temperamental que quero para a galeria, e então tratá-la. Quero separar outra para o banco de imagens. Provavelmente a que você estava virando, olhando para mim com o nascer do sol às suas costas. Vai acabar em uma capa de livro.

— O quê?

— Eu sei o tipo de coisa que vende bem — respondeu Naomi. — Um dia desses, você vai acabar se adicionando à sua coleção. É bom começar o dia com um trabalho produtivo e inesperado.

Ela se inclinou para a frente e o beijou — algo que nunca fizera antes. E acabou com toda a vontade que ele tinha de reclamar.

— Você vai fazer isso agora de manhã?

Naomi ampliava a imagem no perfil do cachorro.

— Sim, e mais umas coisas.

— Tudo bem, então eu vou cuidar do quintal.

— Do quintal? — Distraída, ela o fitou. — Do meu quintal?

— Não, pensei em dar uma volta por aí até encontrar um que eu quisesse cavar. Sim, do seu quintal.

— Não precisa.

— Estou acordado, e gosto de jardinagem.

— Olha o homem sem quintal falando.

— Sim, isso é um problema. — Para a grande decepção de Sombra, Xander terminou suas panquecas. — Mas eu ajudo Kevin e Jenny de vez em quando. E Loo também. Onde ficam suas ferramentas?

— Tenho uma pá, um ancinho e um kit de coisas de jardinagem. Sabe, uma pazinha, tesouras de poda, aquele negócio que parece um garfo.

Xander refletiu sobre isso por um instante.

— E pretende cuidar desse quintal com uma pá e um ancinho?

— Por enquanto. Do que mais preciso?

— De tesourões, um carrinho de mão e uma enxada. Talvez possa usar uns baldes da obra. Uma vassoura de folhas, um rastelo, podadeiras...

— Preciso de uma lista.

— Vou ver o que posso fazer com o que tem aqui, e depois veremos o que falta.

Como Naomi planejara passar a manhã trabalhando, acomodou-se em seu espaço de trabalho temporário. Xander podia ficar brincando no quintal, pensou, apesar de imaginar que ele logo se cansaria do trabalho pesado e voltaria para convencê-la a fazerem outra coisa.

Sexo, uma volta de carro, algo mais não planejado para a sua manhã.

Esse era o problema de ter outra pessoa por perto. Os outros sempre querem algo para o qual você não tem tempo.

Lidou com as imagens mais simples primeiro, coisas básicas. Satisfeita com as fotos do celeiro, enviou-as para o site antes de passar mais tempo tratando a que selecionara de Cecil.

No entanto, como não conseguia parar de pensar nas fotografias que acabara de tirar, adiou seus planos originais e decidiu analisá-las — quadro a quadro — na tela grande.

Começou com a última imagem — a que tirara em um impulso de sorte, na qual Xander virava-se em sua direção, com um meio-sorriso bonito e confiante no rosto.

Meu Deus, como ele era lindo. Não de um jeito arrumadinho e sofisticado — ninguém jamais o descreveria assim. Tinha um ar completamente rústico e durão, reforçado pela barba por fazer e os cabelos despenteados.

Naomi tratou o fundo da imagem primeiro, deixando as nuvens mais avermelhadas, para criar um aspecto dramático. Sim, o cenário precisava de um clima bem sentimental — com o cara gostoso e sensual fazendo menção de se virar, olhando por cima do ombro para sua amante.

Não havia como achar que aquele sorriso satisfeito e o olhar sedutor eram direcionados a qualquer outra pessoa além de uma amante.

Era uma foto que venderia bem, e por muitos anos, no banco de imagem. Em curto prazo, Naomi calculava que venderia dezenas na primeira semana. Para fazer graça e adicionar um pouco de mistério, nomeou-a de *Senhor X*.

Sim, fora uma ótima manhã de trabalho.

Dedicou-se um pouco mais à edição, ampliando um pouco a imagem e refinando pequenos detalhes. Satisfeita, enviou a foto para seu site. Depois disso, deu uma olhada nas outras duas que selecionara para a galeria.

Perdeu a noção do tempo. Aquele trabalho era mais preciso e rebuscado. Ela queria enfatizar o momento em que o dia e a noite se misturavam, apenas os primeiros sinais de luz, as cores dramáticas ainda por vir.

E o homem, pouco mais do que uma sombra, com o cachorro levemente apoiado em sua perna.

Devia destacar mais os olhos de Xander, pensou, para o azul chamar a atenção.

Considerou tratar uma segunda, deixando a imagem em preto e branco — com alguns pontos de cor. Sim, os olhos em um azul chamativo e a luz subindo em um tom vermelho destacado. A caneca branca.

Anotou o valor que cobraria por esta e voltou para a primeira foto.

Alternando entre as duas, analisava o trabalho anterior com um olhar crítico e renovado.

— Estão boas. Muito boas — murmurou, enviando as duas para o gerente da galeria.

Então voltou a observá-las.

— Muito boas.

Naomi se levantou, remexeu os ombros doloridos, girou a cabeça sobre o pescoço duro — e lembrou a si mesma que tinha jurado praticar pelo menos meia hora de ioga por dia, a fim de se manter relaxada.

— Amanhã eu começo.

O mínimo que poderia fazer agora era ver o que Xander estava fazendo e lhe oferecer uma bebida gelada. Também se certificaria de que o cachorro estava ocupado, considerando que Sombra optara por passar seu tempo com o visitante, em vez de ficar deitado ao seu lado enquanto ela trabalhava.

Desceu e abriu a porta da frente.

Viu-o sem blusa, o torso brilhando de suor, jogar um graveto — praticamente um galho inteiro — para o cão de olhos arregalados.

Mais gravetos e entulhos ocupavam um carrinho de mão. Um grande trecho gramado, falhado e cheio de protuberâncias, estava livre das ervas daninhas, dos arbustos feios e das plantas espinhentas que pareciam crescer trinta centímetros a cada noite.

Viu uma pilha de pedras, uma serra elétrica, um machado, uma picareta, os baldes da obra e lonas de plástico abrigando uma montanha de folhas, com pinhos posicionados no centro.

— Puta merda! — exclamou Naomi, chamando a atenção de Xander.

— Oi! Já adiantamos bastante o trabalho.

— Adiantaram? De onde veio tudo isso?

— É lixo de quintal de um quintal cheio de lixo. As ferramentas? Sombra e eu fomos até a cidade, pegamos a caminhonete e fizemos umas compras. Deixei as contas na bancada da cozinha. Tem metade de um sanduíche na geladeira se quiser. Ficamos com fome.

Lentamente, ela entrou no quintal e pisou na grama — embora horrorosa, mesmo assim era grama.

— Não esperava que você fizesse tanta coisa.

— Foi divertido. Se eu fosse você, me livraria desses arbustos embaixo das janelas. — Xander tirou uma bandana do bolso de trás e enxugou o suor do rosto. — Lelo pode fazer isso, ou pelo menos dizer se eles ainda têm salvação.

— Eu comprei uma serra elétrica?

— Não, ela é minha. Acho que você não vai precisar de uma agora que as coisas estão sob controle. Quando tirarem a lixeira dali, talvez seja bom ocupar aquele espaço. — Enquanto ele falava, jogou novamente o graveto para Sombra. — Eu plantaria uma bela árvore, sem dúvida.

— Pensei em alguma árvore frondosa. Tipo uma cerejeira ou... algo assim.

— É uma boa ideia. — Ele tirou as luvas grossas.

— Xander, quanto tempo... Que horas são? — Ela fez menção de pegar o celular para verificar, mas lembrou que não estava com o aparelho.

Ele pegou o próprio.

— Uma hora.

— Da tarde?

— Com certeza não é da manhã, querida. — Rindo, ele a beijou. — Para onde vai essa cabeça quando você trabalha?

— É que eu não esperava que... Você passou *horas* trabalhando. Obrigada, de verdade.

— Foi só um pouco de jardinagem, nada de mais. Preciso me limpar para irmos. Se você ainda quiser tirar fotos dos livros.

— Sim, eu quero. E sim, você precisa. Está todo suado. — Naomi se aproximou e passou um dedo pelo peito dele. — E bem sujo. Parece estar... com calor e com sede.

Como o olhar dela era convidativo, Xander a puxou para perto.

— Agora você também está suada e suja.

— Então acho que nós dois precisamos de um banho.

XANDER A TOMOU embaixo da água gelada, passando as mãos intensas e ensaboadas pelo corpo dela. Empolgadas e ávidas, suas bocas se encontraram. Ele engoliu as arfadas e os gemidos enquanto a levava mais alto.

Quando a prendeu contra a parede e a penetrou, os dedos de Naomi mergulharam nos cabelos dele, ficando lá. Os olhos de ambos se fixavam um no outro, os lábios, próximos; a respiração, misturada.

O verde dos olhos dela se tornou opaco quando chegou ao ápice, enquanto repetia o nome dele da forma como Xander queria ouvir.

Ele se controlou, negando a si mesmo aquela satisfação rápida, e diminuiu o ritmo até a cabeça dela cair para trás.

Naomi não sentia nada além de prazer, tudo tão forte e intenso, que parecia capaz de explodir. A sensação aumentou, envolvendo-a como uma capa de veludo quente e molhada.

Sentiu os azulejos frios às suas costas, o corpo de Xander quente, pressionado contra ela, dentro dela. O ar parecia tão pesado que respirá-lo, expirá-lo, causava um gemido. Tentou se segurar e retribuir, mas se sentia tão mole e flexível quanto cera deixada à luz do sol. Os lábios dele brincavam com os de Naomi, conquistando-a pelo tormento, e não pela força.

Ela disse o nome de Xander mais uma vez enquanto fechava os olhos.

— Não, não, olhe para mim. Abra seus olhos e me veja, Naomi.

— Eu vejo você. Sim. Meu Deus.

— Um pouco mais. Um pouco mais até não sobrar nada. Quero mais.

— Sim.

E Xander tomou um pouco mais, ambos se equilibrando no limite entre a necessidade e o alívio, até a vontade crescer além do tolerável, até ele perder o controle.

Como se sentia um pouco bêbada, Naomi se esforçou para prestar atenção enquanto selecionava seu equipamento. Ele a levara além dos seus limites e, por algum motivo, ela permitira. Precisava de tempo e espaço para decidir, para compreender o que isso significava.

E agora não era o momento certo, não quando tudo dentro de si parecia relaxado e vulnerável. Quando ainda podia sentir as mãos de Xander nela.

Pegou o tripé, uma bolsa e um estojo para a câmera, além de um suporte para iluminação e um difusor.

Ele entrou no quarto cheirando a sabonete.

— Tudo isso?

— É melhor levar coisas em excesso do que esquecer algo de que você realmente precisa.

Ela começou a colocar uma mochila nas costas.

— Deixa comigo. Meu Deus, essas coisas em excesso incluem tijolos? — Xander pegou o tripé, o suporte da luz, e saiu.

Enquanto Naomi pegava o restante do equipamento, Sombra latiu como se dragões estivessem queimando a casa.

— Tem um carro vindo — gritou Xander. — Deixa comigo.

— "Deixa comigo"— murmurou ela. — Esse é o problema. Por que não acho ruim deixar as coisas com ele?

— Calma, matador — disse Xander para Sombra, e abriu a porta da frente. Ele reconheceu a viatura estacionando bem atrás de sua caminhonete, e o comandante da polícia sentado ao volante. — Relaxe, ele é legal. — Xander saiu da varanda, levando o equipamento até a caminhonete. — E aí, comandante?

— Xander. Esse é o vira-lata de que ouvi falar?

— Sim. Esse é o Sombra.

— Olá, Sombra.

O comandante da polícia, Sam Winston, um homem parrudo da cor de um amendoim e de rosto liso, com um boné dos Waves (o time de futebol americano da escola local, no qual seu filho jogava como *quarterback*) cobrindo seus cabelos curtos, agachou-se.

Sombra, nervoso, chegou perto o bastante para lhe dar uma cheirada.

— É um cachorro bonito.

— Agora.

O cão aceitou o afago em sua cabeça, e voltou correndo para Naomi quando ela saiu.

— Senhorita. — Sam baixou a ponta do boné. — Meu nome é Sam Winston, sou comandante da polícia.

— Aconteceu alguma coisa?

— Não tenho certeza. Eu pretendia vir aqui me apresentar. É bom ter alguém de volta ao penhasco e, pelo que fiquei sabendo, a senhorita está reformando esta belezura. Já estava na hora de alguém fazer isso. Soube que contratou Kevin Banner e a equipe dele para o trabalho.

— Sim.

— Não poderia ter feito escolha melhor. Parece que vocês estavam de saída.

— Naomi vai tirar umas fotos da banda.

— É mesmo? — Sam prendeu os dedões no cinto da farda, assentindo levemente. — Aposto que vão ficar boas. Não quero ocupar seu tempo, e foi bom encontrar os dois juntos, porque isso já adianta as coisas. Vim falar sobre Marla Roth.

— Se ela quer prestar queixa contra mim, vou revidar. De novo — disse Naomi.

— Não sei se é isso que Marla pretende fazer. Não sabemos onde ela está.

— Ainda? — perguntou Xander, aparecendo depois de guardar o equipamento.

— Parece que ninguém a viu nem falou com ela desde a noite de sexta. Pouco depois da sua briga, Srta. Carson.

— Se Marla ainda estiver irritada, pode ter resolvido sumir por uns dias — sugeriu Xander.

Com os coturnos gastos fincados no chão, Sam deu uma batidinha na aba do boné.

— O carro de Marla está na garagem, mas ela, não. Chip finalmente arrombou a porta dos fundos hoje cedo, então foi conversar comigo. Ela não foi trabalhar ontem, nem atende ao telefone. Pode ser que esteja fazendo charme, o que é bem provável, mas Chip está muito preocupado, e preciso investigar o caso. Por enquanto, o que sei é que ela brigou com a senhorita na noite de sexta, no Loo's.

Desaparecida poderia significar várias coisas, garantiu Naomi a si mesma. *Desaparecida* não significava um porão velho no meio da floresta. Geralmente, com *muita* frequência, só queria dizer que a pessoa fora para algum lugar onde ninguém pensara em procurar ainda.

— Srta. Carson? — chamou Sam.

— Desculpe, sim. Foi isso mesmo. Ela esbarrou em mim algumas vezes, depois me empurrou.

— E você a acertou?

— Não, não bati nela. Peguei seu pulso e o torci. Fiz com que perdesse o equilíbrio para que caísse. Para que parasse de me empurrar.

— E depois?

— Fui embora. A situação toda era irritante e vergonhosa, então saí de lá e vim para casa.

— Só a senhorita?

— Sim, vim para casa sozinha.

— Tem uma estimativa da hora em que isso aconteceu?

— Eram umas dez e meia. — O homem só estava fazendo o trabalho dele, lembrou Naomi a si mesma, e respirou fundo. — Deixei o cachorro sair para dar uma volta, passamos um tempo aqui fora. Estava irritada e nervosa, não conseguia me concentrar no trabalho.

— E eu cheguei aqui por volta de meia-noite e meia. — Apesar de Xander estar apoiado com um ar relaxado na caminhonete, sua voz transmitia irritação. — O cachorro nos acordou pouco depois das cinco, e eu fui embora mais ou menos às sete e meia, talvez um pouco antes. Dá um tempo, comandante.

— Xander, preciso fazer as perguntas. Patti estava fazendo estardalhaço sobre a Srta. Carson ter atacado Marla. Foi a única pessoa que interpretou os eventos dessa forma — acrescentou ele antes de o outro homem interferir. — E já mudou a versão dos fatos. Mas a verdade é que Marla saiu do Loo's vinte minutos depois da Srta. Carson, irritada, e, pelo que descobri até agora, essa foi a última vez que alguém a viu.

Sam bufou, afagando o cachorro, que agora parecia achá-lo divertidíssimo.

— Algum de vocês a viu com alguém, alguma pessoa que possa ter ido embora com ela?

— Marla estava sentada com Patti. — Xander deu de ombros. — Tento não prestar muita atenção nela.

— Eu a vi em sua mesa, com a amiga, assim que cheguei. — Agora se sentindo tensa, Naomi esfregou o pescoço. — Eu estava com Kevin e Jenny. Não prestei muita atenção nela antes de eu e Jenny irmos dançar, e Marla... Nem mesmo a conheço.

— Eu entendo, de verdade, e não quero que se preocupe com isso. Ela provavelmente saiu com alguém do bar para recuperar o orgulho ferido e provocar Chip.

Naomi balançou a cabeça.

— Uma mulher que está irritada e nervosa? Ela desabafaria com a amiga.

— As duas discutiram depois do incidente.

— Mesmo assim. Ela ligaria para a tal de Patti para brigar mais, ou pelo menos mandaria uma mensagem maldosa.

— Vamos investigar. Não quero ocupar mais o seu tempo, mas gostaria de voltar um dia desses para dar uma olhada na obra.

— Sim, claro.

— Tenham um bom dia. Até logo, Xander.

O estômago de Naomi estava embrulhado quando Sam entrou na viatura.

— Ele vai mesmo investigar?

— É claro que vai. O cara é comandante da polícia.

— Alguém já desapareceu por aqui antes?

— Não que eu saiba, e eu saberia. Ei. — Xander tocou-lhe o braço. — Marla é o tipo de pessoa que gosta de criar problema, de dar trabalho. Ela é assim. O comandante fará o trabalho dele. Não se preocupe.

Ele tinha razão, é claro. Marla era encrenqueira e provavelmente decidira passar o fim de semana com algum cara que conhecera no bar, recompondo-se da humilhação.

Nem toda mulher que sumia acabava sendo estuprada e assassinada. Esse tipo de coisa nunca acontecera ali antes, lembrou a si mesma. Ela mesma não procurara saber disso depois de se apaixonar pela casa?

Baixa taxa de criminalidade, uma proporção ainda menor de crimes violentos. Um lugar seguro. Tranquilo.

Marla provavelmente apareceria antes do fim do dia, satisfeita por ter causado preocupação ao ex-marido, à melhor amiga e por ter a polícia atrás dela.

Naomi tirou isso da cabeça tanto quanto era capaz enquanto Xander afastava a caminhonete da casa, com o cachorro colocando a cabeça para fora da janela e as orelhas voando na brisa.

Luz e sombra

*Os locais mais iluminados são aqueles
que abrigam mais escuridão.*

JOHANN WOLFGANG VON GOETHE

Capítulo 16

◆ ◆ ◆ ◆

UANDO PERCEBERA que ela estava falando sério sobre tirar fotos da sua casa, Xander considerara tirar o livro de Simon Vance da estante. Já o fizera para reler o volume e refrescar a memória, e quase o jogara na caixa de coisas para doar.

Não queria ver aquele olhar vago e aflito no rosto de Naomi outra vez.

Entretanto, no fim das contas, decidira que tirar o livro dali seria lhe dar muita importância. Ela sabia onde ele estava, e se perguntaria por que sumira.

Adicionando o fator do estresse, Xander concluíra que não faria diferença, e optou por deixar as coisas como estavam.

Naomi contaria quando estivesse pronta. Ou não.

Ele a ajudou a carregar o equipamento escadaria acima, onde ela prestava mais atenção aos próprios apetrechos do que ao cenário que pretendia fotografar. Tirou o tripé da bolsa, ajustou-o e fez o mesmo com o suporte de luz.

— Ainda tenho aquele vinho, se quiser.

— Obrigada, mas não enquanto trabalho.

Como ele tinha a mesma regra, pegou uma Coca-Cola para os dois.

Naomi assentiu e ignorou a bebida enquanto pegava um exposímetro.

— Posso colocar uma das cadeiras aqui, para apoiar o notebook?

— Eu pego.

Ela prendeu a câmera ao tripé e estreitou os olhos na direção da parede de livros.

— Essa sua câmera é impressionante.

— É uma Hasselblad média. Formato grande, resolução maior. Vou tirar as fotos digitais primeiro.

Naomi pegou um sensor, prendeu-o à câmera. Quando Xander viu tudo que ela carregava — as lentes, os sensores, os cabos, os acessórios —, entendeu por que aquela droga de bolsa pesava tanto.

Como é que ela aguentava tanto peso?

Ele não perguntou, reconhecendo que Naomi estava compenetrada no trabalho.

Ela deu uma olhada no visor, usando um controle remoto para ligar e desligar a luz. Pegou um guarda-chuva, prendeu-o no suporte, depois o protegeu com uma tela.

Verificou tudo mais uma vez, mudou o ângulo do tripé, arrastando-o dois centímetros para trás.

Se estava pensando no livro, com certeza não demonstrava.

Xander concluiu que ela levaria pelo menos meia hora para arrumar tudo e tirar algumas fotos de teste. Nesse meio-tempo, decidiu que sua presença não era necessária, então pegou um livro no escritório e se acomodou em uma mesa para ler enquanto Naomi trabalhava.

— Você organiza os livros seguindo algum padrão?

Xander olhou para cima.

— Eu os guardo onde eles cabem. Por quê?

— Jane Austen está do lado de Stephen King.

— Acho que nenhum dos dois se importaria com isso, mas pode mudá--los de lugar se quiser.

— Não, faz parte do cenário. É uma parede de histórias. Você pode escolher qualquer uma, ir para qualquer lugar. É a... Terra dos Contos.

Ela prendeu a atenção dele novamente. Tirava uma foto, analisava, ajustava o equipamento, fazia um teste, tirava outra. Curioso, Xander levantou-se para ver o que acontecia na tela do notebook.

As cores brilhavam mais fortes, a luz conferia um ar levemente sonhador. De alguma forma, Naomi fizera as lombadas gastas parecerem interessantes em vez de velhas.

Outra imagem apareceu. Ele era incapaz de ver a diferença, mas, pelo visto, ela conseguia, pois apertou os olhos para a tela e disse:

— Isso, isso.

Tirou mais meia dúzia de fotos, fazendo pequenos ajustes. Quando terminou, agachou-se para analisar todas as imagens.

— Como as coisas parecem bem melhores nas fotografias do que na realidade?

— Mágica. Esta aqui, sim, esta é a melhor, eu acho. Mas a realidade está ótima. As luzes, as sombras, os ângulos, tudo isso só cria uma atmosfera.

— Você cria arte.

— Eu capturo arte — corrigiu ela. — Quero tirar algumas com filme. — Naomi pegou a câmera e usou algo na bolsa para modificá-la.

— Ela tira fotos digitais e com filme?

— É. Muito prático.

Xander queria perguntar como — queria *ver* como. Mas Naomi exibia aquele ar compenetrado de novo.

Ela voltou ao trabalho; ele voltou ao livro.

Naomi o tirou da leitura mais uma vez quando trocou os sensores, as lentes e tirou a câmera do tripé. Foi para um canto, batendo fotos anguladas dos livros. Verificou o resultado, ajustou a luz, tirou outras.

Quando abaixou a câmera e foi até as prateleiras, Xander achou, por um segundo, que ela pegaria o livro sobre seu pai. Em vez disso, tirou um que estava mais alto e o levou para a mesa.

— Quero você com o de Jane Austen. Pode parar de ler por um instante?

— Já li este antes. Não tem problema. — Ele se sentia um pouco desconfortável. Ninguém jamais o descreveria como tímido, mas a ideia de alguém tirar fotos das suas mãos?

Era estranho.

— Quer mesmo tirar fotos minhas segurando o livro?

— Muito. As mãos calejadas de um homem em um romance clássico, escrito por uma mulher, uma história que a maioria das pessoas considera uma leitura feminina.

— A maioria das pessoas é idiota.

— De toda forma, deve ficar bom. — Naomi pegou o exposímetro. — E a iluminação está boa para isso. Luz boa e natural, que entra pela janela. Ainda mais se você... Arraste a cadeira para a direita, só um pouquinho.

Depois que Xander obedeceu, ela verificou o exposímetro de novo. Parecendo satisfeita, voltou ao laptop e o transferiu para a quina da bancada.

— Só segure o livro aberto, como faria se estivesse lendo. Não na primeira página. Já faz um tempo que você o lê. Está um pouco depois da metade.

Apesar de se sentir ridículo, obedeceu. Decidiu lhe dar cinco minutos para brincar.

Naomi tirava fotos por cima do ombro dele, o cheiro de verão exalando e se espalhando.

Talvez dez minutos, considerou Xander enquanto ela se mexia atrás dele, inclinando-se mais para perto.

— Vire uma página. Ou comece a fazer isso, não vire tudo. Só... pare, segure aí. Ótimo. Está ótimo. Mas...

Ela se endireitou, franziu a testa para a imagem no notebook. Xander precisou se virar para dar uma olhada, e ficou surpreso com o que viu.

— Achei que estivesse doida, mas parece um anúncio chique de revista ou algo assim.

— Está bom, mas ainda não é bem o que eu quero. Falta... É claro.

Naomi abriu a geladeira e pegou uma cerveja. Achou o abridor, tirou a tampa, e então, para o choque dele, despejou quase metade do líquido na pia.

— O quê? Por quê?

— Mãos calejadas, uma cerveja e *Orgulho e preconceito*. — Naomi depositou a garrafa na mesa, enquadrou a foto, deixando a margem mais próxima da borda do livro.

— Você não precisava ter jogado a cerveja ralo abaixo.

— Tem que parecer que você estava bebendo e lendo Austen.

— Eu tenho boca e garganta. Poderíamos ter jogado a cerveja lá.

— Desculpe, não pensei nisso. Dedão esquerdo embaixo da página, virando-a, mão direita na cerveja. Preciso que cubra a marca, não quero fazer propaganda. Segure a garrafa como se a estivesse levantando, talvez a afaste um pouquinho da mesa.

Como não ajudaria chorar pela cerveja derramada, Xander obedeceu às instruções. Pegou a garrafa, colocou-a sobre a mesa, virou uma página, parou de virar a página, até Naomi voltar a abaixar a câmera.

— Perfeito. Exatamente como eu queria.

Ele se virou para ver por conta própria, percebendo que a cerveja fora uma ótima ideia. Ela conferia um ar divertido à imagem, adicionava equilíbrio.

— Homens de verdade leem livros — comentou Naomi. — Vou colocar pôsteres à venda.

Xander voltou a se sentir estranho.

— Pôsteres.

— Para livrarias, centros de educação de jovens e adultos, dormitórios de faculdade, até mesmo algumas bibliotecas. Você me deu ótimos trabalhos hoje, Xander. Vou dizer a Kevin que posso instalar a sauna no banheiro.

— Você vai instalar uma sauna no banheiro.

— Agora, vou. — Assentindo, ela passou as imagens na tela do computador. — Sim, vou mesmo. Tinha me convencido de que não precisava de uma, mas depois de conseguir tantos trabalhos bons em um domingo? Eu mereço uma sauna.

Ele apontou para Naomi.

— Eu mereço um tempo nela.

— Merece mesmo.

Naomi não resistiu quando Xander a puxou para o seu colo, mas hesitou quando ele fez menção de pegar a câmera.

— Não vou jogá-la no chão. Ela é pesada — comentou ele.

— Pesa pouco mais de quatro quilos, geralmente a prendo no tripé. Ela faz o peso valer a pena. É resistente e confiável, e você viu como as imagens ficam boas.

— Esse negócio atrás a faz tirar fotos digitais?

Concordando com a cabeça, Naomi removeu o sensor.

— É um sistema excelente. Não há pinos que se prendam às coisas, e ela tem o próprio software integrado. Não é algo que levaria se fosse fazer uma trilha, por exemplo, mas, para o que eu queria fazer aqui e para as fotos da banda, é a melhor máquina.

Xander precisava admitir que gostaria de brincar com ela, só para ver como funcionava a mecânica da coisa. Mas não imaginava que isso seria possível, da mesma forma que não se imaginava permitindo a Naomi que mexesse embaixo do capô do GTO.

— Quando quero tirar fotos, uso meu celular.

— Existem muitas câmeras boas em celulares hoje em dia. Já tirei algumas que consegui tratar e vender. Mas, agora, acho que aquele vinho cairia bem enquanto desmonto tudo aqui e levamos as coisas para a garagem.

— Posso arrumar as coisas. Já tomei a maior parte de uma cerveja.

— Obrigada. — Ela hesitou de novo e então o beijou. — Obrigada — repetiu.

— De nada.

Naomi se levantou, guardando a câmera com cuidado na bolsa. Enquanto ia pegar o vinho, Xander notou que o olhar dela se voltava para os livros.

— Uma pergunta clássica e, portanto, clichê, mas você já leu todos?

— Tudo que está aí, sim. Mas ainda não li alguns que estão no escritório e no meu quarto.

Ele concluiu que ela era boa em manter um tom despreocupado, fechando o tripé e o guardando em outra bolsa.

— A maioria é ficção, certo? Mas você tem outros gêneros misturados. Biografias, livros de história, sobre carros, o que não é nenhuma surpresa, e coisas baseadas em crimes reais.

Ele também podia parecer despreocupado.

— Não ficção, quando bem-escrita, também vira história.

— Geralmente só leio livros de não ficção quando são relacionados a trabalho. Como você sabe se algo baseado na verdade conta mesmo a verdade?

— Acho que não dá para saber.

— Às vezes pode se tratar só da percepção do autor ou das intenções dele ou, quem sabe, os fatos sejam aumentados ou ajustados por motivos criativos. É como uma fotografia. Capturo uma imagem real, mas posso manipulá-la, mudar os tons, destacar ou suavizar ou cortar as coisas de acordo com os meus propósitos.

Xander lhe entregou o vinho. Não teria feito diferença tirar o livro dali, pensou ele. Ela fizera seu trabalho sem se preocupar com aquilo. Agora, dava para ver que isso havia mudado.

— Eu diria que a pessoa na imagem original sabe o que é verdade e o que é manipulado.

— Mas este é o negócio com as palavras e as imagens. — Naomi deu um gole lento no vinho. — Depois que as palavras estão na página, que as fotos são impressas, elas se tornam a realidade. — Então se virou, deixando a taça de lado para desmontar o sistema de iluminação. — Palavras e fotos são duas coisas bem parecidas. As duas congelam momentos, as duas ficam na sua memória bem depois de o acontecimento ter passado.

— Naomi.

Ele não tinha muita ideia do que e de como falar, então resolveu deixar para lá quando o som de uma caminhonete velha com um silenciador enferrujado explodiu do lado de fora.

— Lelo e seu silenciador dos infernos chegaram.

— Se ele tivesse um amigo mecânico, poderia consertar isso.

— Vou ter que sugerir isso a ele. Pela milionésima vez. Pelo menos ele pode nos ajudar a levar tudo isso lá para baixo.

NAOMI GOSTOU DE LELO — e ela geralmente levava mais tempo para gostar das pessoas. Sombra se apaixonou por ele à primeira vista. Homem e cachorro se enturmaram em um instante, como amigos (talvez irmãos) que não se viam há anos, loucos de alegria com o reencontro.

— Bom menino. Bom menino. — Agachado, Lelo esfregava o corpo inteiro de Sombra, e ganhava lambidas carinhosas a cada afago. — Fiquei sabendo que você o encontrou na estrada, esgotado.

— Isso mesmo.

— Não está mais esgotado agora, não é, garoto? Não está mais esgotado!

Sombra girou, expondo a barriga. Uma das suas pernas traseiras bombeava como um pistão junto com os carinhos.

Lelo tinha cabelos desgrenhados que batiam quase nos ombros, da cor de um campo de milho do Kansas. Era uns dois centímetros mais baixo que Naomi, magrelo e com músculos aparentes; usava uma camisa com estampa tie-dye e uma calça jeans esfarrapada nos joelhos e na bainha. Um dragão verde-esmeralda lançando fogo ocupava sinuosamente o bíceps direito.

— Como vão as coisas no penhasco?

— Gosto de lá. — Naomi ajustava a iluminação e considerava suas ideias e opções para as fotos.

— Ela precisa de ajuda com o quintal — comentou Xander enquanto trazia, como lhe fora ordenado, o velho violão e a guitarra.

— Ah, é. O lugar estava abandonado. Os donos nunca foram muito criativos com a jardinagem. E Dikes nem ligava para isso.

— O ex de Loo — explicou Xander.

— Passava a maior parte do tempo chapado. Eu sei bem disso, porque ficava chapado junto com ele. Não faço mais isso com frequência — disse

Lelo para Naomi. — Talvez possa dar uma olhada no quintal, se quiser. E dar algumas ideias.

— Ideias cairiam bem.

— Não cobro por pensar. Dave e Trilby chegaram.

Dave era o baterista, lembrou Naomi. Ombros largos, corpo parrudo, cabelos castanhos raspados nas laterais. Jeans, uma camiseta velha do Aerosmith, botas de caminhada gastas. Trilby — o tecladista — era um ótimo contraste. Pele escura e lisa, grandes olhos escuros, dreads nos cabelos. Uma calça cargo e uma camisa vermelha cobriam o corpo musculoso de academia.

Eles carregaram seus instrumentos para a garagem enquanto Xander dava instruções. Era bom que todos estivessem ocupados com alguma tarefa. Ela sempre tinha problemas quando conhecia muita gente ao mesmo tempo.

É claro que o cachorro acabava com qualquer desconforto, indo feliz de um homem para outro depois de tê-los cheirado o suficiente para garantir que não o atacariam.

— Dei uma olhada no seu site — disse Dave para Naomi, enquanto montava a bateria. — É bonito. Eu cuido do site da banda, mas ele é meio feio. Em termos técnicos, é fantástico. Trabalho com isso. Mas a aparência não impressiona.

Como ela se dera ao trabalho de acessar o site, não podia discordar.

— A página é bem detalhada, é fácil encontrar as informações.

Dave sorriu.

— O que quer dizer que sim, ele é horrível. Queria saber se podemos usar algumas das fotos de hoje para colocar lá, dar uma melhorada.

— Tenho algumas ideias.

— Ótimo, porque não entendo nada de fotos. Minha esposa disse que talvez pudéssemos fazer uma coisa mais retrô.

— Você é casado?

— Há oito anos. Tenho dois filhos.

Naomi não sabia exatamente por que pensara que ele e o restante da banda seriam solteiros.

Ao ouvir o estrondo de um motor, David ajustou o ângulo da caixa da bateria.

— Ky chegou. Guitarra solo — acrescentou ele enquanto Naomi observava a Harley preta, enorme e tunada se aproximar.

Alto, moreno e perigoso, pensou ela. Não poderia dizer bonito, não com aquele rosto estreito, o cavanhaque desgrenhado, o nariz curvado e a boca grande demais.

Mas o homem chamava atenção.

Ele voltou os olhos, tão escuros quando os cabelos, na direção de Naomi.

— Olá, doçura.

Xander desviou o olhar dos amplificadores que ajustava.

— Naomi, Ky.

— É, eu vi quando você deixou Marla de joelhos na outra noite. Ela mereceu.

— Faz uns dois dias que ela está sumida — disse Lelo.

— Pois é, fiquei sabendo. — Dando de ombros com uma indiferença ensaiada, Ky tirou o case da guitarra das costas. — Deve ter se engraçado com alguém no bar. Não seria a primeira vez. Já passou um fim de semana nebuloso com ela, não foi, Lelo?

— Metade de um fim de semana, em um momento de fraqueza.

— Acontece. Tem cerveja, Keaton?

— No cooler do lado de fora da baia.

Ele lançou um sorriso descontraído para Naomi.

— Quer uma, Rocky?

— Não, obrigada.

— Também tem água e refrigerante.

— Aceito água.

Ela colocou as mãos na cintura, olhando ao redor.

Sim, estava cheia de ideias.

— Vou começar com umas fotos básicas, para esquentar e ver como serão as coisas. Vocês estão arrumados como no palco, então fiquem à vontade, toquem alguma coisa.

— Dave veio de Aerosmith, então vamos aproveitar a inspiração — sugeriu Xander.

— Não olhem para mim a menos que eu peça — ordenou Naomi, e começou a fotografar.

Imagens padrão, pensou ela. Boas, bonitas, mas nada de mais. Tirou algumas fotos de rosto decentes, algumas mais distantes, algumas em que deixava os movimentos virarem borrões.

Quando tocaram o último acorde, ela abaixou a câmera.

— Tudo bem. Agora, vamos fazer tudo diferente. Preciso ver as opções de roupa. Lelo, pode ficar como está, mas vamos ver o restante.

Homens deviam aprender a ser mais criativos, pensou ela enquanto analisava as escolhas.

— Aposto que vocês têm mais coisas nos carros, no porta-malas.

Lelo apareceu com uma jaqueta enorme, camuflada e velha. Naomi a jogou para Dave.

— É sua.

— Sério?

— Confie em mim. — Ela pegou uma camisa branca. — Esta aqui é velha, não é? — perguntou a Xander.

— É.

— Certo. — Naomi levou a camisa até uma mancha de graxa, jogou-a no chão e usou o pé para esfregá-la na sujeira. — Melhorou — decidiu quando a pegou de volta. — Esfregue um pouco de óleo nela. Vai ficar perfeita.

— Você quer que eu esfregue óleo do motor na camisa.

— É, como se estivesse com a mão suja e a limpasse no pano. — Ela demonstrou. — Faça isso e a vista. Trilby, essa camisa vermelha é nova?

— Mais ou menos.

— Então, eu sinto muito, mas preciso rasgá-la.

— Por quê?

— Porque você é fortão, e eu quero ver um pouco de pele e músculos.

Lelo soltou um assobio.

— Deixe o peitoral aparecendo, está bem? Xander, preciso de uma corrente. Nada muito pesado.

— Jesus Cristo — murmurou ele enquanto estragava uma camiseta em ótimo estado.

— As correntes são para mim? — Ky sorriu para ela. — Você quer me amarrar, gatona?

— Isso é o que as mulheres vão se perguntar quando virem a foto. — Naomi lhe devolveu o sorriso petulante. — Gatão.

— Que tipo de foto vamos tirar? — perguntou Trilby, segurando a camisa vermelha.

— Tórrida, sensual, rock and roll. Se não gostarem, podemos usar aquelas mais básicas que tirei antes, seguir mais nessa linha. Mas vamos tentar assim. Quero aquele compressor ali, a pistola de graxa também. E uns pneus empilhados aqui. Não tem um para-brisa quebrado por aí que possamos usar?

Xander passou a camisa suja e manchada pela cabeça.

— Tem um que troquei na semana passada e ainda não levei para o ferro-velho.

— Perfeito. Muito bom. Traga-o para cá.

— Não estou entendendo nada — murmurou Dave, cheirando a manga da jaqueta camuflada.

— Eu estou. — Lelo agradou Sombra e sorriu para Naomi. — Entre no clima, pessoal. Somos "Os Destruidores", não somos? Uma banda de garagem. Estamos em uma garagem. Vamos usá-la.

— Isso aí! Quero umas ferramentas. — Com os lábios curvados em um sorriso e os olhos focados, Naomi assentiu. — Ferramentas grandes e másculas.

$\mathcal{X}$ANDER NÃO QUERIA nem pensar em quanto tempo levaria para colocar tudo de volta ao seu devido lugar. A baia se transformara em uma mistura de peças de carro, ferramentas e instrumentos musicais.

Ele pensava que era bom em visualizar as coisas, mas aquilo parecia artístico demais, exagerado e despropositado.

Além disso, estava sentado em uma porcaria de um compressor de ar, com sua amada Strato em uma mão e uma furadeira sem fio na outra. Ky empunhava as correntes como armas, e Dave parecia confuso na velha jaqueta camuflada do avô de Lelo. Ela fizera Trilby apoiar o teclado em uma pilha de pneus.

A única pessoa além de Naomi a achar que aquilo parecia uma boa ideia era Lelo, sentado com as pernas cruzadas no chão de concreto, o baixo no colo e a pistola de graxa empunhada como uma pistola.

Ela deixara as músicas deles tocando no fundo, e prendera a câmera chique no tripé. Tirou algumas fotos, balançou a cabeça.

Ninguém falou nada quando ela pegou uma bandana na pilha de roupas descartadas, molhou-a na lata de óleo de motor e caminhou até Dave.

— Ah, sério?

— Desculpa. Você está arrumadinho demais. — Ela espalhou um pouco de óleo na bochecha dele.

Naomi se afastou, inclinando a cabeça para o lado.

— Lelo, tire os sapatos. Jogue-os para o lado. Deixe-os atrás de você, um pouco mais para a frente. Preciso de uma calota.

— Tenho uma na mala da caminhonete.

Quando Lelo fez menção de se levantar, ela gesticulou para que continuasse sentado.

— Eu pego.

Dave se virou para Xander quando ela saiu.

— Em que diabos você nos meteu?

— Não faço ideia.

— Ela é gostosa. — Lelo deu de ombros. — Só estou dizendo. Se você não a tivesse visto primeiro, Xander, eu investiria.

— Acabei de comprar esta camisa. — Trilby olhou para os rasgos. — Só a lavei uma vez.

— Vamos deixar a mulher trabalhar — sugeriu Ky. — Xander vai acabar se dando bem e vai ficar nos devendo um favor.

— Ele já se deu bem — observou Naomi. — Você tinha duas. — Ela arrumou as calotas, afastou-se. — Sombra! Isso não é seu.

O cachorro se dirigia para os sapatos abandonados, mas parou e se afastou.

— Por enquanto, apenas olhem para mim. Façam cara de marrentos, sejam marrentos. Vamos lá, colaborem com a câmera.

Devia ter-lhes dado algumas cervejas antes, pensou ela.

Mesmo assim, estava dando certo. Pelo menos a iluminação, o cenário e a *arrumação* estavam dando certo.

Naomi deu um passo para o lado.

— Vocês estão me vendo?

— Você está bem na nossa frente — respondeu Xander.

— Então todos me veem. Não se esqueçam disso. — E voltou para trás da câmera, olhando para a lente. — Agora, me imaginem pelada.

Pronto.

— Mais uma vez. Não saiam do clima. Imaginem que eu os estou imaginando pelados. É, isso mexeu com a cabeça de vocês.

Ela se afastou de novo, pegou uma das calotas e a entregou para Dave. Voltou.

— Ky, enrole uma das pontas da corrente no seu pulso. Acompanhem a música, toquem.

— Estou segurando uma calota — argumentou Dave.

— E baquetas. Toque a calota. Toquem as ferramentas, os instrumentos, o que der vontade. Toquem. Vocês estão no palco, sabem como interagir durante um show.

Naomi os levou da música para a guerra — instrumentos e ferramentas como armas. Pelo canto do olho, viu o cachorro se aproximando e entrando na imagem.

— Sombra! — gritou ela assim que o cão pegou um dos sapatos.

Lelo apenas riu, abraçou o cachorro com um braço.

— Ah, ele pode participar da banda.

Ela tirou a foto e bateu mais duas enquanto ainda estavam no clima. Então se afastou.

— Acabamos, senhores.

— Só isso? — Dave piscou.

— Ela leva o dobro de tempo, talvez mais — corrigiu-se Xander —, para arrumar as coisas do que para bater as fotos.

— Vocês podem ver se valeu a pena. Vou passar as imagens no notebook. Se gostarem das fotos do grupo, tenho tempo para tirar individuais. Mas precisarão trocar de roupa de novo.

— Obrigado pela oferta — começou Dave —, mas eu preciso... Ei, essa foto ficou boa!

Naomi começara com a foto básica da banda.

— É, não ficou ruim.

— Não, estão boas mesmo. Bem melhor do que as que temos agora. Está vendo, Trilby?

— Maneiro. — Em sua camisa estragada, ele apoiou um braço no ombro de Dave e se inclinou para a frente a fim de analisar as imagens. — E você tirou fotos individuais também.

— Legal! — Ky se desenrolava da corrente. — Podemos usar essas aí.

— Massa, mas as outras devem estar melhores ainda. — Ainda descalço, Lelo se enfiou entre os amigos. — Elas vão aparecer?

— Estas aqui são da Nikon. Vou trocar os cartões quando vocês virem todas.

— Pode mandá-las pro meu e-mail? — perguntou Dave.

— Vocês não vão querer todas, e os arquivos da Hassie são enormes. Eu mando uma amostra das melhores depois que der uma olhada em todas.

Naomi trocou o cartão, esperando para ver se tinha metido os pés pelas mãos.

— Eu disse! — Lelo bateu no ombro de Dave quando as imagens começaram a passar pela tela.

— Elas estão... Nós estamos...

— Supermaneiros! — Lelo bateu em Dave mais uma vez.

— Achei que era uma ideia doida, até idiota. — O baterista olhou para Naomi. — Desculpe, de verdade.

— Não precisa se desculpar. Valeu a camisa? — perguntou ela a Trilby.

— Demais. As fotos estão ótimas. Ótimas mesmo.

— Isso é talento, isso é visão. — Ky assentia para a tela. — Nunca devíamos ter duvidado de você. Xander sabe reconhecer pessoas talentosas e visionárias.

— Essa aí! Precisamos usar essa, com o cachorro! — Lelo esfregou Sombra, que continuava com o sapato na boca. — O mascote da banda.

— Que tal aquele vinho agora? — perguntou Xander a ela quando as fotos começaram a se repetir.

— Eu tomaria uma taça antes de arrumarmos as coisas para as fotos individuais. Só uma.

Ele pegou sua mão, e a puxou para fora da baia.

— Depois disso, fique aqui.

— Ah, eu preciso mesmo voltar para casa, olhar melhor as fotos, começar a selecioná-las.

Xander se inclinou para baixo e a beijou, um beijo quente e demorado na noite tranquila de primavera.

— Fique aqui mesmo assim.

— Eu... não trouxe minhas coisas nem a comida do Sombra, e... — Ela devia tirar um tempo para respirar, dar um espaço entre eles. Então Xander a beijou de novo. — Vá para casa comigo — disse ela. — Quando acabarmos, vá para casa comigo.

Xander foi para casa com Naomi e, no meio da noite, quando algum sonho a fazia choramingar e se mexer, tomou uma atitude inédita. Ele a trouxe para perto e a abraçou.

Enquanto Xander protegia Naomi do pesadelo, Marla vivia um.

Não sabia onde estava, nem quanto tempo passara no escuro.

O homem, fosse lá quem fosse, machucava-a, e, quando o fazia, sussurrava em seu ouvido sobre como a machucaria mais da próxima vez. Cumpria cada palavra.

Marla tentou gritar, mas ele grudara sua boca com fita adesiva. Às vezes, pressionava um pano contra o rosto dela, e o cheiro horroroso a deixava enjoada, fazendo-a apagar.

E sempre acordava no escuro, com frio e assustada, desejando, do fundo do coração, que Chip viesse salvá-la.

Então ele a estuprava de novo. Ele a cortava e lhe dava tapas. Mesmo quando Marla não tentava lutar contra o estupro. Quando fazia um esforço para pensar, sua cabeça doía demais. Ela se lembrava de voltar para casa e de estar irritada, muito irritada. Mas não sabia por quê. E aí vinha a memória de ter de parar e vomitar em um arbusto. Pelo menos era o que achava que havia acontecido.

Foi quando viu um carro grande carregando um trailer — era isso mesmo? Ela passara por um trailer, e então algo a atingira. Machucara. Aqueles cheiros horrorosos a apagaram.

Marla queria ir para casa, precisava ir para casa. Queria voltar para Chip. Lágrimas rolavam dos seus olhos inchados.

O homem voltou. Ela sentiu o movimento. Estavam em um barco? Marla sentia, como já sentira antes, o espaço se mexer e estalar. Os passos dele. Ela lutou, tentou gritar, apesar de saber que seria inútil.

Por favor, por favor, alguém me escute!

Ele lhe deu um tapa forte.

— Vamos ver se você aguenta mais uma noite.

Algo brilhou, cegando-a. E o homem riu.

— Você não parece grande coisa. Mas sempre consigo ficar duro.

Ele a cortou, fazendo-a gritar contra a fita adesiva. E lhe bateu com um punho forrado por uma luva de couro, dando-lhe, em seguida, um tapa para acordá-la. Queria que chorasse enquanto era estuprada.

Sempre era melhor quando elas choravam.

Usou a corda para enforcá-la. Dessa vez, não parou quando Marla desmaiou. Dessa vez, terminou o trabalho, tirando-a do pesadelo.

E, enquanto a estuprava, enquanto a sufocava, chamava-a de Naomi.

Capítulo 17

◆ ◆ ◆ ◆

CHUVAS DE PRIMAVERA capazes de ensopar e encharcar vieram, proporcionando botas enlameadas, um cachorro molhado e fotos dramáticas.

Naomi trabalhava no quarto inacabado com o banheiro azul feio e aprendeu a ignorar os sons de cortadores de azulejo.

Toda a segunda-feira e o início da terça-feira chuvosa foram dedicados ao tratamento das fotos do fim de semana. Ela adicionou "Os Destruidores" à sua playlist e ouviu a música deles enquanto trabalhava nas fotos da banda.

Trocou para blues quando passou para as imagens de Xander na varanda, chegando ao acaso naquela em que ele segurava o livro.

Podia se dar ao luxo de adiar trabalhar no que chamava de Terra dos Contos; chegaria nela em algum momento. No fundo, sabia que precisava superar o incômodo de ver aquela porcaria de livro aconchegado com os outros na parede de Xander. E, naquele momento, seus sentimentos eram bem novos e diferentes do habitual.

Naomi estava feliz. Não apenas satisfeita, contente ou focada. Sua felicidade atravessava os dias — chuvosos ou não. A casa, a obra, o trabalho — porque, meu Deus, conseguia fotos muito boas ali. Até mesmo o cachorro a deixava feliz.

E o sentimento ia além dessas coisas. Independentemente de como tinha acontecido, de como aquilo era oposto a todos os hábitos que adquirira durante a vida, ao que ela considerava um comportamento correto e sensato, Naomi estava em um relacionamento. E, era preciso admitir, com um homem interessante. Um homem que tomava a atenção da sua mente e do seu corpo, que trabalhava tanto quanto ela e que gostava disso tanto quanto ela.

Quem poderia culpá-la por querer se agarrar a isso o máximo possível?

Naomi emoldurou a foto tratada de Xander na varanda. Os tons de preto e branco, os olhos dele em um azul chamativo; os do cachorro, cristalinos.

A caneca branca e o fundo vermelho e dourado de sol formando uma seta no horizonte, no ponto em que o céu encontra a água. Ficara na dúvida entre um fundo branco ou cinza para o quadro, e agora via que estivera certa ao escolher o último. O cinza destacava as cores, não era uma distração como o branco seria. Escolhera a moldura metálica, não preta. Desejava um acabamento suave.

Apoiou o quadro contra a parede e se afastou para analisá-lo.

Fora o começo de um bom dia, pensou ela, relembrando. Se eliminasse a visita do comandante da polícia, fora o começo de um dia excelente — que terminara como começara: com Xander em sua cama.

Naomi prendeu os dedões nos bolsos, lançando um olhar crítico para as imagens apoiadas na parede, e gritou um *entre* quando bateram à porta.

— Desculpe.

— Não tem problema — disse ela a Kevin. — Está na hora perfeita para um intervalo.

— Ótimo, porque Lelo está lá embaixo.

— Ah, é?

— É, ele quer... Uau. — Kevin entrou no quarto, deixando a porta aberta para os sons de martelos e serras que ecoavam do andar de baixo, e o cortador de azulejo que gritava no corredor. — Essas fotos estão ótimas. Aquele é o celeiro de Cecil. E Cecil. E Xander. Posso? — perguntou, agachando antes que Naomi respondesse. Sombra cutucou-lhe o braço com o focinho para ganhar um abraço. — Esta aqui? Nossa, dá para sentir o cheiro da manhã. Aquele instante antes de tudo clarear e ser dia.

— Estou começando a desejar que você fosse crítico de arte.

— É a impressão que tenho. Esse preto e branco com pontos de cor tornou tudo bem dramático, não? E bem legal. Mas esta aqui mostra a tranquilidade e... possibilidades?

— Queria mesmo que você fosse crítico de arte.

— Não sou, mas acho que essa é a foto mais bonita do celeiro de Cecil que já tiraram. Onde vai pendurar os quadros?

— Não vou. Eles vão para a galeria em Nova York. Na verdade, preciso fazer outra cópia da que parece a sua favorita. O dono da galeria quer uma para sua coleção pessoal.

— Rá! — Obviamente achando graça, Kevin se levantou. — Xander vai para Nova York. Sabe de uma coisa? A loja em que Jenny trabalha seria perfeita para essas menores, com as flores e a porta do celeiro, a árvore antiga.

Naomi as emoldurara para si mesma, mas... quem sabe. A comissão, se as fotos vendessem, viria a calhar para o pagamento do velho baú de cedro em que estava de olho no celeiro de Cecil.

— Talvez leve algumas lá para ver se funciona. Você disse que Lelo está aqui?

— Droga, eu me distraí. Sim, ele veio dar uma olhada no quintal, dar algumas ideias. Mas estava fazendo um tour pela casa com o pessoal lá embaixo. Pelo menos era o que fazia quando subi.

— Conversamos sobre ele vir ver o quintal, mas está caindo o mundo lá fora.

— Coisas de Lelo. — Kevin deu de ombros. — Se você fizer um intervalo, precisamos conversar sobre algumas coisas. A questão da lavanderia, e o escritório aqui em cima.

— Tudo bem. Vou falar com Lelo e depois vejo onde você está.

— Achamos legal você não ficar em cima da gente enquanto trabalhamos. De verdade. Mas talvez seja bom dar uma olhada no banheiro da suíte máster antes de voltar ao seu trabalho.

— Pode deixar.

Kevin seguiu na direção do quarto de Naomi, e o cachorro desceu com ela. Sombra parou no meio da escada e cheirou o ar. Soltando um único latido que parecia expressar uma felicidade inenarrável, desceu praticamente voando os últimos degraus.

Naomi ouviu Lelo rir.

— Ah, aí está ele! Como vai, garotão?

Ela os encontrou rolando pela lona que protegia o chão de tinta. Lelo usava um chapéu de caubói molhado e uma capa de chuva amarela.

— Oi. Achei que hoje seria um bom dia para dar uma olhada nas coisas, considerando que a chuva acabou com meus planos de trabalhar no pátio de um cliente.

— Então achou melhor vir se molhar aqui?

— Não sou feito de açúcar. E não queria sair bisbilhotando por aí sem avisá-la antes.

— Vou pegar um casaco.

— Se você não quiser se molhar, posso anotar minhas ideias e tal.

— Não sou feita de açúcar.

Lelo sorriu.

— Isso aí. Encontro você lá fora. Tem problema se Sombra vier junto?

— Seria difícil impedi-lo. Até já.

Naomi pegou seu casaco impermeável, um boné, e trocou os tênis por botas.

Quando ela saiu pela porta da frente, Lelo vagava pela chuva constante e jogou uma bola de tênis encharcada para o cachorro animadíssimo.

— A limpeza já está bem adiantada — gritou ele.

— Foi Xander quem fez isso. Eu mal tinha começado.

— Ele gosta desse tipo de trabalho. Meu pai sempre diz que não pensaria duas vezes antes de contratá-lo, mas, aí, quem consertaria a caminhonete? Já começo dizendo que espero que você não ame de paixão essas tuias, porque vamos ter que nos livrar delas.

— Não as amo de paixão.

— Excelente. Tem alguma coisa que você realmente queira?

— Pensei numa árvore frondosa, tipo uma cerejeira. Bem ali.

— Aham. — Lelo se empertigou, a chuva pingando da borda do seu chapéu, e analisou o espaço. — Acho que daria certo. Já viu uma árvore-de-judas?

— Não sei.

— Ela é lilás.

— Lilás.

— Tem uma cor bonita, e é um pouco menos comum. E tem folhas em formato de coração.

— Formato de coração.

— Talvez seja bom procurá-la na internet.

— Vou fazer isso.

— Talvez seja bom fazer um caminho de pedrinhas, sabe? Com umas curvas, nada muito reto. E cercar a casa com arbustos e plantas nativas. Gosta de passarinhos e borboletas? Gosta?

— Claro.

— Então precisa de uma laranjeira-do-méxico. Ela cheira bem, é bonita e vai atrair tanto um quanto o outro. E um amelanqueiro. Ele tem flores brancas estreladas e dá frutas. Frutas roxas, deste tamanho. — Lelo fez um círculo com o dedão e o indicador. — Atraem beija-flores. E são comestíveis, bem gostosas. E você vai querer uns rododendros.

Ele andava pelo quintal, gesticulando, jogando a bola, soltando nomes e descrições. Retratava a imagem de um lugar fantástico e bonito.

— Meu plano era plantar uma árvore, alguns arbustos, fazer um jardim com plantas e flores.

— É uma boa ideia. Ficaria bom.

— Talvez, mas agora você me fez pensar em plantas das quais nunca ouvi falar, em árvores com folhas no formato de coração.

— Eu poderia fazer um desenho para você, para te dar uma ideia melhor das coisas.

— Tudo bem, seria ótimo.

— Posso dar uma olhada lá nos fundos?

— Já estamos molhados mesmo.

Quando começaram a seguir pela lateral da casa, Lelo enfiou a mão no bolso da capa de chuva.

— Quer?

Naomi olhou para baixo e viu o pacote amarelo de chiclete, sentiu brevemente o aroma reconfortante enquanto ele pegava um pedaço de Juicy Fruit.

Apesar de negar com a cabeça e pensar que isso era bobagem, a simples visão daquela embalagem cimentou sua impressão inicial sobre ele.

Um homem bondoso, gentil e leal. Não à toa o cachorro o amava.

— Este lado de cá só recebe sol da manhã — continuou Lelo enquanto botava o chiclete na boca. — É um bom lugar para pendurar uma rede ou colocar um banco, algumas plantas que fiquem melhor na sombra. Se você fizer o caminho até aqui, pode dar a volta na casa descalça.

— Você está acabando comigo, Lelo.

Chegaram aos fundos, onde ele colocou as mãos na cintura magra e analisou a escada que descia da varanda, a linha fina de arbustos baixos que levava a um muro de pedra.

— Você tem um porão, não tem?

— Um porão grande. Estou usando para guardar coisas. Não vou fazer obra nele. Não preciso do espaço.

— Talvez precise quando tiver filhos. Então vai precisar subir aquele muro. Por enquanto, seria uma boa ideia colocar umas cicutas ali, espalhar uns narcisos, dar um ar de floresta naquele lado de lá. E alguns arbustos na frente do muro. Precisam ser baixos para não tamparem a vista. Quando resolver terminar o porão, talvez seja bom fazer uma saída para cá, e aí pode ter um pátio cheio de sombra embaixo da varanda, e um quintal dos fundos ensolarado.

— Eu queria plantar temperos e legumes. Não ocuparia um espaço enorme, seria mais uma hortinha para a cozinha.

— Você pode fazer isso. — Assentindo, ele subiu os poucos degraus até a varanda do primeiro andar. — Está meio longe da cozinha, mas funcionaria. Ou também pode plantar as coisas em vasos aqui em cima. Há sol aqui, e bastante espaço na varanda. Talvez possa fazer os vasos com a mesma madeira da casa, para que pareçam embutidos, sabe? Daria para plantar temperos, uns tomates-cereja, talvez romãs, pimentas, coisas assim. É fácil cuidar deles.

— E ficaria bem perto da cozinha. — Mais prático, pensou ela, e mais eficiente. Além de bonito. — Você sabe o que está fazendo, Lelo.

— Bem, eu trabalho no ramo desde uns 6 anos.

— Tem bastante coisa para fazer.

— Independentemente do que decidir, pode fazer um pouquinho aqui, um pouquinho ali, ir cuidando das coisas com o tempo.

— Mas você pode fazer o desenho e me dar uma estimativa de cada etapa?

— Claro. E tem mais um detalhe.

— Vou ter que vender as joias da família para bancar isso tudo?

Ele sorriu, negando com a cabeça e fazendo gotas de chuva se espalharem.

— Talvez você possa tirar fotos do trabalho. Sabe, antes, durante e depois. Estamos precisando de umas para a empresa. Seria tipo uma troca.

Mais escambo, pensou Naomi. O método de pagamento preferido de Sunrise Cove.

— É uma boa ideia.

— Não foi minha. É coisa do meu pai. Ainda não vi todas as fotos que você mandou para Dave ontem. Vou passar na casa dele mais tarde. Talvez até consiga descolar uma boquinha. Mas meu pai deu uma olhada no seu site, e teve essa ideia.

Ela iria querer fotos de qualquer forma, pensou. Estava documentando o progresso da casa para si, para Mason, para os tios e os avós.

— Negócio fechado.

— Irado. — Eles bateram os punhos. — Depois eu trago os desenhos e o orçamento. Você é muito bonita.

— Ah... obrigada.

— Não estou dando em cima de você nem nada. Xander é como um irmão. É só que você é muito bonita. E gosto do que está fazendo com a casa. Como eu disse, costumava vir muito aqui com Dikes. Na época, achava que trabalhar com jardinagem era um saco, mas acabava pensando no que plantaria por aqui.

— E agora você vai poder plantar o que quiser.

— Engraçado como as coisas são, não é? É melhor eu picar a mula. Xander está me aporrinhando sobre o silenciador. Acho que vou levar o carro na oficina, deixar ele dar um jeito naquela porcaria. Volto depois com os desenhos.

— Obrigada, Lelo.

— Disponha. Você se comporte. — E fez um afago no cão molhado. — Até logo! — disse, afastando-se correndo.

XANDER ESTAVA EMBAIXO de um Camry decrépito, trocando pastilhas de freio que deviam ter sido substituídas há 15 mil quilômetros. Algumas pessoas eram incapazes de fazer manutenção. O carro precisava de uma troca de óleo e de uma revisão completa, mas a dona — sua professora de história americana do nono ano — ainda não acreditava que ele sabia o que estava fazendo. Sobre droga nenhuma.

E aproveitava toda oportunidade para lembrá-lo de que fora suspenso por matar aula.

Uma coisa que não fizera sentido para ele na época, e continuava sem fazer agora. Ser suspenso por matar aula era como ganhar uma recompensa.

Por falar em suspensões, os amortecedores do carro estavam prestes a dar pau — mas ela também não acreditava nisso. Preferia esperar e sugar o máximo possível da lata-velha, até o dia em que Xander precisaria rebocá-la da estrada.

Depois daquilo, tinha de cuidar de uma transmissão, e já designara uma troca de embreagem para um dos seus funcionários e um simples rodízio de pneus para outro.

Tinha dois carros no estacionamento, rebocados de um acidente nas estradas escorregadias pela chuva na noite anterior — uma ligação que o fizera sair da cama de Naomi às duas da manhã.

Os motoristas haviam sofrido uns galos, hematomas e poucos cortes — apesar de um deles ter acabado na delegacia quando fora reprovado no teste do bafômetro.

Depois que as seguradoras resolvessem a disputa de quem pagaria pelo quê, Xander teria bastante trabalho pela frente.

Mas sentira falta de acordar com Naomi e o cachorro, de tomar café da manhã.

Já passara a contar com aquele nascer do sol. Era engraçada a rapidez com que se acostumara a essas coisas e com que se desacostumara a dormir e acordar sozinho, na sua casa.

Até mesmo agora, sentia uma leve urgência de vê-la, de ouvir sua voz — de sentir seu cheiro no ar. Ele não era assim. Não era o tipo de cara que precisava de contato constante — de ligações, mensagens, relatórios sobre o dia e visitas. Mas se pegava criando desculpas para fazer qualquer uma dessas coisas, e precisava ordenar a si mesmo que fosse mais devagar.

Havia trabalho a fazer — e, mais tarde, uma reunião rápida com Loo sobre o bar. Tinha livros para ler, esportes para assistir, amigos com quem passar o tempo.

E a papelada que deveria ter resolvido na noite de domingo.

Xander balançou a cabeça quando ouviu as inconfundíveis tosses e chacoalhadas do silenciador merda de Lelo.

— Tire essa coisa daqui! — gritou ele. — Vai espantar meus clientes.

— Vim trazer trabalho para você, cara. E metade de um sanduíche Diablo grande.

Xander fez uma pausa longa o suficiente para olhar para trás, enquanto Lelo, pingando, entrava na oficina.

— Diablo?

— Dei uma passada lá no penhasco, vi sua garota, e ela é gostosa. Ela é *bem* gostosa. E fiquei com vontade de comer algo gostoso.

— Você passou na Naomi?

— Ainda penso naquele lugar como a velha casa dos Parkerson. Mas logo vou mudar de ideia se ela nos contratar. Troco o sanduíche por um refrigerante.

— Preciso de dois minutos. — Xander voltou para as pastilhas de freio. — Então você foi lá e deu uma olhada no quintal?

— Sonho com aquele lugar desde a época em que ia lá para fumar um baseado com Dikes. Descobri que a sua garota gostosa é bem aberta e flexível sobre sugestões de jardinagem. Ela escuta. E é boa em visualizar as coisas, cara, que nem aconteceu com as fotos.

Lelo se sentou em um banco e desembrulhou o sanduíche.

— Seria ótimo conseguir um trabalho desses. Aquele lugar é um marco. Está meio abandonado nos últimos anos, mas mesmo assim. Meus pais estão bastante empolgados com a ideia de transformar o lugar. Vamos negociar para ela tirar umas fotos para usarmos em propagandas, e diminuir o custo total. Por que você deixa Denny ouvir essa porcaria de música country aqui dentro?

— Porque não me incomoda, e isso o deixa feliz. — Terminado o serviço, Xander foi até a máquina de bebidas e colocou algumas moedas para tirar duas latas.

Pegou guardanapos — Diablos eram gostosos, mas faziam sujeira — e então se uniu a Lelo no banco.

— Esse é o Camry da Sra. Wobaugh?

— É, a mulher está destruindo o carro.

— Ela foi minha professora de história americana.

— Minha também.

— Eu morria de tédio naquela aula.

— Eu também.

— Quem foi mesmo que disse aquela merda sobre a história sempre se repetir?

— Um monte de gente — respondeu Xander. — A minha favorita é: "A história, com todos os seus vastos volumes, tem apenas uma página". Byron.

— Maneiro. Então por que temos que estudá-la e morrer de tédio se só existe uma página?

— Porque ficamos pensando que, se o fizermos, podemos mudar a próxima folha. Nunca dá certo — concluiu Xander. — Mas, como outra pessoa disse, a esperança floresce. Então as crianças ficam entediadas na escola.

— Faz sentido.

Os dois comeram no silêncio tranquilo e confortável que só podia pairar entre dois velhos amigos.

— Eu vi uns carros destroçados lá na frente.

— Foi uma batida ontem à noite na 119. O motorista do Honda estava trocando as pernas.

— Bebum. Ele se machucou?

— Só um pouco, e o outro motorista também. Não parecia nada grave. Os carros sofreram mais.

— Você se deu bem.

— Provavelmente. — Enquanto comia, Xander analisou a caminhonete de Lelo. — Trouxe essa merda aqui para eu consertar?

— Pois é. Posso vir buscar amanhã se conseguir uma carona pra casa.

— Resolvo logo isso. Comprei a porcaria do silenciador há um mês, pensando que uma hora você veria a luz da razão. Pode ser o próximo da fila.

— Cara. Gratidão. O comandante me parou hoje cedo quando eu estava saindo da cidade. Mas me deixou seguir quando eu disse que ia resolver um trabalho e que depois eu passaria aqui para você consertar.

Nada surpreso, Xander deu uma mordida no Diablo com um gole do refrigerante gelado. Excelente combinação.

— Pelo menos isso fez você criar bom senso.

— Vou sentir falta do barulho.

— Só você, Lelo.

— O comandante disse que ainda não encontraram Marla.

Xander parou a lata de refrigerante a caminho da boca.

— Ela ainda não voltou?

— Não, não voltou, e ninguém sabe dela. Como ele já tinha me parado, aproveitou para perguntar se eu a vi, se notei alguém com ela na noite de sexta. Se vi alguém a seguindo. A coisa ficou séria, Xan. É como se ela tivesse desaparecido no ar.

— Pessoas não desaparecem assim.

— Elas fogem. Tentei fazer isso uma vez, num dia em que me irritei com minha mãe por alguma bobagem. Arrumei minha mochila e fui andando para a casa dos meus avós. Achei que levaria uns cinco minutos para chegar lá, como geralmente levava de carro, mas eu tinha 8 anos, e não calculei bem a diferença do tempo a pé. Estava na metade do caminho quando minha mãe apareceu de carro. Achei que fosse levar uma bronca, mas ela me abraçou e se debulhou em lágrimas. — Lelo deu uma mordida generosa no sanduíche.

— Imagino que isso não seja a mesma coisa.

— Tomara que seja! Que ela tenha saído por aí irritada, e agora esteja sentada em algum canto, fazendo muxoxo. — Mas, a esta altura, as chances disso eram mínimas, pensou Xander. — Já passou muito tempo para ser algo assim. Tempo demais.

— As pessoas estão achando que alguém a pegou.

— As pessoas?

— Todo mundo estava falando disso no Rinaldo's quando fui pegar o sanduíche. A polícia está interrogando todo mundo agora, pelo que vi. Parece que ela também não usa o cartão de crédito desde sexta. E não levou o carro, roupa nenhuma. Pediram a Chip e Patti para dar uma olhada no armário, para saberem se ela fez uma mala. As pessoas a viram sair do bar, e só. Não gosto muito de Marla. Transamos umas duas vezes, mas, meu Deus, aquela mulher é maldosa. Só que, cara, é bem assustador pensar que alguma coisa séria pode ter acontecido a ela. Tem muita gente ruim por aí, sabe? Que faz coisas ruins. Não gosto nem de pensar.

Xander também não.

Mas não conseguiu tirar aquilo da cabeça. Quando finalmente colocou a caminhonete de Lelo no elevador — e o amigo, com desejo de sorvete, saiu para comprar um —, seu estômago se revirou.

Vira claramente o olhar que Marla lhe lançara quando saíra do banheiro — para onde Patti a arrastara na noite de sexta. Aquele olhar cheio de fúria exaltada antes de mostrar o dedo do meio e sair batendo os pés.

Era a última imagem que tinha de uma garota que conhecia desde a época da escola. Uma garota com quem ele transara porque estava disponível. Uma garota que dispensara várias vezes porque, assim como Lelo, não gostava tanto dela.

Marla poderia ter chegado em casa em menos de cinco minutos, calculou Xander. E, se mantivesse o mesmo ritmo de quando saíra do bar, provavelmente em três. Era uma rua escura, considerou ele, mesmo com os postes de luz. Uma rua tranquila naquele horário, com quase todo mundo se divertindo no bar, atrás de música e companhia.

Ele visualizou as casas no caminho que ela faria, as lojas pelas quais passaria se tomasse um atalho pela rua do Mar. Tudo estaria fechado. As pessoas ainda não teriam ido para a cama — pelo menos a maioria —, mas as que se encontravam em casa estariam assistindo à televisão ou jogando no computador. Não olhando pela janela após as onze da noite.

Será que alguém aparecera e oferecera uma carona a ela? Marla teria sido burra o suficiente para aceitar?

Era uma caminhada de três ou cinco minutos, então por que aceitaria a carona de um estranho?

Não precisava ter sido um desconhecido, admitiu ele, o que embrulhou mais ainda seu estômago. A cidade era pequena, mas ninguém conhecia todo mundo.

Uma mulher irritada e bêbada era um alvo fácil.

Será que alguém a seguira do bar? Xander não vira ninguém, mas dera de ombros e olhara para o outro lado depois que Marla lhe lançou aquele olhar e o dedo do meio.

Não poderia dizer com certeza.

Até mesmo as pessoas que você conhece têm segredos.

Ele não tinha achado calcinhas de renda preta no Honda do extremamente comprometido Rick Graft — cuja esposa nem sonharia em caber em algo tão pequeno — quando trocara o estofamento do carro?

Graft parecia feliz no casamento, pai de três filhos, professor de basquete de crianças entre 9 e 10 anos, além de ser gerente da loja de eletrodomésticos.

Xander jogara as calcinhas fora, concluindo que seria o melhor para todos. Mas não poderia se livrar daquele conhecimento com tanta facilidade.

Assim como o fato de que a Sra. Ensen cheirava a maconha e vinho barato, além das balas e do perfume que usara para encobrir os aromas, quando ele atendera ao seu chamado de emergência e fora trocar o pneu na estrada.

Pelo amor de Deus, a mulher tinha netos.

Não, não era possível conhecer todo mundo e, mesmo que você conhecesse, não conhecia.

Mas ele sabia que Marla não faria drama sozinha por quatro dias.

Seu maior medo era o de que, quando a encontrassem, fosse tarde demais.

Capítulo 18

♦ ♦ ♦ ♦

TER UMA CASA cheia de homens tinha suas vantagens. Xander e Kevin carregaram suas caixas até o carro. Algumas delas seriam postadas, enquanto a menor levava os quadros pequenos que seriam vendidos na cidade.

A ajuda deixava Naomi livre para carregar a bolsa da câmera.

— Obrigada. Vou enviá-las mais tarde.

— Você vai para Nova York, Xan.

— Que estranho — refletiu ele. — Preciso ir. — Deu uma batidinha na bolsa de Naomi. — Vai trabalhar também?

— Vou. Talvez por uma ou duas horas antes de ir para a cidade.

— Onde? — Quando as sobrancelhas dela se levantaram, ele manteve o tom casual. — Só estou curioso.

— Só vou descer o penhasco. Vamos ver se a chuva trouxe alguma coisa interessante. E está uma manhã bonita de primavera. O mar deve estar cheio de barcos.

— Boa sorte. — Xander a puxou para um beijo e coçou a cabeça do cachorro. — Até mais tarde.

Ela estaria dentro do campo de visão da casa, pensou ele enquanto subia na moto. Já conversara rapidamente com Kevin, pedindo ao amigo que ficasse de olho nas coisas.

Era o que Xander podia fazer, ainda que não fosse ficar completamente tranquilo até que descobrissem o que havia ocorrido com Marla.

NAOMI PENSOU em ir de carro. Poderia estacionar a uns oitocentos metros de distância e pegar a trilha pela floresta — considerando que queria fotografar lá primeiro — até a praia.

Independentemente de o lugar ser tranquilo ou não, não se sentia confortável deixando o carro no acostamento com suas fotos no porta-malas.

Pegou a guia da coleira, o que fez Sombra sair correndo na direção oposta na mesma hora. Por já saber como ele funcionava, ela apenas deu de ombros e começou a descer a estrada.

O cachorro foi rebolando atrás.

Naomi parou e tirou um biscoito do bolso.

— Se quiser isto, vai ter que usar a guia até sairmos da estrada. — E ofereceu o petisco.

A aversão foi vencida pela gula.

Ele lutou contra a guia, puxou e fez o melhor para se embolar nela. Naomi a prendeu no cinto e então parou para fotografar algumas flores silvestres brancas que a chuva incentivara a desabrochar como estrelas nas laterais da estrada.

Sombra se comportou melhor na floresta, ocupando-se em cheirar o ar e o chão.

Naomi fotografou de diferentes ângulos um tronco caído e cercado de samambaias e coberto por líquen e musgo — tons amarelos, vermelho-ferrugem e verdes sobre a madeira salpicada de cogumelos que se espalhavam como seres extraterrestres. Uma dupla de árvores com mais de três metros se agigantava logo atrás, as raízes envolvendo o pedaço de madeira, como se o abraçassem.

Vidas novas, pensou ela, que surgem da morte e dos mortos.

A chuva contínua encharcara a floresta de uma forma que refletia luz, com flores sedutoras dançando nos raios de sol e nas sombras. O ar cheirava a terra, pinhos e segredos.

Depois de uma hora, ela quase resolveu voltar e deixar a praia para outro dia. Porém, queria capturar aquele brilho de sol sobre o mar depois da umidade da floresta. Queria os tons mais escuros e rústicos de verde daqueles montes de terra, o cinza forte da pedra contra o azul.

Mais uma hora, decidiu, e então juntaria suas coisas e iria para a cidade.

Feliz por estar solto, Sombra corria à sua frente. Naomi entrou na trilha da floresta, que agora conhecia bem. Ele latia e dançava no mesmo lugar toda vez que ela parava para tirar fotos.

— Não me apresse. — Mas ela também já sentia o cheiro do mar, e apertou o passo.

A trilha descia, e a chuva a deixara lamacenta o suficiente para que um ritmo mais lento fosse necessário. Pensando na lama, concluiu que precisaria dar um banho na droga do cachorro antes de ir para a cidade.

— Nem pensou nisso, não é? — murmurou ela, agarrando-se nos galhos mais próximos para não escorregar ladeira abaixo.

Tudo valeu a pena, de verdade, no momento em que o mar e a fileira de terra apareceram em meio às árvores.

Naomi se equilibrou e arriscou uma queda para tirar fotos da vista através dos galhos baixos e cheios de espinhos.

Na praia, o azul seria claro e brilhante; mas ali, daquele ângulo, no leque de galhos, a enseada parecia misteriosa. Como um segredo revelado por uma porta mágica.

Satisfeita, desceu até o ponto onde o cachorro latia como um doido.

— Deixe os pássaros em paz! Eu quero os pássaros.

Naomi raspou as botas enlameadas em uma pedra e subiu nela. Pegou o brilho de diamante que esperara encontrar e, feliz da vida, logo depois do canal, um barco com velas vermelhas.

Bloqueou os latidos do cachorro até conseguir o que queria, até as velas vermelhas se enquadrarem na imagem. Quando Sombra veio correndo em sua direção, ela o ignorou, tirou uma foto da enseada, das bifurcações gêmeas de água divididas pelo monte flutuante de verde.

— Olhe, se quer continuar vindo comigo, terá que aprender a esperar eu acabar antes de... O que tem aí? Onde conseguiu isso?

Ele balançava o rabo e carregava um sapato na boca.

Um sapato de mulher, notou Naomi, aberto na frente, com um salto alto e fino, rosa-claro.

— Você não vai levar isso para casa. Pode esquecer.

Quando Sombra largou o presente aos seus pés, Naomi se desviou dele.

— E eu não vou tocar nisso.

Enquanto descia, o cachorro pegou de volta o sapato e saiu em disparada mais uma vez.

Naomi pisou na areia grossa, nas pedrinhas que ocupavam a faixa fina diante do mar. Sombra desatou a latir, soltando uma série de ganidos finos que a fizeram virar-se para brigar com ele.

— Pare com *isso*! O que há com você hoje?

E baixou a câmera que segurava nas mãos, agora frias como gelo.

O cachorro estava na base do penhasco, latindo para algo esparramado na areia. Naomi se obrigou a chegar mais perto até as pernas começarem a tremer, até um peso se afundar em seu peito.

Ela caiu de joelhos, lutando para respirar, encarando o corpo.

Lá estava Marla Roth, com os pulsos amarrados, as mãos esticadas, como se buscasse algo que jamais poderia segurar.

A luz clara e brilhante se tornou cinza; o ar se encheu com um bramido, uma onda selvagem e alta de som.

Então o cachorro lambeu seu rosto, ganiu e a cutucou com o focinho para enfiar a cabeça sob sua mão mole. O peso foi aliviado, deixando uma dor horrível em seu lugar.

— Tudo bem. Tudo bem. Fique aqui. — Suas mãos tremiam enquanto pegava a guia e o prendia nela. — Fique comigo. Meu Deus, ah, meu Deus. Calma. Não vomite. Não vomite.

Cerrando os dentes, pegou o telefone.

$\mathcal{E}$LA NÃO QUERIA FICAR; ela não conseguia ir embora. Pouco importava o pedido da polícia para que esperasse onde estava, sem tocar em nada. Poderia ter ignorado essa orientação. Mas não seria capaz de deixar Marla sozinha.

Voltou para as pedras e subiu o suficiente para se sentar em um lugar onde o vento refrescasse seu rosto suado. O cachorro andava de um lado para o outro, preso pela guia, e latiu até Naomi passar um braço ao redor dele, puxando-o para o seu lado.

Isso acalmou os dois, pelo menos um pouco. Ela ficou calma o suficiente para perceber que havia uma coisa que queria e poderia fazer. Pegou o telefone novamente e ligou para Xander.

— Oi! — A voz dele era abafada por música alta e máquinas barulhentas.

— Xander.

Só foi necessária uma palavra, o tom da voz dela ao emitir aquela única palavra, para o estômago dele se revirar.

— O que houve? Você se machucou? Onde está?

— Não me machuquei. Estou embaixo do penhasco. Eu... É Marla. Ela...
Liguei para a polícia. Encontrei o corpo. Liguei para a polícia, e estão vindo.

— Estou saindo daqui agora. Ligue para Kevin. Ele consegue chegar aí
mais rápido, mas eu estou a caminho.

— Não tem problema. Estou bem. Posso esperar. Estou ouvindo as sirenes.
Já estou ouvindo.

— Dez minutos. — Apesar de detestar ter que fazer isto, Xander desligou,
enfiou o telefone no bolso e subiu na moto.

Na pedra, Naomi encarou o telefone antes de lembrar que deveria guardá-
-lo. Não era choque, pensou ela — sabia como era entrar em choque. Só estava
assustada, um pouco fora de si.

— Temos que esperar — disse ela ao cachorro. — Eles precisam descer a
trilha, então temos que esperar. Alguém a machucou. Alguém a machucou,
e devem tê-la estuprado. Tiraram as roupas dela. Os sapatos.

Naomi engoliu em seco, pressionando o rosto contra os pelos de Sombra.

— E a machucaram. Dá para ver as marcas na garganta. Os hematomas.
Eu sei o que isso significa, eu sei o que isso significa.

A sensação de pânico tentava abrir caminho de volta, mas ela aguentou
firme, forçando-se a respirar fundo.

— Não vou perder o controle.

O cachorro tinha cheiro de chuva que pingava das árvores molhada, de
terra molhada, de um bom e velho cachorro molhado. Usou o aroma para
se manter concentrada. Contanto que o cachorro estivesse ali, bem ali, ela
aguentaria.

Ouviu passos se aproximando, respirou fundo mais algumas vezes, e se
levantou.

— Estou aqui! — gritou.

O comandante foi o primeiro a aparecer por entre as árvores, seguido
por um policial fardado que carregava uma mala. E outro com uma câmera
pendurada no pescoço.

Naomi não podia ver os olhos dele por trás dos óculos escuros.

— Ela está ali.

A cabeça do homem se virou. O comandante também respirou fundo,
voltando a olhar para Naomi.

— Preciso que a senhorita espere aqui.

— Sim, eu posso esperar aqui.

Ela voltou a se sentar — as pernas ainda não muito firmes — e ficou olhando para a água, para a sua beleza brilhante. Depois de um tempo, Sombra relaxou o suficiente para se acomodar no chão, encostar-se à dona.

Naomi ouviu alguém se aproximar mais rápido do que deveria na trilha íngreme e lamacenta. O cachorro se levantou de novo, remexendo-se todo em um cumprimento alegre.

— Os policiais me pediram para esperar aqui — explicou a Xander.

Ele se ajoelhou ao seu lado, puxando-a para perto.

Seria uma boa hora para perder o controle — ah, teria sido tão fácil. E tão fraco.

Xander se afastou e passou uma mão pelo rosto dela.

— Vou levar você para casa.

— Eu deveria esperar.

— Foda-se! Eles podem conversar com você na sua casa.

— Prefiro fazer isso aqui. Prefiro não levar essas coisas para lá se eu puder evitar. Não devia ter ligado para você.

— Porra nenhuma.

— Liguei antes de...

Ela se interrompeu quando viu o comandante subindo em sua direção.

— Xander.

— Liguei para ele depois de ligar para a delegacia. Estava bem nervosa.

— É compreensível.

— Eu... Desculpe, o cachorro... Não a vi logo de cara. Estava tirando fotos, e não a vi. Ele pegou um sapato. O sapato dela, acredito. Achei que... Desculpe, não sabia que não devia tocar em nada, mas não a vi quando cheguei.

— Não se preocupe com isso. A senhorita veio tirar fotos aqui?

— Sim. Faço isso com frequência. Eu, nós, quero dizer, o cachorro e eu viemos caminhando da casa, pela floresta. Passei um tempo tirando fotos na trilha, mas queria bater algumas da praia. Depois da chuva. Tinha um barco com uma vela vermelha, e Sombra pegou o sapato. Um de salto, cor-de-rosa. Não sei onde o colocou.

Sam tirou a garrafa de água do bolso do casaco dela e ofereceu.

— Beba um pouco, querida.

— Tudo bem.

— Você viu alguém?

— Não. Sombra não parava de latir e chorar, e não prestei atenção porque queria tirar a foto. Então gritei com ele e virei. E a vi. Cheguei um pouco mais perto, para ter certeza. E vi... Então liguei para a delegacia. Liguei para você e depois liguei para Xander.

— Quero levá-la para casa. Quero tirá-la daqui.

— Faça isso. — Sam esfregou o ombro de Naomi. — Vá para casa. Passo lá antes de ir embora.

Xander pegou sua mão com firmeza quando começaram a subir a trilha. Ela não falou nada até estarem no meio das árvores.

— Eu a machuquei.

— Naomi.

— Eu a machuquei na noite de sexta, no bar. Fiz de propósito. E Marla saiu de lá com o pulso doendo, o orgulho ferido e com muita raiva. Se não fosse por isso, teria ido embora com a amiga.

— E eu fui atrás de você em vez de seguir Marla. Quer que me sinta mal por isso, que tente colocar a culpa de tudo que aconteceu em você, e não nela? Não tivemos nada a ver com o que aconteceu, Naomi. A responsabilidade é do filho da puta que fez isso.

Foi o tom de voz dele mais do que as palavras o que a trouxe de volta à realidade. A impaciência franca com a raiva que fervia por baixo.

— Tem razão. Talvez seja por isso que liguei para você. Jamais ouviria um monte de *tadinha* ou *pobre Naomi* saindo da sua boca. Esse tipo de coisa só torna tudo pior. Essa história não tem nada a ver comigo.

— Encontrar o corpo dela tem a ver com você. Precisar ver aquilo tem a ver com você. Se não quiser escutar nenhum *pobre Naomi*, tudo bem, eu guardo isso para mim mesmo, mas eu realmente preferia que você tivesse escolhido qualquer outro lugar para tirar fotos hoje de manhã.

— Eu também. Ficamos sentados na varanda mais cedo. E ela estava lá embaixo. Já devia estar lá. — Naomi suspirou. — Marla tinha família?

— A mãe mora na cidade. O pai foi embora anos atrás. Tem um irmão na Marinha, se alistou logo depois de se formar no colégio. É uns dois anos mais velho que eu. Nunca fomos amigos. E tem Chip. O cara vai ficar devastado.

— Eles não se importam com isso.

— Quem?

— Os assassinos. Não se importam com nada disso, não pensam nas vidas que destroem. Ele a estrangulou. Eu vi os hematomas na garganta dela. Deixou as roupas perto do corpo. Acho que Marla estava com aqueles sapatos na sexta. Acho que sim. Devia estar com ele desde aquele dia, desde que saiu do bar.

Xander queria pegá-la no colo, simplesmente tirá-la do chão e carregá-la até a casa. Em vez disso, continuou segurando firme a mão dela.

— Não adianta dizer para você não pensar nisso, então concordo que, sim, ele provavelmente a pegou depois que ela saiu do bar. Não sabemos o que aconteceu após. A polícia sabe como determinar se ela foi morta na praia ou em algum outro lugar, e desovada ali.

— Sim, a polícia vai saber determinar.

Quando saíram da floresta, Naomi viu duas viaturas e a moto de Xander estacionadas na orla.

— Se ele não a matou lá, por que deixá-la na praia? Por que não colocar o corpo na floresta, ou enterrá-lo? Ou jogá-la na água?

— Não sei, Naomi. Mas, se você não tivesse ido lá hoje, Marla provavelmente não seria encontrada por um tempo. Seria impossível vê-la da casa, do jeito que estava próxima do penhasco. E da água? Talvez se alguém chegasse perto da costa, talvez. Então pode ser que deixá-la na praia tenha dado ao cara mais tempo para escapar. — Enquanto se aproximavam da casa, Xander olhou em sua direção. — Quer que eu peça para Kevin suspender a obra por hoje?

— Não. Não, pela primeira vez prefiro a barulheira ao silêncio. Acho que vou pintar.

— Pintar?

— O segundo quarto de hóspedes. O dos meus tios. Não vou conseguir me concentrar no trabalho, e não quero ir à cidade. Minhas tarefas podem esperar.

— Tudo bem. Eu ajudo você.

— Xander, você tem o seu trabalho.

— Entendo o fato de você não querer ser consolada. — Ele passou o braço ao redor da cintura dela um passo mais perto de carregá-la, e manteve a voz tranquila. — E sou péssimo nesse tipo de coisa, de toda forma. Mas não vou a lugar algum. Então é melhor irmos pintar.

Naomi parou, voltou-se para ele, aproximou-se e se permitiu ser abraçada.

— Obrigada.

Como isso o acalmava, e provavelmente a ela também, Xander subiu e desceu as mãos por suas costas.

— Sou um péssimo pintor.

— Eu também.

Ela subiu na frente para ajeitar as coisas. Sabia que ele ficara para trás a fim de dar a notícia a Kevin e livrá-la dessa tarefa. Quando Xander reapareceu, trazia um cooler.

— Algumas garrafas de água e umas Cocas. Pintar dá sede.

— Especialmente quando se é péssimo nisso. Você contou a Kevin.

— O comandante vai aparecer e fazer perguntas, então, sim. Ele vai guardar a informação para si mesmo até lá, e o pessoal da obra vai fazer o mesmo para dar tempo de a polícia informar à mãe dela e a Chip.

— Mason diz que essa é a pior parte, contar à família. Sempre penso que, se já é difícil dar a notícia, imagina recebê-la.

— Acho que deve ser pior não saber. Se ela não tivesse sido encontrada, ou se ficasse desaparecida por um tempo. Deve ser mais difícil não ter ideia do que aconteceu.

Naomi assentiu, dando-lhe as costas. Algumas das garotas que o pai matara passaram anos desaparecidas. Até hoje, depois de todo aquele tempo, o FBI ainda não tinha certeza se havia encontrado todas.

De tempos em tempos, Bowes contava sobre uma nova — em troca de privilégios. E, como Mason lhe dissera muitos anos atrás, para ganhar atenção novamente.

— Então... você não gosta desse tom amarelo-xixi?

Ela tentou se acalmar e analisou as paredes.

— Sabia que a cor me lembrava de algo.

Xander não tentou preencher o silêncio com conversas bobas enquanto trabalhavam. Mais uma coisa pela qual ser grata. Preparar as paredes, cobrir algo feio com algo bonito, tinha um efeito calmante.

Haviam terminado de passar primer em duas paredes e debatiam qual dos dois era pior na tarefa quando a cabeça do cachorro se ergueu e seu rabo bateu no chão.

Sam apareceu na porta.

— A senhorita arrumou um cão de guarda.

Naomi juntou as mãos para não tremer.

— Você quer... Desculpe, não tenho lugar nenhum para sentarmos. Podemos ir lá para baixo.

— Não vou demorar muito. Só queria saber como a senhorita está.

— Estou bem. Queria me manter ocupada, então...

— Entendo. Primeiro, quero dizer que, se estiver apreensiva sobre passar a noite aqui sozinha, posso pedir para um dos meus homens ficar de guarda hoje.

— Ela não vai ficar sozinha. — Quando Naomi começou a protestar, Xander olhou para ela. — Pense nisso como a minha comissão pela pintura horrorosa.

— Seria bom ter alguém lhe fazendo companhia. Só preciso estabelecer a sua linha do tempo, se a senhorita se lembrar de que horas saiu de casa hoje cedo.

— Ah. Talvez fossem 7h40. Não sei exatamente quanto tempo levei para chegar ao ponto em que entrei na trilha. Tirei algumas fotos de flores pelo caminho. Posso mostrar.

— Não estou duvidando da sua palavra — garantiu Sam. — Só quero ter uma noção.

— Acho que passei pelo menos uma hora na floresta. Tirei algumas fotos de onde ela fica menos densa e dá para ver o canal. Depois que desci, tirei mais umas daquela pedra lisa grande, a primeira que você encontra na trilha. Foi aí que Sombra apareceu com o sapato. Eu não estava controlando a hora, mas devia ser depois das 9 horas. Então ele começou a latir e chorar, e eu me virei para mandar que ficasse quieto, foi quando a vi.

— Tudo bem. Sinto muito sobre tudo isso, Srta. Carson.

— Naomi. Pode me chamar de Naomi.

— Sinto muito sobre tudo isso, Naomi, e preciso dizer que fico grato por você ter ido até lá hoje. De outra forma, poderia levar mais um dia ou outro até que alguém a encontrasse.

— Conte a Chip — interrompeu Xander. — Sei que os dois não eram mais casados, mas faça isso antes de ele ficar sabendo por outra pessoa.

Assentindo, Sam tirou o boné, coçou os cabelos castanhos grisalhos e o colocou de volta.

— Vou falar com ele logo depois de contar à mãe dela. Se conseguir se lembrar de qualquer outro detalhe, Naomi, ou se precisar conversar, pode me ligar. Esta casa está mais bonita do que nunca. Pelo menos mais bonita do que eu já vi. Pode me ligar — repetiu ele, e fez um afago rápido na cabeça do cachorro antes de ir embora.

NAOMI ACORDOU do pesadelo, saindo do porão embaixo de um tronco na floresta verde e escura. O porão onde encontrara o corpo de Marla. O medo a seguiu, assim como as imagens do quarto da morte que o pai construíra, e de todo sangue e morte que o lugar abrigara.

Sua respiração estava ofegante, parecia não querer sair. Ela lutou para puxar e expulsar o ar dos pulmões.

Mãos agarraram seus ombros, e ela teria gritado se tivesse fôlego.

— Sou eu. Xander. Espere um pouco.

Ele a virou, uma mão ainda firme em seu ombro, e acendeu a luz.

Bastou dar uma olhada nela para ele agarrar seu rosto com firmeza.

— Devagar, Naomi. Olhe para mim, vá devagar. Você está bem, fique calma. Vai acabar hiperventilando e desmaiando se não fizer isso. Olhe para mim.

Ela puxou o ar — meu Deus, como isso ardia — e lutou para segurá-lo, diminuir o ritmo antes de expirar. Manteve os olhos nos dele, tão azuis. Precisava daqueles olhos, daquele azul profundo, por mais um tempo.

Xander continuava falando. Ela não registrava as palavras, apenas as mãos no seu rosto, o azul dos olhos. A queimação diminuiu, o peso foi aliviado.

— Desculpe. Desculpe.

— Não seja boba. Tem água na mesa de cabeceira. Não vou a lugar algum.

Ele esticou o braço, pegou a garrafa e a abriu.

— Vá devagar com isto aqui também.

Naomi assentiu, dando um gole.

— Estou bem.

— Ainda não, mas está chegando lá. Você está gelada. — Ele esfregou as mãos calejadas de trabalho para cima e para baixo dos braços dela. Então, olhou por cima do ombro e disse: — Pode ficar tranquilo.

Ela olhou naquela direção e viu Sombra com as patas em cima da cama.

— Acordei o cachorro também. Com o risco de continuar parecendo boba, desculpe. Foi um pesadelo.

Não era o primeiro, pensou Xander, mas a primeira vez que ele a via completamente em pânico.

— Não é de se surpreender, considerando tudo. É melhor voltar para baixo das cobertas e se esquentar.

— Sabe de uma coisa? Acho que vou levantar e trabalhar um pouco.

— Não tem muitas fotos que você possa tirar às... 3h20 da manhã.

— Não se trata só de bater fotos.

— Suponho que não. Podemos descer e fazer uns ovos mexidos.

— Ovos mexidos? Estamos no meio da madrugada.

— Não de acordo com o seu relógio biológico. Sim, ovos. Já estamos acordados mesmo.

— Você pode dormir — começou ela, mas Xander simplesmente rolou para fora da cama.

— Estamos acordados — repetiu ele, e foi abrir as portas. Sombra saiu como uma bala. — Acordados e alertas. Waffles — considerou, analisando-a enquanto vestia a calça. — Aposto que você sabe fazer waffles.

— Isso seria uma boa ideia se eu tivesse uma máquina de waffle. Mas não tenho.

— Que pena! Então serão ovos mexidos.

Naomi ficou sentada por um instante, levando os joelhos ao peito.

Xander simplesmente dava um jeito nas coisas, pensou ela. Pesadelos, ataques de pânico, cachorros machucados no acostamento de estradas, cadáveres na base de um penhasco.

Como conseguia?

— Você está com fome.

— Estou acordado. — Ele pegou a calça de algodão e a camisa que tirara dela durante a noite e as jogou em sua direção.

— Gosta de ovos beneditinos?

— Nunca provei.

— Você vai gostar — decidiu ela, e saiu da cama.

Ele tinha razão. A normalidade de preparar o café da manhã a tranquilizou e acalmou. O processo, os cheiros, o efeito de uma boa dose de café. O incômodo do sonho e as memórias que Naomi queria esquecer foram embora.

E ela também tinha razão. Xander gostou dos ovos.

— Por que nunca provei isso antes? — indagou ele, enquanto comiam na bancada da cozinha. — E o que é um beneditino?

Naomi franziu a testa para a pergunta, e então quase caiu na gargalhada.

— Não faço ideia.

— Seja lá o que for, adorei. O melhor café que já tomei às quatro da manhã.

— Eu estava devendo. Você veio quando liguei e ficou aqui comigo. Eu não teria pedido que ficasse.

— Você não gosta de pedir as coisas.

— Não. Esse provavelmente é um defeito que confundo com autossuficiência.

— Talvez sejam as duas coisas. De toda forma, vai se acostumar. A pedir as coisas.

— E você me ajudou com meu ataque de pânico. Já teve experiência com esse tipo de coisa?

— Não, foi só bom senso.

— O seu bom senso — corrigiu Naomi. — Que também lhe disse para me distrair com ovos.

— Ovos deliciosos. Não há nada de errado em ser autossuficiente. Também sou culpado disso. E não há nada de errado em pedir as coisas. É só que fazer isso muda tudo. Temos um lance, Naomi.

— Um lance?

— Ainda estou tentando entender a definição e o escopo desse lance. E você?

— Sempre evitei ter um lance.

— Eu também. É engraçado como essas coisas acontecem quando menos se espera. — Em um gesto tão tranquilo e íntimo quanto o tom de voz, ele passou os dedos pelas costas dela. — E aqui estamos nós, antes de o sol nascer, comendo ovos chiques que eu achava que detestaria, com um cachorro que você achava que não ia querer esperando pelas sobras. E eu me sinto bem com isso, então suponho que me sinto bem tendo um lance com você.

— Você não faz perguntas.

— Gosto de entender as coisas por conta própria. Talvez isso seja um defeito ou uma questão de autossuficiência. — Xander deu de ombros. — Quando esse método não dá certo, não me incomodo em esperar até as pessoas me darem as respostas.

— Às vezes, as respostas são erradas.

— Então é besteira fazer as perguntas se não estiver pronto para ouvir as respostas. Gosto de quem você é. Aqui e agora. Então estou bem.

— As coisas podem evoluir ou retroceder. — E por que ela não podia simplesmente se desapegar, viver o aqui e agora?

— Sim, podem, e isso acontece. Há quanto tempo seus tios estão juntos?

— Mais de vinte anos.

— Isso é uma vida. Aposto que nem todos os dias foram um mar de rosas.

— Não.

— Há quanto tempo você diria que temos um lance?

— Não sei. Não tenho certeza de quando começaria a contar.

— O Dia do Cachorro. Vamos usar esse. Quanto tempo faz que encontramos Sombra?

— Faz... pouco mais de um mês, acho.

— Bem, considerando que o tempo é relativo, isso também é uma vida.

Naomi riu.

— Um recorde mundial para mim.

— Eu torno as coisas fáceis para você — disse ele, lançando-lhe aquele sorriso convencido. — Vamos ver o que acontece no Mês Três. Por enquanto, quando acabarmos de comer estes ovos deliciosos, podemos lavar a louça e levar nossas xícaras de café para a varanda e esperar o nascer do sol.

Quando ela não disse nada, Xander tocou-lhe o braço de leve, e voltou a comer.

— Este é o seu lar, Naomi. Ninguém pode tirar esta casa de você, nem tudo que ela significa. É uma decisão sua.

— Você tem razão. Tomar café na varanda seria perfeito.

Capítulo 19

◆ ◆ ◆ ◆

*F*ICAR SE LAMENTANDO, preocupando-se e duvidando de si mesma não a levariam a nada.

Mesmo assim, Naomi foi para o computador e escreveu um longo e-mail para uma amiga que compreenderia. Ashley McLean — agora Ashley Murdoch — a lembrava, sempre lembrara e sempre lembraria que a vida continuava.

Quase optara por telefonar, desejando ouvir a voz da amiga, mas a diferença de fuso horário significava que a tiraria da cama bem antes da hora em que ela e o marido, com quem comemoraria dez anos de casada em junho, levantavam-se para aprontar as crianças para a escola e ir trabalhar.

E e-mails eram mais fáceis — davam-lhe tempo de organizar os pensamentos e editar as coisas. Tudo que precisava era do contato.

Naomi se sentia melhor, muito melhor, depois de fazer café e assistir ao nascer do sol com o homem com quem tinha um lance, preparar-se para um dia ocupado enquanto os sons da obra preenchiam a casa.

A vida continuava.

Com o cachorro como companhia — e por que ela tentara convencer qualquer um deles de que queria que Sombra ficasse em casa? —, Naomi seguiu de carro para a cidade. No correio, despachou as caixas e passou dez minutos presa na estranheza que eram as conversas fiadas de uma cidade pequena.

— Menos uma coisa na lista — disse ao cachorro.

Dirigiu pela rua do Mar, notando que ela estava mais movimentada. O auge da primavera não fazia apenas o verde e as flores aparecerem, mas também trazia turistas.

Os grupos caminhavam pelas ruas e entravam em lojas carregando copos descartáveis de café, câmeras e sacolas de compras. Enquanto procurava por uma vaga, viu barcos deslizando ou ancorando, e a loja que alugava bicicletas e caiaques, com os barquinhos coloridos em exibição, cheia de clientes.

Queria muito andar de caiaque.

Naomi encontrou uma vaga, estacionou e se virou para o cachorro.

— Você precisa esperar no carro. Eu o avisei. Mas podemos dar uma volta entre esta parada e o mercado. É o melhor que posso oferecer.

Ele tentou sair quando a dona abriu a porta de trás para pegar a caixa, e a luta que se seguiu para impedi-lo ilustrava, de forma bem clara, que o animal engordara e desenvolvera músculos. O cachorro fraco e magricelo que mancava pelo acostamento da estrada era coisa do passado.

Ela conseguiu fechar a porta de novo, precisou se recostar no carro para recuperar o fôlego. Quando olhou para trás, ele estava com o rosto praticamente pressionado contra a janela, os olhos azuis devastados.

— Não posso levar você na loja. É assim que as coisas são.

Pegou a caixa que colocara no chão para vencer a guerra e começou a seguir pela calçada. Olhou para trás.

Agora, Sombra enfiara o focinho na fresta aberta da janela.

— Não deixe que ganhe — murmurou ela, e se forçou a olhar para a frente.

Ela sabia que Jenny estava trabalhando naquela manhã, pois a amiga telefonara na noite anterior, oferecendo-lhe compaixão e consolo. Inclusive se oferecera para levar comida, álcool e qualquer coisa de que precisasse.

Naomi estava tão desacostumada com amizades ofertadas com tanto desprendimento quanto com dez minutos de conversa fiada no correio.

Abriu a porta da loja e foi recebida por um delicioso cheiro cítrico, um amontoado artístico de coisas bonitas e bastante movimento. O excesso de pessoas a fez pensar em voltar em um momento mais tranquilo — se soubesse quando e se eles aconteciam. Mas Jenny, falando com uma cliente sobre uma velha pia cheia de sabonetes e cremes, viu a amiga e sinalizou alegremente para que entrasse.

Naomi ficou vagando pela loja, vendo meia dúzia de coisas que queria. Lembrou a si mesma que não estava ali para fazer compras, que tinha uma casa em obras e *não devia* fazer compras.

Decidiu pegar um conjunto de castiçais de ferro ornamentado que, sem sombra de dúvida, deviam estar na sua biblioteca.

— Passe esse negócio para cá. — Assim que conseguiu dar um jeito de chegar até ela, Jenny pegou a caixa e a pôs de lado. — Faça isto primeiro.

Com um leve cheiro de pêssego, a outra mulher envolveu Naomi em um abraço apertado.

— Estou tão feliz por vê-la. — Ela se soltou o suficiente para se inclinar para trás e analisar o rosto da amiga. — Você está bem?

— Estou bem.

— Xander ficou na sua casa?

— Ficou.

— Muito bem. Não vamos pensar nisso agora. Ninguém fala de outra coisa na cidade, mas não vamos pensar nisso.

— Você está bem ocupada.

— Grupo de turismo. — Jenny lançou um olhar satisfeito e levemente calculista ao redor da loja. — Recebemos dois ônibus hoje. A urbanista da cidade organizou tudo meses atrás. Precisamos tomar cuidado para não mencionar aquela coisa em que não estamos pensando na frente dos turistas. Ou tentar não mencionar. — Ela se abaixou para pegar a caixa de volta. — Quero mostrar isso para Krista. Venha. Ela acabou de ir lá para trás, e as coisas vão ficar sob controle aqui na frente por uns minutos.

— Você está bastante ocupada — lembrou Naomi a amiga, mas Jenny já a puxava para longe.

A mulher se desviou de mesas e displays, o tempo todo tagarelando alegremente, fazendo Naomi pensar em um pássaro bonito que cantava enquanto pulava de galho em galho.

Ela deu a volta num balcão e passou por uma porta, entrando em um depósito/escritório onde uma mulher de cabelos castanhos com reflexos, presos num coque com um par de hashis bonitos, estava diante de um computador.

— Encontrei o pedido. Saiu agora para entrega, graças aos céus!

— Trouxe umas peças em potencial e Naomi Carson para você, Krista.

A mulher virou a cadeira e tirou um par de óculos roxos. Seu rosto era bonito, com grandes olhos castanhos, uma boca comprida e carnuda — e o brilho de um pequeno brinco de rubi na lateral do nariz.

— Estou tão feliz por conhecê-la. Finja que lhe ofereci um lugar para sentar, porque estou sem cadeiras. Gosto muito do seu trabalho — adicionou ela. — Já vasculhei seu site várias vezes, e enchi o saco da Jenny para trazê-la aqui.

— Adorei a loja. Estava evitando vir aqui, porque sou fraca. Já escolhi uns castiçais, e provavelmente não vou embora sem aquele espelho de parede oval com a moldura antiga de bronze.

— É uma peça da Jenny.

— Recuperada de um mercado de pulgas — confirmou a outra mulher. — Naomi trouxe umas fotos para nós. — Ela botou a caixa em cima da escrivaninha lotada. — Consegui me controlar antes de revirar tudo por conta própria.

— Bom que não esqueça quem tem o direito de revirar tudo primeiro por aqui.

— Krista se levantou, abriu a caixa e colocou os óculos de volta para ver melhor.

Naomi escolhera imagens menores, estudos de flores, uma série de quatro fotos da enseada, uma da marina, outro conjunto de troncos caídos.

— Elas são tão bem-emolduradas. Você mesma que fez?

— Faz parte do processo, sim.

— Elas venderiam bem. — Krista apoiou duas contra a caixa, deu um passo para trás, assentindo. — Sim, venderiam bem. Na verdade, com os turistas, elas vão sair das prateleiras assim que chegarem lá.

Voltou a tirar os óculos e os bateu na palma da mão. Então deu seu preço.

— O normal é ficarmos com sessenta por cento, e você com quarenta — adicionou.

— Por mim, está ótimo.

— Fantástico, porque realmente eu quero as fotos. Pode trazer mais, especialmente da flora e da fauna locais, imagens do mar, da cidade. Também posso vendê-las sem a moldura. Podemos pensar nisso. Seria ótimo ter as imagens da enseada e da marina como cartões-postais.

— Eu sei fazê-los.

Krista se virou e passou um braço pelos ombros de Jenny de um jeito relaxado e tranquilo que mostrava que eram boas amigas.

— Ela sabe fazer cartões-postais. Você tem noção de há quanto tempo quero vender cartões-postais de classe?

Jenny sorriu, passando um braço pela cintura da chefe.

— Desde que você abriu a loja.

— Desde que abri a loja. Quero duas dúzias de cartões-postais assim que possível. Não, três. Três dúzias. Posso vender uma dúzia para a pousada em um piscar de olhos.

— Com fotos diferentes?

— Pode escolher — confirmou Krista. — Jen, coloque os preços nestas e as leve lá para fora. Bote-as onde quiser. Ela é minha mão direita — contou a mulher a Naomi. — Apesar de estar planejando me deixar na mão.

— Só daqui a alguns meses. Sei o lugar perfeito para as fotos. — Jenny as guardou de volta na caixa, levantando-a.

— Se tiver um tempo, Naomi, posso imprimir o contrato para as coisas que vamos vender.

— Claro.

— Não vá embora sem falar comigo — disse Jenny, e saiu para arrumar os quadros.

— Vou aproveitar para preencher a ordem do pedido dos cartões-postais. Como vão as coisas lá no penhasco?

— Muito bem, e é por isso que preciso dos castiçais, aqueles ornamentados. Eles precisam ir para a minha biblioteca. Acho que o espelho é para o vestíbulo. Mas... vai ficar bom em algum lugar por ali. E também quero seja lá o que for que tem aquele cheiro delicioso lá da frente.

— Colocamos aroma de laranjeira-do-méxico nos difusores hoje.

— Já me disseram que eu preciso disso. Das plantas. Acho que também preciso dos difusores.

— Peça a Jenny que lhe dê um. É por conta da casa. Vamos ganhar uma grana, Naomi.

Ela saiu da loja com mais do que levara consigo, justificando as compras para si mesma. A casa precisava de *coisas*, e Krista tinha razão. Ganhariam uma grana juntas. Não havia dúvida disso, ainda mais pelo fato de que quatro quadros haviam sido vendidos antes de Jenny fechar a sua compra.

— Temos trabalho a fazer, Sombra.

Naomi prendeu a guia no cachorro enquanto ele estava distraído demais com a própria felicidade para reclamar, colocou as compras no carro, pegou a câmera e a mochila.

— Vamos dar aquela volta e fazer alguns cartões-postais.

QUANDO FINALMENTE voltou ao penhasco, a equipe estava descansando, e mais uma vez foi lembrada das vantagens de haver homens em casa. O pessoal dos azulejos levou as sacolas de mercado, enquanto Kevin pegava suas compras.

— Você deve ter se encontrado com Jenny.

— E paguei bem caro por isso. Mas agora ela está exibindo minha arte. E eu tenho um contrato pedindo mais fotos para a loja. — Naomi parou na sala de estar, sentindo a satisfação de um dia bom aumentar um pouco mais.

— Você terminou as sancas! Elas dão outra cara ao ambiente.

— Tivemos um dia cheio. Quer subir e dar uma olhada no que terminamos?

— Se estiver falando do meu banheiro, acho que vou começar a chorar.

Com um sorriso, Kevin deu batidinhas no ombro dela.

— É melhor pegar um lenço.

Naomi quase precisou de um.

— Você só pode pisar nos azulejos amanhã — alertou ele.

— Tudo bem. Era capaz de ter um treco se pudesse entrar. Ficou lindo, Kevin. É um trabalho maravilhoso. Tudo está perfeito.

Ela queria um ambiente simples e relaxante, quase zen, e conseguira isso com os azulejos cinza, o tom cinza-claro das paredes, o acabamento da bancada de granito branco. Adicionara elementos mais rústicos com a grande banheira com pés, fora indulgente com o enorme chuveiro com sauna e box de vidro.

— O cobre escovado foi a escolha certa — observou ele. — Cromo teria ficado brilhante demais. E as prateleiras vão ficar ótimas também, porque, pelo que já vi, você é organizada.

— Vou adicionar uns toques de azul, com toalhas e algumas garrafas. Eu vi umas azuis antigas no celeiro de Cecil. E um pouco de verde com uma planta. Talvez um bambu.

— Coloque algumas das suas fotos na parede. Talvez do canal.

— Com moldura de níquel escovado, fundo cinza-escuro. Boa ideia. Adorei.

— Que bom! Não sabia se você ia querer sua escrivaninha de volta no quarto, e não quis mexer em nada antes de confirmar.

— Talvez amanhã, quando tudo estiver funcionando.

— Também fizemos progresso no escritório, se quiser dar uma olhada.

Naomi queria ver tudo. Os dois passaram os dez minutos seguintes debatendo suas escolhas e discutindo cronogramas. Ela começou a ficar desconfiada.

— Kevin, você está tomando conta de mim?

— Talvez. Xander já deve estar chegando, pensei em esperar por ele.

— E imagino que sua esposa e seus filhos estão em casa, perguntando-se onde você está.

— Eu tenho tempo. Sabe, queria perguntar sobre...

— Você está enrolando — interrompeu ela. — Obrigada por querer me ajudar, mas eu estou bem. Tenho um cachorro feroz.

Kevin olhou para o lugar onde Sombra estava deitado, analisando o próprio rabo balançante, fascinado, enquanto Molly dormia ao seu lado.

— É, estou vendo.

— E eu tenho uma faixa marrom.

— Estou cheio de faixas lá em casa.

— De caratê. Podia ter tentado a preta, mas marrom foi suficiente. Isso sem mencionar todos os cursos de autodefesa que fiz. Uma mulher solteira, viajando sozinha — adicionou ela, apesar de esse não ter sido seu principal ponto motivador.

— Vou tomar cuidado para não me meter numa briga com você, mas me sentiria melhor se pudesse esperar Xander chegar. Tenho algumas perguntas sobre o banheiro do quarto verde.

Kevin a distraiu falando sobre acabamentos de azulejo e duchas, com planos sobre a demolição do banheiro boxeador, até a cabeça de Sombra se erguer, e o cachorro sair correndo latindo. Molly bocejou, girou e voltou a dormir.

— Deve ser Xander.

— Então fique à vontade para continuar aqui e tomar uma cerveja com ele, ou então ir embora.

— Uma cerveja cairia bem.

Os dois foram ao encontro de Sombra, que dançava e latia para a porta da frente. Naomi se perguntou se o seu lance com Xander progredira a ponto de lhe dar uma chave e o código do alarme.

Parecia um passo *muito* importante em um lance, algo para se pensar com cuidado.

Mas, ao abrir a porta, o cachorro saiu correndo para cumprimentar Lelo amorosamente.

— Ah, achei você, garoto. Achei você!

Os dois passaram mais um instante se adorando antes de Lelo se empertigar.

— E aí, Kevin? Oi, Naomi! Vim trazer os desenhos e o orçamento para você.

A Naomi que comprara a casa teria agradecido, pegado os papéis e se despedido. A Naomi que ela estava tentando ser respirou fundo.

— Entre. Kevin vai tomar uma cerveja. Você pode fazer companhia a ele.

— Nunca recuso uma cerveja depois do trabalho. Quer uma? — perguntou Lelo ao cachorro.

— Ele é menor de idade — respondeu Naomi, o que o fez cair na gargalhada.

Ela voltou para a cozinha, abrindo duas cervejas e, em seguida, a porta da varanda.

— Vou pegar uma taça de vinho para mim. Essas cadeiras ainda estão feias, mas são confortáveis.

Naomi podia ouvir as vozes de ambos, abafadas e tranquilas, enquanto se servia da bebida. Curiosa, abriu o envelope sobre a bancada e começou a analisar os desenhos.

Ao sair para a varanda, viu Lelo e Kevin sentados nas cadeiras enferrujadas como dois caras no convés de um barco, apreciando o horizonte.

Os cachorros estavam sentados diante da balaustrada, fazendo o mesmo.

— Lelo, você é um artista.

Ele soltou uma risada e ficou levemente corado.

— Ah, bem. Eu sei desenhar um pouquinho.

— Sabe desenhar muito bem. E fez o quintal parecer um oásis sem comprometer nem sobrecarregar o espaço. As hortas na varanda são geniais.

— Posso dar uma olhada? — Kevin pegou os desenhos, folheou e analisou. — Isso está bem legal, Lelo. Bem legal mesmo.

— Tem um folheto aí dentro com pisos e modelos diferentes. Podemos comprar o que você quiser.

Naomi assentiu, sentando-se no banco para dar uma olhada no orçamento. Ele fizera as contas de várias formas. O quintal todo mais a varanda — puta merda! — ou as etapas individuais.

E as etapas individuais com o abatimento das fotos.

— Meu pai fez a maior parte das contas.

— É um monte de conta. — E ela também teria que fazer algumas, mas...

— Eu quero a horta na varanda. Cozinhar é algo que me ajuda a relaxar depois de um dia de trabalho.

— Se você decidir largar Xander, pode se casar comigo. Não sei cozinhar droga nenhuma — disse Lelo —, mas adoro comer.

— Vou me lembrar disso. Realmente quero fazer a parte da frente do jeito que você desenhou. Mas preciso de mais cinco por cento de desconto pelas fotos.

— Posso mandar uma mensagem para o meu pai e ver o que ele acha. Acho que vai topar.

— Pode dizer a ele que, se tudo der certo, vou querer fazer o restante no outono. Ou na próxima primavera. Você não pode terminar toda a parte da frente antes de a caçamba sair de lá, mas eu queria ver algumas dessas árvores e plantas no lugar.

— Espere um pouco.

Quando Lelo tirou o celular do bolso, os cachorros levantaram de um salto e desceram a escada correndo.

— Agora deve ser Xander — observou Kevin. — Cachorros são melhores que campainhas.

Os cães voltaram. Molly se acomodou no chão, mas Sombra foi embora de novo e voltou, estava praticamente dando piruetas quando Xander o alcançou.

— Isso é uma festa?

— Pelo visto.

— Ainda bem que eu trouxe mais cerveja. — Ele subiu a escada carregando um engradado de seis garrafas, colocou-o sobre a mesa para segurar o rosto de Naomi e lhe dar um beijo que foi de um simples cumprimento a ardente em um piscar de olhos. — Só para mostrar a eles que é melhor irem atrás das próprias mulheres. Quer que eu encha a taça?

Ela olhou para baixo, meio confusa, para o vinho.

— Não, não precisa.

— Outra rodada? — perguntou ele a Kevin.

— Não, uma é suficiente.

Xander olhou para Lelo, que passeava pela varanda enquanto falava ao telefone e levantou sua cerveja ainda cheia.

— Então só uma para mim. — Ele levou o engradado para a cozinha e voltou com uma garrafa gelada. — O que é isso?

— Meu quintal. Você não me disse que Lelo é um artista.

— Ele leva jeito. — Depois de se sentar e respirar fundo, Xander deu o primeiro gole.

— Dia difícil? — perguntou Naomi.

— Nem me fale. Mas agora acabou.

Lelo voltou.

— Podemos começar na semana que vem.

— Na semana que vem?

— Meu pai vai querer vir olhar o terreno por conta própria. Principalmente para conhecer você, na verdade. Ele gosta de saber para quem trabalha, mas podemos começar na semana que vem. Talvez na terça. E os cinco por cento a mais de desconto não são problema. — Lelo esticou o braço. — Temos que selar o acordo com um aperto de mão. Eu preferia um beijo, mas Xander me jogaria daqui de cima.

— Primeiro, eu deixaria você inconsciente, para doer menos.

— Isso que é amigo. — Lelo voltou a se sentar, esfregando primeiro a cabeça de Sombra, depois a de Molly. — Você terá que ensiná-lo a não cavar o jardim nem fazer xixi nos arbustos.

— Droga. Não tinha pensado nisso.

— Ele é um bom cachorro. Vai aprender.

Naomi bebericou o vinho. Estavam sendo discretos — afinal, aqueles homens se conheciam desde que nasceram. Mas ela percebeu os sinais que trocavam.

Assim como Xander, ela respirou fundo.

— Por que não falamos sobre o que todo mundo está pensando? Não sou uma pessoa das mais delicadas e não preciso ser protegida. Também não gosto quando tentam me proteger. Então, já descobriram alguma coisa sobre o assassinato de Marla?

Lelo olhou para a garrafa de cerveja que prendera no meio das pernas e ficou em silêncio.

— Fizeram a autópsia — respondeu Xander. — E estão rolando uns boatos. Mas podem ser apenas boatos.

— Que boatos?

— Dizem que ela foi estuprada, provavelmente várias vezes. Foi esganada várias vezes, sofreu alguns cortes e apanhou bastante.

— Não sei como alguém seria capaz de fazer isso com outra pessoa — murmurou Lelo. — Não sei. Estão dizendo que ela não morreu aqui embaixo, mas que a desovaram aqui. Fiquei sabendo que Chip perdeu a cabeça.

— Ele a amava — comentou Kevin. — Sempre a amou.

— Não pode ter sido ninguém de Cove — observou Lelo. — Saberíamos se alguém daqui fosse capaz de fazer essas coisas.

Não, pensou Naomi, *você nem sempre conhece quem mora com você.*

$\mathcal{E}$LA SE JOGOU no trabalho. Raramente seguia as especificações de alguém, mas achou interessante criar fotos de acordo com os pedidos de Krista.

Quando conversava ou trocava e-mails com a família, não mencionava o assassinato.

Não deu uma chave a Xander — e ele também não pediu uma. Mas Naomi considerou o assunto.

Apesar de aquilo ter-lhe causado uma dor de cabeça terrível, foi ao funeral de Marla. Assistiu à curta missa sentada com Xander; Kevin e Jenny do outro lado.

Parecia que quase todos os habitantes da cidade estavam presentes, exibindo expressões graves no rosto, oferecendo suas condolências à mãe de Marla e Chip.

A igreja tinha um cheiro forte de lírios — dos cor-de-rosa adornando o caixão brilhante, dos cor-de-rosa e brancos saindo de vasos altos.

Havia mais de uma década que Naomi não entrava em uma igreja. Elas a faziam lembrar-se sua infância, dos vestidos engomados para as missas de domingo, dos estudos da Bíblia nas noites de quarta.

Do seu pai no púlpito, recitando salmos com a voz grossa e o rosto tão sincero enquanto falava da vontade de Deus, do amor divino, ou sobre como o caminho honrado sempre era o melhor a se seguir.

Estar dentro daquele lugar agora, com o sol atravessando os vitrais, os lírios infestando o ar, o reverendo lendo passagens familiares demais, tudo isso fez Naomi desejar ter ficado em casa. Não conhecia Marla, só se haviam cruzado em um momento desagradável.

Naomi, no entanto, encontrara o corpo da mulher, então se forçara a vir.

O alívio que a atingiu ao sair para o sol brilhante e descolorido, para o ar limpo e sem cheiros, pareceu atravessar suas memórias ruins como uma rajada de vento.

Xander a guiou para longe de onde a maioria das pessoas se reunira a fim de conversar antes de irem para o cemitério.

— Você ficou pálida.

— Estava muito abafado lá dentro, só isso. — E havia olhares demais voltados na sua direção.

Na direção da mulher que encontrara o corpo.

— Preciso ir ao cemitério — disse ele. — Mas você, não.

— Acho que não vou mesmo. Parece invasivo demais para uma pessoa que não a conhecia.

— Vou levá-la para casa.

— Eu devia ter vindo com meu carro. Nem pensei nisso.

— Sua casa não fica assim tão fora do caminho — começou ele, mas se virou quando Chip se aproximou.

O homem era a imagem do sofrimento, pensou Naomi. Olhos vermelhos e vazios, pele pálida e arroxeada sob eles pela falta de sono. Um sujeito grande, parecendo perdido.

— Chip. Sinto muito, cara.

Trocaram um daqueles abraços de um braço só que os homens parecem preferir antes de Chip olhar para Naomi.

— Srta. Carson.

— Naomi. Sinto muito. Sinto muito mesmo.

— Você a encontrou. O comandante disse que, pelo jeito... que pelo jeito como a deixaram, talvez demorasse um pouco até isso acontecer. Mas você a encontrou para que pudessem trazê-la de volta e cuidar dela. — Lágrimas rolavam daqueles olhos vazios enquanto ele segurava as mãos de Naomi entre as suas enormes. — Obrigado.

Geralmente, ela evitava tocar pessoas estranhas, aproximar-se demais, mas se sentiu inundada de compaixão. Puxou-o para perto, abraçando-o por um momento.

Não, assassinos não pensavam naquilo — ou pensavam?, perguntou-se ela. Será que a dor e o sofrimento eram um benefício extra? A cereja no topo do bolo?

Enquanto se afastava, Chip secou as lágrimas.

— O reverendo disse que Marla foi para um lugar melhor. — Ele balançou a cabeça. — Mas este é um bom lugar. É um bom lugar. Ela não precisava de um melhor. — O homem engoliu em seco. — Vocês vão ao enterro?

— Eu, sim. Preciso levar Naomi para casa, e depois vou para lá.

— Obrigado por vir, Naomi. Obrigado por encontrá-la.

Enquanto ele se afastava como um homem perdido, Naomi se voltou para o outro lado.

— Ah, meu Deus, Xander.

E chorou por uma mulher que não havia conhecido.

Capítulo 20

♦ ♦ ♦ ♦

COMO A MAIORIA da equipe conhecia Marla, Naomi voltou para uma casa relativamente silenciosa. O barulho estava centralizado, por enquanto, no que seria seu escritório, e vinha na forma de música country e uma furadeira.

Mesmo assim, quando tentou trabalhar, não conseguiu se concentrar. Independentemente das imagens que aparecessem na tela, só via olhos devastados.

Mudando de foco, decidiu levar o cachorro e a câmera para o quintal. Tiraria fotos de como tudo estava para Lelo, a tarefa mais simples e rotineira em que conseguira pensar. Faria cópias para si mesma, talvez montasse um livro sobre a evolução da casa.

Ela o guardaria na biblioteca, para revisitar o processo depois que o passar do tempo lhe adicionasse certo charme.

Quando o cachorro jogou uma bola aos seus pés, Naomi decidiu se envolver com outra distração. Arremessou o brinquedo, observando Sombra correr feliz atrás dele.

Na terceira vez que o cão voltou, cuspiu a bola, esticou as orelhas e olhou para o outro lado, soltando um rosnado de alerta baixo, segundos antes de ela ouvir o som de um carro.

— Deve ser o pessoal da obra voltando. Agora, sim, vou ter distrações.

Mas a viatura do comandante da polícia apareceu.

Tudo em Naomi se retesou, suas mãos se fecharam em punhos apertados e gelados. Ela o vira no funeral. Se a investigação tivesse progredido, provavelmente teria ficado sabendo de alguma coisa lá. De toda forma, o fato de que havia encontrado o corpo não significava que a polícia se sentiria na obrigação de lhe contar qualquer coisa pessoalmente.

Só havia um motivo para ele fazer uma visita.

Para tentar se acalmar, Naomi apoiou uma mão na cabeça de Sombra.

— Está tudo bem. Já esperava que ele viesse.

Os dois foram andando pela grama cheia de falhas e protuberâncias enquanto Sam saía do carro.

— Os irmãos Kobir — disse ele, indicando a caminhonete com a cabeça.

— Sim. Wade e Bob estão trabalhando lá em cima. O restante da equipe foi para o funeral.

— Acabei de sair do cemitério. Queria ter uma conversa em particular com você antes que o pessoal de Kevin voltasse.

— Tudo bem. — Com o estômago embrulhando, Naomi se virou na direção da casa. — Ainda não tenho muitos lugares para sentar, mas gosto de ficar na varanda da cozinha.

— Soube que contratou os Lelo para cuidar do quintal.

— Querem começar na terça.

— Você já fez bastante progresso — comentou Sam enquanto os dois entravam na casa.

Ela apenas assentiu, continuando a seguir para os fundos. Progresso, pensou, mas para quê? Nunca devia ter-se permitido se apaixonar pela casa e pelo lugar. Nunca devia ter-se permitido se envolver tanto com um homem.

— Esta cozinha é bonita pra dedéu. — Com a aba do boné um pouco levantada, Sam observou os arredores com tranquilidade. — E a vista é imbatível.

Quando Naomi abriu as portas camarão, ele balançou a cabeça.

— Isso não é genial? Quem teve a ideia, você ou Kevin?

— Kevin.

— Elas fecham dobrando e depois abrem. Essa cozinha não poderia ser mais bonita.

Naomi ocupou uma das cadeiras de metal, enquanto Sombra usava o focinho para cutucar o joelho de Sam.

— Eu a vi na missa — começou o comandante. — Foi legal da sua parte ir. Eu sei que você não a conhecia e que seu encontro com Marla não foi dos mais amigáveis.

— Sinto muito pelo que aconteceu com ela.

— Todos nós sentimos. — Ele se remexeu, parando de observar a vista para encontrar o olhar dela. — Eu não estaria fazendo bem o meu trabalho, Naomi, se não investigasse o passado da pessoa que encontrou o corpo.

— Não. Eu mesma devia ter-lhe contado. Mas não contei. Queria acreditar que você não pesquisaria, que ninguém ficaria sabendo.

— Foi por isso que mudou seu nome?

— Carson era o nome de solteira da minha mãe, o nome do meu tio. Ele nos criou depois... E nos acolheu, a mim, minha mãe e meu irmão, depois que meu pai foi preso.

— Você teve um papel fundamental na prisão dele.

— Sim.

— Imagino que tenha sido muito difícil para uma garotinha enfrentar uma coisa assim. Não vou lhe perguntar sobre isso, Naomi. Conheço o caso e, se quisesse mais informações, seria fácil consegui-las. Quero saber se ainda mantém contato com o seu pai.

— Não. Nunca mais falei nem me comuniquei com ele depois daquela noite.

— Nunca o visitou?

— Não. Minha mãe o visitava e acabou tomando um frasco inteiro de remédios. Ela o amava, ou ele a controlava. Talvez seja a mesma coisa.

— Ele alguma vez tentou entrar em contato com você?

— Não.

Por um instante, Sam ficou em silêncio.

— Sinto muito por piorar as coisas, mas você deve ter pensado nisso. Nas semelhanças. Nas amarras, nos ferimentos, no que foi feito com ela e na forma como foi morta.

— Sim. Mas ele está na prisão, do outro lado do país. E a verdade terrível é que outras pessoas estupram, matam e torturam. Outras pessoas agem como ele.

— Você tem razão.

— Mas eu estou aqui e a encontrei. Do mesmo jeito que ocorreu com Ashley. Só que encontrei Ashley a tempo. Estou aqui, e Marla foi estuprada, assassinada e torturada do mesmo jeito que meu pai gostava de estuprar, assassinar e torturar. Então você precisa me investigar.

— Mesmo que precisasse, eu sei que você não a sequestrou nem a prendeu por dois dias e fez o que foi feito com ela. Mesmo que achasse isso, você estava com Xander nos momentos em que precisaria estar com Marla. Conheço

Xander desde que ele nasceu e não tenho dúvida de que jamais faria algo assim. Também não acredito que você faria.

Naomi devia se sentir grata por isso; devia se sentir aliviada. Mas não conseguia reunir energia para nada disso.

— Mas você ficou na dúvida. Quando descobriu quem eu era, com certeza ficou na dúvida. Outras pessoas também ficarão. Algumas delas vão pensar que, bem, está no sangue. É o sangue que nos une, que nos torna quem somos. O pai dessa mulher é um psicopata. O que isso faz dela?

— Não posso dizer que não me fiz essa pergunta. Faz parte do meu trabalho. Passei dez segundos pensando dessa forma, porque sou um homem de cidade pequena, isso é fato, mas também sou bom no que faço. Vim aqui para saber se você mantém contato com seu pai, se ele tentou se comunicar, porque existe uma possibilidade mínima de tudo estar conectado.

— Ele nem olhou para mim. Naquela manhã, na delegacia na Virgínia Ocidental, quando o trouxeram. — Naomi ainda conseguia visualizar a cena, em perfeitos detalhes, do sol brilhando contra a água no bebedouro e as partículas de poeira no ar. — Saí da sala onde tinham me pedido que esperasse. Embora tenha sido só por um minuto, foi na hora em que chegaram com ele algemado. Foi como se o seu olhar me atravessasse, como se eu não estivesse lá. Acho que nunca existi para meu pai, não de verdade.

— Você se mudou bastante nos últimos anos.

— Fiz isso tornar-se parte do meu trabalho. Nossos tios nos protegeram tanto quanto podiam da imprensa, das fofocas, dos olhares e da raiva. Mudaram a vida toda deles por nós. Mas nem sempre podiam nos proteger. De tantos em tantos anos, meu pai faz alguma barganha para receber um privilégio, qualquer coisa, em troca do lugar onde deixou mais um corpo. Isso traz tudo de volta, as histórias na televisão, na internet, o falatório. Meu irmão diz que é o que ele quer, mais do que qualquer privilégio que possa conseguir, e eu também acredito que seja o caso. Se você não ficar em um lugar por tempo demais, as pessoas não o notam. Pelo menos não tanto.

— Você comprou esta casa.

— Achei que fosse dar conta. Eu me apaixonei por ela, me convenci de que poderia ter uma casa de verdade, um canto tranquilo e que ninguém descobriria. Se tivesse ido para qualquer outro lugar naquele dia, se Marla fosse encontrada por outra pessoa, talvez tivesse dado certo, mas não foi o que aconteceu. Não tenho motivo para querer contar essa história para ninguém.

Quando Naomi virou a cabeça para encontrar seus olhos novamente, Sam deu um tapinha em sua mão.

— Essa é uma decisão sua.

Ela queria sentir alívio, mas não conseguia. Não sentia nada.

— Obrigada.

— Não é um favor. Investiguei seu passado, faz parte do trabalho. Mas não saio por aí fofocando sobre a vida das pessoas. Precisava fazer aquelas perguntas. Agora, podemos esquecer tudo isso.

— Eu... só quero descobrir se consigo viver aqui. Quero um tempo para tentar.

— Parece que já está vivendo aqui e fazendo isso muito bem. Vou te dizer algo pessoal, e depois volto para a cidade. Para mim, ficou claro que você não contou nada disso a Xander. — Sam se levantou. — E acho que está fazendo a ele, e a si própria, um desserviço. Mas a decisão é sua. Cuide-se, Naomi.

Como duas tempestades gêmeas, o sofrimento e a fofoca trovejaram juntas pelo cemitério e deixaram Xander com dor de cabeça. Foi embora assim que possível e deixou o rádio desligado no caminho de volta. Precisava de um pouco de silêncio.

Tinha trabalho suficiente, incluindo o que adiara naquela manhã, para se manter completamente ocupado. Parou na seção de peças e vendas, comprou um refrigerante na máquina, pegou as coisas das quais precisava e foi para a oficina.

Depois de verificar a planilha de trabalho, escolheu começar pelo mais fácil, cumprindo aos poucos suas obrigações atrasadas. Antes de levar um Mini Cooper para analisá-lo em uma das baias, deu um pulo na funilaria para ver como iam as coisas.

Considerava-se bem talentoso nesse tipo de trabalho, mas Pete era um artista. O Escort batido pareceria recém-saído da fábrica depois que o homem terminasse o trabalho.

— Já voltou do funeral?

— Já.

Franzindo a testa, Pete ajustou os óculos de segurança.

— Odeio funerais.

— Acho que ninguém gosta deles.

— Tem gente que gosta. — O outro homem assentiu, cheio de sabedoria. — Tem uns loucos que se divertem. Ficam procurando enterros para ir, aparecem no cemitério até quando não conhecem o morto.

— Tem gosto pra tudo — disse Xander, deixando Pete trabalhar.

Depois de terminar com o carro, registrar o serviço na planilha e enviá-lo para o setor de vendas, fez um intervalo longo suficiente para ir ao seu apartamento e montar um sanduíche com as poucas coisas que havia disponíveis. Depois de separar o Mini para ser levado, passou para o próximo item na lista.

Xander trabalhou por mais quatro horas inteiras — livrou-se da dor de cabeça e ganhou um torcicolo.

Como dissera a Naomi que levaria o jantar, ligou para o restaurante e pediu um espaguete ao forno antes de começar a fechar.

Acabara de dar partida na moto quando Maxie, a garçonete do Rinaldo's, apareceu com a parte de trás do carro pulando.

— Ah, Xander! Por favor! — Assim que saiu do carro, a mulher juntou as mãos como se estivesse rezando. — Sei que a oficina está fechada, mas por favor. Tem alguma coisa errada com meu carro, ele começou a fazer um barulho estranho, e mal conseguia dirigir em linha reta.

— Seu pneu furou, Maxi.

— Jura? — Ela se virou, olhando para onde Xander apontava. — Como foi que isso aconteceu? Ele não estourou nem nada. Só começou a sacolejar. Achei que fosse o motor ou alguma coisa assim. — Depois de passar a mão pelos cabelos louros com mechas roxas, ela lhe lançou um sorriso tímido. — Pode trocar?

Ele se agachou.

— Maxi, este pneu está mais careca que o seu avô, e dirigir com ele furado só piorou a situação.

— Preciso comprar um novo? Não pode apenas trocá-lo, colocar o estepe?

— Você não tem um estepe de verdade, só um temporário, de emergência, e não pode ficar rodando com ele. — Xander deu a volta no carro, balançando a cabeça. — Seus pneus perderam qualquer banda de rodagem há uns quinze mil quilômetros.

Ela ficou de boca aberta; seus olhos se arregalaram em choque.

— Preciso de *quatro* pneus novos?

— Com certeza.

— Droga. Droga. Droga. Lá se vai o dinheiro que eu estava guardando para fazer compras em Seattle com Lisa. E vou me atrasar para o trabalho. — Maxie tentou jogar charme. — Será que você não pode, sabe, consertar o que está furado, só por enquanto, e... Droga de novo — murmurou quando percebeu que Xander só a encarava. — Está fazendo uma cara igualzinha à do meu pai.

Isso o magoou um pouco, porque ele só era 12 anos mais velho que a garota. Mas nem isso o fez amolecer.

— O pneu pode estourar e você pode acabar batendo. Vou lhe dar o maior desconto que puder, mas os pneus precisam ser trocados. Posso devolver o carro amanhã, antes do meio-dia, e lhe dou uma carona até o trabalho. Vou passar lá para pegar comida mesmo. Tem como voltar para casa depois?

Resignada, Maxie bufou.

— Posso dormir na casa da Lisa, vou andando.

Correndo o risco de ser comparado ao pai dela de novo, Xander balançou a cabeça.

— Nada de andar sozinha por aí depois do trabalho. Não agora.

— Todo mundo acha que a pessoa que matou Marla já deu no pé. Foi só um pervertido horroroso que deu uma passada por aqui.

— Vamos fazer assim. Os pneus ficam por minha conta se você concordar em não andar sozinha por aí depois do trabalho.

— Tudo bem, tudo bem. Peço para o meu pai me buscar. — Quando Xander estreitou os olhos, ela revirou os dela. — Prometo. — Maxie colocou a mão sobre o coração.

— Certo. — Ele pegou o capacete extra e o entregou à garota. — Se quebrar o acordo, vou cobrar o dobro.

— Ah, Xander. — Mas ela riu, subindo na garupa da moto. — Eu já prometi e, além do mais, ainda consegui uma carona legal para o trabalho.

Quando ele finalmente chegou à casa no penhasco, tudo que queria era se sentar na varanda com Naomi, talvez tomar uma cerveja. E deixar o dia inteiro para trás.

Enquanto tirava as quentinhas da moto, Sombra veio correndo dos fundos da casa para cumprimentá-lo, como se tivesse acabado de chegar da guerra.

Feliz com as boas-vindas, manteve a comida fora de alcance com uma mão e agradou o cachorro com a outra. Quando a bola de tênis aterrissou aos seus pés, Xander lhe deu um belo chute, e Sombra saiu atrás dela, contente.

Ele notou que o carro de Naomi era o único estacionado ali e se perguntou por que Kevin não ficara esperando. Mesmo com o atraso, imaginara que o amigo estaria ali.

Seguiu para os fundos da casa, parando tempo suficiente para dar outro chute na bola.

Ela estava sozinha na varanda, mexendo no tablet, com uma taça de vinho sobre uma mesinha ao lado do banco.

— Acabei me atrasando — disse ele.

Naomi apenas assentiu e continuou prestando atenção ao que fazia no tablet.

— Vou pegar uma cerveja e colocar isso no forno.

— Tudo bem.

Xander não se considerava uma pessoa muito perceptiva a humores — pelo menos já ouvira de mulheres irritadas que lhe faltava essa capacidade —, mas sabia quando algo estava errado.

De acordo com sua experiência, a melhor forma de lidar com problemas que não sabia identificar era agir normalmente até algo acontecer.

Às vezes, quando tinha sorte, o incômodo desaparecia.

Voltou com a cerveja, sentando-se ao lado dela, e esticou as pernas. Jesus Cristo, aquela não era uma sensação maravilhosa?

— Onde está Kev?

— Imagino que em casa, com a esposa e os filhos.

— Achei que fosse me esperar.

— Eu insisti para que fosse embora. Não preciso de um guarda-costas.

Não era preciso ser o homem mais perceptivo do mundo para reconhecer quando uma pessoa irritada mostrava as garras. Tomou um gole da cerveja, apreciando o efeito.

O silêncio durou, talvez, vinte segundos.

— Não gosto que vocês fiquem se organizando em turnos. Não sou idiota e não sou indefesa.

— Nunca pensei que você fosse alguma dessas coisas.

— Então pare de ficar em cima de mim, e pare de pedir para o Kevin fazer o mesmo. Isso não é só ofensivo, como também é irritante.

— Então parece que você terá que ficar ofendida e irritada.

— Você não pode decidir as coisas por mim.

— O corpo de Marla, uns dez metros abaixo de onde você está sentada, mostra que posso, sim.

— Ninguém manda em mim e, se você acha que dormir comigo lhe dá esse direito, então está muito enganado.

Do canto do olho, Xander viu o cachorro afundar nos degraus — provavelmente, imaginou ele, procurando um lugar seguro, fora da linha de fogo.

— Está inventando desculpas para se irritar. Desculpas idiotas ainda por cima. Pode me contar o que a incomodou de verdade se quiser, mas eu sei quando alguém está tentando provocar uma briga. Não estou com vontade de ter uma, mas isso pode mudar.

— Você está me sufocando, é simples assim. — Naomi levantou do banco, pegou o vinho e colocou o tablet na mesa. — Comprei esta casa porque gosto de ficar sozinha, mas, agora, nunca estou. — Deu um longo gole na bebida, e Xander apostaria seus ganhos de uma semana que aquela não era a primeira taça da noite.

— É, pode mudar mesmo. Se está tentando me dar o fora, então seja direta.

— Preciso de espaço.

— E clichês assim são mais desculpas esfarrapadas. Você pode fazer melhor do que isso.

— Eu não devia ter começado esse... lance com você. Está tudo indo rápido demais, ficando complicado demais. — Raiva e algo que ele não sabia identificar surgiram na voz dela. — Estou cansada de me sentir sufocada e presa. Isso precisa acabar. Só precisa acabar. Você, a casa, o quintal. Meu Deus, o cachorro. É demais. Tudo isso foi um erro, e precisa acabar.

Xander queria rebater, de verdade, porque, Jesus Cristo, ela o magoara. Não estava esperando aquela porrada e a forma como o derrubara.

Complicado? Naomi tinha razão nessa parte. A mente dele girava com complicações que nem sabia que existiam.

307

Mas ela estava tremendo e respirando rápido demais. Parecia que teria outro ataque de pânico, e Xander sabia muito bem o motivo.

— Se quiser que eu vá embora, eu vou. Até levo a droga do cachorro se preferir. Longe de mim impor minha presença aos outros. Mas me fale a verdade.

— Acabei de falar! Isso é um erro. Tudo isso, e eu preciso corrigir as coisas.

— E vai fazer isso se livrando de mim, do cachorro e do lar que começou a construir aqui? Não é o que você quer.

— Você não sabe o que eu quero. — Naomi jogava as palavras contra ele, assim como aquela raiva cheia de medo. — Você não me conhece.

— Conheço, sim.

— Não conhece! Isso, *sim*, é mentira. Você não me conhece, não sabe quem eu sou, o que eu sou. Conhece por semanas, as semanas que estou aqui. Não sabe nada sobre antes. Você não me conhece.

Foi então que Xander entendeu, claro como a luz. Aquele sentimento não identificado por baixo de tudo, a base da raiva e do medo. Era mágoa.

— Conheço, sim. — Ele deixou a cerveja de lado, levantando-se. — Sei quem você é, de onde veio, pelo que passou e o que está tentando fazer agora, longe daquilo tudo.

Naomi balançou a cabeça, recuando um passo.

— Você não poderia. — Xander viu seus lábios tremerem antes de ela pressioná-los, viu as lágrimas antes de ela forçá-las a desaparecerem. — O comandante Winston contou.

Agora ele sabia o que colocara fogo na fogueira.

— Não, eu não falei com ele, não o vejo desde o cemitério. Mas você falou. Ele não me contou nada. Você contou.

Naomi cruzou um braço por cima do corpo, agarrando o próprio ombro, como se tentasse se proteger.

Não dele, pensou Xander. Droga, não dele.

— Nunca contei nada sobre isso.

— Você não precisou. — Ele suprimiu a raiva. Mais tarde a descontaria em alguma coisa, mas, naquele momento, falou com a maior tranquilidade do mundo. — Naquele dia na minha casa, no primeiro dia. Você viu o livro na estante. O livro de Simon Vance. Parecia que alguém tinha te dado um soco no estômago. Não foi difícil juntar os pontos. Havia fotos no miolo. Você devia ter uns 11 ou 12 anos, acho. Era só uma criança. Mudou os cabelos, cresceu. Mas tem os mesmos olhos, a mesma aparência. E Naomi não é um nome tão comum.

— Você sabia. — As juntas dos dedos dela estavam brancas como osso.

— Queria que o livro não estivesse lá para causar aquela reação em você. Mas ele estava.

— Você... você contou a Kevin.

— Não. — A dúvida nos olhos dela eram tão nítidas que Xander esperou um instante, mantendo o olhar fixo no de Naomi. — Não — repetiu. — O fato de Kevin ser meu melhor amigo não significa que eu conto a ele coisas que você não quer que os outros saibam.

— Você não contou — disse ela, e os dedos soltaram o ombro, a mão caiu para o lado. — Você sabia esse tempo todo, desde antes de nós... Por que não me disse nada, não me perguntou?

— Quando eu não fazia ideia, deixei o livro lá. Mas depois que descobri? Não queria ser o responsável por colocar aquele olhar no seu rosto. E, certo, preferia que você tivesse me contado antes de jogar tudo isso na sua cara como fiz, mas acabei me irritando.

— Você não fez isso. — Esfregando a base de uma das mãos entre as sobrancelhas, Naomi lhe deu as costas. — Não jogou nada na minha cara. Outras pessoas já fizeram isso, então eu sei como é. Não sei como lidar com o que acabou de acontecer. — Ela colocou a taça sobre a balaustrada, pressionando os dedos contra os olhos. — Preciso de um minuto.

— Se quiser gritar, grite. Se quiser chorar, chore. Mas eu prefiro os gritos.

— Não vou gritar nem chorar.

— Acho que a maioria das pessoas faria as duas coisas. Você não é como a maioria.

— Eu sei.

— Pare com isso.

A raiva extrema na voz de Xander a chocou o suficiente para se virar na direção dele.

— Pare com essa merda. — Agora estava liberando a irritação. — Você é idiota? Acho que não a conheço mesmo, porque achei que fosse uma pessoa inteligente. Bem inteligente. Mas talvez seja idiota o suficiente para acreditar que o fato de compartilhar DNA com um babaca psicótico faça com que exista alguma coisa errada com você.

— Ele é um monstro. E é meu pai.

— Meu pai não sabe diferenciar um carburador de uma pastilha de freio, tem dois conjuntos de tacos de golfe e gosta de música de elevador.

— Não é a mesma coisa.

— Por que não? Por que diabos não? Temos o mesmo sangue, ele me criou, pelo menos em parte, e não podíamos ser mais diferentes. Ele lê um livro por ano, contanto que seja um best-seller. Nós ficamos atordoados um com o outro sempre que passamos mais de uma hora juntos.

— Não é...

— E o seu irmão?

Isso a fez mudar de rumo, como ele esperara.

— Eu... O que tem Mason?

— Que tipo de homem ele é?

— Ele é... ótimo. Inteligente. Na verdade, é brilhante, dedicado e leal.

— Então seu irmão pode ser o que é, com a mesma carga genética, mas você foi o quê? Contaminada?

— Não. Não, eu sei que não. Intelectualmente falando, sei que não, mas, sim, às vezes, me sinto dessa forma.

— Deixa disso.

Naomi o encarou.

— Deixa... disso?

— É. Deixa disso, siga com a sua vida. Seu pai é completamente maluco. Mas isso não significa que você também precisa ser.

— Meu pai é o serial killer mais famoso do século.

— O século mal começou — retrucou Xander, dando de ombros, fazendo com que Naomi o encarasse novamente.

— Meu Deus. Não consigo entender você.

— Então entenda isto. É ofensivo e irritante, lembre-se disso, você achar que meus sentimentos mudariam porque seu pai é Thomas David Bowes. Achar que eu agiria diferente porque você salvou uma vida 17 anos atrás. Provavelmente acabou salvando várias. E se esse bando de merda idiota for o motivo para você estar tentando me dar um pé na bunda, azar o seu. Eu não me deixo ser chutado com tanta facilidade.

— Não sei o que dizer agora.

— Se quer que eu vá embora, não use Bowes como desculpa.

— Preciso me sentar.

Naomi se acomodou no banco. Obviamente decidindo que a dona precisava dele, o cachorro voltou e apoiou a cabeça no joelho dela.

— Falei da boca pra fora — murmurou ela, acariciando Sombra. — Não era verdade o que falei sobre o cachorro ou sobre a casa. Nem sobre você. Disse a mim mesma que não deveria querer essas coisas; que seria melhor para todos se não as quisesse. Para alguém como eu, Xander, é mais fácil ficar se mudando do que criar raízes.

— Discordo. Acho que isso é mais uma mentira que você repetiu para si mesma vezes suficientes até acreditar. Se acreditasse nisso de verdade, não teria comprado este lugar. Não o reformaria. E com certeza não teria ficado com o cachorro, independentemente de quanto eu insistisse. — Ele atravessou a varanda e voltou a se sentar do lado dela. — Mas teria dormido comigo. Vi isso na primeira vez que você foi ao bar.

— Ah, é?

Ainda um pouco nervoso, mas se acalmando, Xander voltou a pegar a cerveja.

— Sempre sei quando uma mulher está a fim. Mas, se você acreditasse mesmo em todas essas bobagens, nós não teríamos um lance.

— Não era para ter sido assim.

— Muitas coisas boas acontecem por acidente. Se Charles Goodyear não fosse desastrado, não teríamos borracha vulcanizada.

— O quê?

— Borracha resistente a mudanças de temperatura. Pneus, por exemplo, como os da Goodyear. Ele estava tentando bolar um jeito de tornar a borracha mais resistente, derrubou seu experimento no fogo por acidente e pronto! Criou o que queria.

Confusa, Naomi esfregou a têmpora dolorida.

— Eu me perdi na sua lógica.

— Nem tudo tem que ser planejado para dar certo. Talvez tenhamos pensado que transaríamos algumas vezes e seguiríamos em frente, mas não foi o que aconteceu. E as coisas estão indo bem.

O som da própria risada a surpreendeu.

— Uau, Xander, meu coração está flutuando de felicidade com essa descrição tão romântica. Foi como um soneto.

Sim, percebeu ele, estava mais calmo.

— Quer romance? Posso trazer flores.

— Eu não teria onde colocá-las. — Naomi suspirou. — Não preciso de romance, e nem sei como reagiria a isso. Gosto de saber que meus pés estão plantados no chão. E isso não é o caso, não de um jeito consistente, desde que vi esta casa pela primeira vez. Hoje... o funeral. Aquilo foi tão difícil para mim porque me lembrou, mais uma vez, de todo mundo que meu pai machucou. Não apenas das mulheres que matou, mas das pessoas que as amavam.

— Teria sentido pena de você por ter encontrado Marla independentemente de qualquer coisa, mas senti bem mais por saber a que aquilo remeteria você. Você conversou com seu irmão e seus tios sobre o que aconteceu?

— Não. Não, por que fazer os três lembrarem também? Não falaria com ninguém sobre isso. Não sobre as memórias.

— É você quem decide o que quer compartilhar. Kevin e Jenny seriam bons amigos. E não confiar nisso seria um desserviço para você e para eles.

— Foi exatamente o que o comandante Winston falou para mim, sobre contar para você. Usou a mesma palavra. Desserviço.

— Quer me contar o que mais ele disse?

— Sabia o que ele queria assim que vi a viatura. — Naomi fechou os olhos, permitindo-se sentir o cachorro aos seus pés e o homem ao seu lado. — Foi como se tivesse perdido o chão. Tudo desapareceu. Já imaginava que isso aconteceria. Ele me investigaria porque eu encontrei o corpo. Mas perdi o chão. Ele foi direto, mas gentil. Disse que não contaria a ninguém, que não tinha feito isso e que não o faria. Nunca convivi com ninguém além da minha família que soubesse. Ou, quando a notícia vazava, eu caía fora antes de as coisas mudarem.

— Caía fora antes de saber se as pessoas mudariam com você ou não.

— Talvez isso até seja verdade, mas já testemunhei essas mudanças, e elas são horríveis. Tiram tudo de você — disse Naomi, baixinho — e o derrubam.

— Estou sentado bem aqui, tomando uma cerveja, como planejei fazer desde que fechei a oficina. Tem comida esquentando no forno, um pôr do sol bonito lá fora. Nada mudou nem precisa mudar. Você vai se acostumar com isso.

Nada precisava mudar. Será que isso era verdade? Será que era possível?

— Talvez possamos ficar sentados aqui por mais um tempo, até você se aclimatar.

— Boa ideia.

$\mathcal{H}$ORAS MAIS TARDE, quando tudo menos os bares haviam encerrado o expediente e as ruas da cidade estavam calmas, com as luzes dos postes criando piscinas de luz na escuridão, o homem observava e esperava.

Tirara tempo para estudar a rotina da rua principal, cheia de lojas e restaurantes. Para estudar as moças que fechavam essas lojas, ou que voltavam para casa caminhando depois de encerrarem o dia como cozinheiras ou garçonetes.

Estava pensando na lourinha bonita, mas não seria exigente demais. Pelo menos três mulheres trabalhavam até tarde na pizzaria.

Poderia escolher qualquer uma — mas a lourinha? Era sua primeira opção.

O homem deixara o trailer no camping, a uns bons vinte quilômetros de distância, tudo conforme a lei.

Ah, se as pessoas soubessem o que ele fizera naquela sua segunda casa. A ideia lhe dava vontade de gargalhar.

Sua empolgação aumentou, como uma onda de calor na sua barriga, quando a porta dos fundos do restaurante se abriu.

A lourinha bonita, como ele queria.

Completamente sozinha.

Ele saiu do carro, parado em um canto escuro do estacionamento, e levou consigo o pano embebido em clorofórmio.

Gostava de usar a substância, de ser tradicional. Isso as apagava — sem problemas nem complicações —, apesar de deixá-las um pouco enjoadas. Fazia parte do processo.

A garota andava pela rua, as tetas firmes e jovens balançando um pouco, a bunda durinha rebolando. Olhou para o restaurante, certificando-se de que ninguém sairia, e começou a agir.

Então, luzes de farol cortaram o estacionamento, fazendo o homem voltar para as sombras em um pulo. A lourinha esperou o carro voltar na sua direção, depois abriu a porta do passageiro.

— Obrigada, papai.

— De nada, querida.

O homem quis chutar ou esmurrar alguma coisa quando o objeto de seu desejo foi embora, deixando-o ansioso e excitado.

Lágrimas se acumularam no canto dos seus olhos. Então a porta abriu de novo.

Mais duas saíram. O homem as viu sob a luz acima da saída, escutou as vozes e as risadas enquanto caminhavam.

Então um dos caras saiu. Ele e a mulher mais jovem deram as mãos, saíram juntos. A garota se virou, voltando um pouco.

— Divirta-se amanhã! Tome cuidado na estrada.

A mulher restante começou a seguir na direção do estacionamento. Não era jovem como as outras nem tão bonita — não era loura, como ele queria —, mas serviria. Daria para o gasto.

Cantarolava para si mesma enquanto abria a bolsa para pegar a chave.

Tudo que o homem precisava fazer, apenas o que precisava fazer, era dar um passo para a frente e parar atrás da sua vítima. Ele deliberadamente lhe permitiu aquele instante de medo, do coração batendo mais forte antes de ela virar a cabeça.

Então cobriu seu rosto com o pano, segurando-a pela cintura enquanto ela se debatia, enquanto seus gritos abafados esquentavam a mão dele. A mulher apagou muito rápido, quase rápido demais, ficando mole.

O homem levou vinte segundos para colocá-la no porta-malas do carro, prender os pulsos e os tornozelos com silver tape, passar mais fita em sua boca e cobri-la com um lençol.

— Vamos nos divertir agora. Vamos nos divertir pra valer.

Foco

O espectador geralmente vê mais do que o participante.

JAMES HOWELL

Capítulo 21

♦ ♦ ♦ ♦

Quando a manhã de domingo finalmente chegou, tudo que Xander queria no mundo era dormir até o sol nascer. Três ligações de emergência na estrada na noite de sexta o haviam tirado do ensaio para um show que aconteceria no domingo e o fizeram sair da cama. Duas vezes.

Eles haviam arrasado no bar em Union, apresentando a banda para um público diferente, divertindo-se e ganhando bem — mas foi só às duas da manhã que Xander conseguiu cair na cama de Naomi.

Sua reação ao ser acordado por Sombra às cinco horas foi emitir um rosnado.

— Deixa comigo — disse Naomi.

Com um grunhido de assentimento, Xander voltou a dormir.

Levemente desorientado, acordou, sozinho, três horas depois. Seu primeiro pensamento foi *Naomi*, só depois esfregou o rosto. Precisava se barbear — não era sua atividade favorita. Então lembrou que era domingo, e não havia motivo para ninguém se barbear em um domingo.

O sol brilhava pelas portas de vidro. Através delas, Xander via as linhas azuis do mar e a forma como a água se espalhava tranquilamente pela enseada. Alguns barcos, cujos donos haviam madrugado, apareciam aqui e acolá.

Sua vontade de passar algum tempo em um barco era tão grande quanto a de se barbear, mas gostava de olhar para eles.

No momento, porém, gostaria bem mais de um café. Xander se levantou, colocou a calça jeans e viu uma camisa que deixara para trás em algum momento dobrada na cômoda.

Feliz por não ter de usar a blusa suada da noite anterior, ele a vestiu — e descobriu que o negócio que Naomi usava para lavar as coisas era bem mais cheiroso do que o que ele usava.

Precisara pedir a Kevin e Jenny que o ajudassem — e convencera Naomi a ir com eles para Union. Tinha gostado de vê-la na plateia — e, mais do que isso, tinha gostado de saber que o amigo se certificara de que ela havia chegado bem, entrado na casa e trancado a porta até ele chegar.

Naomi até mesmo lhe dera uma chave e o código do alarme, apesar de ele não ter certeza se isso era só por aquela noite ou não. Ela também parecia não saber.

Aquela... situação seria mais fácil se Xander pudesse deixar algumas coisas ali. Mas era difícil saber como agir — nunca passara por algo assim antes.

Nunca morara, ou quase morara, com uma mulher antes. Fora uma decisão deliberada. Sua casa podia não ser tão grande quanto a de Naomi, mas era sua.

Porém, lá estava ele, levantando-se da cama dela novamente, usando uma camisa que ela lavara, pensando em lhe pedir café.

Aquele lance tinha muitas variáveis, e Xander ainda não entendia como todas se encaixavam.

Mas entenderia, disse a si mesmo enquanto saía do quarto e ia atrás dela e de café. Sempre acabava entendendo como as coisas funcionavam.

Ouviu a voz de Naomi, então se desviou da busca por café e entrou no escritório temporário.

Ela escancarara as janelas, e o cachorro estava deitado embaixo da mesa de trabalho.

O sol banhava os cabelos dela, transformando-os em mil tons de dourado, bronze e caramelo, enquanto Naomi usava uma ferramenta comprida para cortar um papel grosso, murmurando para si mesma. Ali perto, uma impressora grande e moderna sussurrava enquanto mandava um pôster para a bandeja.

Xander levou um minuto para perceber que o pôster exibia suas mãos segurando o livro de Jane Austen.

Viu novamente a si mesmo, já emoldurado e apoiado contra a parede. A foto que Naomi tirara de manhã cedo, com o nascer do sol no fundo e seus olhos nos dela.

Havia outros pôsteres — a parede de livros, as mãos, o nascer do sol sobre a enseada — presos a um tipo de cavalete, e uma pilha de imagens menores sobre uma travessa.

O cachorro balançou o rabo, desejando-lhe um bom-dia, e, como Sombra nunca perdia a esperança, acabou se desenroscando e levando uma bola para ele.

Distraído, Xander afagou a cabeça do cachorro e continuou olhando para Naomi.

Imersa em seu trabalho e na luz do sol, as mãos finas e competentes com suas ferramentas, os olhos verde-escuros compenetrados na arte. Aquele corpo comprido e magro em uma blusa azul-claro e calça cáqui que terminava pouco antes dos tornozelos, os pés descalços.

Então era assim que tudo funcionava. Pelo menos como o seu lado funcionava, pensou ele. Todas aquelas variáveis se encaixavam porque estava apaixonado por ela.

O universo não deveria ter-lhe dado algum tipo de aviso prévio? Ele precisava de um pouco de tempo, precisava se ajustar, se reagrupar, precisava...

Então Naomi olhou para cima, seus olhos encontrando os dele.

Foi como se tivesse sido inundado por aquele turbilhão de sentimentos, e ele perdeu o ar. Por um instante, perguntou-se como as pessoas viviam assim, como eram capazes de carregar tanto dentro de si mesmas.

Andou até ela, puxou-a inteira para si e tomou-lhe a boca como um homem faminto.

Aquilo. Ela. Sua vida nunca mais seria a mesma depois daquele momento. Ele nunca mais seria o mesmo.

O amor mudava tudo.

Perdendo o equilíbrio, Naomi se agarrou aos ombros dele. Xander fazia sua cabeça girar, seu coração disparar e seus joelhos fraquejarem. Dominada, ela se segurou, deixando-se levar pela onda rápida e quente com ele.

Quando Xander se afastou, Naomi colocou as mãos nas bochechas dele e suspirou.

— Uau, e bom dia!

Ele apoiou a testa na dela por um instante, e o carinho se misturou ao fervor.

— Você está bem? — perguntou ela.

Não, pensou Xander. Talvez levasse alguns anos até ficar bem de novo.

— Você sempre devia ficar na luz do sol — disse ele. — Ela a favorece.

— E eu acho que você sempre devia dormir até mais tarde.

A fim de ganhar um tempo para se acalmar, Xander se virou para as fotos.

— Você esteve ocupada.

— Tenho pedidos. Da galeria, da internet, de Krista.

— Então estava certa sobre as mãos.

— Estava mesmo. Foi um sucesso no site, e eu recebi vários pedidos de download e cópias e pôsteres para elas e para a parede de livros. Preciso de mais material.

Xander olhou para as caixas e pilhas de coisas.

— Mais.

— Mais. Não consigo arrumar as coisas aqui tão bem quanto em meu escritório, quando ele estiver pronto. Talvez quebre minha própria regra e encha o saco do Kevin para cuidar logo disso. Mas, por enquanto, dá para viver assim. Você chegou tarde — acrescentou ela, tirando o pôster pronto da bandeja da impressora.

— É, cheguei por volta das duas horas, acho. Acordei o cachorro.

— Eu ouvi... os dois.

— Desculpe.

— Não, me dá uma sensação de segurança saber que ele late e corre para o andar de baixo como se fosse partir o intruso em pedacinhos. Apesar de suspeitar que Sombra correria na direção oposta se fosse alguém que ele não conhecesse. Gostei do show ontem.

— É, estávamos bem.

Naomi prendeu o pôster no lugar e foi para a pilha de imagens menores.

— O que acha destas?

Ele começou a dizer que olharia depois de tomar café, porque precisava muito de uma xícara, mas viu a foto da banda, a que haviam tirado com as ferramentas, o para-brisa quebrado. Pegando a pilha, Xander foi passando as imagens.

— Jesus Cristo, Naomi, estão ótimas. Ótimas de verdade. Dave fica dizendo que não sabe qual escolher, que imagem ficaria melhor onde. Fala tanto disso que chega a irritar.

— Por isso imprimi algumas. Vocês viram todas no computador, mas, às vezes, a cópia física torna mais fácil escolher.

— Acho que não. Todas estão ótimas. Algumas estão até em preto e branco.

— Cria um clima, não é? — Como se quisesse verificar por conta própria, olhou por cima do ombro dele. — Vocês parecem um pouco perigosos. Cada um devia escolher uma. Posso emoldurá-las. E você deveria pendurar uma no Loo's.

— É, talvez. É. Esta em preto e branco para o bar, combina com o clima de lá.

— Também acho.

— Dave vai enlouquecer tentando decidir. — Ele colocou as fotos de volta no lugar. — Preciso de café.

— Pode ir. Tenho que terminar umas coisas por aqui, e depois desço. Solte o cachorro — pediu ela. — O dia está bonito demais para ele ficar aqui dentro.

— Para qualquer um ficar aqui dentro. Podíamos dar uma volta na estrada. Com o GTO ou a moto, você decide.

— Se formos com o conversível, posso levar meu equipamento. E o cachorro.

— Então passamos lá em casa para pegar o carro.

Quando Xander deixou o escritório, Sombra saiu correndo na sua frente.

Ele tiraria o dia de folga — do trabalho, de se barbear, de pensar no que fazer, ou não, com a descoberta de que estava apaixonado.

Conhecia pessoas que se apaixonavam e se desapaixonavam com mais frequência do que trocavam o óleo do carro. Mas ele não era assim.

Já tivera quedas por mulheres, até mesmo gostara bastante de algumas, mas aquela sensação de perder o chão? Era uma experiência completamente diferente.

Decidiu que seria melhor deixar tudo como estava por enquanto. Só para garantir que não era algum tipo de aberração momentânea.

Quando estava na metade da escada, Sombra soltou um rosnado baixo e saiu em disparada até a porta. O cachorro soltou dois latidos agudos, depois olhou de volta para Xander, como se dissesse: *E aí? Vamos resolver o problema.*

— É, é, estou indo. Por que não fui direto tomar café?

Xander abriu a porta, dando de cara com um Chevrolet Suburban preto estacionando ao lado do carro de Naomi. Saiu da casa quando o homem alto com cabelos castanho-claros saltou do carro.

Ele usava óculos escuros, terno escuro e gravata — e tinha um ar de autoridade nebuloso que gritava *tira*.

Não era um policial local, mas tinha um distintivo. Era irritante saber que o domingo de Naomi seria arruinado com mais perguntas sobre Marla.

O homem olhou para o cachorro ao lado de Xander, depois para ele.

— Quem diabos é você?

— Foi você que acabou de chegar — retrucou Xander com o mesmo tom ríspido. — Então sou eu quem devia perguntar quem diabos é você.

— Agente Especial Mason Carson. FBI.

Mason pegou suas credenciais e as exibiu — e não foi sutil com a mão que afastava o paletó para se apoiar no cabo da arma.

— Agora, quem diabos é você?

— Está tudo bem. — Xander apoiou a mão na cabeça do cachorro. — Ele é legal. Xander Keaton.

Os óculos escuros bloqueavam os olhos de Mason, mas Xander sabia que eles se estreitaram para analisá-lo.

— O mecânico.

— Isso mesmo. Naomi está na casa. Lá em cima, terminando um trabalho. Agradeceria se você tirasse a mão da arma. Ainda não tomei café, e estou começando a me irritar.

Como Sombra se aproximara para cheirar os sapatos do FBI de Mason, ele lhe afagou a cabeça.

— Você geralmente toma café aqui?

— Acabou virando um hábito. E, se isso o irrita, pode esperar até depois do café.

— Eu tomaria café.

Sombra saiu correndo, voltou com a bola na boca e a jogou aos pés de Mason. Quando o outro homem sorriu, Xander viu Naomi.

Ela não sorria de verdade com a frequência que deveria, na opinião dele, mas, quando o fazia, compartilhava daquele mesmo sorriso que crescia lentamente até se tornar radiante, como o irmão.

— Ela vai ficar muito feliz de ver você.

Xander esperou por Mason, que não era tão autoritário a ponto de não jogar uma bola para um cachorro, e então seguiu para a casa.

— Se formos para o norte — começou Naomi enquanto descia a escada —, posso tirar... Mason. Ah, meu Deus, Mason!

Ela voou.

O irmão a pegou e a girou, repetindo o movimento mais uma vez.

Isso, pensou Xander, era conexão, um laço, um amor que não poderia ser mais profundo.

Naomi riu, e ele ouviu lágrimas em seu riso, viu-as brilhando contra a luz do sol exuberante que passava pela porta aberta.

— O que está fazendo aqui? Por que não disse que estava vindo? Está usando terno! Você parece tão... Ah, ah, estava com *tanta* saudade.

— Também estava. — Tão radiante quanto a irmã, Mason a afastou alguns centímetros. — Você tem uma casa. E um cachorro.

— É uma loucura, não é?

— A casa é ótima. E o cachorro também. E você tem... um mecânico.

— Um... ah. — Naomi riu, dando outro apertão nele. — Xander, este é meu irmão, Mason.

— É, nós nos conhecemos lá fora. Vou pegar café.

— Eu pego. Quero te mostrar a casa — disse ela a Mason. — Vamos começar pela cozinha. Por enquanto é a melhor parte.

— É uma casa bem grande.

— Tem bastante espaço para você, Harry e Seth me visitarem. Convenci a vovó e o vovô a virem, talvez no outono. Ainda não terminei seus quartos, mas vamos dar um jeito. Quanto tempo você pode ficar?

— Hum.

— Já comeu?

— Comi um bagel na balsa.

— Podemos fazer melhor que isso. Na balsa? De onde você veio? Achei que estivesse em Nova York.

Mason emitiu outro som distraído, o que deixou Xander alerta. Naomi, em sua felicidade, não percebeu que havia algo errado, ainda não. E ele mudou de ideia quanto a levar seu café para a viagem, deixando os dois irmãos sozinhos por um tempo.

Ficaria por ali.

— Combinei de conversar com os tios por FaceTime hoje. Eles não disseram nada sobre você estar vindo para cá.

— Precisei ir a Seattle. — Mason parou, olhando para a cozinha e para a vista. — Uau. Nom, isto é fantástico.

— Realmente eu adoro este lugar. Xander, leve Mason para a varanda. Eu pego o café.

— Claro.

— Maneiro. — Essa foi a opinião de Mason quando Xander abriu as portas camarão. — É, ela ficaria mesmo louca por isso tudo. A primeira vez que viu o mar, ficou apaixonada. Sempre imaginei que acabaria na Costa Leste, mas, sim, este lugar é a sua cara. Há quanto tempo está dormindo com a minha irmã?

— Você deveria discutir isso com ela primeiro, e depois podemos conversar sem problema. Mas o que eu quero saber agora, antes de Naomi vir, é por que está aqui. Porque isso não é uma visita-surpresa para sua irmã. Está aqui a trabalho. E ela ainda não percebeu — adicionou Xander — porque só está vendo você.

— Tenho uma reunião com o comandante da polícia daqui a uma hora.

— Se veio falar com ele sobre Marla, é porque o FBI mandou ou porque o irmão que trabalha para o FBI ficou preocupado?

— Meu supervisor autorizou. Você conhecia Marla Roth?

— Sim.

— Conhece Donna Lanier?

Xander sentiu um frio na barriga.

— Conheço. O que aconteceu com ela?

— Ainda não sei se foi grave. E ficaria grato se me deixasse contar a Naomi quando eu achar melhor.

Ela saiu com três canecas brancas em uma bandeja.

— Que tal comermos waffles? Comprei uma máquina — contou a Xander. — Podemos comer um brunch de domingo, fazer um brinde aos tios. Não tenho champanhe, mas suco de laranja serve.

— Café é suficiente por enquanto. Relaxe. — Despreocupado, Mason abraçou os ombros da irmã, esfregando a parte de cima do seu braço. — Você já deve ter tirado um milhão de fotos daqui.

— Talvez dois milhões. E a cidade é uma graça. Precisamos levar você para conhecer. Podemos alugar caiaques. Estou morrendo de vontade de fazer isso. Xander, por que nunca alugamos caiaques?

— Por que eu sentaria num buraco de um barco com um remo?

— Porque lhe dá outra perspectiva.

— Gosto desta.

— Para aqueles que preferem ficar em terra firme, há várias trilhas por aqui. Você não disse quanto tempo vai ficar.

— Ainda não sei. Seth e Harry estão vindo.

— O quê? Quando? *Hoje?*

— Não, meu Deus, não hoje. — Achando graça, Mason bebericou o café. — Provavelmente vão contar quando falarem com você mais tarde. Talvez daqui a algumas semanas. Ainda estão pensando em como será.

— Meu Deus, preciso comprar camas. E champanhe. E mais um monte de coisas. Se você acha que sei cozinhar — disse ela para Xander —, espere até Harry preparar uma refeição. — Obviamente empolgada, Naomi se voltou para o irmão. — Acha que consegue tirar uma folga para vir também?

— Vou ver o que posso fazer.

Bebendo seu café, Xander viu que a situação começou a clarear para ela quando algum instinto, algum tom de voz ou talvez alguma linguagem corporal lhe disse que algo estava errado.

— Alguma coisa aconteceu? — No momento em que fez a pergunta, Naomi empalideceu. — Ah, meu Deus, Harry e Seth. Alguma coisa aconteceu? Algum deles está doente?

— Não. Não, os dois estão bem.

— Então o que foi? Algo está errado. Você... você não me disse que vinha — ponderou ela, afastando-se para analisá-lo. — Nem quanto tempo vai ficar. Está escondendo alguma coisa.

— Por que não sentamos?

— Não faça isso. Seja direto comigo. Está aqui por causa de Marla Roth? Veio investigar o assassinato?

— Quando alguém é assassinado perto da minha irmã, e ela encontra o corpo, eu quero saber o que está acontecendo.

— Então veio para conversar com o comandante Winston.

— Vim visitá-la e conversar com o comandante Winston.

— Tudo bem. — Apesar de parecer um pouco menos animada, Naomi assentiu. — Tenho certeza de que ele vai gostar de receber ajuda. Você não precisa enrolar para me contar coisas assim, Mason. Sei o que faz da vida.

— Não é só isso. Outra mulher desapareceu. Outra mulher da cidade.

— O quê? Quem? Quando foi... Você sabia disso? — Ela se voltou para Xander.

— Não, e fique calma. Há quanto tempo ela sumiu?

— Donna Lanier fechou o restaurante Rinaldo's aproximadamente às 23h45 da noite de sexta. Foi a última a ir embora, e foi vista por dois funcionários que saíram mais ou menos na mesma hora. De acordo com os depoimentos, Donna passaria o fim de semana em Olympia com a irmã e uma prima. Seu carro continua no estacionamento, e ela nunca encontrou as parentes nem entrou em contato.

— Talvez tenha decidido não ir — começou Naomi.

— A mala dela ainda está no carro. Seu plano era ir direto depois do trabalho. Donna não foi vista nem entrou em contato com ninguém desde as 23h45 de sexta-feira, não usou o cartão de crédito, não enviou mensagens, nem fez ligações.

— Donna. Ela é a morena? — Apesar de pálida, a voz de Naomi continuava firme quando se virou para Xander. — Quarenta e poucos anos, cheinha, simpática?

— É. Ela e Loo são próximas. Estudaram juntas. Acha que o cara que fez aquilo com Marla não estava apenas de passagem e a pegou na rua porque teve a oportunidade? Acha que ele também pegou Donna?

— É bem provável.

— Ela chama todo mundo de *querida*. — Lentamente, Naomi se sentou em uma cadeira. — Notei isso assim que cheguei aqui. Quando ia pegar comida, sempre dizia "Já está saindo, querida" ou "Como vai você, querida?".

— Tem uma filha na faculdade. Criou a garota praticamente sozinha. É divorciada, o pai nunca se interessou. Ela tem uma filha na faculdade — comentou Xander.

— Sinto muito. — Naomi se levantou de novo, indo até ele. — Você a conhece desde que nasceu. Sinto muito.

— Donna nunca fez mal a ninguém. E não tem nada a ver com Marla. Esses caras não costumam ter um tipo? Ela é 15 anos mais velha, morena, tranquila, com uma vida estável. Não é uma pessoa que chamaria atenção.

— Preciso conversar com o comandante da polícia, receber mais informações.

— Como ficou sabendo disso? — quis saber Naomi.

— Entrei em contato com Winston depois do que aconteceu com Marla Roth. Achou que eu não ia descobrir, Naomi? Jesus Cristo, eu sou um agente federal, sei quando minha irmã encontra um corpo na droga do quintal.

— Não foi no quintal, e você só está falando assim comigo para me impedir de usar o mesmo tom. Não contei porque não tinha motivo para isso. Não queria deixar você nem os tios preocupados. É por isso que eles querem vir?

— Não contei nada disso a eles. Por enquanto. — Mason deixou as últimas palavras pairarem no ar por um instante. — Conversei com Winston sobre Roth, passei meu contato a ele, pedi que me informasse se mais alguma coisa acontecesse. E aconteceu.

— Se vão ficar brigando, vou sair do caminho. — Xander deu de ombros. — Mas os dois estão perdendo tempo. Quero mais café.

— Você devia ter me contado que conversou com o comandante, que viria aqui para falar com ele.

— Você devia ter me contado que encontrou um cadáver.

— Da próxima vez que encontrar um, você será o primeiro a saber.

— Não brinque com essas coisas, Naomi.

— Ah, não estou brincando. — Ela fechou os olhos. — Não estou. Fico enjoada só de pensar nisso. Não sei como você consegue fazer o que faz. Eu sei o motivo por trás disso, sei por que tomou essa decisão, mas não sei como consegue. Todo dia você depara com essas coisas. Fiz tudo que podia para fugir disso, para construir barreiras. Você faz o oposto. Posso sentir orgulho de você, e sinto mesmo, e ainda assim me perguntar como consegue aguentar essas coisas.

— Aguento porque faço isso. Podemos conversar sobre esse assunto quando estivermos a sós, quando eu tiver mais tempo.

— O comandante Winston sabe quem somos. Veio falar comigo depois que encontrei o corpo.

— É, eu imaginei.

— Xander sabe. Contei a ele.

— Você... — Chocado, Mason encarou a irmã, depois Xander quando ele voltou da cozinha. — É mesmo?

— Sim, então não precisa se preocupar com o que diz.

— Não posso dizer muita coisa, porque preciso ir encontrar Winston. Volto logo. — Mason segurou os ombros de Naomi. — Assim que a reunião acabar. Aí você pode me mostrar a casa e os seus trabalhos.

— Tudo bem.

Ele lhe beijou a testa, afastando-se.

— Volto logo — disse a Xander.

Quando Mason saiu, Xander se sentou no banco.

— Podemos ficar aqui sentados por um instante?

— Eu devia...

— Preciso ficar aqui um pouco. Preciso torcer para que isso não esteja acontecendo. Donna é uma das melhores pessoas que conheço, e ela e Loo... Preciso ligar para Loo. Ela já deve estar sabendo. Também saberíamos se não fosse pelo show na sexta. Ela vai querer falar comigo, mas preciso me sentar por um instante.

Naomi foi até ele, sentou-se ao seu lado no banco e pegou sua mão.

— Vamos ficar aqui um pouco, e depois você vai visitá-la. É melhor conversar com ela pessoalmente.

— Tem razão, mas não vou deixá-la aqui sozinha. Não até descobrirmos o que diabos está acontecendo.

Não era hora de discutir, decidiu ela.

— Vou com você. Mando uma mensagem para Mason, e vou com você.

Capítulo 22

◆ ◆ ◆ ◆

𝒜 PRIMEIRA IMPRESSÃO de Mason sobre Sunrise Cover batia com a da irmã. A cidade era charmosa, e sua localização perto do mar adicionava bastante charme. Teria gostado de passar alguns dias de folga ali, talvez alugando um jet ski ou aquele caiaque que Naomi parecia querer tanto.

Não podia se imaginar morando ali, como a irmã. Gostava de cidade grande, onde toda e qualquer coisa poderia acontecer e de fato acontecia. Precisava de um ritmo mais rápido, que combinasse com o seu próprio.

Mas a irmã sempre preferira a tranquilidade e valorizara a solidão. Mason precisava de movimento, conversas, gostava de ser parte de uma equipe. Os dois eram guiados pelo trabalho — ela, por suas imagens e arte, por capturar momentos e lhes dar voz; ele, pelos comportamentos, pelas regras, por aquela busca incessante em descobrir o motivo por trás de tudo.

Eram compensações, sabia bem, para ambos. Constantemente tentando, de alguma forma, equilibrar a balança contra suas origens.

Naomi tentara, geralmente em excesso, na opinião dele, apagar o passado, ignorá-lo. Enquanto Mason não conseguia parar de analisá-lo, dedicando a vida a buscar aqueles que, como seu pai, viviam apenas para destruir, e só encontravam prazer nisso.

Não sabia o que pensar sobre Xander Keaton ou o relacionamento entre Naomi e aquele homem. Por enquanto. Eventualmente, analisaria também isso.

O fato de ela ter contado a Keaton sobre Bowes indicava que o que tinham era sério, e ele queria acreditar que também era saudável — algo que a irmã passara a vida evitando e negando a si mesma, à exceção da proximidade que a família toda mantinha.

E quanto a Keaton... a primeira impressão de Mason seria classificá-lo com um dos termos de Harry. Um coração de gelo. Mas ele já observara vários detalhes. A forma como se posicionara diante da casa — com Naomi lá dentro — antes de Mason se identificar, o pedido firme, mas casual, de que ela deveria "manter-se calma", o fato de que lhe dissera que conversasse com a irmã quando ele tinha perguntado sobre sexo.

A análise inicial?, pensou Mason enquanto parava o carro no pequeno estacionamento ao lado da delegacia. Um homem seguro de si, que protegeria a irmã. Ele podia fazê-lo e Mason ficaria grato por isso, por enquanto.

E, como qualquer irmão que se preze e que também fosse um agente federal, iria investigá-lo.

Mason foi até a entrada, notando a pequena varanda recentemente pintada e bem limpa na frente da delegacia.

Quando entrou, teve aquela sensação de déjà-vu instantânea que sempre o acometia quando entrava em delegacias de cidades pequenas.

Será que Naomi já estivera ali?, perguntou-se ele. Ela teria percebido as semelhanças com a de Pine Meadows? Claro que sim. Não eram iguais, é claro, não eram idênticas, e as ferramentas e os equipamentos tinham avançado nos 17 anos desde que seu pai fora preso.

Mas a arrumação era bem familiar, o *clima*. O cheiro de café e lanchinhos, as cadeiras de plástico, o trio de escrivaninhas que servia tanto como uma recepção quanto como um espaço para triagem.

Um policial fardado que estava em uma das escrivaninhas lançou um olhar sério para Mason.

— Posso ajudar?

Você já sabe quem eu sou e por que estou aqui, calculou ele. E não gosta da ideia de um forasteiro, especialmente um agente federal, metendo-se nos assuntos da sua cidade.

A reação não era novidade.

— Sim. Agente Especial Mason Carson. Tenho uma reunião com o comandante Winston.

O policial se recostou na cadeira, analisando Mason de cima a baixo com um sorrisinho que claramente dizia *vá se foder*.

— Alguma identificação?

Mason fez menção de pegar as credenciais quando um homem saiu dos fundos com uma grande caneca azul com a palavra *COMANDANTE* estampada.

— Mike, deixe de ser metido a besta. — Sam se aproximou com a mão estendida. — Sam Winston. É um prazer conhecê-lo, agente Carson.

— Obrigado por me receber, comandante.

— Vamos para a minha sala. Quer café? O nosso é muito bom.

— Acabei de tomar um pouco na minha irmã, mas obrigado.

Os dois entraram em um escritório com uma janela na parede dos fundos. O peitoril largo era preenchido por uma variedade de troféus, algumas fotos e um imbé expansivo.

A escrivaninha ficava encostada em uma das paredes laterais, permitindo ao comandante ver a janela e a porta. Duas cadeiras para visitantes — com encostos compridos e simples — estavam diante dela.

— Sente-se.

Sam ocupou a cadeira atrás da mesa, que parecia permanecer na mesma posição há gerações.

— Quero começar dizendo que não temos ideia de onde está Donna Lanier. A irmã, a filha e a prima dela estão a caminho. Não consegui convencê-las a não vir. Seu carro estava trancado, e encontramos as chaves no chão, bem embaixo dele. Está claro que o que aconteceu com ela, seja lá o que for, começou no estacionamento.

Mason apenas assentiu.

— Eu gostaria de ver o estacionamento e a casa dela, se possível.

— Faremos isso.

— Você deu a entender que a Sra. Lanier mora sozinha e está, até onde se sabe, solteira.

— Isso mesmo. Faz muito tempo que Donna se divorciou. Veja bem, ela e Frank Peters tomam um drinque e saem para jantar de vez em quando, acredito que façam até um pouco mais que isso. Mas é um relacionamento amigável, nada sério de ambas as partes. E Frank estava no Loo's quando Donna saiu do trabalho na sexta. Tinha ido beber com alguns amigos, só saiu de lá por volta de 1 hora da manhã.

Assentindo novamente, Mason decidiu guardar as informações na cabeça por enquanto.

— Isso é comum?

— Acontece com frequência. Frank e os amigos geralmente vão ao Loo's nas noites de sexta, para espairecer depois de uma semana de trabalho.

— Você veria problema se eu conversasse com ele?

— Não, e Frank também não se incomodaria. Ele e Donna são amigos há muito tempo. O homem está assustado, e preciso admitir que eu também. Ela não é de sumir assim. É uma mulher responsável, que ama a filha e o emprego. Tem amigos. Vamos direto ao ponto, agente Carson. Donna com certeza não saiu daquele estacionamento por vontade própria, sem o carro, deixando as chaves no chão, quando passara meses planejando o encontro com a irmã e a prima. Ela vivia falando dessa viagem, de como iriam fazer massagens com pedra quente.

— Não discordo, e sei que parece que estou querendo analisar coisas que você já analisou, coisas que você conhece infinitamente melhor do que eu. Às vezes, uma perspectiva de fora, um olhar novo, vê algo que passou despercebido.

Sam olhou para a caneca, fez uma careta e bebeu.

— Não vou discutir isso, e você pode analisar tudo que quiser. Mas conheço essas pessoas. Sei que ninguém nesta cidade seria capaz de fazer o que foi feito com Marla. Sei que muita gente vem aqui para passar algumas horas, alguns dias, talvez mais, para aproveitar a marina, as lojas, os bares e restaurantes, as trilhas. Alugam barcos, caiaques e jet skis. — Sam botou a caneca sobre a mesa. — Mas eu não conheço essas pessoas.

— Acha que alguém de fora sequestrou e matou Marla Roth.

— Com todas as minhas forças.

— Fale mais sobre ela.

— Marla? — Sam inflou as bochechas, soltando o ar em um suspiro. — Ela era completamente diferente de Donna. Sei que, se o culpado for o mesmo, isso não é muito comum. Marla tinha 31 anos, era meio selvagem, sempre foi. Divorciou-se de um homem bom que a amava, e ainda ama. Que está sofrendo por perdê-la. Você também pode conversar com ele, mas Chip Peters cortaria os dois braços fora antes de tocar em um fio de cabelo de Marla.

— Peters. — Ele já sabia, é claro, tinha pesquisado todas as conexões.

— Isso mesmo. Frank é tio de Chip. Frank e Darren Peters, o pai de Chip, são donos do Tours e Equipamentos "Do Mar ao Mar" há 16 anos. Chip também trabalha lá. Estou dizendo que ele não teve parte no que aconteceu, e Frank também não. — Sam pareceu se concentrar, e deu outro gole na caneca. — Mas você precisa investigar, ver isso por si mesmo.

— O divórcio foi complicado?

— Você já se divorciou?

— Não.

— Eu também não, mas imagino que não seja agradável.

— A informação que recebi diz que Chip, isto é, Darren Peters Junior, tem um temperamento ruim, que pode ser violento.

— A informação está errada — retrucou Sam, sério. — O que Chip tem é um código de conduta, e Deus sabe que também uma fraqueza quando se tratava de Marla. Sim, ele teve um confronto, por assim dizer, com um idiota com quem ela se envolveu alguns anos atrás. Tenho o boletim de ocorrência, vou te dar uma cópia. O sujeito deu uns sopapos em Marla, mais de uma vez. Chip ficou sabendo, ela contou a ele, e deu ao idiota um gostinho do próprio veneno. Só precisou dar um soco para jogar o homem no chão, várias testemunhas viram. Chip não foi para cima dele, e poderia ter ido. Se meteu em mais uma ou duas confusões, por causa de Marla. É um homem grande, agente Carson. Um soco geralmente resolvia a briga. Um homem propenso à violência não para em apenas um.

— Ninguém prestou queixa? — perguntou Mason.

— Não. No caso do idiota, também conhecido como Rupert Mosley, eu mesmo conversei com o sujeito. Na época, tanto ele como Marla estavam com o olho roxo, e o dela fora cortesia dele. Eu disse que poderia muito bem prender Chip por agressão, e os dois dividiriam uma cela, porque também seria justo prendê-lo por bater em Marla. O idiota escolheu não prestar queixa, e se mudou em seguida. Foi para Oregon, perto de Portland. Já verifiquei seu paradeiro nas duas noites em questão. Ele tem um ótimo álibi, considerando que está cumprindo pena por ter batido em outra mulher por lá. Mas também vou te passar esses dados.

— Obrigado. Posso saber por que Chip e Marla se divorciaram?

— Ela quis se separar. Queria mais. Mais o quê, só Deus sabe, só que nada nunca parecia suficiente para aquela mulher. Ela se meteu numa confusão com a sua irmã naquela sexta no Loo's, pouco antes de desaparecer.

— Como é? O quê?

Sam se recostou na cadeira — não de um jeito arrogante como o policial lá na frente, mas com uma linguagem corporal relaxada, talvez até divertida.

— Não ficou sabendo dessa parte? Bem, Marla era o tipo de pessoa que botava na cabeça que queria uma coisa e cismava com isso. E já fazia um tempo que decidira que queria Xander Keaton.

— Keaton.

— Pois é. Pelo visto, os dois se engraçaram uma ou duas vezes na época da escola, e Xander se deu por satisfeito. Além do mais, ele gosta muito de Chip. Divorciados ou não, jamais teria algo com Marla. E também tinha o detalhe de que Xander já estava de olho na sua irmã. Qualquer um que se desse ao trabalho de prestar atenção perceberia isso. Marla não gostou e, bêbada como estava, resolveu cutucar Naomi. Literalmente.

— Ela encostou em Naomi?

— Algumas vezes, fez um escândalo, usou palavras pesadas, digamos assim.

— No bar? — questionou Mason, querendo entender exatamente o que acontecera. — No Loo's, na noite da sexta em que desapareceu?

— Isso mesmo. Todas as testemunhas disseram a mesma coisa. Marla começou, Naomi pediu, algumas vezes, para ela parar. Marla a empurrou de novo. Naomi agarrou seu pulso, todos concordam nesse ponto, e o torceu de um jeito que fez Marla cair no chão. E foi embora. Marla ficou irritada, acabou vomitando no banheiro, brigou com a melhor amiga e foi embora batendo o pé. Foi a última vez que a viram até Naomi encontrá-la embaixo do penhasco.

Apesar da bola de fogo que parecia se formar na barriga de Mason, ele falou com tranquilidade.

— Você investigou onde Naomi estava, seus movimentos, seu passado.

— Sim, investiguei.

— Sabe que Thomas Bowes é nosso pai.

— Sei.

— E que Naomi não fala com ele nem o vê desde o dia em que foi preso.

— Sim. Assim como sei que você já o visitou cinco vezes.

— E provavelmente visitarei mais. Quando seu pai é um serial killer e seu trabalho é prender serial killers, é inteligente estudar o caso ao qual se tem acesso.

— Não deve ser algo fácil de se fazer, mas é esperto. Você disse que conheço as pessoas da minha cidade, agente Carson. Naomi não está aqui há muito tempo, mas acho que já sei o tipo de pessoa que ela é. Sua irmã não está envolvida nisso. Não vou investigá-la.

— E Keaton?

— Seria incapaz. — Com um gesto tranquilo, Sam levantou os dedos da mesa, sinalizando que a ideia era besteira. — Não sou psicólogo nem especialista comportamental, não mais do que qualquer outro policial, mas também tenho uma irmã, e suspeito que queira saber que tipo de homem é Xander. Ele trabalha duro. Tem um amigo de quem não se desgruda desde que os dois usavam fraldas, e isso é sempre um bom sinal para mim. É talentoso nos negócios, apesar de ninguém dizer à primeira vista. Não gosta de se exibir. Lê tanto quanto um erudito, nunca vi alguém ter tantos livros. Toca numa banda com outros amigos, e eles são bons. E eu o vi com sua irmã uma vez ou outra, e não acho que já o tenha visto olhar para qualquer outra mulher do jeito que olha para ela. Somos observadores treinados, agentes. Em termos técnicos? — Sam sorriu só um pouquinho.

— Ele está de quatro.

A cadeira do comandante estalou quando ele se empertigou novamente.

— Xander adora Donna. Todos nós adoramos. Ela é um amor, e fico mal só de saber que estou aqui à toa, sem fazer qualquer ideia de para onde a levaram ou o que estão fazendo com ela. Se puder ajudar, ficarei grato. Vou lhe contar mais uma coisa, porque acabei de ficar sabendo disso. Uma jovem bonita, Maxie Upton, trabalhou no turno da noite de sexta com Donna. Normalmente, o carro dela estaria no local onde Donna estacionou, mas o pneu furou antes do trabalho, e a garota fez uma parada na oficina de Xander quando ele estava fechando. Maxie me disse hoje cedo que ele não quis colocar o estepe temporário, que lhe falou que todos os pneus estavam carecas e precisavam ser trocados. O carro ficaria pronto no dia seguinte, portanto ele lhe daria uma carona para o trabalho, mas só se ela pedisse para o pai buscá-la depois. Maxie teve que prometer que não voltaria andando para casa ou para a casa de uma amiga, a um quarteirão dali. Ela saiu do restaurante poucos minutos antes de Donna, e seu pai apareceu quase na mesma hora.

— Maxie é mais parecida com Marla Roth?

— É mais jovem, tem uns 19 anos, mas, fisicamente, se parece mais com Marla do que com Donna. É loura e bonita. Isso me fez pensar que talvez Donna fosse a segunda opção. Se o carro de Maxie estivesse no mesmo lugar, ou se Xander não a tivesse feito prometer que não voltaria sozinha depois do trabalho, será que estaríamos procurando por ela?

— Possivelmente.

— Pode elaborar, agente. Não vou usar seus argumentos contra você se as coisas acabarem sendo diferentes.

— Possivelmente — repetiu Mason. — Você pode ter um oportunista. Ninguém teria previsto que Marla Roth voltaria sozinha para casa naquela hora. O assassino viu uma oportunidade e aproveitou. As chances de duas mulheres serem sequestradas por duas pessoas diferentes, numa cidade tão pequena quanto esta, nesse intervalo de tempo, é bem pequena. A Sra. Lanier estava sozinha, em um canto escuro do estacionamento, dando oportunidade para alguém que conhecia o horário em que o restaurante fecha, os turnos.

— Você sabe disso depois de um dia aqui.

Mason só precisara dar uma volta na cidade para descobrir isso.

— O assassino as leva para algum local próximo, que provavelmente fica em um raio de trinta quilômetros. Um lugar privado. Ele ficou com Roth por dois dias inteiros e, nesse tempo, estuprou e torturou a moça. Precisaria de um local para fazer essas coisas e, como o corpo foi desovado aqui, é viável pensar que esteja a uma distância razoável. Deve ter um carro, uma van ou uma caminhonete para transportá-las. Não estou dizendo nenhuma novidade.

— Por enquanto, não — concordou Sam —, mas confirma minhas suspeitas. Existem casas e chalés nos arredores da cidade que são alugados por temporada e ficam mais ou menos a essa distância. Verificamos as mais próximas, conversamos com os locatários, os donos ou algum administrador.

— Talvez seja bom expandir a área de busca, pedir a guardas florestais que deem uma olhada nas casas e chalés dentro do parque nacional. Ele não fica muito longe, e é uma área boa para as atividades do assassino. Um lugar privado e tranquilo. O suspeito é branco, tem entre 25 e 40 anos, tendendo para o lado mais jovem.

— Por que mais jovem?

— Uma pessoa mais madura provavelmente seria mais paciente, levaria mais tempo vigiando a presa. Nosso assassino é impetuoso. E queria a garota em vez da Sra. Lanier, mas a levou porque era quem estava disponível. Uma pessoa mais madura poderia ter esperado até encontrar outra chance de capturar seu alvo. Depois que ele a pega, não faz diferença. A vítima se torna quem ele quiser que ela seja.

— Ela é uma vítima substituta? Li um pouco sobre o assunto — disse Sam. — A vítima representa alguém?

— É no que acredito. Está cedo demais para afirmar isso com certeza, mas posso dizer que é um sadista sexual, então gosta do que faz. Não é impotente, mas talvez só consiga chegar ao clímax quando estupra alguém, quando causa dor à vítima, quando se alimenta de pavor e medo. Roth passou dois dias inteiros no poder dele, e, como vocês ainda não encontraram um corpo, ele continua com Donna Lanier. Apesar de a morte ser o prazer final, o assassino sabe que, quando chegar a esse ponto, tudo acaba. Então prolonga o momento o máximo possível. — Mason fez uma pausa, quase desejando ter aceitado o café, e prosseguiu. — Pegar duas mulheres em um espaço de tempo tão curto é sinal de que encontrou o que acredita ser o lugar ideal. Embora pequena, a cidade é uma região bem aberta. As pessoas daqui têm rotinas que podem ser entendidas rapidamente. Em um lugar com baixo índice de crimes violentos, as pessoas se sentem seguras, não ficam com medo de voltar para casa sozinhas ou de entrar no estacionamento escuro depois do trabalho. Imagino que muita gente não tranque as portas e as janelas nem os carros. Aposto que, se eu resolvesse andar pela cidade verificando quebra-sóis, encontraria um monte de chaves.

— Tem razão.

— Ele conhece lugares como este, provavelmente já passou tempo os analisando. Não é a primeira vez que mata.

Mais uma vez, Sam se inclinou para a frente.

— Sim. Pois é, esse foi meu primeiro instinto. Não foi a primeira vez que ele matou.

— Seu método foi eficiente demais para ter sido a primeira vez. O corpo desovado daquela forma mostra que o assassino queria que fosse encontrado. Gosta do medo, da comoção. Deixou Roth amarrada e amordaçada porque isso evidencia sua dominância. Você não encontrou impressões digitais na fita adesiva nem no corpo. O homem é experiente o suficiente para usar luvas. E camisinha. Existe controle, existe inteligência. Sabe se misturar com a multidão — continuou Mason. — Se não for um morador local, apresenta a si mesmo como um visitante, amigável, mas nem tanto.

Sam assentiu outra vez.

— Uma pessoa que não arruma confusão com os outros, não cria caso com vendedores nem bebe demais no bar.

— Exatamente. Nada nele chama a atenção. É quase certo que tenha comido naquela pizzaria. O pai deveria ser dominante, física e emocionalmente, e a mãe, submissa. Aceitava o que recebia. Obedecia ao que mandavam. Esse homem não tem respeito por mulheres, mas só consegue ser dominante quando usa força. A verdade, por mais triste que seja, é que só poderei dizer mais se e quando ele desovar o próximo corpo.

Sam suspirou.

— Então, a menos que tenhamos sorte e o encontremos em uma das casas de temporada, não há nada que você possa oferecer para ajudar Donna.

— Se o assassino continuar no mesmo ritmo, pode ser que a mate hoje e deixe o corpo em algum lugar aberto. Sinto muito.

— Quanta certeza você tem disso tudo? Seu chefe o elogiou bastante, disse que é bom o suficiente para estar prestes a entrar para a Unidade de Análise do Comportamento. Sei o que é isso, sei o que é análise de perfil psicológico.

Mason pensou um pouco.

— Você está casado há mais de vinte anos e ainda ama sua esposa. Tem dois filhos, que são seu mundo. Jogava futebol americano na escola e gosta das memórias dessa época gloriosa. Mas são apenas memórias, e o presente é mais importante. Sua esposa quer que comece a fazer uma dieta mais saudável, e você está obedecendo. Por enquanto, pelo menos. Sua mente é organizada e aberta, e isto aqui não é apenas um emprego. É a sua cidade, o seu povo, e proteger e servir não se trata apenas de um lema. Seus homens o admiram. Você é um chefe exigente, mas não rígido demais.

Levemente envergonhado e bastante impressionado, Sam voltou para a caneca.

— Isso foi bem preciso para tão pouco tempo. Como chegou a essas conclusões?

— Você usa aliança e mantém fotos da sua esposa e dela com seus filhos no peitoril da janela. Os dois são adolescentes agora, mas ainda tem algumas de quando eram menores. Tem um troféu de melhor jogador do time de futebol americano exposto, mas ele não está no centro de tudo. Os troféus de softbol e vôlei das crianças têm mais destaque. Está tomando chá-verde, mas quer café. Há uma barrinha de iogurte na sua mesa, mas você não me parece o tipo que come essas coisas.

— Qualquer pessoa normal iria preferir um donut.

— Isso é verdade. O policial lá na frente ficou irritado com a nossa reunião, mas, quando você lhe deu uma bronca, ele não fez cara feia. Sorriu. Você concordou em conversar comigo porque usaria qualquer fonte que possa ajudar. E investigou a mim e a minha irmã, mas não nos considera culpados por associação ou por nosso sangue. Pode acreditar, algumas pessoas fariam, e fazem, isso.

— Algumas pessoas são babacas.

— São mesmo. Você conhece a região, conhece as pessoas, e não acredita que alguém aqui mataria Marla Roth ou sequestraria Donna Lanier. Estou disposto a levar em consideração essa opinião se você ouvir a minha.

— Estou ouvindo. Pode me dar alguns minutos? Vou organizar buscas nas casas de temporada fora dos limites da cidade, no parque. E vou aumentar o raio para quarenta quilômetros. Depois, levo você à casa de Donna e ao estacionamento. Podemos dar uma volta por aí. Para ambientá-lo mais.

— Ótimo. — Mason se levantou. — Ainda tem café?

— Sempre tem bastante na sala dos funcionários. — Sam sorriu. — E chá-verde também.

— Acho que prefiro café.

Em casa, Naomi leu a mensagem de Mason.

— Ele disse que vai demorar mais umas duas horas. Tem certeza de que quer que eu vá junto? Não quero que Loo se sinta desconfortável.

— Se ela parecer incomodada, eu expulso você.

— Drástico, porém justo.

Ela se afastou, olhando para a coleção de móveis que haviam tirado do porão. Ainda não era muita coisa, e nada daquilo ficava bom no quarto de hóspedes.

Mas, por enquanto, faziam o espaço parecer menos vazio.

— Não dá para arrumar uma cama antes da noite, mas pelo menos ele tem uma cadeira que precisa ser estofada, uma mesa e um abajur. E as paredes estão bonitas. Simples, mas limpas e recém-pintadas. — Ela se virou para Xander, esticou a mão. — Levo Sombra para o Loo's ou não? Você decide.

— Ela vai gostar do cachorro. Era louca por Milo.

— Ótimo, porque ele é bem reconfortante. Só vou trocar de roupa e me arrumar, e aí podemos ir.

— Para quê? — Como ele já segurava sua mão, puxou-a para fora do quarto e na direção da escada. — Não vamos para uma festa.

— Não passei maquiagem.

— Você é linda. — Xander viu os olhos arregalados e surpresos piscarem e continuou guiando-a para a escada. — O quê? Você tem um espelho. Não precisa que lhe diga essas coisas.

— É sempre bom ouvir.

— Você quase não passa maquiagem, de qualquer jeito.

— Quando saio de casa, tento ficar mais apresentável.

Como levar o cachorro significava ir com o carro de Naomi e não na moto, Xander se direcionou para ele, com Sombra correndo na frente, animado.

— Não estou levando nem a minha carteira.

— Eu estou. Vou dirigir. — Ele abriu a porta para o cachorro e se sentou atrás do volante. — Hum, esta é a primeira vez que me lembro de sentar em um banco depois de uma mulher e não ter que me encolher. Você tem senhoras pernas, meu bem. — Ainda assim, colocou o banco alguns centímetros para trás antes de olhar para o lado e encontrá-la fazendo cara feia. — O que foi?

— Você, algum dia na vida, já esperou mais de cinco minutos para uma mulher com pernas mais curtas se arrumar e pegar a bolsa?

— Você quase nunca carrega uma bolsa. É uma coisa que admiro.

— Não foi isso que perguntei.

— Sim, sim, já esperei. No geral, eu acho que as mulheres só gostam de deixar os homens esperando. E a verdade é que a maioria delas podia passar duas horas se emperiquitando e nem chegar aos seus pés. Então, para que esperar?

Naomi bufou, colocando o cinto de segurança.

— É incrível como um elogio enorme pode ser dito com tamanha arrogância. Não consigo decidir se estou muito lisonjeada ou muito irritada em nome de todas as mulheres do mundo.

— Magrela, você não é nem um pouco parecida com todas as mulheres do mundo.

— Não sei bem o que isso significa, mas acho que você considera que tenha sido outro elogio. De toda forma, dê um sinal se achar que é melhor eu deixar você e Loo sozinhos. Onde ela mora?

— Em cima do bar. Tem um apartamento lá. É dona do prédio.

— Ela é dona do prédio? — Como Naomi já o conhecia melhor agora, resolveu arriscar. — Vocês dois são donos do prédio — deduziu.

— É um investimento e, como Loo mora lá, ela não tem, nós não temos um inquilino que encha o saco sobre o barulho do bar. Não sei que diabos vou falar.

— Na hora, alguma coisa vai surgir na sua mente. Você também tem um jeito reconfortante.

— É. Eu e o cachorro somos parecidos.

Xander estacionou. Tamborilou os dedos no volante enquanto analisava o prédio.

— Ela está no bar. As luzes estão acesas, e só abrimos às 16 horas nos domingos.

Quando ele saiu, Naomi pegou a guia reserva que guardava no carro. Porém, Xander deu a volta, soltou o cachorro antes que ele fosse preso. Ela começou a reclamar, mas Sombra parou ao lado de Xander, balançando o rabo e esperando.

— Não existe uma lei sobre usar guias?

— Acho que não tem problema darmos dez passos sem ela. — Xander tirou as chaves do bolso e destrancou a porta.

A música saía aos berros dos alto-falantes, um rock pesado com guitarras escandalosas que Naomi não conseguiu identificar. Nunca estivera no bar durante o dia nem o vira todo aceso. O lugar parecia maior, especialmente com as cadeiras levantadas sobre as mesas e as cabines desocupadas de clientes.

Em uma calça jeans apertada e uma blusa de alça preta que mostrava seus braços e ombros esculpidos, Loo atacava o chão com um esfregão.

Como ele estava bem ao seu lado, Naomi ouviu Xander murmurar "merda" antes de ir até o balcão e diminuir a música.

Loo se empertigou, levantando o esfregão como se fosse um porrete — e o baixou quando viu que era Xander.

— Você vai estourar seus tímpanos.

— Rock foi feito para ser ouvido alto.

— Por que está fazendo o trabalho de Justin?

— Porque eu queria que as coisas ficassem limpas, só para variar. Por que você não está lá no penhasco, tentando levar a loura para a cama?

— Porque a trouxe comigo.

Loo se virou, viu Naomi, e soltou um suspiro cansado. Antes que pudesse dizer qualquer coisa, Sombra decidiu que era hora de se apresentar, e foi até ela.

— Este aqui é aquele cachorro que vocês encontraram quase morto?

— É. — Xander saiu de trás do balcão.

— Parece bem saudável agora. Mas que olhão azul você tem. — Loo fez carinho nele. — Tudo bem, foi muito legal da sua parte me visitar, mas eu tenho trabalho a fazer. Devia fechar este lugar por uma semana, pegar uns chicotes e umas correntes, dar umas porradas por aí e obrigar o pessoal a limpar tudo de cima a baixo. Se não ficar em cima deles o tempo todo, passam um paninho no chão e pronto.

No fim do discurso, as palavras se embolavam, ditas rápidas e em um só fôlego, com os braços de Loo mexendo o esfregão freneticamente.

Xander ficou parado ali por um instante, depois passou a mão pelos cabelos. Foi até ela, tirou o esfregão de suas mãos e a abraçou.

— Preciso terminar! Droga, preciso terminar!

— Calma, Loo.

A mulher se debateu e lutou contra ele por mais um instante, e então agarrou as costas da camisa do amigo.

— Xander. Estou com tanto medo. Donna. Onde ela está? O que está acontecendo com ela? Como isso foi acontecer?

Quando Loo começou a chorar, ele se manteve firme abraçando-a.

Capítulo 23

◆ ◆ ◆ ◆

INSEGURA SOBRE seu papel ali, Naomi decidiu ser útil. Em silêncio, foi para trás do bar e analisou a máquina de bebidas quentes. Verificou as opções, escolheu café, porque Loo não lhe parecia o tipo de pessoa que bebia chá.

Encontrou canecas, e se manteve ocupada enquanto a outra mulher se recompunha.

— Não sei o que fazer — disse Loo. — Preciso de alguma coisa para fazer.

— Por enquanto, vamos sentar.

Enquanto Xander guiava Loo para uma mesa, Naomi gritou:

— Estou fazendo café.

Secando as lágrimas, a mulher se virou.

— Essa máquina é complicada — começou ela.

— Naomi praticamente cresceu em um restaurante, Loo. Sente-se.

— Se sua namorada quebrar alguma coisa, você paga — murmurou ela. — E prefiro uísque.

— Café irlandês, então — retrucou Naomi, tranquila. — Xander?

— Só uma Coca.

Ao se sentar, Loo pegou alguns guardanapos da mesa e os usou para assoar o nariz.

— Eles não sabem de *porra* nenhuma. Sam veio aqui ontem só para garantir que Donna não tinha resolvido ficar em casa e estava comigo. Ninguém sabe porcaria nenhuma, ninguém a viu ou falou com ela.

— Eu sei, Loo.

O cachorro se esgueirou para baixo da mesa, apoiando a cabeça no colo de Loo.

Ele era mesmo reconfortante.

— Fazia semanas que ela só sabia falar dessa viagem, chegava a ser irritante.

Também tentou me convencer a ir, ficou me pentelhando. Não tenho nada contra passar uns dias num spa, mas a irmã dela é um pé no saco. Se tivesse concordado em ir... Se eu estivesse com ela...

— Bobagem, Loo.

— Não é. — Os olhos da mulher estavam quase transbordando de novo. — *Não* é! Eu teria ido buscá-la.

— E talvez fosse de você que ninguém soubesse porcaria nenhuma.

— Isso, sim, é bobagem. — Depois de limpar as lágrimas, ela amassou os guardanapos. — Eu sei cuidar de mim mesma. Donna... É frágil demais. Ela é frágil.

Naomi foi até a mesa com uma caneca de café irlandês, habilmente coberto com chantili, e um copo de Coca.

— Vou levar o cachorro para dar uma volta e deixar vocês conversarem.

— O cachorro não está incomodando. — Loo acariciou as orelhas de Sombra enquanto analisava Naomi. — Você também não. Desculpe pelo comentário sobre ele levá-la para a cama. Foi grosseiro.

— Bem, ele já esteve lá algumas vezes, então nem tanto.

Loo soltou uma gargalhada, depois ficou chorosa.

— Você não está incomodando. Pegue uma bebida e sente-se.

— Tudo bem. Só quero falar uma coisa antes. A culpa do que está acontecendo só é da pessoa que a sequestrou. Sempre podemos dizer *se eu tivesse feito isso, se não tivesse feito aquilo*, mas nada muda os fatos. A única pessoa que poderia mudar o que aconteceu é quem a levou.

Enquanto Loo olhava fixamente para seu café, Naomi pegou uma Coca.

— Ela é minha melhor amiga — sussurrou a mulher mais velha. — Desde a época da escola. Não tínhamos nada em comum, mas nos aproximamos mesmo assim. Fui madrinha quando ela se casou com aquele imbecil, e ela também quando me casei com Johnny. E, quando ele morreu, não sei o que teria feito sem a Donna. — Loo suspirou, fungando. — Ela me aconselhou a não me casar com Dikes. Mas, quando segui em frente com aquilo, foi minha madrinha de novo. — Ela deu um gole no café, arqueando uma sobrancelha para Naomi. — Este café irlandês está bom pra burro.

— Aprendi com um mestre. — Ela se sentou ao lado de Xander. — Não sei se ajuda, mas meu irmão está aqui, conversando com o comandante Winston. Ele trabalha para o FBI.

— Sam chamou o FBI?

— Para dizer a verdade, não sei quem chamou quem. Isso ficou um pouco confuso. Mas temos um agente do FBI procurando por ela.

— Esse desgraçado, seja lá quem for, está com ela desde a noite de sexta. Ouvi os boatos sobre o que ele fez com Marla. Donna...

Xander esticou o braço e segurou sua mão.

— Não faça isso, Loo. Vamos enlouquecer se ficarmos pensando nessas coisas.

— Fui dirigindo até o fim do mundo ontem. Resolvi pegar a estrada e procurar por ela, por... qualquer coisa. Com meu taco de beisebol e minha .32.

— Jesus Cristo, Loo. Você devia ter me ligado.

— Quase liguei. — Ela virou a mão ao contrário, entrelaçou os dedos aos dele. — Para quem mais eu ligo quando chego ao fundo do poço? Não é sempre que isso acontece e não consigo me levantar sozinha. Você vai descobrir isso se continuar com esse aí — disse para Naomi. — Se chegar ao fundo do poço ou a pressionarem contra a parede, esse é o cara que você quer ter ao seu lado.

— Pare com isso, Loo.

— Ela deve saber que você é mais do que um rostinho bonito.

— Já vi mais bonitos. Já tive mais bonitos — retrucou Naomi, ganhando a gargalhada que esperara causar. — Você precisa de um pouco de arte nessas paredes, Loo.

— Isto é um bar.

— É um bom bar. Não estou falando de arte afetada, estranha e espalhafatosa. Tem uma foto "Os Destruidores" que já está a caminho. Eles ainda precisam comprá-la. Mas eu tenho uma de Xander e Sombra, silhuetas contra o nascer do sol que tratei até os olhos azuis dele se destacarem. Ficaria boa aqui, e posso lhe dar se quiser. Seria uma boa propaganda para mim.

— Você não vai me pendurar na parede.

Loo arqueou as sobrancelhas de novo.

— Vou, sim, se eu gostar. O bar é meu.

— Metade é minha.

— Então vou pendurar a foto na minha metade. — Ela apertou a mão dele, depois lhe deu um tapinha e voltou para o café. — Vocês me acalmaram, obrigada.

— Você devia sair daqui. Vamos almoçar ou coisa assim.

Esboçando um sorriso, Loo negou com a cabeça.

— Quando estou nervosa assim, gosto de limpar, mas vou terminar as coisas aqui mais calma do que antes. Se ficar sabendo de qualquer coisa pelo seu irmão, qualquer coisa sobre onde ela está, precisa me avisar.

— Pode deixar.

— Tudo bem. Vão para casa e levem este cachorro antes que eu resolva ficar com ele. Estou bem agora.

— Se precisar de mim para qualquer coisa, ligue.

— Pode deixar. Vou torcer para receber notícias de que a encontraram bem. Vou me agarrar a esse pensamento.

Quando a deixaram, Loo já havia voltado a limpar o chão.

Como Naomi decidira acreditar que Mason passaria pelo menos a noite, pediu a Xander que a levasse ao mercado — feliz por ele abrir aos domingos. Comprou tudo de que precisava para fazer uma das refeições favoritas do irmão.

Todo mundo no lugar tinha algo a dizer sobre Donna ou queria parar Xander para perguntar o que ele sabia. Naomi só respirou tranquilamente quando os dois saíram dali.

— Devia ter imaginado que seria assim e usado o que tinha em casa. — Ela se recostou no assento, o estômago se revirando e uma dor de cabeça surgindo. — Deve ser mais difícil para você do que para mim. Esse falatório — acrescentou ela. — As perguntas, a especulação.

— Todo mundo que mora aqui conhece Donna, então as pessoas estão preocupadas.

— Talvez Mason tenha descoberto alguma coisa, qualquer coisa. Sei que sou suspeita para falar, Xander, mas ele é mesmo incrivelmente inteligente. Observa tudo, nunca se esquece de nada, e estudou para trabalhar com isso desde quando era garoto. Eu o peguei no flagra uma vez. Ele não conseguiu bloquear minha visão do que estava fazendo no computador. Serial killers. Fiquei tão irritada, tão *indignada* que fizesse aquilo, que lesse sobre essas coisas. Mas Mason disse que precisava saber, disse que, quanto mais soubesse, melhor conseguiria lidar com aquilo.

— Para mim, faz sentido.

— Para mim, não fez. Por que não podíamos simplesmente ser *normais*, como todo mundo? Eu fazia tudo que podia para ser como as outras pessoas, ia a jogos de futebol americano, era do comitê do anuário e do jornal da escola, saía com os meus amigos para comer pizza. Enquanto isso, ele estudava a patologia de serial killers, sádicos e maníacos. Vitimologia e contramedidas forenses.

— Parece que você também estudou um pouco sobre o assunto.

— Em parte porque ele estava determinado a passar a vida trabalhando com isso, mas... Mason voltou à Virgínia Ocidental. Foi visitar nosso pai na prisão. Mais de uma vez.

— Isso incomoda você.

— Incomodava. Talvez ainda incomode um pouco, mas eu tive que aceitar que meu irmão não deixaria o passado para trás.

Era melhor que terapia, percebeu ela. Melhor conversar com um... *amigo* não era exatamente a melhor palavra, mas Xander também era isso. Era seu amigo. A sensação de desabafar o que estava em sua mente e em seu coração para um amigo era mais reconfortante do que enervante.

— Mason? Ele confronta as coisas, tenta compreendê-las, para que possa impedir o próximo. Sei disso, mas ainda assim posso desejar que tivesse encontrado outra maneira de salvar vidas. Poderia ter virado médico, estudado outra coisa.

— Ele já salvou pessoas?

— Sim. Ouviu falar daquele homem que estava sequestrando garotinhos... na Virgínia? Ele pegou cinco em um intervalo de três anos, matou dois e jogou os corpos numa floresta, perto de uma trilha.

— Ficou conhecido como o Assassino Apalache.

— Mason odeia quando a imprensa dá apelidos aos assassinos. Mas, sim. Ele fez parte da equipe que o identificou, rastreou, prendeu e salvou a vida dos três garotinhos que estavam presos no porão do homem. Meu irmão salva vidas e, para fazer isso, precisa entender o tipo de mente que sequestraria meninos, que os torturaria e os manteria enjaulados como animais para, em seguida, matá-los. — Quando Xander estacionou na casa, ela saiu do carro. — Tenho orgulho de Mason, então preciso aceitar que ele passa boa parte da vida na escuridão.

— Ou talvez ele passe boa parte da vida destruindo essa escuridão.

Naomi esticava o braço para pegar uma sacola de compras, mas parou.

— É exatamente isso que ele faz, não é? Talvez eu devesse aprender a agir da mesma forma.

Depois que eles levaram as compras para a cozinha, ela pegou uma garrafa de vinho.

— Hoje vou cozinhar de verdade. Limpar é bom para extravasar as coisas, mas prefiro cozinhar quando estou nervosa ou estressada.

— Sorte a minha. Estava planejando ir embora quando seu irmão chegasse, dar a vocês um tempo sozinhos. Mas você comprou costelas de porco.

— Você comprou costeletas — corrigiu ela. — E tudo mais nessas sacolas.

— É sempre bom poder contribuir. E adoro costelas de porco.

— Gosta de costeletas recheadas, estilo mediterrâneo?

— Provavelmente.

— Ótimo, porque é o que vamos comer, junto com batatas assadas e ervas, aspargos salteados, pretzels e crème brûlée com favas de baunilha.

Ele não tinha certeza se já soubera que crème brûlée existia fora de restaurantes.

— Definitivamente, eu vou ficar para o jantar.

— Então sugiro que vá se ocupar com alguma coisa.

— Você devia me dar uma tarefa.

— Uma tarefa na cozinha?

— Com certeza nada na cozinha.

Xander também precisava fazer algo para se distrair da preocupação, pensou ela.

— Cecil está guardando uma mesa e quatro cadeiras para mim. Ia pedir para Kevin pegá-las e levá-las para Jenny, mas, se você as trouxer para cá e as limpar, podemos ter uma mesa de verdade para comer esse jantar delicioso. E não diga que não quer me deixar aqui sozinha — apressou-se em dizer antes de ele ter a oportunidade. — Eu tenho um cachorro. E um sistema de alarme, além de um conjunto excelente de facas japonesas.

— Deixe as portas trancadas até eu chegar. Ou Mason.

— Detesto ter que fazer isso, porque o dia está lindo e eu queria deixar as portas abertas, mas, por uma mesa de jantar, posso deixar tudo trancado.

— Não saia de perto do celular.

— Pode deixar. Sabe abaixar os bancos de trás do meu carro para aumentar o porta-malas?

— Eu sou mecânico, Naomi. Acho que vou conseguir me virar. Avise a Cecil que estou indo. Isso vai agilizar as coisas. — Ele a puxou para um beijo, depois apontou para o cachorro. — Tome conta de tudo!

Naomi deu o telefonema, colocou o celular no bolso de trás, e esfregou as mãos.

— Vamos cozinhar.

Com Sombra ocupado com um osso, ela se concentrou. A atividade clareava sua mente, expulsava as preocupações e os pensamentos terríveis. O processo, as texturas, os cheiros e as cores.

A massa do pretzel estava crescendo, as batatas já haviam sido colocadas no forno e os crème brûlées encontravam-se praticamente prontos quando Sombra se levantou num pulo.

Talvez o coração de Naomi tenha dado uma cambalhota no início, talvez ela tenha olhado para a faca de cozinha sobre a tábua de corte, mas obrigou-se a se concentrar no que fazia.

Foi recompensada quando viu Xander carregando duas cadeiras para a varanda dos fundos.

Secando as mãos no pano de prato preso na cintura da calça, foi abrir as portas.

— Ele insistiu que estas eram as cadeiras que você queria. Quase o obriguei a fazer um juramento de sangue.

— São essas mesmo.

Xander olhou para elas e fez uma cara feia. Os assentos desbotados, rasgados e com estampa feia, a madeira desmazelada.

— Por quê?

— Elas vão ficar lindas.

— Como?

— Vou estofá-las com um pano que comprei e vou pintá-las. O encosto será azul-acinzentado, e os apoios dos braços, verde-sálvia.

— Você vai pintá-las?

— Jenny vai. Eu me aposentei. As cadeiras podem continuar feias até ela ter um tempo. Tenho flanelas e lustra-móveis. Podemos deixá-las apresentáveis para um jantar.

— Elas parecem bem apresentáveis para virar lenha para a lareira, mas você que sabe.

— E a mesa?

— Ela, eu entendi. Precisa ser um pouco recauchutada, mas é bonita.

— Quis dizer se você precisa de ajuda para tirá-la do carro.

— Daqui a pouco. — Obviamente cético, Xander lançou uma última careta para as cadeiras. — Já volto.

— Vou pegar as coisas das quais você vai precisar.

Naomi pegou os produtos na lavanderia, encheu um balde com água e voltou para a varanda a tempo de ver Xander subindo pela escada com uma floresta de lilases em um vaso comprido azul-cobalto.

— Pronto. — Ele colocou a planta na mesinha da varanda. — Eu lhe trouxe flores e um vaso para colocá-las.

Chocada, Naomi olhou para elas, para ele.

— Eu...

— Roubei as flores, mas comprei o vaso.

— É... elas... elas são perfeitas. Obrigada.

Ele ficou ali parado, com aquela aparência desarrumada, fazendo cara feia para as cadeiras, que obviamente considerava um desperdício de tempo e de dinheiro — e Naomi precisou engolir em seco, duas vezes.

— Tomara que o jantar faça isso valer a pena. — Depois de pegar um dos panos, ele o deixou cair no balde cheio de água. — Você está bem?

— Sim. Claro. Só tenho que voltar lá para dentro.

— Pode ir, vá fazer suas coisas. Eu limpo estas cadeiras horrorosas.

Naomi voltou para dentro da casa, pegou a taça de vinho que estava no caminho e seguiu direto para o lavabo — aquele que ainda precisava de luz, acabamentos e suportes de toalha.

Seu coração parecia aos pulos de novo. Na verdade, estava aos pulos, disparado, falhando, tudo ao mesmo tempo. A sensação era diferente de tudo que já sentira antes. Não era um ataque de pânico — não exatamente, embora, sem dúvida, estivesse assustada.

Xander subira aqueles degraus com lilases em um vaso azul e os colocara sobre a mesa com tanta casualidade. Flores roubadas em um vaso velho, carregadas por mãos grandes e calejadas.

Ela se apaixonara.

Não podia ser rápido assim. Não podia ser simples assim. Não podia *ser*.

Mas era. Naomi não precisava ter sentido aquilo antes para saber o que saltitava e disparava dentro dela.

Inspirou e expirou o ar, tomou um belo gole de vinho.

O que aconteceria agora?

Nada, assegurou a si mesma. Tudo simplesmente continuaria, seguiria em frente até... sabe-se lá o quê. Mas, naquele instante, nada aconteceria.

Havia costelas de porco para rechear.

Naomi o ouviu rindo, falando com o cachorro na varanda. Viu as flores — tão bonitas, tão carinhosas. E precisou pressionar a mão no coração, ordenando a ele que se comportasse.

No entanto, pegou o telefone, ajustou o ângulo, e tirou várias fotos do vaso.

Quando finalmente foi fazer o recheio, ouviu a voz de Mason e, olhando para cima, encontrou o irmão subindo a escada para a varanda.

Xander apareceu na porta.

— Vamos pegar a mesa. As cadeiras estão limpas, mas continuam feias.

— O charme delas ainda vai aparecer.

— Sei. Vou ficar com fome depois de arrumarmos a mesa. O cheiro da comida está delicioso.

— Vai ficar pronta em uma hora.

— Ótimo!

Enquanto Naomi terminava o recheio, eles trouxeram a mesa. Mason entrou na cozinha.

— Isso aí são... costeletas de porco recheadas!

— Eu sei como agradar.

Ela lhe deu um beijo na bochecha.

— Obrigado. Por que comprou aquelas cadeiras horrorosas?

— Elas não vão ser horrorosas depois de reformadas.

— Se você diz. Gostei da mesa. Aquilo é madeira de demolição?

— É.

— Feita para durar.

Naomi terminou de rechear as costeletas, depois as colocou no forno e foi para a varanda.

— Ah, veja só como o lustrador deixou a madeira bonita. Só preciso dar um jeito nela.

— Ela está amassada e arranhada — contou Xander.

— Tem personalidade. Jenny disse que pode consertar tudo que precisar ser consertado. Não quero ser estraga-prazeres, Mason, mas acho que, se conversarmos logo sobre o que você fez, o que descobriu e concluiu da sua reunião com o comandante Winston, não precisaremos falar disso durante o jantar.

Mason a encarou por um tempo, depois assentiu.

— Não tenho muito a acrescentar além do que vocês já sabem. Tudo indica que Donna Lanier foi levada do estacionamento pouco antes da meia-noite de sexta-feira. O carro estava trancado, continua no mesmo lugar desde que ela chegou no trabalho, às 16 horas. Outros três funcionários ficaram no restaurante até fechar. Uma delas, Maxie Upton, saiu sozinha do local poucos minutos antes de Donna, Gina Barrows e Brennan Forrester. Ela geralmente para o carro na mesma área do estacionamento, como a maioria dos funcionários, mas seu carro estava na oficina. Na sua oficina — disse para Xander.

— É, ela passou lá com um pneu furado logo depois que fechei, e todos os pneus estavam tão carecas quanto meu tio Jim. Não deixaria que ficasse andando por aí com o carro daquele jeito, então fizemos um acordo. Eu daria um desconto pelo serviço, uma carona até o trabalho, e Maxie pediria para o pai buscá-la depois do expediente. Ela queria voltar andando, mas, depois do que aconteceu com Marla, não achei que seria bom que fosse sozinha para casa ou encontrar a amiga depois de meia-noite.

— Ela tem sorte de você oferecer um serviço tão personalizado.

— Eu a conheço desde que era... — Xander se empertigou, saindo da posição anterior, recostado na balaustrada. — Está dizendo que ele queria levar Maxie? Estava esperando ela ir até o carro?

— É possível. Acho que parece bastante provável. Maxie é mais jovem, loura e mais parecida fisicamente com a primeira vítima do que Donna. Conversamos quando o comandante Winston foi vê-la para esclarecer algumas dúvidas. O pai não estava esperando quando ela saiu, e Maxie ficou lá fora, sozinha, por uns vinte segundos. Agora, diz que ficou nervosa, pensou em voltar para o restaurante. Achou que fosse porque você tinha lhe passado um sermão sobre não ir andando para casa, não ficar sozinha. Mas, então, o pai chegou, e ela não pensou mais nisso.

— Você disse que Donna saiu com Gina e Brennan.

— Pouco depois de o pai de Maxie aparecer. Eles foram embora juntos, estão namorando, e Donna ficou para trás.

— Ele levou Donna só porque ela estava lá? — perguntou Naomi.

— Existe um motivo para que só considerem um assassino como um serial killer depois de três vítimas.

— Mason.

— Acredito que tenha sido obra da mesma pessoa. Acredito que seja um oportunista. Viu a chance de sequestrar Marla Roth e a aproveitou. O mesmo aconteceu com Donna. Ao mesmo tempo, ele estava naquele estacionamento, ou por perto, provavelmente esperando, o que me diz que passou um tempo observando a rotina do restaurante, e acredito que deve ter escolhido um alvo. As circunstâncias fizeram com que perdesse a oportunidade. Então ele aceitou o que tinha.

— Jesus Cristo. — Xander se virou, encarando o mar.

— Maxie e seus pais nunca vão se esquecer dos pneus carecas ou do homem que a obrigou a fazer uma promessa. O comandante Winston já pesquisou crimes semelhantes, mas também quero dar uma olhada nisso, diminuir os parâmetros, adicionar desaparecimentos. Ele pediu aos policiais e aos guardas florestais que verifiquem as casas e os chalés de temporada em um raio de quarenta quilômetros.

— Porque ele precisa de um lugar — afirmou Naomi.

Como um porão velho, no meio da floresta.

— Pois é. Ainda não descartei a possibilidade de o culpado ser um habitante local, mas respeito a opinião do comandante Winston de que isso é obra de um forasteiro. E a baixa taxa de criminalidade apoia essa teoria. Mesmo assim, ele vai prestar mais atenção nas pessoas da área.

— Ninguém acredita que é alguém que conhecem, alguém de quem são próximos — comentou Naomi. — Até ser.

353

— Winston é um bom policial. Esperto, meticuloso, não é territorial a ponto de não aceitar ajuda de fora. Está fazendo tudo que pode. Por enquanto, posso ajudá-lo a fazer mais. Já entrei em contato com um dos nossos caras da informática, ele está pegando os dados sobre as casas de temporada. De donos, inquilinos. Vamos analisar isso também. Sinto muito. Queria ter mais o que dizer.

— Você veio. — Naomi foi até o irmão, passou os braços ao redor dele e apoiou a cabeça no seu ombro. — Já é uma grande coisa. Vai ficar por alguns dias?

— Hoje, pelo menos. Talvez amanhã. Quero tirar este terno. Tenho uma mala no carro. Onde vou ficar?

Sozinho, Xander observou o mar e a noite que se aproximava. Mason concordara em passar a noite ali, pensou ele, porque achava que encontraria um corpo pela manhã.

$\mathcal{D}$EPOIS DO JANTAR e do café chique que Naomi fizera em sua cafeteira igualmente chique, Xander se levantou.

— Estou indo.

— Ah.

— Você tem coisas para fazer. Eu tenho coisas para fazer. — E, com um agente do FBI dormindo no fim do corredor, ela estaria segura. — Nos vemos amanhã.

— Tudo bem, mas...

Ele simplesmente a puxou para que ficasse de pé e lhe deu um beijo ardente e intenso. Talvez estivesse tentando marcar território, com o irmão dela bem ali, mas não se arrependeu.

— Obrigado pelo jantar. Até logo — disse a Mason, e foi embora.

— Ele não precisava ir por minha causa — começou Mason. — Minhas aguçadas habilidades de dedução determinaram que ele anda dormindo aqui.

— Xander queria nos dar um tempo a sós, e quer ficar com a Loo. Eles são sócios. Ela e Donna são muito amigas. — Automaticamente, Naomi começou a retirar os pratos.

— Sente-se um pouco. Só um pouco — pediu Mason, pegando a mão de Naomi. — Preciso perguntar. O negócio entre você e o mecânico é sério?

— Você fala como se ele não tivesse um nome.

— Estou me esforçando. Preciso de um tempo. Minha irmã solitária e viajante de repente tem uma casa enorme sendo reformada, um cachorro, e está dormindo com um cara que eu acabei de conhecer. É bastante coisa para absorver em pouco tempo.

— Não parece pouco tempo quando é a sua vida. Não vou bancar a... — Ela fez um círculo com um dedo em torno da orelha. — E dizer que reconheci a casa. Mas reconheci o potencial dela, e o potencial dela para mim. Só percebi que estava pronta para criar raízes quando a vi. O cachorro não ia ficar, mas acabou ficando. Agora, não consigo imaginar minha vida sem ele.

— Ele é um bom cachorro.

Era mais que isso, pensou Naomi. Sombra acabara se tornando parte da família.

— Eu o teria levado para um abrigo se Xander não ficasse dando desculpas para eu não fazer isso.

— E por que ele não ficou com o cachorro?

— Porque acabara de perder o dele.

— Ah. — Mason assentiu, entendendo completamente. — Você não me respondeu. Chamamos isso de deflexão.

— Não estou fugindo da sua pergunta, estou elaborando a resposta. É mais sério do que pretendia que fosse. Mais sério do que achei que queria, e talvez mais sério do que algo com que eu seja capaz de lidar. Mas ele...

Naomi não sabia se seria capaz de explicar, nem para o irmão nem para si mesma.

— Xander faz com que eu me sinta mais do que achava possível. Descobriu quem eu era por conta própria. Ele tem o livro de Simon Vance em uma parede de livros... Você precisa ver a parede de livros. Tirei fotos.

— Grande surpresa — disse Mason, e ela riu.

— Enfim. Pelo visto, não escondi a reação ao encontrar o livro de Vance tão bem quanto pensei, e Xander descobriu. Mas, Mason, ele não me disse nada nem mudou comigo. E não contou a ninguém, nem mesmo ao melhor amigo. Sabe o que isso significa para mim?

— Sei. — Então, Mason pegou sua mão. — Isso me ajuda bastante a aceitar que o sujeito tem um nome. Gostei dele, e sei que isso é importante para você. Então serei direto e direi que o investiguei.

— Ah, pelo amor de Deus.

— Você é minha irmã, minha família. E compartilhamos algo que a maioria das pessoas não tem, que não consegue entender e nem deveria. Eu precisava fazer isso, Naomi. Ele teve alguns probleminhas no fim da adolescência e quando tinha uns vinte e poucos anos, se quiser saber.

— Não quero.

Mason ignorou a resposta.

— Perturbação do sossego, destruição de propriedade, uma briga de bar que ele não parece ter começado, mas que com certeza terminou. Não foi preso. Um monte de multas por excesso de velocidade até completar uns 25 anos. E só. E acho bom ele ter tido alguns problemas, já ter passado por essa fase. Gosto de saber que é bom de briga. Nada de casamentos ou divórcios, nenhum filho registrado. É o único dono da oficina, tem metade do bar e do prédio que o abriga. Winston gosta bastante do sujeito.

— Acabou?

— Sim.

— Ótimo. Agora vamos lavar a louça, falar com os tios pelo FaceTime, e conhecer a casa.

— Tudo bem. Só queria saber mais uma coisa, mas não tem nada a ver com o resto. Ele a faz feliz?

— Faz, e isso foi um choque para o meu sistema. Ele me faz pensar além do momento. Ou pelo menos me ajuda a fazer isso. Criei o hábito de só pensar no agora. Gosto de pensar no amanhã.

— Então talvez eu comece a chamá-lo de Xander. Mas que tipo de nome é esse?

— Sério, Mason Beteiro?

— Cale a boca — disse ele, levantando-se da mesa para ajudá-la a limpar.

O HOMEM ESPEROU até depois das duas da manhã para dirigir pelas ruas silenciosas até a floresta perto do penhasco. Parou no acostamento.

Talvez houvesse patrulhas àquela hora, procurando por alguém como ele. Mas, em sua considerável experiência, ainda estava cedo demais para começarem a fazer isso, levando-se em conta a cidade minúscula e a força policial ridícula.

E ele não demoraria muito.

Enrolara o corpo em uma lona de plástico comum. Tentativa e erro provaram que esse era o método mais eficaz. Precisou de força para tirá-la do porta-malas e jogá-la sobre o ombro, equilibrando o peso. O homem se orgulhava de ser mais forte do que parecia, mas ela fora um pouco mais cheinha do que geralmente preferia.

No geral, a mulher tinha sido uma decepção. Não havia muitas reações nem reclamações da parte dela, pelo menos não depois das primeiras horas. E achava bem menos divertido quando elas não gritavam nem choravam, quando paravam de lutar, e aquela mulher se resignara tão rápido que ele quase a matara logo só para acabar com o tédio.

Parecida demais com a velha magricela que pegara naquele fim do mundo do Kansas, quando não conseguira levar a que queria.

Ou a gorducha em Louisville. Ou...

Não fazia sentido ruminar erros passados, disse a si mesmo, reajustando o peso morto em seu ombro e usando a lanterna do capacete para iluminar o caminho.

Só precisava parar de repeti-los, lembrar que a paciência era uma virtude.

Tendo usado as fotos do site de Naomi como guia, o homem já conhecia o terreno, e ficou satisfeito ao depositar o corpo de Donna entre a trilha e um tronco caído. Em um gesto habitual, rolou-a para fora da lona e a analisou enquanto dobrava o plástico para levá-lo consigo.

Odiava desperdícios.

Pegou o telefone, abriu a câmera e tirou as últimas fotos de lembrança de Donna Lanier.

Foi embora, sem despender nem mais um único pensamento para a mulher que matara. Ela era o passado, e o homem estava focado no futuro.

Cruzou a estrada em um ponto em que conseguia ver a casa sobre o penhasco, sua silhueta larga contra o céu estrelado.

Durma bem, Naomi, pensou ele. *Descanse. Logo nos encontraremos e vamos nos divertir.*

Capítulo 24

◆ ◆ ◆ ◆

Um jovem casal de Spokane, com um bebê no canguru, encontrou o corpo enquanto fazia trilha na tarde deslumbrante de segunda.

Em questão de minutos, Sam Winston se encontrava diante do corpo de uma mulher que conhecera por três décadas, e de quem gostara por todos os dias desse tempo.

Logo depois, Mason abriu caminho pela floresta para encontrá-lo.

— Estava torcendo para não terminar assim.

— Sinto muito, comandante, de verdade, por sua perda.

— É uma perda para todos. Muito bem. — Determinado a fazer o seu melhor por Donna, Sam esfregou o rosto, concentrando-se. — Presa e amordaçada, nua, como Marla. Os ferimentos são piores, ele a cortou e a machucou mais.

— Talvez o assassino esteja se tornando mais intenso. Ou... pode ter sido frustração por ela não ser a primeira escolha.

— Ele limpou as pegadas. Dá para ver como remexeu a terra, a camada de pinhos. É cuidadoso. Precisou trazê-la até aqui, provavelmente veio andando da estrada, pela trilha. Ela deve pesar pelo menos uns setenta quilos, então o sujeito é forte.

Tomando cuidado para não mudar nem tocar em nada, Mason se agachou, analisando os ferimentos e a posição do corpo.

— Ela não foi colocada em nenhuma pose, não houve tentativas de cobri-la ou enterrá-la. Nenhum remorso, nada simbólico. O assassino simplesmente terminou, livrou-se do corpo e foi embora.

— Ela não significava nada para ele.

— Não. A primeira vítima foi disposta de um jeito diferente, com os braços esticados. E ele deixou seus sapatos. Era mais importante, pode ter sido uma vítima substituta. Mais jovem, loura, atraente, magra.

— Como Maxie teria sido.

— Sim. Não estamos muito longe da casa da minha irmã. Esta trilha é popular?

— Tem um bom número de visitas, sim. Um pouco mais para oeste, na direção do parque. Lá, a gente encontraria mais pessoas, mas esta área recebe visitantes regularmente. O assassino queria que a encontrassem, e rápido.

— Concordo. Você se incomoda se eu tirar algumas fotos?

— Fique à vontade. Também vamos tirar algumas. Só queria um minuto com ela antes.

E, Sam tinha de admitir para si mesmo, tivera de resistir ao impulso de cobri-la. Mais uma vez, concentrou-se no momento.

— Um dos meus policiais está na estrada colhendo o depoimento do casal que a encontrou. Você deve ter passado por ele. Os dois estão com um bebê de três meses. Esta é a primeira viagem em família deles. — Sam suspirou. — Com certeza nunca mais vão esquecê-la. — Ele olhou para a floresta, para o verde que escurecia conforme a primavera ia se tornando verão. — Vamos fechar a área, fazer nosso trabalho, e ajudar de alguma forma. Depois de acabarmos aqui, vou dar a notícia para a irmã e a filha dela.

— Quer que eu vá junto?

— Obrigado pela oferta, mas elas me conhecem. Será um pouco mais fácil, um pouco menos difícil, ouvir a notícia de alguém conhecido.

$\mathcal{N}$AOMI ENTENDIA que a morte era seguida por um processo, e, no caso de assassinatos, esse processo se tornava algo oficial. Mas não deixaria que Xander descobrisse de forma impessoal que a amiga morrera.

Ela não o viu perto da entrada principal da garagem, então seguiu na direção do barulho, encontrando um dos funcionários colocando moedas na máquina de bebidas.

— Xander está por aqui?

— Sim, claro. Lá atrás. Só ir reto e virar à direita. É fácil de achar.

— Obrigada.

Naomi seguiu as orientações, descobrindo que era fácil mesmo.

Ele estava sentado em um banquinho, diante de um motor sobre uma mesa, uma chave de fenda na mão cheia de graxa.

— Os mancais estão uma merda, o eixo de manivela está uma merda. — Ele tirou outra peça, fez uma careta e a jogou na lixeira de plástico, onde caiu com um baque. — Não é de admirar que o motor esteja batendo pino.

— Xander.

Naomi falou baixo, mas ele ouviu sua voz por cima dos tinidos, das batidas, da música. E, no instante em que viu o rosto dela, seus olhos foram tomados pelo sofrimento.

— Ah, droga!

— Sinto muito, sinto muito.

Ela começou a ir na direção dele, com as mãos esticadas, mas Xander ergueu as próprias, levantando-se do banco.

— Não. Estou todo sujo de graxa.

— Não importa.

— Importa, sim. — Com movimentos bruscos e raivosos, ele pegou um pano e o esfregou pelos antebraços e pelas mãos. Jogou-o no chão, andando até uma pia pequena que já tinha muitos anos de uso.

De costas para Naomi, despejou algum tipo de pó nas mãos, esfregando-as em seco com uma escovinha.

— Onde a encontraram?

— Não tenho certeza. Desculpe. Só sei que o comandante ligou para Mason meia hora atrás e disse que a acharam. Em uma floresta, pelo que ouvi. Ele saiu de casa com pressa. Não queria que você descobrisse... não queria que descobrisse.

Ele passou o pó nos antebraços, então abriu a água.

— Preciso contar a Loo.

Não era o processo correto, o procedimento correto. Dane-se.

— Quer que eu vá com você?

— Não desta vez.

Xander pegou folhas de papel-toalha de um recipiente na parede, secou-se e as jogou em uma lixeira grande e larga.

— Eles precisam notificar a família primeiro. Não sei quanto tempo vão demorar para fazer isso.

— Loo não vai querer falar com ninguém. Ela não vai se meter.

— Sinto muito, Xander. Queria poder fazer algo.

— Você já fez. Veio me contar.

Quando Naomi se aproximou, ele olhou para as mãos.

— Você está limpo agora — disse ela, e o abraçou.

— Acho que dá para o gasto. — Xander a segurou firme, apertado, e os dois ficaram em silêncio enquanto a oficina fazia barulho ao redor deles.

— Fique com Loo quanto tempo precisar, por quanto tempo ela precisar. Mas pode me avisar se for ficar na cidade?

— Vou para a sua casa, só não sei quando. Se Kevin e o pessoal da obra forem embora antes de eu chegar, antes de seu irmão chegar, fique em casa. — Ele a afastou. — Fique em casa e tranque tudo. Prometa que vai fazer isso.

— Prometo. Não se preocupe comigo, vá cuidar de Loo.

— Pode deixar. Preciso resolver algumas coisas aqui e arrumar alguém para me cobrir, depois vou para lá.

Quando Naomi chegou em casa, trancou-se no escritório temporário para evitar conversar com Kevin ou com alguém da equipe, a fim de que não percebessem o que ela sabia.

O tempo se arrastou enquanto tentava se concentrar no trabalho. Sentindo--se encurralada e inquieta, desistiu, optando por levar o cachorro para brincar no estreito quintal dos fundos, jogando uma bola para diverti-lo.

Viu Kevin descendo os degraus, a expressão no rosto dele lhe dizendo que a notícia já havia vazado.

— Xander me ligou. Hum, disse que estaria aqui em uma hora e, veja bem, Naomi, vou esperar até que ele ou seu irmão apareçam. Fico sentado dentro da porcaria do carro se você...

Ela agiu por instinto e o abraçou.

— Que diabos está acontecendo? Jenny chamou algumas vizinhas e os filhos para ficarem lá em casa, para eu não me preocupar com ela estar so- zinha. Nunca tivemos que nos preocupar antes. Donna... meu Deus, Donna, de todas as pessoas. Não consigo entender.

— Eu sei. Eu sei.

— Ele disse que Loo está mais tranquila agora e que vai para a casa de Donna. A irmã e a filha dela, a família, imagino, estão lá. Xander a fez jurar que pediria para o cunhado de Donna deixá-la em casa depois, esperar até que ela entrasse e trancasse a porta. Nunca tivemos que nos preocupar em fazer essas coisas. Aqui sempre foi um lugar seguro. Meus filhos podem ir a qualquer lugar da vizinhança sem nos preocuparmos.

— Vou lá para dentro. — Naomi se afastou. — Vou lá para dentro, tranco as portas. Você precisa ir para casa, precisa estar com sua família.

A expressão dele se tornou grave.

— Vou ficar aqui. Até Xander chegar, não vou a lugar algum. Jenny está com um monte de gente.

— Então vamos subir e nos sentar.

— Ele disse que foi como o que aconteceu com Marla. — Agora, aquela seriedade se transformava em sofrimento. — A notícia já está na boca do povo. — Com o cachorro entre eles, eles começaram a voltar para a casa. — Também foi numa noite de sexta, igual a Marla. O assassino a deixou bem ali.

— Bem... — Naomi estremeceu quando Kevin gesticulou para a floresta que ela considerava sua.

— A oeste do penhasco. Você não pode mais sair andando por aí sozinha, Naomi. — Em um gesto amigo, de irmão, ele agarrou a mão dela. — Não pode mais fazer isso. Até o encontrarem.

— Não irei, não se preocupe. Sente-se.

Na sua floresta, pensou ela. Aos pés de seu penhasco e na sua floresta.

Porque era um lugar remoto, disse a si mesma. Porque ele poderia se mesclar à escuridão, sem ninguém ver. Era só isso, mas já bastava.

Ela se sentou na cadeira ao lado de Kevin.

— Seu escritório está quase pronto — disse ele, o que a pegou de surpresa. — Depois de amanhã, no máximo no dia seguinte, você já vai poder arrumar suas coisas lá.

Os dois conversariam sobre outros assuntos, percebeu Naomi, sobre qualquer outra coisa além do impensável.

— Mal posso esperar.

— Podemos levar a escrivaninha e o equipamento para lá. Em mais umas duas semanas, acabaremos tudo. Bem, três. Devem ser mais três.

— Você deu outra vida à casa, Kevin.

— Nós demos — retrucou ele, pouco antes de o cachorro se levantar em um pulo e sair correndo da varanda.

— Xander — explicou Naomi. — Sombra sempre sabe. Acho que deve ser o barulho da moto. Ele não late mais quando é Xander.

— Ele é louco por você, sabia? Xander. O cachorro também, mas estou falando sobre Xander, que me daria um murro se soubesse que estou falando isso, mas preciso de alguma coisa boa para equilibrar todo o resto. Nunca o vi louco por alguém.

— Ninguém?

Negando com a cabeça, Kevin abriu um pequeno sorriso.

— Você é a primeira.

Naomi se levantou e foi cumprimentar Xander quando ele subiu a escada com o cachorro.

— Obrigado.

— Como está Loo? — perguntou ela.

— Ela ficou mal. Bem mal. — Parecendo exausto, ele suspirou. — Mas se acalmou, conversou com a filha de Donna. Está lá na casa agora. Falou com seu irmão?

— Não, e tive que me controlar milhares de vezes para não mandar uma mensagem. Ele vai nos contar o que puder assim que possível.

— Importam-se de me contar se eles descobrirem algo? — Kevin se levantou. — Sinto como se tudo fosse fazer um pouco mais de sentido se a gente soubesse de *qualquer* coisa. Vou para casa. Fique de olho nesta daqui, Xan.

— É o que pretendo fazer. O mesmo vale para Jenny.

Ele se sentou quando Kevin foi embora.

— A filha de Donna está inconsolável. Você não a conhece. As coisas não estavam muito boas por lá, então saí do caminho. É melhor que ela e Loo consolem uma à outra.

— Kevin disse que a encontraram na floresta. Bem ali.

Com um olhar grave, Xander concordou.

— Em algum lugar naquela região. E perto demais daqui. Como Marla.

— Provavelmente pelo mesmo motivo. Fica fora da cidade, quase não há casas por perto nem trânsito na estrada, e tem o mar, dependendo de por onde ele venha.

— É provável que seja por isso, que seja só isso. Mas, se formos levar em consideração o que Mason disse, e se Maxie fosse o alvo de verdade, o cara tem um tipo. Não é? Jovem, loura, atraente, magra. E você se encaixa em todos eles.

— E prometo a você que eu sei me cuidar melhor do que qualquer mulher loura e jovem nesta cidade. E prometo, Xander, que não vou me arriscar desnecessariamente, e vou tomar precauções sensatas. Também vou argumentar que as duas mulheres que o assassino matou moravam ou trabalhavam na cidade. Acho que ele deve vigiá-las, ou pelo menos observar suas rotinas. Eu não tenho rotina. E já há coisas demais na sua cabeça para ficar se preocupando comigo.

— Nada que esteja na minha cabeça é mais importante do que você.

Ele se virou para Naomi, fazendo-a perder o fôlego com aquele olhar demorado e sério.

E, mais uma vez, o cachorro saiu em disparada da varanda, dessa vez abrindo os trabalhos com um latido.

— Deve ser Mason. — Ela tocou o braço tenso de Xander. — Esse filho da puta ataca mulheres no escuro, e aposto que as pega por trás, como o covarde que é. Ele não as aborda em plena luz do dia.

— Você tem razão. Estou nervoso.

Ele relaxou um pouco quando Mason deu a volta na casa com Sombra.

— Preciso dar alguns telefonemas. Desço quando terminar e conto a vocês tudo que puder. Xander, sinto muito sobre sua amiga.

— É, todos sentimos.

— Vou ver o que consigo fazer para o jantar — disse Naomi a Xander.

— Posso pedir uma pizza ou coisa assim. Não precisa cozinhar.

— Também estou nervosa. Cozinhar ajuda.

— Já pensou em comprar uma churrasqueira? Sei fazer churrasco. Sabe, grelhar bifes, costeletas, até peixe. — Xander deu de ombros quando ela parou na porta. — Posso ajudá-la com a comida às vezes.

— Na verdade, andei dando uma olhada em churrasqueiras na internet.

— Você não pode comprar uma churrasqueira pela internet. — Sinceramente horrorizado, ele a encarou. Com pena. — Você precisa vê-la e...

— Acariciá-la? — Naomi lhe lançou um sorriso radiante. — Conversar com ela?

A pena horrorizada rapidamente virou um desdém gélido que a fez querer cair na gargalhada.

— Você precisa vê-la — repetiu ele.

Naomi concordou com um murmúrio e foi checar o que tinha na cozinha para bolar um menu.

Um instante depois, Xander entrou e pegou uma cerveja, sentando-se na bancada.

— Vou comprar a churrasqueira.

— O quê?

— Eu disse que vou comprar a churrasqueira.

Podia grelhar uns peitos de frango, pensou Naomi. Alho, temperos, vinho. Distraída, virou-se para ele.

— A churrasqueira? Fala sério, Xander.

— Churrasqueiras são coisas sérias.

Ela soltou a gargalhada que prendera antes.

— Eu seria a última pessoa a dizer que qualquer tipo de equipamento de culinária não é sério, e é por isso que estou pesquisando, eliminando opções e considerando os fatores pela internet.

— Você já comprou uma churrasqueira?

— Não, mas...

— Então, deixa comigo.

Ocorreu a Naomi que ele estava pensando, e sentindo, algo mais além de sofrimento. Então forçou a barra.

— Você não sabe os recursos que quero, a marca, o tamanho. Vamos comer frango, arroz e legumes — decidiu ela.

— Comprar uma churrasqueira pela internet é tão absurdo quando comprar um carro pela internet.

Como ela se sentia melhor, resolveu dar outra cutucada.

— E por acaso você já comprou uma churrasqueira?

— Kevin já, duas vezes, e eu estava junto. É a mesma coisa.

Ela começou a separar os ingredientes.

— Bem, tem bastante tempo para decidir isso antes do verão.

— Aí está seu primeiro erro. Bem, o segundo depois desse negócio de internet. Quando se compra a churrasqueira certa, é possível usá-la o ano inteiro, ainda mais quando se pode colocá-la bem ao lado da cozinha, como é o seu caso.

Naomi pegou uma panela para o arroz e a colocou no fogão, depois foi para a bancada, olhando para ele enquanto picava o alho.

— Não fazia ideia de que você levava churrasqueiras tão a sério. Quem diria!

— Vou comprar a churrasqueira.

Eles teriam essa conversa em outro momento.

— Sabe descascar cenouras?

Franzindo a testa, Xander tomou um lento gole da cerveja.

— Provavelmente.

Ela tirou as cenouras da geladeira, pegou um descascador e empurrou tudo para o lado dele da bancada.

— Ótimo, então descasque essas aí.

— Achei que fosse para raspá-las com a faca.

Foi a vez de Naomi sentir pena.

— Claro, se você quiser levar o dia todo e fazer uma bagunça. É só... — Ela pegou uma cenoura, o descascador, e demonstrou.

— Tudo bem, tudo bem, entendi.

Mason voltou e descobriu Xander com uma pequena pilha de casca de cenoura, fazendo cara feia para o legume que desnudava. E sua irmã ao fogão, refogando alho.

Que cena doméstica, pensou ele. Talvez Xander parecesse um pouco desconfortável, mas, no geral, bem domesticado.

— Mason, você se lembra de como se separa couve-flor em buquês?

— Hum...

— Claro que lembra.

Naomi lhe entregou uma faca, colocando a hortaliça na tábua de cortar.

— Nem gosto de couve-flor. — Mas ele se sentou, agora confortável em uma calça jeans e uma velha camisa do time de basquete de Harvard, e pegou a faca.

— Você gosta quando está disfarçada com manteiga e temperos. É bem legal — disse ela — ter ajudantes.

— É como se estivéssemos em casa. — Mason tirou o caule grosso, cortou o centro pela parte de baixo, partindo a couve-flor em duas metades. — Em Nova York, só que você é a chef, e não Harry.

— Quando eles chegarem aqui, vou abdicar do meu trono, mas só depois de ele deixar eu me exibir. Isso me dá umas duas semanas para bolar um menu exibido, arrumar os quartos de hóspedes e torcer para Jenny conseguir reformar as cadeiras da mesa de jantar. — Ela jogou o frango na frigideira, que emitiu um chiado satisfatório.

— Vou tentar vir também. Devo conseguir trabalhar no escritório de Seattle temporariamente. — Depois de um longo momento de silêncio, Mason deixou a faca de lado e pegou a taça de vinho. — Está certo. Vou explicar tudo a vocês. Pelo menos tudo que posso explicar. Apesar do legista ainda não ter determinado isto, ficou claro pela análise da cena do crime e pelas provas coletadas que Donna Lanier foi sequestrada e morta pelo mesmo indivíduo que pegou Marla Roth. Vocês não precisam saber dos detalhes — adicionou ele, e voltou para a faca. — Acredito, assim como o comandante Winston, que Lanier não foi sua primeira opção. Ela apenas estava lá. Assim como a primeira vítima, ela foi mantida e morta em outro local, e então levada até um lugar onde pudesse ser encontrada rapidamente. Ele quer nos mostrar que está aqui, que está caçando. É um homem arrogante, que gosta da atenção e do medo que gera. É inteligente, organizado e experiente.

— Quer dizer que ele já matou antes — observou Naomi. — É isso que experiente significa.

— Sim. É pouco provável que seja coincidência o fato de o assassino ter sequestrado as duas vítimas em uma noite de sexta, ficado com elas até domingo. Podemos especular que ele tenha os fins de semana livres ou a privacidade de que precisa durante esse período.

— Você ainda acha que ele mora aqui. — Xander terminou a última cenoura, esperando pela resposta.

— Não posso eliminar a possibilidade de ser alguém que mora ou trabalha na cidade ou na região.

— Por quê? — quis saber Xander. — Nunca tivemos estupros ou assassinatos por aqui antes, nada assim.

— Ele pode não ter feito isso em casa antes. Pode ter pegado pessoas pedindo caronas na estrada, turistas, alguém de passagem, e enterrado e escondido o corpo. Talvez tenha adquirido recentemente, por meio de compra, herança ou divórcio, um lugar que possa usar para trabalhar. Por enquanto, a maioria das casas de temporada foi verificada e eliminada. Ainda estamos investigando trabalhadores sazonais, locatários, moradores novos, turistas que estão na região desde que a primeira vítima foi levada. Vou continuar a pesquisar e analisar crimes parecidos. Se encontrar um padrão, se encontrar mais, teremos todos os recursos do FBI neste caso. Pedi ao meu contato na Unidade de Análise do Comportamento que desse uma olhada nos arquivos, analisasse o perfil psicológico que tracei e visse se estou no caminho certo ou se me enganei. Mas, independentemente de o indivíduo viver e trabalhar aqui ou estar apenas de passagem, ele continua nas redondezas. As coisas estão indo bem demais para que ele vá embora agora.

— Naomi faz o tipo dele.

— Xander. — Irritada, ela virou o frango.

— Sim, faz. Acho que ele tem mesmo um tipo, e Naomi se encaixa. Acredito que ela vá tomar todas as precauções razoáveis.

— Já disse que vou fazer isso.

— Amo você, Naomi.

Ela suspirou, audivelmente.

— Também amo você, Mason.

— Então, mesmo sabendo que você é inteligente, que é cuidadosa e que sabe se defender, eu vou me preocupar.

— E me preocupo com você, agente especial Carson. Especialmente porque sei que nem sempre pode tomar as mesmas precauções razoáveis dos civis.

— Você podia passar algumas semanas em Seattle — sugeriu Xander. — Passar um tempo com seu irmão lá, fazer compras ou algo assim, trabalhar. O pessoal da obra poderia aproveitar para cuidar do piso.

— Em primeiro lugar, Kevin e eu temos um cronograma, e o piso é a última coisa que vamos fazer. Em segundo, e mais importante, não vou fugir para Seattle para o meu irmãozinho cuidar de mim.

— Você só é dois anos mais velha do que eu — reclamou Mason. — Isso não faz de mim seu irmãozinho. Ela não vai fazer isso — disse ele a Xander.

— Já imaginei ter essa conversa com minha irmã milhares de vezes na minha cabeça, e sempre acabo dando com os burros n'água. Mas isto pode fazer você se sentir melhor. Você já contou a ele sobre o ladrão, Naomi?

— Faz anos que não penso nisso. — Ela pegou o vinho, jogou um pouco na frigideira, depois fechou a tampa para prender o vapor e diminuiu o fogo.

— Que ladrão?

— Em Nova York. Naomi estava em casa, de férias da faculdade, trabalhando no restaurante. Decidiu voltar para casa andando.

— A noite estava bonita — disse ela.

— O ladrão também deve ter achado isso. De toda forma, o cara a abordou com uma faca. Queria dinheiro, o relógio, os brincos e o telefone.

— Eu teria dado tudo a ele, do jeito que os tios falaram um milhão de vezes para a gente fazer.

— Talvez. — Mason deu de ombros. — Mas o idiota chegou à conclusão de que tinha encontrado uma mulher indefesa, assustada. E bonita. Então resolveu passar a mão nela.

— E ele *sorriu* — complementou Naomi. Lembrando a cena, soltou uma risada irônica.

— Ela o chutou no saco, quebrou seu nariz, deslocou seu ombro e ligou para a emergência. O sujeito ainda estava gemendo no chão quando a polícia chegou.

— Ele não devia ter agarrado meu peito. Não devia ter tocado em mim.

— Você quebrou o nariz dele. — Completamente fascinado, Xander analisou aquelas mãos finas, quase elegantes. — Você gosta de quebrar narizes.

— O nariz é um alvo rápido e fácil. É questão de ação e reação. Gosto do seu. — Ela colocou as cenouras, a couve-flor e os brócolis que preparara por conta própria em um coador grande, e levou tudo para a pia. — Então não me irrite.

— É só me avisar quando não quiser que eu passe a mão em você.

Naomi riu, e foi picar as cenouras antes de cozinhá-las no vapor.

— Pode deixar. Ótimo trabalho com a couve-flor e descascando as cenouras. Os dois estão dispensados para passear com o cachorro ou coisa assim. A comida fica pronta em meia hora.

— Você veio de moto? — perguntou Mason a Xander.

— Vim.

— Posso dar uma olhada nela?

— Claro. — Xander foi na frente, descendo a escada e dando a volta na casa. — Só para você saber, a equipe de paisagismo começa amanhã. Bem cedo.

— Defina cedo.

— Às sete. Talvez um pouco depois.

— Tão cedo ou mais quanto o pessoal da marretada lá dentro. Paciência. Queria dizer que me sinto confortável trabalhando em Seattle, vindo aqui algumas vezes por semana, porque você vai ficar de olho em Naomi. E não queria que ela me ouvisse dizer isso.

— Que bom! E eu me sinto mais confortável sabendo que ela é capaz de deslocar o ombro de um idiota. Mas mesmo assim.

— Mesmo assim. Não sei porcaria nenhuma sobre motos. — Inclinando a cabeça para o lado, Mason a analisou. — Só que a sua é bem impressionante.

— Certo.

— As duas mulheres foram sequestradas na cidade, então tenho que considerar que ali é o território de caça dele, pelo menos por enquanto. Mas Naomi se encaixa no tipo dele, e ela faz compras e negócios lá. E se enquadra no perfil que o assassino procura.

— Também entendi isso. Estarei aqui todas as noites. Temos um show no Loo's nesta sexta. Vou me certificar de que ela vá, e de que Kevin e Jenny fiquem com ela até fecharmos.

— Se puder estar aqui, estarei. Ela é cuidadosa, mas acredito que esse cara trabalhe rápido, pegando as vítimas de surpresa. — Enquanto falava, Mason analisava a casa, como se procurasse por falhas de segurança. — Nenhuma das vítimas tinha ferimentos de defesa. Não tiveram a chance de lutar. Qualquer um pode ser surpreendido, mesmo que tome cuidado, mesmo que tenha treinado artes marciais e autodefesa, então ela terá que se conformar em perder seus momentos de solidão de que tanto gosta por um tempo.

— Ela não tem tido problemas em estar sempre cercada por gente.

— Aposto que se incomoda com isso bem menos do que esperava. Naomi não sabe que você está apaixonado por ela.

Sem dizer nada, Xander manteve os olhos fixos nos de Mason.

— Só estou me metendo porque ela é a pessoa mais importante do meu mundo. Nós vivemos um pesadelo do qual é impossível escapar por completo, porque ele está sentado numa cela na Virgínia Ocidental. Nossa mãe não foi forte o suficiente para aguentar a barra. Naomi a encontrou. Voltou para casa para pegar alguma coisa durante o intervalo da escola e a encontrou, gelada.

— Eu sei. Pelo menos em parte. Pesquisei tudo que podia depois que descobri sobre Bowes. Encontrei a matéria que ela escreveu na época, para o *New York Times*. Não quis tocar em um ponto fraco com ela, então li tudo que encontrei. Sinto muito pela sua mãe, cara.

— Isso foi mais um trauma para Naomi. Para mim? Claro, passei por aquilo tudo e tenho as memórias, mas não fui eu que testemunhei o que nosso pai fazia. Não fui eu que ajudei uma vítima a sair de um buraco no chão e a amparei enquanto atravessávamos uma floresta. Não fui eu que cheguei em casa da escola e encontrei nossa mãe morta pelas próprias mãos. Naomi não tem grau de separação. E ela pode até negar, e negaria — corrigiu-se ele —, mas uma parte de si mesma não acredita ser digna de amor.

— Estaria errada sobre isso.

— Sim, estaria. Fizemos terapia, tivemos nossos tios, mas ninguém mais tem as imagens do que nossos pais fizeram, a si mesmos, a outras pessoas e a nós, em sua mente da mesma forma que Naomi. Então existe uma parte dela que não acredita ser capaz de amar outra pessoa além de mim e dos tios, e que também não se considera digna de amor.

— Bem. — Xander levantou um ombro. — Ela terá que se acostumar com isso.

A simplicidade e a praticidade daquela declaração fizeram Mason sorrir.

— Você faz bem a ela. Quando percebi isso, fiquei um pouco irritado. Mas já superei.

— Você me investigou?

— Ah, claro, logo de cara.

— Teria pensado menos de você se não fizesse isso. Nunca vou machucá-la. Que bobagem — disse Xander imediatamente. — Por que as pessoas falam essas coisas? É claro que vou machucá-la, eventualmente. Todo mundo faz ou diz algo idiota ou mesquinho ou age como idiota de vez em quando, e acaba machucando o outro. O que eu quis dizer...

— Eu entendi o que você quis dizer, e acredito. Então, estamos bem?

— Sim, estamos bem.

Mason esticou a mão, eles trocaram um aperto. Então voltou a analisar a moto.

— Que tal você me deixar dirigi-la?

Pensando no assunto, Xander equilibrou o corpo nos calcanhares.

— Já andou de moto antes? Dirigindo?

— Não. Mas sou agente de FBI, deveria saber dirigir uma. Não é? E se, enquanto estiver perseguindo um criminoso, eu precisasse subir numa moto e, devido à falta de conhecimento e experiência, o suspeito escapasse? Nenhum de nós se sentiria bem com isso.

Achando graça, Xander pegou o capacete.

— Tudo bem.

— É? Está falando sério? — E, radiante como um garoto em uma manhã de Natal, Mason pegou o capacete.

— Claro. Se bater com ela, você paga o conserto. E, se acabar precisando ir para o hospital, o jantar vai esfriar. Por mim, não tem problema.

— Não tenho carteira de moto.

— Você é do FBI.

— Verdade! — Fascinado, Mason passou uma perna pela moto, sentando-se. — Agora, que diabos eu faço?

Pouco tempo depois, atraída pelo som do motor acelerando e pelos gritos de guerra do irmão, Naomi apareceu na porta da frente.

— O quê... Mason está na sua moto?

— Está. — Xander ocupava os degraus da frente com o cachorro.

— Quando ele aprendeu a andar de moto?

— Agora, basicamente.

— Ah, meu Deus do céu! Tire ele de lá antes que se machuque.

— Ele está bem, mamãe.

Naomi bufou.

— Bem, tire ele de lá, porque o jantar está pronto.

— Agora mesmo.

Ele se levantou enquanto ela entrava, e decidiu que seria melhor se Mason tivesse esperado Naomi entrar antes de empinar a moto.

O irmão dela aprendia rápido.

Capítulo 25

◆ ◆ ◆ ◆

A CASA ESTAVA CHEIA de gente e de ferramentas e máquinas barulhentas. Agora, o quintal da frente também estava cheio de gente e de ferramentas e máquinas barulhentas.

Naomi não podia desafiar o irmão, Xander e o próprio senso comum, e sair para a floresta ou para a praia em busca de silêncio. Por algumas horas, aproveitou para tirar fotos do que era praticamente uma operação de guerra — assim como no interior da casa —, enquanto Lelo tirava, com uma corrente imensa presa a um trator imenso, do chão velhos arbustos e tocos feios de árvore que ela simplesmente passara a ignorar.

Os sons de escavadeiras, serras elétricas e tratores se juntavam aos de furadeiras e serras.

Sombra estava adorando tudo aquilo.

Depois de um tempo, Naomi escapou para dentro da casa, botou os fones de ouvido e abafou boa parte da barulheira com música.

O cutucão no ombro a fez pular da cadeira.

— Desculpe — pediu Mason.

— Meu Deus! Não sabia que você tinha voltado.

— Você não ouviria um avião pousando em sua varanda com esse barulho todo. E com Lady Gaga berrando em seus ouvidos.

— Lady Gaga e os outros me ajudam a tolerar o restante. — Mas Naomi tirou os fones e pausou a música. — Eles fizeram... a autópsia?

— Fizeram. Não tenho muito mais a acrescentar. Ela não comeu nem bebeu nada desde as 20, 21 horas de sexta. Isso é consistente com Marla. O mesmo tipo de lâmina foi usado nas duas. Nenhuma impressão digital, nenhum DNA, nenhum fio de cabelo além dos dela, o que também é consistente. Ele é cuidadoso. Enfim, vou trabalhar na varanda por um tempo, aproveitar o sol. Parto para Seattle amanhã e, surpresa, a previsão é de chuva.

— Não sei como vai conseguir trabalhar com tanto barulho.

— Meus grandes poderes de concentração. Gostei dessas. — Ele indicou as fotos na tela com a cabeça. — Você as tirou na floresta a oeste daqui?

— Sim. Só estava verificando downloads e pedidos. Acho que vou fazer mais fichas de anotação com imagens da natureza. Elas vendem bem. — Querendo manter a companhia do irmão por mais um tempo, começou a descer a tela. — Esta aqui, então não, não, sim. Esta. E aí... talvez esta.

— Espere um pouco. Isso é um tronco caído?

— Isso mesmo.

— Certo, certo. E outras coisas estão crescendo nele. Tipo musgo, cogumelos, líquen.

— E árvores mais jovens também. Adoro como saem dele, como as raízes se enroscam ao redor da mãe.

— Bem legal. — Com uma mão no ombro da irmã, Mason se inclinou um pouco mais para a frente a fim de analisar a imagem. — Quando tirou essa?

— Ah, ela está no site faz umas duas semanas. Recebeu vários acessos, um número razoável de downloads. Estava pensando em diminuí-la um pouco para colocá-la em uma ficha de anotação, parte de um conjunto de oito fotos.

— É, acho que ficaria bom. Gostei. Enfim, vou trabalhar, não quero ocupá-la mais.

Naomi mal retomara a concentração quando alguém cutucou seu ombro de novo. Pelo menos não tinha dado um pulo dessa vez.

— Desculpe. — Kevin deu outra batidinha no ombro dela. — Queria perguntar se está pronta para mudarmos tudo para o escritório.

— Já está pronto?

— Já está pronto, e podemos começar a trabalhar neste quarto amanhã cedo.

— Então também estou pronta. Só vou desligar aqui, tirar os fios e tudo mais.

— Podemos começar a levar as coisas, o equipamento para emoldurar os quadros e tal.

— Preciso daquelas mesas de trabalho que comprei. Estão lá embaixo.

— Já as trouxe para cima, e tudo mais que você marcou para o escritório.

— Preciso avisar a Jenny que tenho onde colocar a escrivaninha, para quando ela tiver tempo de resolver isso.

— Ah, ela sabe. Eu a mantenho atualizada.

— É melhor eu começar a arrumar as coisas.

— Puxa, quase esqueci. — Como se estivesse tentando reunir as memórias, Kevin tamborilou os dedos na cabeça. — Lelo e o pai dele querem falar com você. Podemos ir levando as coisas.

— Tudo bem. — Naomi desligou o computador e soltou os fios.

Descendo pela escada dos fundos, andou rápido pela casa, saindo pela porta da frente.

Havia perguntas sobre cores, alturas, naturalização de plantas, sementes de grama. Precisou trocar de marcha, indo de escritório para paisagismo. Enquanto respondia, debatia e perguntava, Naomi lembrou como seria glorioso chegar ao verão com tudo pronto, com aquele silêncio a cercando como um presente divino.

Trocando de marcha novamente, ela voltou e subiu a escada. Achou estranho que a porta do escritório estivesse fechada, com ninguém por perto.

Abriu a porta e congelou.

A escrivaninha que encontrara apinhada entre vários móveis no celeiro de Cecil brilhava, voltada para a janela, como ela queria, junto com a cadeira de couro que comprara e deixara guardada. O computador, suas bandejas de entrada e saída e a luminária ocupavam a superfície, assim como um vasinho com flores silvestres.

Todo o seu equipamento, as ferramentas e o material haviam sido arrumados como ela planejara — e a porta de deslizar de madeira de demolição do seu novo armário estava aberta, exibindo tudo em prateleiras bem organizadas.

As paredes, em um tom conhaque aconchegante, formavam um fundo bonito para algumas das fotos emolduradas.

E lá estava Jenny, as mãos unidas contra o peito, praticamente vibrando ao lado de um Kevin sorridente.

— Diga que você amou. Por favor, por favor, diga.

— Ah, meu Deus, eu...

— Diga as palavras primeiro. Diga que amou.

— É claro que amei. Teria que ser louca para não amar. Você terminou a escrivaninha. Não me contou.

Jenny jogou os braços para cima, formando um V.

— Surpresa!

— É... é exatamente como eu queria. Nunca tive nada assim. Nunca tive um espaço de trabalho como este. Sempre estava de mudança ou em algum lugar improvisado. — Atordoada ao extremo, ela caminhou pelo cômodo. — Ah! O piso! O piso está pronto aqui.

— Pegamos você! — O sorriso de Kevin aumentou. — Agora dá para ver como a madeira vai ficar igual à sua forma original. Só achei que seria melhor fazermos isso aqui primeiro. Levou mais tempo, mas você não vai precisar se deslocar de novo quando fizermos o restante. Está pronto.

— Não está pronto — corrigiu Jenny. — Ela precisa de uma poltrona bonita ali e uma mesinha. Um lugar confortável para pensar. E um tapete, almofadas, uma manta. Vai encontrar tudo isso. Mas amou o escritório.

Incrivelmente emocionada, Naomi passou os dedos pelas pétalas das flores.

— Ninguém de fora da família já fez tanto assim por mim.

— Nós somos sua família agora.

Com os olhos cheios de lágrimas, ela olhou para a amiga.

— Jenny.

Jenny atravessou a sala voando e a agarrou em um abraço, balançando, pulando, chorando um pouco.

— Estou tão feliz. Estou tão feliz por você estar feliz.

— Muito obrigada. De verdade. Vocês são os melhores.

— Sou mesmo!

Agora rindo, Naomi se afastou.

— Vocês dois.

— Nós somos! Ficamos com medo de Lelo não manter você lá fora por tempo suficiente até terminarmos, mas ele conseguiu.

— Foi por isso que ele queria falar comigo.

— Somos os melhores, e somos sorrateiros. Preciso ir.

— Vou levá-la de volta para casa.

— Ele fica preocupado comigo dirigindo sozinha. Todo mundo está tão nervoso... mas não vamos pensar nisso agora. — Piscando para afastar as lágrimas, Jenny balançou uma mão no ar, apagando os pensamentos tristes.

— Pode se sentar na sua poltrona nova e aproveitar o momento.

— Vou fazer isso mesmo. Obrigada. Aos dois. A todos vocês.

Sozinha, Naomi seguiu o conselho da amiga. Sentou-se e aproveitou o momento. Depois, levantou-se e olhou tudo.

Então, esquecendo o barulho, deu-se ao prazer de trabalhar em seu próprio espaço.

Com Sombra aparentemente preferindo a companhia de Mason, e todos os seus materiais e ferramentas exatamente onde queria, Naomi perdeu a noção da hora da melhor forma possível. A produtividade e o prazer de trabalhar em um lugar organizado lhe mostravam que vivera de maneira improvisada por tempo demais, sacrificando tudo pela possibilidade de ir embora quando sentisse que era necessário.

Ninguém a estava perseguindo, pensou ela, nada além dos próprios fantasmas e neuroses. Era hora de deixar tudo para trás, de acreditar, em vez de duvidar, que o passado estava morto e enterrado.

Agora tinha um lar e, nele, observaria o verão surgir, depois a mudança no ar, na luz, enquanto o outono pintava o mundo. Acenderia as lareiras quando o inverno chegasse, e estaria ali quando a primavera desabrochasse de novo.

Agora tinha um lar, pensou de novo enquanto adicionava as imagens novas ao site. Tinha amigos, bons amigos. Tinha um homem que... Tudo bem, talvez ainda não estivesse completamente pronta para o que sentia por Xander, mas podia estar pronta para ver o que aconteceria amanhã ou na semana que vem, ou... Talvez uma semana fosse seu limite de tempo naquela questão.

Mas já era uma grande melhora.

Mais do que tudo, ela estava pronta para ser feliz — para ser completamente feliz. Para se agarrar ao que tinha, ao que construíra para si mesma.

E agora era hora — já passava da hora, percebeu Naomi enquanto olhava o relógio no computador — de descer e preparar o jantar.

Ela desceu pela escada dos fundos, lembrando a si mesma de escolher os bocais de luz para aquela área, como constava em sua lista, cantarolando a música de Kate Perry que tocava em seus ouvidos quando desligara o computador, praticamente dançando até a cozinha.

Encontrou Mason sentado à bancada, com o notebook aberto, mapas espalhados, café fumegante e alguns blocos de papel espalhados por cima de tudo.

— Olá! Achei que você fosse ficar trabalhando no sol.

— Precisei de mais espaço.

— Estou vendo. Não tem problema. Tenho espaço suficiente para o farfalle de camarão que tenho em mente.

— Pedi para Xander trazer pizza. Ele está vindo.

— Ah. — Já mexendo na geladeira, ela fez uma pausa e olhou para trás.

— Tudo bem, se está com vontade de pizza, tenho menos trabalho assim.

— Fechando a geladeira, ela repensou a situação, concluindo que poderiam comer na varanda. — Cadê o cachorro?

— Queria sair. Todo mundo já foi.

— Estou vendo. Ou melhor, ouvindo. Fiquei trabalhando por mais tempo do que planejava. Você *precisa* ver o meu escritório. — A animação parecia transpirar do seu corpo. — Já está pronto, e ficou maravilhoso. Vou deixar Kevin fazer a sala escura no porão. Não tiro fotos com filme com tanta frequência, e ele disse que o encanamento seria fácil de resolver lá embaixo. Então seria bem silencioso, em um lugar separado, e ocuparia o espaço. — Ela se virou, encontrou o irmão encarando-a, quieto. — Ah, estou tagarelando enquanto você trabalha. Vou lá para fora, deixar você em paz.

— Por que não se senta? Precisamos conversar sobre uma coisa.

— Claro. Está tudo bem? É claro que não está tudo bem — disse Naomi, e fechou os olhos por um instante. — Fiquei tão distraída com meu espaço, com meu trabalho, que me esqueci de Donna e Marla. Eu me esqueci do seu trabalho. — Ela se sentou na bancada com Mason. — Tudo pareceu meio irreal por um tempo. O funeral de Donna é depois de amanhã, e Xander... É o segundo funeral na cidade desde que cheguei aqui, o segundo funeral terrível.

— Eu sei. Naomi...

Ele foi interrompido quando o cachorro entrou correndo, dançou um pouquinho e saiu em disparada de novo.

— Deve ser Xander com a pizza — disse ela, começando a se levantar.

— Fique aqui.

— Você descobriu alguma coisa. — Naomi tocou o braço dele e o apertou.

— Algo sobre os assassinatos.

Ela se virou no banco quando Xander entrou, jogando a caixa da pizza na bancada, perto do fogão.

— O que você descobriu?

— Vamos começar assim. Naomi, esta é a foto que você tirou na floresta a oeste daqui. O tronco caído.

Ela franziu a testa para a imagem que o irmão exibia no computador.

— Isso mesmo. Por que a baixou?

— Porque esta foi a que eu tirei ontem, quando o corpo de Donna foi descoberto. — Cuidadosamente cortada, pensou ele enquanto a abria. — É o mesmo tronco.

— Tudo bem, sim.

— O corpo de Donna foi desovado ao lado da trilha, perto desse tronco. É uma caminhada de oito minutos floresta adentro. Isso sem contar os setenta quilos. Foi algo que me incomodou desde o princípio. Por que levá-la para tão longe? Se ele queria que ela fosse encontrada logo, porque deixá-la àquela distância, gastar tanto tempo, tanto esforço? Por que aquele lugar?

— Não sei, Mason. Talvez quisesse um pouco mais de tempo antes que a descobrissem?

— Não faz sentido. Mas este lugar, bem aqui. — Mason bateu na tela. — Tudo tem um motivo. Você colocou a foto no site algumas semanas atrás.

Um calafrio a percorreu.

— Se estiver bolando alguma ideia louca de que ele... de que essa foto o inspirou ou o influenciou a deixá-la ali, não faz sentido. Para início de conversa, eu tirei dezenas de fotos nessa área.

— Ele precisava escolher uma. — Com uma expressão grave, Xander analisou as imagens.

— Foi uma coincidência estranha — insistiu Naomi. — Perturbadora, mas só uma coincidência. Eu mal conhecia as vítimas. Só cheguei aqui em março.

Sem falar nada, Mason abriu outra foto — a que ela tirara do penhasco —, e então abriu outra ao lado.

— A sua e a imagem da cena do crime. Que está no seu site, Naomi, há dois meses.

O calafrio se intensificou, parecendo atingir seus ossos.

— Por que alguém usaria minhas fotos para decidir onde deixar um corpo? Isso não faz sentido. Não faz.

— Pare. — Colocando uma mão sobre o ombro dela, Xander falou bruscamente: — Pare e respire.

A irritação com o tom dele lhe tirou o peso do peito.

— Não tem sentido nenhum.

— E o que ele fez com Marla e Donna tem?

— Não, não, mas isso... isso é uma questão patológica, certo? — Naomi apelava para Mason. — Sei o suficiente sobre o seu trabalho para entender isso. Mas não entendo como você pôde pegar essas fotos e começar a pensar que o assassino é, o quê? Fã do meu trabalho?

— Vai além disso...

Xander agora tinha as duas mãos nos ombros de Naomi e, apesar de massagearem seus músculos tensos, ela entendeu que também tinham o propósito de mantê-la no lugar.

— Como assim?

Mason segurou sua mão por um instante, apertando-a, depois abriu outra imagem.

— Você tirou esta foto no Vale da Morte em fevereiro. Pedi para a polícia local me enviar a imagem da cena do crime. — Ele a abriu, e ouviu a irmã soltar o ar que prendia. — A vítima tinha vinte e poucos anos, era branca, loura, vivia e morava em Las Vegas. Uma vítima de alto risco, era stripper, drogada e prostituta. Não surgiu na busca de crimes similares de Winston porque a polícia local culpou o cafetão da vítima pelo crime, um cara conhecido por bater em suas garotas. Em janeiro, você tirou esta no Kansas. No lago Melvern. O corpo de uma mulher de 68 anos de idade foi encontrado lá. — Mais uma vez, Mason abriu a imagem correspondente. — Ela vivia sozinha e, como sua casa foi invadida e coisas foram levadas, a polícia concluiu que o crime fora um assalto que deu errado.

— Mas foi igual — disse Naomi, baixinho. — O que foi feito com ela foi igual.

— Existe um padrão. Você foi para casa no Natal.

— Sim. Deixei meu carro no aeroporto. Não queria dirigir tanto só para passar uma semana em casa.

— Aqui está uma foto que você tirou no Battery Park, e a cena do crime correspondente. Outra vítima de alto risco. Mulher da vida, drogada, vinte e poucos anos. Loura.

— Donna não era loura. E a mulher mais velha...

— Donna não era sua primeira opção. Nem a mulher mais velha. É um padrão, Naomi.

Parecia que havia um bolo, gelado e espinhoso, em sua garganta.

— Ele está usando o meu trabalho.

— Existem outras.

— Quantas?

— Mais quatro que consigo conectar com as fotos. E também há as mulheres desaparecidas em áreas onde sei, pelo seu site, que você esteve. Preciso das datas e dos locais dos últimos dois anos. Você mantém registro dessas coisas.

— Sim. Só escrevo no blog sobre os lugares depois de ir embora. Tomo cuidado. Mas tenho um registro de onde estive, da data em que tirei as fotos. No meu computador.

— Preciso que envie para mim. Se registrou datas anteriores a isso, pode me mandar também.

Naomi se concentrou nas mãos de Xander, mãos quentes e firmes sobre os seus ombros.

— Registrei tudo desde que saí de Nova York, seis anos atrás. Tenho tudo.

— Quero tudo. Sinto muito, Naomi.

— Esse cara não descobriu meu site por acaso e decidiu usar as minhas fotos. Ele está me seguindo, literalmente ou pelo meu blog, por minhas fotos. Há quanto tempo você determinou que isso acontece?

— Dois anos, por enquanto.

— Mas acha que faz mais tempo.

— Vou descobrir.

— Ele não está seguindo, está perseguindo. — Quando os ombros dela se tornaram rígidos sob suas mãos, Xander a virou no banco. — Você vai dar conta, porque precisa fazer isso. Ela vai dar conta — disse ele para Mason, sem tirar os olhos de Naomi. — Esse sujeito a está perseguindo por pelo menos dois anos. Ele prefere vítimas louras porque você é loura. E todas elas são você. É isso que seu irmão não está dizendo.

— É uma teoria, e eu preciso de mais informações.

Xander olhou rapidamente para Mason.

— Está tentando ir com calma porque está com medo de que ela se descontrole. Mas não é assim que você funciona, é, Naomi? — O olhar dele encontrou o dela, fixando-se ali. — Você não vai se descontrolar.

— Não vou me descontrolar. — Mas uma parte sua tentava desesperadamente se recompor. — Ele... ele as sequestra e passa pelo menos dois dias com as mulheres para poder estuprá-las, torturá-las e se gratificar. Depois de bater nelas e violentá-las, de deixá-las no escuro, de cortá-las e esganá-las, deixando-as amarradas e amordaçadas, ele as estrangula. — Naomi respirou fundo uma vez, depois outra, sentindo-se mais firme ao se virar para Mason. — Como nosso pai. Isso é parecido demais com o que ele fazia, parecido demais para botar a culpa em outros homens cruéis e doentes. Ele mata como Thomas Bowes, e me segue, da mesma forma como eu segui nosso pai naquela noite.

— Acredito que tenha estudado Thomas Bowes. Talvez tenha escrito para ele, visitado, e eu vou verificar isso. Acredito que tenha estudado você. Esse homem está aqui e, pela primeira vez até onde consegui verificar, matou duas vezes no mesmo lugar.

— Porque eu estou no mesmo lugar.

— Exatamente. Pelo que entendi, ele evoluiu. Seu método, apesar de não ser exatamente igual ao de Bowes, o imita.

Não era uma coincidência, não havia desculpas, pensou Naomi. Os fatos eram diretos e claros. Precisava encará-los.

— Por que não veio atrás de mim? As outras são o que você chama de vítimas substitutas; por que ele não veio atrás de mim? Deve ter havido inúmeras oportunidades.

— Porque aí o jogo acaba — respondeu Xander, dando de ombros. — Desculpe — disse ele a Mason. — É o que faz sentido.

— Concordo. Ainda tenho mais trabalho a fazer, mais coisas para analisar, mas encontrei o suficiente para ter convencido o comandante Winston e o coordenador da Unidade de Análise do Comportamento a enviar uma equipe para cá. Esse indivíduo é esperto, organizado, focado e determinado. Mas também é arrogante. Essa arrogância, usando esses lugares específicos para se livrar das suas vítimas, vai resolver o caso. Vamos pegá-lo, Naomi. Preciso das suas informações. Elas são fundamentais.

— Vou subir e te mandar os arquivos por e-mail. — Naomi saiu do banco e subiu os degraus sem dizer mais uma palavra.

— Ela está dizendo a si mesma que não pode ter nada disso. — Mason levantou as mãos para englobar a casa, a vida. — Não agora. O que Bowes é, tudo que tentou deixar para trás, a seguiu.

— É, é isso mesmo que ela acha. Mas está errada.

Assentindo, Mason começou a se levantar, mas se sentou de novo.

— Vá você. Perdi meu cargo quando não estava por perto. E nós dois viemos dele. Naomi precisa de alguém que não carregue esse estigma.

— Deixa comigo.

NAOMI SE SENTOU à escrivaninha, sua escrivaninha reformada e tão bonita, em seu escritório tão bonito. Um espaço que, menos de uma hora antes, a deixara tão feliz, tão esperançosa.

Teria ela realmente dito a si mesma, realmente *acreditado* que se livrara do passado? Nunca se livraria daquilo, pensou. Nunca acabaria. Os fantasmas nunca seriam exorcizados.

E, mais uma vez, a vida de um assassino se entrelaçava e se enroscava à sua.

Quando ouviu passos, abriu o computador e começou a procurar os arquivos.

— Vou levar alguns minutos — disse com calma, com muita calma, quando Xander entrou.

— Eu sei. — Ele andou pelo cômodo, avaliando o ambiente, a aparência e o clima do lugar. — Ficou bonito, mas não sofisticado demais. É difícil acertar o tom.

— É melhor você descer. Vá comer com Mason antes que a pizza esfrie.

— Não tenho problema nenhum com pizza fria.

— Não há nada para você fazer aqui, Xander.

— É aí que você se engana. Precisa colocar mais uma cadeira neste escritório. Não tem lugar para uma pessoa sentar e perturbá-la enquanto você trabalha. Por que não me conta o que está remoendo nessa sua cabeça? Já até imagino o que seja.

— Você quer que eu diga? Posso começar com o fato de que, se eu não tivesse cismado em ficar aqui, em morar aqui, Donna ainda estaria viva.

— Então você começou direto com o clichê? — Xander balançou a cabeça.

— Achei que arrumaria um argumento melhor. Isso não é nem mesmo um desafio. Se tivesse ido embora, quantas outras mulheres teriam morrido antes de alguém como o seu irmão finalmente entender que havia um padrão? E qual a probabilidade de qualquer outra pessoa além dele descobrir a conexão com as suas fotos?

— Você não sabe qual seria a probabilidade. Mas, obviamente, as chances de eu estar conectada a um serial killer pela segunda vez são bem grandes.

— Que azar!

O choque fez com que ela perdesse o fôlego.

— Que *azar*?

— É, isso mesmo. É um azar ter um lunático obcecado por você, imitando o babaca do seu pai. Mas você não é o motivo, é a desculpa. O motivo está dentro da mente desse doente, assim como o do seu pai estava na dele.

— Não importa. Nada disso importa, a desculpa, o motivo. Não importa o que se passa na cabeça deles, o que os faz matar. O que importa é que passei os primeiros 12 anos da minha vida vivendo com um monstro, e eu o amava. O que importa é que o lugar onde passei esses anos é conhecido como o campo da matança de Thomas David Bowes. O que importa é que o que aconteceu nos seguiu para Nova York até minha mãe preferir se matar a conviver com aquilo. O que importa é que isso me seguiu, deixando corpos no meu rastro, desde então. — Ela não choraria. Lágrimas eram inúteis. Mas a raiva, aquela raiva desmedida, parecia apropriada. — O que importa é que tentei me convencer de que podia ter o que a maioria dos seres humanos tem. Um lar, amigos, pessoas de quem eu gosto. Uma droga de um cachorro idiota. Tudo isso.

— E você tem essas coisas.

— Isso era, é uma fantasia. Me deixei levar, me permiti acreditar que era real, mas...

— Então vai simplesmente fazer as malas, ir embora, vender esta casa e dar o cachorro?

Os fatos eram claros, pensou ela mais uma vez.

— Algumas pessoas têm raízes tão podres que não deviam tentar fincá--las em lugar nenhum.

— Bobagem, e nem faz sentido. Se quiser sentir pena de si mesma, tem o direito de fazer isso, mas esse argumento é idiota. Você é melhor que isso, querida.

— Você não sabe como eu sou, *querido*.

— É ruim que não. Tanto sei que tenho certeza de que você não vai sair correndo daqui por causa de um filho da puta. — Ele se apoiou na escrivaninha e se inclinou na direção de Naomi. — E sei como eu sou, e de jeito nenhum vou deixar você fugir. Tudo de que precisa está aqui, então não vai a lugar algum.

Ela se levantou.

— Não me diga o que fazer!

— Digo, sim! Você não vai a lugar algum quando tudo de que precisa está aqui. As coisas que a deixam feliz estão aqui. Você precisa de mim, e a faço feliz. E também preciso de você, merda, então você não vai a lugar algum.

— Esta é a minha vida, são as minhas decisões.

— Uma pinoia. Se tentar fugir, eu a trago de volta.

— Pare de me dizer o que fazer! Pare de gritar comigo!

— Você começou. E talvez ainda não tenha aceitado isto, não tenha se permitido perceber as coisas por trás da sua habitual baboseira de ter sangue ruim, mas você sente alguma coisa por mim.

— Como pode dizer isso? Como pode minimizar o que está acontecendo?

— Porque você aumenta demais as coisas, então é fácil criar caso. Porque sinto alguma coisa. Estou apaixonado por você, merda, então não vou deixar você ir a lugar algum. E ponto final.

Naomi cambaleou um passo para trás, empalidecendo.

Xander revirou os olhos.

— Pare com isso e respire. Berre de volta comigo. Você não entra em pânico quando está irritada. E talvez eu teria dito isso com mais jeito se também não estivesse irritado. — Ou talvez não, pensou ele, mas não importava. — A luz do sol nos seus cabelos. A claridade da manhã. Você estava lá, trabalhando num quadro, toda iluminada pelo sol, e senti como se alguém tivesse me empurrado de um maldito penhasco. Então você não vai a lugar algum, pode tirar essa ideia da cabeça.

— Não vai dar certo.

— Você devia tentar conter esse seu espírito Pollyanna, equilibrá-lo com um pouco de cinismo. Está dando certo — adicionou ele. — Para nós dois. Sei o que funciona e o que não funciona, droga. E nós damos certo, Naomi.

— Isso foi antes... — Quando as sobrancelhas de Xander se ergueram, ela passou uma mão pelos cabelos, tentando se recompor de novo. — Você não entende o que vai acontecer? Estou rezando, e vou continuar rezando, para Mason estar certo. Eles vão encontrá-lo, vão prendê-lo. E espero com todas as minhas forças que façam isso antes de esse homem matar de novo. Eu, meu pai, seja lá quem esse maníaco for, estamos todos conectados. E a imprensa...

— Ah, foda-se a imprensa. Você vai aguentar.

— Você não faz ideia de como é.

— Você vai aguentar — repetiu ele, sem dar sinal algum de dúvida. — E não vai estar sozinha. Nunca mais vai precisar estar sozinha. Pode contar comigo.

— Ah, meu Deus, Xander.

Quando ele foi na direção de Naomi, ela tentou se afastar, balançou a cabeça, mas ele simplesmente a agarrou e a puxou para perto.

— Pode contar comigo. E é o que vai fazer. — Xander inclinou a cabeça dela para trás, beijou-a com mais delicadeza do que jamais fizera antes. — Eu amo você. — E a beijou de novo, aproximando-a e a abraçando. — Pode se acostumar com isso.

— Não sei se isso é possível.

— Você não pode ter certeza antes de tentar. Não vamos a lugar algum, Naomi.

Ela se sentiu inalar o ar, exalar.

— Vou tentar.

— Isso basta.

Equilíbrio

Ainda nossa e por nós designada,
A felicidade pode ser criada ou encontrada.

SAMUEL JOHNSON

Capítulo 26

◆ ◆ ◆ ◆

*P*ARECIA UM INTERROGATÓRIO. Naomi sabia que não era o caso — ela sabia —, mas, quando Mason entrou em seu escritório pela manhã, abriu uma cadeira de dobrar e se sentou, ele transformou seu santuário em uma sala de polícia.

— Você não dormiu bem — afirmou ele.

— Não, não muito bem. Nem você.

— Bem o suficiente, mas pouco. Trabalhei até tarde.

— Você não desceu para o café.

— Porque vocês fazem isso no meio da madrugada. — Mason abriu um pequeno sorriso. — Comi um bagel, tomei café e conversei com o pessoal dos azulejos. O quarto que você separou para os tios está ficando ótimo. Eles vão adorar.

— Não sei se eles devem vir.

— Naomi, eu sei que você acha que sua vida entrou em parafuso, mas precisa continuar vivendo.

— Se alguma coisa acontecesse com eles...

Mason a interrompeu.

— O assassino não está interessado em homens.

— Mas está interessado em *mim*, e eles são meus. Então pronto.

— Os dois vão vir de toda forma. Esqueça isso por enquanto. Vou para a cidade daqui a pouco, encontrar a equipe. Vamos trabalhar na delegacia. Esse cara nunca foi foco de uma investigação, Naomi, não assim. Isso muda as coisas.

— Independentemente do que fizermos, isso não muda o que já aconteceu.

— Não.

— E eu sei, Dr. Carson, que ficar revirando essas coisas na minha mente, que ficar ruminando tudo isso, por mais que seja involuntário, não é saudável nem produtivo. — Saber disso, saber que *ele* pensava isso, deixava-a bem irritada. — Mas posso precisar de alguns dias para ruminar e revirar.

Bastante compreensivo, Mason assentiu.

— É sempre bom usar nossos pontos fortes, e você sempre foi ótima em ruminar as coisas.

— Vá se danar, Mason Beteiro.

— Outro ponto forte — continuou ele — é seu poder de observação. Você vê a imagem geral e os detalhes. Isso será uma vantagem. Vai ajudar.

— Meu ótimo poder de observação não me ajudou a perceber que passei dois anos sendo seguida por um serial killer.

— Mais tempo, eu acho. Agora que você sabe disso, pode voltar ao passado, lembrar-se de coisas e pessoas que notou. Pode voltar, refrescar as memórias vendo as fotos que tirou, vendo onde, quando e o que acontecia ao seu redor.

Mais tempo, ela queria fixar-se em *mais tempo*, mas pressionou os dedos contra os olhos, ordenando a si mesma a seguir em frente.

— Não presto atenção nas pessoas enquanto trabalho. Eu as bloqueio.

— Mas precisa prestar atenção *para* bloqueá-las. Sabe mais do que imagina, e posso ajudar a trazer tudo à tona.

Apesar de ter de reprimir um suspiro, Naomi decidiu que, se teria mesmo que fazer outra sessão de terapia, seu irmão podia muito bem ocupar a cadeira de analista.

— Primeiro, rebobine a fita e me diga há quanto tempo você acha que isso está acontecendo.

— Você conhecia Eliza Anderson?

— Não sei. — Lutando contra uma leve dor de cabeça, Naomi esfregou a têmpora. — Acho que não. Mason, já esbarrei em várias dezenas de pessoas. Durante sessões de foto, na galeria, em viagens para Nova York. Recepcionistas de hotel e garçonetes e frentistas e vendedores e turistas. Inúmeras pessoas. As chances de eu me lembrar... — Mas, de repente, ela lembrou. — Espere. Liza, acho que a chamavam de Liza. Eu me lembro de ouvir falar dela na faculdade, no segundo ano, depois que foi assassinada. Mas, Mason, não foi como é agora. E todo mundo disse que fora seu ex-namorado. Ele tinha um comportamento violento, por isso terminaram. Ela foi espancada, estuprada e esfaqueada até a morte, não? E, meu Deus, encontraram a garota no porta-malas do próprio carro.

— O que você lembra sobre ela?

— Não nos conhecíamos. Liza era um ano mais velha. Mas eu a reconheci quando vi sua foto no noticiário, na internet, depois que tudo aconteceu. Não tínhamos aulas juntas, não nos falávamos, mas ela ia ao restaurante no qual trabalhei nos primeiros dois anos de faculdade, antes de conseguir estágio com um fotógrafo. Eu a atendi vezes suficientes para me lembrar do rosto dela.

— Agora, aquela face voltava à mente de Naomi. — Loura, cabelos curtos e bagunçados — disse, batendo as mãos embaixo das próprias orelhas. — Muito bonita. Educada o bastante para conversar com a garçonete e agradecer. Sei que era loura, foi assassinada no lugar onde estudei, mas Liza não foi mantida presa em lugar nenhum, não foi estrangulada.

— Acho que foi a primeira. Acho que entrou em pânico antes de tentar estrangulá-la. Foi desleixado e rápido, diria que até desajeitado. E nosso cara teve sorte. Se a investigação não tivesse se focado completamente no ex, talvez ele tivesse sido pego. Ela tinha brigado com o namorado naquela noite.

— Eu me lembro de ter lido isso, de ouvir alguém contando a história. — Naomi se esforçou para se manter calma, para trazer as memórias à tona. — O namorado queria voltar, os dois brigaram, ele a ameaçou. Algumas pessoas o ouviram dizendo que ela se arrependeria, que pagaria por aquilo. Ele não tinha um álibi. E a polícia não encontrou nenhuma prova física e, independentemente do quanto o interrogaram e forçaram a barra, o namorado nunca mudou sua versão dos fatos, de que estava sozinho no quarto, dormindo, quando alguém a pegou, a matou e a deixou no porta-malas do carro.

— Liza se parecia um pouco com você.

— Não. Não parecia.

— Seus cabelos eram mais compridos na época, mas parecidos com os dela. Liza era alta, embora não tanto quanto você, e magra.

A forma como Mason fez uma pausa, como aqueles olhos castanhos carinhosos se fixaram nos dela, indicou a Naomi que algo pior estava por vir.

— Diga.

— Eu acho que o assassino a usou como uma vítima substituta, sua primeira, por causa dessas semelhanças. Talvez não tenha conseguido pegar você, então buscou alguém parecido. E aí descobriu a emoção da matança, de encontrar suplentes. Foi se desenvolvendo pelo caminho, aprendendo e se refinando.

— Mason, são dez anos. Você está falando de dez anos.

— No início, as mortes teriam intervalos maiores. De meses, talvez um ano inteiro. Ele testou o próprio método, estudou você e estudou Bowes. Pode estar competindo com nosso pai, que esteve na ativa por 12 anos, tempo que conseguiram provar. Nós dois sabemos que talvez tenha sido mais.

Naomi era incapaz de ficar sentada, então saiu de trás da escrivaninha e foi até a janela absorver a vista do mar.

A paz, as cores se misturando em luz e sombra.

— Não sei por quê, mas, se eu acreditar que já faz dez anos, isso torna a situação menos íntima. Não se trata de algo que eu fiz ou deixei de fazer. Xander tinha razão. Sou a desculpa. Meu Deus, passei tanto tempo me perguntando, nos primeiros dois anos depois daquela noite na floresta, o que eu tinha feito ou deixado de fazer para que nosso pai sentisse a necessidade de machucar todas aquelas garotas.

— Eu também.

Naomi olhou para o irmão.

— É mesmo?

— Sim. É claro que sim. E a resposta era nada. Não fizemos nada.

— Levei um bom tempo para aceitar isso, para me livrar da culpa. Não será assim agora. Não neste caso, não com este assassino. E ele não vai ficar me usando como uma desculpa para matar. — Ela se virou para Mason. — Ele não vai escapar.

— O tempo de ruminar as coisas já acabou?

— Pode ter certeza que sim. Ashley. Liza teria a mesma idade de Ashley quando a encontrei.

— Não pensei nisso. — Considerando a hipótese, Mason se recostou na cadeira. — Pode ter sido o que provocou a ação do assassino. Não necessariamente o fato de ela ter a mesma idade, mas de estar na faculdade. Você salvou uma garota que estava na faculdade. E então era você que estava lá, e ele foi pegá-la. Ou pegar uma vítima substituta. Para terminar o que Bowes havia começado. — Mason se levantou. — Preciso ir para a cidade. Mas, quando tiver um tempo, preciso que pense na época da morte de Eliza Anderson, os dias antes do seu assassinato. Volte àqueles dias, à sua rotina, às aulas, ao trabalho, ao estudo, à vida social.

— Eu mal tinha uma vida social, mas tudo bem. Vou fazer tudo que puder para ajudá-lo a pegar esse cara. E, Mason, quando isso acontecer, tem uma coisa que eu quero.

— O quê?

— Algo que não pude fazer, simplesmente não podia fazer, com nosso pai. Quero falar com ele.

— Vamos pegá-lo primeiro. — Mason foi até ela e lhe deu um abraço rápido. — E você e Xander? Está tudo bem?

— Por quê?

— Vocês estavam aos berros quando vieram aqui para cima ontem. E você ainda estava esquisita e nervosa quando desceu de novo.

— Xander me irrita para eu não entrar em pânico. Dá certo. Na maioria das vezes. Disse que está apaixonado por mim. Bem, não exatamente disse, mas gritou e xingou, e jogou isso no meio. Não sei o que fazer.

— O que você quer fazer?

— Se eu soubesse, faria.

— Você sabe. — Mason cutucou o centro da testa da irmã com um dedo. — Ainda está ruminando isso. Aviso se for chegar tarde.

Sozinha, Naomi considerou ruminar as coisas por mais um tempo. Em vez disso, voltou para a escrivaninha e abriu arquivos.

Voltou para a época da faculdade.

*P*ASSOU DUAS HORAS naquilo, fez anotações antes de pegar a câmera e sair para um intervalo. Feliz e coberto de terra, Sombra deu uma pausa no seu caso de amor com os paisagistas para correr até a dona.

— Desculpe pela sujeira! — gritou Lelo. — Mas ele está se divertindo à beça.

— Dá para perceber.

Resignada a tirar um tempo para dar banho no cachorro, Naomi fez fotos dos trabalhadores montando o caminho de pedras. E mais uma do homem de quem chamou mentalmente de Sr. Bonitão — alto, louro, forte e, no momento, suado, sem camisa e apoiado em uma pá.

Bonitões com a mão na massa, pensou ela, imediatamente visualizando uma série de fotos. Talvez um calendário, pensou, lembrando-se de Xander consertando um motor e Kevin com a furadeira.

Passou mais tempo do que planejava tirando fotos naturais, capturando poses. Deixou o cachorro imundo com o pessoal do quintal e voltou para a casa.

De volta ao escritório, pegou uma garrafa de água e mandou uma mensagem para Mason.

Preciso saber qual foi a próxima vítima, em ordem cronológica. Vou anotar o que lembro sobre a época da faculdade para lhe entregar hoje à noite.

Dentro de minutos, ele já lhe passara mais dois nomes e duas datas. A primeira era considerada por Mason uma possível vítima, oito meses depois de Eliza Anderson; a outra, quase oito meses depois disso, era tida como provável.

Naomi começou com a possível.

E dedicou seu dia ao passado. Revisitou os ventos frios de novembro, o *campus* onde Eliza Anderson andara da biblioteca para o carro, pretendendo voltar para a casa em que morava com as amigas, seguindo para um verão sufocante em Nova York, onde uma modelo — de apenas 17 anos — fora encontrada espancada, esfaqueada e estrangulada em uma lixeira atrás de um abrigo para mendigos. E, finalmente, para um triste fim de semana de fevereiro, quando Naomi viajara com seu grupo de fotografia para New Bedford, onde uma mulher casada, mãe de duas crianças, saiu da sua aula noturna de ioga para ser encontrada morta na costa rochosa que Naomi fotografara naquela mesma tarde.

Ela pulou o almoço, abastecendo-se apenas de água, mais café frio do que devia e pura motivação. Quando não conseguia mais ignorar a dor de cabeça, tomou alguns comprimidos e terminou de escrever suas lembranças, torcendo para que alguém além dela conseguisse entender o que botava no papel.

Exausta, decidiu que Jenny tinha razão. Precisava de uma poltrona no escritório. Se tivesse uma, poderia estar se enroscando nela agora mesmo para tirar uma soneca.

Por outro lado, se tivesse uma poltrona para sonecas, também teria um cachorro imundo passeando pela casa. Era melhor dar um banho em Sombra e depois pensar no jantar. Porque, agora que havia parado, estava morrendo de fome.

Saiu do escritório, permanecendo por alguns instantes parada no silêncio absoluto — e decidiu que ter a casa apenas para si mesma era tão revigorante quanto uma soneca.

Optou por comer alguns biscoitos para preencher o buraco, dar um banho na droga do cachorro e *depois* pensar no jantar.

Entretanto, ao descer a escada e entrar na cozinha, percebeu que não estava sozinha. A visão das portas camarão abertas teria feito seu coração parar se não tivesse ouvido a voz de Xander.

— Jesus Cristo, vá deitar um pouco! Está vendo alguma das minhas mãos livre para jogar essa porcaria?

Naomi saiu para a varanda.

Xander estava sentado em um banquinho giratório, montando um armário de aço inoxidável. O restante do... *monstro* realmente era a única palavra que lhe vinha à mente, estava espalhado na mesa dobrável atrás dele.

O cachorro — limpo e cheirando a xampu — abriu caminho sob o braço de Xander para jogar a bola no seu colo.

— Esqueça.

— Isso aí é uma... churrasqueira?

Ele olhou para cima.

— Eu disse que ia comprar uma.

— Ela é enorme. Gigantesca.

— Não faz sentido comprar uma pequena. — Ele encostou a ponta de uma furadeira elétrica em um parafuso, ligou-a para que girasse.

— Elas não vêm montadas?

— Por que eu pagaria para alguém montar algo que eu mesmo posso fazer?

— Para ganhar tempo, Xander jogou a bola de cima da varanda.

Por um momento estressante, Naomi temeu que o cachorro pulasse atrás dela, mas ele desceu voando a escada.

— Você comprou uma churrasqueira. Uma que parece o Cadillac das churrasqueiras.

— Eu disse que faria isso.

— E você sempre faz o que diz que vai fazer.

— Por que dizer que você vai fazer alguma coisa se não está falando sério?

— Ele se mexeu, vendo que ela o observava. — O que foi?

— Tive dor de cabeça — respondeu Naomi. — E estava cansada. Mente, corpo e espírito, o pacote completo. Desejei ter um sofá no escritório para tirar uma soneca. Mas precisava dar banho no cachorro.

— Já dei banho no Sombra. Não que tenha adiantado muita coisa, já que o quintal da frente está cheio de terra para ele rolar de novo. Vá tomar uma aspirina e dormir.

— A dor de cabeça passou, e não me sinto mais tão cansada. E foi minha culpa, mereci as duas coisas por ter me esquecido de almoçar e bebido café demais.

— Não entendo como as pessoas se esquecem de almoçar. Seu estômago diz *me alimente*. Aí você lhe dá comida e segue em frente.

Naomi soltou um suspiro. Surpreendendo-se por não ser um som desolado, frustrado ou triste. Era contente.

— Xander. — Ela foi até ele, abaixou-se para segurar seu rosto e lhe tascou um beijo. — Você deu banho no cachorro. Comprou uma churrasqueira. Uma grande o suficiente para abrigar uma família.

— Não é tão grande assim.

— E está montando tudo. Vou fazer o jantar.

— Como assim? Isto aqui é uma churrasqueira. Daqui a quarenta minutos, vou acendê-la e grelhar aqueles bifes que comprei no caminho.

— Você comprou bifes? Vai grelhar bifes? — Naomi olhou para o monstro desmontado. — Hoje?

— Sim, hoje. Acredite em mim. Pedi para montarem uma salada enorme no restaurante e, se quiser ajudar, pode lavar as batatas que vou assar aqui.

Assim que ela começou a fazer isso, Mason entrou.

— Escute, quero trocar de roupa, comer. Depois vamos conversar. Eu vi a caminhonete de Xander lá na frente.

— Ele está na varanda, montando uma churrasqueira gigantesca.

— Uma churrasqueira. — Mason saiu e exclamou: — Uau! — Seu tom era de surpresa e alegria. — Isso, sim, é uma churrasqueira.

— Vai ser.

— Vou ajudá-lo.

— Você nunca gostou muito de coisas mecânicas — começou Naomi, e ganhou um olhar irritado.

— Você não sabe de tudo. — Obviamente empolgado, Mason tirou o paletó, soltou a gravata e enrolou as mangas.

Naomi ficou na cozinha, ouvindo os dois conversarem. Podia haver normalidade, percebeu ela. Podia haver momentos de normalidade, mesmo em meio a todas as coisas terríveis.

Ela os valorizaria.

$\mathcal{E}$ DEVIA MESMO ter acreditado em Xander. Em quarenta minutos, apesar do que ela considerava ter sido uma ajuda duvidosa de Mason, ele fez exatamente o que prometera.

Acendeu a churrasqueira.

— Estou realmente impressionada. E ela é bonita. Grande, mas bonita.

— Tem uma tampa. — Xander apontou para a cobertura, que ainda estava na embalagem sobre a mesa. — Use a churrasqueira, dê um tempo para ela esfriar e tampe. Sempre.

— Pode deixar — prometeu Naomi. — E os queimadores laterais serão úteis, além de todo esse espaço para guardar coisas. — Ela abriu uma das portas. — Isso é um espeto giratório.

— É. Vou mostrar como funciona para quando quiser usar.

— Cresci num restaurante. Sei como um espeto giratório funciona. E vou mesmo querer usá-lo. Vou cuidar das batatas.

— É só lavá-las e jogá-las aí.

— Vou lhe mostrar um truque. Se soubesse que faríamos churrasco, teria comprado fumaça líquida.

— Eu comprei. Faz parte do presente. Está ali. Por quê?

— Você vai ver.

O que Xander viu foi ela misturando óleo, fumaça líquida e um pouco de alho em uma tigela.

— São só batatas.

— Não quando eu terminar de lidar com elas. — Em outra tigela, Naomi misturou sal, pimenta e mais alho. Depois, pegou uma das suas faquinhas e abriu buracos nas batatas, tirando o topo.

— Por quê... — Começou ele, mas ela simplesmente o dispensou com um aceno de mão e colocou pedaços de manteiga nos buracos, depois salpicou o sal misturado por cima, antes de recolocar os pedaços que tirara.

— Isso é muito trabalho para...

Naomi emitiu um som de advertência, esfregou as batatas na mistura de óleo e usou o resto do tempero nelas, depois embrulhou tudo em papel--alumínio.

— Confie em mim — disse ela, e lhe entregou os três legumes enormes.

Quando Mason desceu, os dois estavam sentados no banco, com o cachorro aos seus pés.

— Ela é linda demais — disse ele, analisando a churrasqueira. Então se sentou na varanda, apoiando as costas na balaustrada. — Quer que eu espere até mais tarde?

— Não. Estou bem. Já tive bastante tempo para pensar e processar as coisas. Todos nós precisamos saber o máximo que pudermos.

— Então tudo bem. Presumimos que o indivíduo tenha entre 20 e muitos e 30 e poucos anos.

— Mais próximo da minha idade — observou Naomi.

— Ele teria se misturado bem à multidão do *campus*, provavelmente como aluno.

— Que *campus*? — quis saber Xander.

— Você ainda não sabe a história toda.

— Ele estava montando a churrasqueira quando desci. Não falamos sobre isso.

— Tudo bem. Acreditamos, com elevado grau de certeza, que sua primeira vítima foi uma aluna da faculdade de Naomi, quando ela cursava o segundo ano.

Mason recapitulou tudo rapidamente.

— Não li todas as suas anotações, Naomi, mas consegui dar uma olhada naquelas que falam daquele período. Você fazia parte de um clube de fotografia, saía com um dos membros. Ainda morava no *campus* e trabalhava em um lugar chamado Café Café, uma cafeteria que servia refeições despretensiosas. Pagava a mais para não ter de dividir o quarto com ninguém do dormitório.

— Descobri no primeiro ano que ter uma colega de quarto não era para mim. Elas queriam ir para festas enquanto eu queria trabalhar, e eu ainda tinha pesadelos com frequência. Podia fazer horas extras na cafeteria e pagar a taxa.

— E, na noite em que Eliza Anderson morreu, você saiu do trabalho às 21 horas.

— Era uma sexta. Procurei no calendário e lembrei. Eu saía às 21 horas na maioria das sextas, voltava andando para o dormitório, estudava ou fazia deveres por umas duas horas. Mesmo quando o tempo estava ruim, era uma caminhada de dez minutos, dentro do *campus*. Mas Justin apareceu um pouco antes de eu sair. O cara com quem eu saía. Ele queria me mostrar as fotos que tinha tirado mais cedo, para um trabalho. Eu gostava das fotografias dele, provavelmente foi por isso que começamos a sair, e nós e mais uma menina do nosso clube fomos juntos para o meu quarto.

— Vocês três. Provavelmente não era o que o assassino estava esperando. Ele devia estar observando você, devia conhecer sua rotina. E não podia fazer nada se estivesse com um grupo. Então encontrou uma substituta, uma oportunidade.

— Eliza.

— Ela saiu da biblioteca por volta das 21h30. Seu carro estava no estacionamento. Ela morava fora do *campus*. Não estava saindo com ninguém, mas havia uma festa na sua casa, e a presença dela era esperada. Acreditamos que tenha sido forçada a entrar no carro e dirigir até algum lugar remoto o suficiente para o que o assassino pretendia fazer. Sabemos que foi estuprada e morta dentro do veículo. Ele deve ter ficado coberto de sangue, então é provável que seu próprio carro estivesse por perto, que tivesse uma troca de roupa e um lugar para ficar. Quando Eliza foi encontrada no dia seguinte, ele já havia desaparecido.

Naomi imaginou o medo, como aquele pavor terrível que vira nos olhos de Ashley.

— Se ele sabia dos meus horários, deve ter me observado por mais de uma semana.

— Talvez, ou pode ter perguntado a alguém. Pode ter simplesmente perguntado. Mas escolheu a sexta-feira, o que acabou sendo importante. Talvez ele próprio estivesse estudando e tirado um tempo de férias. Podia frequentar a mesma faculdade e ter desenvolvido a obsessão por você lá.

— Nunca me senti insegura ali. Você tinha razão sobre eu notar as coisas. Acho que teria percebido, teria sentido, se alguém próximo estivesse fixado em mim. Alguém que eu via sempre, no *campus*, nas aulas, na cafeteria. Mas não percebi.

— Como ele sabia onde você estudava? — perguntou Xander. — Como sabia onde encontrá-la?

— Se procurasse o bastante e fosse bom com computadores? — Mason deu de ombros. — Você consegue encontrar qualquer pessoa. Estou explorando a possibilidade de que você o conhecia, Naomi. Em Nova York.

— De que eu o conhecia.

— De que você o conhece — corrigiu Mason. — Talvez só de vista. Alguém que frequentava o restaurante de Harry. Você pode tê-lo servido. Ele pode ter perguntado a alguém sobre você, como quem não quer nada. Ainda mais se tiver a mesma faixa etária. As pessoas pensariam que talvez tivesse uma quedinha, uma coisa inocente. E diriam *ah, Naomi, ela gosta de tirar fotos*, ou *Naomi vai para a faculdade no outono para estudar fotografia*. E ele diria *uau, para Columbia?*, e as pessoas responderiam *ah, não, para um lugar em Rhode Island. Vamos sentir falta dela.*

— Sim — concordou Naomi. — Seria fácil.

— Bowes liberou mais um nome e local no verão antes do seu segundo ano. A imprensa voltou a ficar em cima dele. O livro de Vance voltou para a lista de best-sellers — acrescentou Mason. — O filme passou na TV a cabo.

— Eu lembro. Eu lembro — repetiu Naomi. — Fiquei com tanto medo que alguém fosse me conectar a ele naquelas primeiras semanas de volta à faculdade. Mas nada aconteceu. Ou pelo menos achei que nada tivesse acontecido.

— Algo assim pode ter influenciado o assassino a começar a agir. Bowes recebeu bastante atenção, muitas cartas, mais visitantes e repórteres conseguiram permissão para entrevistá-lo, depois daquele mês de julho em que fez o acordo, até outubro, quando o foco começou a mudar.

— E, em novembro, esse homem foi a Rhode Island, provavelmente atrás de mim.

— Estamos verificando toda correspondência e registros de visitantes. Os de dez anos atrás não são tão fáceis de acessar quanto os de agora. Mas estamos falando de alguém que manteve contato e provavelmente tem um relacionamento com Bowes. Ou acha que tem. Assim como acha que tem um com você.

— Ele tem um relacionamento comigo.

— Tudo que você lembrar é útil. Sua memória daquela primeira noite de sexta ajudou, nos mostrou seus movimentos, tornando possível que entendamos os dele. Você se lembrou de algo mais da época da faculdade?

— A viagem do clube no meu terceiro ano. Era feriado. Estava muito frio, mas arrumamos duas vans e fomos para New Bedford. O tema era praia de inverno. Tiramos fotos por algumas horas na praia congelante, depois fomos para a cidade comer. É só o que lembro. E havia uma aluna sentada diante de mim, Holly alguma coisa, não lembro o sobrenome, que disse algo sobre garotos que ficavam me encarando, sendo que eu já tinha namorado. E apontou para o bar, dando um sorrisinho. Eu olhei, mas o cara para quem ela apontava estava virado de costas. — Como se ainda estivesse naquela tarde, Naomi reviu o acontecimento. — Ela se levantou, imagino que a cerveja estivesse fazendo efeito. Era veterana, estava bebendo. Foi até o cara. Até ouvi a garota dizer que ele poderia lhe pagar uma bebida, que eu tinha namorado, mas ela não. O cara simplesmente se levantou e saiu. Não olhou para trás, só saiu, o que a deixou irritada. E eu senti alguma coisa. Certo desconforto, como se estivesse exposta. Na época, achei que fosse vergonha, porque a garota estava um pouco bêbada, disse que Barbies como eu sempre ganhavam toda a atenção, que o cara tinha ficado me olhando na praia, mais cedo. Fizemos mais umas fotos pela cidade, depois fomos para Bridgeport, passamos a noite num hotel, tiramos mais fotos no dia seguinte. A ideia era continuar a viagem, voltar na segunda, mas havia uma tempestade a caminho, e decidimos voltar, terminar mais perto do *campus*. Nunca soube da mulher que ele matou até você me contar hoje cedo.

— Quem era ela? — perguntou Xander.

— Ela trabalhava no restaurante no qual vocês comeram. Saiu às 19 horas naquela sexta, tinha aula de ioga em uma academia no centro. Seu carro continuava no estacionamento na manhã seguinte, o marido estava desesperado. Encontraram o corpo na manhã de domingo, na praia onde o clube de Naomi passou a tarde de sexta.

— Não foi coincidência. Ele usou o carro dela? — perguntou Naomi. — Do mesmo jeito que fez com Lisa?

— Não. Acreditamos que tinha veículo próprio. E a incapacitou ou a forçou a entrar nele.

— No meio de fevereiro — especulou Xander. — No frio, com uma ventania e uma tempestade a caminho. Esse cara com certeza não a matou do lado de fora. Ou alugou um quarto de hotel, ou tinha uma van.

— Há muitos quartos de hotel naquela região. A polícia local verificou todos, mas não encontrou nada.

— Ele teve tempo para pensar no que faria — argumentou Xander. — Para se preparar. É só colocar uma lona e fazer o que tiver que fazer. Se deixar a televisão ou o rádio ligado e ela estiver amordaçada, quem ouviria?

— Queria ter levantado, ido até o bar e visto a cara dele. Pelo menos poderia dar uma descrição.

— Essa tal de Holly fez isso. Talvez ela lembre.

Naomi apenas balançou a cabeça para Xander.

— Estava bêbada, e isso aconteceu uma década atrás. De toda forma, nem me lembro do sobrenome dela, não faço ideia de quem seja.

— Seu irmão é do FBI. Aposto que ele consegue encontrá-la.

— Sim, podemos encontrá-la. Vamos encontrá-la. Holly é a única pessoa que sabe como esse cara se parece. Ou como se parecia, então vale a pena investir nisso. Está cansada de falar sobre esse assunto?

— Não, vamos continuar. Você falou sobre uma modelo em Nova York. Em julho, entre esses dois assassinatos.

Mason lhe contou o caso, coletando suas memórias, e, quando Xander se levantou para grelhar os bifes, decretou um intervalo.

— Só me diga a próxima da lista — insistiu Naomi. — Para eu pensar sobre a época e o local, o que eu estava fazendo.

— Foi em abril do meu segundo ano na faculdade. Seu último ano. Férias de primavera. Nós e os tios fomos de carro até a Carolina do Sul, passamos uma semana naquela casa de praia que Seth encontrou.

— Eu lembro. Dos seis dias que passamos lá, choveu em quatro. — A memória a fez sorrir. — Passamos o tempo todo jogando jogos de tabuleiro e vendo filmes. Mas... foram nove meses? Nove meses de intervalo. Eles geralmente não vão aumentando o ritmo?

— Sim, e desconfio que tenha praticado entre julho e abril. E se livrado do corpo ou dos corpos.

— Vai ser como... Bowes. Mesmo que o encontrem, talvez nunca descubram quantas mulheres ele matou.

— Vamos nos preocupar com isso quando chegar a hora.

— Mas...

— Como quer o seu bife? — interrompeu Xander.

— Hum. Ah. Malpassado para mim, ao ponto para Mason. — Naomi deixou o assunto de lado, levantando-se. — Vou temperar a salada.

Os três fariam um intervalo, decidiu ela, e aproveitariam um daqueles momentos de normalidade. E depois ela voltaria para aquela semana chuvosa na praia e seja lá o que acontecera depois.

Não iria parar.

Capítulo 27

◆ ◆ ◆ ◆

QUANDO NAOMI se virou para ele no meio da noite, Xander meio que despertou.

— Foi só um sonho. — Abraçou-a, torcendo para que voltasse logo a dormir. — Você está bem.

— Ele me perseguia. Pela floresta, pela praia, em todos os lugares aonde eu ia. Estava bem atrás de mim, mas eu não consegui vê-lo. Caí num buraco. Mas era o porão. Quando ele passou a corda em volta do meu pescoço, vi que era meu pai.

Xander ficou em silêncio por um momento.

— Não sou psiquiatra, mas acho que isso passa uma mensagem bem direta, não é?

— Sonho mais com aquele porão do que com qualquer outra coisa. Sou capaz até de sentir o cheiro. Nunca consigo fugir nos sonhos. Meu pai sempre volta antes de eu escapar, de escapar dele.

— Seu pai não vai sair da prisão.

— Mas ele tem um aprendiz, um competidor, seja lá o que for. Não posso ter medo, Xander. Não posso viver com medo. Antes de tudo aquilo, antes daquela noite, eu sonhava em encontrar um cachorro e poder ficar com ele, ou de andar com a bicicleta novinha que queria tanto. Nunca vou voltar a isso, a essa simplicidade, a essa inocência, mas não vou viver com medo. Eu saí daquele porão. Eu saí. Tirei Ashley de lá. Não vou viver com medo de algo que não aconteceu nem do que ainda pode acontecer.

— Ótimo. Muito inteligente. Pode voltar a dormir agora?

— Não. — Naomi girou para cima dele. — Nem você.

Segurando os cabelos de Xander, tomou sua boca com agressividade, saciando-se.

— Tenho um objetivo.

— É — conseguiu dizer ele enquanto Naomi atacava sua boca mais uma vez. — Estou vendo.

— Não isso. — A risada dela era baixa e rouca. — Não só isso. Ah, meu Deus, adoro suas mãos em mim, tão fortes e firmes que parece que podiam me quebrar ao meio.

Aquelas mãos fortes e firmes agarraram seu quadril.

— Você não é fácil de quebrar.

Não, ela não era. Quase se esquecera disso. Não era uma pessoa fácil de quebrar. Roçou os dentes pelo maxilar de Xander, pela garganta, sentindo o gosto e a textura, reunindo prazer e excitação ao sentir a pulsação rápida sob seus lábios.

O coração dele, com batidas rápidas e pesadas contra a pressão dos seus seios. Ele dera aquele coração a ela. Naomi não sabia, não ainda, não podia ter certeza, não agora, do que faria com isso, em nome disso. Mas não teria medo de ser amada.

Não teria medo daquele presente.

Forte, pensou ela. Xander era forte, de corpo, alma e determinação. Ela nunca seria fraca, nunca se esqueceria da própria força. E a dele a faria lembrar-se disso, até mesmo a desafiaria.

Naomi se levantou. A luz da lua de novo, pensou ela. Ali estava a luz da lua, como acontecera na primeira vez em que ficaram juntos assim. Luz, escuridão, sombras, tudo se unindo para tingir o ar, para, de alguma forma, deixá-lo mais doce.

Ela pegou as mãos dele, levou-as até os seios, até seu coração.

— Você precisa de mim.

— Preciso.

Por um momento, Naomi apertou as mãos dele.

— Todo mundo deveria ter aquilo de que precisa.

Ela o levou fundo, lentamente, prolongando aquele momento como uma fina teia prateada.

— Ah, as coisas que eu sinto quando você está dentro de mim.

E começou a se mover, em um giro suave e sinuoso. Uma tortura excitante, um fogo ardente e fumegante no sangue. Xander lutou para deixá-la determinar o ritmo, aquela queimação lenta, impedindo-se de simplesmente se prender a ela, tomando-a, encontrando o ápice.

O prazer era tão agudo que parecia cortante. O desejo, tão intenso que ardia. E o amor, tão profundo, e ao mesmo tempo tão novo, que o afogava.

Como se Naomi soubesse, riu.

— Espere. — Seus olhos se fecharam enquanto girava o quadril, prendendo-o à beira daquele tormento. — Espere. E você poderá tomar tudo que quiser. Tomar tudo que quiser. Como quiser. É só esperar.

Enquanto ele observava, quase perdendo o fôlego, a cabeça dela caiu para trás, as costas se arquejaram. Os braços se levantaram para circular a cabeça. Todos os movimentos pararam. Naomi era uma estátua, banhada pela luz da lua, formada pela luz da lua.

Ela emitiu um som, meio choro, meio triunfal. Então voltou a sorrir; os olhos, abertos e preguiçosos, encontraram os dele.

Xander perdeu o controle. Virou-a de costas para a cama, sob ele, os braços ainda em cima da cabeça, as mãos dele prendendo seus pulsos.

Toda aquela ânsia, todo aquele desejo, todo aquele tormento se juntaram. Xander a penetrou como um homem possuído, e talvez estivesse mesmo. Os gemidos chocados e sem fôlego dela apenas lhe davam mais gás.

Ele tomou o que queria, o que queria. Tomou até não sobrar nada para nenhum dos dois.

E isso significou o mundo, para ambos.

$\mathcal{P}$ELA MANHÃ, Xander fez cara feia para uma gravata, como se tentasse decidir se a usaria ou se enforcaria com ela.

— Não acho que Donna se importaria se você não usasse gravata.

— Não. Mas... eu vou carregar o caixão. A filha dela pediu isso a mim e a Kevin.

— Ah. Eu não sabia.

O quão mais difícil isso tornava as coisas para ele?, perguntou-se Naomi, e entrou no closet — que precisava ser arrumado, afinal a maioria das roupas que haviam chegado de Nova York continuava nas caixas.

— Você não precisa ir.

Ela parou, segurando o vestido preto.

— Prefere que eu não vá?

— Não foi isso que eu quis dizer. É só que você não precisa ir. Não precisa se sentir na obrigação.

Seria tão mais fácil ficar em casa, pensou Naomi, trabalhando na casa silenciosa e vazia, considerando que todos da obra e do quintal iriam ao funeral de Donna. E ele estava lhe dando uma saída.

— Não a conhecia bem, mas gostava dela. Sei que não sou responsável pelo que aconteceu, mas estou conectada. Sei que você terá mais amigos lá do que eu seria capaz de contar, mas estamos juntos. Não é uma obrigação, Xander. É uma questão de respeito.

— Estou irritado. — Ele jogou a gravata na cama e colocou a camisa social branca. — Tentei ignorar o sentimento, mas, hoje, estou irritado por ter que carregar uma mulher maravilhosa até uma merda de um buraco no chão.

— Eu sei. — Naomi colocou o vestido sobre a cama, foi até a cômoda para pegar calcinha e sutiã. — Você tem todos os motivos para estar irritado.

Enquanto ela se vestia, Xander pegou a gravata de novo e, resignado, colocou-a sob a gola da camisa.

— Gravatas são para banqueiros e advogados — reclamou. — Ou, como disse Elton John, para os filhos deles.

De calcinha e sutiã, Naomi se virou para ele e terminou de dar o nó.

— Tio Seth me ensinou. Disse que toda mulher deveria saber como dar um nó na gravata de um homem, olhando para ele. E que eu saberia por que algum dia. — Ela alisou o tecido. — E agora sei. Olhe só para você, Xander Keaton, de barba feita. — Passou a mão pela bochecha dele. — Usando gravata. — Naomi inclinou a cabeça para o lado. — Quem é mesmo você?

— Não vai durar.

— Gosto de saber disso. — Ela pressionou a bochecha contra a dele. — Desta vez, eu é que vou ajudá-lo. Não crie caso.

Xander soltou um palavrão que terminou em um suspiro. Então passou os braços ao redor dela.

— Obrigado. Só me avise quando precisar ir embora. Eles fecharam o Rinaldo's hoje. As pessoas deveriam ir para lá depois, mas se você...

— Só me deixe ajudá-lo.

— Certo. Você está quase pelada. Mais do que quase. E eu, não. Tem algo errado com esse cenário.

— Estou prestes a mudar isso. Talvez você possa soltar Sombra, deixar que ele faça tudo que tem que fazer. Não quero deixá-lo solto lá fora enquanto estivermos fora.

— Podemos levá-lo.

— Não, não vamos levar o cachorro para um funeral. Ele vai ficar bem dentro de casa, contanto que tenha um osso e seu gato de pelúcia. E uma bola. Desço em dez minutos.

— Você é a primeira e a única mulher que conheço que diz isso e está falando sério. Ei! — Xander estalou os dedos para o cachorro, que instantaneamente pegou sua bola e balançou o rabo. — Vamos dar um pulo lá fora, amigo, e ficaremos bem longe daquela terra revirada.

Xander pegou o paletó e seguiu para as portas do quarto que davam para a varanda, com o cachorro correndo na frente.

— Tranque as portas depois que eu sair — disse para Naomi.

Ela obedeceu, depois colocou o vestido que não usava havia... nem lembrava mais. Terminou de se arrumar para seu segundo funeral em Cove.

O HOMEM ESPEROU na floresta até Naomi e o palhaço sujo de graxa com quem ela estava dormindo saírem do carro. Então esperou mais cinco minutos.

Às vezes, as pessoas voltavam e esqueciam algo. Sua mãe sempre fazia isso, e uma vez quase o pegara revirando o pote de café falso que usava para esconder dinheiro de ladrões.

Não que já tivesse sido roubada por alguém além do filho.

Então esperou, observando a estrada através das árvores antes de começar a caminhada até a casa em cima do penhasco.

Estacionara a quase quatrocentos metros de distância — na direção oposta da cidade. Amarrara até mesmo um lenço ao espelho retrovisor externo, como se o veículo tivesse enguiçado.

Entrar ali seria um ótimo bônus. Já vira como ela vivia, as coisas que tinha. Queria tocar seus pertences e suas roupas. Sentir seu cheiro. Talvez pudesse pegar alguma lembrancinha da qual Naomi não sentiria falta, pelo menos não de imediato.

O homem sabia sobre o alarme, mas já enfrentara esse tipo de problema antes. Estudara bastante sobre o assunto, e colocara muito do seu conhecimento em prática.

Talvez ela tivesse se esquecido de ativá-lo — mais uma coisa que as pessoas faziam o tempo todo. Ele sabia bem disso.

Mais de uma vez, conseguira entrar em casas sem problema algum, indo direto para o quarto em que alguma vaca idiota dormia.

Nem sempre as matava. Era preciso variar um pouco. Caso contrário, até mesmo os policiais mais burros poderiam começar a entender o que estava acontecendo. Como as vezes em que usara quetamina — só era preciso um pouquinho para apagá-las. Clorofórmio era mais demorado, mas havia um fator muito satisfatório na *luta*.

Depois que você apagava, amarrava e amordaçava a vítima — e vedava seus olhos caso quisesse deixá-la sair dali viva —, dava para estuprá-la até dizer chega. Ele realmente gostava quando elas retomavam a consciência *enquanto* as estuprava.

Era hora de variar. Você podia matá-las, ou não. Matar era algo de que ele gostava ainda mais do que estuprar, mas, às vezes, era preciso resistir à tentação. Você metia a porrada nelas, ou não. Você as cortava um pouco, ou não.

E ficava de boca fechada, a menos que pretendesse calar as delas para sempre. Não havia DNA quando se usava uma capa de chuva, não havia voz para lembrar, nem rosto.

Quando chegasse a hora de Naomi — e já estava quase lá —, ele levaria todo o tempo do mundo. Quem sabe até mesmo ficasse com ela por algumas semanas.

A vaca estúpida tivera sorte, tornara-se rica o suficiente para comprar uma casa enorme. E era burra o suficiente para comprar uma tão afastada de tudo.

Poderia tê-la pegado antes, e pensara nisso, ah, como pensara. Mas a espera, a longa espera, era melhor. E ele era — Jesus Cristo — um entusiasta. Ah, as coisas que faria com ela!

Mas não hoje. Hoje se tratava apenas de uma pequena oportunidade.

Quem diria que havia matado a queridinha da cidade? Ouvira o burburinho que causara — sempre se certificava de ouvir o burburinho. Todo mundo se despediria. Ele nunca teria uma oportunidade melhor de entrar na casa e conhecer o terreno.

Poderia pegá-la ali, tinha quase certeza. Só precisava tirar o palhaço do caminho por algumas horas — ou para sempre. E se certificar de que o babaca do irmãozinho estivesse passeando por aí, brincando de agente especial.

Mas queria conhecer o terreno antes.

O homem foi direto para a entrada.

Sabia arrombar portas. Se Naomi tivesse acionado o alarme, possuía um leitor que poderia descobrir o código antes que o alerta soasse.

Caso contrário, trancaria tudo de novo e iria embora. Todo mundo pensaria que fora apenas um problema aleatório, nada além disso. O leitor, no entanto, raramente falhava. Pagara bastante dinheiro por aquilo.

Viu o vaso de flores na varanda, pensou *Lar doce lar* e desejou ter trazido um herbicida ou sal. Ela não pensaria *que porra é essa* quando seus lilases morressem?

Ouviu o cachorro latindo quando pegou as ferramentas para abrir a porta, mas não se preocupou. Trouxera biscoitos no bolso — e já vira aquele cachorro idiota brincando com os paisagistas e com os carpinteiros. Até mesmo vira Naomi passeando com ele pela cidade, a forma como o animal brincava com todo mundo.

Porém, enquanto trabalhava na fechadura, os latidos se tornaram mais altos e mais agudos, dando espaço a grunhidos e rosnados.

Ele trouxera uma faca — *nunca saia de casa sem uma* —, mas, se tivesse de matar a porcaria do cachorro, estragaria a surpresa. E não gostava da ideia de levar uma mordida.

O homem pensou.

Daria a volta até os fundos, até as portas de vidro. Deixaria o cachorro ver tanto ele como o biscoito. Faria amizade pelo vidro. Talvez Naomi as tivesse deixado destrancadas.

Circulou a casa, notando as janelas daquele lado — as que não conseguira estudar de perto antes. E as árvores, um esconderijo em potencial.

Subiu a escada para a varanda. Mais vasos de flores. É, talvez voltasse com o herbicida; daria uma bela dose às plantas, só por diversão.

Então, abrindo um sorriso largo e amigável no rosto, pegou o biscoito e foi até as grandes portas de vidro.

O cachorro nem mesmo estava lá. *Belo cão de guarda*, pensou, soltando uma risada irônica, e pegou luvas de látex finas para verificar se as portas estavam trancadas.

O animal — maior do que ele lembrava — voou no vidro, latindo e rosnando, até mesmo mordendo o ar. O susto fez o homem cambalear para trás, jogando as mãos no rosto como que para se proteger. Seu coração estava disparado na garganta e a boca ficou seca. Isso o irritou mesmo enquanto ainda tremia.

— Filho da puta. Filho da puta. — Sem fôlego, tentou o sorriso largo de novo, apesar de seus olhos só transmitirem ódio enquanto ele mostrava o biscoito. — É, seu babaca — disse em uma voz cantarolada e amigável. — Veja só o que tenho aqui. Eu devia ter colocado veneno nele, seu feioso de merda.

Mas, independentemente do tom, independentemente do suborno, os latidos incessantes do cachorro aumentaram. Quando o homem ameaçou mexer na porta, o animal abriu a boca e mostrou os caninos.

— Talvez eu enfie isto aqui na sua garganta em vez do biscoito. — Ele mostrou a faca, apunhalou o ar.

Em vez de se encolher de medo, o cão pulou na porta de vidro e ficou de pé nas patas traseiras, latindo loucamente, com seus assustadores olhos azuis e selvagens.

— Foda-se. — As mãos do homem tremiam quando ele guardou a faca.

— Vou voltar, seu merda, eu vou voltar. E vou estripá-lo como um peixe enquanto ela assiste.

Furioso e abalado, com lágrimas quentes e uma raiva incandescente queimando por trás dos olhos, o homem saiu da varanda. Com as mãos fechadas em punhos, passou rapidamente pela lateral da casa, batendo os pés pelo quintal.

Ele voltaria. E ela e aquele cachorro maldito *pagariam* por terem arruinado seu dia.

Na opinião de Xander, ninguém jamais quisera sair tanto de um terno quanto ele queria agora. E, quando conseguisse fazer isso, decidiu que o jogaria no fundo do closet de Naomi e o esqueceria pelo máximo de tempo possível.

— Obrigado por ficar — agradeceu a ela enquanto chegavam a casa. — Sei que demorou.

— As pessoas a amavam de verdade. Acho que a maior prova disso é quando se vê a mesma quantidade de risos e de lágrimas no enterro. As pessoas a amavam e não vão esquecê-la. Eu quis ficar, o que não é algo que digo com frequência sobre qualquer evento que envolva muita gente, mas eu quis ficar.

E só depois disso foi que percebi que me tornei parte da comunidade. Ou pelo menos cruzei aquela fronteira delicada até os limites dela.

Xander estacionou e ficou sentado ali por um momento.

— Você comprou esta casa, e ninguém mais estava disposto a dedicar tempo, dinheiro e imaginação a ela. Você apoia as lojas locais, contrata trabalhadores locais, tudo isso conta muito. Está expondo suas fotos na Krista, e as pessoas notam essas coisas, levam em consideração. E se envolveu comigo, outro detalhe que todo mundo observa.

— Aposto que sim. A Naomi de Nova York e o nosso Xander. — Ela abriu um sorriso. — Já ouvi as pessoas se referindo a mim desse jeito, e é por isso que me surpreendi por ter cruzado a fronteira.

— Talvez continue sendo a Naomi de Nova York para sempre. Soa bem. Meu Deus, preciso tirar este terno.

— E preciso soltar o pobre do cachorro. Ficamos fora por mais tempo do que imaginei. Onde está Lelo? — perguntou ela.

Xander olhou para a caminhonete do amigo.

— Em algum lugar por aí. O restante do pessoal vai voltar, ainda vão trabalhar por algumas horas.

Ele esperou até Naomi destrancar a porta e desativar o alarme — e Sombra veio correndo dos fundos da casa, balançando-se, abanando o rabo, lambendo e se encostando.

— Tudo bem, tudo bem, eu sei que demoramos uma eternidade. — Mas, quando ela começou a abrir a porta da frente, Xander a impediu.

— Ele vai rolar na terra. É melhor sair por trás.

Apesar de pretender se livrar do terno imediatamente, Xander seguiu seus instintos quando Sombra correu para os fundos da casa, voltou um pouco e foi para os fundos de novo.

Alguma coisa aconteceu.

— Vou soltá-lo — começou Naomi enquanto ele ia na direção da cozinha. — Sei que quer trocar de roupa e voltar ao trabalho.

— Subo pela escada de trás.

Xander relaxou quando viu o motivo por trás das ações do cachorro. Lelo — já sem o terno e com a mão na massa — estava do outro lado das portas de vidro, enchendo os primeiros dois vasos.

Sorrindo, Lelo mexeu no saco de terra e fez um joinha.

— E aí? — cumprimentou quando Xander abriu a porta. — Você cresceu! — Ele riu, soltando o saco para esfregar o cachorro pelo corpo todo. — Eu queria soltá-lo, mas a porta estava trancada. Ele estava bem nervoso quando cheguei. Não estava? Estava. Tremendo e chorando, mas se acalmou assim que viu que eu ficaria por perto. Desculpe pelas marcas de focinho no vidro.

— Suas ou dele? — perguntou Xander.

— Rá! Não aguentei mais ficar no, você sabe, negócio depois do negócio. Foi a primeira vez que vi Loo chorar, e isso foi... uau. Os outros caras devem estar chegando, imagino, considerando que vocês estão aqui. Só me adiantei.

— Sim, estou vendo. — Naomi analisou os vasos. Lelo tinha razão. Eles combinariam com a varanda, e eram do tamanho perfeito para o que ela precisava, bem do lado da cozinha. — Está perfeito, Lelo. Maravilhoso. Adorei.

— Ficou bom. Tenho alguns temperos e tomates, pimentas, coisas assim, na caminhonete. Posso plantar para você.

— Trouxe tudo isso?

Inquieto, ele ajustou seu surrado chapéu de caubói.

— Estava passando pelo horto de toda forma. Se tiver alguma coisa que você não queira, posso levar para casa. Minha mãe vai plantar em algum canto.

— Posso dar uma olhada? Quero trocar de roupa e plantar tudo com minhas próprias mãos. Será bom equilibrar o dia dando vida a algo.

— É verdade. Quando estiver pronta, já terei acabado aqui. Ah, e Xander? Sei que faz tempo desde a última vez que ajudou meu pai com trabalho de jardinagem, mas sabe que não pode pisotear a terra que acabou de ser plantada.

— Não pisei em nada.

— Bem, alguém pisou depois que fomos embora ontem. Não tem problema. Passo o ancinho por cima.

— Onde?

— Lá na frente. Não tem problema, já disse. Só estava provocando você.

— Vamos dar uma olhada. Naomi, segure o cachorro.

— Ninguém vai prender você, ou seja lá quem foi o culpado, por pisar em terra plantada — disse Lelo, mas foi na frente. — Vou aproveitar para pegar as plantas. Você pode carregar umas mudas. A menos que esteja com medo de sujar seu terno de terra.

— Estou pensando em queimar este terno.

Com algum esforço, Naomi conseguiu impedir o cachorro de segui-los, segurando-o lá dentro tempo suficiente para prender a guia.

Quando finalmente conseguiu sair, tanto Xander como Lelo estavam inclinados para a frente, analisando o chão. Seus nervos começaram a ficar em frangalhos.

— Não só eu não pisei aqui, como meus pés são maiores que essas pegadas, Lelo. Tenha noção.

— É, estou vendo, mas imaginei que fossem suas só porque estão indo e vindo dos fundos. Deve ter sido um dos caras de Kevin.

— Eles foram embora antes de vocês ontem, e ainda não voltaram hoje. — Xander olhou para o ponto no qual Naomi lutava para não ser puxada pelo cachorro, heroicamente dedicado a segui-los. — Senta! — gritou ele, e, para a surpresa de Naomi, e provavelmente do cachorro também, Sombra sentou. — Seu irmão é uns dois centímetros mais alto que eu. Não notei os pés dele, mas devem ser mais ou menos do meu tamanho. Calço 46.

— Sim. Eu sei o tamanho porque Mason deu uma espichada na escola. Não era fácil encontrar esse número.

— Sei como é. Ligue para ele, Naomi. Alguém esteve aqui, bisbilhotando.

— Mas que merda, Xan! — Lelo se esticou. — Nem pensei numa coisa dessas. Talvez seja por isso que o garotão estava tão nervoso quando cheguei.

Xander se virou, seguindo pelo caminho em curva recentemente pavimentado.

— O número dele está aqui, não é? — Pegando o telefone da mão de Naomi, Xander abriu a lista de discagem rápida. — Leve o cachorro lá para trás, mas não... Esqueça. Lelo, leve o cachorro lá para trás e o deixe longe dessa terra.

— Claro. A porta dos fundos estava trancada — disse ele enquanto fazia o mesmo caminho que o amigo. — A da frente também, porque confesso que tentei abri-la para soltar o Sombra. Ele parecia tão nervoso. A casa estava trancada, Naomi. Não acho que ninguém tenha entrado. Provavelmente era só alguém que queria dar uma olhada no que estamos fazendo.

— Talvez. — Ela lhe passou o cachorro. — Obrigada.

Quando ela se virou para entrar na casa, Xander segurou seu braço.

— Preciso ver se levaram alguma coisa ou...

Ele apenas negou com a cabeça, continuou falando com Mason.

— É, elas estão bem claras. O suficiente para ver o tamanho e o padrão da sola. Sim. Sim, estaremos aqui.

Xander devolveu o telefone a Naomi.

— Espere aqui. Vou dar uma olhada lá dentro.

— A casa é minha, Xander. São as minhas coisas. Não vou ficar aqui me preocupando enquanto você vai olhar embaixo da droga da cama por mim.

Ele teria xingado se aquilo não fosse perda de tempo.

— Tudo bem. Vamos dar uma olhada lá dentro.

Eles começaram pelo andar de cima, e Naomi foi direto para o escritório. Mesmo o alívio de determinar, pelo menos à primeira vista, que nada fora levado não serviu para aplacar sua raiva.

Ainda assim, Xander checou o closet, o lavabo e passou sistematicamente de quarto em quarto.

— Nada foi levado ou está fora do lugar — disse ela. — Eu sei onde as coisas ficam. Quando se está no meio de uma obra, decidindo os lugares permanentes e temporários de tudo, você sabe.

— Vou dar uma olhada no porão. — Quando Naomi lhe lançou *aquele* olhar, Xander soltou o palavrão que prendera antes. — Não estou bancando o herói, está bem? Ninguém entrou aqui com todas as trancas, o alarme e o cachorro, mas eu preciso olhar. — Ele tirou o paletó e a gravata. — Mason vai chegar logo. Só quero descer, dar uma olhada rápida. Você pode trocar de roupa ou não, mas, se quiser andar lá fora e ver o que está acontecendo, vai ter que tirar esses arranha-céus.

Ela tirou os clássicos scarpins pretos.

— Pronto. Mas você tem razão. Ninguém entrou aqui, e obrigada por querer se certificar e dar uma olhada no porão. Vou me trocar.

— Ótimo. — Xander hesitou. — Sabe, Lelo não é tão burro quanto parece.

— Ele não parece burro. E, sim, logo vai começar a entender o que está acontecendo quando a polícia e o FBI aparecerem aqui porque alguém pisou na terra fresca do meu quintal. — Ela respirou fundo. — Pode contar a ele.

— Contar o quê?

— O que achar que ele deve saber. Vou contar a Jenny e Kevin. Vou contar tudo.

— Ótimo. — Xander segurou o rosto dela com firmeza. — Você cruzou aquela fronteira, Naomi, porque quis. Essas coisas fazem parte de estar do outro lado. Não vou demorar.

Sozinha, ela vestiu uma bermuda jeans que batia no joelho e uma camiseta. Ainda queria plantar as mudas. Droga, queria plantar as mudas nos vasos novos. Talvez estivesse com medo — ela também não era burra. Mas, acima do medo, havia uma camada grossa e dura de raiva.

E se agarraria a esse sentimento.

Foi para a varanda, viu Lelo e o cachorro brincando de jogar e pegar a bola, e ficou ali, só por um momento, observando os tons azuis e verdes que se haviam tornado seus.

Ela não precisava dizer a si mesma que faria de tudo para mantê-los. Já sabia disso.

Capítulo 28

◆ ◆ ◆ ◆

NAOMI NÃO CONHECIA os outros agentes em ternos e óculos escuros, mas duvidava que fossem muito diferentes dos que haviam invadido a casa e a floresta na Virgínia Ocidental 17 anos antes.

Não passara tempo com eles, como fazia agora, mas assistira às notícias na televisão, na casa para a qual os levaram depois, enquanto a mãe dormia.

Agora, não era mais criança; agora, aquela era a sua casa, o seu território.

Ofereceu bebidas e serviu uma jarra de chá gelado na varanda, porque isso a lembrava dos verões em Nova York, e de como Harry adicionava hortelã do jardim da cozinha.

Não interferiu, nem fez perguntas — por enquanto —, mas permaneceu presente.

Se o assassino estivesse assistindo de alguma forma, utilizando uma lente de longo alcance, de binóculos, veria que ela permanecia ali.

Sam Winston se aproximou e ajustou o boné.

— Sinto muito sobre isso, Naomi. A verdade é que alguém pode ter tirado vantagem do fato de a casa estar vazia só para dar uma olhada nas coisas. A Ponta do Penhasco atiça a curiosidade de muita gente.

— Mas você não acha que tenha sido isso.

Ele puxou o ar pelo nariz.

— Acho que vamos tomar todas as precauções, analisar tudo que pudermos. O FBI tem pessoas que podem estudar as pegadas e dar uma noção de altura, peso, tamanho do pé, até mesmo a marca. Se quem fez isso for o mesmo homem que estamos procurando, então ele cometeu um erro.

— Sim, cometeu.

Talvez não o tipo de erro do qual o comandante estava falando, pensou Naomi. Mas o de mexer no que era dela. O de ajudá-la a botar a raiva na frente do medo.

Ela foi até a caminhonete de Lelo. Ele precisaria ir embora — assim como o restante do pessoal que fora trabalhar. Mas queria pelo menos pegar as plantas e levá-las para os vasos.

Quando não encontrou nenhuma, decidiu que Lelo já as levara para os fundos. Com Sombra mais uma vez preso na guia para impedi-lo de rolar por cima das provas, ela o levou enquanto dava a volta na casa.

Lágrimas lhe encheram os olhos ao ver as mudas e os vasos alinhados na varanda, junto com as próprias luvas de jardinagem, uma pá e um ancinho.

— Ele é um homem gentil — disse ao cachorro. — Não deixe eu me esquecer de fazer um estoque de refrigerante. É o que o nosso Lelo mais gosta de beber.

Apesar de Sombra não gostar, ela o amarrou na balaustrada.

— Você precisa ficar comigo, deixar o pessoal trabalhar lá na frente. — Para amenizar o insulto, deu-lhe sua tigela de água e um biscoito.

Então se agachou, esfregando o lugar entre as orelhas dele, o que o fazia revirar os olhos de felicidade.

— Foi você? Foi você que o assustou, meu cachorro grande e feroz? Será que foi uma fada-madrinha que o colocou no acostamento da estrada para mim? — Naomi encostou a cabeça na de Sombra. — Você o assustou tanto quanto ele o assustou? Bem, não vamos permitir que esse cara nos deixe com medo. Vamos fazer com que pague, nós dois, se aparecer por aqui de novo.

Ela pressionou os lábios contra seus pelos e fitou aqueles olhos maravilhosos. Havia se apaixonado pelo cachorro, assim como se apaixonara por Xander. Sem querer.

— Não parece ter nada que eu possa fazer quanto a isso.

Naomi se levantou e foi até seus belos vasos novos plantar as mudas.

Xander a encontrou batendo a terra ao redor de um tomateiro enquanto o cachorro se esparramava ao sol, quase dormindo.

— Já estão praticamente terminando e disseram que os paisagistas podem voltar amanhã. O pessoal de Kevin também.

— Que bom! Ótimo. — Ela pegou a pimenteira. — Sabe por que estou fazendo isto?

— Parece óbvio, mas me diga.

— Além da parte óbvia, estou plantando ervas e legumes. Vou regá-los, observá-los crescer, vê-los dar frutos, os tomates e as pimentas se formando.

Vou colhê-los e comê-los, e o primeiro passo para isso acontecer é o que estou fazendo agora. É uma declaração. Preciso pesquisar sobre o assunto, mas acho que é possível plantar coisas como couve e repolho no outono.

— Por que faria uma coisa dessas?

— Tem muitos pratos interessantes com couve e repolho.

— Você terá que me provar isso.

Naomi continuou trabalhando enquanto ele entrava e saía da casa, finalmente parando para observá-la.

— O cara fugiu correndo daqui — começou Xander, e ela assentiu.

— É, eu vi.

— Viu o quê?

— As pegadas. Você não precisa ser especialista para concluir isso, ou pelo menos especular. As que vêm na direção da casa são diferentes das que vão embora. Estas são mais afastadas, meio derrapadas, como se estivesse andando rápido, talvez correndo. Aposto que veio *passeando* até aqui. Filho da puta. Metido, confiante. Não sei se queria entrar na casa ou só dar uma olhada, mas não estava se sentindo tão seguro quando foi embora. O cachorro o assustou.

Sombra bateu o rabo no chão ao ver que Naomi o fitava.

— Acho que ele deu a volta até aqui e teria entrado se a porta não estivesse trancada. Ou talvez estivesse planejando entrar de qualquer jeito, mas o cachorro o assustou, defendendo seu território. Defendendo o que é nosso.

— A forma como você descreveu os fatos é exatamente o que os policiais e os agentes federais treinados concluíram minutos atrás. É como entenderam a situação.

— Ah, eu sou inteligente pra burro.

Xander arqueou uma sobrancelha.

— Acho que sim.

— Estou com tanta raiva. Deveria me acalmar antes de continuar plantando. Não acho que seja bom plantar seres vivos quando se está tão absurdamente irritada. É provável que eu acabe tendo tomates amargurados. — Ela tirou as luvas e as jogou no chão. — Ele a usou de novo, Xander. Usou Donna, usou o fato de todo mundo que geralmente está aqui ter ido ao funeral. Isso me deixa enojada.

— Então mude o foco, pense nisto. Aquele vira-lata abandonado, aquele cachorro que vagava de lugar em lugar tanto quanto você costumava fazer, criou raízes aqui, do mesmo jeito que você. E assustou o babaca. Ele não foi embora passeando, Naomi. Fugiu com o coração saindo pela garganta, se tremendo todo.

— Foi isso mesmo. Isso mesmo — repetiu ela, e andou para cima e para baixo da varanda. — E, se tentar fazer isso de novo, não vai conseguir ir embora, nem com o coração saindo pela garganta, porque vai receber o que merece. Se esse cara acha que eu sou um alvo fácil, que pode pegar o que quiser, cometeu um erro.

— Entendo que a raiva tem seu valor, contanto que não venha acompanhada de estupidez e descuido.

Naomi se virou para ele, os olhos verde-escuros em chamas.

— Pareço estúpida e descuidada?

— Por enquanto, não.

— Isso não vai mudar. — Ela se acalmou um pouco, disse a si mesma que guardasse a raiva para quando precisasse usá-la. — Acha que Kevin e Jenny conseguiriam uma babá? Queria que viessem aqui para lhes contar tudo logo, mas não com as crianças por perto.

— Posso dar um jeito, se é o que você quer.

— É o que eu quero.

— A que horas?

— Quando for melhor para eles. Só preciso terminar os vasos e limpar tudo, então estarei livre.

Qual era o lugar ideal para confessar seus laços sanguíneos?, perguntou-se Naomi. A escassez de móveis nas salas tornava isso difícil. Sentar à mesa de jantar em cadeiras dobráveis parecia desconfortável demais.

Ela escolheu o lugar onde se sentia mais relaxada, e levou cadeiras para a varanda da cozinha.

— Quer que eu esteja aqui? — questionou Mason.

— Você tem trabalho?

Será que devia servir comida?, perguntou-se Naomi. Pelo amor de Deus, que tipo de canapé seria adequado para aquele momento?

Meu pai é um serial killer. Provem os bolinhos de siri.

— Quero dizer, é óbvio que você tem trabalho, mas é alguma coisa específica?

— A equipe vai se reunir para uma atualização, mas eu posso pegar as informações depois se quiser que eu esteja aqui. Isso é difícil para você.

— Por que nunca foi tão difícil para você?

— Porque eu não estava na floresta naquela noite. Não entrei naquele porão. Não encontrei mamãe. Ela foi a última vítima dele.

— Você nunca se permitiu ser uma.

Naomi se lembrava daquele dia na cafeteria, depois que fugira do cinema. Como seu irmão era jovem, forte e inabalável.

— Resolveu desde o início que não seria uma, que se tornaria o oposto dele. E, por mais que eu negasse, ignorasse e fingisse que nada tinha acontecido, eu me permiti ser uma vítima. Mas, agora, chega. Vá para a reunião. Encontre uma forma de acabar com tudo isso, Mason.

Naomi montou uma bandeja com comida — queijo, biscoitinhos, azeitonas. Isso a manteve ocupada até Xander voltar de um chamado na estrada e Mason ir embora.

— Sabe quantas pessoas ignoram ou simplesmente não acreditam no mostrador de gasolina?

— Quantas?

— Mais do que você pensa, então acabam pagando o dobro do que a gasolina teria custado, enchem o saco com isso, como se o atendimento na estrada devesse ser uma porcaria de um favor. Esse biscoito é bom?

Olhe só para ele, pensou Naomi, *já está com a barba crescendo de novo.* Irritado com o fato de um desconhecido ter negligenciado a gasolina, inseguro sobre o gosto de um biscoito de gergelim e alecrim. Coçando a cabeça do cachorro, distraído, enquanto decidia se queria se arriscar a comer.

— Você me deu lilases.

Xander olhou para ela, franziu a testa.

— Sim. Você queria mais?

— Às vezes. Mas você me deu lilases em um velho vaso azul. Foi nesse momento.

— Nesse momento o quê?

Ele não estava prestando muita atenção, pensou. Naomi tinha um irmão. Sabia quando um homem não prestava atenção.

Melhor assim.

— Você me contou o seu momento, então estou contando o meu.

— Certo.

— Lilases roubados em um velho vaso azul.

— Não foi nada de mais.

— É aí que você se engana. Foi importante, foi a coisa mais importante da minha vida, porque esse foi o momento. Foi o momento, Xander, que entendi que estava apaixonada por você. Não sabia o que fazer — disse ela quando os olhos dele, azuis e intensos, encontraram rapidamente os seus. Ah, agora conseguira sua atenção. — Nunca senti o que sinto por você antes, nunca acreditei que pudesse me sentir assim, então não sabia o que fazer. Mas, agora, eu sei.

— Sabe o quê?

— Que tenho que ficar feliz por você me amar também. Que tenho que agradecer, agradecer demais, por isso ter acontecido depois de decidir que era hora de parar de fugir. Ou pelo menos que era hora de tentar. Que tenho que ficar contente por isso ter acontecido aqui, onde queremos ficar. E que tenho que ter esperança. Tenho que ser corajosa o suficiente para ter esperança de que você queira ficar aqui comigo.

— Lilases?

— Lilases.

— Lelo vai ter que dar um jeito de plantar alguns por aqui.

— Vão ficar nos fundos, para podermos vê-los da varanda. Falei a ele que eu mesma queria plantar.

— Vamos plantar juntos.

A garganta de Naomi pareceu se fechar; seus olhos se encheram de lágrimas.

— Vamos plantar juntos.

Xander foi até ela e segurou seu rosto.

— Vou me mudar para cá. Você terá que arrumar espaço para mim.

A primeira lágrima caiu.

— Tem espaço suficiente.

— Você diz isso agora. — Ele afastou a lágrima com um beijo, e uma segunda desceu pela outra bochecha de Naomi. — Espere até eu falar para Kevin construir uma garagem.

— Uma garagem.

— Um homem precisa de uma garagem. — E roçou os lábios nos dela. — Com espaço para três carros, no lado norte, com uma porta levando à lavanderia.

— Você já pensou bastante nisso.

— Só estava esperando você se acostumar com tudo. Amo você, Naomi.

Ela segurou os pulsos dele, dando um apertão forte.

— Você me ama. Eu sei. Ainda bem. Amo tanto você que vamos construir uma garagem. Espere aí, para *três* carros...

Naomi não conseguiu continuar antes de a boca dele tomar a sua, antes de o beijo tirá-la do chão e a levar para longe. Então, para a alegria do cachorro, Xander a pegou no colo e a girou.

— Era você o que estava faltando — afirmou ele. — E agora tudo está completo.

— Você me disse que me fazia feliz, e é verdade. Só que é mais do que isso. Você me ajudou a compreender o que mereço ser. Mil horas de terapia nunca tiveram esse resultado. — Naomi suspirou, afastou-se. — Ainda sou problemática, Xander.

— E quem não é?

O cachorro soltou um latido e saiu correndo para a frente da casa.

— O sinal de aviso de que Kevin e Jenny chegaram.

Ela respirou fundo.

— Tudo bem.

— Vai dar tudo certo. Confie neles.

— Vou ter que pegar um pouco da sua confiança emprestada. Meu estoque sempre parece baixo.

— É só encher o tanque regularmente. Vou abrir a porta.

Naomi levou a bandeja de comida para fora, colocou-a na mesa dobrável e voltou para pegar copos, pratos, guardanapos. Ouviu a risada de Jenny.

Enquanto abria a garrafa de vinho, a amiga apareceu.

— Cheguei na hora certa! Ah, Naomi, toda vez que venho aqui tem mais coisas prontas. Deve ser uma loucura morar no meio disso tudo, mas é maravilhoso visitar de vez em quando.

— Que bom que puderam vir! Sei que marquei meio em cima.

— Deu tudo certo. Meus pais vieram jantar e levaram as crianças para dormir na casa deles. Todo mundo ficou feliz. — Ela se aproximou para lhe dar um abraço. — Sinto muito por você ter tido problemas. Kevin me contou que alguém veio bisbilhotar a casa enquanto estávamos no funeral de Donna. Devem ter sido apenas crianças querendo dar uma olhada.

— Acho que foi... outra coisa. Isso é parte do que quero conversar com vocês.

— Tudo bem. Você parece bem nervosa. Eu não devia fazer pouco-caso.

— Pensei que podíamos sentar lá fora.

— Perfeito. Ah! Olhe só esses vasos! Obra de Lelo? Eles são maravilhosos. Você realmente está transformando esta varanda num espaço ótimo. Kevin, veja os vasos.

— Que legal — disse ele enquanto saía da casa com Xander. — Como você está? — perguntou a Naomi.

— Já tive dias melhores. Por outro lado... — Ela olhou para Xander. O amor, ofertado e recebido, sobressaía a tudo. — Vou pegar uma taça de vinho para você, Jenny. Depois vou direto ao assunto, quero terminar logo com isso.

— Parece sério.

— E é.

— Ah, meu Deus, você está doente? — Jenny imediatamente agarrou seu braço. — Tem alguma coisa errada, ou você...

— Jenny. — Kevin falou baixo, afastando a esposa. — Venha, vamos sentar.

— Desculpe. Desculpe. Vou ficar quieta.

Naomi serviu o vinho para Jenny, para si mesma, mas não conseguiu se sentar.

— Tudo bem. Vou ser direta. Carson era o nome de solteira da minha mãe. É o sobrenome do meu tio. Mason e eu mudamos nossos nomes legalmente há muito tempo. Antes era Bowes. Nosso pai é Thomas David Bowes.

Ela não esperava receber aqueles olhares inexpressivos, tranquilamente expectantes. Isso a fez perder o fio da meada.

— Nem todo mundo sabe quem ele é, Naomi — alegou Xander. — Nem todo mundo se importa.

— É familiar — comentou Kevin. — Parece alguém que eu deveria conhecer.

— Thomas David Bowes — continuou Naomi — matou 26 mulheres, por admissão própria, entre 1986 e 1998. Até agosto de 1998, quando foi preso.

— Bowes. É, eu me lembro vagamente disso — disse Kevin, devagar. — Em algum lugar do Leste.

— Na Virgínia Ocidental. Ele estuprava, torturava e, depois de um tempo, estrangulava suas vítimas.

— Seu pai? — Com uma mão agarrando a de Kevin, Jenny a encarou. — Ele está vivo?

— Sim. Lá não tem pena de morte.

— Ele fugiu? É o que está acontecendo agora?

— Não. Não, ele está preso. Está preso há 17 anos. Nós mudamos de nome, saímos de lá. Mas isso não muda a realidade. Vocês têm sido meus amigos. Estão me ajudando a criar um lar aqui. E eu precisava que soubessem.

— Eu me lembro um pouco da história. Éramos novos — disse Kevin para Xander. — Fizeram um filme. Eu assisti na TV alguns anos atrás. — Ele olhou para Naomi. — Você encontrou a garota que ele tinha prendido. Isso é verdade? Você encontrou a garota e a ajudou, levando-a para a polícia.

— Nunca vi o filme nem li o livro. Não sei quanto da história que contaram é verdade.

— É bem parecido — comentou Xander. — Ela seguiu Bowes pela floresta numa noite, entrou no porão de um chalé queimado e encontrou a garota.

— Seu nome é Ashley — adicionou Naomi.

— Ashley. Ela a encontrou, tirou de lá, atravessou quilômetros pela floresta, levando-a a um lugar seguro. Foi assim que o pegaram. Foi assim que o detiveram.

— Dezessete anos? — repetiu Jenny, com os olhos arregalados, o rosto pálido. — Mas você devia ter... Ah, meu Deus, Naomi. — Ela se levantou, enfiando a taça de vinho nas mãos de Kevin antes de jogar os braços ao redor da amiga. — Ah, meu Deus, pobrezinha. Você era só um *bebê*.

— Eu tinha quase 12 anos. Eu...

— Um bebê — repetiu ela. — Sinto muito, sinto muito. Meu Deus! Ele a machucou? Ele...

— Meu pai nunca tocou em mim. Era muito rígido, às vezes sumia por dias. Mas nunca encostou em um fio de cabelo meu ou de Mason. Era diácono da igreja. Trabalhava para uma empresa de TV a cabo. Cortava a grama da casa e pintava a cerca da varanda. E assassinava mulheres.

Jenny apertou o abraço, balançou as duas de um lado para o outro.

— A gente nunca pensa nas famílias dos... A gente nunca pensa sobre eles, em como se sentem. Você não precisava nos contar — disse ela quando se afastou. — Deve ser difícil falar sobre isso.

— Eu não planejava contar a ninguém. Só queria morar aqui, estar aqui. Mas... — Naomi olhou para Xander. — As coisas mudaram.

— Ela imaginou que vocês provavelmente se afastariam — comentou Xander. — Passariam a vê-la de uma forma diferente.

— Xander...

— Fique quieta. Algumas pessoas já juntaram os pontos, de um jeito ou de outro, e agiram assim ou fizeram ao contrário, querendo saber todos os detalhes sórdidos, então ela fazia as malas e ia embora.

— Algumas pessoas não valem nada. Era isso que pensava de nós? — quis saber Jenny. — É ofensivo.

— Eu...

— Você devia se desculpar.

— Eu... Desculpe?

— Desculpas aceitas. Kevin, o que acha?

Ele abriu um meio-sorriso para a cerveja.

— Tudo bem.

Quando Naomi cobriu o rosto com as mãos, lutou para se recompor, Jenny cutucou Xander, apontando para a amiga. Depois colocou as mãos na cintura até ele se aproximar e abraçá-la.

— Pare com isso.

— Ah, dê um minuto a ela — ralhou Jenny. — Onde está o meu vinho? — Ela se virou para Kevin, pegou a taça e secou as lágrimas. — Também preciso de um minuto, porque só consigo ver uma garotinha pouco mais velha que Maddy tendo que lidar com algo que nenhuma garotinha deveria saber que existe. Se quiser manter segredo, Naomi, ninguém vai ficar sabendo. Pode confiar em nós. — Bufando, puxou a amiga para longe de Xander. — Ora, homens não servem para nada em momentos assim. Vamos entrar um instante. Vou levar o vinho.

— Ela é especial — disse Xander, enquanto Jenny levava Naomi para dentro da casa.

— Qual delas?

— Acho que as duas. Somos caras de sorte.

— Sim, somos. Agora me conte o que Bowes tem a ver com Marla, Donna e com seja lá quem for que esteve aqui hoje.

— Era o que eu ia fazer.

Xander sentou-se e contou.

$\mathcal{P}$ELA MANHÃ, Naomi colocou uma xícara na cafeteira quando ouviu Mason descendo pela escada dos fundos. E, no momento em que ele entrou na cozinha, virou-se para tirar do forno o prato que já havia deixado pronto.

— Café e comida quentinha? Talvez precise me mudar. Uau, ovos beneditinos. Sério?

— Estava com vontade de cozinhar, e Xander gosta deles. Você está de terno de novo.

— É assim que as coisas são no FBI. Sei que cheguei tarde. Como Xander vai ficar aqui, talvez eu passe uma noite ou outra na cidade. Provavelmente será com mais frequência do que eu gostaria até resolvermos o caso. Obrigado. — Ele pegou a xícara e deu um gole. — Mas não devo conseguir ovos beneditinos e café tão bons quanto estes na lanchonete.

— Vai resolver o caso, Mason?

Seu irmão a fitou com aqueles olhos castanho-claros — como os do pai. Mas completamente diferentes dos do pai.

— Não vou parar até resolver. Ele usa botas de trilha Wolverine Sentinel tamanho 42. A sola estava um pouco gasta, então faz um tempo que as tem.

— Descobriram isso tudo, a partir de uma pegada?

— É assim que as coisas são no FBI — repetiu ele. — Imaginamos que pese entre 70 e 75 quilos, que tenha entre 1,78 e 1,83m. De acordo com o tamanho do sapato, a profundidade da pegada e a passada. É branco, deve ter por volta de 30 anos. Isso é bem mais do que sabíamos alguns dias atrás.

— Agora só temos que descobrir quem eu conheço com altura e peso médios, mais ou menos da minha idade, e que queira me matar. — Naomi levantou uma mão antes que Mason pudesse falar. — Não quis ser sarcástica. Estou remoendo meu cérebro com isso.

— Talvez você não o conheça. Ou não se lembre dele. Mas esse cara conhece Bowes. Vou começar a analisar todas as visitas e cartas hoje. E vou visitá-lo.

— Você vai... Você vai para a Virgínia Ocidental.

— É improvável que uma pessoa obcecada com a filha de Bowes, que mata da mesma forma que ele, não tenha tentado contatá-lo.

Naomi tomou coragem.

— Eu deveria ir também?

— Pode ser que acabe precisando, Naomi, mas não por enquanto. Deixe-me tentar primeiro. Se, em algum momento, acreditarmos que a sua visita poderia ajudar, você conseguiria ir?

— Já pensei nisso, me fiz essa pergunta. Sim. Conseguiria voltar e conversar com ele. Seria capaz de fazer isso para salvar a mim mesma e qualquer outra mulher que o pseudo-Bowes possa selecionar. Mason, não foi por sentir medo dele que nunca voltei. Pelo menos esse não foi o maior motivo. Foi a necessidade de negar o que aconteceu. Talvez precisasse continuar negando aquilo, do meu jeito, até ser capaz de aceitar completamente os fatos. Deixei que isso me definisse de muitas formas. Não será mais assim. Contei a Jenny e Kevin ontem à noite, e foi tudo bem.

— Isso foi um ótimo passo para que você defina o tipo de pessoa que quer ser. O primeiro foi comprar esta casa. Você mudou seu padrão quando fez isso, Naomi. E está fazendo isso desde então, moldando a própria vida. Fez o que precisava até ser capaz de mudar.

— Xander me ama.

— Percebi.

— Você perceberia mesmo. Estou me ajustando ao fato de ter um homem que me ama, um homem que me ama o suficiente para esperar até que eu mudasse meu padrão. Ontem à noite, consegui contar a ele que também o amo. Por mais que quisesse ser normal, nunca acreditei que teria alguém que saberia tudo sobre mim e, mesmo assim, me amasse. Alguém que venceria meus bloqueios para que eu pudesse amá-lo de volta. Parece... um milagre.

— Eu escolheria ele para você, se pudesse decidir alguma coisa.

— Apesar de não poder, isso significa muito para mim. Ele vem morar aqui. Não só passar as noites, mas morar aqui. Meu Deus. — Com uma mão pressionada ao coração, ela suspirou. — Isso é muito para mim.

— Como se sente?

Era uma pergunta que vinha tanto do psiquiatra como do irmão, pensou Naomi. Mas, mesmo assim, não havia problema.

— Nervosa. Não com medo, só nervosa. E feliz. E embasbacada, porque, pelo visto, vamos construir uma garagem para três carros.

— Os tios vão ficar loucos.

— Eu sei. Vou esperar até o conhecerem. É melhor que o conheçam antes. Provavelmente. Mason, resolva isso antes que eles venham. Resolva isso.

— Estou me esforçando.

Capítulo 29

♦ ♦ ♦ ♦

DENTRO DE UM DIA, Xander levara tudo que queria para a casa no penhasco. Os livros eram o maior desafio. A biblioteca não tinha espaço para todos.

— Nunca imaginei que esta casa seria pequena demais para alguma coisa.

Ele deu de ombros, analisando as prateleiras, agora lotadas. E as caixas no chão, ainda cheias.

— É melhor não guardar todos os livros no mesmo lugar, de qualquer maneira. Devíamos espalhá-los por aí.

— É muita coisa para se espalhar.

— Nem pense em jogar alguns fora.

— Eu nem sonharia com isso.

Talvez até tivesse cogitado a ideia — só por um instante —, mas rapidamente a descartara.

— Só não sei onde guardá-los. Eles também não merecem ficar em caixas. Como vou saber o que quero ler se continuarem nelas?

— Kevin pode fazer outra parede de livros.

— Eu ia adorar uma — considerou Naomi. — Mas não sei onde poderia ficar.

— No porão. Vai colocar uma sala escura lá, não é?

— Sim, mais cedo ou mais tarde.

— Preciso de um escritório. Nada muito grande, mas um lugar no qual eu possa colocar uma escrivaninha e alguns arquivos.

— Você não quer um escritório no porão.

— Por mim, não tem problema — retrucou ele. — Lá embaixo, você não me incomoda, eu não a incomodo, e tem bastante espaço. O suficiente para uma parede de livros. Eles podem ficar nas caixas até lá. Pago pelo escritório e a parede, e o que mais precisarem fazer.

O que incluía, na cabeça dele, as portas que davam para o quintal. Mas achava que não faria sentido contar isso agora.

— Tenho dinheiro, Naomi. Estava pensando em investir em outro imóvel para alugar, mas isso faz mais sentido. E Jimmy vai alugar o apartamento em cima da oficina. O cara grandalhão com aquele cavanhaque triste? Ele trabalha para mim.

— Sim, eu sei quem é. Você... Você já alugou o apartamento.

— Jimmy vai se formar na escola técnica em junho, quer ter a própria casa. E eu gosto de ter alguém na oficina. É um bom acordo para os dois, considerando que vou deixar o lugar praticamente mobiliado. Você não quer que eu traga minhas porcarias para cá.

— Mas você não quer?

— Quero os livros. Eles não são negociáveis — respondeu ele, distraidamente pegando uma edição surrada de *Uma sombra passou por aqui*. — Já leu este?

— Vi o filme.

— Não é a mesma coisa. — E empurrou o livro nas mãos dela. — É bom. De toda forma, a menos que tenha outros planos e queira pensar na ideia, posso pedir para Kevin planejar um escritório e uma parede de livros.

— Além da sala escura, não tinha mais nenhum plano para o porão.

— Ótimo. Então faremos isso. Está preocupada em ter se metido numa furada? — perguntou ele.

— Não. Estou me perguntando por que não estou me preocupando. E acho que, como vão entregar alguns móveis amanhã, podemos espalhar alguns livros. Pelo menos até decidirmos o destino final deles.

Naomi colocou o que segurava no bolso de trás da calça, e teria pegado uma caixa, mas Xander foi mais rápido.

— Elas são pesadas — disse ele.

— Na salinha logo depois da sala de estar. Ali seria um bom começo.

Ela foi na frente, andando pela casa vazia. Como o pessoal da obra já tinha terminado o dia de trabalho, restavam apenas o homem e o cachorro. O lugar não parecia menor, percebeu Naomi, agora que o dividia com os dois. Era como se aquela sempre tivesse sido a casa que tinha em mente.

Parecia natural.

Arrumou mentalmente os móveis que ainda não comprara para a salinha enquanto analisava o espaço — adicionou um suporte para vasos bonito, com alguma planta interessante. E...

— Tem um armário aberto, de quatro prateleiras, no porão. Ia usá-lo para colocar plantas lá fora, mas ficaria bem aqui, como uma estante de livros e com enfeites no meio. Estrutura de metal, prateleiras de madeira.

— Acho que você quer que eu o pegue.

— Qual o sentido de ter um homem em casa se não for para pegar móveis no porão?

— Certo.

— Ah, quer saber, agora que estou visualizando as coisas, Cecil tem um rádio velho. Um vintage, arredondado. Não ficaria bonito em cima do armário? Ele não funciona, mas...

— Isso não quer dizer que não possa funcionar.

— E qual o sentido de ter um mecânico em casa se não for para consertar um rádio vintage que ficaria perfeito na sala? Acho que, sim, já estou me acostumando com a ideia.

— Vou pegar o armário. Que tal eu ir me acostumando em beber seu vinho enquanto o montamos?

— Ótima sugestão.

Os dois beberam vinho enquanto enchiam as prateleiras de livros.

— Conversou com Loo?

— Conversei. Ela está irritada. Não com você — comentou ele, claramente entendendo a expressão no rosto de Naomi. — Jesus Cristo, dê um pouco de crédito à mulher. Ela está irritada porque esse babaca a persegue desde a faculdade. Porque matou Donna. E agora ela sabe. Muitas pessoas frequentam o Loo's. E grande parte não é local, passa lá para tomar um drinque, beliscar alguma coisa. Ou, nas sextas à noite, para ouvir a banda. Ela vai ficar de olho.

Tentando encontrar um cara de tamanho normal, de 30 e poucos anos, usando botas de trilha, pensou Naomi, mas deixou para lá.

— Mason vai para a Virgínia Ocidental, para a prisão, com alguém da Unidade de Análise do Comportamento.

— Isso pode ajudar.

— Eles têm alguns nomes.

Xander deixou cair o livro que havia acabado de pegar.

— Por que não me contou?

— Não reconheci nenhum deles. Mas vão interrogar qualquer um que chame atenção, que tenha se correspondido ou visitado Bowes mais de uma vez, ou que tenha mandado alguma carta com alguma peculiaridade.

— Ótimo. Ninguém nunca procurou por ele, não assim. E não acho que esse sujeito seja suficientemente esperto para escapar agora que isso está acontecendo.

— Mason também acha. Estou me esforçando para pensar assim também. Talvez ele já tenha ido embora. Talvez tenha seguido em frente, pelo menos por enquanto.

No entanto, quando encontraram o corpo de Karen Fisher, de Lilliwaup, que trabalhava como garçonete em meio expediente e como prostituta no seu tempo livre, no acostamento da estrada, a oitocentos metros da Ponta do Penhasco, souberam que o assassino não se afastara tanto assim.

A MELHOR COISA sobre ter um passe de imprensa — e o seu era legítimo — era como ele lhe permitia entrar onde quisesse. A putinha lhe permitira causar alvoroço novamente, trouxera os repórteres de Seattle de volta. Até mesmo alguns correspondentes de jornais nacionais.

E ele estava lá também. Aquela *seria* uma história fantástica, pensou o homem. Se a escrevesse, talvez ganhasse até a droga do Pulitzer.

Vão se danar, *New York Times*, *Washington Post* e todas aquelas velharias que nem o levaram em consideração quando ele queria um emprego.

Agora, os jornais constituíam o passado das notícias, e escrever um blog era a melhor opção.

Podia trabalhar em qualquer lugar, e era o que ele fazia. Já até voltara para alguns lugares a fim de cobrir suas próprias obras antes, mas aquela era a primeira vez que estava no local certo antes, durante e depois.

Apesar de achar esse fato tremendamente satisfatório e ridiculamente engraçado, sabia que não podia continuar na região por muito mais tempo.

Estava ficando perigoso demais, pensou enquanto gravava a ladainha do comandante da polícia (babaca) e da relações-públicas do FBI (vaca metida).

Estava chegando a hora — ele conseguia *sentir* — de acabar com a odisseia. A hora de levar Naomi para um passeio, de terem longas conversas e se divertirem um bocado.

Então acabaria com ela.

Depois disso, talvez pudesse pôr o pé na estrada. Talvez passasse o verão no Canadá e o inverno no México.

Livre, sem obrigações. E com vários alvos para acertar quando sentisse vontade. Em memória de Naomi Bowes.

E, um dia, escreveria sua história. Escreveria um livro — não por dinheiro. Teria de esperar até se estabelecer em algum lugar. Talvez na Argentina. Então escreveria e publicaria o livro que esfregaria tudo que concretizara na cara dos babacas e das vacas metidas.

Fazia anotações em seu tablet e tirava algumas fotos. Gostava de se concentrar em Mason, achava-o especialmente divertido.

Ei, aqui, seu merdinha. Vou matar sua irmã daqui a pouco. Mas, antes, vou estuprá-la de todas as formas possíveis, depois a estrangular como seu pai devia ter feito.

Talvez mandasse uma foto dela para o velho Bowes. Havia formas de levar coisas para dentro da prisão — e fizera questão de descobri-las. Achou que seria a cereja no topo do bolo.

Sim, essa era uma boa ideia e, depois, ainda faria mais. Publicaria todas as imagens na internet, de todas as desgraçadas que pegara. Graças a Deus pela tecnologia.

Todo mundo saberia que ele superara Bowes. Que superara todos. O Assassino do Rio Verde, o Assassino do Zodíaco? Esses não eram nada comparados a ele.

De propósito, fez uma pergunta durante a coletiva de imprensa, querendo chamar a atenção.

Olhem para mim, olhem para mim, olhem para mim.

Teria feito mais uma, mas a feiosa do seu lado falou mais rápido.

Mais tarde, escreveu a história para aquele blog de merda para o qual fazia trabalhos freelancer, usando o notebook na pizzaria, considerando que a maioria do pessoal da mídia voltara para o hotel ou fora para a cafeteria com vista para a marina.

— Quer alguma coisa?

Ele olhou para cima, viu a lourinha bonita que selecionara e perdera. Pensou: *Você devia estar morta.*

— Desculpe, o que disse?

— Ah, estou distraído. — Ele abriu um sorriso largo. — Esqueci onde estava por um segundo.

— Posso voltar depois.

— Não, tudo bem. Poderia beber uma Coca, sim, e comer seria bom. Que tal o calzone... bem recheado.

— Claro.

A garota trouxe a bebida em menos de dois minutos.

— Está hospedado por aqui? — perguntou ela. — Já o vi antes.

— Por enquanto, sim. Sou jornalista.

— Ah. — Seus olhos se tornaram tristes e vítreos.

— Sinto muito. — Ele imediatamente se inundou de compadecimento. — Você devia conhecer a... Donna Lanier. Ela trabalhava aqui.

— Sim.

— Realmente sinto muito. Se tiver algo que queira dizer, que queira que eu escreva sobre ela...

— Não. Não, obrigada. Aproveite sua Coca.

Quando a garota saiu depressa, o homem precisou esconder o sorriso.

Talvez pudesse pegá-la no fim das contas. Talvez voltasse para ela, e então faria Naomi assistir enquanto comia a vadia de bunda durinha e tetas firmes.

Você não pode salvar esta daqui, imaginou-se dizendo. *Não será como Ashley. E, quando acabar com ela, quando eu acabar com você, também vou fazer uma visita à sua amiguinha. Terminar o que o seu velho não conseguiu.*

Devorou o calzone, montando outra matéria e ouvindo as conversas ao seu redor.

Cidades pequenas eram sempre iguais, pensou. Se você queria saber o que estava acontecendo, era só passar tempo suficiente sentado no mesmo lugar.

Descobriu que o mecânico ia se mudar para a casa da fotógrafa, a casa grande na Ponta do Penhasco. Descobriu que as pessoas estavam assustadas, algumas perdendo a paciência com a polícia.

Por que ainda não o pegaram?, perguntavam.

Porque o assassino é mais esperto, melhor, superior a eles, queria responder.

Descobrira que algumas pessoas achavam que o culpado vivia no parque nacional, como um adepto do sobrevivencialismo.

E pensou: *Não, ele está sentado bem aqui, idiota.*

Ouviu que o novo companheiro de cama de Naomi ia tocar no bar na noite de sexta.

E começou a bolar seus planos.

— LUCAS SPINNER. — Mason bateu na foto sobre a bancada da cozinha de novo. — Tem certeza de que não o reconhece?

— Nunca vi mais gordo. — Mas Naomi analisou o rosto jovem, a juba castanha desarrumada, a barba que precisava ser aparada. — Por que você insiste tanto nele?

— Ele tinha um passe de imprensa, de um jornalzinho de Ohio, visitou Bowes seis vezes entre julho de 2003 e agosto de 2004. Trocou cartas com ele por mais 18 meses depois disso. E está desaparecido, presumido morto enquanto cobria um incêndio em uma floresta na Califórnia, em 2006.

— Bem, se ele morreu...

— Isso foi presumido — lembrou Mason. — E, logo depois, Bowes começou a trocar cartas com um tal de Brent Stevens, que no início usava um endereço do Queens, de onde também postava suas cartas. Mas não havia nenhum Brent Stevens no Queens durante todo esse tempo. E eu li as cartas, Naomi. Juro que a mesma pessoa escreveu as cartas de Stevens e de Spinner. Houve uma tentativa de parecer diferente, mas a sintaxe, a terminologia... Pedimos a um especialista que analisasse a correspondência.

— Se forem da mesma pessoa, você acha que este é o homem que estão procurando. — Ela pegou a foto de Spinner mais uma vez.

— Algumas das cartas de Stevens foram enviadas de regiões onde você estava, e a época bate. E então ele sumiu. Tudo cessou.

— E isso o preocupa.

— Porque não poderia parar. Ele encontrou outra forma de se comunicar. Deu um jeito de levar um telefone, cartas, para a prisão. Ou deu um jeito de alguém olhar para o outro lado enquanto Bowes faz uso de seu tempo supervisionado no computador. Esse tipo de coisa acontece.

— Talvez sem tantos cabelos, sem a barba. — Naomi balançou a cabeça.
— Vou digitalizar esta foto e trabalhar nela. Faço isso enquanto você estiver no avião para a Virgínia Ocidental. Assim, se der certo, terei uma resposta quando você se encontrar com Bowes. Pode falar sobre isso com ele.

— Spinner estaria mais velho agora. Lembre-se disso.

— Você disse que ele se mistura à multidão. Esses cabelos e essa barba não o ajudariam a fazer isso, então me deixe tentar vê-lo sem essas coisas. Faço isso amanhã cedo — prometeu ela. — Precisamos ir. Juro que você vai se divertir.

Enquanto verificava se as portas dos fundos estavam trancadas, e Sombra ganhava um osso para se manter ocupado, Mason olhou para o relógio.

— Um bar, uma banda de rock, sexta à noite. Sim, eu vou me divertir, claro, mas só por umas duas horas, no máximo. Vamos sair às 7h30 amanhã.

— Pode me avisar quando estiver voltando? Depois de falar com ele.

— Mando uma mensagem. Ligo se tiver alguma coisa importante. E você faça o mesmo — recomendou Mason enquanto ela acionava o alarme, saía.

— Faz tempo que não fazemos isso. Que vamos juntos a um bar.

— Desde o meu aniversário de 21 anos, quando você pegou um voo de volta para casa para me fazer uma surpresa.

— E nunca mais?

— Nunca mais. Fomos ao bar d'O Point, então tomei minha primeira bebida alcoólica legalmente com você, Seth e Harry, e depois fomos para aquele lugar esquisito.

— O Buraco na Parede, em Chelsea. E aquela garota deu em cima de você.

— Talvez eu tivesse dado em cima dela também, mas estava em um encontro.

Rindo, Naomi fechou os olhos, deixando o vento bater no rosto enquanto Mason dirigia.

— Vamos fazer um pacto. Uma vez por ano, onde quer que a gente esteja, vamos nos encontrar em algum lugar para beber num bar. Mesmo quando tivermos 110 anos.

Ele esticou a mão. Ela a apertou.

— Mesmo quando você estiver casada e com cinco filhos.

Naomi soltou uma risada sarcástica.

— Imagine só.

Sim, pensou Mason, *eu imagino*.

$\mathcal{E}$LE A VIU ENTRAR. Estivera observando, esperando, e sentiu um frio na barriga quando ela apareceu no bar. Blusa amarelo-clara, calça jeans apertada.

O irmãozinho estava junto e, depois de olhar para o palco, onde o mecânico e os outros palhaços tocavam alguma merda dos Rolling Stones, ele começou a analisar o espaço.

Então o homem virou a cabeça para um lado e bebeu sua cerveja.

Encontrar um banco vazio no fim do bar não fora difícil. A maioria das pessoas queria mesas — ele, não. Um único ocupante para uma mesa inteira chamava atenção. Um cara sentado ao bar, tomando uma cerveja, não.

Ele se ajeitou no banco o suficiente para mantê-los em sua linha de visão enquanto abriam caminho pela multidão para se sentarem com o carpinteiro idiota e sua esposa idiota.

Pensou em matar a esposa — Jenny — só para ter o que fazer. Mas ela realmente não era seu tipo.

Talvez, se decidisse voltar por aquelas bandas, só para relembrar os bons tempos, fizesse uma visita a ela. Mas não tinha tempo para brincar com a mulher agora.

No momento, seu foco era Naomi. Então observaria por um tempo, acabaria com sua cerveja, deixaria uma gorjeta decente. Ninguém se lembrava dos caras que deixavam gorjetas decentes, apenas dos que deixavam muito ou pouco.

Depois, tinha coisas a fazer. Aquela seria uma grande noite.

$-\mathcal{V}$OCÊ DISSE que eles eram bons — gritou Mason para Naomi. — Não disse que eram muito bons.

Encantada, ela o cutucou na direção da mesa.

— Eles são muito bons!

Naomi encontrou os olhos de Xander e pensou: *Isso mesmo, estou com o vocalista da banda*.

Depois de tocar o ombro de Jenny, inclinou-se para baixo.

— Chegamos um pouco mais tarde do que planejamos. Vou pegar uma rodada de bebidas. Querem mais?

— Acho que sim.

Ela apertou o ombro da amiga novamente e foi em direção ao bar. Como queria se aproximar de Loo, mirou no meio do balcão, analisando a multidão enquanto andava.

Viu um homem no fundo, com a aba do boné baixa, a cabeça inclinada para o copo de cerveja vazio diante de si. E *sentiu* que era observada.

O homem passou os dedos no nariz, girou para se sentar de frente para o balcão. Um frio lhe percorreu a espinha como um aviso. Apesar disso, ou talvez por causa disso, Naomi mudou de direção, indo para a outra extremidade do bar.

— Oi, Naomi! — Krista se levantou da sua mesa, abraçando-a. — Vendemos a foto de Xander com o cachorro. Dez minutos antes de a loja fechar.

— Que ótimo!

— Precisamos de mais!

— Pode deixar.

— Podemos ter uma reunião na semana que vem para conversarmos sobre isso?

— Claro. Mande um e-mail para mim. Vamos marcar.

Ela se afastou a tempo de ver o homem de boné seguir calmamente para a saída.

Não era nada, disse a si mesma. Provavelmente não era nada. Mudando de direção novamente, foi até o bar e Loo.

— O sujeito que acabou de sair estava de olho em você — disse ela antes de Naomi conseguir falar.

— Eu notei. Ele estava sozinho, no fim do bar.

— Não gostei da cara dele.

— Por quê?

Loo deu de ombros, continuando a misturar um martíni.

— Passou duas horas esquentando aquele banco, só tomou uma cerveja. E passou a maior parte do tempo vigiando a porta. Mantinha a cabeça baixa, não me olhava nos olhos. — Deu de ombros de novo, adicionou duas azeitonas gordas ao copo. — Mas prestou atenção em você, o caminho todo desde a mesa.

— Não consegui ver o rosto dele. E você?

— Quase nada. Suz! Seu pedido está pronto! Ficou de cabeça baixa, como eu disse. Tinha uns 30 e poucos anos, acho, e, debaixo do boné, seus cabelos pareciam castanhos. Dedos compridos, magros. Não conseguia parar de tocar o rosto. Parecia nervoso, se quer saber o que eu acho.

Loo anotou o próximo pedido, colocou duas canecas de cerveja debaixo das torneiras e serviu ambas ao mesmo tempo.

— Ou talvez seja eu que esteja nervosa com tudo que anda acontecendo.

— Estamos bem? Eu e você?

— Não tem motivo nenhum para não estarmos. Terry! Seu pedido! Você veio aqui para bater papo ou pegar uma bebida? — perguntou a Naomi.

— As duas coisas, acho. Uma rodada para a mesa. Cerveja para Kevin, vinho para Jenny e para mim. Uma Corona com limão para o meu irmão. Sinto muito, Loo.

— Não há motivo para ficar se lamentando. Se quiser conversar, podemos fazer isso quando eu não precisar ficar gritando. Meu garoto ama você. Todo o resto não interessa.

— Realmente vou tentar não ferrar com tudo.

Soltando uma gargalhada, Loo colocou duas taças de vinho em uma bandeja.

— Mas como é otimista!

Naomi levou a bandeja para a mesa e serviu as bebidas. Suz passou por ali, pegou a bandeja e continuou andando.

— Jenny diz que eles têm um CD. — Mason deu um gole na garrafa. — Vou comprar. Os tios vão adorar isto aqui. — Ele bebeu um pouco mais, suspirando. — Você levou uma eternidade com as bebidas.

— O pessoal está ocupado, e eu fiquei conversando com Loo. Tinha um cara...

Mason imediatamente soltou a cerveja.

— Que cara?

— Só um cara no bar. Nós duas achamos que ele estava me olhando.

— Onde?

— Ele foi embora.

— Você viu o rosto dele?

— Não. Mason...

— E ela?

— Quase nada.

Mason se levantou, abandonando a cerveja, e foi para o bar.

— Ei! Eu ia convencê-lo a dançar comigo.

— Ele vai voltar. E sabe dançar bem. — Desejando ter ficado calada, Naomi pegou seu vinho.

Quando Mason voltou, inclinou-se para perto dela e falou em seu ouvido:

— Ela disse 30 e poucos anos, branco, cabelos castanhos curtos, relativamente magro, cerca de 1,80m.

— É, concordo. E consigo ver mais vinte caras aqui que se encaixam mais ou menos nessa descrição.

— Mas vocês duas o acharam estranho. Essas impressões são importantes. Vou mandar alguém para trabalhar em um retrato falado com você amanhã.

— Mason.

— As pessoas veem mais do que acham, especialmente pessoas observadoras. Não custa tentar.

— Tudo bem, tudo bem. Agora, dance com Jenny. Ela quer dançar, e Kevin só faz isso sob ameaça de morte.

— Vou dançar. — Ele deu mais um gole na cerveja e então se levantou para puxar Jenny.

Com Kevin sorrindo para os dois, Naomi voltou a prestar atenção no palco. Xander a observava — era uma sensação com a qual podia se acostumar.

CANSADA DE UM JEITO agradável, completamente relaxada, Naomi se acomodou na caminhonete de Xander.

Ky se apoiou na janela.

— Tem certeza de que não quer tomar uma cerveja pós-show, cara?

— Estou de plantão já faz dez minutos.

Ky balançou a cabeça.

— Uma cerveja não vai deixá-lo bêbado, meu camarada.

— Uma cerveja pode custar minha carteira de motorista. Falo com vocês depois.

— Você não devia deixar de relaxar depois do show por minha causa — começou Naomi.

— É sempre a mesma conversa quando estou de plantão. Além do mais, estou pronto para ir para casa.

— Aposto que o cachorro está mais do que pronto para sair.

— E tem isso. Aí está outra forma de relaxar.

Naomi sorriu.

— É mesmo?

— Vou lhe mostrar.

Depois que o cachorro saiu, deu uma volta e então se deitou para dormir, Xander lhe mostrou por que ir para casa e para a cama era uma ideia muito melhor do que tomar uma cerveja.

QUANDO SEU TELEFONE tocou às 4h15 da manhã, Xander sinceramente desejou ter deixado Jimmy (na primeira noite em seu apartamento novo, com uma moça o acompanhando) fazendo hora extra.

— Merda, porra, merda. — Pegou o telefone, dando uma olhada embaçada para o visor. — Oficina do Keaton. Aham. Certo. Tudo bem, entendi. Em quinze minutos.

— Você tem que sair.

— A bateria do cara morreu. Provavelmente. Em algum lugar entre aqui e a cidade, então vou dar uma olhada, dar um jeito e voltar em meia hora.

— Quer um café? — murmurou ela.

— Tanto quanto quero respirar, mas eu pego. Volte a dormir.

— Não precisa nem insistir — disse Naomi, obedecendo.

Nem mesmo o cachorro tinha forças para se levantar. Xander viu os olhos de Sombra brilharem enquanto se vestia, mas ele não se mexeu nem o seguiu quando desceu para pegar café antes de sair.

Usou uma caneca de viagem, engolindo a bebida enquanto seguia para a caminhonete.

Trinta, quarenta minutos, pensou enquanto dava uma última olhada para a casa. Já voltaria. As portas estavam trancadas, o alarme, acionado, e o cachorro, ao pé da cama.

Ela ficaria bem.

Mesmo assim, desejou ter deixado o plantão com Jimmy. Sabia sobre o cara no bar — até mesmo o notara. A forma como sentara sozinho, com a cabeça baixa, como não tirara os olhos de Naomi quando a vira entrar.

Por outro lado, notara um sujeito sentado sozinho a uma mesa, um que se encaixava naquela descrição básica, e que analisara Naomi por um tempo quando ela chegara.

Até uma mulher aparecer, ir correndo até a mesa e se aconchegar nele.

De toda forma, aquele assassino de merda não invadia casas, lembrou a si mesmo. Mas olhou para a construção pelo retrovisor enquanto se afastava.

— Um Ford Escape de 2013 carregando um trailer Fun Finder de 2006 — murmurou ele. — Deve ser fácil de encontrar.

Diminuiu a velocidade ao fazer a curva, e realmente viu que seria fácil. O SUV e o trailer estavam parados no acostamento, o pisca-alerta aceso.

Estacionou de frente para o outro carro, observando o homem sair do banco do motorista.

Mais um motivo para não ter deixado Jimmy de plantão. O assassino gostava de caçar nas noites de sexta. Mulheres, mas por que se arriscar?

O homem levantou as mãos, acenando com uma, piscando contra os faróis. Então se virou para o banco de trás do SUV e falou com alguém enquanto Xander descia.

— Oficina do Keaton?

— Isso mesmo.

— Mike Rhoder. Vocês são bem rápidos. O carro não quer ligar. Meu filho está no banco de trás, estamos indo passar o fim de semana em um acampamento em Olympia. Só parei por um instante. Ele tinha que fazer xixi. E agora o carro não liga mais. Só faz um clique. Não, ainda não chegamos, Bobby. — O homem revirou os olhos. — Volte a dormir.

Xander acendeu o próprio pisca-alerta.

— Abra o capô. Vou dar uma olhada.

— Achei que fosse ficar preso aqui até o amanhecer, e aí minha ex ia encher o saco. Espero, de verdade, que não precise de uma bateria nova.

Com o capô aberto, Xander foi até a frente do carro enquanto o homem se inclinava para dentro do SUV de novo.

— Já vamos consertar o problema, e não deve demorar muito. É uma aventura, certo, amiguinho? E estamos quase chegando. Prometo.

— Pode dar a partida? — pediu Xander com a cabeça embaixo do capô.

— Claro, pode deixar.

Havia um toque de... animação no tom do homem que fez Xander se afastar, tenso. Mas o golpe na lateral de sua cabeça causou uma dor lancinante, fazendo-o ver luzes, e depois mergulhar na escuridão.

— Ou eu podia fazer isso. Que tal mais algumas, só para garantir?

O homem levantou o pé de cabra acima da cabeça ao mesmo tempo que viu luzes brilhando na curva.

Xingando, baixou a arma e empurrou Xander com a bota a fim de que ele rolasse para o outro lado do acostamento.

O carro diminuiu a velocidade. O bom samaritano abriu a janela.

— Tudo bem aí, meu amigo?

— Sim, claro. Estou fazendo uma chupeta na bateria, mas obrigado por parar!

— Sem problema. Boa noite.

Enquanto o carro se afastava, ele enxugou o suor da testa. Fora por pouco, e uma porrada só teria de bastar. Não havia tempo para mais. Fechou o capô, voltou para o SUV e seguiu para o penhasco.

Verificou a hora, sorrindo para si mesmo. Bem de acordo com o cronograma. Pararia o trailer fora da estrada, longe o bastante da entrada da casa para que qualquer carro que passasse não achasse aquilo estranho, mas não perto demais para que ela ou aquela droga de cachorro o ouvissem.

Pensou em envenenar o animal, até mesmo pesquisara alguns métodos. Mas tudo demorava tempo demais, era imprevisível demais. Precisava de algo rápido.

Pensou em lhe dar um tiro, algo que, embora fosse uma ideia divertida, seria muito barulhento e daria tempo para Naomi fugir ou se esconder.

E a faca? Significaria chegar mais perto do que queria daqueles dentes.

Então manteria a distância, deixaria que ela seguisse com a rotina que ele já observara inúmeras vezes.

Naomi soltaria o cachorro pelas portas da varanda, então iria para a cozinha.

Tudo que precisava fazer era esperar.

O CACHORRO A ACORDOU, como sempre, às cinco horas. Ela esticou o braço primeiro, esperando que Xander tivesse voltado. Então lembrou a si mesma que fazia só meia hora que ele saíra.

— Já acordei. Já acordei — murmurou enquanto o cachorro realizava sua dança da madrugada.

Naomi o soltou, depois considerou voltar para a cama. Mas a rotina já estava entranhada nela. Pegou uma calça de algodão e uma blusa de alça, terminando de se vestir enquanto saía do quarto.

Faria a massa de waffle após tomar um café. Se Xander ainda não tivesse voltado depois disso, poderia mandar uma mensagem e pedir uma previsão.

Seria chata e pegajosa demais se mandasse uma mensagem perguntando isso?

Não se sentia nenhuma dessas coisas, então, se necessário, o faria.

Na cozinha, acendeu as luzes, colocou uma caneca na máquina e apertou o botão para uma dose de café expresso.

Enquanto a bebida era aprontada, pegou uma tigela, ovos, leite, farinha, açúcar — e parou de juntar as coisas no segundo em que viu que a máquina terminara o café. Pegando a caneca, foi para as portas camarão.

Queria sentir o cheiro da manhã.

Quando começou a abri-las, ouviu o movimento atrás de si.

Capítulo 30

◆ ◆ ◆ ◆

NAOMI SE VIROU, viu o homem, jogou o café, com caneca e tudo. A caneca o atingiu bem no meio do peito; o café quente lhe acertou a cara. Ele gritou, deixando cair o pano que segurava, dando a ela tempo suficiente para pular na direção de onde as facas estavam.

Pegou uma e virou de frente para seu atacante. Lentamente a baixou.

— É, minha pistola vence sua faca. — Ele gesticulou para a .32 que carregava. — Solte isso. Você estragou minha camisa. Pode ter certeza de que vai pagar por ela.

— A polícia está atrás de você.

— É, eu sei que você gostaria de acreditar nisso, mas a verdade é que tudo está acontecendo exatamente como imaginei.

— Por quê? — quis saber Naomi.

— Depois conversaremos sobre isso. Vamos ter todo o tempo do mundo. — O homem sorriu, passando os dedos pelo nariz.

— Eu não... — Então a ficha caiu, o gesto, o sorriso sabichão. — Chaffins.

— Você demorou bastante. — Obviamente satisfeito, ele sorriu. — Bem, operei os olhos e me livrei dos óculos. Fiz plástica no nariz. Fiquei mais forte, paguei por um corte de cabelo decente. Já faz tempo que não nos vemos, Carson. Ou, devo dizer, Bowes.

— Como pôde... Éramos amigos!

— Porra nenhuma. Você só foi olhar para mim depois que virei líder do comitê do anuário e aprovei sua entrada para o jornal da escola.

— Isso tudo é porque eu não prestava atenção em você? Na *escola*?

— Por favor, como se eu estivesse interessado. Já tive várias mulheres. Garotas. Velhas. — Chaffins exibiu os dentes em um sorriso. — Tudo isso. Descobri quem você era. *Eu* descobri, e fizemos um acordo. Você mentiu, mandou aquela merda de policial atrás de mim para que eu ficasse quieto.

Como pudera ignorar a loucura naqueles olhos tantos anos atrás? Como pôde não ter visto o que via agora?

— Não fizemos acordo nenhum.

— Fizemos, sim, e depois você roubou minha ideia. Escreveu a história por conta própria. *Eu* devia ter assinado aquele artigo. Ele era meu.

— Ele nunca foi seu.

— Porque você é que era filha de Thomas David Bowes?

Se ele abaixasse a arma, só um pouquinho, pensou Naomi, teria uma chance. Precisaria ser rápida, mas a aproveitaria.

— Então isso tem a ver com meu pai.

— Talvez, talvez ele tenha sido meu pontapé inicial, porque eu sabia, desde o começo, que podia ser melhor. Só que tem mais a ver com a sua mãe.

— Com a minha mãe.

— Eu disse que conversaríamos mais tarde. Vamos indo.

— Com a minha mãe. — Chaffins não queria atirar nela, não queria matá-la rápido. Então Naomi fincou os pés no chão, não se mexeu. — Diga o que a minha mãe tem a ver com isso.

— Tudo bem. Vou lhe dar mais um minuto. Mas, se começar a me dar trabalho, darei um tiro bem no seu joelho. Não vai matá-la, mas vai doer pra diabo.

— Minha mãe — insistiu ela, verificando a hora no relógio do fogão atrás dele. Pensou: Xander. Onde estava Xander?

— Sua mãe. Além de passarinhos, de alguns gatos que matei, ela foi o primeiro cadáver que vi. Nossa, aquilo foi uma revelação! Ela estava fria, e tinha aqueles olhos. Nossa, aqueles olhos. Fiquei com o pau *tão* duro. — Chaffins riu do olhar de nojo na cara de Naomi. — É assim que meu cérebro funciona, Carson. Nasci para isso, assim como seu pai. Estudei sobre essas coisas, fiz pesquisas. Aposto que eu e seu irmãozinho poderíamos ter uma conversa bem longa sobre o assunto.

— Fique longe dele.

— Mason não me interessa. Sempre foi você. Quando estávamos naquele quarto, com o cadáver gelado da sua mãe, soube que um dia eu a pegaria. Então descobri quem você era, e a situação só melhorou. Agora, vamos embora, ou darei um tiro no seu joelho. Talvez faça isso de toda forma. Nunca comecei assim an...

Ele cambaleou para trás quando o cachorro se jogou contra a porta como um touro.

Os latidos frenéticos e os gritos de Chaffins explodiram no ar.

Quando apontou a arma para a porta, Naomi jogou as mãos para cima.

— Não. Não. Eu vou com você. Eu vou. — Ela se posicionou diante das portas, as mãos em posição de rendimento.

Ainda havia tempo, ainda lhe restava uma chance, pensou Naomi desesperadamente. Xander podia voltar. Ela podia chegar perto o suficiente para tentar lutar, tirar a arma de Chaffins. Ou longe o suficiente para sair correndo.

— Pela porta da frente, e rápido, ou juro por Deus...

Sombra conseguiu abrir mais a fresta da porta, preparou-se e pulou.

Enquanto a arma mirava, ela se jogou em cima do cachorro.

O choque da dor dissolveu suas pernas. Naomi ouviu o latido agudo do cachorro enquanto um fogo queimava a lateral do seu corpo, a cozinha girava e ela caía em cima de Sombra.

— Sua vaca! Sua vaca idiota, sua vaca idiota!

Naomi viu o rosto de Chaffins flutuando acima dela, uma fúria enlouquecida nos olhos.

— É isto que quer? Uma bala na cabeça? Talvez as coisas devessem ser assim mesmo.

Ela encarou a arma, levemente confusa. Por que parecia tão pequena? Como se estivesse a quilômetros de distância.

Então a pistola desapareceu. Naomi ouviu gritos, algo quebrando, mas, novamente, tudo parecia muito distante. Não tinha qualquer relação com ela. Não quando estava flutuando.

— *O*LHE PARA MIM! Droga, Naomi, abra os olhos. Fique comigo, merda.

A dor voltou com força, como um ferro quente na lateral do seu corpo. Ela gemeu, abrindo os olhos.

— Isso chamou sua atenção. Desculpe. Desculpe. Tenho que manter a pressão. — Xander encostou os lábios nos dela. — Tenho que machucá-la. Desculpe.

— Xander. — Naomi levantou uma mão que não parecia sua e tocou a têmpora dele. — Você está sangrando. Você está sangrando bastante.

— É. Você também. A ambulância está vindo. Só continue olhando para mim. Fale comigo.

— Você sofreu um acidente?

— Não. Você vai ficar bem. Tudo vai ficar bem.

— Eu não... — A memória inundou seu cérebro, levando a dor como uma onda. — Sombra. O cachorro. O cachorro.

— Fique deitada, fique quieta! Ele está bem. Ele também vai ficar bem. Está ouvindo? Está ouvindo as sirenes? A ambulância está vindo.

— Ele estava na casa. Queria atirar no cachorro. Não podia deixar que atirasse no cachorro. Ele... a arma. Ele tem uma arma.

— Não mais. Não se preocupe com isso. Quebrei o nariz dele por você — murmurou Xander, apoiando a testa na dela.

— Eu ia lutar. Ia tentar, mas o cachorro... ele veio me salvar. Preciso fechar os olhos.

— Não precisa, não. Precisa olhar para mim. Precisa ficar acordada. Aqui atrás! — gritou ele. — Depressa, pelo amor de Deus! Não consigo parar o sangramento.

— O nerd da escola.

— O quê?

— Chaffins. Anson Chaffins. Diga a Mason — murmurou ela, e apagou.

$\mathcal{N}$AOMI ENTROU E SAIU da ambulância, ouviu fragmentos de conversa, vozes misturadas. Sentiu a mão de Xander segurando a sua e, quando virou a cabeça, podia jurar ter visto o cachorro na maca ao seu lado.

— Anson Chaffins — repetiu.

— Eu sei. A polícia sabe. Pegaram ele. Fique tranquila.

Acordou novamente, movendo-se rápido, as luzes embaçadas no teto, vozes, mais vozes gritando termos médicos como em um episódio de *Grey's Anatomy*.

Ouviu:

— Vou te dar um remédio para a dor.

E respondeu:

— Ah, sim. Sim, por favor.

$\mathcal{F}$URIOSO QUANDO o proibiram de ir com Naomi, Xander discutiu com a enfermeira corpulenta que barrava o seu caminho. Se ela fosse um homem, teria jogado a mulher no chão.

Considerou fazer isso de toda forma.

— O senhor precisa tirar esse cachorro daqui, e precisa que alguém examine seu ferimento na cabeça.

— O cachorro está machucado. Pelo amor de Deus, ele levou um tiro.

— Vou lhe dar o número de uma clínica veterinária. Mas o senhor precisa...

— Você vai cuidar do cachorro.

— Isso mesmo. — Mason, a expressão grave, aproximou-se, a identificação em riste. — A bala é uma prova e precisa ser removida. O cachorro é uma testemunha importante e deve ser tratado imediatamente.

— Ele é um herói.

— Isso mesmo. Sugiro que encontre um médico e prepare o cachorro para a cirurgia, ou juro que prendo você por obstruir uma investigação federal.

Eles não o deixaram entrar com Naomi, mas foram flexíveis o suficiente para deixá-lo ficar com o cachorro enquanto retiravam a bala e tratavam o ferimento, enquanto limpavam seu próprio machucado, dando-lhe pontos na cabeça.

— Ele vai ficar bem.

O cirurgião que se voluntariara para fazer o procedimento fechava o corte em Sombra.

— O cão vai ficar um pouco dolorido e mancar por uns dias. Eu lhe dei uns antibióticos e vou fazer um relatório para a veterinária. Ela deve fazer o acompanhamento.

— Obrigado.

— Ele vai dormir por mais uma hora, eu diria. Parece um bom cachorro.

— É um ótimo cachorro. Por favor, meu Deus, alguém descubra alguma coisa sobre Naomi. Naomi Carson. Só... merda!

— Preciso que o senhor fique quieto. — A estagiária dando pontos em Xander olhou para o cirurgião.

— Ela está fazendo um bom trabalho, só precisa de mais alguns minutos. Vou ver como a Srta. Carson está.

Antes que o médico saísse, Mason entrou.

— Como estão as coisas?

— Os dois pacientes vão bem. Um coopera mais que o outro.

— Onde ela está? Como está? Porra! Você está procurando ouro na minha cabeça?

— Estão cuidando de Naomi. Ela vai ficar bem. A bala entrou e saiu. Saiu dela e entrou em Sombra.

— Sua prova, agente.

— Obrigado. — Mason pegou a tigela com a bala amassada. — Naomi perdeu bastante sangue, e levar um tiro nunca faz bem a ninguém, mas nenhum órgão foi atingido. Só carne. Vão querer que passe a noite aqui. Você também, provavelmente.

Xander se preparou para uma batalha, se necessário, porque sua posição já estava determinada.

— Vou ficar com ela. E o cachorro também.

— Já foi providenciado. Quer me dar seu depoimento? Não precisa ser agora.

— Estou bem. Só quero saber onde está o tal de Chaffins agora.

— Em uma cela em Sunrise Cove, mas oficialmente sob custódia federal. Foi examinado por um médico e seus ferimentos foram tratados. Entre outras coisas, você quebrou o nariz dele, fez o homem perder três dentes, e fraturou umas duas costelas.

— É mesmo? — Xander olhou para a própria mão, flexionando os dedos doloridos, as juntas raladas e inchadas.

— Obrigado. Sei que você a ama, mas eu a amei primeiro, então obrigado por salvar a vida da minha irmã.

— De nada.

Mason puxou um banco.

— Certo, então me conte o que aconteceu.

Xander contou.

— Eu devia ter imaginado. Só percebi quando era tarde demais. Caí naquela ladainha de o pequeno Bobby estar no banco de trás. E, quando acordei, sabia que ele tinha ido atrás dela. Liguei para você enquanto dirigia de volta. Estacionei atrás daquele maldito trailer, corri até a casa. Ouvi o tiro. — Xander parou, fechou os olhos. — Ouvi o tiro. Ouvi Naomi gritar. Quando entrei, ele estava parado em cima dela, gritando, com a arma apontada para sua cabeça. Eu o puxei para longe, espanquei aquele assassino até que perdesse a consciência.

Naomi e o cachorro continuaram deitados lá, sangrando. Tinha tanto sangue. Peguei uns panos de prato e fiz pressão no ferimento, como sempre dizem que se deve fazer. Eu a machuquei. Eu a machuquei.

— Ele a machucou — corrigiu Mason.

$\mathcal{N}$AOMI SONHOU que estava nadando, devagar e preguiçosa, no mar mais azul e transparente que já vira. Parou e boiou, balançando-se na água. Para cima e para baixo, para um lado e para o outro, tudo ao seu redor estava quente e aquoso.

Uma vez, no sonho, castores cortavam árvores com serras elétricas, com um zumbido grave, compassado. Ela acordou, viu o cachorro roncando na cama ao seu lado.

Riu enquanto dormia — ouviu a voz de Xander. *Não sei o que lhe deram, mas também queria ter tomado um pouco.*

E, sorrindo, voltou ao sonho.

Pensou na luz da lua caindo em listras sobre a cama, na sensação de fazer amor com Xander sob aqueles raios.

Ao abrir os olhos, viu que o sol entrava pela janela.

— Aí está você. Vai ficar acordada comigo desta vez?

Naomi virou a cabeça, encontrando os olhos de Xander.

Ele parecia tão cansado, pensou ela, pálido e com a barba por fazer. Com um hematoma bem roxo na têmpora.

— Nós... sofremos um acidente.

— Não exatamente.

— Não consigo lembrar o quê... — Ela virou a cabeça de novo, viu Sombra observando-a da cama ao lado. — Ele está dormindo numa cama. E nós estamos... estamos no hospital. Ele atirou em mim. Atirou em nós.

— Calma. — Xander pressionou o ombro dela, mantendo-a no lugar. — Anson Chaffins.

— Sim. Sim, eu lembro. Eu me lembro de tudo. Ele entrou na casa.

— No quarto. Você deixou o cachorro sair, ele esperou, entrou por lá, pegou você na cozinha. Mason disse que vocês estudaram na mesma escola.

— Sim. Ele era um ano mais velho. Eu só o conhecia havia alguns meses. Trabalhávamos juntos no comitê do anuário, no jornal da escola. Mas estava comigo quando encontrei minha mãe. Chaffins disse, ele me disse que esse foi o momento em que teve uma revelação. Disse que era assim que seu cérebro funcionava, o dele e o do meu pai, que nasceram para ser o que são. E ver o corpo da minha mãe lhe mostrou isso. E o excitou. Todo esse tempo...

— Não se preocupe com isso agora.

— Estou muito machucada? Não minta para mim.

— Bem, querida, os médicos fizeram o melhor que puderam. — E Xander riu quando a viu ficar de boca aberta. — Isso deve melhorar um pouco seu pessimismo. Você está bem. Tão bem quanto uma pessoa pode estar depois de levar um tiro. Ele acertou seu lado esquerdo, um pouco acima da cintura, a bala entrou e saiu, indo parar na perna de trás do cachorro. Ele também está ótimo. E já vou logo avisando que Sombra não merece o Colar do Castigo desta vez.

— Nada de Colar do Castigo. — Naomi esticou a mão, acariciando o cachorro. — Nunca mais. Ele pode usar a Calça do Heroísmo.

— Você pulou na frente do cachorro, não foi? Ele ia atirar em Sombra, e você pulou na frente.

— Você não teria feito o mesmo?

— Sim. — Mais nervoso do que queria estar, Xander bufou. — Sim, provavelmente. Somos dois idiotas.

— Como se machucou? Sua cabeça. Você estava coberto de sangue.

— Ferimentos na cabeça sangram bastante.

— Foi Chaffins que ligou. É isso. O carro enguiçado. Era ele. Você podia ter morrido.

— Mas eu não morri.

— Ele podia ter feito...

— Mas não fez. Você terá que se acostumar com essa ideia. — Xander puxou a mão dela até seus lábios, mantendo-a ali, balançando-se para a frente e para trás por um instante. — Ainda tenho que me acostumar com o fato de que ele quase matou você. Mas não conseguiu. Nós dois estamos aqui. Jesus Cristo, Naomi. Jesus Cristo, eu não sabia que era capaz de ficar tão assustado e sobreviver. Não sabia quanto era grave. Não dava para saber, com você deitada ali, e aquele sangue todo.

— Você me salvou?

Ele pressionou os lábios contra sua boca de novo.

— Você teria feito o mesmo por mim.

— Sim. Provavelmente. Estamos aqui. — Ela sorriu enquanto Sombra enfiava o focinho por baixo da sua mão. — Nós três estamos aqui. E Chaffins?

— Está preso. Ainda não sabemos para onde vão levá-lo, provavelmente avisarão mais tarde. A notícia já chegou na boca do povo. Passei um tempo lendo as matérias no meu celular ontem. Está em todos os jornais. Divulgaram sua conexão com Bowes. Sinto muito.

— Não me importo. Não faz mais diferença. Nunca devia ter dado tanta importância a isso. Quanto tempo preciso ficar aqui? Quero voltar para casa.

— Os médicos ainda vão querer examiná-la, mas disseram que talvez receba alta hoje.

— Preciso ir para casa, Xander, mas eu quero vê-lo antes. Preciso ver Chaffins. Nunca vi nem falei com meu pai, mas vou ver e falar com Chaffins.

— Tudo bem. Vamos primeiro tirar você daqui, e aí vemos o que Mason pode fazer.

Depois de duas horas, de uma papelada enorme e de várias advertências, Naomi conseguiu sair em uma cadeira de rodas pela saída lateral, onde Mason a esperava no carro.

Ele ajudou a irmã a se levantar, depois lhe deu um abraço.

— Você já esteve com uma cara melhor.

— Já me senti melhor.

Com a ajuda de Mason, ela entrou no carro enquanto Xander e Sombra ocupavam o banco de trás.

— A imprensa está pela cidade toda. Se quiser mesmo fazer isso, não vai ter como evitar os jornalistas.

— Não importa.

— Ele tinha um passe de imprensa — contou Mason enquanto dirigia. — Ia às coletivas, tinha um quarto de hotel. Apesar de também ficar no trailer. Mesmo quando não o usava para outras coisas.

Era só um garoto esperto e nerd com quem Naomi estudara, que dera em cima dela de um jeito bobo e fora facilmente dispensado.

E que foi, esse tempo todo, um monstro.

— Ele prendia suas vítimas lá. Como Bowes fazia no porão.

— Sim. Em campings diferentes, usando nomes diferentes. Ele colecionou várias identidades ao longo dos anos. É esperto, é bom com computadores.

— Sempre foi.

— Mantinha registro das vítimas, dos nomes, dos locais e das datas. Tirava fotos delas. Temos provas suficientes para condená-lo para sempre. Você nunca mais vai precisar se preocupar com ele.

— Não. Não vou. Avisou aos tios que estou bem?

— Sim, falei com eles. Não se preocupe.

— Não quero que se preocupem. Vou ligar para os dois assim que chegar em casa.

— Depois você vai tomar um daqueles remédios — disse Xander — e apagar.

— Provavelmente não vou criar caso com isso. Ainda vai visitar Bowes?

— Sim — assentiu Mason. — Mas isso pode esperar.

Ele atravessou a cidade, estacionou na vaga mais perto da delegacia, que fora reservada para sua chegada. No instante em que Xander ajudou Naomi a sair do carro, os jornalistas vieram correndo em sua direção, gritando.

— Sombra também. Ele também devia ver o cachorro.

Sam Winston abriu a porta, e os deixou entrar.

— Vocês aí se afastem e parem de gritar, ou vou prender todo mundo por perturbação de sossego. Esta é a minha cidade, e eu posso fazer isso.

Ele fechou a porta e pegou a mão de Naomi.

— Esta cidade é sua também. Quer mesmo fazer isso? Tem certeza?

— Sim. Não vou demorar muito.

O lugar não era tão diferente, pensou ela, não, não era tão diferente daquela delegacia de anos atrás. Eles teriam deixado seu pai em uma das celas dos fundos, atrás da porta de metal.

— Mason, Xander e Sombra. Todos nós.

Doía manter as costas eretas, mas ela aguentaria. Precisava entrar ali sem parecer acuada. Quando o fez, Chaffins rolou para fora da cama onde estava deitado. E, apesar dos olhos roxos, do nariz inchado, machucado e com um curativo, além do lábio cortado, ele sorriu, mostrando os dentes que faltavam.

— O irmãozinho, o palhaço sujo de graxa e o cachorro. Está com medo de mim, Naomi?

— Nem um pouco. Só queria que todos o víssemos no que agora é o seu habitat natural.

— Vou fugir — disse ele, irritado, enquanto Sombra rosnava baixinho.

— Não, não vai.

— Vou fugir e vou encontrá-la. Você vai passar a vida com medo.

— Não, não vou. — Naomi tocou o braço de Xander, sentiu-o vibrar. — Podem nos dar um minuto?

— Claro.

Mas Xander se aproximou da cela antes, passou uma mão para o outro lado, rápido como um raio, prendendo Chaffins contra as barras. Naomi não ouviu o que ele sussurrou na orelha do homem, mas as palavras fizeram o rosto do assassino perder a cor.

— Vá se foder! Eu devia ter matado você.

— Mas não matou — retrucou Xander tranquilamente e, afastando-se, olhou para Naomi. — Não se mexa daí a menos que seja para ir embora.

— Não se preocupe. — Ela pegou a mão dele e beijou as juntas machucadas. — Você também, Mason. Só por um minuto.

— Estou do lado da porta — disse o irmão.

Naomi esperou, analisando Chaffins, vendo o garoto que ele um dia fora e o monstro que era agora.

— Talvez escrevam livros sobre você.

— Claro que vão escrever.

— Talvez até façam filmes. Você pode ter a glória nojenta que as pessoas do seu tipo gostam. Não vejo problema algum nisso. Mas nós dois, e todas as outras pessoas, vamos saber que, quando veio atrás de mim, você perdeu. Você perdeu, Chaffins. Coloquei meu pai numa cela, e ele foi uma pessoa importante para mim. E agora o coloquei em uma também, e você é insignificante.

— Você teve sorte. Da próxima vez...

— Pode sonhar. Espero que sonhe. Que sonhe comigo em todas as suas noites frias e escuras.

— Você vai sonhar comigo.

— Não, eu vou esquecer você, do mesmo jeito que o esqueci anos atrás. Sou filha de um monstro. Monstros não me assustam. Venha, Sombra. Vamos comprar um osso novo para você.

— Volte aqui! Volte aqui, ainda não terminei!

— Mas eu sim.

Naomi continuou andando.

— Está se sentindo melhor? — perguntou Xander.

— Sim. Sim, estou. Mas, meu Deus, vou ficar melhor ainda depois de chegar em casa e tomar aquele remédio.

Ela fechou os olhos na viagem de volta, para se concentrar em afastar a dor. Só precisava chegar em casa, deixar tudo para trás.

Soltou um suspiro de alívio quando o carro parou.

— Com certeza preciso das drogas, mas realmente quero me sentar, me esparramar, na varanda por... De quem é esse carro?

Antes de Mason conseguir falar, a porta da frente se escancarou.

— Ah, meu Deus. Ah, meu Deus. — As lágrimas jorravam quando Seth chegou ao carro. — Nem pense em sair sozinha. Vou carregá-la.

— Você veio, você está aqui. Vocês dois. Como? Não, você não vai me carregar. Consigo andar.

— Você não vai andando a lugar algum. — Seth voltou os olhos para Xander. — Você é Xander?

— Sim. Eu carrego ela.

Para evitar discussões, ele passou o braço por baixo das pernas de Naomi, envolveu suas costas com o outro e, gentilmente, a levantou.

— Leve-a direto para a cama. Já deixamos tudo pronto.

— Não, por favor. Estou bem. Quero sentar um pouco na varanda. Preciso dar um abraço em vocês dois.

— Vou pegar travesseiros. — Seth saiu correndo.

— Fiz limonada rosa, lembra?

— Com gelo triturado. — Naomi pegou a mão de Harry enquanto Xander a carregava. — Quando vocês vieram? Como chegaram tão rápido aqui?

— Jatinho particular. Temos nossos contatos. Minha garotinha — murmurou ele, e beijou-lhe a mão. — Seu pessoal disse que podíamos entrar, Mason. Eles liberaram a casa. E você chamou uma equipe de limpeza para...

— Sim. Está tudo limpo — disse ele para Naomi.

Quando finalmente chegaram à varanda. Seth estava afofando os travesseiros e ajeitando uma manta fina. Colocara um vasinho de flores na mesa lateral.

— Pode colocá-la aqui, bem aqui. — Quando Xander obedeceu, Seth se ajoelhou e jogou os braços ao redor dela. — Minha querida, meu bebê.

— Não chore, não chore. Estou bem.

— Ela precisa do remédio. Desculpe — adicionou Xander —, mas ela precisa mesmo do analgésico.

— Vou pegar um pouco de limonada para ajudar a descer. Quer um copo? — perguntou Harry a Xander.

— Estou louco por uma cerveja.

— Então eu pego uma. Mason?

— Preciso ir. Eu volto, mas preciso ir agora.

— Esteja aqui para o jantar. Vou preparar um prato espetacular.

Enquanto Harry seguia para a cozinha, Seth se levantou. Ainda chorando, virou-se, abraçou Xander.

— Ah. — Ele olhou para os olhos sorridentes e molhados de Naomi. — Tudo bem.

— Você será para sempre o meu herói. — Fungando, Seth se afastou. — Ela é a luz da minha vida. Ela e Mason são as luzes de nossas vidas.

— Ela também ilumina a minha.

— Preciso ir. — Mason deu um beijo na bochecha de Seth. — Sente-se. Descanse.

— Ainda não. Esse rapaz, tão bonito — adicionou ele, levantando uma sobrancelha para a sobrinha. — Precisa de gelo para a mão. Espero que tenha enfiado a porrada naquele merdinha.

— Quebrou o nariz dele e lhe tirou três dentes — contou Naomi.

— Muito bem.

Harry saiu com um copo alto, cheio de gelo triturado e um líquido rosa espumante, enfeitado com casca de limão retorcida. Entregou a bebida a Naomi, depois deu a cerveja — em uma tulipa — para Xander. Então, assim como Seth, também o abraçou.

— Sou Harry, e ela é a minha menina favorita. É um prazer enorme conhecê-lo, Xander.

— O prazer é meu. — Ele tirou um frasco de remédio do bolso e tomou um comprimido. — Engula isto.

Naomi suspirou, mas obedeceu.

— Ah, Harry, ninguém faz limonada rosa como você.

— Quer comer? Algo cremoso e reconfortante. Ovos mexidos com queijo e torrada?

As lágrimas vieram de novo.

— Minha comida de doente favorita, Harry.

— Então vou fazer ovos para os dois. Vou preparar alguma coisa especial para esse cão maravilhoso. Nada de ração para você hoje, meu garoto valente.

Sombra lhe lançou um olhar de adoração e apoiou a cabeça em sua perna.

— Um bife. Vamos chamá-lo de Bife à la Sombra.

Quando voltou para a cozinha, o cachorro foi mancando atrás. Antes de Xander conseguir provar a cerveja, Seth apareceu com um saco de gelo para sua mão.

— Aqui. Por que não se senta no banco? Naomi coloca as pernas no seu colo. Vai poder colocar o gelo na mão, tomar sua cerveja. Observar essa vista linda. É o melhor dia das nossas vidas. Como está o travesseiro, querida?

— Está ótimo. Estou ótima.

— Quando quiser, Xander vai levá-la lá para cima, para que durma um pouco. Todos estaremos aqui. Bem aqui.

— Estou tão feliz que vieram.

— Vou ajudar Harry. Chame se precisar de alguma coisa.

Ela sorriu, dando um gole na limonada quando Seth entrou.

— Estou começando a me sentir em um sonho. Você sabia que meus tios estavam aqui?

— Mason me contou. Eles chegaram hoje cedo.

— Você vai gostar dos dois.

— Já gosto. Como poderia não gostar? Tenho uma cerveja, vou ganhar ovos mexidos com queijo. — Xander precisou deixar o gelo de lado para pegar o telefone. — Atendo depois. Estou recebendo ligações e mensagens há horas. Todos querem saber como você está, vir visitar. Trazer comida, flores, sabe-se Deus lá o que mais.

— Todos?

— Chute o nome de alguém. Aposto que a pessoa já ligou ou mandou mensagem.

Como uma família, pensou ela. Amigos e comunidade podiam ser como uma família se você permitisse.

— Podíamos convidar algumas pessoas. Harry gosta de cozinhar para muita gente. Isso é legal da parte deles. Só estou cansada. O remédio já está fazendo efeito.

— Amanhã. As pessoas podem vir amanhã se você quiser.

— Acho que é melhor. Está tudo bem agora.

— Está?

— Sim. Não vou perguntar o que disse a ele, mas obrigada por tê-lo deixado branco de medo.

— Você deu o golpe final.

— Eu dei o golpe final. — assentiu Naomi. — Estou onde queria estar, com as pessoas com quem queria estar, e não vou mais me preocupar com laços sanguíneos ou com o modo como pessoas que não conheço reagem.

— Que bom!

— Adoro este lugar. Adoro olhar para o mar e saber que vou poder fazer isso para sempre.

— É um bom lugar. A gente devia se casar no quintal, ali embaixo.

— É um bom lugar para... O quê?

— No outono seria bom, com todas aquelas cores. — Pensativo, deu um gole na cerveja. — Assim, você teria tempo para lidar com esse monte de coisas que as mulheres acham que precisam. Flores, vestido e tal.

— Mas casar? É...

— Assim que deve ser. — Despreocupado, Xander passava a mão para cima e para baixo na panturrilha dela. — Você tem até outubro para se acostumar com a ideia. É tempo suficiente.

— Considera isso um bom pedido de casamento?

— Achei perfeito — disse Seth da porta, depois secou os olhos e voltou para a cozinha.

— Vou comprar uma aliança. Vamos construir uma vida boa aqui.

— Não disse que ia...

— Mas vai — retrucou Xander, tranquilo. — Amo você, Naomi. Isso é o começo, o fim e o meio. — Ele olhou para ela com aqueles fortes olhos azuis. — Você me ama.

— Amo. Amo mesmo. Mas nunca pensei em me casar. — Ela segurou a mão machucada de Xander, voltou a colocar o saco de gelo por cima. — Mas acho que posso me acostumar com a ideia.

— Ótimo. Outubro. Qualquer outra coisa é negociável.

— Os tios vão querer produzir um espetáculo.

Ele deu de ombros.

— Por que não? Não há nada de errado com espetáculos, contanto que tenhamos isto.

Ele se inclinou, tocando os lábios nos dela.

Contanto que tivesse amor, pensou Naomi, suspirando enquanto o beijava. E um belo lugar para construírem uma vida juntos.

Uma vida assistindo ao nascer do sol, com lilases, amigos e momentos de tranquilidade.

E um cachorro maravilhoso.

Impresso no Brasil pelo
Sistema Digital Instant Duplex da Divisão Gráfica da
DISTRIBUIDORA RECORD DE SERVIÇOS DE IMPRENSA S.A.
Rua Argentina, 171 – Rio de Janeiro, RJ – 20921-380 – Tel.: (21)2585-2000